国家社科基金重大委托项目
"中国少数民族语言与文化研究"

中国社会科学院创新工程学术出版资助项目

· 中国社会科学院民俗学研究书系 ·

朝戈金　主编

民间诗神
——格萨尔艺人研究（增订本）

Singer and Storyteller in Gesar Epic Tradition: A Follow-Up Study

杨恩洪　｜　著

中国社会科学出版社

图书在版编目(CIP)数据

民间诗神：格萨尔艺人研究—增订本/杨恩洪著.—北京：
中国社会科学出版社，2017.7

（中国社会科学院民俗学研究书系）

ISBN 978 - 7 - 5203 - 0627 - 0

Ⅰ.①民… Ⅱ.①杨… Ⅲ.①格萨尔—文学研究②曲艺—
艺术家—人物研究 Ⅳ.①I207.9②K825.78

中国版本图书馆 CIP 数据核字（2017）第 134116 号

出 版 人	赵剑英	
责任编辑	张 林	
特约编辑	郑成花	
责任校对	刘 娟	
责任印制	戴 宽	

出 版	中国社会科学出版社	
社 址	北京鼓楼西大街甲 158 号	
邮 编	100720	
网 址	http://www.csspw.cn	
发 行 部	010 - 84083685	
门 市 部	010 - 84029450	
经 销	新华书店及其他书店	

印 刷	北京明恒达印务有限公司	
装 订	廊坊市广阳区广增装订厂	
版 次	2017 年 7 月第 1 版	
印 次	2017 年 7 月第 1 次印刷	

开 本	710×1000 1/16	
印 张	22	
字 数	256 千字	
定 价	99.00 元	

2002 年作者与桑珠

1986 年作者在北京与扎巴见面

1990 年作者在墨竹工卡桑珠家采访

西藏边坝县艺人扎巴（1906—1986）

扎巴在北京动物园看老虎

西藏那曲索县女艺人玉梅（1957—　）

西藏那曲巴青县艺人曲扎（1954—2010）

西藏那曲艺人阿达尔（右 1911—1990），左为艺人玉珠

33

青海唐古拉艺人才让旺堆（1936—2014）

才让旺堆在第一届格萨尔国际
学术会上演唱（1989，成都）

藏族艺人桑珠 (Bsam grub)

by Yang Enhong

西藏丁青县艺人桑珠（1922—2011）

桑珠一家，1990 年摄于墨竹工卡桑珠家

桑珠，1989 年摄于成都

那曲班戈县神授艺人玉珠说唱"帽子赞"

西藏那曲班戈县艺人玉珠（1925—2012）

西北民族学院教授艺人贡却才旦（1913—2004）

青海果洛艺人格日坚赞（1967—　）

西藏安多县艺人格桑多吉（1955—　）

西藏类乌齐艺人卡察扎巴·阿旺嘉措（1913—1994）

青海果洛艺人昂日（1939—2012）

西藏那曲巴青县艺人次旺俊美（1920—1991）

西藏那曲申扎县艺人次仁占堆（1969— ）

青海果洛艺人次登多吉（1930—2014）

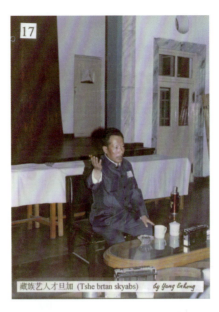

青海果洛艺人才旦加（1934—2013）

青海果洛艺人昂亲多杰（1933—1997）

藏族抄本世家　布特嘎(Bu the dgav)
The family transcribed Gesar epic for generations.

by Yang En hong

青海玉树抄本世家传人布特尕（1932—2011）

藏族艺人卓玛拉措 (Sgrol ma lha mtsho)

by Yang En hong

四川甘孜州德格县艺人卓玛拉措（1934—1997）

青海互助县土族艺人贡布加（1900—1974）与
德国传教士多米尼克·施罗德（选自 W. 海
西希《多米尼克·施罗德与史诗格萨尔》一
书）

甘肃土族艺人王永福（1931—2016）（王国明提供）

西藏江达县艺人塔新（1941—　）

西藏江达县艺人扎巴森格（1933—   ）

西藏那曲年轻艺人（2005，那曲）

青海玉树年轻艺人（2013，玉树结古）

青海果洛艺人（2013，果洛大武）

西藏边坝县艺人斯塔多吉（1990—　　）

青海玉树艺人达哇扎巴（1979—　　）

青海玉树艺人土登晋美（1986—2010）

西藏那曲艺人巴嘎（1970—　）

西藏那曲艺人扎西多吉（1972— ）

总　序

　　自英国学者威廉·汤姆斯（W. J. Thoms）于 19 世纪中叶首创"民俗"（folk-lore）一词以来，国际民俗学形成了逾 160 年的学术传统。作为现代学科意义上的中国民俗学肇始于五四新文化运动，近百年来的发展几起几落，其中数度元气大伤。从 20 世纪 80 年代开始，这一学科方得以逐步恢复。近年来，随着国际社会和中国政府对非物质文化遗产（其学理依据正是民俗和民俗学）保护工作的重视和倡导，民俗学研究及其学术共同体在民族文化振兴和国家文化发展战略中，都正在发挥着越来越重要的作用。

　　中国社会科学院曾经是中国民俗学开拓者顾颉刚、容肇祖等人长期工作的机构，近年来又出现了一批较为活跃和有影响力的学者，他们大都处于学术黄金年龄，成果迭出，质量颇高，只是受既有学科分工和各研究所学术方向的制约，他们的研究成果没能形成规模效应。为了部分改变这种局面，经跨所民俗学者多次充分讨论，大家都迫切希望以"中国民俗学前沿研究"为主题，以系列出版物的方式，集中展示以我院学者为主的民俗学研究队伍的晚近学术成果。

　　这样一组著作，计划命名为"中国社会科学院民俗学研究书系"。

　　从内容方面说，这套书意在优先支持我院民俗学者就民俗学发展的重要问题进行深入讨论的成果，也特别鼓励田野研究报告、译著、论文集及珍贵资料辑刊等。经过大致摸底，我们计划近期先推出下面几类著作：优秀的专著和田野研究成果，具有前瞻性、创新性、代表性的民俗学译著，以及通过以书代刊的形式，每年择选优秀的论文结集出版。

　　那么，为什么要专门整合这样一套书呢？首先，从学科建设和发展的角度考虑，我们觉得，民俗学研究力量一直相对分散，未能充分形成集约效应，未能与平行学科保持有效而良好的互动，学界优秀的研究成果，也较少被本学科之外的学术领域关注、进而引用和借鉴。其次，我国民俗学至今还没有一种学刊是国家级的或准国家级的核心刊物。全国社会科学刊物几乎都没有固定开设民俗学专栏或专题。与其他人文和社会科学的国家级学刊繁荣的情形相比较，学科刊物的缺失，极大地制约了民俗学研究成果的发表，限定了民俗学成果的宣传、推广和影响力的发挥，严重阻碍了民俗学科学术梯队的顺利建设。再次，如何与国际民俗学研究领域接轨，进而实现学术的本土化和研究范式的更新和转换，也是目前困扰学界的一大难题。因此，通过项目的组织运作，将欧美百年来民俗学研究学术史、经典著述、理论和方法乃至教学理念和典型教案引入我国，乃是引领国内相关学科发展方向的前瞻之举，必将产生深远影响。最后，近些年来，国内外非物质文化遗产保护工作的大力推进，也频频推动国家文化政策的制定和实施中的适时调整，这就需要民俗学提供相应的学理依据和实践检验，并随时就我国民俗文化资源应用方面的诸多弊端，给出批评和建议。

从工作思路的角度考虑，"中国社会科学院民俗学研究书系"着眼于国际、国内民俗学界的最新理论成果的整合、介绍、分析、评议和田野检验，集中推精品、推优品，有效地集合学术梯队，突破研究所和学科片的藩篱，强化学科发展的主导意识。

为期三年的第一期目标实现后，我们正着手实施第二期规划，以利我院的民俗学研究实力和学科影响保持良好的增长势头，确保我院的民俗学传统在代际学者之间不断传承和光大。本套书系的撰稿人，主要来自民族文学研究所、文学研究所、世界宗教研究所和民族学与人类学研究所的民俗学者们。

在此，我代表该书系的编辑委员会，感谢中国社会科学院文史哲学部和院科研局对这个项目的支持，感谢"国家社会科学基金"，以及"中国社会科学院哲学社会科学创新工程"。

朝戈金

序

　　杨恩洪要我为她的《民间诗神——格萨尔艺人研究》一书写序，我感到由衷的喜悦、兴奋，也不免感慨万端。因为这是我早已期待的。

　　北方草原三大英雄史诗的发掘问世，是新中国民间文学采录、出版的重大事件，我国少数民族口头文学的奇光异彩，由它们发端照耀了世界。早已被西方学者誉为"东方伊利亚特"的藏族史诗《格萨尔王传》，篇幅浩繁，居于明珠闪烁的史诗王冠的地位。经历了长期的调查研究，今天我们才能对它的全貌和感人肺腑的内容作出全面的梳理和回答。而这首先是因为在青藏高原及其他民族地区还有不少荷马式的游吟诗人在说唱传诵，使格萨尔故事深入人心，犹如一棵长青之树，枝繁叶茂。作者不辞辛苦，到处寻访民间说唱艺人，做了长时期的深入调查采录，并对有关史诗的历史情况进行了全面探索，我们面前才有了这幅概览史诗全貌的动人图景。我一直强调，"史诗在中国还活着"，这确是举世罕见的，只有向民间艺人作调查，读活书，才是我们认识历史，认识史诗，打开古代民族文化宝库的最好的途径。

　　雄狮格萨尔大王，在藏区牧民的心目中是一位征妖伏魔、造福社会、赐予人们一切的民族英雄，史诗的手抄本、木刻本也一向被供奉为圣物。实际上他非但是受到人们崇拜的神圣化了的英雄，在寺院、牧场上，人们倾听部落征战的神奇的格萨尔故事，既成为一种文化娱乐，也是他们引以为鉴的生活百科全书。蒙古族流传的《格萨尔故事》亦称"格斯尔可汗"，渊源于藏族《格萨尔王传》的手抄本，在艺人的说唱演变中产生了富有蒙古族特色的异文和创新。蒙古族的说唱艺人在蒙古草原上拉着四胡演唱，悠扬浮沉的声调扣人心弦，又别有一种风味。

　　说唱艺人始终是民族史诗的传承者、创作者。作者在寻访、探索中还曾访向了以写手抄本为职业的"手抄本世家"，并记录了《格萨尔王传》很早以前就出现了手抄本、木刻本，使口头文学和书面文学相并流传的历史。"手抄本世家"在记录、整理格萨尔故事，使其成为书面文学时，对文字的整理加工和推广流传起到了积极的作用。当然，也还有过各种不同的记录者，甚至粗通藏文的"圆光艺人"，竟能看着一面镜子记录下文字很讲究的史诗《格萨尔王传》，这实在是令人无法理解的现象。著名的德格印经院及其他寺院刻印的木刻本，也是以文本流传的进一步发展；蒙古族的《格斯尔故事》更是从文本开始发展为蒙古族艺人的说唱，可见口头文学与书面文学交相流传和发展已有相当长的历史了。虽说如此，藏族和蒙古族艺人们在流浪说唱生涯中使史诗活在人民群众中，成为广大人民以至贵族、喇嘛各色人等的生活需要，并且不断发展演变。以流浪乞讨为生的说唱艺人，他们始终是传承和发展史诗的主角，功勋卓著。史诗《格萨尔王传》是一系列的故事，由于师承不同，艺人的经历不同，艺人各有擅长，他们在说唱中又给史诗增添了新的内容和情节，在描写征战的18大宗之外，又产生了若干小宗，以致部、章纷繁，枝叶横生。既然史诗是活在艺人们身上，手抄本、木刻本也只是一部分历史记录，自然是艺人在，史诗就在，不同的艺人所特有的篇章也相继问世，一旦某个艺人不幸谢世，他也就把他所能说唱的篇章或异文带走了。扎巴老人能唱34部，临去世前却只记录了25部半，便是一例。蒙古族著名艺人陶克涛，身后留下大量说唱手抄本，"文化大革命"中被他的后人装到一个口袋里扔进了废井，此后只有师承他的说唱本的著名艺人参布拉·敖日布一个人能演唱了。遗憾的是他今年初已经病逝。好在善于拉四胡演唱的敖日布的动人说唱，现已被全部记录，出版后可广为传播。这又是一个让人惊异的例子。因此，只有向艺人寻根觅底，才是打开史诗这一民族文化宝库的金钥匙。

　　杨恩洪同志自1986年起，长期坚持到藏族地区寻访艺人、作调查，从西藏、青海、四川交界的果洛、玉树、昌都、那曲、甘孜等盛传《格萨尔王传》的地区开始，不断深入探索，在盛传《格萨尔王传》史诗的世界里遨游，访问了四十多个艺人。她跋山涉水，到交通不便的荒僻山村，凡能找到的艺人她都找了，而且与艺人交朋友，友情真挚动人。一个会说藏语的汉族女学者，受到当地群众的热情欢迎。她可说是第一个掌握了金钥匙的人。法国女学者亚历山大·达维·尼尔，从年轻时起曾三次到四川甘孜调查史诗《格萨尔王传》，她与一位活佛合作写了一本《岭·格萨尔超人的一生》，流行欧洲。我曾几次举这个例子，推崇这位欧洲女学者到中国来作调查的令人敬佩的治学精神。今天看到杨恩洪长期对藏、蒙古、土等民族的说唱艺人调查研究，获得了如此丰富的成果，怎能不令人感到意外的高兴！应当说，有计划地向民间艺人寻访采录，进行比较研究，是探索和认识民族史诗与古老文化之谜的最好的一种治学方法。作者看来是一个纤纤文弱的女子，然而她意志坚强，治学勤奋，一年一度出发，首先到青藏高原一般人不易问津的地方去寻找艺人。她说，每当访问一个艺人有意外的收获时，就感到自己的无知。而正是在她感到自己所知太少的时候，她才越走越远，终于踏上了能比较全面地探索和了解宏伟史诗《格萨尔王传》的征程，有众多的新发现，献出了这部既有新鲜报道又力求全面论析的专著。作者回顾古今中外，广泛地介绍了前人发掘和论述这部史诗的努力和功绩。她力图以历史唯物主义的科学观和方法揭示英雄史诗和说唱艺人中存在的古老文化的神秘之谜。

四十多年来，在"文化大革命"十年"断层"的前后，我们曾多次与有关省、区协作，抢救、记录和翻译推广史诗《格萨尔王传》。在改革、开放的新时期，发掘、出版和研究史诗《格萨尔王传》被列为国家重点科研项目。旧社会以流浪乞讨为生的史诗说唱艺人，受到了党和政府的奖励，荣获"说唱家"的光荣称号。藏族的《格萨尔王传》和蒙古族的《格斯尔故事》，先后出版了藏文、蒙文和汉译的不同版本，并相继召开了《格萨尔王传》国际学术讨论会。这在对民间艺人，对民族传统文化遗产的发掘开拓方面，是一个重大的历史变化。

1985 年 2 月，我到北欧芬兰参加芬兰史诗 150 周年纪念大会，在土尔库的"《卡勒瓦拉》与世界史诗国际学术讨论会"上，介绍中国的史诗，谈到了藏族《格萨尔王传》是世界最长的史诗，并放映了艺人们演唱史诗的录像，证明史诗在中国还活着，引起与会学者和新闻界的极大注意。但由于《格萨尔王传》篇章浩繁，当时还不能回答它究竟有多少篇章，我说只有待普查、记录终了时才能确知它的部数。八九年过去了，杨恩洪向艺人们长期寻访和全面研究的结果，使她回答了这个问题。她告诉了读者 3 个统计数字：

1. 藏、蒙古、土三个民族的说唱艺人，共 140 人，加上近几年去世的共 150 人。

2. 近几年在西藏、青海、四川、甘肃、云南 5 个藏族居住的省、区共搜集手抄本、木刻本 289 部，除去异文共 80 部；艺人们的说唱目录各不相同，内容要丰富得多，部数也更多。

3. 录音总计 5000 盒磁带（5000 小时）。其中扎巴老人 25.5 部，计 998 盒；桑珠 41 部，计 1989 盒；女艺人玉梅 25 部，计 900 盒；才让旺堆 10 部，计 1057 盒。

作者对史诗迄今发掘的全部成就第一次作了比较确切的统计。对《格萨尔王传》有多么长的问题，今天我们才有了比较确切的回答。只有在新中国成立后，才能做到这些。

作者列举了二十多个著名说唱艺人的小传，对艺人的不同类型及说唱生活的经历，作了一些生动的记述和分析。这对我们了解说唱史诗的艺人和史诗《格萨尔王传》本身，都会是很有启迪的。

我与《格萨尔王传》也有一段不解之缘。看到作者所述说唱艺人的不平凡的经历，我想到了我在新疆遇到的专门说唱史诗《江格尔》的蒙古族的"江格尔奇"，他们在"浩劫"中受到迫害和批斗，有从此闭口不再说唱《江格尔》的，也有仍然在流浪中给牧民们偷偷说唱的。我和他们也可谓患难朋友。我曾经是搜集、抢救史诗《格萨尔王传》的积极倡议者、组织者，因此"文化大革命"中也成为我的罪行之一。真可谓罪魁祸首矣！

英雄史诗产生在原始氏族社会解体、奴隶制社会逐步形成中频繁的部落征战与联盟统一的时期，所谓英雄时代。史诗《格萨尔王传》所反映的也正是古代藏族社会以岭国格萨尔王为首领，捍卫部落部族利益，四处征妖伏魔、造福人民孕育民族的光荣史。格萨尔王历史上自然也是实有其人的。史诗中一些对立的或被征服的部落在史籍及今天周边的民族或邻国还可查考到历史的踪迹。但史诗是在游吟诗人的说唱中，在传说、民歌、民间故事、谚语等基础上创作的，它既是现实生活和斗争历史的投影，又是典型化了的语言艺术创作。作为艺人描绘历史的文学创作，它对现实生活图景和斗争经验的描述，由于原始思维的存在，一开始就打上了原始宗教本教的印记，及至佛教同本教作斗争占了优势，史诗就被涂上了更加浓重的佛教色彩。从本教演变到藏传佛教——喇嘛教，在藏族政教合一的奴隶主阶级统治下，民族英雄格萨尔成了藏族全民崇拜的至高尊神。今天的说唱艺人，有的同时还是驱邪祛灾和占卜的巫师。艺人们说唱时，往往还有一套固定的仪式、道具，并且头戴插着羽毛和富有象征意义的各种装饰的方形"艺人帽"，最典型的是身穿大红锦缎袍，套两只绣着狮子的袖子，前胸后背上是老虎和大鹏鸟。不难看出，这都是原始宗教本教的巫师的传承和遗迹。艺人们流浪、朝佛，有的认为自己获得说唱格萨尔故事是"神授"的，或按活佛的说教，要经过活佛念经、开启"智门"，他才忽然贯通，滔滔不绝地说唱起格萨尔故事来。出于佛教的宣传，不仅格萨尔大王是白梵天王的儿子下凡，拯救世人，游吟诗人们也只有经过佛的启示才能打开智门，有了说唱史诗的本领。史诗与宗教的关系显然成为探讨研究史诗的一个重要课题。史诗是人类早期社会的一种文学形式，又是传授民族历史的"族谱""根谱"的古歌或部落战争的英雄与美人的故事，也是人们用以汲取生活和历史斗争经验的生活百科全书。

作者在探讨说唱艺人和史诗的内涵中，力图以历史唯物主义的世界观和方法论为指针，观察和阐述史诗《格萨尔王传》的历史演变，同时多方面地描述说唱艺人的流浪、朝佛、绕湖、转神山等生活环境以及学艺的经历，从宗教的斗争与变迁、释梦等方面作理论上的探索，努力揭示史诗《格萨尔王传》与艺人说唱的神秘文化之谜。实践证明，只有采取科学的态度和方法，一方面从历史看传说，另一方面又从传说看历史，才能从史诗创作中窥视藏族古代社会的本来面目。这种使历史与文学创作互为印证，以历史唯物主义的科学方法作方方面面的探索、剖析，可说是深入探讨《格萨尔王传》的最好的门径。作者还没有完成她的探索，对种种神秘之谜还没有加以彻底而全面的揭示曝光，但这部书对读者展示了一个良好的开端。

我们今天也已采用了现代科学技术的记录方法，可以使艺人们的说唱有声有色地保存下来，这是前人所做不到的。我作为发起抢救记录出版史诗的组织者之一，热烈期望早日实现 1979 年峨眉会议以后所制订的两套出版计划：一是根据前人记录整理的手抄本、木刻本，择优编辑出版一套藏族《格萨尔王传》，先出藏文本，跟着出汉译本；二是根据今天艺人们的演唱记录，整理出版一套最有代表性的当代记录本，并同时出版藏文本和汉译本，这是尤为重要的。蒙古族的《格斯尔的故事》汉译本已出版，现在应着重出版蒙古文和汉译的艺人演唱本。我们也深知翻译工作不易，但有计划地解决翻译问题，十分重要。作者还特别提出让艺人自己对着录音机说唱来记录不妥的问题，我也深有同感。艺人们面对听众演唱，与听众交流，才使他心花怒放，才华横溢，把故事和人物讲唱得如临其境，如见其人，又发挥了听众的参与意识，这才是最好的、最吸引人而又自我陶醉的演唱，一个人躲在石洞里独自对着录音机自唱自录，他怎么能进入角色，唱得热闹红火呢？因此由文笔较好的人记录整理艺人的演唱，是必要的。综合各个艺人的演唱和民间流传的异文，整理出一套忠于原作而又文字讲究的藏文本，再译成汉文本，二者并行流传可以推动史诗《格萨尔王传》更快更好地走向世界。

早在十年前，我就建议杨恩洪到民间艺人中去作调查，寻求了解史诗《格萨尔王传》的源流，盼望早日看到她的著作。作者不仅对民间游吟诗人进行了寻踪觅迹，还对史诗和它的研究者的历史作了全面的探索研究，回答剖析了不少问题。世上无难事，只怕有心人。与书斋学者相比，民间诗神使她高出一筹，实在可喜可贺！

欲穷千里目，更上一层楼。是为序。

贾芝

1994 年 8 月 4 日夜

目　录

上编　史诗说唱艺术论

下编 艺人传与寻访散记

上　编

史诗说唱艺术论

被誉为具有"永久魅力"的古希腊史诗《伊里亚特》和《奥德赛》，是欧洲文学宝库中的明珠，也是世界文化的珍品。后世的许多作家从中汲取了丰富的营养，可以说，他们的创作都不同程度地受到这两部史诗的影响。史诗在西方文学发展史上乃至世界文学史上占有举足轻重的地位。那么，创造了如此完美的史诗的人是谁呢？传说是一位古希腊的盲艺人荷马，他大约生活于公元前9世纪—公元前8世纪。正是这位闻名世界的荷马，将小亚细亚一带民间口头流传的史诗短歌综合加工整理，在此基础上形成两部史诗巨著。此后，史诗又回到民间以口头形式继续传播，至公元前8世纪—公元前7世纪才被用文字记录下来。又过了一个多世纪，这部作品作为传世的最后形式，才被人们用文字固定下来。这就是我们今天看到的《荷马史诗》。尽管古希腊社会及文化发展的记载极其贫乏，但我们从上面粗线条的叙述中，不难看出这两部巨著的产生、发展及最后形成，经历了至少三个多世纪的漫长时间。在这一过程中，虽然对荷马是否真有其人的问题仍有争议，却不影响我们作出如下的结论：这两部史诗体现着众多艺人的劳动结晶，饱含着多少代人的心血。从中不难看到，在荷马以前，众多的民间歌手的游吟传唱为史诗的产生奠定了丰厚的基础；而在荷马以后，直到固定成文以前，仍有广大的口头艺人为保存和传播荷马编就的史诗付出了努力，自然也应包括那些书面文学记录者的辛勤劳动。在史诗没有成为一个固定的文本之前，谁又能保证他们在保存、传唱、记录史诗之中，未将个人的感情色彩以及才华融会其中呢？谁又能否认这如此众多的无名艺人对希腊史诗的杰出贡献呢？然而，遗憾的是，时光流逝，他们都已被无情的历史尘埃淹没，至今人们只知道一个荷马。其实把荷马看作创作这两部史诗的众多民间艺人的总称似乎更为妥当。

这一历史的遗憾是我们作为后人所追悔莫及和无法弥补的，但是我们却可以从中得到有益的启示。今天，在辽阔的中国大地上，举世瞩目的英雄史诗《格萨尔王传》仍在民间流传，保存、传播史诗的众多口头艺人、书写艺人依然活跃在民间。我们的史诗正在经历着、重复着希腊史诗所走过的那段历程，即从口头文学到书面文学，以致最后成为史诗的定本这样一个过渡阶段。我们亲眼看到了众多的民间艺人是如何珍视他们世代相传的史诗，并为此付出了血和泪的代价；我们亲耳听到了那激荡在雪山草原的深为群众所喜爱的史诗旋律。比起那些《荷马史诗》的研究者来说，中国史诗《格萨尔》①的研究者是幸运儿，我们无须为荷马的生卒年代去进行艰难的考证，更无须为荷马史诗的流传方式、说唱形式而百思不解，因为说唱《格萨尔》的"荷马"至今还活在中国。

如果说"荷马的艺术才能是座熔炉，通过它，民间故事、诗歌和诗的片断的粗矿石炼成了纯金"（别林斯基语）的话，那么，中国众多的藏、蒙古、土等民族的艺人则组成了一个巨大的熔炉群，通过它们冶炼出了具有世界意义的民族文化的真金，同时，他们又构成了一个人类文化的珍宝库。

然而，长时间来，我们主要注重于艺人说唱记录本，或依据记录稿整理后出版的文本的研究，其中又主要是文学角度的研究。这固然是重要的，却又是远远不够的。史诗是人类多元文化的载体，文学角度的研究难以概括它的全部科学内涵，因此，即使是文本的研究仍需拓展视野，运用多种学科的手段和方法进行科学研究工作，方能贴近史诗科学的客观实际。更是长期以来，我们或囿于文学学科的局限，或由于其他种种原因，几乎没有注意到中国境内诸如藏族、蒙古族、土族等几个民族中，至今仍活跃于民间的史诗说唱艺人。这大约百余位艺人的存在具有无可估量的价值，称之为国之瑰宝是毫不为过的。当国外的史诗研究者、文化人类学家足迹遍全球而"遍寻无着"时，我们国内竟让这宗宝藏又沉睡了数十载，这不能不让人感到遗憾。有感于此，笔者自20世纪80年代中期开始有意识地走访了藏族、蒙古族和土族的史诗说唱艺人，所得颇丰。应该说，在对于艺人价值的认识方面，直到20世纪80年代末人们才取得基本共识。尽管仍有差距，却不失为一个可喜的进步。这里所说的共识是指对说唱艺人本身所具有的科学价值的认识而言，即指对艺人的专门研究。值得庆幸的是，我们虽然蹉跎了几十年，许多优秀艺人已经辞世，但至今仍有相当数量的优秀艺人健在，正所谓"亡羊补牢，尤为未晚"。

在旧西藏，说唱艺人也曾引起了个别酷爱《格萨尔》的达官贵人们的注意。他们从最为直观的认识出发，知道要想得到最精彩、最生动的史诗唱段，就离不开好的民间说唱艺人。虽然他们当时并未认识到艺人的重要价值，更谈不上研究什么。但是他们却采取把艺人请到家中或寺庙里，

---

　　①　为简便起见，根据约定俗成，称藏族该史诗为《格萨尔》，称蒙古族该史诗为《格斯尔》。

记录他们说唱的章部的做法。在藏族艺人中，阿达尔曾为拉萨达吉岭贵族家派到那曲来的两位秘书说唱了《霍岭之战》，后由他们记录成文带回拉萨；才让旺堆曾在上安多的伯恩寺说唱《卡契玉宗》，由喇嘛们记录成为抄本，献给夏河的拉卜楞寺院；抄本世家布特尕的外祖父嘎鲁，曾记录不少艺人的说唱，并抄成工整的本子在民间广为流传。由青海人民出版社1964年出版的《霍岭大战》（上），明确地记载了该本是由安多地区著名学者才旦夏茸·阿旺央丹如白东觉等人根据颇罗鼐·索朗多杰时期的二十多位《格萨尔》说唱艺人的说唱记录，并参考了五种不同的抄本，经过整理、校订后形成的。这些都说明了民间艺人的说唱，在历史上曾引起个别有识之士的注意，并对他们的说唱进行了记录、整理和抄写等工作。

　　国外《格萨尔》研究学者在搜集抄本、刻本的同时，也注意到了民间艺人的说唱，并做了记录工作。虽然大多是一些史诗的片断，但是对于后人的研究提供了重要的资料。当然，由于当时条件的限制，他们记录的史诗被石泰安（R. A. Stein）教授称之为"半口传"，其理由是，在记录史诗时，由于没有现代化的录音手段，只能让艺人慢慢讲述，时断时续才能记录下来，这样势必会使讲述人迟疑犹豫，以至说唱的内容、语言与自然状态下的说唱有所不同。

　　尽管如此，这些20世纪初的史诗口头记录，仍是不可多得的宝贵材料。

　　它们是以下六种文字的记录本：

　　（一）来自西藏的说唱记录本

　　1. 弗兰克（A. H. Francke）传教士在拉达克记录的本子；

　　2. 罗列赫（G. Roerich）用拼音记录的安多说唱的片段；

　　3. 达维·尼尔（David-Neel Alexandra）记录的康巴方言本。

　　（二）来自蒙古文的记录本

　　1. 波塔宁（Potanin）记录的布利亚特阿拜《格斯尔》片段；

　　2. 汗嘎洛夫（Xangalov）记录于巴拉巴斯克地区的说唱片段；

　　3. 卡亭（Curtin）在布利亚特伊尔库茨克以北地区记录的《格斯尔》。

　　（以上蒙古文本大部分是由俄国精通蒙古文的学者记录、翻译的。）

　　（三）来自青海互助土族地区的蒙呼尔记录本

　　由德国多米尼克·施罗德传教士于1948—1949年在互助记录了土族艺人贡布的说唱。

（四）来自锡金北部山谷的雷普查文本（Lepcha）

1. 由毕渥德·斯托克（C. Beauvoird stocks）记录了一个老妇人边跳边唱的本子，内容为征服妖魔；

2. 由哈尔顿·辛格（Halfdan siiger）记录了《霍尔》的一章。

（五）来自吉尔吉特的布鲁萨斯基语口传本

1. 由骆里莫（D. L. R. Lorimer）中校在吉尔吉特（洪扎）地区搜集的。他的方法与手段似乎更科学，有全文注音，逐字翻译，部分专用名词在索引中作了解释，包括序言、诞生、与珠牡结婚、称王、征服哈哈国、与霍尔的战争等章节。

2. 1989 年成都《格萨尔》国际学术讨论会上，巴尔蒂斯坦人阿巴斯·加兹米介绍了他记录的格萨尔的故事，是由生活在巴尔蒂斯坦的一位欣族（shin）故事家阿卜杜尔·拉赫曼·默斯德里巴说唱的。

（六）土耳其语记录本

流传在南西伯利亚的口述本，由瑞德洛夫（Rad-loff）记录、注音后，译成德文于 1866 年出版。`

在以上说唱记录本中，摩拉维亚传教士弗兰克是最早忠实记录并翻译藏文口述《格萨尔》的先驱者。"本世纪初，传教士弗兰克先生在拉达克地区，成功地记录下来两篇他发现的流传在那里的格萨尔故事。他将原文、德文译文及注释于 1900 年发表在《芬兰——乌戈兰社会札记》上。"① 后来，他又在下拉达克从一个 16 岁的姑娘那里记录了一部《格萨尔》，这一口述本的藏文原文、英文概要及注释被题名为"格萨尔传奇的一个下拉达克版本"，于 1905—1909 年由孟加拉皇家亚洲协会在加尔各答出版，共印刷了四次。弗兰克本想将所有搜集到的口述本及索引等汇总出版，未能如愿。他于 1933 年离开了人世。受弗兰克的委托，加尔各答大学教授 S. K. 查特基把所有的记录本及弗兰克发表的六篇文章汇集在一起译成英文，并为此书作序，于 1941 年由孟加拉皇家亚洲协会正式再版。弗兰克虽未见到自己的全部成果的汇集出版，但这一真正意义上的科学版

---

① 参见英文本《格萨尔传奇的一个下拉达克版本》序，1941 年，加尔各答。（A. H. Francke, *A Lower Ladakhi Version of Kesar Saga*, Bengal Calcutta: Baptist Mission Press［printed］, the Royal Asiatic Society［published］, 1905—1941.）

本是他留给后人的一笔珍贵财富。它包括预言、天神遣子下凡、诞生、格萨尔的青年时代、结婚登位、娶汉公主、降伏北魔、降伏霍尔等章节。

达维·尼尔女士与永登活佛合作，根据康区说唱艺人的说唱记录，同时参照她所搜集到的手抄本，整理出了《岭·格萨尔超人的一生》，于1931年用法文在巴黎出版。该书1933年又由窝勒特·舒德尼译成英文在伦敦出版，1959年再版，1978年、1981年又分别在美国纽约和科罗拉多州再版。这一版本虽是整编本，但在西方影响较大。为她说唱的艺人是青海玉树地区结古镇的艺人德钦辛巴，据传他是霍尔国大将辛巴的化身（霍尔被降后，辛巴归顺格萨尔，成为他的忠实将领之一）。此人喝醉酒后，即举刀奔出屋外，要杀一个据说是霍尔白帐王转世的在结古寺当小喇嘛的十岁的男孩。就是这位艺人为达维·尼尔女士说唱了六个星期，由她和她的朋友记录。这位艺人具有神秘色彩，他不仅声称曾得到格萨尔大王的谒见，还经常失踪不知去向。此外，他又是一个巫师、占卜者，他声称可以和格萨尔大王互通信息，并可预见人世间的未来。这个本子是用散文体写的，包括了预言、天界、诞生、赛马称王、降伏北魔、霍尔、姜国、门国、大食之战、分大食财宝、安定三界、格萨尔返回天界等主要章部。第一次以一个较完整的故事，把《格萨尔》呈现在世界人民面前，对于《格萨尔》的走向世界起到了很好的作用。极为可惜的是它很少保留史诗最精彩的部分——韵文部分，使人们难以从语言上了解它的韵味和特色。

法国艾尔费（Mireille Helffer）女士曾撰写了专著《藏族格萨尔王传的歌曲》，研究史诗的曲调，她曾经记录了八位艺人的说唱，他们是襄谦人仁钦达杰、苏茹克人贡布扎西、霍尔人强巴桑达、德格人丹增陈列、当雄人罗桑单增、康巴人扎西顿珠和尼迈，以及尼泊尔北部牧民阿克嘎玛。其中仁钦达杰曾为希腊王子皮埃尔录过说唱，罗桑单增为法国石泰安录过《赛马称王》。

迄今为止，在国外学者中，对于史诗《格萨尔》及其说唱艺人研究最精深者当数法国石泰安教授。他曾出版《岭地格萨尔王传》（1956年，德文版）。他的力著《藏族格萨尔王传与演唱艺人研究》（1959年，巴黎）仍是目前最有影响的学术著作之一。该书共646页。他旁征博引，立足于藏文资料，从历史文献、民族文物、民族情况等不同方面，探讨了这部史诗构成的各种因素。

首先，他认为在对故事进行剖析之前，必须先将史诗的起源、产生时期、发展经过以及英雄人物的性质及故事的来源等问题都考证清楚，否则光靠对史诗本身的研究是无从弄清问题的。为此，在这些方面他花费了大部分精力。石泰安论证的一个极具代表性的观点即是，他认为与人们称之为希腊—佛教艺术东移的设想一样，格萨尔史诗也存在同一趋势，那就是罗马的凯撒大帝或东罗马帝国称为恺撒尔的人，在西藏的史诗中变成了他们的英雄人物。由于这支文化的流动穿过中亚，在伊朗和阿富汗接受了印度和东罗马帝国两支文化，流向远东。这支文化也将各地的艺术带到了青藏高原。这中间经过了漫长的时间，又通过大量的中间媒介，使各地各民族各时期的文化内容相互混杂、交流融合在一起。他的这一史诗外来说的观点曾影响了不少后来的学者。此外，他通过大量的例证来说明史诗说唱艺人与萨满（巫师）的关系，尤其是他对于说唱艺人帽子、禅杖的形状及功能的叙述极为详尽，为我们了解说唱艺人的过去形态提供了宝贵的资料。

当然，由于石泰安教授研究时所能见到的版本的局限，尤其是他所直接采访的说唱艺人为数很少，所以他曾断言：目前没有一本书，也没有一种民间口传的故事包括了本史诗的全部内容。当时，他认为史诗的主要框架包括了天界、诞生、赛马、北魔、霍岭、姜岭、门岭、大食等十几部，而实际上，流传在中国藏区的《格萨尔》的内容远远不止这些。如果说当时没有一部分章本的《格萨尔》可以包容如此广泛的内容，倒是事实。然而目前能够完整地说唱几十部甚至上百部《格萨尔》的民间艺人却大有人在。

为此，对于说唱艺人的专题研究，把艺人放在更辽阔的社会背景之中的研究，以及艺人的分类研究，解释其神授说的奥秘，等等，都将成为可能。因为我们的研究是建立在掌握数十位优秀艺人的资料的基础上的研究，是对至今仍活跃于民间的众多说唱艺人的研究。我们并不比前人高明，我们只能庆幸所生活的时代和环境赐予了了如此的良机，使我们得以在前人成果的基础上，在这条崎岖的路上继续前行。

新中国成立以后，中国各民族说唱艺人的地位与价值得到了应有的承认，从而为抢救口头的活的史诗奠定了有利的基础。特别是 20 世纪 80 年代，堪称是中国抢救《格萨尔》说唱艺人的最佳时期，大量的采访及录音工作（目前已经录制了近 5000 盒磁带）为我们深入地研究史诗的产生、流传、发展及变异提供了极为宝贵的素材。

　　我们相信，充分认识说唱艺人的价值，并对他们进行专题研究，必定会为"格萨尔学"开拓一个更加丰富多彩、更具有理论意义和实践意义的领域，必定会进一步促进各民族文化的繁荣与兴旺。

第 一 章

艺人的地位与贡献

1991 年 11 月 20 日，初冬的北京已是北风习习，然而人民大会堂里却洋溢着春天般的温暖。在这里，24 位卓有才华的藏族、蒙古族《格萨尔》民间说唱艺人被命名为"《格萨尔》说唱家"。这桩在中国民间文化史上的创举，必将在国际史诗研究界作为佳话而传诵。

1987 年 11 月 3 日，北京百余位藏学专家学者曾隆重集会，为卓越的藏族《格萨尔》说唱艺人扎巴举行了逝世周年纪念会。这位享年 81 岁的艺人与其他藏族、蒙古族艺人一道，曾于 1986 年应邀来到北京，作为先进个人的代表，受到国家领导人的接见。

这些来自青藏高原和内蒙古草原的地地道道的"平民百姓"，何以得到如此规格的表彰和荣誉呢？还是让我们从著名的藏族老艺人扎巴说起吧！

第一节　国之瑰宝

1979 年春天，退休的养路工人，74 岁的扎巴从林芝到拉萨来看病，"仲堪（sgrung mkhan 藏语意为故事家，这里指《格萨尔》艺人）扎巴来了"的消息在拉萨城里不胫而走，引起了人们的极大兴趣，一时间成了人们议论的话题。年纪大一点的人对于仲堪扎巴是不陌生的。在旧社会，逢年过节，扎巴曾不止一次来到拉萨，为人们说唱藏族人民喜爱的长篇史诗《格萨尔》。他在群众聚集地方说唱，也到老百姓家中说唱，也曾去过有钱的贵族家中说唱，给人们留下了极深的印象。

老人走过了一条坎坷的人生道路，既有不堪回首的苦难的过去，又有激动人心的幸福的晚年；既有神秘的令人迷惑的"神授"故事来源，又有忠心耿耿脚踏实地地为抢救《格萨尔》所做出的斐然成绩。

扎巴于 1906 年，即藏历第十五绕迥火马年出生在西藏边坝县一个贫苦农奴家庭。9 岁时曾迷失在外 7 天，人们在离他家不远的一块大石头的背后发现他时，他已昏睡多日。醒来后，嘴中便不停地说着《格萨尔》的故事。扎巴说这些故事是在睡梦中得到的。从此，他开始了说唱生涯。由于家庭生活贫困，以及繁重的乌拉差役，扎巴不得不背井离乡，以说唱《格萨尔》行乞来养家糊口。他从边坝县经波密，流浪到工布地区，后又到山南、日喀则、拉萨一带游吟度日。与此同时，他朝拜了藏区的神山圣湖，膜拜了古刹名寺中的先佛神祖。可以说他的一生是在浪迹高原、吟唱史诗《格萨尔》中度过的。艰难而坎坷的生活磨砺了他坚韧不拔的性格和对说唱艺术的执着的追求，高原的壮丽山河陶冶了他乐观豁达的情操和艺术才华，这一切使他的说唱技艺日臻成熟，最终成为一位远近闻名的仲堪。

1979 年西藏大学派人把他接到拉萨，从此，开始了他说唱史诗的录音工作。扎巴可以完整地说唱《格萨尔》34 部。短短的 6 年中，共说唱了 26 部，总计录制了 998 盘磁带（60 分钟一盘）。若按已经出版的 3 部[①]的平均数字，即每部 5000 诗行计算，那么 26 部可达 13 万诗行之多。令人叹为观止的是，如此鸿篇巨制竟是出自一个目不识丁的民间艺人之口，实为举世罕见。扎巴说唱的《格萨尔》不仅篇幅长、含量大，同时故事情节生动曲折，语言丰富流畅，曲调富于变化，堪称当代《格萨尔》艺人中的佼佼者。

如今，有的人写出了一本书，或许只是几篇较有影响的作品问世，即可堂而皇之地被称为作家。相比之下，对于这些"不识字的作家"的评价则去之甚远。我们究竟应该怎样评判他们的功绩呢？我想授予他们"说唱家"的称号，给予他们应得的荣誉和礼遇，无疑是正确的，他们当之无愧。

在中国藏族、蒙古族以及土族生活的地区，能够说唱长篇史诗《格

---

① 这三部是：扎巴说唱、西藏师范学院搜集：《门岭之战》，西藏人民出版社 1980 年版；扎巴说唱、西藏师范学院《格萨尔王传》办公室编：《松巴犏牛宗》，民族出版社 1982 年版；扎巴说唱、西藏师范学院《格萨尔王传》办公室编：《仙界占卜九藏》，民族出版社 1984 年版。

萨尔》的绝不仅仅是扎巴一个人。他们宛若灿烂的群星，遍布于这些民族世代生息的草原平川、高山雪原。在旧中国，他们大部分过着衣不蔽体、食不果腹的游吟生活，然而却矢志不渝地为承继和发展史诗说唱而默默地奉献着，以他们充满激情的说唱温暖饱经世间沧桑的人们。人们从他们的说唱中汲取力量和慰藉。

处于现代文明氛围中的人们，也许难于了解这部史诗及说唱艺人在各族群众心目中的地位。藏族、蒙古族、土族人民几乎把格萨尔王奉若神明，对其充满无限崇拜和敬仰之情。为此，艺人们在说唱之前要煨桑，要用酒祭祀英灵。这些仪式除包含对格萨尔的尊崇外，笔者认为它更具有深刻的文化内涵。人们深信，格萨尔确确实实曾生活在自己脚下的土地上，民族的繁衍生息延续及今天人们所拥有的一切，都是在当年格萨尔大王东征西伐所奠定的基础上发展而来的。现在格萨尔虽然已不在人世，但他和他的众英雄的灵魂仍活在世间，与民族同在。

也正是由于上述原因，人民创作了史诗《格萨尔》，并在长期的传诵中，不断丰富和完善。它是千百年来人民群众集体智慧的结晶。虽然我们对于史诗产生的准确年代还无法确定，这部史诗最早的雏形及它所依据的历史原型也尚未得到考证，但是有一点是必须承认的，那就是经过了无数代艺人的口头传承，以及经过了跨越民族和地域的传播，这部史诗目前所达到的规模是惊人的，举世无双的。尽管这其中已经分不清哪些是哪一位艺人的创造和发展，哪些是某一地区的独特唱段，但是说唱艺人的历史功绩却是不容置疑的。

毫无疑问，那些未曾留下姓名的众多的民间说唱艺人，在传唱史诗的过程中，将他们的阅历、他们对史诗的理解、他们所能使用的最好的语汇、民间最喜爱的曲调等，天衣无缝地融入史诗之中，不断给史诗注入新鲜血液，使史诗得以不断丰富和发展。正如高尔基所说："英雄史诗是一个民族全体人民集体智慧的结晶，这种集体思维的完整性，使它具有至今仍然不可超越的、思想与形式完全和谐的高度的美。"① 目前，在中国，史诗仍在发展，年轻的艺人时有发现，新的说唱部本仍在增加。

---

① ［苏联］高尔基：《个人的毁灭》，转引自高尔基《论文学·续集》，缪灵珠译，人民文学出版社1959年版，第55页。

迄今，我们已经搜集到手抄本、木刻本（除异文本）约有近百部，依据藏族艺人说唱部的统计共有 120 部，若按每部平均 5000 诗行计算，其总数达到 60 万诗行，这是号称世界最长史诗《摩诃婆罗多》（10 万颂，一颂 2 行，约合 20 余万行）所无法相比的。

《格萨尔》反映了藏民族从分散、原始的氏族社会逐渐向统一的封建社会过渡的历史进程。在表现这一重大历史变革的史诗《格萨尔》中，藏族古代社会的历史，政治、经济体制，以及当时人们的道德规范、审美情趣、民俗民风和语言文学等均得到了极好的反映，堪称一部研究古代藏族社会的百科全书，是"表现全民族的原始精神"的"一种民族精神标本的展览馆"，是具有"永久价值的全民族的经典"。①

这样一部民族的宝贵经典，在漫长的历史时期中，正是主要依靠民间艺人的记忆，以口耳相传的形式保存和传播的。因此，史诗《格萨尔》以及继承和传播它的众多的民间说唱艺人，都是中华民族及其伟大祖国的瑰宝，是祖先留给后代的伟大遗产、无价之宝。

第二节　史诗《格萨尔》现象

今天英雄史诗《格萨尔》已经为国内外越来越多的人所认识，"中国无史诗"论（黑格尔语）得以彻底纠正。藏族、蒙古族《格萨尔》已经跃上了国际学术论坛，引起各国藏学家、蒙古学家的广泛重视。特别是1983 年以来，抢救史诗《格萨尔》的工作连续被列入国家"六五"、"七五"的重点项目，抢救、搜集、整理、翻译、出版和研究工作取得了举世瞩目的成果。《格萨尔》的多种文艺改编形式，诸如歌舞剧、京剧、藏戏、电视剧等相继问世，令国人耳目一新，对这部英雄史诗有了更深的了解。它的价值及其在文学史上的地位已得到国内外学术界承认。格萨尔学作为藏学中的一个热点，已经在格萨尔的故乡——中国形成。这是一个伟大的进步！一部劳动人民创作的史诗得到如此的重视和赞誉，只有在劳动人民当家做主的时代才能成为可能。

目前，如果说人们对于史诗的价值已经有了足够的认识的话，对于参

---

① 〔德〕黑格尔：《美学》第三卷下册，朱光潜译，商务印书馆 2015 年版，第 108、123 页。

与创作并直接传承了这部史诗的民间说唱艺人的历史功绩和作用的认识和评价却远远不够。究其原因，可以归纳为如下两点：1. 轻视民间作品及其创造者的传统观念的存在。虽然人们承认民间艺人对史诗的贡献和创造，但是，若将他们与作家相提并论，又总觉得难于接受，似乎仍然有个"阳春白雪"与"下里巴人"的分野。当然这一状况在新中国成立后，已有较大的改观。近年来，有关部门对于《格萨尔》说唱艺人已给予了重视，只是限于财力和物力等原因而未能尽如人意。2. 艺人研究尚属开创阶段。对于说唱艺人所表现出的许多独特的、具有文化人类学意义的事象尚有待于作出科学的解释，从而也影响了对于他们所具有的真正价值的认识。世界上绝大部分有史诗传世的国家，诸如希腊、芬兰、印度等几乎无说唱艺人可寻，仅有各种史诗如《伊利亚特》《卡勒瓦拉》《罗摩衍那》等的定本传世，因此，国外基本上没有史诗艺人研究的成果可资借鉴。而在国内尚未引起广泛的注意。加之说唱艺人多居边远地区，或山村，或高原牧场，交通十分不便，寻访艰难。而艺人研究的跨学科性又平增难度，既非文学角度的文本研究所能独为，亦非人类学角度的心理或人体研究所能全部涵盖。如是，涉足此领域者寥寥。上述种种，也影响了对于艺人们所具有的全部价值的科学认识。

史诗《格萨尔》的存在与流传，做为一个民族的古老的文化事象的遗存，一种原始的民间口头说唱形式，究竟应该怎样来看待它呢？如何科学地解释史诗说唱艺人各具的特质、评说他们的价值和贡献？这是史诗《格萨尔》研究中一个不可回避的问题。它不仅是我们抢救史诗工作中亟待解决的一个认识问题，同时也是文学和文化人类学史上的一个有待开拓、探索并得出科学结论的问题。

对于其他民族的读者认识史诗《格萨尔》，往往通过文字—书本、图像—舞台、影视等媒介了解到它是一部散韵结合的文学作品（蒙古《格斯尔》则基本上是全韵体），或者是一个颂扬一位英雄业绩的故事，仅此而已。但是对于这部史诗流传地区的藏族、蒙古族人民来说，《格萨尔》已经成为他们生活中不可或缺的部分，一个重要的文化事象。

关于文化的概念，各国学者提出了数百种定义，各有其见仁见智之处。这里只引用一百余年前颇具权威的英国人类学家泰勒的定义："文化是一个复合的整体，其中包括知识、信仰、艺术道德、法律、风俗以及人作为社会成员而获得的任何其他的能力和习惯。"① 泰勒认为社会生活的诸多方面是学而知之的，是共同享有的，这两点是领悟人类在社会上所作所为的性质的必不可少的最重要的因素。这就是说，一种文化现象，首先，它不是与生俱来的，是人们在长期的社会实践中共同创造的，是通过学习而获得的；其次，它是在同一社会或社区中，生活在一起的群体所共同拥有并共同受益的。每种文化现象，它产生于社会，均有其合理性及历史的必然性。藏族《格萨尔》产生并得以流传的社会和历史背景正是如此。学术界一般认为它产生于11世纪以后的数百年间。

回顾藏民族的这段历史，安定统一的盛世不多见，多的却是分裂割据、连绵的战乱。即使是吐蕃王朝时期，其政界内部的斗争，宗教界佛、本之间的斗争也是十分激烈的。后来爆发的奴隶、农民起义以及奴隶主阶级内部的争权夺利、相互征伐，致使藏族社会处于大动荡、大变革的局面达三四百年之久，直到元朝统一中国，在西藏确立了以萨迦教派为首的地方政权，这种动荡割裂的局面方告结束。人祸天灾使百姓苦不堪言，他们渴望安定、和平、统一的局面出现，期待着过上富裕、安宁的生活。藏民族所经历的特定的历史进程，使处于水深火热中的百姓向往安定盛世的出现，而一旦得到统一和安定之后，他们则倍加珍视它的来之不易，并谆谆告诫后人汲取历史的经验，这就是史诗《格萨尔》产生、传承并发展的独特的历史因由。

一种文化总是由某个人类共同体共同创造的，共同体的成员对于该文化都作出了不同程度的贡献。作为民间口头作品的史诗正是这一共同创造的具体反映。每个时代的人们都会把自己时代所特有的观念、信仰等融于史诗，即打上时代的烙印，使它既保留有最原始的文化传统，又注入各个时代的新的文化因素，同时，也使之呈现十分复杂乃至令人费解的状况，以至今天的人们要想了解它的原生态非常不容易。要打开这把锁，不同时代版本的比较是一把钥匙；而不同时代、不同地区、不同风格的艺人的研究则是另一把钥匙。事实上多才多艺的说唱艺人是史诗集体创作的"执笔者"。正是不同时代的艺人，用他们的创造性的劳动为史诗增添了新的内容和活力，才使这一史诗具有如此旺盛的生命力，得以延续至今。可以

---

① 参见［英］爱德华·伯内特·泰勒:《原始文化:神话、哲学、宗教、语言、艺术和习俗发展之研究》，连树声译，广西师范大学出版社2005年版，第1页。

说是民间艺人使史诗《格萨尔》作为一种社会文化现象，与社会、与时代同步。

《格萨尔》即是藏族牧区人民共同的精神文化财富。对于不识藏文的牧区人民来说，《格萨尔》是一个既听得到、看得见，而又能无处不感觉其存在的一部英雄传奇。《格萨尔》对于他们来说，与其说是文学作品，倒不如说是一部史书更恰当。他们可以聆听艺人的说唱，可以目睹艺人的舞蹈、《格萨尔》唐卡以及供奉的格萨尔及其爱妃珠牡和三十大将的塑像或画像，更重要的是他们认为，今天他们所享用的一切物质财富，如牛、羊、茶、青稞、珍珠、玛瑙，无一不是格萨尔当年浴血奋战为后代创造的。为此，似乎格萨尔王并没有离他们而去，而是生活在他们之中，生活在他们心中。与此同时，在他们贫乏的文化生活中，《格萨尔》是主要的精神支柱之一。在交通闭塞的高原牧区，牧民们年复一年、日复一日地重复着祖祖辈辈传下来的简单的个体的牧业劳动，对于他们来说，群众性的自娱的民间说唱活动就显得极为重要，而那些可以说古论今、口才流利、嗓音动听的《格萨尔》说唱艺人就备受人们欢迎。艺人们给他们带来的不单单是一个故事、一场战争的经过，而是一种精神，它鼓励人们去追求真、善、美的东西，并相信一切丑恶的势力终将被消灭，使人们在对未来的美好憧憬中去战胜高原的恶劣环境以及他们遇到的一切艰难困苦。

藏民族在历史上一直处于全民族信仰宗教的社会之中，人们认为虔诚地供奉神佛会保佑今生和来世的幸福和吉祥。在人们心目中，神是威严的，可敬畏的，而对于格萨尔这位人们心目中的英雄来说，他虽然是天神下凡，却较之其他神佛更为亲切。人们可以经常听到称颂其光辉业绩的诗歌，格萨尔仿佛就在他们身边为民除害，为民造福。因此，他们认为供奉格萨尔可以消灾赐福。许多人甚至觉得，遇到灾难时，唱上几段格萨尔的战斗诗篇，即可化险为夷、逢凶化吉；而在喜庆的日子里，说唱《格萨尔》中的各类赞词，不仅增添欢乐的气氛，还会招财纳福，护佑吉祥。

此外，在藏族人民的观念中，灵魂观念是根深蒂固的。他们认为人的灵魂不死，一个人死了，其灵魂可脱离肉体，或升入天界，或转世成为另外一个人。格萨尔就没有死，而是返回了天界。基于这种观念，以及由于人们在奇特的梦中的所见所闻，认定《格萨尔》中的某英雄或战马转世为现代生活中的某一个人，如格萨尔和他的三十位大将的灵魂均已转世并留在人间。因此，许多说唱艺人把自己与史诗中的人物用灵魂转世观念联系起来。如青海果洛州的艺人次登多吉被说成是霍尔国大将辛巴的转世；果洛州艺人格日坚参是岭国大将嘎德儿子智古那卡多吉的转世；著名艺人才让旺堆则是嘎德的化身；那曲艺人阿达尔则称由于格萨尔的另一个妃子阿达拉姆的灵魂降于他的身体，才可以说唱；西藏已故著名艺人扎巴则说自己是格萨尔大王的神狗的转世；等等。人们似乎觉得，他们依然生活在一个史诗时代，生活在众英雄灵魂犹在的环境之中。人民塑造了英雄，英雄激励着人民，格萨尔遂成为人们战天斗地、战胜邪恶势力的力量源泉。

史诗《格萨尔》说唱在民间经久不衰赖于两个决定性的因素，第一是民间说唱艺人仲堪，第二是听众（人数不定，多至数十上百，少至一二人）。史诗即在民间艺人与牧民之间，以说唱的形式，在两者感情达到互相交流、互相理解、互相默契的情况下存在。没有民间艺人的说唱就没有史诗，而民间艺人也离不开听众——人民群众。没有那真诚执着的赞叹的目光的激励，好的史诗作品是产生不了的。在调查中发现不少艺人可以在发挥自己特长的同时，充分调动听众的注意力及兴趣，当听众的情绪达到激昂状态时，艺人更加进入角色，几乎达到忘我的地步。此时说唱的史诗不但流畅，且妙语连珠，竟使艺人事后回想起来也十分惊叹。艺人和听众之间产生的高度共鸣，是产生好的史诗异文作品的前提，而这种效果对于一个优秀艺人来说是可以轻而易举地获得的。

玉树州艺人江永群佩在说唱格萨尔童年受叔叔晁同迫害的不幸遭遇时，他自己悲痛不已，而听众则义愤填膺，有人竟拔刀奋起要杀晁同，形成了一种群情激昂的氛围。此时，民间艺人的说唱就发挥得最好，最具风采。说唱艺人与听众间感情的互相交流和感染，往往帮助艺人在故事情节的铺排、人物的塑造乃至曲调等方面作出最佳的处理与选择。如是多次反复，日久便使艺人的说唱达到炉火纯青的境地。因此，我们说，《格萨尔》的说唱与流传总是处于不断创造、不断发展的动态之中。每一次说唱都不会是完全相同的，在故事情节、主线基本相同的情况下，每一次说唱就是一个异文的再创造，当然这种创造的优劣取决于艺人的才思、环境的改变、听众的接受程度，等等。《格萨尔》说唱正是在这种群众的自我娱乐中和不断地再创作中，完成民族传统文化的延续进程的。那些不识字的说唱艺人，通过自己的辛勤劳动，使这一民间文化的重要载体不胫而走，传播至今。当然，我们在这里强调史诗《格萨尔》的民间说唱这一主要形式，并不意味着否认那些书写史诗、整理史诗的人们的历史功绩。

但是有一点是不容置疑的，那就是史诗的口头说唱在前，版本的产生及流传在后。而民间艺人的说唱活动自史诗产生以来从未停止过。即使今天不同的抄本、刻本大量流传，也从未停止过说唱。这是我们说格萨尔今天仍然活在民间的重要依据。

在《格萨尔》说唱活动中，艺人占据着主导地位。聪明才智和艺术才华是优秀的说唱艺人必不可少的素质。他们大都具有超人的记忆，甚至可以将史诗多部完整地记忆在头脑之中。听众需要他说唱哪一部，他就可以像从计算机中随时提取一样，立即说唱。如扎巴、桑珠、才让旺堆、玉梅等艺人均具有这种本领。同时，他们又有伶俐的口齿、动听的歌喉和敏捷的思维，可以把头脑中的史诗生动地表达出来，打动听众的心。不少艺人更具备天才的表演才能，令史诗《格萨尔》的众多人物活灵活现。而康区不少艺人的指画（格萨尔唐卡）说唱，则融听觉、视觉于一体，效果就更佳。

值得提及的是，作为一种文化现象，史诗《格萨尔》并不是以史诗说唱一种孤立的样式存在于民间，它与藏族民间文化的诸多载体——民歌、叙事诗、谚语、赞辞以及藏族绘画、藏戏、舞蹈等紧密相连。正是由于不断广泛地吸收内涵丰富的藏族民间文化的乳汁滋养自己，才使之博大精深，成为藏族民间文学的瑰宝。可以说藏族的民间文化是肥沃的土壤，《格萨尔》则是在这片沃土中拔地而起的参天大树。它集藏民族民间文化诸载体之精华于一身，在传播过程中，又推动了民间文化的发展和繁荣。

第三节　艺人的贡献

首先，《格萨尔》说唱艺人是史诗的主要保存者和传播者。《格萨尔》的传播有两种途径：一是通过为数众多的说唱艺人的说唱来传播，即口头传播；二是通过手抄本和木刻本的流传传播，即书面传播。口头传播是史诗流传的主要途径，而且它贯穿史诗从产生、发展直至转变为书面文学的全过程。这一过程可以大致概述为：

1. 最初的口头说唱阶段；

2. 文人特别是宗教人士记录整理加工后，形成手抄本的阶段，即口头说唱与抄本共存的阶段；

3. 《格萨尔》得到宗教人士及寺院的重视后，产生木刻本的阶段，亦即口头说唱与抄本、刻本共存的阶段；

4. 大量铅印本发行、流传，艺人的口头说唱趋于削弱及最后消失的阶段。

需要说明的是，目前正处于第 4 阶段。近些年来铅印本《格萨尔》出版了 70 余部（含异文本），共计 250 余万册，这对于一个有着 459 万余人的藏民族来说是个不小的数字。① 相信随着铅印本的大量问世，以及藏族群众文化水平的不断提高，越来越多的人可以亲自阅读藏文《格萨尔》，且可以依本说唱，加之现代文化传播手段的冲击，艺人说唱将会逐渐减少直至消失。从目前的状况可以明显地看出艺人的数目正在不断减少，尤其是一些年迈的优秀艺人相继辞世，如扎巴、阿达尔等艺人，而年轻艺人的产生却十分罕见，② 所以民间的说唱活动也呈减少之势。虽然如此，由于书面的作品只能在认识藏文的少数人中间流传，而藏族群众中的文盲、半文盲仍很多，占人口的 70% 左右，尤其牧区比例更高，所以时至今日，口头说唱在那里仍然是史诗的主要流传形式。

我们可以将民间说唱艺人看作史诗的载体，在他们的头脑中保存了大量的史诗作品。在铅印本未大量发行之前，抄本、刻本与艺人说唱是史诗的两种传播渠道和保存方式。那么抄本、刻本的量有多大呢？从调查统计的情况看，目前能找到的藏文抄本、刻本共 289 本，其中木刻本 29 本，手抄本 260 本，除异文木刻本共 8 部，手抄本 79 部，共计不同的部本约 80 部。③ 民间说唱艺人却保存了比这更多更完整的史诗。如果把已知的藏族艺人们（近 100 位）说唱的目录做一个统计的话，他们说唱的部数超过了本子的部数，为 150 部左右。由此可见，艺人对保存、发展史诗所做的贡献。

---

① 据 1990 年 11 月 13 日国家统计局公布藏族人口为 4593330 人。

② 继 1987 年在那曲申扎县发现了年仅 18 岁的艺人次仁占堆、在果洛州发现了 20 岁的格日坚参以后，1990 年西藏《格萨尔》抢救办公室又在那曲黑河县发现了一位 18 岁的艺人巴嘎。详见第七章 21 世纪年轻艺人调查概况。

③ 这一数字是 20 世纪 80 年代统计的。估计新中国成立前抄本、刻本的数目要比这一总数多。

从纵向流传来看，史诗从藏族的古代传至今天，它经历了近千年的历史。在这漫长的岁月中，是民间说唱艺人代代相传，他们或父子相传，或师徒相传，使史诗延续至今。而抄本的产生较晚，刻本的产生则更晚，约在19世纪末20世纪初。[①] 从横向流传来看，《格萨尔》说唱艺人很少是终生在家中说唱的，大部分人是在云游四方、转山朝佛、浪迹高原的生涯中，把史诗从一个地方传到另一个地方，将《格萨尔》送至千家万户乃至寺院的。另外，史诗作为说唱文学，艺人所保存的史诗与抄本、刻本所记录的史诗之间，已经有了很大的差别，那丰富多彩的曲调、史诗所特有的韵味、艺人精彩的表演以及说唱时特有的氛围，都是本子所不具备和无法表现的。

其次，说唱艺人是《格萨尔》的主要创造者和发展的动力。在高原上有这样一句话"每个藏人口中都有一部《格萨尔》"。此话虽然有些夸张，但是说明了《格萨尔》与民众的密切关系。而每位说唱艺人的口中，就更有一部特色各异、风格迥然的《格萨尔》，这是事实。每位艺人说唱的部数都与他人不同，而每一部的长短繁简就更不同。即使几位可以说唱较为完整史诗的艺人，他们对于史诗分部的安排以及18大宗包含的内容也不尽相同。如扎巴分为大、小宗42部，桑珠分为大、中、小宗共83部，玉梅分为74部，才让旺堆分为148部，格日坚参分为120部等。与以上艺人不同的那曲艺人格桑多吉认为，格萨尔的一生是连贯的，所以不应把叙述他一生的事迹的史诗分割成若干部。为此他总是从头说到尾，很少割断或抽出一些内容来说唱。他把史诗分为60回（lan），是从格萨尔的诞生、成长一直讲到他159岁，完成了人间使命重返天界。在说唱中，才让旺堆还把每一部分为繁、中、简三种说法，为此每一部的篇幅也就有长、中、短三种不同的形态。由此可见艺人们共性之外的个性，可以看出他们对史诗的独特的理解和贡献。

艺人们说唱的具体内容与特点也有差异。由于他们生长的地区、环境、家庭及个人阅历的不同，他们所受的文化熏陶各不相同，因此，在说唱中也产生差异。有的人既是《格萨尔》说唱艺人，又是民间歌手，或是故事家、斋呷艺人。如才让旺堆，他对于藏族民间文学的其他样式极为

---

① 参见杨恩洪《中国少数民族史诗格萨尔》版本篇，浙江教育出版社1990年版，第90页。

熟悉，不仅说唱史诗，同时可以兼事其他形式，尤其是他唱的民歌在群众中深受欢迎；云南德钦县艺人索南次仁既是史诗艺人，又是当地有名的故事家，他讲述的藏族故事生动感人，具有浓郁的德钦地方特色；西藏艺人桑珠不但是史诗艺人，同时也是一名优秀的斋呷艺人，擅长于说赞词，他说唱的赞词既多且全，因此，在他的《格萨尔》说唱中赞词联翩，妙语连珠。玉树地区被誉为藏族歌舞的海洋，那里的丰富多彩的藏族民歌及曲调，为史诗《格萨尔》的说唱提供了丰富的素材，使得这一地区的史诗说唱独具特色，那就是以曲调取胜。不少艺人有自己的套曲，对于史诗中的主要人物都安排了专用调，充分显示了史诗的韵律美。

不难看出，长于民歌的艺人，其唱词部分极为丰富，曲调变幻多样，且融入了优美的民歌曲调；长于故事的，其说唱的史诗向着故事化、散文化的方向发展，韵文部分相对减少，散文部分增加；而长于赞词的，其说唱讲究遣词造句，驾驭语言的艺术才能极强，即使是散文部分也具有一定的韵律和节奏，悦耳动听。

除此以外，艺人们运用自身知识专长，为丰富、发展史诗做出了贡献。如果洛州书写艺人昂亲多杰是一名藏医，精通藏族医药知识，为此，他书写的《扎日药宗》[1] 不但具有史诗的特色，同时又荟萃了藏医学的宝贵知识，被认为是一部非常难得的作品。

综上所述，史诗《格萨尔》鲜明的藏族文化属性及其在藏族文学乃至文化史中占有极其重要位置的取得，都是与说唱艺人的劳动分不开的，是历代艺人呕心沥血的结晶。

第四节　艺人的地位

从历史发展的角度来考察艺人的产生、传承、延续是一件非常有意义的工作。但是由于史诗产生年代的久远，艺人社会地位的低下，致使在藏文史料中至今未发现有关《格萨尔》说唱艺人的记载。我们对于艺人的产生与发展所知甚少。而今天，通过田野考察所获得的都是 20 世纪 80 年代的情况，我们所见到的当代艺人，或者说我们所了解到的晚近期的艺

---

[1]　昂亲多杰：《扎日药店宗》，青海民族出版社 1990 年版。

人，与早期艺人肯定有着较大的差别，那是由于人们（艺人）生活于前进的社会之中，必然要受到时代的影响与局限。不言而喻，这些对我们探究艺人的渊源是一个很大的障碍。我们只能采取极为谨慎的态度，拂去历史的尘埃，去追溯艺人的原生形态。

在五世达赖著的《西藏王臣记》中，有这样一段记载"以上王朝二十七代，①都是由仲、德乌、本三者来管理西藏的政治"。②据此，有人认为"仲"即是史诗说唱艺人的前身，从而做出了在吐蕃之前的西藏社会中，曾有过"艺人参政"的结论，并认为仲堪在古代社会的社会地位曾经一度得到了重视，只是在后来才被冷落。笔者认为此种判断有失偏颇。

王臣记所讲的历史时期是从众敬王的后裔玛甲巴王的儿子从"天梯"下至人间，成为"颈座王"——聂赤赞波（又作普）开始后的 27 代王期间。松赞干布为第 33 代藏王，公元 650 年以前执政。由此推算，这 27 代王的时代约为公元前 2 世纪至公元 5 世纪的数百年间。③ 在这期间，产生于象雄的本教可能对雅砻河谷的历代藏王们有所影响，这种影响与本地的原始信仰相结合，形成当时左右朝政的指导思想。本教学者卡尔梅认为"在 6 世纪和 7 世纪，一种宗教信仰很可能与国王及其周围的事物有关，藏王被看成是天父六君的后裔，国王的神圣的种姓和他们的神（大部分是山神）最初可能是这个宗教的核心。同时，还有祭司，他们进行各种各样的宗教仪式，在特殊的场合，他们还主持登基、签订条约这类隆重的典礼。众所周知的祭司有'先'（gshen）或'本波'（bon po），他们举行的宗教仪式叫作'本'（bon）"。④

---

① 二十七代指从聂赤赞波至赤脱杰赞期间共 27 代：天降七赤王、两前王、地上六勒王、八得王、赤脱杰赞及其前三王，笔者注。

② 第五世达赖喇嘛：《西藏王臣记》藏文版（bod kyi deb ther dpyid kyi rgyal movi glu dbyangs），民族出版社 1981 年版，该社 1983 年出版的郭和卿汉译本为"仲得王族、提乌王族、苯教徒三者来管理西藏的政治"（第五世达赖喇嘛：《西藏王臣记》，民族出版社 1983 年版，第 15 页）。

③ 据《论西藏政教合一制度》一书讲"吐蕃的第一代结波聂尺赞普是在松赞干布出生前 731 年的火兔或木鼠年为王，即藏历绕迥（rab byung）前，佛灭后 427 年木鼠年，即公元前 117 年被拥立为赞普"（东嘎·洛桑赤列：《论西藏政教合一制度》，郭冠忠、王玉平译，西藏人民出版社 1985 年版，第 5—6 页）。

④ ［意］图齐等：《喜玛拉雅的人与神》，向红笳译，中国藏学出版社 2005 年版，第 128—129 页。

　　由此可见，仲、德乌、天本、祭司都是那一个时代的产物，仲为讲说历史、典故；德乌为占卜预言；而祭司主持重大的典礼仪式，他们是朝廷中藏王身边的重要官员，在决定重大事件时各司其职。这里所说的"仲"，往往产生于一个民族尚未创制文字之时，他们都是用口头传承来保存祖先的历史及业绩。于是就专有一些记忆力非凡的人来承担这一任务。他们是一个民族的活史书、活字典。与史书、字典不同的是，他们把全部历史、传说记在头脑之中，然后代代相传。为了使后来的人永远不忘祖先的业绩及历程，他们经常被请出来讲述。这种人在当时是普遍受到尊重的。仲在当时有可能就是承担了这一使命。但是，这一部分历史传说究竟与《格萨尔》史诗有多大联系，很难确定，因为目前找不到可靠的文字记载说明《格萨尔》产生于吐蕃王朝之前。同时，从对史诗的历史背景的分析来看，史诗主要描述了通过一系列战争统一高原的历程，而在吐蕃王朝之前，这一历史尚未发生，仲就不可能宣讲这些内容。若说这一口头传承的形式被史诗艺人所接受，或者这是民间的讲述传说、故事形式存在的一种反映，还有一定的可能性。

　　另外，从语言学的角度看，"仲"（sgrung）在藏汉大辞典上的解释是：寓言、神话故事、浪漫的传说，是泛指，而不是《格萨尔王传》的专用名词。至今卫藏人所说的"仲"仍然是泛指，意思是"故事、传说"。当然，在史诗广泛流传的甘、青、藏、川交界处，人们又习惯于称史诗《格萨尔》为"仲"，称擅长于说唱这一史诗的艺人为"仲堪"，这是牧区人对于《格萨尔》的特有的称呼，始于史诗产生之后，约在吐蕃王朝之后的数百年间。显然，后人对于"仲"的理解以及赋予它的内涵已经专一化、具体化了，与远古时代或一般人对"仲"的泛指是有区别的。因此，迄今尚无充足的理由与根据认为艺人曾经在朝廷中参政。现在所说的"仲堪"与吐蕃时期参政的"仲"显然是两个不同的概念。

　　目前，我们只能依据对大量艺人的寻访及调查来追溯他们的往昔。调查表明，在旧社会艺人们的社会、经济地位低下，处于社会的最底层。

　　新中国成立之前，大部分有才华的艺人都是在流浪中度过一生的。他们卓越的说唱才华虽然深受百姓的欢迎、喜爱，但是并未被统治者重视。他们没有土地、牛羊，以说唱史诗为生活的唯一来源。他们经常与商人或朝佛、朝圣者结伴而行，辗转游吟于高原各地，说唱史诗所得的报酬往往是一点糌粑、酥油或是几件旧的衣物，这些也只能维持他们最低下的生活。著名艺人扎巴带着妻子及儿女离开边坝流浪，在颠沛流离之中，妻子和三个儿子因贫困病饿相继离开人世，直到西藏和平解放之时，他流浪到林芝地区定居下来，成为一名养路工人，才有了固定的工作和收入。丁青艺人桑珠、班戈艺人玉珠情况也是如此，他们的大半生都是在流浪中度过的。有的艺人曾被叫到寺院或达官贵人家中说唱，时间或长至数月，或短至几天，唱毕可以获得对他们来说丰厚一些的报酬，如糌粑、衣物，甚至钱币，使他们的生活得到短暂的改善。尽管如此，他们的地位仍然与行乞艺人无异，被上等人视为消遣解闷的工具，过着"招之即来，挥之即去"的生活。

历代文人、宗教人士对民间艺人大多采取轻视的态度。他们之中一些人或从艺人口中记录史诗，或将艺人说唱的史诗整理刊刻印行，却很少提及艺人的贡献。按照藏族的书写传统，一般在文本的最后都要介绍本书的写作缘起。据此，史诗抄本、刻本的结尾处应或多或少有关于艺人的介绍。然而到目前为止，记录艺人情况的本子很少，有的也只是寥寥几句或只提及名字，我们从中看不到更多的关于艺人的情况。此亦足以说明艺人社会地位的低下。

艺人们这种低下的社会地位决定了他们恶劣的经济状况，流浪生活决定了没有最基本的生活、生产资料，过着风餐露宿、寄人篱下的生活，吃、穿均靠别人施舍，与乞丐无异。史诗艺术家们就是在这种饥寒交迫的生活中把史诗代代相传，传遍高原的每一个角落。

西藏和平解放以后，史诗艺人与广大翻身农奴一样当家做了主人。他们分得了属于他们自己的房屋、帐篷、牛羊和草场，过上了安定的生活。虽然他们还在说唱《格萨尔》，却不再以此作为谋生的手段，而是作为一种传统文化的延续，一种纯粹的民间自娱与他娱的说唱活动。新旧社会对于史诗艺人来说真是两重天地，他们从此得到了做人的基本权利。

近几年来，由于《格萨尔》的抢救工作被列入了国家社会科学的重点科研项目，对于说唱艺人的价值的认识也有了提高。从全国到各有关省区对艺人进行了表彰，对一些杰出的艺人进行了及时的抢救录音。扎巴、玉梅、才让旺堆被相继请入了最高学府或科研单位，有专人对他们的说唱进行采录、整理。如今，扎巴老人的说唱本《天界占卜九藏》《松岭之战》《门岭之战》都已作为最珍贵的资料出版。主要优秀艺人的说唱录音正在整理之中。艺人的才华得到了肯定，他们的经济地位也有了很大的改善。这充分体现了国家对民族文化遗产的重视。

　　说唱艺人在世界文化人类学史及其研究中具有重要的地位。众所周知，在国外，有几部举世闻名的史诗作品传世，令人叹为观止。然而，除了定本作品外，却难觅说唱艺人。唯有中国，至今仍拥有一支数以百计的、由说唱风格迥异的艺人组成的群体，从而为世界人类文化研究提供了难得的艺人宝库。他们说唱的史诗少则万余行、多则数十万行，仅仅凭借大脑的记忆能力传承。他们学会说唱的种种奥秘，如托梦神授、圆光，等等，将为体质人类学、心理学课题提供重要的佐证。说唱仪式中所反映的原始崇拜、艺人与原始宗教职业者如巫师的关系，等等，将为文化人类学家探讨原始艺术、原始宗教的发生和发展提供极其宝贵的材料。而在中国藏族、蒙古族、土族等民族地区原始说唱艺术，特别是艺人的遗留，不仅对于研究这些民族地区的社会历史及人们的传统观念和文化心理具有十分重要的意义，同时它将填补人类文化史原始层面上鲜为人知的、世界文化人类学者竭尽全力四处寻觅而无着的一段空白。艺人所具有的科学价值是多方面的，亦是难以估量的。因此，我们常常称艺人为"国之瑰宝"，这绝非溢美之词，而是名副其实。为此，在提高史诗说唱艺人的社会地位的同时，必须充分认识其在科学研究中的地位，只有这样，才能对艺人作出全面的、科学的评价。

第 二 章

说唱内容及形式

第一节　他们讲述着同一个故事

《格萨尔王传》的故事，主要流传于中国境内的藏族地区，其次是蒙古族地区，再次是土族和裕固族等民族地区。其中藏族艺人数量占艺人数的90%以上。这些艺人分布在中国五个省、自治区的广阔的土地上，包括青藏高原（西藏、青海及四川西部）、云贵高原（云南）和黄土高原河西走廊（甘肃）等。尽管由于历史和地理等因素造成交通闭塞、往来十分不便以及藏语方言的较大差别，但操着不同方言的艺人却讲述着同样的一个故事。不仅如此，在蒙古族、土族等其他民族地区，乃至中国境外的藏、蒙古等民族的聚居地区，迄今为止的调查表明，他们虽然民族不同，语言有别，风俗及欣赏习惯各异，亦是同样说唱着同一个故事。也就是在这广袤的大地上，各族艺人操着不同的语言（方言），世代传诵着一个主要脉络、情节相同或相近的英雄故事——格萨尔王传。

这个故事的主要梗概是这样的：

很久很久以前，人间妖魔横行，灾祸连绵，黎民百姓处于水深火热之中。大慈大悲的观音菩萨见状不忍，遂与白梵天王商量，请他派一位天神下凡拯救人类。白梵天王应允，决定派自己三个儿子中的一个下凡。然而派哪一个呢？经过射箭、投石、掷骰子比赛，下凡的使命落在了小儿子推巴噶身上。于是天神之子推巴噶立下了扶助百姓、惩处妖魔、拯救人类的誓言，投胎人间。

此时，人间有一个小国的国王，他有五个儿子。长子僧唐惹杰，娶妻噶擦拉牡，她是龙女的化身，生性贤惠，温柔善良。由于她婚后不育，僧唐就娶了第二个妻子，仍未育，僧唐又娶了三妻那提牡。事情发生在噶擦拉牡 50 岁那年。有一天她正在挤奶，忽闻天空中传来悦耳的歌声，她抬头望去，只见一位天神被仙女簇拥着款款而降。即刻，噶擦拉牡昏倒在地。待她醒来时，天神推巴噶已投胎腹中。噶擦拉牡有了身孕的消息使国王的三妃子那提牡妒意横生，她向国王僧唐进谗言，极尽污蔑之能事，致使噶擦拉牡被放逐荒滩野岭。分给她的财产是一顶遮不住风雨的破帐篷、一匹瘦弱的骒马、一头瞎眼的奶牛、一只老山羊和一条瘸腿母狗。噶擦拉牡只身过着艰难的日子。就在那一年的隆冬时节，在一个大雪纷飞的黄昏，投胎人间的推巴噶出生了。霎时间，风停雪住，灿烂的夕阳照在破旧的帐篷上，骒马、奶牛、母羊和母狗相继产仔，草原上霞光万道，呈现一片瑞祥的景象。推巴噶出生后取名觉如（格萨尔王之幼名，又译角如，下同），因系天神之子，生来即具非凡的本领。他生下后便像个三岁的孩子。当国王的弟弟、他的叔父晁同来看望他并蓄意加害于他时，他已能以自己的神力和智慧抵御和反抗。在困苦中长大的觉如，练就了一身非凡的本领。在一次岭国以王位和美女珠牡为注的赛马盛会上，他战胜了叔叔晁同和岭国的众将领，一举夺魁。按照规定，觉如登上了岭国国王的黄金宝座，娶珠牡为妻，从此统领岭国。并正式取名为世界雄狮大王格萨尔洛布占堆（制敌之宝）。

这时，在岭国的北部有个专食童男童女的魔国国王鲁赞。他生性残暴，涂炭生灵。一次他抢走了格萨尔的次妃梅萨。为了消灭吃人的魔王，救回爱妃，格萨尔独自出征北方魔国。经过他与梅萨内外配合，终于除掉了魔王。但是，由于梅萨不愿重返岭国充当次妃，欲独享格萨尔大王的恩宠，给他喝了迷魂酒，致使格萨尔滞留在北方魔国与梅萨幸福地生活 12 载。12 年间，岭国倍受劫难，内忧外患横生，格萨尔的爱妻珠牡遭劫。

在岭国的东北方，有个霍尔国，有三个一母所生的国王，他们均以自己帐篷的颜色命名：黄帐王、白帐王和黑帐王。其中白帐王武艺最强，威震四方。一次，他召集人们聚会，并派出白鸽、花喜鹊、红嘴鹦鹉和黑乌鸦为他四处寻找美女。黑乌鸦飞到岭国，发现了美丽非凡的珠牡，于是禀报给白帐王。白帐王欣喜若狂，即刻发兵岭国，趁格萨尔王在北方魔国之机，在叛徒晁同的内应下攻入岭国，掠走了珠牡，并抢劫了岭国的珠宝财富。格萨尔酒醒后得知此事，急速返回。他处罚了晁同后，乔装打扮来到霍尔国，杀死白帐王，救回珠牡，为岭国报了仇。

在岭国的东南方有个紫姜国，国王萨丹精通魔法妖法，且贪得无厌。他企图抢占岭国的盐海。格萨尔王派出霍尔国降将辛巴施巧计，降服萨丹王之子玉拉托居，并亲率大军驻在盐湖边。有了玉拉托居，格萨尔对萨丹的动向了如指掌。后来当萨丹王饮水之时，格萨尔变成一条金眼鱼钻入萨丹腹中，入腹后又变成千辐轮，在其腹内不停地转动，直搅得他心肺如烂粥。从而降伏了紫姜国。

南方的门国与岭国曾为世仇。当岭国还是弱小部落时，门国曾经侵扰过岭国的达绒部，烧杀抢掠无恶不作，从此门、岭两国结下了不解之仇。如今岭国强盛了，并先后征服了三个魔王，唯剩四大魔王之一的门国辛赤。于是在天神的授意下，格萨尔决心征服门国，既除妖患又了旧恨。同时，门国的公主梅朵卓玛美丽无双，正值豆蔻芳年，亦可趁机娶其为妃。于是格萨尔王发兵门国。战争开始后，经过激烈的鏖战，双方均有损伤，相持不下。格萨尔王便亲自出战与辛赤王交锋，终于用神箭射穿他的护心镜，辛赤王死于阵前。格萨尔征服了门国，并得到了梅朵卓玛。至此，格萨尔消灭了四大妖魔，解救了众百姓。从此四方安定，民众过上了吉祥幸福的生活。

然而，战事并未从此结束。品格卑劣的叔父晁同因偷盗了大食国的几匹良马，引起岭国与大食国之间的纠纷。当双方争持不下时，格萨尔王率部出战，战胜了大食，并将大食财宝库中的财宝分给了百姓。

卡契国国王赤丹霸道成性，先后征服了尼泊尔、廓尔喀等小国，又带兵进犯岭国。格萨尔王率众反击，杀赤丹灭卡契国，将该国宝库中的松石财宝分发给百姓后班师回国。

此后，或因岭国遭受侵略，为保卫家乡而反击；或因邻国遭使求援，格萨尔前去解救；或因贪婪的晁同挑起事端，酿成战事；或因岭国出兵占领邻国；等等，在岭国与邻国之间又发生过多次战斗。这些大大小小的战争皆以岭国获胜为结局，格萨尔则从战败国取回岭国所需的各种财宝、武器、粮食和牛羊等，使岭国日趋富足强大。

最后，格萨尔完成了在人间降伏妖魔、扶助弱小、惩治强暴、安定三界的使命，到地狱救回爱妃阿达拉姆和母亲噶擦拉牡，将国事托付给侄子，即贾察之子扎拉，自己重返天界。

各地流传的格萨尔故事主要是沿着这样一个故事主线展开的。其中蒙古族艺人与藏族艺人的说唱内容十分接近，甚至有的蒙文本如《岭·格斯尔》即是从藏文本翻译过来的。即使不是直接翻译的本子，其故事情节也很相似，尤其开篇部分，即格萨尔降临人间的经过，以及描述幼年的苦难及赛马登位后的几次大的征战，均是基本一致的。土族地区流传的格萨尔故事更与藏族《格萨尔》有一脉相承的关系，至少目前搜集到的篇章，如史诗的开篇部即是如此。即使是流传在境外的说唱本，如拉达克本和在巴尔蒂斯坦流传的说唱，其内容也是大体相同的（此点后边还要详细比较）。

蒙古族、土族及境外流传的史诗大都为分章本，即将史诗的主要情节分为若干章节融于一个大故事之中，故事比较简洁，脉络清晰。

当然这其中内容的繁简和形式的变化在各地、各民族中的情况不尽相同，内容之丰富、形式之多样当首推藏族《格萨尔王传》。它不但有分章本，更有大量的分部本流传于世。藏族史诗的内容极其完整丰富，主要包括如下三大部分：第一，史诗的开篇部分；第二，史诗的征战部分；第三，史诗的结尾部分。而蒙古族中流传的故事则要简约得多。它没有分部本，主要以分章本的形式流传，其篇幅和规模远远小于藏文本。

尽管几个民族或同一民族不同地区流传的部数、章节不一致，但其主题仍是一个，那就是歌颂了英雄精神，赞扬了格萨尔除暴安良、为民造福的一生。征战的对象——妖魔鬼怪也许各异，但是正义的力量是无敌的，以格萨尔为代表的正义的事业最终取得了胜利。与此同时，几乎所有的故事均反映了处于长期分裂、战乱及魔患中的民众盼望统一安定的迫切愿望。除主题、脉络相同外，史诗中的主要人物的名字也是相同的，只是由于各民族语言的差别，发生了音变而已。尽管如此，仍能清晰地辨别各种人物的称谓。

不可否认，在同一主题的前提下，史诗在各民族中经过长期流传后产生了变异，这其中有情节的增减，而更主要的是各民族都给史诗打上了各自独特的烙印。

以宗教色彩而论，藏族、蒙古族、土族主要信奉佛教，即藏传佛教，那么佛教对于史诗的影响是不言而喻的，当然，这其中还包括佛教传入前各民族的原始宗教的影响。由于各民族的文化背景不同，其流传的史诗的宗教色彩及程度也不尽一致。藏族中流传的史诗宗教色彩最浓，甚至有的章部基本上是宗教说教，而很少故事情节，如《地狱救母》（四川民族出版社据德格木刻本 1987 年版）；《格萨尔说法》也称"法宗"（四川省《格萨尔》办公室印制的藏式条本），实际是借着格萨尔的嘴宣讲宗教教义。相比之下，蒙古族及土族地区流传的史诗佛教色彩就淡薄得多，这当然与传播者以及整理者的宗教信仰有关。论及史诗的宗教色彩是个相当复杂的课题，笔者将在本书的另章中详细论述。当然，宗教人士染指史诗程度的不同，以及不同民族对于藏传佛教的笃信程度的不同，实际上是藏族、蒙古族、土族三个民族中流传之《格萨尔》宗教色彩差异的根本所在。此外，各民族均将自己独具的文化特质潜移默化地融入史诗之中，这其中包括人们的思维方式、经济生活、民俗民风以及各自的文学语言上的特质。艺人们于有意无意中，在服从于史诗主题的前提下，充分调动自己的聪明才智，使《格萨尔》成为被本民族喜爱的文学作品。

那么，为什么史诗传播年代久远，地域辽阔，而其基本故事情节却变化不大呢？笔者认为除了抄本、刻本的产生对史诗的流传起到了一定的制约作用之外，另一个原因即是史诗的传播者们几乎无一例外地视史诗为神圣之物。他们崇拜格萨尔是天神之子，是为民除害、为民造福的神。而对于神的事迹、神的故事是不能轻易改动的。无论是说唱艺人还是整理者，他们在说唱传播史诗时与讲述传播其他民间故事和吟唱民歌时的心情是不一样的。他们认为在婚嫁、喜庆的日子里，说唱史诗可以带来吉祥如意，而在灾难降临之时，说唱可以起到镇妖、降魔之功效。由于这一心理因素的制约，史诗在民间传播中并不像其他民间文学作品那样有较大的自由，从而使之变异不大。

蒙古族艺人对待师傅及师傅传播史诗时用的本子十分崇拜，凡本子上有的，需一字一句地牢记，而师傅的传教、说唱也受到极大的尊重。蒙古族艺人洛布桑曾说："师傅在场时我是不敢随便说唱的，只有在得到师傅的允许之后，我才能说唱。"至于藏族的不少"神授艺人"更是不敢"越雷池一步"。昌都江达县的艺人阿觉班单就曾说"梦中只降了这几部故事，所以我只会说这几部，而其他的部不会说"。其实，他也听过别的艺人说唱其他的部，但是他认为格萨尔没有降给他这一部，那么就是不允许他说唱，所以他是绝对遵从而不敢妄加说唱的。① 诚然，无神论者对此也许颇多置疑，但是对于有神论者的艺人来说，笃信神的旨意却是顺理成章的。当然同一民族中不同地区、不同文化修养的艺人，其说唱也存在许多差异，如故事情节构思曲折、巧妙的程度，语言是否生动流畅、简洁炼

---

　① 这样的例子很多，四川艺人仁孜多吉说只给他降了29部，所以他只会说这29部；玉树艺人尕藏罗珠也称梦中只降了4部，所以只能唱这4部。

达，乃至曲调的多寡，韵律是否动听，等等，均会因人而异。

第二节　《格萨尔》的部数与顺序

在谈到史诗《格萨尔王传》的篇幅与结构时，人们常用"章"与"部"这两个概念，它们在表示篇幅方面，"部"大于"章"。这是在史诗流传过程中，依据不同艺人说唱的结构特点以及流传于世的抄本、刻本的情况，采用的不同称谓，系史诗学界约定俗成的产物。

章，我们习惯于指史诗的分章本时使用。分章本即是在一个本子中分为若干个章，它囊括了史诗《格萨尔王传》的全部内容，即从神子下凡，在人间经过无数征战，直到取得了胜利后重返天国的全过程。在这种分章本中，每一章就是史诗的一个主要部分、一次大的战争或一个大的事件，如"赛马称王""霍岭之战"等在分章本中作为一个章而存在。这种分章本在蒙古族的《格斯尔》说唱及本子中，是普遍采用的形式。目前搜集到的蒙古族《格斯尔》分章本有 9 种，共 109 章，除去相同的章外，不同者共有 14 章。在藏族地区也流传着这类分章本，但远不及蒙古族地区普遍，主要以分部的形式流传。

部，指分部本时使用。即是把分章本中每一章的内容，扩充为一个完整的独立的本子流行于世，每一部与其他部既有着有机的联系，又独立成篇。过去在民间大量流传的藏文手抄本、木刻本就是以部为单位存在的。近几年出版的藏文版《格萨尔》也是以部为单位出版的。

在藏族民间说唱艺人那里，一个大的主要情节就可成为一部，如"天界篇""诞生篇""赛马篇"就各为一部。与"部"有着直接关系的一个概念，藏语叫"宗"（rdzong），译为汉文有城堡的含义，在史诗中代表一个独立的国家或地区，如攻打一个国家或地区，称攻打一个宗，因此有了"大食财宗""米努绸缎宗"等。举凡部名上有"宗"的，基本上是描述战争的。有多少宗，就有多少次战争。艺人们常说的 18 大宗，即是指的 18 次大的战争，而说唱一个大宗，也就是说唱了一部。

在史诗中，每攻打一个城堡，必要消灭那里的魔王，并将那里的财宝带回岭国。藏族传统观念认为，每一种财宝均有其"央"（gyang）即福运存在，虽然财宝到手，若不取得其福运，也是枉然。为此要把财宝的

"央"一并取回。所以，对描述取回财宝的那些部，也有的艺人不称为"宗"而称作"央"，如《大食财央》。

那么，藏族《格萨尔王传》究竟共有多少部？多少宗？艺人们常说的 18 大宗都包括哪些内容？在此，仅作一个简单的介绍。

据王沂暖教授统计，史诗共有 106 部，主要是根据他见到的和听到的手抄本、木刻本统计的。

笔者据近年各省区搜集到的本子统计共有 289 部，除去异文本为近80 部。以上主要是依据本子的统计。

民间说唱艺人的目录显然比本子所反映的内容要丰富得多，其分部本的数目也大于本子的数目。让我们来看看艺人说唱的部数（均依据自报统计）：扎巴 42 部、玉梅 74 部、桑珠 83 部、才让旺堆 148 部、格日坚参120 部等。

以上只是一个粗略的统计，正如艺人才让旺堆所说："小宗犹如地上的青稞草、天上的星星数不清。"由于艺人们的不断创造，每个艺人的说法都与他人不一样（参见本书第二编艺人传略几位主要艺人的说唱目录）。但是关于四部降魔以及 18 大宗的说法，都是艺人公认的。降伏四大妖魔：北魔鲁赞、霍尔白帐王、姜国萨丹王、门国辛赤王，这是艺人们统一的说法，而且其顺序也是一致的。

另外，每位艺人对自己报出的能够说唱的史诗目录也有出入。笔者调查时发现，每一次问及艺人说唱目录时，一般都记不清总的数目，如果让他们把部的名称说一遍，也常常会有增添或遗漏，所以，艺人自报的数目也极不固定。即使是 18 大宗，每位艺人包含的部也不完全一样。一些艺人并不把四部降魔计算在 18 大宗之内，如青海艺人才让旺堆、格日坚参、布特尕等。而西藏的艺人却认为降伏四大妖魔是 18 大宗中最主要最精彩的内容。如桑珠即认为，四部降魔是 18 大宗中最关键的开篇和奠定基础的四部。部分艺人列入 18 大宗部名之异同情况见表 2 - 1。

表 2 - 1　　　　　　　部分艺人列入 18 大宗部名之异同情况

部名 ＼ 艺人姓名	才让旺堆	格日坚参	次仁占堆	曲扎	桑珠	玉梅	布特尕	江永慈诚
降伏北魔	.		√	√	√	√		

续表

部名 ＼ 艺人姓名	才让旺堆	格日坚参	次仁占堆	曲扎	桑珠	玉梅	布特尕	江永慈诚
霍岭之战			√	√	√	√		
姜岭之战			√	√	√	√		
门岭之战			√	√	√	√		
大食财宗		√	√	√	√	√	√	√
汉地茶宗	√	√	√				√	√
丹玛青稞宗		√					√	
蒙古马宗	√		√	√	√		√	√
契日珊瑚宗		√	√	√	√	√	√	
阿扎玛瑙宗		√	√	√	√	√	√	
卡契玉宗	√			√	√		√	
雪山水晶宗	√			√			√	
祝古兵器宗	√	√		√			√	
百拉绵羊宗				√			√	
米努绸缎宗		√					√	
香香药宗		√					√	√
土地主金子宗							√	
象雄珍珠宗	√			√	√	√	√	
列赤颜料宗		√					√	√
贡台让山羊宗							√	
斯荣铁宗							√	√
南门米宗							√	
印度药宗					√			

续表

艺人姓名 部名	才让旺堆	格日坚参	次仁占堆	曲扎	桑珠	玉梅	布特尕尔	江永慈诚
印度法宗	√							√
阿斯铠甲宗								√
百波绵羊宗		√	√					
梅岭金宗	√	√	√		√	√		√
阿里金宗			√		√			
牡古骡宗	√	√		√	√	√		√
日努绸缎宗			√		√			
亭格铁宗						√		
松巴犏牛宗						√		
塔岭之战						√		
其岭之战				√		√		
亭格珍珠宗				√				
塔岭铁宗				√				
夏斯人马宗				√				
夹岭之战			√					
蒙古箭宗			√					
嘉模母牦牛宗		√						
琼窝米宗		√						
提朗缎子宗		√						
宝贝神宗		√						
玛燮扎石窟	√							
珊瑚水晶宗	√							
雪山绸缎宗	√							

续表

部名＼艺人姓名	才让旺堆	格日坚参	次仁占堆	曲扎	桑珠	玉梅	布特尕	江永慈诚
扎日药宗	√							
南台宝藏宗	√							
其岭金宗	√							
托日火宗	√							
俄罗铠甲宗	√							
罗刹女焚尸宗	√							

　　从表 2-1 中可以看到，四部降魔、大食财宗、汉地茶宗、蒙古马宗、契日珊瑚宗、阿扎玛瑙宗、卡契玉宗、雪山水晶宗、祝古兵器宗、百拉绵羊宗、米努绸缎宗、象雄珍珠宗、梅岭金宗、牡古骡宗等均被大多数艺人列入 18 大宗。在实际说唱中，它们是出现频率最高的部，也即是组成史诗《格萨尔王传》征战部分的主要内容。

　　由此，我们根据艺人们的说唱目录，把史诗的主要部列出如下的顺序：

　　天界篇、英雄诞生、赛马称王、降伏北魔鲁赞王、降伏霍尔王、降伏姜萨丹王、降伏门辛赤王、大食财宗、汉地茶宗、蒙古马宗、契日珊瑚宗、阿扎玛瑙宗、卡契玉宗、雪山水晶宗、祝古兵器宗、百拉绵羊宗、米努绸缎宗、香香药宗、象雄珍珠宗、列赤颜料宗、印度法宗、百波绵羊宗、梅岭金宗、阿里金宗、牡古骡宗、日努绸缎宗、其岭之战、玛燮扎石窟、扎日药宗、安定三界、地狱篇（娘岭）。

　　余国贤先生认为，安定三界一部是放在降伏四魔之后的，这时三界已经平定，格萨尔完成了人间的使命，返回了天界。可是后来，史诗在民间不断发展，又创作出多部战斗，最后不得不在许多的大宗、小宗之后再来一个结尾部，那么地狱大圆满即地狱篇就产生了。

　　《格萨尔》不管其中间部分如何膨胀，自天岭始，至娘岭终止，这是每位艺人都认同的。

　　另外，民间艺人有这样的忌讳：史诗的最后一部娘岭（地狱篇）一般不能提前说唱，要放在人生的最后阶段，因为，说罢娘岭，艺人也就该结束其人间的使命了。故而艺人们一般不说此部。传说玉树艺人嘎鲁就是唱完娘岭以后离开人世的。扎巴老人也曾说，这一部要放在最后才说唱，所以，直到他辞世时也没有说唱此部。目前，该部有手抄本和木刻本。

以上是艺人说唱目录的介绍，下面再来对照已知的分章本中主要章节的铺排情况。

目前所知共有以下几种分章本：青海贵德分章本①；四川玉科分章本②；青海综合本③；四川木里流传本④；拉达克本⑤；祝夏本⑥；达维·尼尔整编本⑦。

贵德分章本共 5 章：1. 在天国里；2. 投生下界；3. 纳妃称王；4. 降伏妖魔；5. 征服霍尔。

四川玉科分章本共 18 章：1. 莲花生去龙宫讨龙女；2. 龙女到岭国嫁僧伦；3. 觉如诞生；4. 觉如与兄弟角触得胜利；5. 觉如降伏咒师；6. 觉如母子被驱逐；7. 岭地遭灾；8. 觉如分地；9 晁同损失惨重；10. 觉如降伏雅阿色王；11. 降伏益孜王；12. 珠牡请觉如参加赛马；13. 觉如赛马夺魁；14. 攻取百波绵羊宗；15. 攻取南交如马宗；16. 攻取萨列犏牛宗；17. 汉地茶宗；18. 降伏东尼布大鹏宗。

青海综合本《格萨尔降生及少年时代》共 8 章：1. 天界；2. 僧伦娶噶萨；3. 觉如诞生；4. 母子被驱逐；5. 晁同计谋赛马；6. 珠牡奉命请觉如；7. 珠牡祈祷；8. 觉如赛马得胜，登上金座。

四川木里流传的《格萨尔传说》，也采用分章的形式，搜集者将其分为 24 回，其主要内容为觉如诞生、母子被驱逐、比武得胜、格萨尔称王、北地降魔、霍岭之战等。

---

① 参见王沂暖、华甲译《格萨尔王传》（贵德分章本），甘肃人民出版社 1981 年版。

② 《四川玉科分章本》（手抄本），现保存在四川甘孜州政协，由邓珠拉姆提供。

③ 《青海综合本》（藏文本），青海人民出版社 1988 年版。

④ 《四川木里流传本》，载《凉山文艺》1984 年第 7 期及 1986 年第 1、5、6 期。

⑤ A. H. Francke, *A Lower Ladakhi Version of Kesar Saga*, Bengal Calcutta: Baptist Mission Press, the Royal Asiatic Society, 1905—1941.

⑥ 《祝夏本》，参见杨元芳编《格萨尔王传》（资料本），西南民院民族研究所，1984 年。

⑦ 达维·尼尔整编本，参见达维·尼尔整编本青海省民研会汉译资料本，1960 年。

　　拉达克本系艺人说唱记录本，共 7 章：1. 岭国 18 英雄世系；2. 格萨尔降生；3. 格萨尔与珠牡成亲；4. 格萨尔到汉地迎娶汉公主；5. 格萨尔降伏北方妖魔；6. 霍尔入侵珠牡被劫；7. 降伏霍尔。

　　祝夏本（布鲁萨斯基语本）主要章节为：1. 诞生；2. 娶珠牡；3. 霍尔劫走珠牡；4. 与霍尔王的战斗，珠牡受到惩罚。

　　达维·尼尔本共 10 章：1. 天界；2. 龙界；3. 格萨尔诞生；4. 赛马称王；5. 北地降魔；6. 霍岭之战；7. 姜岭之战；8. 门岭之战；9. 大食之战；10. 安置三界、归天。

　　通过上述分章本主要章目的浏览，我们不难发现，它们均包括在构成民间说唱的主要部中。这一状况不仅说明了这些章部是在民间流传最为广泛的、具有代表性的章部，是史诗《格萨尔》的主要构成部分，同时，相比之下，民间艺人的说唱，较之以文字传世的版本更为全面、更为丰富多彩。

　　最后，让我们以艺人的说唱为主线，辅以各种版本资料，以图表的形式，粗略地勾勒一下史诗《格萨尔》的框架。

```
               征      降魔篇
降生部→       战      18大宗      → 归天部
               部      若干小宗
```

据布特尕的目录可以详细地示意如下：

```
                               三           地
岭    天界篇    降    魔岭（15岁）  界    18    狱    归
国    天地形成  伏    霍岭（24岁）  得          大    天
形    诞生篇 →  四    姜岭（34岁）→ 以 → 大 → 圆 →  结
成    赛马篇    魔    门岭（45岁）  安          满    束
                               定    宗    部
```

　　在我们结束关于史诗的部数与顺序这一节时，附带说明一点：说唱艺人们的说唱内容是大同小异的，所谓"大同"即是在史诗的框架构成以及主要章部方面，几乎是完全一致的；而"小异"则是艺人们均有其独到的说唱章部，在说唱 18 大宗时，有个别出入，而在小宗的说唱上则是异彩纷呈。形成这种差异的原因是多方面的，诸如艺人的师承（无师自通者有个学习借鉴的问题）、环境（地理的、文化的）以及个人的天赋（创造才能），等等。然而，艺人们却有其另外的解释，他们常常以藏族传统的灵魂转世观念或因缘观念予以解释。这种解释自然无法说服唯物论者，却也不乏其特有的传统文化内涵，故而实录于后。一些艺人认为：说唱《格萨尔》的仲堪，其前世均为上、中、下岭国的人，由于这些前世人当时所处的地理位置的不同，所见到的战争场面和角度不同，所以转世后，依据前世所见所闻说唱的故事也就产生了差异。扎巴见到"圆光艺人"卡察扎巴时曾说："由于我们的前世因缘不同，所以你比我略胜一筹。因为你的前世是格萨尔的三十大将之一，而我则是格萨尔的神狗转世。"如是的解释或许听起来荒唐，然而艺人们却是十分认真的。既然他们如此笃信并认真地看待，必有其原因。也许这原因不符合当代科学认识论，却并不妨碍我们探究其产生的原因。所以，绝不可简单地说句"谎言"而了事。此点笔者在后续章节中有专门论述，这里就不再赘述了。

第三节　形式、语言与曲调

藏族《格萨尔王传》采用人们喜闻乐见的说唱体形式，由散文和韵文两部分组成。散文部分介绍故事内容和情节，韵文部分主要是人物对话和抒情。一般为韵文唱词的比重大于散文叙述部分。唱词具有独立的内容，并非散文叙述的重复。散文部分在叙述时，也有抑扬顿挫，轻重缓急，听起来似有韵脚，十分动听。唱词一般采用民间广泛流传的鲁体民歌（glu）或自由体民歌的形式，但并不严格拘于这两种体式。一般多段体，每段句子数目不等，每句一般为七个或八个音节，也有个别例外。

史诗所采用的说唱体为藏族民间古已有之的传统形式，远在吐蕃时期就已经在民间流传。在敦煌发现的古藏文《赞普传略》中可以领略到这一古老形式的风采：

赞普聚众大伦君臣欢庆宴乐，赞普墀松赞乃作歌：

噫嘻！若问赞普是何名？	kye rje vi ni mtshan ba vdi（vdri）
乃我墀松赞是也。	khri vi ni srong btsan zhig
这位大臣是何名？	blon gyi ni mying ba vda
乃东赞域宋是也，	stong rtsan ni yul zung zhig
若问骏马是何名？	chibs kyi ni mying ba vdi
乃骁布藏藏是也，	rdul bu ni gtsang gtsang lta
藏藏为驯良之马也。①	gtsang gtsang ni yang yang lta
……	

再看岭国大将丹玛对格萨尔的一段唱词：

……丹玛也发了终生君臣永不相离的誓愿。并向角（觉）如唱了禀报情况的歌：

这个地方你若是不认识，	sa vdi tsho sa ngo ma shes na
这是澜沧江的右河滩，	chu rdza klung vbab pavi gyas zur la
是蛇头山的左山畔；	ri sbrul mgo vdra bavi gyon zur du
是角如您幻化的罗刹国。	dpon jo rus sprul pavi srin gling red
大将我你若不认识，	nga dang nga ngo ma shes na
我叫察香丹玛江察，	tsha zhang vdan ma byang khra zer
穆波支系一小臣，	chu rgyud mu pavi blon chung yin
尊敬神子角如您，	de nas lha sras jo ru lags
请听我将原委道。②	gson dang zhu rgyu ae vdra gdav
……	

通过以上比较，可以看出两者极其相似。古老的韵散结合体在藏族的民间文学和戏剧中是一种常见的形式。在史诗、叙事诗、故事和藏戏中至今仍被广泛地采用。它集中了散文体富于故事性而简洁明了和韵文体富于乐感而便于抒情等特点。史诗中以散文体铺叙故事，承上启下，常常是寥

① 《敦煌吐蕃历史文书》，王尧、陈践译，民族出版社1980年版，第79页。

② 《英雄降生》（藏文本），四川民族出版社1980年版，第128页。

寥数语即起到画龙点睛的作用。而韵文体则调动其韵律产生的乐感效应，在烘托人物心理活动，渲染生活中的喜怒哀乐以及战争的激烈与恢宏等方面产生了强烈的艺术效果。二者的成功结合使史诗在艺术上臻于完美的境地。

藏语共有三大方言：卫藏方言、安多方言和康巴方言。史诗《格萨尔》在说唱中使用的是安多方言和康巴方言，这是由于史诗主要流传在安多地区和康巴地区，而卫藏一带至今尚未发现较好的说唱艺人。即使是出生于同一地区的艺人，由于个人的艺术造诣以及生活阅历的不同，他们说唱史诗时所使用的语言也有很大的差异，如艺人桑珠虽出生于藏北的丁青县，但由于他长期在山南、拉萨一带朝佛、说唱，他的语言就较其他藏北艺人更接近于拉萨话，卫藏地区的人更容易听懂他的说唱。

蒙古族《格斯尔》艺人说唱多是诗体，即从头至尾全部用韵文吟唱，一唱到底。其语言生动、朗朗上口，也便于记忆。由于该史诗在蒙古地区流传广泛，所以艺人们操不同方言进行说唱，如东部方言、卫拉特方言以及布利亚特方言等。

土族《格萨尔》艺人的说唱，有其特有的方式，即是交替使用两种语言来完成史诗的说唱。艺人先用藏语唱一段韵文，接着用土语来解释（严格地说，它不但解释唱词，还叙述故事的进展，起到承上启下的作用）。藏语系华热（青海东部藏区）地区的藏语。其说唱生动、独特，具有浓郁的土族风采。

值得注意的是，在远离土族地区上万公里的境外，巴基斯坦的巴尔蒂斯坦地区，流传的《格萨尔》说唱竟与土族艺人的说唱形式十分相似，均是采用了两种语言。在那里居住着约40万巴尔蒂人，属于藏人，其语言为藏语中的一种方言。该地区自古以来从地理、政治、宗教、语言和种族上都属于大西藏的一部分，因此被有的史学家称为"小西藏"。至吐蕃王朝分崩离析以后，这里几易其主，并受到波斯文化的影响。时至今日，人们对于祖先的古老的语言——巴尔蒂语（藏语的一个支系）已经比较陌生，宗教信仰也发生了根本的改变。虽然如此，人们对于祖先所流传下来的《格萨尔》却兴味不减，他们通过说唱艺人的说唱，即用古老藏语的演唱以及用现代语言（渗透了大量的波斯语、乌尔都语及其他语言的当地方言）来继续保持他们对祖先古老文化的留恋。①

由于史诗《格萨尔》是一种民间的说唱艺术，它所使用的曲调也来自于民间，是博采民间说唱类艺术曲调众家之长而形成的。藏族《格萨尔》唱词多采用广泛流传于民间的鲁体民歌形式，所以其曲调与鲁体民歌的曲调接近。"玉树藏族《格萨尔》说唱调与玉树歌舞（弦子、锅庄等）、山歌、对歌、故事调、念经调、酒歌等音乐，无不存有相互联系、相互渗透之处。有好些曲调在旋律、音调、节奏、节拍、风格、情绪等方面，非常接近和比较类似。"② 藏族的曲调"有其共同的基本特征：旋律简洁、淳朴、叙述性强，音调具有吟咏性的朗诵调性质"③。

全藏区共有多少说唱《格萨尔》的曲调流传？目前很难做出全面的统计。扎西达杰在玉树地区调查归纳有80首，四川《格萨尔》办公室将玉树及本省的曲调汇编成册后共四百余首，其他地区的曲调还有待于进一步记录、发掘。每个地区流传的曲调都具有本地区的个性，每一位说唱艺人的曲调也由于个人的文化及阅历的不同而显示了不同的特色，这不同地区的众多艺人的说唱，使史诗的曲调在基本风格一致的前提下异彩纷呈。在藏族史诗说唱中，有许多名称不同的曲牌，称"达"（rta）。凡优秀的说唱艺人都可以将说唱部分的曲牌名称说出来。在说唱中，不同的场合使用不同的曲调，而不同的人物也配以不同的曲调。

有的曲调运用得比较广泛，可称其为"通用调"，如"欢乐调"，适用在一切出征、凯旋、庆典时演唱。"无阻金刚曲"则在格萨尔宣布命令时使用。这些通用调，可以用在不同场合的不同人物身上，在使用时没有严格的区分。

另有一些曲调是为专人准备的，或为某几个人准备的。这种曲调称为"专用调"。如格萨尔有"威镇大会调"，这是在登帐议事时使用的曲调；

①　参见［巴基斯坦］S. M. 阿巴斯·加兹尔的《巴尔蒂斯坦地区流传之〈盖瑟尔传说〉概况》，此文为1989年第一届《格萨尔》国际学术讨论会参会论文。（［巴基斯坦］S. M. 阿巴斯·加兹尔：《巴尔蒂斯坦地区流传之〈盖瑟尔传说〉概况》，陆水林译，转引自赵秉理编《格萨尔学集成》第二卷，甘肃民族出版社1990年版，第1286页。）

②　扎西达杰：《玉树藏族〈格萨尔王传〉说唱音乐研究》，转引自中国社会科学院少数民族文学研究所、全国《格萨尔》工作领导小组办公室编《格萨尔研究》第三集，中国民间文艺出版社1988年版，第402—403页。

③　黄银善：《〈格萨尔王传〉说唱音乐》，载《音乐探索·四川音乐学院学报》1988年第1期，第24—25页。

总管王绒察查根有"悠悠漫长调";珠牡经常配以"九曼六变曲";贾察协尕尔使用的是"金星六变曲"或叫"善业六变曲";晁同使用的是"哈拉胡涂调";辛巴使用的是"长果短果曲",等等。以上是人物的专用调,神也有专用调。莲花生、白梵天王一出场,人们从固定的曲调就可以知道是谁在宣谕。甚至连动物如神鸟仙鹤也有自己的专用调"冲冲调"。

史诗中珠牡的一段唱词中,曾提到了每个人物使用的固定曲调:"在我圣洁的岭国,仅六人配唱六变调,圣王唱雄狮六变调;贾察唱善业六变调;丹玛唱塔拉六变调;旦萨唱水晶六变调;尼琼唱云雀六变调;珠牡我唱九曼六变调。"[1] 看来六变调在史诗中使用的极为频繁,只是在其中由于人物各异而分为多种不同的六变调了。

《格萨尔》曲调流传最丰富的地区——玉树,就有以下三种类型:人物通用调、人物专用调和人物专用套曲。人物通用调即是一些流传极为广泛的曲调,可以不受人物、场合的限制,互相通用。人物专用调,则是艺人们把最好的、群众最喜爱的曲子配给以格萨尔为首的岭国众英雄,而把曲调低沉、旋律古怪的曲子配给岭国的敌人;把最美、最深情的曲子配给尼琼,因为在岭国的两位主要女性珠牡与尼琼之中,他们更喜爱忠贞不渝、心地善良的尼琼。人物专用套曲,则是极个别的优秀艺人在多年的说唱中,为史诗中的主要人物配上不同的固定曲调,使其互不重复,形成系统的套曲。[2]

在相同的曲牌名称之下,各个地区所流传的曲调,以及每位民间艺人所唱的同一曲调,旋律也有变化。其原因是多方面的,或由于流传中的变异,以及后来的以讹传讹,或由于不同地区艺人所受到的民歌的影响不同,所唱的曲调也受到一定的制约,产生的风格也不同。即使同一位艺人在演唱同一曲调时,由于场合、情绪的不同,也会在即兴的情况下产生一些曲调上的变异。

有一点是可以肯定的,那就是在曲牌上虽有一定的规定性,但在各个艺人说唱时,却存在着随意性或即兴性,使这一史诗的说唱曲调像它的内

---

① 《雪山水晶宗》（手抄本）,意西泽珠、许珍妮译,四川民族出版社 1988 年版,第420 页。

② 参考扎西达杰:《玉树〈格萨尔王传〉说唱音乐研究》,转引自中国社会科学院少数民族文学研究所、全国《格萨尔》工作领导小组办公室编《格萨尔研究》第三集,第406—408 页。

容一样不断地发生变化，"雪球在不断地滚动"，以致人们难以掌握它的确切数目。

除以上的套曲、专人专用调外，尚有以部为单位的专用曲调。青海艺人才让旺堆提出的18大宗及28部中宗，每一部都有一个专用曲调，这一曲调也即是该部的主要曲调或主旋律。如《雪山丝绸宗》的专用调名为"雪山丝绸长音调"；《汉地茶宗》的专用调为"颂神大调"；《蒙古马宗》的专用调为"雄狮对峙不变调"等。才让旺堆把部与专用调结合起来，便于记忆，同时也显示了史诗《格萨尔》作为一种与音乐密不可分的口头文学，与书面文学（抄本、刻本）间迥然不同的特点。

曲调的丰富和多样化是艺人说唱水平的标志之一。玉树群众最忌讳那种"一曲套百歌"的艺人，认为他们的说唱无大变化，比较乏味。昌都江达县的艺人塔新可以用多种曲调说唱，究竟有多少种曲调，他自己也说不清。1983年，他被请到成都为四川人民广播电台录音，共录了3部：《门岭之战》《雪山水晶宗》《大食财宗》，总共使用了41种不同的曲调。

目前在比较偏僻的地区，曲调比较单调，变化不大，而在交通发达、文化开放的地区，如玉树、德格地区，曲调就相对丰富得多。由此可以看出《格萨尔》说唱曲调从单调到丰富的发展轨迹。

第四节　环境、仪式与道具

《格萨尔》说唱是纯粹的民间说唱，所以它对于环境的要求只有一点，那就是要有听众。只要有了听众，不管是一两个、三五个都可以说唱，而说唱的地点也没有什么严格的规定，帐篷里、草场、朝佛的路上以至于寺院都可以说唱。由于人们把格萨尔王视若神明，在喜庆的年节说唱较多。有的地方禁止在格鲁派寺院中说唱，其原因说法不一。有人认为《格萨尔》讲的都是打仗的故事，宣传杀生，这与格鲁派格格不入；有的地方民间传说：拉萨哲蚌寺的护法神乃琼是被莲花生大师调伏的霍尔王，由于怕触怒这位护法神而不能在寺庙中说唱；也有的人认为，宗教人士也不一定反对《格萨尔》，只是认为这样的长篇史诗若传入寺院，会扰乱僧众的心，影响他们专心致志地学经。总之，无论什么原因，藏族、蒙古族、土族在这一点上是一致的。藏族艺人阿达尔、贡却才旦年轻时，都曾被那些爱好《格萨尔》的喇嘛们请到寺院外面的山上，由僧人集资备茶饭来供他们说唱。

蒙古族艺人洛布桑5—14岁时在家乡乌兰察布盟四子王旗当喇嘛。他虽然十分喜爱《格斯尔》，却因为寺院规定不得在寺内说唱，只好悄悄地跑到寺外去拜师学唱。为了学唱《格斯尔》，他经常把寺庙里的吃喝拿出来送给老师，以换得老师的传授。

蒙古族民间说书的风气很浓，像汉族的《水浒》、《三国演义》等流传较普遍，且随时可以说唱。然而格斯尔在他们的心目中是神，所以是不能随便说唱的。蒙古语中有这样一句谚语"什么故事都好说，只有《格斯尔》不好说"。说明说唱《格斯尔》是件神圣的事，既要有高超的技艺，又要有虔诚的态度。当某地或某个家庭发生了灾难，才能说唱，意在请格斯尔帮助驱妖降魔；在喜庆的年节，说唱《格斯尔》可以保佑人们吉祥太平。艺人洛布桑介绍说，他平时不能随便说唱《格斯尔》，只是给老百姓讲一些有关格斯尔的地方风物传说。在说唱《格斯尔》时要正襟危坐，蒙古袍的前襟要包好腿，两腿不能搭在一起，身子要端正，不能抽烟、喝酒。而平时，连格斯尔的名字也不能随便提起，认为让格斯尔听到会惹他生气的。

蒙古族艺人苏鲁丰嘎回忆他第一次听到《格斯尔》说唱时的情景时说，当他16岁时，家乡巴林右旗一带发生了瘟疫，牛、羊病死不少。乡亲们商量了一下，请来了一位叫普荣的师傅，这位师傅在村子里唱了三天三夜的《格斯尔》。普荣师傅的说唱精彩极了，给他留下了深刻的印象，从此，他便对《格斯尔》产生了浓厚的兴趣，开始学拉胡琴并说唱。

蒙古族艺人十分重视师承，并尊重师傅，如果师傅在场，必须得到师傅的允许才能说唱。1985年在赤峰召开的《格萨尔》学术讨论会上，安排了艺人的说唱表演。当时，会议工作人员把洛布桑安排在苏鲁丰嘎的前边演唱，洛布桑认为不妥，因为苏鲁丰嘎是年逾六十的老艺人，虽然不是自己的师傅，但也算是长辈，为此，他特意去请示了苏鲁丰嘎老人，老人很开朗地说："没什么关系，你先说唱吧！"得到了老艺人的允许，洛布桑才大胆地说唱起来。

一般艺人在说唱前不需要什么准备，只是静静地稍坐片刻，使情绪稳定下来，令思想集中，即所谓"进入角色"后，便可开始说唱。有的藏族艺人在说唱前先斟上一杯酒，用右手无名指蘸杯中的酒，向空中弹洒三次，请求三界之神的佑护，而后自己喝上一口酒，便开始说唱。青海果洛、西藏那曲、昌都的艺人都是如此。土族艺人用酒敬神的方式与藏族艺人相同。

大多数神授艺人在说唱前均手拨佛珠，闭目静坐片刻，然后开始祈祷。祈祷有两种不同的情况：一种是在心中默想，请求神佛、格萨尔大王护佑说唱；另一种是艺人把祈祷词说出来，作为《格萨尔》说唱的开场白。随着史诗的传唱和被记录，说唱前的祈祷渐渐融入了史诗的说唱之中，并在史诗的抄本中占有了一席位置。我们今天看到的口头记录本，以及手抄本、木刻本，其中不少章、部的开头，都有向诸神祈祷、顶礼膜拜并请求加持护佑、祝愿诸事吉祥的词句。这一祈祷实际上是说唱前的准备，或说是仪式的一部分，千篇一律，与史诗该部的正文并无必然的联系。由于它被安排在正文之前，久而久之，便被人们作为史诗的一个组成部分，记录在史诗正文之前。

这种祈祷词有时是韵文体，如"翁木，愿一切吉祥！大奏世界安乐曲，遍照智慧宝珠光，降伏妖魔大力士，雄狮大王赐吉祥"①。在《香香药物宗》②的卷首也有"能仁释迦佛祖我顶礼""雪域众生吉祥我顶礼""世界雄狮大王我顶礼"的词句。有的祈祷词是散文形式。

蒙古族艺人说唱前要虔诚地默念一段祈祷词，内容是请求格斯尔大王同意今天的说唱，告知欲说唱的章部，并声明，如有说得不对的地方请大王原谅。

此外，个别艺人尚有一些独特的仪式。据艺人苏鲁丰嘎介绍，在说唱格斯尔出征之前，还要先算一下时辰和出征的方向，只有出征的方向和八卦算出的方向对得上，才能说唱。如两者方向不符，就只得改变格斯尔的出征方向。在他们看来，妖魔的方位是变幻无常的，只要正确确定格斯尔的出征方向，那么必然会取得胜利。计算时有固定的唱词，如"欲知格斯尔出征方向，八卦图上可以算清。天干地支要配合好，东方甲乙卯，南方丙丁火，中央戊己土，西方庚辛铁（金），北方壬癸水"。据说只要记住这些口诀，便可算出时辰和方向。

---

① 《分大食牛》，王沂暖、王兴先译，甘肃人民出版社1986年版，第1页。
② 《香香药物宗》，王沂暖、何天慧译，甘肃人民出版社1989年版，第1页。

烟祭是大多数艺人说唱前必做的事情。人们在院中，或在家门口的香炉中煨上桑（焚香，用柏树枝叶、艾蒿、石南香等香草叶子，上边放上或糌粑或五谷，然后再洒上几滴水点燃，使其慢慢地燃起浓烟）土族人的院中都有一个用砖垒起来的香炉，凡有重大事情或说唱《格萨尔》时，都要焚香。在有些交通发达的地区，为了方便起见，人们直接采用焚烧长炷香的方式。云南迪庆藏族自治州的百姓家中，专门点香供奉格萨尔的画像，或点香供奉《格萨尔》的抄本。人们对于格萨尔的崇拜发展到对于史诗的抄本、刻本也极为珍视，视为圣物。甘南藏族自治州夏河、青海玉树等地区的不少百姓，不论其识字与否，也不惜花费一头牛的代价（旧社会）来购买一本《格萨尔》的书，供奉家中，逢年节时焚香求得人畜平安，招财纳福。

青海玉树、西藏昌都等地的艺人说唱时，往往挂上一幅格萨尔唐卡，或手中拿着一支饰有彩色绸布条的箭，一边指画，一边说唱。对于这些艺人来说，箭和唐卡便成了说唱时的重要道具之一。

唐卡在藏区流传十分广泛，多为宗教历史内容，普遍保存在寺院或上层人士家中。格萨尔唐卡的布局大致与宗教唐卡相似，画面一般分上、中、下三部分，上部为供奉神、莲花生大师的地方，正中为保护神、山神、护法神，下部及两旁为故事情节的组画。[①] 这种指画说唱将听觉艺术与视觉艺术合而为一，更增强了史诗的感染力。正如西蒙尼德斯（约公元前566—公元前468）所说："诗是有声的画，画是无声的诗"一样，指画说唱正是运用诗画结合，使听众更直观地感受到史诗的魅力。

绘制此种唐卡的艺人多为寺院的僧人。笔者1987年在果洛也曾见到了龙恩寺的画师嘎日洛，他是一位当地有名的唐卡画师，尤其擅长绘制格萨尔唐卡，以及具有果洛独特风格的格萨尔龙达（风马旗）。[②]

说唱艺人并没有严格的统一的服装要求，一般身着普通百姓的服装。据了解，有的藏族艺人说唱时的服装比较特殊。那曲老艺人次旺俊美在年轻时曾见过安多多玛的艺人扎巴窝在说唱《格萨尔》时，除了戴艺人帽

---

① 四川省博物馆藏《格萨尔王传》唐卡，11幅，高83.5cm，宽59cm。（中国社会科学院少数民族文学研究所、全国《格萨尔》工作领导小组办公室编：《格萨尔研究》第三集，中国民间文艺出版社1988年版，书前图片页）。

② 见笔者介绍文章《格萨尔龙达》及该画，杨恩洪：《格萨尔龙达》，载《民间文学》1992年第6期，扉页。

外，还要穿一种用红色绸布缝制的衣服，两个衣袖上绣着狮子，前胸和后背绣着龙和大鹏鸟。说唱时，只要把这种衣服从头上往下一套，穿上袖子就行了。他认为，只有最优秀的艺人才能穿这种衣服。这种衣服与格勒博士在藏北调查时了解到的为人治病的巫师的服装很相似。那里巫师也穿红色衣服，只是上装无袖，前胸挂着一面镜子。石泰安教授也曾介绍过有穿白衣、戴白帽子的说唱艺人。

很可能身着这种特制服装的《格萨尔》说唱艺人身兼两种使命：一是作为巫师，可以通灵降神；二是作为仲堪，可以降故事说唱《格萨尔》。这种身兼两职的人过去是存在的，但是 20 世纪 80 年代已不多见，只能从老艺人或群众口中得知一二了。由于是身兼两职，仲堪穿当地巫师的服装便是很自然的了。

据了解，藏地巫师的服饰也不尽相同。

有穿蓝色衣服的巫师，专为求雨，据说水神、雨神居于水中，喜欢蓝颜色。有时巫师不但穿蓝色衣服，连腿也染成蓝色，以取悦于神；[1]

有穿红色衣服的巫师，专为人治病；

有穿白衣戴白帽、胸前挂铜镜的巫师，白毡帽边镶满铜制的雍中（gyung drung 卍，本教万字纹）符号；[2]

有穿虎皮衣的，隆子县的巫师跳神时穿虎皮衣，戴虎皮帽，以驱走恶鬼，为人治病；[3]

有穿黑色衣服的巫师，据史诗《卡契玉宗》之部中，称咒师穿黑色法衣，戴黑帽，帽上插黑鸡毛；等等。

由此可以推测，说唱艺人的服饰，由于受巫师、祭祀影响的程度不同，同时又受到地方的局限，其颜色、形态处于不断的演变之中，呈现了风采各异的状况。

藏族神授艺人最重要的道具就是"仲夏"（sgrung zhwa 说唱《格萨尔》的艺人帽），这种特制的帽子对于艺人来说有一种神奇的力量。那曲班戈县艺人玉珠说，一戴上这顶帽子，格萨尔的故事便会自然降于头脑之中，故事就会滔滔不绝地从口中讲出来。有的艺人在说唱前，左手托帽、

① 参见宋兆麟：《巫与巫术》，四川民族出版社 1989 年版，第 79 页。
② 周锡银、望潮：《试析苯教的征兆与占卜》，载《西藏研究》1991 年第 1 期，第 71 页。
③ 参见宋兆麟：《巫与巫术》，四川民族出版社 1989 年版，第 79 页。

右手指点，介绍帽子的来历、形状、饰物及其象征意义（即口诵"帽子赞"），然后再戴在头上开始说唱。

"仲夏"在藏区说唱艺人中使用较为普遍，从目前看到的三种不同的艺人帽，可以领略到来自三个不同地区的特色：

1. 那曲艺人玉珠戴的仲夏，为四方有棱角的高帽，约高一肘，帽子顶端呈尖形，左右两边各有一兽耳，后边垂有彩色布条，顶部插有孔雀的羽毛，帽底一圈用小海螺点缀，前方正中有一铜镜及三只慧眼，旁边缀有小型金属弓箭等。此帽是用银色的织锦缎做成的，戴在头上呈四方形，摘下来可以叠成扁片状，以便于携带。

2. 云南迪庆地区的仲夏与前者略有不同，其形状大体相似，但饰物不同。帽子前方正中画有日、月，周围用图案装饰。帽顶和两边各有若干支带有羽毛的彩旗，近似于汉族三国时期大将戴的帽子。

3. 那曲索县女艺人玉梅保存了一顶她父亲传给她的艺人帽。其父洛达是热不单寺的僧人，也是当地著名的《格萨尔》说唱艺人。此帽形状与上述帽子不同，帽子不高但宽，左右各有一较大的兽耳，系用藏地白色氆氇缝制而成，帽上缀有不少饰物，除日、月、铜镜外，尚有一些松石、珠宝。

艺人们认为，这种帽子的形状犹如瞻部洲的大地，其东西南北都有所指，具有特定的含义。帽子上边的饰物也都具有象征意义。宗教人士认为这种帽子来源于莲花生的灌顶帽，并赋予了它宗教的象征意义。如说其形状总共有六面，象征六道众生在轮回，折叠起来成两面，表示诸法原本属二谛。凤凰羽毛象征在法界常显幻化身；白雕羽毛象征妙智能除愚昧；鹦鹉羽毛象征循循善诱教他人；岩雕羽毛象征法力无边降妖精；两个帽耳在两边，喻为解脱与轮回是两股道；等等。

此外，一张纸也可以成为艺人说唱时的道具。昌都地区江达县的年轻艺人扎巴森格就是托纸说唱的艺人。他说，只要手中拿着一张纸，眼睛盯着纸，史诗故事就会降于头脑之中，说唱时也自然流畅。由于他不识字，所以对这张纸的要求不高，白纸、稿纸，甚至报纸都可以，似乎这张纸可以使他排除杂念，全神贯注于《格萨尔》故事之中。

圆光艺人的道具繁多，首先要设一神坛（道场），以迎请佣珠玛神谕。西藏昌都地区类乌齐县的卡察扎巴·阿旺嘉措是笔者调查时仍健在的唯一的一位圆光艺人。他使用了以下道具：铜镜一个，铜盘一只，长形水晶石一块，高脚铜盏两只，小铜杯七只，酥油灯一盏，香一炷，哈达一条，青稞粒一把，其摆放的位置如下图：

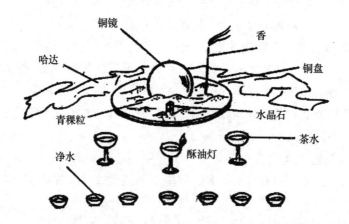

综上所述，《格萨尔》说唱艺人的说唱环境、仪式、服装及道具是多样的，它们因从属于不同的民族或地区而呈现不同的情况；即使是藏族艺人，由于他们属于不同的类型，其形态也各异，都不同程度地反映了其所属民族文化的古老形态。

第五节　史诗说唱的戏剧化倾向

"戏剧无论在内容上还是在形式上都要形成最完美的整体，所以应看作诗乃至一般艺术的最高层"[①]。别林斯基说："戏剧诗歌是诗歌发展的最高阶段，艺术的皇冠……"他们均认为戏剧是在诗歌的基础上发展起来的，它是诗歌发展的最高及最完美的阶段。在史诗《格萨尔》的说唱形式中，我们也看到了这一戏剧化的倾向，它表现为两个方面：一是艺人说唱表演的戏剧化倾向；二是史诗在民间的传播方式，正在从单纯的艺人说唱，发展到以史诗《格萨尔》为题材的戏剧。

首先，史诗内容的戏剧化倾向为艺人说唱的戏剧化提供了重要的基础。在《格萨尔》的许多重要情节中，都有主要人物的大段道白及对唱，

---

① 〔德〕黑格尔：《美学》第3卷下册，朱光潜译，商务印书馆2015年版，第240页。

这些道白及唱词犹如剧本中的道白与唱词一样，为艺人说唱提供了便利的条件。艺人在说唱某一人物的独白或唱词时，往往以这个人物的身份出现，倾注自己的感情，并尽力使自己进入这一角色之中。果洛艺人次多在说唱中，可以运用粗细不同的嗓音以及或强健或温柔的语调，并配以不同的手势及形体动作，来表现不同的人物。当他唱到格萨尔、贾察等大将时，其威武正义之感溢于言表，使人们感到似乎英雄就在眼前，而当他唱起珠牡等妃子的唱词时，嗓音柔细，语气悠缓，眉开目笑，扭腰摆头，展现了岭国嫔妃的风采。

艺人桑珠曾说："当我作为史诗中的某个人物在战场上与敌人对峙的时候，心中充满了对敌人的仇恨，哪怕对手是格萨尔。"可见说唱时，艺人与每个角色之间达到的融合程度。他说，当他进入这种感情全部投入的迷狂状态之中，所说的《格萨尔》故事是非常精彩的。青海艺人才让旺堆甚至可以边唱边舞，其时他的说唱已经变为表演了。此外，蒙古族艺人参布拉·敖日布的精彩的戏剧化的说唱，给人们留下了极深刻的印象。处于这种说唱状态的艺人，实际上已经变成一个独角戏的演员，他一个人扮演着众多的人物角色，他就是导演，他就是全部演员。

具有这种本领和素质的艺人并不多见，大部分艺人仍是以说唱为主，保持着史诗说唱的传统形式。但那些具有表演才能的艺人无疑是他们之中的佼佼者。他们在社会前进与人民群众审美需求不断提高这一发展态势中，将说唱艺术与表演艺术集于一身，丰富了《格萨尔》说唱形式，受到群众的欢迎，同时也为史诗说唱向戏剧化的迈进作出了贡献。

其次，在《格萨尔》广泛流传的地区，人们并不满足仅用说唱一种形式来颂扬英雄的业绩，他们充分发挥其聪明才智，利用藏民族多种传统的艺术形式来表现这一题材，使史诗《格萨尔王传》在藏族歌舞、戏剧领域里又开出了朵朵绚丽的奇葩。

过去，在康区、安多藏区，流传着一种叫作"格萨尔恰姆"（gesar vchams）的宗教舞蹈，它是一种说唱、宗教舞蹈与打击乐相结合的独特的艺术形式，一般在宁玛派的寺院中演出。四川甘孜的佐钦寺过去每年举行一次大型的格萨尔恰姆演出，后来这一形式传到青海省贵德县罗汉堂乡的昨那寺。此后，每年的农历五月二十九日就演出这种舞蹈。这其中有总管王与汉地富商对酒当歌，有王妃珠牡与梅萨的舞蹈，还有13名大将的习武表演，等等。①笔者于 1986 年玉树州 35 周年州庆时，亲眼看到了具有当地特色的格萨尔恰姆：在宽阔的草原上，30 位年轻的喇嘛身着鲜艳的战袍，头戴战盔，肩上插着三角形令旗，扮成格萨尔王的 30 员大将翩翩起舞，这一融宗教跳神舞和民间勇士舞为一体的独特的舞蹈形式，深受人们的喜爱。

　　然而，人们并没有以此为满足。说唱和恰姆舞毕竟仍嫌单调，若要全面、形象地反映《格萨尔王传》的丰富内涵，传统的戏剧似乎是一种更佳的选择，于是人们开始把史诗移植为藏戏。

　　藏戏在藏族地区是备受欢迎的一种艺术形式。传为高僧唐东杰布始创于 14 世纪，它集音乐、舞蹈、话剧、曲艺于一身，其表现形式和手法十分丰富。藏戏多取材于民间故事或佛经故事，比较著名的传统剧目有八大藏戏，②均有固定的脚本和严谨的表现手法。因此，把史诗移植为藏戏难度较大。四川省甘孜州色达县副县长塔洛③对此进行了成功的尝试。他改编的剧本不仅保持了史诗的精华，同时适应了藏戏的形式，因而得到了当地群众的认可和赞扬，先后排出了《赛马登位》《取阿里金窟》《地狱救母》和《七大武将》四出戏。这一消息不胫而走。果洛州甘德县龙恩寺活佛白玛单波得知后，两次到色达县登门求教，回到果洛后即组织了《格萨尔》藏戏团，并为当地群众演出了多场，受到果洛人民的赞扬。这种尝试将人们喜爱的说唱艺术与藏戏结合起来，使格萨尔等众多的人物形象立体地呈现在群众面前，变一位艺人的说唱为多位演员的演唱，将古老的传统说唱形式与民族戏剧成功地结合起来，不失为一个成功的先例。

　　史诗《格萨尔》的戏剧化倾向，是史诗广泛流传的结果，同时也是史诗超越了"史诗时代"流传至今的必然趋势。它使藏族人民的这一优秀文化遗产在现代精神文明的建设中发挥了更大的作用。

---

　　①　索洛：《独具特色的传统〈格萨尔〉"羌舞"在昨那寺演出》，载青海省社会科学院文学研究所、赵秉理编《格萨尔学集成》第一卷，甘肃民族出版社 1990 年版，第 400 页。

　　②　系指《文成公主》、《襄萨雯波》、《诺桑王子》、《顿月顿珠》、《卓瓦桑姆》、《苏吉尼玛》、《赤美滚登》和《白玛文巴》。

　　③　现为该县人大副主任。

第 三 章

艺人的分布与类型

　　藏族、蒙古族、土族地区幅员广大，许多地方交通仍然比较闭塞，要想确切地掌握目前尚健在的艺人的数目比较困难。加之历史上的种种原因，一些艺人已不再乐于重操旧业，或不愿承认自己曾经是个艺人。这都给我们掌握全面情况增加了困难。尽管如此，经过几年从中央到地方的有关部门和同仁们的努力，我们基本摸清了艺人的概貌。

第一节　艺人的分布

　　中国《格萨尔》说唱艺人分布情况如下：调查表明，共有140余位艺人尚活跃在民间，加上已去世的一些著名艺人，如琶杰（蒙古族，1902—1960）、扎巴（藏族，1906—1986）、贡布（土族，1900—1974）等共计约150人。其中藏族艺人99人，蒙古族艺人46人，土族艺人6人。尚健在的艺人之中，年龄最大的79岁，最小的20岁，其中有两位藏族女艺人。主要分布在青海、甘肃、西藏、四川、云南及内蒙古和新疆的各民族聚居区。

　　藏族艺人主要分布在甘肃、青海、西藏、四川和云南等5个省区，其中又主要居住在操安多方言和康方言的藏族地区，即主要集中在多康地区（安多地区和康区）。

　　在99位藏族艺人中，西藏45人，青海38人，云南6人，甘肃甘南州 4 人，四川 6 人。西藏、青海各地艺人的分布见表 3 - 1。①

表 3 - 1　　　　　　西藏、青海各地艺人的分布情况　　　　（单位：人）

西藏			青海						
阿里	那曲	昌都	果洛	玉树	黄南	海南	唐古拉乡	海西	海北
9	21	15	17	9	8	1	1	1	1

　　蒙古族艺人主要分布在内蒙古自治区及新疆维吾尔自治区境内，其中内蒙古自治区 10 人，新疆 28 人，甘肃 5 人，辽宁 3 人。著名的芭杰曾是内蒙古哲里木盟一带非常有名的说唱艺人，他已于 1960 年去世。20 世纪 80 年代尚健在的诸如巴林右旗的参布拉·敖日布、苏鲁丰嘎以及查右中旗的洛布桑，都是受群众欢迎的优秀说唱艺人。新疆的说唱艺人大都分布在卫拉特蒙古族人民聚居的地方，如博乐、和布克赛尔、尼勒克、和静等县都有蒙古族艺人活跃于民间，1984 年参加拉萨艺人会演的鲁如甫、吴图克和道尔吉，都是自幼在前辈艺人的熏陶下成长为艺人的。

　　土族艺人主要居住在青海互助土族自治县一带。新中国成立前，这里曾有不少艺人说唱。如曾给德国人多米尼克·施罗德说唱的贡布②就是当地的优秀艺人之一。现在，由于多方面的原因，这里的艺人所剩无几，且其中一些人已不大说唱了。20 世纪 80 年代仍然健在的有李生全、黄金山、乌日玛、且嘎等艺人。③

　　蒙古族、土族的艺人中间，已经没有年轻人，大都是六七十岁的老人，而且一些人因年老多病已不能说唱。只在藏族地区尚有年轻艺人被不断发现，如西藏申扎县的次仁占堆（1969—　　）、青海果洛州的格日坚参（1967—　　）。尽管如此，从整体看，艺人年龄仍趋于老化，且人数在逐年减少。

---

　　①　此表统计的数字都是能够背诵一部以上的艺人，不包括大量的照本说唱的艺人。在玉树及甘孜州，这样的艺人很多，他们识藏文，掌握不少曲调，只要有史诗的抄本，刻本或铅印本，他们即可依据本子说唱。

　　②　土族艺人贡布的说唱被记录成文以后，已在 1984 年译成德文出版。

　　③　参见杨恩洪：《土族地区〈格萨尔〉调查报告》，载《民族文学研究》1987 年第 3 期。

　　当然，上述统计的数字仍然是不完全的，[①] 可以肯定地说，实际艺人的数字要多于此数。由此可以推想新中国成立前，艺人数目更多。而在《格萨尔》流传的鼎盛时期，艺人的数目会是相当可观的。可惜我们的前人没有予以关注。我们不能苛求前人，但却应抓紧时机，以加倍的工作去弥补这一缺憾。

第二节　异曲同工的各族艺人

　　尽管藏族、蒙古族、土族的众多艺人民族不同、语言不同、生活习惯不相同，且相隔距离如此遥远，跨地域如此广阔，然而，他们之间却存在着许多共同之处，这是人们把流传于三个民族中的史诗作品及其说唱艺人进行比较研究的主要原因之一。

　　这些相同之处首先表现在艺人们说唱的主要情节内容相似。如前所述，他们在说着同一个故事，他们都在赞颂着同一位英雄——格萨尔，以及他为拯救人类所进行的降伏妖魔的正义战争。其次，这些艺人的说唱形式也大体相似，他们均采用散韵相间的形式说唱，这也是史诗的一个重要的存在形式。在这一总的大同下，存在着一些小异，即蒙古族的史诗韵文部分所占比例较大，一些本子则呈一韵到底的形式；土族艺人则是用土族语言和藏语言交替进行散文和韵文的说唱。第三，也是最重要的一点，即是这些民间艺人均具备超人的聪明才智，他们的记忆力超乎常人，可以整部、数章地背诵史诗的篇章。同时，他们都有丰富的阅历，有着与众不同的好口才、好嗓音，受到群众的欢迎，他们都是传播、继承和发展民族文化的不可多得的人才。

　　此外，由于新中国成立以前，各民族所处的发展阶段不同，以及各自文化传统的制约，他们之间又存在着明显的差异。

　　首先表现在传承史诗方面。蒙古族艺人及土族艺人都有较明确的师承关系，他们也十分重视这种师承关系。他们尊崇老师（师傅），完全从老师

---

　　① 近几年西北民院王兴先副研究员曾深入甘肃裕固族地区，对流传于该地区的《格萨尔》进行了调查，又揭开了鲜为人知的一页。这一情况尚未统计在列。以上蒙古族艺人数字依据格日勒扎布 20 世纪 80 年代统计的数字。

那里接受史诗内容及说唱风格，并以自己为名师之徒而自豪。特别是蒙古族艺人，他们在学习说唱时，都有固定的史诗唱本，并以此为依据进行说唱。内蒙古艺人参布拉·敖日布，9 岁开始向巴林右旗的瘫痪老人、名艺人陶克涛学习说唱。他回忆说，师傅珍藏了一本《格斯尔》分章本，在无人时经常拿出本子来看。这本子是用毛笔在草纸上书写的，摞在坑上比坐着的人还高。可惜的是后来此本在"文化大革命"中被陶克涛的孙子装进麻袋投入井中毁掉了。土族艺人贡布与旦嘎共同从师于当地岔儿沟林家台的一个叫林黑龙江的巫神，从他那里学唱《格萨尔》的《诞生篇》等史诗章节。

藏族艺人在这方面有很大的不同。他们一般没有老师的指点和帮助，而是在史诗环境的熏陶中，在潜移默化的识记中学会说唱的。他们大多没有文化，人们不能理解不懂文字的人如何能整部地背诵史诗，因此，在没有足够的知识来解释这一现象的情况下，便将这一切归功为神的力量，认为这是神赐予的，是神把史诗故事降于他们的头脑之中。

其次，由于史诗传承方式不同，进而带来了另一不同之处，那就是艺人所具有的神秘程度不同。蒙古族、土族的艺人因具有明确的师承关系，史诗为老师所传授，他们学会说唱史诗便是顺理成章的事。因此，艺人在群众之中是以一个普通人的身份出现，没有什么神秘色彩。在群众的心目中，他们就是人民之中的一员，是具有说唱才能的艺人。而在藏族群众中，对于说唱艺人，尤其是那些能够说唱长篇史诗的"神授艺人"，却有一种既崇敬又神秘的感觉。当然这种神秘色彩来自多种原因，其中藏族社会发展缓慢、人们笃信宗教、不明了其故事的来源，以及民间艺人说唱形式中的一些传统做法，如煨桑、敬神、祈祷等，都增加了他们的神秘色彩。加之一些艺人兼事巫师之职，他们既是一个民间说唱艺人，又是一个降神者、占卜者，致使这些艺人在群众中的威望更高，其神秘色彩也就不言而喻了。

再次，在史诗《格萨尔》从口头文学向书面文学过渡的过程中，各民族所处的历史阶段各不相同。蒙古族、土族由于具有相对开放型的社会机制，大量地接受了外来文化，随着整个民族文化水平的不断提高，使得《格萨尔》在民间的口头传唱越来越少。在蒙古族地区，史诗的书面作品大量涌现，口头说唱逐渐让位于书面抄本、刻本的流传，久而久之，民间的说唱艺人逐渐减少。目前，史诗《格斯尔》处于从口头形式向书面形式过渡的最后阶段，基本趋于书面化。即使尚有一些民间艺人存在，他们也大都是依照本子（师傅传授的本子）说唱。而藏族则不同，除文化较为发达的德格、玉树及青海东部藏区外，目前仍有大量不识字的民间艺人与各类抄本共同存在于民间，处于从口头形式向书面形式过渡的中期阶段，离完全的书面化尚有一定的距离。

由于以上诸点的不同，使得藏族的民间艺人不但在数量上大大地超过了蒙古族和土族的艺人，而且在艺人的种类方面，也呈现复杂多样的态势。鉴于此，我们有必要对藏族艺人进行具体的分析和归类，从而使我们能更清楚地认识他们产生的渊源及其对史诗的贡献。

第三节　藏族说唱艺人类型辨析

藏族《格萨尔》说唱艺人数量如此之多，所在地域覆盖如此之广，加之其表现形式的多样，以至于科学地进行分类成为一件比较困难的事情。经过笔者历时几年对说唱艺人的寻访与调查，基本摸清了艺人的大致情况。在艺人说唱内容基本相同的情况下，依据说唱内容进行分类显然意义不大；又因其说唱形式大致相同，均为散韵结合的说唱，故而依形式区别仍不可取。为此吸收民间故有的称谓，并按照艺人得到故事的方法加以完善，予以分类，乃是较为妥善的科学的方法。当然，这些种种得来故事的说法，主要遵从了艺人自己的认识和称呼。从名称上看似乎具有神秘色彩，但是这样做，可以使人们一目了然，了解其中艺人之间的不同之处，达到分类的目的。

藏族《格萨尔》说唱艺人，一般称为仲堪（sgrung mkhan）、仲哇（sgrung ba），意为故事家，或精通故事的人。其中大致可以分为以下五类：1. 神授艺人；2. 闻知艺人；3. 掘藏艺人；4. 吟诵艺人；5. 圆光艺人。下面我们将诸类进行分析。

一　神授艺人

藏语称"巴仲"（vbab sgrung），"仲"是故事、传奇之意，在这里专指《格萨尔》史诗，"巴"是降落、降下之意，那么直译其意为降下的传奇故事，即是说这类艺人的格萨尔故事是自天而降的。神授艺人大多自称童年时做过奇怪的梦，梦醒后不学自会，便开始了说唱史诗的生涯，他们会说唱的史诗内容由少至多，逐渐成为一名艺人。他们做梦的内容不外乎是《格萨尔》中的若干情节，或史诗中的一位神、一位英雄指示他们终生说唱《格萨尔》，使他们产生了一种使命感，于是醒来后，便开始了宣扬格萨尔丰功伟绩的说唱。由于他们大都没有文化，尚无法理解做梦及梦的产生这一复杂的生理现象，遂依据传统观念，把梦中达成的故事归结为神佛所赐予，是神佛指示他们去说的，故他们自称为神授艺人。

据调查，20 世纪 80 年代中国藏区神授艺人约有 26 人，其中最长者除扎巴老人（1986 年 81 岁时去世）、那曲的阿达尔（1990 年春 80 岁去世）外，尚有丁青县艺人桑珠（1922—2011）和班戈县艺人玉珠（1925—2012）。最小的是那曲申扎县的艺人次仁占堆（1969— ）。这些艺人大部分居住在西藏的那曲和昌都地区，他们具有如下几个特点：

1. 记忆力超群。他们之中绝大多数不识字，甚至连自己的名字也写不出，一个藏文字母都不认识，可谓"一个大字不识"。但是与此形成鲜明对照的是，他们均具有超人的记忆力。他们每人都可以流利地说唱史诗一二十部，甚至几十部之多。若按最保守的估计，平均每部为 5 千诗行，会唱 20 部，就有 10 万诗行。

而这许多的诗行就全部贮藏在他们的头脑之中。听众想听哪一部，艺人们便可像从数据库或电子计算机中自由提取信息一样，把所需要的部分说唱出来。这或许令人费解，但却是事实。

著名藏族艺人扎巴，连一个藏文字母也不认识，却可以说唱 42 部，到 1986 年 11 月他去世时为止，已将其中的 26 部录了音，共计 998 盒磁带（60 分钟一盒）；受访时 33 岁的那曲索县女艺人玉梅（1957— ），自报能说唱 74 部，已将其中的 25 部（包括大宗和小宗）录制成磁带，计900 余盒；丁青艺人桑珠已录音 41 部（大、小宗）、计近 2000 盒磁带。新近发现的唐古拉艺人才让旺堆会说唱 148 部，目前已将其独特的说唱部 4 部录了音，仅这 4 部所用的磁带数分别为 47、48、48、104 盒，共计 247 盒磁带。

以上数字足以说明，这些目不识丁的民间艺人真正无愧于鲁迅先生所冠予的"不识字的作家"的称号。除此以外，他们都具有非凡的口才，善于运用丰富的群众语汇，将史诗《格萨尔》形象、生动地展现在听众的面前，使人们受到教育，得到陶冶和美的享受。这些艺人是史诗的载体，是史诗得以保存至今的知识宝库。没有他们的聪明才智和对于民族文化遗产的挚爱，就没有今天的史诗。

2. 均为少年做梦，梦后开始说唱生涯。他们大都称自己在少年时期做过梦，但做梦的年龄及内容各不相同，扎巴9岁、玉梅16岁、桑珠15岁、次旺俊美13岁、才让旺堆13岁。梦的内容虽都与《格萨尔》有关，但具体内容均不相同。有的梦见了《格萨尔》故事中的若干场面，仿佛自己已经亲历其境，如次旺俊美；有的梦见史诗中的神或英雄亲自前来授命，令其宣扬格萨尔的生平事迹，不断说唱史诗，如扎巴、玉梅；有的似乎在梦中阅读了大量的史诗抄本（虽然他不识字），由此而知道了史诗的内容，如桑珠；还有的是不断地做梦，每日有梦，连年不绝，其会说唱的史诗来自延续不断的梦，如曲扎、才让旺堆。总之，他们说唱的史诗都是从梦中得到的，所以有人称这些艺人为"梦中神授"[①] 的艺人。

3. 他们大多生活在祖传艺人家庭或《格萨尔》广泛流传的地区。不少人的父辈或祖父辈是比较有名的史诗说唱艺人，他们在艺人的家庭与史诗说唱环境中受到潜移默化的影响，成为又一代艺人。其中藏北艺人桑珠、玉梅、格桑多吉、次仁占堆，昌都艺人阿觉班丹，果洛艺人昂日、次多等7人均出生于艺人世家。玉梅的父亲洛达是那曲索县一带有名的艺人，曾被当时索宗（即今那曲地区索县）的宗本（旧时的县官）请到家中说唱数月。玉梅就是在其父的说唱熏陶中长大的，直至她16岁父亲去世。艺人桑珠的家乡丁青县和洛达的家乡毗邻，他年轻时就曾聆听洛达的演唱，洛达魁梧的身材和精湛的说唱，给桑珠留下了深刻的印象。而桑珠童年是伴随着外祖父说唱《格萨尔》度过的。昌都江达县的阿觉班丹，其父扎西顿珠是当地有名的神授艺人；安多县的格桑多吉是个会唱60回《格萨尔》的年轻艺人，其父即是一位著名艺人，被当地人称为"那曲仲堪多吉班单"，并传说他为第13代《格萨尔》说唱艺人。果洛的艺人昂日和次多也都受到过父辈的影响。这些艺人除受到家庭的熏陶外，也受到史诗流传环境的影响，他们大多生活在那曲、昌都、果洛等《格萨尔》广泛流传的地域，儿时的耳濡目染，对他们日后成为一个出色的艺人打下了基础。

4. 均具有较特殊的生活经历。这些艺人没有文化，在旧社会地位十分低下，生活极端贫困。他们多被生活所迫，以四处游吟史诗为生。他们

① 关于"梦中神授"这一问题，将在下一章中详论。

与朝佛者和商人结伴而行，朝拜了高原的圣山神湖、名胜古迹，在浪迹高原中度过了自己的大半生。因此，他们的阅历十分丰富，见多识广，心胸坦荡。同时，他们说唱的史诗在流动中得到了充实和提炼，较之其他艺人，其故事情节完整、连贯，语言更加丰富、精炼、引人入胜，这是他们成为史诗说唱艺人中最杰出部分的主要原因之一。几位最优秀的艺人扎巴、桑珠、玉珠、次旺俊美、才让旺堆、昂日、阿达尔就是典型的例子。

由于他们在群众中有着广泛的影响，在过去数十年里的历次政治运动中，又首当其冲地备受磨难，给他们本来就极为曲折的生活道路又增加了新的坎坷。由于这部分艺人较完整地保存了史诗《格萨尔》，而目前他们又大多年逾古稀，其中的几位优秀艺人已经离开了人世，所以当务之急是抢救这些艺人所保存的史诗，将他们贮存于记忆中的《格萨尔》完整地录音并忠实地记录下来。

二　闻知艺人

藏语称"退仲"（thos sgrung），意为闻而知之的艺人。他们承认自己是听到别人说唱后，或者看过《格萨尔》的本子以后，才会说唱的。这部分艺人数目比较多，约占艺人总数的一半以上。他们多者可以说唱三四部，少者为一二部，甚至有的只是说唱一些章部中的精彩片段。他们的说唱有一点与神授艺人相同，那就是凭记忆保存并背诵史诗，只不过其说唱的篇幅较小，且无神秘色彩。

他们生活在《格萨尔》流传地区，经常处于史诗的说唱环境之中，日久，便模仿着艺人说唱起来。退仲对于自己的说唱系学来的这一点毫不隐讳。如云南迪庆州艺人纳古次称、和明远（藏名格桑顿珠）、阿旺群佩等，均称他们是听其他艺人说唱而学会的。那些艺人主要来自西藏昌都等地，是去德钦县的太子雪山朝圣的。因此，把《格萨尔》的故事也带到了这里。青海的不少艺人也属于这一类，如同仁县的盲艺人李加、尖扎县的丹正加、贵德县的堪布才让等。贵南县著名说唱艺人桑斗扎西，曾在四川德格地区出家为僧多年，并在那里学会了说唱史诗《格萨尔》，后还俗回乡，便开始了说唱。在青海省 20 世纪 50 年代末 60 年代初大规模抢救《格萨尔》的工作中，他协助搜集流传在民间的史诗抄本，做出了很大的贡献。

这类艺人中的极少数具备一定的文化知识，他们懂藏文，在聆听艺人说唱的同时，自己还可以阅读一些史诗文本，以加深对史诗的了解，丰富说唱。退仲的大部分人不识字，全凭记忆保存《格萨尔》。虽然他们的生活比较贫困，但不以说唱史诗为生，他们都有自己赖以生存的生活手段和方式。只有个别人为生活所迫，才以说唱《格萨尔》为乞讨手段。如青海果洛的才旦加，从小失去父母，四处流浪，以打哈拉（旱獭）为生，被人视为最卑贱的人，经常处于饥寒交迫之中。后来他学会了说唱《格萨尔》的一些精彩唱段，便游弋于牧人的帐篷中间，说唱行乞，得到些许食物充饥。由于他聪明伶俐，《格萨尔》说唱得越来越好，受到群众的喜爱和欢迎。从此便开始了以说唱为谋生手段的生涯。

闻知艺人大多说唱群众最熟悉且流传最广泛的史诗开篇的几部，这也是群众最爱听的部分，如《天岭卜筮》、《英雄诞生》、《赛马称王》、《北地降魔》和《霍岭之战》等。这几部是《格萨尔》中最精彩的部分。他们遍及所有的藏族地区，由于此类艺人为数众多，活动地域广，遂使以上章部在藏族群众中家喻户晓。他们的说唱，满足了群众精神生活及娱乐的需求，为保存和传播民族文化做出了贡献。

三 掘藏艺人

藏语称"德尔仲"（gter sgrung），意为发掘出来的伏藏故事。"掘藏"是藏传佛教宁玛教派的术语。宁玛派尊奉莲花生所传的旧秘咒，将其经典称为是吐蕃时期传承下来的经藏，或发掘出来的前人埋藏的伏藏，于是产生了不少有名的掘藏师。据说凡是能够发掘宝藏（gter）的人都具有锐根，他们的前世曾聆听过莲花生讲经或受过他的加持，因此，他们便与众不同，可以感觉到别人感觉不到的东西，看见别人看不见的物藏（这里物指的是经典）。宁玛派把格萨尔看作是莲花生和三宝的集中化身，认为可以通过《格萨尔》故事来教化调伏群众，因此，他们信仰并喜爱格萨尔，于是就出现了发掘《格萨尔》故事的掘藏师，而发掘出来的《格萨尔》即称为伏藏故事。

这种艺人为数不多，主要居住在宁玛派广泛传播的地区。四川甘孜州色达县的根桑尼玛就是一位宁玛派世袭的大掘藏师。他所发掘并执笔写下的史诗故事，在甘孜州、果洛州被人们传抄，倍受喜爱。果洛州诺尔德搜集的一部史诗抄本《贡太让山羊宗》，据说就是这位德尔仲根桑尼玛在玛泌雪山朝佛时，在一块石头里发现的，后根据这一启示将故事写出，以抄本形式在民间流传。这是掘藏的一种，称作"物藏"（rdzas gter），即《格萨尔》埋藏在物质之中，由人们去发掘。还有一种称为"意藏"（dgongs gter），属于从人的思想意识里发掘出来的意念，然后把它写出来。果洛的年轻艺人格日坚参就属于这一类。他曾开出了一个共有120部的《格萨尔》目录，称自己可以将这120部全部书写出来。在那以后短短的五年中，他已写完了7部。他认为，莲花生大师或其高徒为后人留下的《格萨尔》故事，是藏在宇宙和灵魂世界中的，唯有掘藏艺人才可以领悟并将其挖掘出来。

宇宙中是否存在着一种信息源，可以激发与之能够沟通的人来相互交流、传递信息？不得而知。但对于极为相信灵魂不灭、灵魂转世的藏族人，尤其是信奉宁玛派的人来说，却当作实实在在的事。格日坚参就曾在玛沁雪山朝佛时，遇到了一位从四川来的活佛，活佛送给他一张小纸条，说他是阿旺西热嘉措的转世。而这位阿旺西热嘉措，全名叫德尔威·阿旺西热嘉措，是果洛艺人昂日的父亲。他的家乡在柯曲草原，那里正是《格萨尔》流传最为广泛的地区。人们传说他们的家族德尔威部落原有80个弟兄，他们就是岭国80位英雄的转世，今天生活在这里的德尔威部落的人就是史诗《格萨尔》80位英雄的后裔。这位阿旺西热嘉措是一位在当地极有名望的大伏藏师，同时又是一位咒师和《格萨尔》说唱艺人，写得一手好字。据说他曾写过1000多页的《姜岭之战》等史诗章部，同时还撰写过有关《格萨尔》的祈祷、祭祀的诗文。掘藏艺人来源于藏族本教及宁玛派的掘藏传统，[①] 这种传统至今已有八九百年的历史，曾分为南、北伏藏派。至于这种传统何时影响到史诗《格萨尔》的流传，尚不得而知。目前据调查只了解到以上提到的三位掘藏艺人。这类艺人除在果洛及康区被发现以外，其他地方尚未发现。对于这一史诗流传中的独特现象，尚有待于做进一步的调查研究。

出于掘藏艺人之手的史诗写本有这样几个特点：首先他们与说唱艺人不同，他们是靠手中的笔来书写史诗的。有的人写出来之后，才能照着本

---

① 藏族掘藏师也称伏藏师（gter ston）。传说8世纪、9世纪时，莲花生大师曾把写好的经籍埋藏地下或山洞之中，留待后人发现。据说西藏的许多重要典籍如《五部遗教》、《莲花生遗教》和医明要典等都是出于伏藏师之手。也有人怀疑这些被发掘的典籍的真实性，认为是后人的托古之作。本教在吐蕃时期后期受到佛教迫害后，也采取了同样的做法，说明这一掘藏传统具有久远的历史。

子说唱。其次是书写形式与普通抄本不同。其形式与伏藏经典相似，其中有"gter tsheg"符号（伏藏经文中的句号），结尾尚有"闭嘴"、"保密"等词。再次是文字优美，书面语较多，其中夹杂着一些深奥的大圆满的宣讲，而作为故事，则情节较为简单，有的本子故事趣味性不强。造成这些特点的原因当然与作者的宗教信仰与文化水平有着直接关系。

四 吟诵艺人

藏语称为"丹仲"（vdon sgrung），"丹"意为念诵，即念诵的故事。也有人称这类艺人为"丹堪"（vdon mkhan），这些艺人都具有一定的文化水平，起码具备阅读藏文的能力。他们可以拿着史诗的本子给群众诵读，多为群众中流传的各类抄本、刻本。新中国成立后，大量的《格萨尔》铅印本不断问世，他们诵读的内容也在不断增加。当然，因为他们是据书而诵、照本宣科，所以说唱的内容情节是千篇一律的。为了得到群众的欢迎，他们便在曲调上下功夫。因此，除继承了史诗的传统曲调外，又汲取了藏族民歌曲调的精华，使《格萨尔》的曲调更加丰富，也更加系统化。昌都江达县的塔新是一位出色的吟诵艺人，他可以用48种不同的曲调来说唱，加上他嗓音洪亮，熟悉的史诗故事多，在当地很有影响。曾被四川人民广播电台请去录音。

青海的玉树是吟诵艺人云集的地区，只要能看懂藏文的人基本上都会诵读史诗。在那里共流传着80种曲调。有的艺人甚至为史诗中的每位主要人物配备了固定的曲调，形成了自己所特有的套曲，表现了民间艺人极高的音乐素质和艺术造诣。当地群众在评价一个艺人的优劣时，除看其讲述故事生动与否外，曲调的种类及变化的多寡也是一个很重要的方面。他们最忌讳那种一曲套百歌的唱法。

甘孜州德格县女艺人卓玛拉措（1934—1997）是当地一位颇有名气的吟诵艺人，从小喜爱说唱，且嗓音圆润动听。她出生在一个贵族家庭，父亲是一位德格王的大臣，对《格萨尔》有着特殊的爱好。他收藏了《格萨尔》的不同抄本、刻本30余部。平时几位大臣常常聚会在她家中，父亲拿出抄本来说唱，卓玛拉措就在一边听，渐渐地，她也迷上了《格萨尔》。当地群众经常到她家中，或把她请到自己家中说唱。在群众的要求下，她几乎说唱遍了《格萨尔》的所有章部。她的嗓音及曲调当地人极为熟悉，以至于当她在四川人民广播电台录制的说唱一经播出，远在印度的同乡立即辨认出了她的声音。

吟诵艺人主要居住在交通比较发达、文化教育条件较好的地区，如甘孜、玉树等地区。随着藏族地区的兴旺发达、文化教育事业的发展，这类艺人还会不断增加，会有更多的懂藏文的年轻史诗爱好者加入吟诵艺人——丹仲的行列。

五　圆光艺人

藏语称"扎堪"（pra mkhan 或 pra phab ba），意为圆光占卜者。圆光本为巫师、降神者的一种占卜方法，即借助咒语，通过铜镜或一些发光的东西（也有用拇指的指甲）看到占卜者想要知道的一切。据说圆光者的眼睛与众不同，可以借助铜镜看到别人看不到的图像或文字。通过这种圆光的方法，从铜镜中抄写史诗《格萨尔》，在藏区较为罕见。笔者在调查中只见到一位圆光艺人——昌都类乌齐县的卡察扎巴·阿旺嘉措（1913—1992）。他在群众中享有较高的声誉，因为他不仅可以从铜镜中抄写《格萨尔》，而且还可以通过铜镜为人们算卦、占卜吉祥。在旧社会曾受到地方政府上层人士的重用。群众中如遇重大事情都要请他占卜，如今在当地群众中仍有广泛影响。几年来，他已抄写了 11 部《格萨尔》，其中的《底嘎尔》一部，分上、中、下三册，已由益西旺姆整理，于1987 年由西藏人民出版社出版。

圆光艺人具有浓厚的神秘色彩，与西藏较为原始的观念及崇拜有着一定的联系。据说过去藏区也发现过这样的人，[①] 而新中国成立 40 年后的今天，这种现象已属罕见。但是，抛开其圆光的形式，看一看他抄写的《格萨尔》，就不能不令人叹为观止了。据昌都政协著名的学者白玛多吉说，卡察扎巴的抄本写作水平很高，即使是文学造诣很高的人，也很难这么快地编写创作如此大段大段的韵文（指他依据铜镜抄写史诗时，一句接一句，根本没有思考和停顿的时间）。所以，他认为卡察扎巴是一个非凡的人。

---

① 该文曾介绍了藏区一例小男孩圆光的情况：把一幅格萨尔像挂在桌前，桌上放着镜子和箭，箭用五色彩带装饰，小男孩通神后，即可从镜中看到图像，说唱出《格萨尔》。石泰安在噶伦堡见到过一位叫桑姆塔的艺人，他一出生便会说唱《格萨尔》，因为他是格萨尔的 18 大将中的一位大将的转世，同时他还可以通过铜镜圆光、求神。引自［奥地利］内贝斯基（Nebesky-Wojkowitz）《西藏的神灵和鬼怪》下册，谢继胜译，西藏人民出版社 1993 年版，第 548 页。

以上对于艺人的分类只是一个初步的分类，但我们通过这样的梳理至少可以看到在为数众多的艺人中，不同类别的艺人确实存在着差异。石泰安教授曾根据蒙古和中亚突厥人中艺人的情况，将他们分为两类：第一类为职业诵唱者，在这类人中有一些真正的诗人，他们可以即兴创作诗歌；而另一类只能叙述故事的内容。在中国现有的艺人中，不可能截然地将他们分为石氏的两类。这里的情况比较复杂，很难说哪些艺人就是单一的创造者，或称"编唱者"；哪些艺人就是单一的史诗传播者。每位艺人在传播史诗的过程中，都会把自己对人生、对社会的认识融于说唱之中，而每个人又都在延续着前人传下来的史诗。这里的区别只是在于，有的艺人创作的部分，即发挥的部分多些，而有的艺人创作，发挥的部分少些。除吟诵艺人外，绝对一成不变地传唱前人留下来的史诗是不存在的。神授艺人、掘藏艺人和圆光艺人在传播史诗时，其主观色彩就更浓一些；闻知艺人是依听到别的艺人说唱，经过回忆后再说唱，他们都难于做到绝对一致。而吟诵艺人虽然是照本说唱，他们的主观色彩却又表现为曲调上的无穷变幻。

在上述各类艺人中，我们似乎可以大致分辨出产生的先后。那些"诵颂专门唱诗人，具有多方面的灵感，他们是诗人、歌者、音乐家也是通灵圣人、神、萨满、而他们的行为举止及服饰也与宗教上的作法极其相似"（石泰安语）。可见，这种通灵的神授艺人，很可能是史诗最早的传播者。在中国，目前仅发现几个艺人兼巫师的例子。根据艺人们的回忆，我们可以推测出，确实有不少这种卓有才华的神授艺人曾活跃于民间。随着时间的推移，以及《格萨尔》被普遍地传唱以后，这类艺人逐渐减少，其神秘色彩也在淡化。

掘藏艺人及圆光艺人目前也只发现很少几例。他们的产生要晚于发掘经藏的时代，是一些宗教人士把这种形式运用到发掘史诗上来。但无论是以圆光还是掘藏的形式记录史诗，都要求艺人起码具备较高的文学修养，不是一般的牧民所能从事的。而在藏区，识藏文的人数不多，所以这类艺人的数量不可能很大。当然，他们写就的史诗，也很难在牧民百姓中广泛流传。

很显然，闻知艺人和吟诵艺人是产生在较晚近的时期，是在大量的神授艺人和史诗抄本的基础上存在的。

由此，可以认为在众多的艺人中，那些不识字的、可以说唱多部的神授艺人是史诗传播的主要力量，也是不可多得的具有聪明才智的人才。

第 四 章

梦幻与说唱

在众多的《格萨尔》说唱艺人中，那些能说唱多部的优秀艺人，往往称自己是"神授艺人"，即他们所说唱的故事是神赐予的。一次，扎巴老人的外孙与他开玩笑说："你会唱《格萨尔》就可以养活一家人（指老人被请到西藏大学，享受政协委员待遇），以后你把它教给我，我也去说唱。"听到这话，扎巴严肃地说："不能胡说！那么多部怎么学得会？那是神授的。"对于这样一个客观事实，能否做出令人信服的科学解释，是摆在史诗研究者面前的重要课题。

法国学者亚历山大·达维·尼尔是对《格萨尔》史诗进行过搜集、整理、研究的著名学者之一。她在自己整编的《岭·格萨尔超人的一生》一书的前言中，注意到了艺人的神授说，认为当他们在演唱时"要自觉或不自觉地进入昏迷状态"。[①] 但遗憾的是，她并未对这种现象做出解释。

石泰安认为，演唱艺人的本质是纯粹属于宗教性质的，"当演唱艺人召请鬼神附身而进入幻境时，所有这些幻觉显然就是他记忆的内容，也是由他一生中不断地到处奔波跋涉的过程中所学习和领会的一切东西所提供的"。在这里，石泰安正确地指出了史诗来源于艺人平时的学习记忆。但是作者又用大量的事实说明只有通灵者才是真正的诗人，又强调了"故事神附体"的一面，对于神授说未能进行深入的解释。

国内学者对此的看法也不尽相同。有的学者认为艺人具有特异功能，所以不同于一般人。如东嘎教授在1984年拉萨《格萨尔》艺人演唱会上曾说，好的民间艺人都有一种特异功能，这是一种特殊的神经活动，不是

---

① 见青海民研会该书汉译本，导言，1960 年。

每个人都具备的。这种功能叫做旺杂（dbang rtsa），在藏族古代典籍中曾经有过记载，他们可以看到别人看不到的东西，听到别人听不到的声音。这种生理现象很罕见，一旦他们的身体受到损害，他们的特异功能也要受到损害，将影响到他们的说唱。所以保护好他们的身体是很重要的。有的学者简单地认为，民间艺人说唱史诗的两条途径是师承、家传，或是在前人创造的基础上进行创作，而梦境神授只是艺人用以抬高社会地位的一种谎言。

很明显，梦境神授不符合唯物主义的观点，应持否定态度。然而，对于这样一个现象，又不能用"谎言"简单地一言以蔽之，应该结合民间艺人所走过的人生道路，通过深入细致的调查研究，从历史唯物主义的观点出发，对于他们在心理和记忆方面经历的特殊过程，进行科学的分析，得出合理的结论。

"神授"艺人一般都自称在童年时做过梦，尔后害病。他们在梦中曾得到神、格萨尔大王或史诗中其他战将的旨意，病中或病愈后又经寺院喇嘛念经祈祷，并为之开启说唱《格萨尔》的智门，从此便会说唱了。扎巴在9岁那年到山上放羊时睡着做了梦，梦见格萨尔的大将丹玛用刀把他的肚子打开，将五脏全部取出，装上《格萨尔》的书。梦醒后回到家里便大病了一场，其间神志不清、颠三倒四地说着格萨尔的故事。后来家人把他送到边坝寺，请甘单活佛念经祈祷。后逐渐清醒，以后便开始了说唱生涯。女艺人玉梅16岁时外出放牧，来到错那（黑水湖）和错嘎（白水湖）旁，睡着后做了一个梦，梦见从黑水湖中出来的妖怪与白水湖中的仙女争夺她，仙女对妖怪说，她（指玉梅）是我们格萨尔的人，我要教她一句不漏地将格萨尔的英雄业绩传播给全藏的老百姓。玉梅梦醒后大病一个月，躺在那里不吃饭，不能说话，眼前看到的全是格萨尔的故事。后来荣布区热不丹寺的永贡活佛去她家，念经并为之开启智门。四五天以后她便好起来，从此可以说唱了。

那曲班戈县老艺人玉珠，自称13岁那年曾请达隆寺的活佛玛仁波切为其降神附体，打开说唱的智门，此后不断地做梦，晚上梦到什么，白天就说唱什么。以至会说唱的内容逐渐增加；那曲安多县的年轻艺人格桑多吉的父亲是比如县的《格萨尔》说唱艺人，以"那曲仲堪多吉班单"著称，13岁时曾请热振活佛念经祈祷，为其广开说唱的智门；丁青县艺人桑珠也称在梦后得到了仲护寺烈丹活佛的明示后才会说唱。此外，那曲申扎县的次仁占堆，巴青县的次旺俊美、曲扎，青海唐古拉艺人才让旺堆等都称他们在童年时做过梦，梦后开始了说唱《格萨尔》的活动。看来梦与"神授"是有着密切的关系的。

第一节　神授史诗释疑

首先，我们相信艺人所说的有关做梦的情节是事实，他们很可能确实做过各种有关《格萨尔》的梦。据说有的是一梦过后便会说唱，如扎巴、玉梅、次仁占堆；有的是从少年时开始做梦，梦连续不断，每做一个梦，便增加了一部会说唱的史诗，梦是史诗故事的来源，如才让旺堆、玉珠、桑珠、曲扎等。由此看来，梦在艺人学会说唱史诗的过程中，曾起到了相当重要的作用。因此，有必要探究一下梦的实质和由来。

人类从对万物的性质产生了兴趣，就一直对梦的奥秘疑惑不解。关于梦的传说也许可以追溯到史前，但最早的人类关于梦的记载约在四千年之前。这是一本埃及人用莎草纸写的书，现收藏在大英博物馆中，它对梦的意义作了解释。多少世纪以来人们对于梦的起因和意义进行过不断探索，它出现在古埃及的梦书，古巴比伦、亚述、迦勒底、希腊的文献以及《旧约圣经》中。[①] 在《旧约圣经》中，上帝说："如果你们中有人是先知，那么上帝我会在显圣中与他相见，会在梦中与他交谈。"在《荷马史诗》中，阿喀琉斯说"梦也是宙斯赐予的"。可见先人们对梦都存在着共识，即梦是神的启示。对于原始社会中的人们来说，梦具有十分重要的意义，它预示着未来，或传递一种信息，由此又有了释梦。

我国古代先民对梦的认识起源于梦魂观念，以为做梦是灵魂离身而外游，而灵魂外游又为鬼神所指使，由此梦被归结为鬼神对梦者的启示，进而根据梦象体察神意预卜吉凶。王昭禹的《周礼详解》对梦做了这样的概括："梦者精神之运也。人之精神往来，常与天地流通。而祸福吉凶皆运于天地，应于物类，则由其梦以占之，固无逃矣。"[②] 认为"梦者告

---

① ［美］里查德·戴明等：《梦境与潜意识——来自美国的最新研究报告》，复旦大学出版社 1991 年版，第 5 页。

② 刘文英：《梦的迷信与梦的探索》，中国社会科学出版社 1989 年版，第 35 页。

也"、"受天神戒，还告人也"的神道主义理论，一直被后世的人们继承了下来。

　　据国外心理学的最新研究表明，人的一生大约有1/3的时间是睡眠，有1/5的时间是在做梦。梦是人入睡后出现的一种正常的心理现象。关于梦的生理机制，俄国生理学家巴甫洛夫曾指出，梦是睡眠时的兴奋活动，是在大脑皮层普遍抑制的背景上出现的兴奋活动。通常认为人在反映客观事物的过程中，形成了各种各样的条件反射，以至在大脑皮层上建立种种暂时的神经联系，其中第一信号系统与形象认识相联系，第二信号系统与人的抽象认识和逻辑思维相联系。在觉醒时，第一信号系统是在第二信号系统的监督、指导下进行活动的，因此人的思维具有理智性和批判性。在睡眠状态，由于第二信号系统首先受到抑制，使第一信号系统失去控制而加强活动，致使大脑皮层上的兴奋痕迹自由释放和随意重新组合。同时，人的睡眠抑制过程要经历"反常相"这个阶段，即强的刺激物开始引起弱的反应，而弱的刺激物却引起强的反应。犹如亚里士多德形象的比喻：就像微弱的火光在没有强光照射的条件下变得明显起来。任何一个运动都可以与另外一个运动相遇、结合，发生形态改变，最终形成神奇的幻象——梦。

　　奥地利心理学家弗洛伊德从临床出发，试图在对大量的梦例进行分析的基础上，对梦进行解释。他认为梦完全是潜意识的精神现象，实际上是一种愿望的达成。梦提供过去的经验，是一大堆心理元素的堆砌物。

　　中国科学家钱学森认为，形象思维、抽象思维、灵感思维，是普遍的思维形式。人的大脑既有可以直接控制的显思维，或叫显意识，又有无法控制的潜意识。他说："我们在科学工作中也有这样的情况，常常一个问题，醒着的时候总是想不起来，不想时，或夜里做梦，却忽然来了。这说明潜意识在工作。"

　　刘文英在全面审视了古今中外对梦的研究与探索的基础上，对梦进行了较为详尽和深入的研究。他认为，梦是一种人类精神生活中的很特殊的现象，人对梦的思考，属于人对自身的一种"反观"，因而也是人类的一种自我认识。他总结为"梦是人的潜意识系统对自己生活的反映。只是这里要注意。我们讲的'反映'乃是一个哲学概念，而不是人们通常所理解的照镜子，梦对梦者生活的反映，同时包含着梦者对自己生活的评价，对自己生活的态度，以及他在自己生活中的忧虑和期望，等等"。

目前，尽管科学家对于梦还存在各种不同的看法和解释，但有一点却是相同的，那就是梦是现实生活在头脑中的反映。只不过这种反映的形式是特殊的，其材料来源于头脑中积存起来的各种表象（印象），或者说来源于大脑的意象库。而这一意象库则来源于人类精神生活的历史的积淀。因此我们可以说，所谓托梦神授而得来故事的说法是唯心的，其实质是史诗《格萨尔》的表象在艺人头脑中长期积累的结果。

如前所述，艺人们生活在格萨尔故事广泛流传的环境中，都具备这一史诗的积累，在这里梦可以看作他们心理愿望的达成。从目前掌握艺人说唱部数及内容看，虽然艺人之间存在着差异，然而说唱的主要情节及主要部的名称，如四部降妖、18大宗等都是基本一致的，这说明艺人头脑中的史诗不是神授的或是自己想出来的，而是客观事物——《格萨尔》的长期流传在艺人头脑中积累的结果。

艺人的"神授"说与公元前5世纪末被德谟克利特采用并由柏拉图加以发挥的神赐的迷狂状态说相似。柏拉图所指的神赐，是说诗人在感情极度狂热或激动的特殊精神状态中，才会从诗神那里得到灵感，以至产生成功的作品。对此柏拉图在《伊安篇》中借苏格拉底之口说："凡是高明的诗人，无论在史诗或抒情诗方面，都不是凭技术来做成他们的优美的诗歌，而是因为他们得到了灵感，有神力凭附着。科里班巫师们在舞蹈时，心理都受一种迷狂支配；抒情诗人们在做诗时也是如此。"在这里，他认为诵诗人的本领并不是一种技艺，而是一种灵感，因为"这类优美的诗歌本质上不是人的，而是神的，不是人的制作而是神的诏语；诗人只是神的代言人……"[①] 其实，柏拉图的灵感说、神附说是希腊神话的继续。按照希腊神话，人的各种技艺如占卜、医疗、耕种、手工业等都是由神发明并由神传授的。这一观点当然与他的唯心哲学分不开。但是，在这里，柏拉图指出的巫师与诵诗人得到灵感并进入迷狂状态，这一形式与心理状态上的相似之处，却是值得我们思考的。

巫术与巫师是产生在原始氏族社会，作为原始宗教的重要组成部分而存在的。当时人们对人本身以及人以外的自然界还处于蒙昧状态，便赋予大自然以人格化，产生了万物有灵及人与自然存在着某种神秘联系的错误

---

① ［古希腊］柏拉图：《柏拉图文艺对话集》，朱光潜译，人民文学出版社1959年版，第7—8页。

观念，幻想人可以通过某种方式达到影响自然以及其他人的目的，于是有了祭神的仪式、歌舞。"因崇拜而思献媚，假歌舞以祈福佑，中国与欧洲相同。媚神歌舞成为巫的专职。"巫师被认为是神和人之间交往的媒介，是神的代言人。这种原始巫师一方面出现在宗教场合，被看作精神领袖；另一方面他们出现在娱乐场合，又是民族文化的保存者、传播者。随着社会分工的出现以及宗教仪式的日益复杂，致使巫师与民间歌手一身兼之的情况逐渐消失，出现了专司宗教巫术活动的巫师和祭司。这说明在古代民间歌手与巫师之间有着极为密切的联系，因此他们之间在形式及心理上的相似之处就不难理解了。目前，巫师、歌手兼于一身的情况已不多见，但在中国少数民族中，尤其是南方少数民族中，这种情况依然存在。如彝族的贝玛（毕摩）、景颇族的斋瓦、哈尼族的米谷（贝玛）、拉祜族的慕拔等。同样，这种情况在藏族社会中仍有遗存，它明显地表现在《格萨尔》说唱艺人中。就笔者所知，在他们之中就有巫师兼歌手的艺人存在。巫师、巫神藏语叫拉哇（lha ba），意为神人。藏北牧区叫巴窝（dpav bo），意为半神半人，介乎于神、人之间的可以传递信息、联络感情的特殊的人。他们往往通过请神下界、依附于身，从而成为神的代言人。为人除病禳灾，推断吉凶祸福。一般巫师要先念经、祈请神的降临，当神降临依附于身时，他就完全以另外一个人的姿态，或以神的姿态出现。据说此时，有的人全身发抖，有的可以大盆大盆地喝酒，有的则说出另一种他从未说过的藏语方言，等等。有的巫师用刀子割自己的肉，或用铁钎从右腮扎入从左腮扎出，事后却毫无被伤害的痕迹。他们所做的这一切都是为了显示其与人不同的神性。

《格萨尔》说唱艺人的降神与之极其相似，只不过他们降的是故事神。有的艺人说自己降的是史诗中某一英雄的灵魂，从而使他在顷刻间变成那位英雄而开始说唱。玉树艺人尕松说他每次降故事神之前都念一个经，这个经一念故事神就降下来了。故事神降临后依附于人身体的位置据说也有不同。那曲艺人阿达尔说，有的人降于头上，有的人降于嘴上，而他是灵魂附着于耳朵上，所以在说唱前，他习惯于摸摸耳朵，这样故事神很快就下来了。降神以后其表现与原来判若两人。玉树布特尕介绍说，他小时曾见到当地一位非常有名的艺人，叫热乌仲堪（热乌是结古的一个地名）。他说唱《格萨尔》时，先降神于体，而后身体摆动全身发抖，仲夏帽上的羽毛也像雪花一样飘落下来，说到激动时，他的脸通红，脖子上的血管胀了起来，此时，听众害怕艺人讲完《格萨尔》要飞走，就立即煨桑、献哈达，让他慢慢地宁静下来。这些表现形式与巫师降神相似，只是他们所要达到的目的不同而已。

那曲艺人玉珠的父亲曾是一个既会降神、占卜，又会说唱史诗的人。此外，艺人格桑多吉、昂日的父亲也是一身兼两职的人。那曲艺人阿达尔被当地群众尊称为巴窝钦波（dpav bo chen po，意为大降神者、大巫师），他是那曲一带有名的拉哇。虽然后来他不降神了，但是依然应群众之邀，用哈达给群众"吸"病。

说唱艺人的"梦中神授"主要源于藏族的传统观念与信仰。他们认为人是具有灵魂的，当人活着或清醒时，灵魂是附着于肉体的，当人进入睡眠状态，或人死后，灵魂就脱离肉体而四处游荡。肉体犹如灵魂的一件外衣，一个形式，这个形式如何丑陋或是否有缺陷无关紧要，关键在于灵魂的存在。灵魂和肉体由一个特殊的链带联结，当人死后这个链带就断裂了，如同胎儿在母体之中靠脐带与母体相连，当脐带切断以后，胎儿离开母体，但是他在人间获得了新生，开始了另一种形式的生活。由于灵魂观念的存在，使人们笃信轮回转世，他们认为这是极自然的现象，诞生即是死亡，而对精神来说死亡即是新生——再度进入自由自在的世界。

人们于是用这种观点解释梦，认为睡梦中肉体得到休息，而灵魂可以自由飘行于任何地方，在精神世界中不存在时间概念，因此，梦中灵魂出游，可以在短时间内经历漫长而复杂的事件。正如有的艺人在梦中经历过的一样，他们或在梦中亲临格萨尔的战场，或亲自阅读《格萨尔》的大部书稿而获得了史诗，从此开始说唱。

艺人在梦中接受神的旨意以后，大都生病或精神恍惚，而后必须到寺院请活佛开启智门或叫开启脉门（rtsa sgo phye），最后达到控制自己说唱的地步。这一系列从普通人变为说唱艺人的过程与藏北的巫师的产生极为相似。格勒等人赴藏北牧区的调查报告也证实了这一点。巫师不靠别人传授，也不靠自己，往往是祖传，且多经过活佛开脉门的仪式。安多艺人格桑多吉的父亲是个巫师及说唱艺人，格桑多吉11岁时，学着父亲做法事的样子，在放羊时于天葬台旁做着降神的游戏，回家后便病倒了。家人以为是鬼神作祟，请来巫师，巫师说，这是仲堪的血统在起作用，他要成为一个艺人了。当时格桑多吉的母亲认为仲堪太穷、没出息，不希望儿子继承父业。但巫师说若不降神予以打开脉门，恐有生命危险，只有顺其自

然，因势利导。遂后大做法事，使其恢复了正常状态，从此便开始说唱
《格萨尔》故事了。由此可见，开启智门或称打开脉门对于巫师和仲堪都
是至关重要的，是他们成为巫师和仲堪的第一个必由的关口。这一仪式都
是活佛来主持，有时巫师也可以为他人主持。

艺人扎巴、玉梅、桑珠、玉珠、阿尔达、格桑多吉等都经历过开启智
门的仪式。此外，藏族宗教人士在启蒙阶段也要通过这一仪式。据江永慈
诚介绍，他在少年进入结古寺学经时，也经过了这一仪式。此时要焚香，
由喇嘛念经，有的附以气功，目的是使某一特定灵魂进入此人之体，使其
转换灵魂，代替某个神说话行事。东嘎活佛曾解释说，开启之时要用线把
无名指缠上，这样灵魂便可顺着脉络进入体内。由此可以看出成为巫师与
成为仲堪的过程何其相似，这两者之间的渊源关系也就十分清楚了。

对于以上传统观念及与之相伴相生的做法，世人在认识上仍有较大分
歧。在没有得出令人信服的科学结论之前，作为一个唯物主义者，他的首
要任务是尊重事实，即藏族人民传统观念及艺人存在的这个事实，客观地
如实地记录、反映，为今后的研究提供可靠的第一手资料。

目前，在《格萨尔》说唱艺人中，既是巫师又是艺人的现象已经很
少见了，但那种精神恍惚、有如神力凭附的形式依然得以保留。其主要原
因是原始宗教的长期影响，尤其是本教在西藏尚保留至今，而吸收了本教
的一些祭祀仪式的藏传佛教广为传播，致使史诗《格萨尔》中完好无缺
地保存了大量的原始宗教事象。因此可以说，艺人的"神授说"及说唱
时的神力凭附形式，是历史遗留下来的，非如此不能表明其神圣，只有这
种形式才有利于艺人精神集中以至尽快进入角色。应该指出的是，他们虽
与巫师在形式上有相同之处，然而在社会功能方面却截然不同。

其实，艺人所说的在梦中或在迷狂状态中得到神谕而会说唱史诗，实
际上是我们常说的得到了灵感。正如奥斯本解释的那样："在（灵感）这
个术语的一般用法上，我们常常说当一个人（在他自己或者别人看来）
仿佛从他自身以外的一个源泉中受到了帮助和指导，尤其是明显提高了效
能或增进了成就之时，那我们势必会说这个人是获得灵感了。对于那样的
灵感源泉可以被认为是由自然所赐或由某种超自然的神奇力量所赐。"①
因此，我们认为艺人由于认识上的局限以及在传统观念的影响下，对于奇

① ［英］H. 奥斯本：《论灵感》，《国外社会科学》1979 年第 2 期，第 97 页。

特而荒诞的梦做出了超自然的解释，是可以理解的。应将此种情况与谎言加以区分。被宗教迷信麻痹了的蒙昧思想固然落后，但不失其天真与淳朴，而说谎欺人则是一种道德品质上的堕落，两者是不可同日而语的。当然，在艺人们坚持"托梦神授"说时，夸张的可能性也是存在的。因为他们的社会地位低下，大都以流浪说唱为生，为了得到人最起码的生存条件——温饱，他们必然要渲染故事得来的神秘色彩，给人们造成悬念，以引起重视，这是完全可以理解的。

对于梦者对梦的回忆及"编辑"能力，美国科学家们有了新的认识。他们通过睡眠实验室发现做梦以后，便把受试者叫醒，请他叙述梦。科学家们发现，每个人都有"编辑"梦的能力，尽管他的这一行为是下意识的，不是故意骗人。梦的故事线索大多是混乱的，没有任何意义，我们的更富逻辑构造能力的心灵为了使梦便于理解，而修复了这些混乱的线索，即把梦的活动排成一种可为醒觉心灵所理解的秩序。人们往往醒后通过回忆与想象来"完成"一个梦，以得出令人信服的结局。后来，当他再回忆这个梦时，忘记了结局或是什么部分是后来加工的，而是把整个情节都当做梦来回忆。这时的梦已经成为一个有秩序的常人可以理解的梦了。但在这一过程中，从杂乱无章的梦到一个圆满的梦，他并不是有意识地欺骗，而是常人的思维所至。国外对梦的研究是在具有特殊设备的实验室中进行的。受试者一旦做梦，脑电波出现异常，即可叫醒受试者叙述梦的内容，这些记录下来的梦的加工成分就可能相对少些。对于《格萨尔》说唱艺人，我们只能通过他们的回忆与口述来记录，而这一记录是在艺人做梦的若干年后进行的，其梦的被编辑与加工就更是不可避免的了。正是由于这一原因，我们发现艺人们梦的内容都比较相近，且都是围绕《格萨尔》史诗这一主题的。

科学家们还发现，梦的多少，女性多于男性，年轻者多于年长者，智商越高的人梦越多，而他可回忆起来的梦也多于他人。这些研究成果对于我们理解艺人年轻时做梦及梦的内容是有帮助的。美国科学家后来又建立了梦实验室，对于梦中的超感官知觉进行了研究，尤其是对于预感和超人视力的研究正处于方兴未艾之中。我们相信，他们研究的最后成果，无论是与否，都将对梦的研究及人体科学的推进有益。

第二节　记忆故事的奥秘

"神授"之说得到了否定，但是新的问题又提了出来：这些艺人不识藏文，没有受过正规教育，他们无法借助于笔和纸或更先进的技术帮助，那么，他们是怎么学会说唱数十部史诗的呢？一些外国人对于扎巴老人和玉梅姑娘都曾表示怀疑。的确，如果史诗《格萨尔》中的一部以大约五千诗行计算，几十部就有几十万诗行之多。如此众多的人物、情节和词汇，人类大脑的记忆是否有可能承受？

心理学家认为记忆是人类的心理过程，包括识记、保持、回忆或再认三个基本环节。从信息加工的观点来看，记忆是信息的输入、贮存、编码和提取的过程。那么人脑的记忆潜力有多大呢？美国芝加哥大学教育研究员布卢姆的研究表明：人类的潜力远比我们用智商及才能测试所估量的要大。有的科学家认为，人的大脑皮层至少有140亿个神经细胞，但经常活动和处于工作状态的脑细胞只占10%左右，就是说，人脑未被使用的潜力竟达90%之多。有的学者甚至说，如果始终好学不倦，那么一个人大脑储藏的各种知识，将相当于美国国会图书馆藏书的50倍，目前该图书馆的藏书为一千多万册。那么，照此计算，人脑的记忆容量相当于5亿本书籍的知识总量。从而说明了人的记忆潜力是可以大大发掘的。当然不能否认人与人之间记忆能力的差异，但一般认为，虽然身体素质是影响记忆的一个方面，但是造成差异的主要原因还在于主观能动性发挥的程度和记忆方法是否得当。

《格萨尔》说唱艺人主要生活在牧区，分散的个体的游牧生活，使他们几乎与外界隔绝。他们每日朝出暮归，放牧牛羊，如此单调的生活周而复始。他们看到的是无际的蓝天、宽阔的草原和成群的牛羊，心中只有那原始、古朴的格萨尔故事的雄浑的曲调。对于他们来说，史诗《格萨尔》几乎是他们记忆的唯一占据者。他们吟唱史诗不只是给别人听，更主要的是使自己从中得到解脱。在这里民间文学的自娱性就显得尤为突出。在这种自娱性的反复吟唱中，人们不仅得到了精神上的陶冶和美的享受，同时记忆力得到增强。

此外，艺人在说唱时注意力高度集中。当他们全神贯注地投入说唱后，感情即无法抑制，且不受周围环境的影响。在果洛州我们曾访问了次登多吉，他的说唱极有特色，既形象又富于感情色彩。只见他时而似拉弓射箭，时而似纵马驰骋；时而朗声大笑，时而泣不成声，以至感情不能自已，即使结束说唱后，也很难立即把感情拉回到现实中来。艺人桑珠也曾说过，在说唱时，即或我的对手是格萨尔也绝不留情（此语为表明艺人在说唱中，哪怕是对待描述格萨尔对手的段落，也是一丝不苟的），说明艺人说唱时情感专注的程度。桑珠一旦开始说唱，就将注意力全部投入其中，要想打断说唱是极不容易的事。云南迪庆藏族自治州德钦县颇有名气的史诗艺人兼故事家索南次仁，经常为牧民通宵达旦地说唱，因为他一旦进入角色，就无法使自己摆脱，以至说唱时达到旁若无人的境地。有时讲到深夜，劳累了一天的听众不知不觉入睡后，索南次仁依然毫无察觉地将史诗唱至天明，其精神高度集中实为常人所罕见。其他艺人如玉梅、扎巴、桑珠、玉珠、昂日等在说唱时，大都微闭双目或手捻佛珠，均具有不被外界干扰、将注意力完全集中的能力和意志。心理学家认为，当人的心理活动对一定的事物（比如史诗）有选择性时，才能在每一瞬间都准确无误地指向和集中于此，而离开其余事物，使心理活动具有一定的方向。

　　与此同时，人们的记忆又与他们的需要、兴趣有着直接的关系。对于他们喜爱的、朝夕相伴的、有情趣的事物的印象，往往感觉强烈，在头脑留下的印迹也深刻。而一切与他们的激情无关，与他们的生活方式相左的东西，他们往往视而不见或过目即忘。比如女艺人玉梅，她的外貌及对事物的反应能力反映事物的能力与一般人相比无大差异，甚至有时还显得有点迟钝。专门请人教她藏文已经两年，但她的学习进展极慢，至今也只认识 30 个字母。然而当她唱起《格萨尔》，记忆的闸门一经打开，流利的唱词和逼真的故事便犹如江河奔流倾泻而出。这说明记忆有一定的选择性，记忆目标明确的部分，记忆效果就好。这种记忆的注意和选择，使艺人有可能在背诵史诗方面优于他人。

　　当然，艺人记忆史诗的过程并不是一朝一夕就能够完成的，这是他们长期识记、保持和回忆的结果。扎巴老人曾说过，每当他第二天要说唱《格萨尔》时，头一天就要对所说的部分很好地进行思索，也即回忆。说明了记忆在说唱中起决定性的作用。至于在即兴说唱中个人发挥的那一部分，只占整个说唱的很小一部分，而且是在不妨碍主要情节、脉络的前提下进行的。

　　此外，《格萨尔》说唱形式是藏族人民传统的喜闻乐见的形式。这种散韵结合的说唱体可以追溯到很早以前。吐蕃历史文书中，记载赞普传记时使用的便是这种形式。尔后这一形式在民间流传且有所发展。在民间文学领域中，除史诗运用这种形式外，其他如叙事诗，甚至一些故事也采用了这种形式。它为藏族人民所熟悉所喜爱，在记忆上更容易接受，说唱时易于上口，这是便于记忆史诗的一个有利的因素。另外，《格萨尔》的唱词有一个较为固定的套式，每一段韵文唱词基本上分为三大块。第一块为衬词及祈祷部分。衬词是起兴的引子，且较为固定。"鲁塔拉是格萨尔的调子，霍尔白帐王的调子是日模阿拉，哦拉则是魔王鲁赞的调子。"（布特尕介绍）祈祷大都是每个英雄向三界神祈祷，然后向自己的护法神祈祷。第二部分唱词是主要内容，这之中先要介绍自己的出身、来历，介绍所在地的情况，然后再唱中心内容。第三部分是结尾部，有比较固定的唱词，便于记忆。

　　除以上共同的有利记忆的条件外，每位艺人又都有自己记忆史诗的诀窍。大部分神授艺人是靠图像记忆。当他们唱到某一部时，脑子里便出现了那一部的战争场面，这样根据所"看"到的（此时他们就是半闭着眼睛）说唱，如某人穿什么衣服，拿什么武器，其坐骑如何，其方位在哪里一清二楚。扎巴、玉梅、桑珠等艺人都属于以上类型。

　　而有的艺人是把每一部的主要内容精炼成几十句韵文，只要记住这几十句梗概，全部章节就可以串起来了，说了上句，下句就随口而出。艺人曲扎、次仁占堆即这种类型。

　　在藏民族传统文化的延续方面，除了用文字记载的典籍以外，口传是一种最早的而且极具生命力的方式。即便是在发明了文字以后，这种口耳相传的方式仍一直被沿用。这种形式可以追溯到本教经文的传授方面，师徒相传或父子相传，也称"单传"。而在本教遭到迫害以后，本教徒为了保存其教义，更广泛地使用了这种传承方式，而本教的一些主要经典如《象雄耳续》《光荣经》，即是通过口传，被人们代代保存下来的。

　　口传记忆佛教经典的例子也不少，如赤德祖赞时期"曾派大臣郑噶木来果卡和业童智二人到印度取经，他两人到达冈底斯山时，遇到在这座山里修行打坐的印度高僧佛密和佛静，将两高僧铭记心中的《经藏说分别部》《金光明经》《瑜珈怛特罗》《事续》等经典记在自己心中，然后回来献给了结波（国王）"①。产生于 12 世纪的噶举派，其"噶"（bkav）意为佛语，"举"（rgyud）意为传承。该派主张依靠师徒口耳相传，着重修习密法。这种口耳相传凭记忆保存经典的传承方式至今仍然存在。口耳相传传统的悠久历史以及由此而培养出来的一个民族的极强的记忆能力，对于我们理解藏族艺人能够记忆长篇史诗的奥秘是有所启示的。

通过上述论析，充分说明史诗《格萨尔》并不是从天而降，也不是神授，而是艺人长期处于史诗说唱环境之中，通过识记、积累所得到的结果。正如罗素所说："每个人的知识，从一种重要的意义来讲，决定于他自己的个人经验，他知道他曾看到听到的事物、他曾读到和别人曾告诉过他的事物以及根据这些事件所能推论出来的事物。"

第三节　艺人产生的条件

史诗艺人是如何产生的？他们是在怎样的环境下成为一个艺人的？对于相信灵魂不灭、灵魂转换的藏族人民来说，自有一套说法。《格萨尔》中的《岭与歇日珊瑚之部》有这样一段记载："初十的那一天，曙光出现的时候，赡部大王格萨尔全身披挂着战神的各种武装，骑上备有各种珍宝嵌饰着鞍子的骏马，被陪伴的战神维尔玛十万人前呼后拥，往达雅玛布雪山右角下去。过河时，赤兔马呼呼地抽了三口气，右蹄向下踩了三下，踏杀了白螺蛙王哲果，大王用'心事成就'藤鞭尖梢将它挑起，并且对它发愿引度说：'五百世的最后那一年——甲申（木猴）年，你在岭国地方转生为传法大夫的后裔，通晓藏地 18 国的情况，能够明确而果断地决定历史事迹的说唱艺人。从那里死亡之后，马上到东方观善国土中，转生为誓愿成就的仙人去吧！'"这一段的叙述，显然与前后文没有什么必然的联系，是格萨尔王前往达雅玛布雪山途中的一个小插曲，很可能是民间艺人创造的。艺人仲堪是格萨尔的战马踏杀的一只青蛙转世而成的传说，在藏区流传。玉树州仲却活佛介绍了当地名艺人热乌仲堪传说：他可以说唱 18 大宗，居·米旁大师曾承认他是一位造诣很高的艺人，他就是格萨尔的战马踏杀的青蛙的转世，因为他的后背上有一个清晰的马蹄印。

---

① 东嘎·洛桑赤列：《论西藏政教合一制度》，第 14 页。

扎巴老人也有相似的说法。他说：我是格萨尔的神马踏杀的青蛙的转世。一次，格萨尔的神马误伤了一只青蛙，神马伤心地哭了。大王说："我们再哭也没有用处，想个办法吧！"于是把青蛙的四肢丢向四方，祈祷说："为了利禄众生，让他们变成说唱艺人吧！让他们像马脖子上的毛一样长短不齐，各不相同，不要让他们受冻挨饿！"对此，扎巴老人解释说：大王让艺人们得到温饱，不要太穷，也不要太富，因为他们如果得到了很多财产就会变成贵族而不再说唱。

除这种青蛙转世说外，还有的艺人称自己是《格萨尔》中某一位英雄的转世，从而将自己与史诗联系起来。这些传说至今被人们笃信。

应该说，社会发展缓慢是神秘的艺人来源说及史诗流传至今的重要因素之一。新中国成立前的藏族社会，长期处于封建农奴制阶段，政教合一制度下农奴主阶级对人民的残酷剥削及众多寺院的沉重赋税，造成藏族地区经济不发达，文化落后，交通闭塞。而文化教育除寺庙以外，实际上几乎不存在。寺庙垄断了藏族的文化，藏族群众的文化生活，只能靠自娱性的民间文学来解决。这样，故事情节吸引人、曲调感人而深沉的史诗，就成了他们在茶余饭后、牛羊归圈之时，打发漫漫长夜的极好的精神寄托。其次，史诗传唱中，宗教起着巨大的精神支柱作用。艺人处在一个全民信教的社会之中，而他们都属于社会地位和经济地位最低下的阶层。宗教环境的影响，贫困且不安定的生活，使他们比一般人更加笃信神佛，并把今生与来世的幸福寄予他们。如果说神佛是高不可攀的较为渺茫的偶像的话，那么，格萨尔大王却是他们心目中能够降伏妖魔、为民除害的既见其形又闻其声的最实际的偶像了。至今，藏区各地仍有不少有关格萨尔的传说、遗物、遗址。如四川德格有专门供奉格萨尔神像及其战将的庙宇，云南藏族群众家中亦供格萨尔神像，人们每天烧香祈祷，而广大藏区将史诗《格萨尔》的抄本、刻本收藏并供奉更是极为常见的现象。他们毫不怀疑格萨尔确有其人，认为如今藏地的一切财富如牛、羊、骡、马、盐、茶、青稞、药材、珠宝等无一不是格萨尔东征西伐所获取，并希望他再度降临人世，解救劳苦百姓。这说明格萨尔及其战将，以及这部史诗在藏族人民心中占有极高的地位。因此，当他们一经梦到神佛的旨意，或格萨尔的命令（令其唱《格萨尔》），便极其虔诚地服从。他们把说唱《格萨尔》看成是一件神圣的事情。说唱之始，首先要向护佑三界的诸神顶礼膜拜，以求吉祥。在说唱中往往不愿意被别人随意打断，认为这是对格萨尔的不恭。

　　不少艺人在童年梦后都曾到过寺院，得到过有威望的上师的指点，即开启智门，从此，他们坚信得到了神谕，是完全可以说唱好史诗的。在这种坚定的信念下，更加努力听、记、说唱，以至逐渐掌握更多的部数，在说唱中不断提高演唱技艺。

　　另外，在艺人产生的过程中，家庭和环境的熏陶是一个必不可少的重要因素。如前所述，不少艺人出生于艺人世家，民间艺人的幼年和童年是在讲述格萨尔故事的环境中度过的。老一辈艺人对下一代艺人有深刻的影响。女艺人玉梅 16 岁做梦以后才开始说唱《格萨尔》。当时，她父亲——当地的名艺人洛达还在世，16 年来，父亲的说唱对她的影响显而易见。洛达听了女儿的说唱以后。十分满意地说："玉梅说得很好，如今我的故事神已经降到她的身上，我的日子不长了。"那曲艺人阿达尔虽不是艺人世家出身。但老一辈艺人对他的影响很大。他在回忆所见过的艺人时说："我二十多岁时，曾经遇到了一位嘉黎县的六十多岁的老艺人嘎鲁，他也是由那曲巴尔达区荣布寺的喇嘛坚参仁钦开启智门的。我和他曾在一起说唱过《赛马称王》、《霍岭之战》及《大食之战》等部。他才是个真正的仲堪！现在的艺人包括我在内，都只是一般的艺人，无法与他相比。"那曲的格桑多吉、次旺俊美等艺人也都聆听过名艺人的说唱，并受到启发和影响。

　　由此可见，说唱史诗的环境是一所天然的传授学校，人们在崇拜格萨尔的同时，也被艺人的生动说唱所折服。而不少出生于艺人世家的艺人，更是从气质到审美情趣均与他们的前辈息息相通。

　　'当然，在这种环境中成长的儿童，并不是所有的人都能成为说唱艺人的。玉梅姊妹三人只有她一人成为说唱艺人。应该承认人的智力存在着差异，天才就是指那些智力超常、记忆力非凡的人。然而重要的还是人的主观努力，如勤于思索、长期积累知识。我们认为在艺人产生的过程中，两者都是不可或缺的。一个偶然的梦，在十一二岁这个爱幻想的时期做了梦，或者是在情绪非常高涨时成功地第一次试说后，便会出现顿悟，头脑突然清晰，有如茅塞顿开，于是往日积累的那些素材，都会从游离的状态变成有联系、较为系统的故事，这便是得到了灵感。灵感的出现虽然是偶然的，然而这种偶然性正是孕育于长期积累的必然之中。艺人的说唱实践也正体现了这种偶然与必然的关系。

　　根据以上分析，我们可以说，民间艺人的知识积累是经历了一个量变的过程，即由少到多，由劣到优，从渐变到突变的过程。不能否认梦在记忆《格萨尔》史诗中所起的作用，而经常地梦到史诗情节和唱词，则有助于对史诗的记忆。同时，那富于幻想的奇特的梦无疑为说唱艺人增添了传奇色彩，也体现了民间艺人对史诗的丰富和发展所作的创造性贡献。

　　当然，我们承认，迄今有些现象我们还未能完全解释清楚，因为人类的发展过程也是一个人类对宇宙及其自身的认识过程，认识是没有穷尽的，人不是万能的，其认识能力也受到种种局限。正如每个人在视觉上存在盲点一样，人类在认知客观世界及自身时，也存在盲点。这还有待于人们不断地进取探索。当今不少科学家致力于研究人体的特异功能、研究人的第六感官、研究人类大脑记忆贮存的自动编码机制，以及通感与联觉等一系列关于人类的盲点，这是极其有意义的工作。相信随着这些研究的推进，对《格萨尔》说唱艺人的研究也会受到有益的启示，得出更令人满意的答案。

第 五 章

传统观念的折光

　　今天在西藏，人们看到的多是佛教（藏传佛教）的寺院、神坛，人们感受到的也多是一种地方化了的佛教氛围。而对于西藏所固有的前佛教时期就盛传于藏民族之中的本教以及藏民族的传统观念，人们往往感受不深。只有在远离拉萨的地方才能够看到本教的寺庙与僧众。由于本教在千余年的与佛教的竞争中，为了求得生存与发展，吸收了不少佛教的东西，那些为本教所特有的原始的供奉与祭祀仪轨，至今已经很难见到。

　　当然，一个民族的传统观念并不是一成不变的。它在历史的进程中，在与各种文化的交流与融合中，不断吸收外来的营养以充实自己。每个民族的文化都是在不断地选择与重构中发展变化着，越是开放型社会，其传统文化随着时代的前进变化就越大；而封闭社会的文化则变化相对小些，其保存传统文化的原生态部分也就相对大些。

　　由于历史和地理环境的原因，藏民族长期生活在较为封闭的环境之中，因此其传统文化得到了相对的保护。尽管如此，西藏高原古代社会人们的传统观念是什么呢？仍然很难准确地予以概括。因为它离我们毕竟太久远了，且古代典籍中的记载又十分有限，致使人们很难在现代社会中将谓之传统的观念与文化提取出来。然而，我们发现在藏民族古老的民间口头创作中，诸如史诗、神话、传说、故事等作品中，却蕴含着传统观念的许多踪迹。特别是英雄史诗《格萨尔》，为我们提供了宝贵的原始社会形态和资料，它堪称是古代藏民族精神世界的一面镜子，把人们对于大自然、对于人类自身及社会的种种观念与认识折射出来。我们在研究史诗《格萨尔》时，不但领略到史诗所反映的藏民族古老宗教——本教信仰及其代表着的传统观念，同时在寻访艺人的过程中，还发现了《格萨尔》说唱仪式中保留或体现了一些原始本教的仪轨和习俗。人们无论从《格萨尔》的内容还是形式上，都可以观察并采集到文化人类学所需要的原始资料。

从这一意义上讲，《格萨尔》从内容到形式不愧为藏族原始文化的载体，是人们研究古代藏族社会的百科全书，不但具有极为珍贵的文学欣赏价值，更具有科学研究的史料价值。本章拟探讨史诗《格萨尔》与本教的这种千丝万缕的内在联系。

第一节　《格萨尔》产生的宗教背景

在佛教传入西藏之前，本教早已在藏区盛传。"这种早在聂尺赞普以前就流传于西藏的本教，名为'附体本'（brdol bon），它是在原始宗教思想的基础上产生的，崇奉五界神、地方神、守舍神、战神、娘舅神等不同的神祇，要杀奶牛、山绵羊、鹿等牲畜祭祀这些神，认为不但人死后可以脱生为鬼神，鬼神死后也会转生为人。主张有前世后世。这在历史上叫做'白本教'（bon dkar po）。"① 这是一种万物有灵的宗教，但是文献记载很少。后来大约到了第八代结波直贡赞普时，阿里象雄的先绕米沃（gshen rab mi po）被称为本教祖师，吸收了来自毗邻的大食（伊朗）、勃律（吉尔吉特）、李域（和阗）等中亚国家和地区的影响，改革了原始本教，形成了新的经典"恰尔本"（vkhyar bon），后发展成为一种不承认前世后世，却崇信鬼神的叫做"朗兴"（snang gshen）的新本教。"叫做朗兴的新本教和叫做恰尔本的本波教，是那时吐蕃地方的一种原始的宗教，是一种具有民族性的本波教。"② 它以本地传统观念为主，同时又吸收了外来宗教的信仰和观念。尤其是伊朗人对于宇宙起源的看法，在本教中得到深刻的反映。

流行于古代波斯、中亚等地的祆教，即古代波斯的"琐罗亚斯德教"。公元前6世纪由波斯人琐罗亚斯德（Zoroaster）创建。因该教拜火，将火光作为至善之神崇拜，故名"拜火教"。同时，该教还崇拜日月星辰，故又名"祆教"。公元3—7世纪，成为萨珊王朝的国教。此时该教

① 东嘎·洛桑赤列：《论西藏政教合一制度》，第6—7页。
② 同上书，第8页。

大规模传入中亚，一时在中亚地区盛行。公元 7 世纪，大食（即阿拉伯）统治波斯后，随着伊斯兰教的传播，该教在波斯本土逐渐衰落，迫使不愿改宗的祆教教徒大批东移。①祆教的主要经典是《阿维斯陀》，其教义是神学上的一神论和哲学上的二元论。所谓二元论是指自然界有光明和黑暗两种力量，前者崇拜众善神，后者崇拜各种恶灵。它们各自都有创造力量，并组织了自己的阵营，二者之间进行了长期的较量和斗争，最终光明战胜了黑暗。这种二元论观点对本教产生了显而易见的影响。

祆教崇尚白色，白色代表光明。祆教的庙宇建筑都具有环绕中心柱的回廊，供礼拜者绕行。受到祆教文化的影响，至今鄂温克族的舞蹈仍是7—20 人手拉手围着一堆火，按太阳运动的方向转动，而在库鲁克山岩画中有太阳神及象征着日月的雍中（万字）符号。

从本教的二元论、崇尚白色、日月，到本教的雍中符号及信奉本教的人们要与佛教徒相反、反时针方向朝佛等现象看，都与祆教有着相似之处，说明祆教文化对本教文化的影响及两者之间的关系。

当时，象雄作为一个独立的国家在西藏西部存在着，直到吐蕃王朝时期被松赞干布王在 7 世纪吞并（一说在赤松德赞王时被吞并），逐渐地西藏化。在这以前，本教早已渗透到西藏的腹心地带，历代王朝赞普大都以此作为治理朝政的主要精神力量和手段。正如诸王统记上所说："从聂赤赞普至赤德妥赞之间，凡二十六代均以本教治理王政。"②

7 世纪末，强大的吐蕃在争夺中亚地区佛教盛行的国家的统治地位时，直接接触到了佛教。而来自于印度的佛教对西藏的影响，使本教将对国王神圣的种姓和有关的神的崇拜、伊朗对于世界形成的看法，以及深奥的羯摩和转世的理论融合在一起。公元 785 年，本教遭到了迫害，本教徒被迫改宗或被驱逐到边远地区。1017 年先钦鲁嘎重新发现本教经典，谓之伏藏。由此，本教的后弘期开始。此时，本教在不失掉自己独特的习俗和教义的同时，对佛教采取了一种和解的态度。本教徒认为本教的创始者顿巴辛饶曾化身为四个不同的大师（祖拉什巴四子）：1. 传授医术的介

---

① 宗教词典编辑委员会编、任继愈主编：《宗教词典》，上海辞书出版社 1981 年版，第 920页。

② 土观·罗桑却季尼玛：《土观宗派源流》，刘立千译注，西藏人民出版社 1984 年版，第194 页。

布赤协；2. 传授宗教仪式的道布本桑；3. 传授占星术的孔子；4. 传授达摩的释迦牟尼。① 由此，本教将佛教与自身解释为一脉相承的宗教。而在当时，佛教徒称本教徒为异教徒，因为他们不认为释迦牟尼是本教创始人。反之本教徒却不排斥佛教徒，因为在他们看来，佛教徒信奉释迦牟尼，只不过是信奉辛饶的另一个化身罢了。所以"本教所信奉的是西藏通用的信仰和习俗，而不管它们是来源于何方。在西藏如果有一种信奉西藏所有宗教的教派，那就是本教"②。

据史料记载，当时本教盛行时，曾派僧人前往佛教寺院逗留，如萨迦寺、那塘寺、桑浦寺等。在一些佛教学者的自传中也记载了他们在佛教寺院中遇到了本教徒，并用富于哲理的辩论来战胜他们。如布敦大师曾在桑浦寺学习，就曾驳倒过几个本教徒。说明当时本、佛之间有过接触，并得到了交流。由此可以看出本教广泛的包容性以及本、佛融合的历史背景。

如果说宗教界人士有着明显的教派之分，而藏族人民，尤其是牧区人民对于本土的各种宗教、教派的信仰几乎是一视同仁的。抄本世家的开创人布特尕的外祖父嘎鲁就曾告诫过子女：不懂道理的人才讲教派，懂道理的人只有一个宗教，那就是释迦牟尼。在藏区还流传着这样的谚语："bon las ma byung chos med，rlon las ma byung chu med"，意为没有本教哪来佛教，没有湿润哪得滴水！可见人们对于本教这一最早源于西藏本土的宗教的认识是极为深刻的。在他们的心目中，本、佛（藏传佛教）信仰都是属于藏族人民的，是一脉相承的。关于这一点，我们从有关《格萨尔》的论述中也可以看出来。玉树州仲却活佛曾向我介绍了一本书《岭国历史》（gling gi deb ther lcags ra ma），他说在这本书中所记载的格萨尔的信仰就与流传的故事不一样，书中说格萨尔同时信奉本、佛两种宗教。

上述记载及有关情况说明，本、佛之间有着极为密切的联系，它们在长期的斗争与融合中形成你中有我、我中有你的状况。正如李安宅先生曾经指出的那样，由于佛、本的交融，尤其是本教将大量的佛教经典改为己有，"本教与佛教的不同处，只是表面上的，除了影响老百姓的行为外，

---

① 噶尔迈·桑木旦：《苯教史·导论》，王尧、陈观胜译，转引自王尧主编《国外藏学研究选译》，甘肃民族出版社 1983 年版，第 87 页。

② ［意］图齐等：《喜玛拉雅的人与神》，向红笳译，中国藏学出版社 2005 年版，第130 页。

我们已经看见两者的神、佛和经典尽管有不同的系统，可是它们的作用和意识形态是相似的"。

　　正因为如此，生活在这种宗教背景之中的藏族人民对于本、佛没有严格的界限。艺人桑珠曾向我介绍了他的家乡丁青县牧民对于佛、本的态度。按照藏族的习俗，在每个山头、山口或要道边都要堆起一个玛尼堆。其目的是祭祀山神、土地神。人们每次祭祀时，除了煨桑，还要捡一块石头放在玛尼堆上。在丁青县，这种地方往往有两个玛尼堆，离得很近，一个是本教的，另一个是佛教的。而当地百姓两个玛尼堆都要转，为了遵循佛教的右旋及本教的左旋的规定，他们就走成一个"8"字形（见下图）。这样，既遵循了两种宗教的法规，又把两个玛尼堆都转到了。

　　在史诗产生初期，正值这种融合期，这一倾向必然反映到史诗《格萨尔》中来，无论在内容上还是在说唱形式上都打上了深深的烙印。

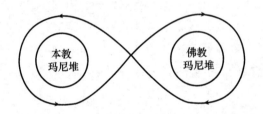

　　《格萨尔》受到本教的影响除了以上历史的因素外，尚有一个地域的因素是应该考虑的，那就是史诗主要流传地区即今天的阿里、那曲，以及甘、青、川交界处，都曾是本教盛行地区或流传地区。前佛教时期，以本教为宗旨的象雄国，其地域曾经覆盖了整个西藏西部地区，它包括今天的阿里、拉达克地区、巴尔蒂斯坦地区以及日喀则的西部和藏北的巴青、比如、索县等地。噶尔迈·桑木旦认为："也许必须把俄茂隆仁①看做是冈底斯附近的一个地区，它曾经一度是象雄的中心部分。那么象雄的范围也许就在现在西藏西部，从琼垅银堡向东延展到唐拉琼宗，向南达到后藏，向西达到克什米尔。"② 藏北人们习惯说的象雄头、尾、中三部分，"头"指的是阿里地区，"尾"指的是巴青、丁青一带，而"中"则指的是现那

---

　　①　传说是本教大师顿巴辛饶的出生地，本教从这里流传开来。

　　②　噶尔迈·桑木旦：《苯教史·导论》，王尧、陈观胜译，转引自王尧主编《国外藏学研究选译》，甘肃民族出版社1983年版，第84页。

曲文部地区，这一说法与上述的地域相符合。在这些地区本教曾经广泛流传，后来才传到西藏的其他地区。

吐蕃时期本教受到迫害以后，一部分本教僧人被迫改信佛教，而不愿意改变信仰的本教僧人则被迫离开移至边远地区，使本教在远离拉萨的边远地区得到了生存与发展。我们从今天本教寺院的遗留和分布可以看到这一点。如拉萨以东的贡布地区有本教第一神山——本日，山下有斯加贡钦和达孜贡两座本教寺院。日喀则地区南木林县有热拉雍仲林寺，是后藏的本教中心。藏北那曲地区有 21 座本教寺院，巴青的鲁布寺是藏北第一大本教寺院。昌都地区的本教寺院则集中于丁青、波密等地。德格地区共有 9 座本教寺院，其中杂科的邓钦贡是西康本教寺院的中心。阿坝藏区是较大的本教流传地区，18 世纪中叶以前，本教的雍仲拉顶寺曾是嘉绒地区的本教中心。目前，那里仍有 4 个本教寺院，松潘地区尚有 10 个本教寺院。

本教的后弘期开始以后（11 世纪），随着大量的伏藏被挖掘，后藏地区形成了 4 个本教中心。噶尔迈认为，大部分游牧民在西藏的整个历史中一直是本教热情的追随者，他们把牧业产品供奉给本教寺院，寺院再用这些东西换一些必需的生活用品。直到现在情况依然如此。本教的僧人夏天到藏北讲经，然后把牧民们供奉的物品运回，甚至修建寺院也主要靠藏北牧民的供奉。①

以上可以看出当时北方游牧民与本教寺院的密切关系，这种关系直到 14 世纪末本教中心衰败。这一时期正是史诗《格萨尔》发展的时期，而北方游牧区正是史诗流传的主要地区之一。毫无疑问，该地区本教寺院的存在、牧民对本教的信奉及热情、本教观念的普遍影响，都会对《格萨尔》的产生及流传产生重要的影响，从而为这部民间巨制打上烙印。所以，《格萨尔王传》所反映出的本教信仰、本教的原始崇拜事象的遗存都是不足为怪的。

当然，随着 14 世纪末本教的再度衰败，藏传佛教逐步在全藏形成绝对优势并占据了统治地位，佛教的观念及其巨大的影响也必然会渗入到《格萨尔》中。说唱艺人会很自然地把自己的宗教信仰糅合在史诗说唱之中，而那些喜爱《格萨尔》的宗教人士，如宁玛派、噶举派僧人，更是

---

① 此情况系由西藏自治区社会科学院宗教研究所顿珠拉杰提供。

将自己教派的信仰有意无意地注入《格萨尔》之中，对史诗的流传及变异产生过很大的影响。

德格林仓土司家曾刊刻了三部《格萨尔》，即天界篇、诞生篇及赛马篇。在天界篇的结尾处记有刻本的由来："关于格萨尔的传记有其多种，兹仅遵从诸喜巧成就大德之命，取其中较为正确之善本于林国王城雕板行世。"① 这里所说的大德可能指的就是米旁大师。赛马篇后有一较长的后记，把此篇成书的过程以及米旁大师的授意写得非常清楚。作者山僧古萨利阿尕夏拉牟尼侠洒，在得到至尊米旁大师的口授指示，根据大师所著《摩尼宝镜秘记》的义释要义，并由白岭土司德日钦喇嘛赠给赛马祈祷文，由霍尔度喇嘛瑜珈行者等传授教诫，经过作者的不断修炼，使故事出现于梦中，遂写了出来。② 诞生篇虽未注明作者及书写缘由，但可以肯定，这三本林仓木刻本是同一时期的产物，而且是在米旁大师的旨意下完成的。时间约为 20 世纪初的一二十年代。

以上三本中佛教成分的添加是不言而喻的。正如天界篇的译者刘立千先生在前言中所说："本书的编写者是佛教教徒，自然一有机会总是宣扬一番化本为佛的佛教思想。比如，对故事主人公格萨尔来讲，原始本教的说法是人与神的混合体，而编者这类佛教徒，解释为佛的化身。于是格萨尔将要出生的时候，犹如佛将临世一般，请求五方五佛为他灌顶等人为加进的内容跃然纸上。但是在整个史诗中基本上反映了牧民的生活、他们的信仰、风俗习惯、道德观念以及原始本教的本来面目等。"此外，米旁大师曾把两个有关《格萨尔》的祭文引用到一般的吉祥、长寿祭祀仪式之中。由此，格萨尔不仅成为莲花生的转世，被认为是一个重要的本尊，同时，他又被当作与生命有关的保护神以及财神和其他神祇进行祭祀，认为这样做可以使人们长寿、驱灾病、带来福运以及达成其他的世俗愿望。这些宗教的祭文来源于《格萨尔》，经过改造以后在民间广为应用，又对后世的史诗流传产生了很大的影响。

相比之下，艺人说唱的史诗就更接近于史诗的原型，其原始本教的色彩较浓。因为它一直在民间口头流传，受到宗教界人士的影响较小。从整

---

① 德格林仓土司家木刻本：《格萨尔王传·天界篇》，刘立千译，西藏人民出版社1986年版，第125页。

② 《赛马七宝之部》（藏文版），甘肃人民出版社1988年版，后记。

部史诗来看，佛教的影响是很大的。今天，我们见到的史诗与史诗产生初期的基本思想究竟有了哪些变化？还须进一步深入研究。但有一点可以肯定，那就是在其主要精髓不变的前提下，这种变化和差异是存在的，这是民间文学作品所特有的集体性与变异性所决定的，也是前进着的时代的必然产物。

综上所述，由于《格萨尔》产生及流传在一个全民信教的社会之中，在复杂的宗教衍变背景之下，社会的、宗教的因素都会对其产生影响。因此，当我们对《格萨尔》中的宗教进行分析时，要采取非常谨慎的态度，采取历史唯物主义的态度。与此同时，也要对具体说唱部本或版本进行分别的研究和分析，以作出符合实际的结论。那种笼统地把史诗说成是"抑本扬佛"或"抑佛扬本"的结论都是不科学的。

第二节　原始本教观念对《格萨尔》的影响

现在，一般藏学家著述中的本教是一种源于原始本教的、吸收了佛教精华的完善了的宗教，它有自己的经典《甘珠尔》《丹珠尔》共146部。[①] 它与最原始的传说中产生于象雄俄茂隆仁的本教相比有了很大的发展。佛教界认为这是本教界自11世纪以后大量抄袭、吸收了佛教精华的结果。而本教徒则认为，他们是在佛教传入之前在原始本教信仰的基础上发展起来的。挪威藏学家帕·克瓦尔耐认为："11世纪以后'本'的基本观念与佛教传入以前藏人的信仰是根本不同的。……因此，关于本教最初的起源这一问题恐怕就不能仅仅断定它曾接受和吸收佛教观念就能解决的。"[②] 说明原始本教在未被改造前，曾保留了自己独特的传统观念。这种观念有外来宗教的影响，但其主体却仍是藏民族所特有的。

这种传统观念包括的范围很广，这里拟从藏民族的宇宙观、多神崇拜，以及朴素的二元对立统一论等方面来探究《格萨尔王传》中所反映的原始本教观念。

---

① 由本教活佛阿佣整理，于成都誊印100套。
② ［挪威］帕·克瓦尔耐：《西藏本教徒的丧葬仪式》，褚俊杰译，转引自王尧主编《国外藏学研究译文集》第五辑，西藏人民出版社1989年版，第135页。

藏民族的宇宙认识论源于很古老的年代。原始本教叙述世界的起源是从五种本原物质开始的。从那里首先产生出两个锥卵：一个是发亮的呈立方形的如牦牛头似的卵，另一个是在黑暗中产生的锥形的如公牛大小的卵。从发亮的卵中心产生了什巴桑波奔赤，他是现实世界的国王。他和他的九个儿子、九个女儿以及他们的配偶成了本教众神的祖先；而黑色的卵则产生了恶魔闷巴赛敦那波，他是虚幻世界国王，他的八个儿子、八个女儿、他们的配偶以及他们繁衍的后代构成了本教的恶魔世界。什巴桑波奔赤的二儿子即藏王的祖先，四儿子是山神最早的祖先，二女儿是本教密教的保护神，而在《格萨尔》中，她被当作格萨尔的姑母，经常预言并指导其侄子的行动，三女儿则是人类最早的祖先，七女儿是马、牛、羊等众神之母。

本教认为宇宙原来是混沌一片，后来产生了诸多的神，这些神有的变成了人类的祖先，他们均来源于一个发亮的卵，而与他们同时来到这个世界的是黑色的卵——恶魔的祖先，从此，人类就永远与恶魔相伴。传说每一位神出生后，就有与生俱来的神附在他的身上，生命神在头上、阳神在右肩、阴神在左肩、战神在前额、舅神在脑后。

这一关于世界起源的传说表现了原始藏民的多神崇拜、人神同源及朴素的二元对立的宇宙观。这一原始观念在史诗《格萨尔》中仍有遗存。

多神崇拜是原始宗教的一个标志，在人们还处于对大自然的蒙昧之中、在人为的一神崇拜产生之前存在。多神崇拜在《格萨尔》中的大量遗存，说明史诗所反映的时代在前佛教时期，甚至是在原始本教作为一种宗教未形成之前。它反映了生活在青藏高原上的原始先民的信仰和观念。

多神崇拜在这部史诗中俯拾即是。格萨尔作为史诗的主人公、人民心目中的英雄，本身就是神子下凡。他的投胎是有选择的，他挑选了格卓山宁神为其父、玛旁雍错的龙女为其母，这样就形成了梵、宁、龙三神合一的英雄。格萨尔作为三界神共同的后代，更加受到人们的敬仰。所以在史诗的不少唱词的开头，都首先向三界神供奉顶礼："上边梵天神变神，我唱歌曲供上你；中间宁神游戏神，我唱歌曲供上你；下边护螺海龙神，我唱歌曲供上你。"①

---

① 《降伏妖魔之部》，王沂暖译，甘肃人民出版社1980年版，第110页。

在叙述格萨尔降生时，虽然不同的版本说法不同，但是都有关于与格萨尔同时出生的多神的叙述，如黄金蟾、绿玉蟾、九庹蛇、小豺狗等，它们都是为了帮助格萨尔完成神圣使命而来到人世间的，反映了多神观念以及人与动物同源的观念。

与多神相对的是多魔。在魔国"男魔女魔相亲爱，生出铁卵共五个。五卵又生五魔雏，魔王的大臣都由他们做"①。这些妖魔种类很多，三头、五头、九头均有，但最主要的是四大魔王。"天魔赞魔和目魔，加上路（又译为鲁）魔四魔王。天魔叫作白帐王，赞魔叫作萨当姜，目魔叫作大力王，九头魔是路魔王。四方四魔四部落，四面包围白岭国。"②这里的多魔及卵生的叙述，反映了鲜明的原始本教色彩。山神崇拜是藏民族原始崇拜中的重要观念之一，这一观念无论对于创作史诗《格萨尔》的先人抑或其后人均有很大的影响。在史诗中以及现实生活中，神山比比皆是。这其中有两座山与《格萨尔》有密切的联系。一座是玛沁雪山，一座是冈底斯山。果洛人认为玛沁雪山是穆波栋族的守护神，当地人亲切地称其为"阿尼玛沁奔拉"，意为神山玛沁爷爷。每年都有人转山朝拜，尤其到了马年，这里热闹非凡，人们认为这一年四处山神都聚会于此，所以在这一年转山最吉祥、最圆满，次年是羊年，人们则主要去青海湖朝拜。

位于阿里地区的冈底斯山，藏族人民尊称它为"冈仁波切"，意为冈底斯宝贝神山。其附近还有一神湖，名玛旁雍错。这里曾是本教最早的活动中心，是本教的一座主要神山。神山周围有许多风物传说，如本教法师那若本琅的故居、石洞；莲花生大师、米拉日巴大师的手迹以及诸圣人修习的岩洞等。更有与格萨尔有关的传说遗迹，如格萨尔曾用过的马鞍石、大王的坐骑尾迹及王妃珠牡的纺织石具等至今仍被人们敬仰朝拜。

每年藏历 4 月 15 日，在这里举行竖杆大典后，便开始了朝圣转山活动。人们都以转 13 圈为圆满，或步行、或磕长头（一步一头匍匐前行），绕山朝拜。次年再转玛旁雍错。《格萨尔》说唱艺人中，扎巴、桑珠、玉珠、才让旺堆等人均转过冈仁波切。尤其是才让旺堆与这座山更有着特殊的缘分。他为了超度父母的亡灵，磕着长头绕神山和神湖 13 圈，历时一年零两个月，尔后昏睡做梦 7 天 7 夜后，便开始了《格萨尔》说唱，足

---

① 《降伏妖魔之部》，王沂暖译，甘肃人民出版社 1980 年版，第 103 页。
② 同上书，第 104 页。

见这神山神湖与格萨尔的不解之缘了。

除山神崇拜以外，我们在史诗中看到，许多水、草、木、牲畜乃至金银财宝等皆有神灵或魂魄永驻其间。与此相关的是藏族的灵魂观念，我们在前面已经介绍，人们认为每个人都有灵魂，这一灵魂可以脱离其身体寄放在另外一个地方，如传说玛沁雪山不但是岭国的神山，也是格萨尔的寄魂山；扎陵湖是珠牡的灵魂湖；霍尔国黄、白、黑三帐王的灵魂分别寄放在黄、白、黑三头野牛身上。人有灵魂，妖魔也不例外。北方魔王鲁赞的灵魂分别寄托于大海、古树和野牛身上，格萨尔要降服它，只有将其灵魂的寄托物捣毁、砍倒或射杀方能奏效。

此外，各种物品、财宝也有财运"央"，只有将财宝及"央"一并取回，才算真正得到了这一物品。

在本教的传说中，二元对立的观念是极为突出的。世界的起源、神、人的初始就伴随着恶魔。神、人代表光明、善良、正义，而作为对立面的恶魔则代表着黑暗、丑恶和罪孽。因此，人神要战胜恶魔，光明要代替黑暗，就要进行斗争。这一朴素的观念在《格萨尔》中也十分明显。格萨尔就是作为妖魔的降伏者来到人间，他有众多的神帮助，与此同时，他的对手恶魔也为数不少。史诗主要就是叙述格萨尔王历经无数曲折与斗争去战胜这些恶魔，为人民带来了安定与幸福。这其中最大的对手是四大妖魔——北方的鲁赞王、霍尔白帐王、姜国萨丹王、南门辛赤王。格萨尔战胜了四大妖魔，安定了周边地区，为后来取得18大宗奠定了基础。而在18大宗中，或在多如牛毛的小宗中，都有一个恶魔或对手与格萨尔进行较量，这一个个斗争始终贯穿于史诗之中。

在格萨尔的众多对手中，有一个人间的主要对手，即是他的叔叔晁同。从格萨尔一诞生，晁同就感到了对他的威胁，打破了他称王的美梦，从此与格萨尔作对。有的艺人解释说格萨尔从天国下凡时，就曾向其天神父母请求几件事，其中之一就是要有一个人间对手晁同叔叔。由此，民间有了这样的说法："晁同不发怒，格萨尔成就不了大的事业。"意为正是由于其对手晁同的存在，才使格萨尔成就非凡。

第三节 《格萨尔》说唱仪式与本教

在抢救《格萨尔》的过程中，我们不但领略到史诗文本所反映的原始本教信仰，在寻访艺人的过程中，还进一步发现《格萨尔》说唱仪式中保留或体现了一些原始本教的仪轨和习俗。

最初的本教，只有下方作镇压鬼怪、上方作供祀天神、中间作兴旺人家的法事而已。其特点主要是通过做襄解法事"为生开天门，为亡断死门，度生雍中道"。当时法事种类之多样、数目之繁多是今天的人们无法想象的。如360种襄祓法、84000种观察法、四歌赞法、八祈祷法、360种荐亡灵法、81种镇邪法等等。[1] 而这些法事要通过人神交往的媒介——巫来完成。上一章已经讲过，当时巫师往往身兼两职，他们既是占卜者、降神者，又是民族文化的保护者，是歌手，是诗人。目前，这种巫师兼说唱艺人的例子已不多见，但是采用巫师的降神形式而达到传播史诗目的的艺人至今尚可见到。

大部分"神授"艺人都是采取降神的方式来说唱史诗的。类乌齐的卡察扎巴稍有不同，他借助铜镜来抄写《格萨尔》，同时又用铜镜为人们预测凶吉、占卜找物。使用同一种道具，达到两种不同的目的。其不同的是，抄写史诗前他先要祈祷，把手中的青稞粒反复抚摸后投向铜镜，而占卜是由要求算命的人把青稞粒放在手中，想着心中要预测的事件，把青稞粒放在嘴边吹气，然后把青稞粒交给卡察扎巴，由他投向铜镜。青稞粒经人手的抚摸及吹气后变暖，带有人体温度的青稞粒接触到较凉的铜镜时，会使铜镜表面形成一层薄薄的水气，水气出现至逐渐消失，大约会使人产生一种幻觉。卡察扎巴根据自己"看"到的显示在铜镜中的图像和文字来讲述占卜结果。他认为这一切都是他迎请的佣珠玛、次仁玛神预言的结果。那曲艺人阿达尔也是又降神说唱史诗、又可用哈达"吸病"的艺人。这里，我们不去探究他们吸病或用铜镜圆光的依据，仅就巫师兼艺人这一点，就可以从中得到很多启示。

藏族神授艺人故事的来源大多与梦有关，即在少年时代做过神奇的

---

[1] 土观·罗桑却季尼玛：《土观宗派源流》，西藏人民出版社1984年版，第193—195页。

梦，梦醒后不学自会，便开始了说唱史诗的生涯。他们梦的内容大都是史诗中的若干情节，或一位神、英雄指示他们终生说唱《格萨尔王传》。使他们产生了一种使命感。这是由于梦占、梦释与藏族人民的生活紧密相连，溯其源亦来源于本教。"许多萨满都宣称他们被选作萨满是由于祖先神灵的暗示或者是由于梦中神人的导引，大巫师坚参他青也说他在梦中见到了白哈神。白哈神告诉他，世间护法神之主选中坚参他青作未来的代言神巫。"① 许多本教大师在发掘本教经藏之前都是在梦中得到了神僧的指点，梦醒后，根据梦中的指示去发掘经卷宝藏的。②

梦占与梦释是藏族人民比较古老的观念。究竟最初是本教吸收了人们的这一观念，成为巫师们占卜的一种手段，还是本教对梦的解释影响了民间百姓，不得而知。就目前来看这两者之间存在着共同的观念。人们做了梦，对于梦中所见认为事出有因，这在《格萨尔》中可以屡屡见到。梅萨梦见自己的发辫被剪，又梦见"从上沟刮来红风，从下沟刮来了黑风，我被卷进风中刮走了"（《降魔篇》）。结果，后来这一梦境成为现实，她被抓到北地魔国。在天界篇中，总管王绒察查根得一奇怪的梦兆，他梦见日出，金刚杵降临，山神聚会，整个大地被吉祥的伞覆盖。这种征兆被人认为预示着格萨尔即将降临人间。

此外，在藏民族中还形成了一些梦占时固定的卦象，如梦见射箭放枪，预言自己家中的客人第二天可以顺利成行；梦见拾到银子预示纠纷即起；梦见屎尿预示着将获得财宝；梦见倒骑驴、骆驼猴子南行及梦见红花都是死兆；等等③。人们把梦看作吉凶的征兆，至今在藏区仍很流行。

三界观念来源于本教，他们把世界分为三个部分，即天上、地上和地下，天上的神为"赞"（btsan），地上的神为"年"（gnyan），地下的神为"鲁"（klu）。艺人们说唱前都要向三界神敬酒，请求护佑、引领，显然沿于本教的习俗。这种对三界的崇拜至今已变成了藏民族的习俗，逢年过节，人民祝酒时都不忘首先向三界神供奉祈祷。

---

① ［奥地利］内贝斯基：《关于西藏萨满教的几点注释》，谢继胜译，转引自《国外藏学研究译文集》第四辑，西藏人民出版社1988年版，第134页（编者信息不详）。

② 参见噶尔迈《苯教史》（嘉言宝藏）选译（二），王尧、陈观胜译，转引自王尧《国外藏学研究译文集》第2辑，西藏人民出版社1987年版，第242—355页。

③ 见沈格《白雅活佛采访记》，载周锡银主编的《藏族原始宗教》，四川藏学研究所资料汇编本。

此外，在本教的仪轨活动中首先要净身，接着便是以刺柏木举行焚香仪式，它仍沿存于今天的驱灾仪轨（神香仪轨）中。香烟是一种祭祀供物（仪供），它无论对性格温和的神还是令人恐惧的神都一概有效。烟祭可以追溯到很久以前，部落中的族长、老年人、妇女和儿童，在男子出征或狩猎归来时，在寨子外面燃一堆柏树叶和香草，并往归来者身上洒水，用烟和水驱除因战争或其他原因污染上的各种污秽之气。后来，这种仪式与宗教结合，成为本教的一种正式仪轨。佛教传入以后，这种祭祀仪轨便被保留下来，其侧重点已是祀神祈愿了。后来到了吐蕃王朝牟尼赞普时代。更与佛教的"四大供养"相结合，连日期也固定下来：为藏历五月十三日，这就成了后来的"世界烟祭节"这一藏族的传统节日。[1]由此，艺人说唱前的煨桑仪式以及史诗中在重大征战前的烟祭活动就是很自然的事了。

箭在本教中是巫师经常使用的宗教法器，"箭是男性成员的一种标志。特别用于占卜应验仪式的箭被人们认为是神箭，或叫做彩箭（是用五彩装饰的箭），彩箭作为佛教传入西藏之前当地众神的标志"。西藏佛教僧人做法事时也使用彩箭，其名称也是从本教僧人那里借用的。箭较多地流行在宁玛派僧人的法仪中。[2]

云南德钦艺人纳古次称会说唱《格萨尔》的剑赞。他手挥短剑边唱边跳，其形式、动作与巫的降魔相似；青海艺人才让旺堆、昂日等均会说唱剑赞，并边舞边唱。"剑是西藏巫师使用的最重要法器之一，它主要应用于占卜仪式或用来治病，尤其是巫师在神灵附体的癫狂状态中挥舞的剑，更是有效的去邪灵物。"[3]

说唱艺人的帽子据说来源于史诗《赛马称王》一部中，称其为乌丈那禅帽，是莲花生大师的灌顶帽。但从帽子的装饰如五彩布条、羽毛、日、月、铜镜与贝壳等，可以看出它与本教巫师祭司的帽子相似。巫师们之所以在衣服上缀上长长的丝带和饰带，是因为他们相信，通过这种添接长带子的方法，

---

① 土登尼玛、周望潮《词汇解释〈世界公桑〉》，载《格萨尔研究》第二集，中国民间文艺出版社 1986 年版，第 235 页。

② 参见［奥地利］内贝斯基《西藏的鬼怪和神灵》，谢继胜译，载《国外藏学研究译文集》第 3 集，西藏人民出版社 1987 年版，第 247 页。

③ ［奥地利］内贝斯基：《关于西藏萨满教的几点注释》，谢继胜译，载《国外藏学研究译文集》第 4 集，西藏人民出版社 1988 年版，第 130 页。

可以使神力得到加强。蓝、白、红、绿、黄五色彩带还象征着人界的吉祥，蓝色代表天空，白色是云彩，红色为火，绿色为水，黄色为土地。至今在藏区各地及山南地区错那县仍可看到藏族民宅、屋顶上悬挂着五色一体的竖长条旗幅，其颜色从上至下的顺序即是蓝、白、红、绿、黄。

西藏巫师穿的垛来（stod le）上往往插有羽毛，可以认为这是对于鸟类的原始崇拜心理的遗留。史诗中称：各种彩绸作装饰，象征智慧无限增。凤凰羽毛作装饰，象征在法界常显幻化身。白雕羽毛作装饰，象征妙智能够除愚昧。鹦鹉羽毛作装饰，象征循循善诱教他人。岩雕羽毛作装饰，象征法力无边降妖精。说唱艺人没有专门的服装，他们把彩条及各种鸟类的羽毛装饰在帽子上，以显示同样的象征意义。

铜镜最初是从抵御邪魔的盾牌演变而来的。西藏的巫师挂在腰上的圆铜镜（me long）与代言神巫使用的能传达神语的镜子的作用大致相同，它是占卜术师圆光时不可缺少的道具。圆光艺人事先摆设的神坛，与本教巫神所设祭坛（曼荼罗）功能是相似的。巫师一般在白毡片的曼荼罗上摆放箭矢及彩带、净水、香料、炒青稞，然后召请穆韦噶保向360尊魔神奉献祭祀，并三次向毛毡曼荼罗抛卜家六机缘（海螺绳，指上面绑有六条白毛线的一支箭）以求神谕。①

从以上的对比可以看出，尽管随着社会的前进，史诗被蒙上了厚重的历史、宗教的尘埃。尤其是佛教的色彩比较重，但是如果我们仔细地去观察，认真地去溯源，便可以看出其内容、其说唱形式等都反映了不少原始本教遗留，以及藏族先民的传统观念，它为人们研究本教在西藏的流传与演变提供了大量的素材。与此同时，又从另一方面证明史诗《格萨尔》是佛教传入西藏以前，至少是在本教发展的最高峰时（吐蕃时期）开始形成雏形，后经在民间千余年的传唱，发展成为今天我们见到的规模。那种笼统地认为《格萨尔》的宗教思想为抑本扬佛的看法，就显得过于片面和简单化了。佛教与本教经过了长期斗争，互相融合，成为你中有我，我中有你。而在西藏这样一种特殊的宗教环境中世代生活着的民间艺人，其观念意识中不能明确地将本教和佛教截然分开。从这一意义上讲，史诗《格萨尔》又堪称西藏宗教观念的一面镜子。

---

① ［意］图齐：《西藏的本教》，金文昌译，载《国外藏学研究译文集》第4集，西藏人民出版社1988年版，第173页。

第 六 章

说唱与本子、整理与再现

当我们较为详尽地考察了说唱艺人的贡献和地位、说唱内容与形式、艺人的分布及类型乃至艺人说唱的由来等问题之后，对人类艺术史上的这一重要现象有了初步的了解。然而，英雄史诗《格萨尔》艺人说唱在人类艺术形态学中的位置及其发展趋势如何？《格萨尔》说唱本的抄写者、整理者们的历史功绩如何？最终传世的艺人说唱的科学版本如何设计？这些将是本章试图回答的问题。

第一节　艺术生产的萌动

史诗作为一种复合的艺术形态，有其发生、发展乃至衰落的漫长过程，这一过程大体包括以下的几个阶段：1. 雏形期。在民间长期酝酿，受益于多种民间艺术形式，诸如神话、传说、故事以及谣谚等，形成了最初的情节较为简单、篇幅短小的史诗作品。传承形式为口头说唱。2. 发展期。此时，最初的史诗经过广泛的传播，不断丰富发展，逐渐成为独立的民间口头艺术，情节趋于复杂，篇幅则如滚雪球般不断扩展，形成中、长篇史诗，仍以口头形式传播。3. 成熟期。史诗的情节、脉络基本定型。由于文人的介入，在以口头说唱为其主要流传形式的同时，抄本及此后产生的刻本成为另一种书面的传承途径。4. 衰落期。书面形式完全取代口头形式，说唱艺人绝迹，世间仅存完整固定的各种现代印刷品。

应该说明的是，由于史诗的发展是一个渐变过程，所以上述 4 个阶段，主要是相邻的两个阶段，常常是相互交叉的，并非截然可分。同时，由于拥有史诗的各国各民族的社会历史进程、文化变迁的缓急等差异，造成了各期长短不同，并导致了衰落期或迟或早的到来。印度、芬兰、希腊等著名的史诗大国早已经历了史诗的最后阶段，而在中国及它的周边国家，由于跨界民族的存在，《格萨尔》、《江格尔》、《玛纳斯》等英雄史诗仍然活在民间，并拥有为数可观的民间口头说唱艺人。

早期的史诗无疑属于原始艺术形态的范畴，具有原始艺术的特有属性，它确是一种"集体的无意识"的产品，带有最为直接的鲜明的功利目的的烙印。其艺术因素还有机地交织在各种实用的生产、生活等活动的描述中，在这里艺术与生产是完全吻合的。今天我们听到或看到的英雄史诗《格萨尔》属于史诗发展至成熟阶段的作品，然而仍不乏在它形成的全过程中所跨越的各个时代所留下的印记，诸如反映藏族先民生产、生活的知识，对世间乃至宇宙万物的认识和观念。它们显然是史诗产生之初或是较早进入史诗的部分。接下来的对藏族古老的原始本教的反映，乃至嗣后佛教传入西藏，形成独具特色的藏传佛教后，均在史诗中留下它们的痕迹。这些反映应该属于史诗生命的第二、第三两个阶段，即发展期和成熟期。在这段历程中，史诗在口头艺人传唱的基础上，受到宗教文人的重视。或许开始的时候，他们只是兴趣所至，记录艺人说唱。但到后来，一部分有心人将其所属宗教的教义揉入史诗。一般融入本教内容的作品应该视为本教人士较早介入的部分，而藏传佛教的内容则是晚些时候加入的。无论早或晚均有成功的部分，即将宗教的内容有机地与史诗故事融为一体；也有粗糙生硬、留有明显痕迹的部分，有的竟是单独成段，游离于整个故事。

与此同时，口头说唱艺人们也在不断地创作。他们在与听众的交流中，凭借各自的天资才赋，使史诗不断地变化发展。应该说，史诗中的宗教成分固然有许多，或者说主要是宗教文人加入的，但也有相当的部分是笃信宗教的艺人们将自己对宗教的理解融会进史诗。宗教成分的渗入既为史诗带来了一些消极因素，但是也不乏积极的作用。诸如在全民信教的藏族地区，当格萨尔王被作为莲花生的转世，成为人们祈祷吉祥平安、人畜兴旺之不可缺少的神佛后，史诗在人们心目中的地位便是极为崇高的。据此，我们似乎可以说，宗教在史诗《格萨尔》的传播和发展过程中曾起到了一定的促进作用。

史诗《格萨尔》的发展历程为我们勾勒了如下的轨迹：史诗的雏形期中人们"无意识"地创作出情节简单、篇幅短小、类似独立成篇的神话故事作品；进入发展期后，形成情节复杂、篇幅冗长、具有独立品格的样式。此间传承形式除口头说唱为主外，由于文人的介入及部分艺人的粗通文字（一种最原始的文字记录方式，如下述"底本"的出现），使史诗有了文字传承的另一条途径。此时，史诗已越过了无定型的阶段，向着逐步定型的阶段迈进。在发展期的后期及成熟期的前期，无论是艺人的说唱及文人的整理均达到了较高的艺术境地。这时的《格萨尔》已形成近似于今人所见到的主要脉络。它的传承方式上出现变化：当文人介入，形成最初的文本，也即最早的手抄本作为一种传播媒介加入史诗的传承链后，《格萨尔》抄本并未在社会上取代口头说唱而从此步入艺术的殿堂。由于藏族社会与文化中诸多因素的制约，诸如相当一部分宗教人士对它的抵制以及文盲人数的众多，等等，事实上手抄本主要的是回到了民间。抄本的回归民间，而不是迅速走上一条经过文人的再加工，然后刻印刊行直到铅印问世的道路。由于这样的回归，使众多的民间艺人、文本的整理者（包括宗教文人及后来的职业抄者）得以参与了这部史诗从民间口头创作走向艺术自决的漫长的历程。

抄本在民间的流传，绝非简单地增加了一种《格萨尔》的传承形式。对于哪怕是最粗略地加工整理，诸如删繁就简、剔去重复累赘的文字等。我们均可以认为是一种艺术的处理。更何况大量的抄本中显见的宗教色彩、充满哲理的格言和谚语的出现，也即最早的文学语言的出现，令人顺理成章地联想到艺术的生产。这具有划时代的意义，它展现了人类艺术史上的一次重大的飞跃。这次飞跃并不是短时间的突变，而是经历了大约几个世纪的渐变过程。在人类"共同的史诗时代"早已远逝的今天，在中国这片土地仍然能够看到史诗的活的形态，看到人类艺术由民间创作的形态向着艺术自决渐进的缩影。这也是各国学者十分瞩目中国史诗的一个重要的原因。亦是该项研究对于弄清人类文化史、艺术史进程中一个重大转折时期的某些理论与实践问题的重要价值之所在。

《格萨尔》跨越了艺术发展史上的不同的阶段：第一，属于原始艺术的时期，即前阶级的和未形成社会分化时的史诗，也即它的雏形期；第二，属于古代艺术的时期，即阶级和社会分化出现后的阶段，在它的发展轨迹上是发展期至成熟期。作为原始艺术时期的民间创作——史诗，它具有"实用的"复功能性和鲜明的功利性质。或者说它具有艺术的混合性。但是发展到古代艺术阶段，《格萨尔》作为更高一个层次上的民间创作，开始发生艺术功能与其功利目的分离的现象。当然，这里并非绝对的分离，只是与原始艺术相对而言，艺术有了更大的自决性。其明显的标志是半职业和职业的游吟艺人相继出现，以及半职业和职业抄本者和整理者的产生，乃至与《格萨尔》相关的音乐、舞蹈、戏剧的出现等。

前面我们曾经写到无论宗教文人或民间的文人抄录的手抄本又回到民间，这些抄本或许开始时是简约的，逐渐发展成为繁复的；开始时也许是"有文必录"的，后来则出现精心整理加工的，甚或是配有插图的。然而无论哪种本子，回归民间后，对于口头说唱艺人自然会成为一种规范和制约。这种规范与制约是通过两种途径完成的：一是粗通文字的说唱艺人为追求自身说唱的丰富和完美，作为说唱时参照的"底本"；不识字的艺人向懂文字的人或借助于懂文字的人学会了一些章部的艺人学习，充实自己，即所谓"交流切磋"。二是听众的反馈。应该说，在《格萨尔》从无到有、从小到大、由简到繁的发展过程中，听众是直接的参与者和创作者。而至抄本出现之后，听众的作用发生了变化。这一变化主要缘于抄本较之口头说唱具有超时空的特性，抄本可以不受时间和空间（地域）的限制，广为流传。当听众有机会看到或听到异地异人的本子后，或是经过丹仲的照本说唱后，便会对艺人的说唱予以评说，评说艺人说唱的内容和技艺，于有意无意中对艺人的说唱起到规范和限制的作用。抄本的规范与制约最直接的结果，有力地推动了《格萨尔》由复合的、无定型的形态向着完整的、定型的形态发展。在艺术史上，它促进了"从艺术活动完全陷入生活实践的所有表现向艺术的局部的自决的漫长的逐步的运动"[1]。在这一漫长的逐步的运动中民间说唱艺人无疑占据主导地位，众多的记录、整理和加工者在这场艺术生产中亦建立了不可磨灭的历史功绩。

第二节　整理者的历史功绩

"但是史诗作为一部实在的作品，毕竟只能由某一个人生产出来。尽

---

① ［苏联］莫·卡冈：《艺术形态学》，凌继尧、金亚娜译，生活·读书·新知三联书店1986年版，第211页。

管史诗所叙述的是全民族的大事，作诗者毕竟不是民族集体而是某某个人，尽管一个时代和一个民族的精神是史诗的有实体性的起作用的根源，要使这种精神实现于艺术作品，毕竟要由一个诗人凭他的天才把它集中地掌握住，使这种精神的内容意蕴渗透到他的意识里，作为他自己的观感和作品而表现出来。因为诗创作是一种精神生产，而精神只有作为个别人的实在的意识和自我意识才能存在。按一定语调写成的作品既已存在，它就成了一种现存的榜样，可以供人模仿。按照类似的或相同的语调在歌唱。"①

黑格尔在这里指出，作为民间口头作品的史诗，在长期的集体创作之后，举凡要落笔成文，必定要由"某某个人"或"一个诗人"来完成。但是，由于《格萨尔》是一部长达数百万行的巨制，部数众多，流传地域辽阔，藏文分部本事实上是经由若干个人集中和概括而成，也就是说它仍然是集体智慧的结晶。倘若荷马是一个人的名字，那他就是这众多整理者、抄本人中的一员，或者说是中国拥有众多的荷马；如果说荷马是指一个群体而言，那这众多的整理者、抄本人就是中国的荷马。这里我们提至荷马的名字，主要是为着以世人皆知的事实，采用最为节省笔墨的形式，彰显几个世纪以来鲜为人知的众多的《格萨尔》的整理者、抄写者的功绩。

众所周知，《格萨尔》在中国至今仍以两种方式传承着：一种是口头说唱的形式，另一种是抄本、刻本的形式。根据事物总是由简到繁的一般发展规律，在无法得到最早的抄本时，我们只能提出一种推论：最早的手抄本应该是十分简陋的"底本"。此后由于宗教文人的不断传抄与加工，特别是民间职业抄本人的产生，使抄本的数量大增。抄本人记录民间艺人的说唱，并整理加工成为较为固定的本子。这些本子回到民间后，在影响艺人口头说唱的同时，又得到新的修正和补充。当再次形成新的抄本时，无论内容还是语言均优于较早的本子。如是地反复、补充与加工，使《格萨尔》的手抄本日臻完善，为木刻本的问世创造了条件。

民间抄本的大量产生，直接导致了民间丹仲（vdon sgrung，意为念诵故事的人）的出现。他们不一定是职业的说唱艺人，但是，除去懂藏文外必须熟悉《格萨尔》说唱的曲调。具备了这样的条件才可以做丹仲。

① ［德］黑格尔：《美学》第3卷下册，商务印书馆2015年版，第113—114页。

丹仲艺人一般均产生和活跃在文化较为发达的地区，如青海省的玉树州和四川省的甘孜州等地。玉树结古镇的姜永群佩，四川德格的卓玛拉措（女）、阿尼，西藏江达县的塔新均是出色的丹仲。与其他艺人不同的是，他们无须把精力花费在记忆史诗内容上，而是将主要精力集中于不断丰富和提高自己的演唱技艺方面。《格萨尔》曲调的丰富与他们的努力是分不开的。

　　丹仲的出现使史诗的流传更为普遍，同时对于史诗传播的神秘化无疑是一个挑战。在文化较为发达的地区，具有神秘色彩的巴仲（神授艺人）几乎销声匿迹。丹仲的出现应该看作是民间口头说唱在书面文学兴起之时做出的顺应潮流之举。也正是由于民间口头说唱的这种变化，在一定程度上延缓了其衰亡的过程。藏民族自创制文字至今已有千余年的历史，系古代书面文学产生较早的民族。然而它仍有发达的口头文学，古老的史诗说唱延续至今，这不能不说是人类文化史、艺术史上的一个特殊的典型。究其原因，是复杂多样的。其中不可否认的是藏族社会历史进展较为缓慢，地理环境特殊，造成长期的封闭状态，等等。但是，由巴仲到丹仲的变化，也即《格萨尔》口头说唱艺人为适应时代的变迁而不断做出调整，获得了在不断的文化整合中的生存能力。据此。我们可以说，民间口头艺人的说唱为整理者、抄本人提供了原始的依据，而整理者、抄本人的劳动成果又反过来完善了艺人的说唱，甚至改造了原始的说唱，使之出现了能够适应新的文化时代的新型艺人——丹仲，不仅令说唱从内容到形式出现了变革，内容更充实，曲调更丰富，而且大大增强了史诗口头说唱的生命力。

　　下面我们简要地浏览一下抄本与刻本的发展脉络：

　　自抄本问世以来，有大量的不知名的文人倾注了自己的心血。尽管藏族有一个传统的习惯，即人们一般不无缘无故地书写什么，只有在受某人之托，或得到某位高僧的指点、授意后方可动笔。在这种情况下，文后也必须注明此书（或文）系应某某之邀，由某某落笔成文；并写明时间和地点。但是，民间众多的史诗爱好者们在传抄《格萨尔》时却往往忽略这些。因此，在我们今天所能看到的抄本上便很少见到写书人的姓名、书的来历及时间地点，等等，使我们难于判断抄本的成书年代。可是，这并不能影响我们肯定抄本人的功绩。当我们面对着今天搜集到的上百个抄本时，前人们的功绩便跃然纸上了。

　　关于抄本形成的时间目前尚无确切的答案，只能大致地作出种种推断。蒙古族学者齐木道吉先生曾在他的一篇文章中这样写道："格斯尔的故事从藏地传入蒙古地区以后，经过了长期的历史，特别是16世纪到17世纪，随着黄教在蒙古的兴盛，蒙古族人民依靠自己的智慧和集体创作的力量，发挥自己固有的史诗创作的传统，为适应本民族的社会生活、风俗习惯，通过创造性地改编或移植，使蒙文《格斯尔》不断发展与丰富起来，逐渐演变成为具有自己民族特点的文学形式。"① 齐先生认为藏族《格萨尔》是16世纪、17世纪或在此之前传入蒙古族地区的。主要是依靠懂藏文的蒙古族喇嘛作为媒介，由藏文本译成蒙古文的。这至少可以说明在16世纪、17世纪之前，藏文手抄本已经在藏族地区广泛流传，并引起了宗教文人的注意。

　　民间抄本的规格各异，但是其基本形式是一致的。它们均为藏式条本，成长方型，宽窄及长短并无定数。一般是用竹笔写在纸上，每页抄写6行，正、反两面皆用；页码一般标在横边的边缘上；字体也不尽相同，有的本子用藏文楷书一抄到底，有的用藏文草书，较为精细者则用楷书与草书将散文和韵文分别抄写；装订采用藏式散页，有的用绸缎包裹；考究者以与正文书页规格相同的两块薄木板上下夹住，再用细牛皮条捆扎。

　　几个世纪以来，民间就活跃着一批抄写者，甚或存有以此为生的职业抄本人。青海玉树州就有这样一个抄本世家的例子。它的第一代叫嘎鲁，曾在巴帮寺从师于嘉姆央钦则旺波活佛。嘎鲁能写一手好字，由于活佛喜爱《格萨尔》，遂影响他亦十分喜欢这一史诗。后来他辗转来到玉树落户后，便以抄写《格萨尔》为生。其外孙布特尕自幼受其熏陶，练就抄本的功夫，长大后接替外祖父继续从事抄本业。现在布特尕之子秋君扎西也学会了抄本子，字体与其父不相上下。这个抄本世家抄出的本子远近闻名，就连西藏的百姓听到是嘎鲁家的本子也都争相购买。旧时，嘎鲁家就是以一个抄本换一头牦牛的价钱赖以生存的。

　　嘎鲁家的抄本自成系统，独具一格。一色的藏式条本，抄写有固定的格式，每页纸均用红笔画框，采用两种不同的字体抄写，散文叙述部分用草体（vkhyug），韵文部分用乌米体（dbu med）。英雄的名字及唱词的首句六字真言用红色书写。其字体工整、娟秀，个别部（如《霍岭之战》）

---

① 齐木道吉：《蒙文〈格斯尔可汗传〉的版本简介》，载《民族文学研究》1983年创刊号。

有嘎鲁亲绘的插图。语言以康巴方言为主，对于个别难懂的古语作了一定修改，但在主要内容上则严格遵照史诗说唱原貌。由于他们抄本范围很广，除向各界借阅传抄外，还不断地寻访著名艺人直接记录整理，所以家中保存的部数十分齐全。他们的抄本本末均不署名，然而由于其特色鲜明，人们一看便知是嘎鲁本，其他人几乎无法以假乱真。在抄写过程中他们遵循这样的原则，即最根本的故事情节不能改动，而对于每部中个别难懂的方言俚语则进行修改和整理，以便使其更加通俗易懂。由此可见，抄本人并非只是简单地抄写，他们不仅将分散于四方的诸部本子与说唱集于一处。而且为使史诗更加完整、更加规范付出了艰辛的劳动。

这里只是举出了笔者在调查中了解到的一个典型的抄本世家的例子，以此推测在19世纪至20世纪中叶，曾有不少的抄本人活跃于民间。

目前，我们所能见到的手抄本大致分为两种：一种是流传在民间、由民间人士传抄的本子。它们虽然比较粗糙，但更接近于口头传唱的原貌，宗教色彩较少，且保留了民间文学叙述故事完整、开门见山、首尾呼应等特点。但是这类本子往往没有整理者、抄写者的署名，亦很少记有抄写的时间，令人难以识别其来源和年代。目前流传在民间的抄本大部分属于这种情况。另一种系由宗教人士记录或转抄的本子。虽然这类本子不多，却载有来源和抄写时间，为我们探讨其源流与时代提供了佐证。

提到宗教人士加入《格萨尔》整理者、抄写者的行列，我们应该予以客观的评价。应该说，藏文的整理工作更多地倾注了宗教人士的心血，他们大多为信奉宁玛派的上层人士或该派的一般人士。他们中大多数人对史诗《格萨尔》怀着极大的崇敬心情和兴趣。加上他们具备藏文的写作与整理能力，又有着极好的抄本和刻版的条件，他们在《格萨尔》书面化的转折中作出了不容忽视的贡献。

18世纪有声望的文学家多仁·丹增班觉在1776年16岁时便仿照其外祖父朵喀·才让旺阶写出了《扎贝牟曲玛传》，此后于1779年完成了《格萨尔的故事·征服霍尔》。[①]

昌都寺前一世帕巴拉是个酷爱《格萨尔》的活佛。他经常请人到家中说唱，有时还请人住在寺里专门抄写。圆光艺人卡察扎巴就曾在他的家

---

　　① 仁·丹增班觉，全名索南丹增班觉多吉（1760—?），为《多仁班智达传》的作者。参见中央民族学院藏族文学史编写组编写的《藏族文学史》，1987年送审稿。

中为其圆光抄写。所以他的家里逐渐保存了许多本子。

果洛州夏尔寺寺主是一位既会说唱又能书写《格萨尔》的史诗爱好者，他署名那朗多吉撰写的本子《白哈日茶宗》独具特色，已被列入出版规划。

此外，闻名于四川甘孜一带的根桑尼玛抄本《太让山羊宗》，也已列入出版规划。

由于民间抄本大多没有注明抄写时间，所以难以确切地说出它们的产生年代。现主要依据宗教人士所抄本子注明的时间略加推算。

甘孜炉霍抄本《门岭之战》（四川民族出版社已出版铅印本）本末注有"火鼠年二月初六日"；西藏出版的《格萨尔诞生》（上）注有"火虎年一月十三日"；青海搜集到的《下蒙古之部》写作时间为"辛乙年阴历七月十四日"。学术界一般认为宗教界人士参与抄本是近两个饶迥的事，由此看来，上述本子若为第 15 饶迥的作品，应为 1876 年、1866 年、1881 年的抄本，若是第 16 饶迥则应是 1936 年、1926 年、1941 年的抄本。由此可以看出抄本盛传并开始有时间记载当在 19 世纪下半叶至 20 世纪中叶，而抄本形成的时间则应该更早。

如果说抄本是《格萨尔》由民间口头说唱文学向书面文学演变、过渡的第一步，那么，木刻本的问世则使这一过渡进入了成熟的阶段。几乎在宗教人士参与的较高层次的抄本出现的同时，木刻本开始问世。

宁玛派大师嘉姆央钦则旺波的弟子米旁·朗杰嘉措（1986—1912）是一位喜爱《格萨尔》并享有极高声誉的宁玛派大师。他一生著作颇丰，《米旁全集》便是他知识和智慧的结晶。在他的众多的著述中，除了显示出他在佛学、历史、语言学等方面的造诣外，也体现出他对史诗《格萨尔》的极大关注。他对格萨尔的身世进行了考证和研究，用文言体写过不少关于格萨尔的祈祷词、赞辞。并在民间流传的《赛马》、《降伏霍尔》本子的基础上改写过颂词。米旁大师的一系列著述对当地宗教界及信奉宁玛派的群众产生了极大的影响，不但推动了史诗在这一地区的传播，也为刻本的产生制造了舆论，奠定了基础。

甘孜藏区是米旁大师驻锡的地方，是宁玛派流传较广泛的地区，也是文化较为发达的地区。著名的德格印经院就坐落在这里，所以这里有着得天独厚的刻版印刷条件。《格萨尔》前三部的木刻本就诞生在这一地区。

《天岭卜筮》、《英雄诞生》和《赛马称王》均由四川邓阿县林仓土司倡导并在其管辖的印经院刊刻印刷，而这其中米旁大师起了至关重要的作用。《赛马称王》的撰写者系米旁大师的弟子吾珠群佩（本末署名山僧阿恰热牟尼霞萨），作者在本子的《跋》中详细说明了写作此部的经过：由于米旁大师的教诲以及霞嘎的后裔岭国王的敦促，并参照了几种不同的本子写成。①

目前，在已搜集到的 25 部木刻本中，除去相同的部外，不同的共 7部，即前述 3 部，另有四川巴帮寺刻本《大食财宗》、德格刻本《卡契玉宗》、昌都江达县波鲁寺刻本与西藏拉萨刻本的《分大食财宗》，以及江达县瓦拉寺刻本《地狱救母》。

木刻本的产生及刊刻印行，无疑推动了史诗《格萨尔》在藏区的流传。木刻本较之手抄本不仅印制速度快、数量多，而且质量高。经过知识水平高的宗教人士加工过的刻印本起到了规范作用，减少了史诗在民间流传中的变异，令史诗更加完整、典型，艺术水平也得到了提高。当然，随着僧人的加工整理，宗教的消极的人生观和唯心主义思想就不免掺杂进来。但是，这些宗教界的整理者主要还是依据民间流传的抄本或口头说唱的记录进行整理，所以其基本内容与史诗出入不大。刻本的语言、唱词基本保存了民间说唱的特点。

此外，木刻本的撰稿者们一般均是具有较高造诣的宗教界知识分子，他们在整理撰写过程中，采取了严谨的态度，往往都是按照 14 世纪、15世纪后藏族学者编纂史书的习惯，在史诗正文前边加上偈语，在结尾处写有跋，说明本部撰写的宗旨、内容及写作经过。这就为后世研究提供了宝贵的依据。

史诗《格萨尔》不仅在藏族地区流传，同时亦在蒙古族地区广泛流传。艺人以师承的方式传承，师傅在教徒弟说唱时一般依据民间的抄本或刻本作为教材。因此，在蒙古《格斯尔》（即《格萨尔》）的传承中抄本的整理者们具有不可忽视的历史作用。

齐木道吉先生曾总结了蒙古文《格斯尔》的一部木刻本——北京版木刻本、8 部蒙古文手抄本以及一部从藏文直接译成蒙古文的《岭格斯尔》共 10 种蒙古文《格斯尔》分章本的情况。这些版本至今仍广泛流传

---

① 《赛马称王》，青海省民间文艺研究会编印资料本，1960 年，第 226 页。

于中国的内蒙古地区、蒙古人民共和国及俄罗斯的布利亚特及卡尔梅克地区。从目前掌握的情况来看，蒙古族口头说唱艺人都是依据民间流传的抄本、刻本为蓝本进行说唱的。足见《格斯尔》各类本子在史诗传承中至关重要的作用。

蒙古族著名艺人琶杰（1902—1962）33 岁时回到家乡，之后一年多的时间里刻苦学习蒙古文，在初步掌握了蒙古语拼写方法后，开始阅读史诗《格斯尔》的手抄本，并参照抄本，对自己以往记忆的史诗故事进行精练、加工，从而形成了独具风格的《格斯尔》，使之说唱更完整、练达，很快风靡了内蒙古东部地区。蒙古族《格斯尔》说唱家参布拉·敖日布（1925—1994）自幼从师于家乡的一位著名艺人陶克陶，而师父执教所依据的就是一大摞《格斯尔》手抄本。

这里应该说明的是，蒙古《格斯尔》的传播过程与藏族《格萨尔》传播过程不同。由于其始于由宗教文人从藏文《格萨尔》翻译介绍而来，所以，蒙古文《格斯尔》是先有书面的本子在民间流传，后经说书人的广泛说唱又使该史诗以口头形式在民间流传。然而版本的传抄及它们对口头说唱的影响一直存在着。这其中翻译家、抄本的整理者与抄写者乃至木刻版的整理刊刻，凝聚着许许多多文人的辛勤劳动和贡献。特别是1716年北京木刻版的问世，使这部史诗传播的范围越加广泛，并引起国外学者重视。而藏文本《格萨尔》被外国学者"发现"则是一百年以后的事情。关于北京木刻版的整理、编辑者，目前学术界有两种不同的意见，即"第一世章嘉活佛"与"在北京从事翻译的未曾留名的部分蒙古学者"。无论其翻译整理，编辑者是谁，他们对藏文《格萨尔》作了"符合蒙古背景的改编"（法国石泰安语）是确定无疑的。蒙古族翻译、整理、改编者们对于史诗《格斯尔》的传播和发展起了至关重要的作用，作出了特殊的贡献。抄本、刻本的先行问世及广泛流传，使这部史诗在蒙古地区民间的口头说唱中变异较小，其结构亦相当统一，几乎是清一色的分章本，而藏族则以分部本为主，分章本较为少见。

根据斯钦孟和先生的搜集和概括，认为目前共有 10 种版本：7 章北京木刻本、7 章托武文（新疆蒙古文）手抄本、北京木刻本的后 6 章本（手抄本，又称北京隆福寺本）、6 章策旺手抄本、13 章鄂尔多斯手抄本、11 章诺木其哈敦手抄本、8 章乌素图召手抄本、4 章新疆手抄本、18 章萨雅手抄本及 29 章岭格斯尔手抄本，共计 109 章。通过内容的梳理比较，其中 9 章是各种版本均具的基本内容与章节；而诺木其哈敦本及鄂尔多斯本是全面包含这一基本内容和章节的手抄本。这两个本子均来自鄂尔多斯地区。从中我们不难看出这部史诗在蒙古族地区的传播轨迹，系呈自西而东的走向。

进入 20 世纪 90 年代。蒙古族当代著名《格斯尔》说唱家琶杰辞世 30 多年后，当时仍然在世的，如内蒙古昭乌达盟巴林右旗的说唱家参布拉·敖日布也已年过六旬，像他这样能够完整地说唱整部史诗的蒙古族艺人已十分罕见。但是，不同版本的《格斯尔》手抄本、木刻本，这一笔宝贵的文学遗产却被很好地保存了下来。它们令人又一次看到在史诗从民间口头文学向书面文学的发展演变中，文人学者一整理者们所做出的不可磨灭的贡献。

新中国成立后，由于党和国家十分重视少数民族优秀文化遗产的搜集整理和抢救工作，曾先后两次开展了对英雄史诗《格萨尔》的大规模搜集和整理工作。第一次是青海省于 20 世纪 50 年代末至 60 年代初的搜集、整理、翻译和出版工作；第二次是 20 世纪 80 年代在《格萨尔》流传的 7 个省区同时开展的规模宏大的抢救工作。在两次搜集整理及抢救工作中又涌现出大量的当代的搜集、整理、翻译和出版工作者，以及从中央到地方的一批成绩卓著的组织者。由于这些同志们数十年如一日的辛勤工作（在一段特殊的时期里甚至是冒着生命危险的工作），不仅使大量珍贵的手抄本和木刻本得以妥善保存、整理、翻译和出版，同时当代说唱艺人的录音以及整理、翻译和出版工作也得以迅速进行。当艺人说唱的古老史诗由当代整理者们采用现代技术变成书面印刷品时，这些整理者的生命的一部分已融入史诗发展的轨迹。

最后，应该提到的是自古至今一部分有心人曾先后把《格萨尔》这一古老的史诗作品改编成戏剧、歌舞乃至现代的影视作品，如藏戏、羌舞（《格萨尔》羌姆，一种采用宗教舞蹈形式表现史诗内容的舞蹈，盛行于青海、四川甘孜等藏区）以及歌舞剧和电视连续剧，等等。他们同样为史诗《格萨尔》的不断发展作出了贡献。古老的史诗焕发了青春，走出了世代传承的地区，走向中国的四面八方，甚至迈出国门，让世界一睹它的风采。

第三节　说唱艺术的科学再现

人类艺术史已经证明，随着人类文明的进程，民间口头说唱最终将无可挽回地进入衰亡期，而史诗将在完全的书面化后，仰仗人类的物质文明存在。这一客观事实是不以人的主观意志为转移的规律，而且早已为世界许多拥有史诗的民族所证明。中国至今仍有史诗说唱艺人存在，这实在是一种"得天独厚"。在人类现代文明高度发展的时代，我们有条件采用最现代化的手段，把人类古老的艺术遗产科学地记录下来传给后人，其科学价值是无可估量的。关键是，如何才能保证今天的说唱艺人们的全部风采再现。

关于搜集整理乃至翻译等，国内外的专家们已形成了一整套行之有效的方法，无须笔者赘言。这里只就一个专门的问题：说唱艺人及其说唱的科学记录与再现，也即关于艺人及其科学版本的传世略述浅见。

应该说至20世纪80年代末90年代初，对于说唱艺人的抢救工作取得了显著的成效。各有关省区基本摸清了艺人的情况及分布，并对其中优秀者进行了重点的抢救和录音工作。迄今为止共录制主要艺人的说唱磁带达5000盒（约合5000小时的说唱），其中扎巴25.5部，998盒；桑珠41部，1989盒；玉梅25部，900盒；才让旺堆10部，1057盒。仅这4位的录音量已是蔚为壮观。而抄本、刻本的抢救工作已基本完成，并作了出版规划。为防止录音磁带年久失音，地方的有关部门已积极组织力量进行记录。其中扎巴的录音已记录成文20部，桑珠17部，玉梅10部，才让旺堆7部。应该说工作还是卓有成效的。然而，要将这些口头说唱科学地保存下来，却不仅仅是简单地记录和整理录音的工作。下面根据笔者几年来从事艺人说唱调查和研究工作所得略抒己见。

一　关于录音

目前说唱艺人（仅以上述4位为例）的录音工作大致如下：

扎巴老人在世时，系在西藏大学院内的家中由专门的工作人员负责录音，老人只管说唱。每天身体状况好时说唱3—4小时，身体欠佳时1—2小时，呈断续说唱状态。遇停电或其他情况则中断录音。

　　桑珠在拉萨郊区墨竹工卡的家中说唱。因家中孩子多，他经常提着录音机，带上电池和录音带，到居家附近山上阳坡的石洞中说唱并录音。由自己负责录音。情绪激动时可以说唱一整天。

　　玉梅在西藏自治区社会科学院自己家中说唱。自己掌握录音机。每天说唱3—4小时，遇停电则停止录音。

　　才让旺堆在西宁格萨尔研究所的办公室兼宿舍中说唱。白天周围噪音大时无法录音，有时晚上说唱。自己掌握录音机。

　　从以上情况看，扎巴老人录音条件最佳。然而却存在一些共同的问题：

　　1. 说唱环境的改变。艺人在录音时均脱离了原始的说唱环境，没有听众，只是面对一台录音机，因此失去了固有的氛围。这或多或少影响艺人说唱的情绪。因为环境的烘托、与听众的交流直接影响到艺人的说唱激情，甚至情节的发挥与曲调的变化均要受到影响。

　　2. 说唱的频繁中断。由于大多数艺人说唱时由自己负责操纵录音机，更换录音带、电池等，这样就会出现频繁的中断说唱现象。一切正常时，半小时一次翻面，一小时一次换带，此外还要担心停电、电池不足等，均造成一定的心理压力，影响说唱效果。许多艺人忌讳被打断说唱，它所带来的烦躁和沮丧均不利于艺人正常发挥说唱技艺。中断后最直接的弊端是情节与情绪衔接不好，有时甚至出现"断线"现象。布特尕在整理才让旺堆的磁带时就曾发现这一问题。而由于停电或电池不足未被及时发现，艺人虽然说唱却未能录音，造成无效果劳动，则是许多艺人经常遇到的麻烦。

　　要解决上述问题，应尽量创造自然状态下的录音。如果条件不允许，则至少应该提供安静、整洁、清新的环境，使艺人集中精力说唱。条件允许时，最好有专人负责录音，选用质量稳定的器材、储量高的电池和长带，以减少中断次数。录音是记录艺人说唱的关键一环，应该尽量创造条件把好这一关。

　　最后，关于录音带的保管亦十分重要，除一般的磁带保管规则外，对于短时间内无法及时记录的磁带或者是永久保存的著名艺人的说唱录音带，应该定期复制，从而使录音能够长期保持清晰的原貌。复制的频率应视保管条件，即气候、环境条件及磁带质量、录音质量而定，可采用每年抽检的方式确定复制与否。这是目前国内外行之有效的长期保管磁带的方法。

二　整理

对于一般的民间文学的整理原则这里不再赘述，针对史诗说唱艺人录音的整理，这里谈如下几个方面的问题：

1. 熟悉说唱艺人的语言。《格萨尔》说唱艺人分布于广大的地域，他们操着不同的方言说唱，诸如藏语即可分为安多方言、康巴方言、卫藏方言等。整理者必须十分熟悉说唱人的语言，并忠实地加以记录，切忌以自己熟悉的其他方言代替。并注意保持口头说唱口语化的特点，不要任意改换成书面语，或者为了提高所谓的"艺术性"而使之文学语言化。这样只能破坏原有语言风格，使之失去本来的艺术特色。

对于难懂的方言俚语，应采用国际标准的字母对应规则，在藏文拼写之后附以国际音标注音，同时加注释。

2. 保持说唱的艺术风格。除上述语言的风格外，每一位优秀的艺人均有其独到的艺术风格，它们表现在情节铺叙、人物塑造乃至曲调的变化等方面。艺术风格是每位艺人的独特标志，是个性特征的重要体现。因此在整理中要力求再现艺人的独特风格，不能以史诗的共性取代众多的个性。倘若"千人一面"，也就无须针对每位艺人进行录音整理的工作了，现成的抄本、刻本或许更直接也更省事。

在情节铺叙方面，除由于说唱中断等原因致使艺人产生衔接不好或是逻辑混乱时可予适当调整、理顺次序外，其他应尊重原说唱。应由熟谙音律的专业音乐工作者承担记谱，采用五线谱或简谱将不同的曲调完整地记录下来，注明曲牌，填好原词，并做相应的介绍，如该曲调是在何处出现，与哪位人物相关，等等。

3. 说唱艺人的全面介绍。这是艺人说唱的科学版本的又一重要组成部分。它应该包括艺人的传略，诸如个人经历，学会说唱的经过，游吟说唱（即传播史诗）的地区，说唱形式与特点，以及说唱的章部目录。此外，应附有艺人说唱照片数帧。倘能有艺人的说唱录像存世则更佳。

4. 整理者的说明。简述录音、整理的全过程。采用的技术手段以及增删等事项。

在形成艺人说唱的科学版本的过程中，整理者的功力、责任心和职业道德起着很大的作用。他们的工作将为人类艺术史写上光辉的一页。

第 七 章

21 世纪年轻艺人调查概况

第一节　再次调查的缘起

20 世纪 80 年代初，正是"文化大革命"结束、拨乱反正、百废待兴之时，为了拯救在"文化大革命"中饱受破坏的国宝——史诗《格萨尔》，从国家政府部门到研究机构都对这一史诗高度重视并展开了全国范围的普查与抢救。当时，刚从西藏调到中国社会科学院民族文学所工作的我，积极投入了对《格萨尔》的抢救工作。在参与抢救工作的同时，开始走上了研究史诗《格萨尔》的漫长之路。

在抢救濒临灭绝的《格萨尔》调查中，我逐渐认识到：《格萨尔》在千百年的口耳相传中，《格萨尔》说唱艺人是至关重要的一个环节，他们是史诗的创造者、继承者和传播者，没有代代民间艺人的说唱与贡献，鸿篇巨制的史诗《格萨尔》不可能传承至今，为此，民间艺人是打开史诗《格萨尔》这一民族文化宝库的金钥匙。就这样，在参与《格萨尔》抢救工作的同时，我开始了对艺人的寻访，并逐渐把自己的研究视角聚焦在《格萨尔》说唱艺人的调查与研究之上。

在将近十余年的寻访艺人的过程中，在基于对 40 位《格萨尔》说唱艺人进行专访的基础上，我的专著《民间诗神——格萨尔艺人研究》于 1995 年问世。作为国内第一本对格萨尔说唱艺人展开的专门研究，成为史诗《格萨尔》研究领域的一个焦点，引起广泛关注，书中的调研资料被同行、影视界反复引用，也导致了更多的学者将兴趣转向对史诗说唱艺人的研究。如今《格萨尔》说唱艺人研究已经成为史诗研究领域的重要课题之一。

20 年过去了，笔者当年采访的老一辈艺人中，大部分已经辞世，所剩的几位也已年老体弱，不能说唱。然而，《格萨尔》说唱艺人的现状仍然是人们十分关心的课题。

近年在得到来自藏区发现新艺人的信息之后，我感到有必要延续对民间艺人的调查，包括对健在的老一代艺人的跟踪调查，以及新出现的年轻艺人的调查，以掌握格萨尔口头传承的发展趋势及脉动，深化史诗研究。2005 年，在获得国家哲学、社会科学基金的资助后，再次赴藏族地区开展了对格萨尔说唱艺人的调研。几次集中的田野调查中，对二十余位年轻艺人进行了访谈及录音、录像，为研究格萨尔口头传统的延续与发展积累了重要资料。①

第二节　年轻一代艺人概况

在 2006 年进行的三次调查中，我们对果洛地区的达白（玛多县）、嘉央洛珠（班玛县）、格日坚参（甘德县）、单增智华（久治县）4 位艺人进行了采访，对玉树地区达哇扎巴、登巴坚赞（结古）、次仁索南（治多县）、查瓦（治多县）、松扎（杂多县）、洛桑次仁（杂多县）、土登晋美（杂多县）等 7 位艺人进行了采访（还对索南诺布及拉布东周 2 位艺人的情况进行了了解，因我们调查时，他们不在玉树，该情况由文扎提供）。对西藏昌都边坝县的斯塔多吉以及西藏那曲的玛德、阿旺巴登、扎西多吉、多吉然巴、罗桑、仁珠、曲桑、普布、纳木色等 9 位艺人进行了采访。

总计采访艺人 21 人，加上已经采访或了解的艺人情况，如玉树治多的索南诺布、拉布东周以及西藏那曲的次仁占堆、巴嘎，四川色达艺人土登（益邛提供）等共 26 人。

①　西藏自治区社会科学院研究员次仁平措、中国社会科学院民族文学所副研究员李连荣作为课题组成员参加了调研工作；青海省玉树州杂多县佐钦寺的然江喇嘛、玉树州治多县语委的文扎、玉树州群艺馆的噶玛拉姆协助我们完成了在玉树的调查；西藏社会科学院科研处副处长措姆协助我完成了昌都地区的调查；西藏那曲群艺馆馆长索南旺堆协助我们在那曲地区的调查；中国社会科学院民族文学所甲央齐珍协助做了后期的资料整理工作，对于他们的帮助与付出，在此表示诚挚的谢意。

Chart of distribution of **new** singer

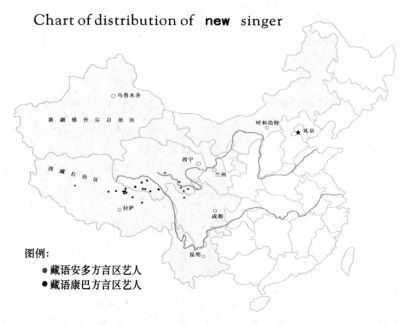

图例：
● 藏语安多方言区艺人
● 藏语康巴方言区艺人

图 7-1 史诗《格萨尔》年轻艺人分布

这些艺人大多来自偏远的牧区，如玉树州的艺人多居住在三江（长江、黄河、澜沧江）源头，玉树州治多县就位于长江源头的治曲河地区，杂多县则位于澜沧江源头的杂曲河地区；果洛州艺人来自玛多、甘德、久治及班玛县，均处于远离大城市西宁的黄河源头地区；斯塔多吉来自扎巴老人的家乡边坝县，他出生的地方位于西藏那曲地区与昌都地区交界的沙丁乡，从他的家乡到拉萨约有 700 公里，到昌都镇也有 600 多公里的路程，交通十分闭塞，每学期开学到边坝县中学上学，他走路和骑马都需要两天的路程；那曲地区艺人大多出生在那曲县偏远地区，个别艺人则出生在远离那曲镇的班戈县、比如县及安多县。

年轻艺人出生及生活的地区比较偏僻，交通不便，外来文化的冲击较小，而接受外来文化的途径如电视、电影、广播、报纸等也很少，且是近 20 年的事。牧业文化是格萨尔文化生存和延续的土壤，加之这些艺人在他们少年时代，没有进过学校，没有受过正规的学校教育，使得格萨尔故事成为他们精神生活的主要组成部分。而他们成长的年代，正是 20 世纪 80 年代后，我国大规模抢救、整理、出版《格萨尔》的年代，所以，他们不同程度地接触到了《格萨尔》的说唱、录音、广播、报纸或出版物等，通过这些渠道他们获得了《格萨尔》的知识。这是新一代艺人产生的一个特殊机遇。

与以往老一辈艺人的分布基本相似，年轻一代艺人主要分布在青海的玉树、果洛地区，西藏的那曲是艺人较为集中的地区。说明这些地区《格萨尔》的说唱传统还在延续。不同的是在昌都地区除边坝县的斯塔多吉外，据说在扎雅县还有一位年长的艺人，我们暂时还没有采访到，而目前还没有其他艺人的报告。昌都地区是康巴方言使用的中心地带，《格萨尔》主要是用康巴方言的人们传播的史诗，过去艺人出现的比较多，而现在年轻艺人并不多，如何解释这一现象，还需做进一步的调查。

第三节　年轻艺人演述史诗特点

一　艺人的年龄段

从当时调查的艺人来看，他们的年龄在 20—40 岁之间。其中最大年龄为果洛艺人格日坚参于 1967 年出生，最小的是边坝县艺人斯塔多吉1990 年出生。26 人中 30—40 岁的艺人共 16 人，即这些艺人出生的时间为 1967—1977 年，29 岁以下的艺人 10 人。他们成长的年代正是"文化大革命"后的《格萨尔》大弘扬时期，即 1980 年以后国家大规模抢救、整理、出版《格萨尔》的年代。1980 年开始的全国范围的抢救《格萨尔》的工作，持续了近 20 年。其间，为抢救这部史诗，西藏、青海、甘肃、四川、云南及北京的科研单位以及藏文出版社，都参与了史诗《格萨尔》的抢救工作，在全国特别是在藏族地区形成了《格萨尔》热，而成长于这一时期的藏族年轻人在不同程度上都受到《格萨尔》的熏陶。

艺人基本情况一览表

姓名	出生年月	出生地	做梦时间	说唱首部	现住地	文化程度	艺人种类
格日坚参	1967	果洛甘德	—	列赤马宗	果洛大武	僧人	掘藏艺人
达白	1968	果洛玛多	8 岁开始说唱	格萨尔拉仲	果洛大武	未进学校	编创艺人
嘉央洛珠	1974	果洛班玛	—	玛域德仲	果洛大武	未进学校	编创艺人

姓名	出生年月	出生地	做梦时间	说唱首部	现住地	文化程度	艺人种类
单增智华	1968	果洛久治	—	卡嘎金子宗	果洛久治	僧人	掘藏艺人
达哇扎巴	1978	玉树杂多	13岁	天界篇	玉树结古	未进学校	神授艺人
登巴坚赞	1973	玉树巴塘	12岁	梅岭之战	玉树结古	未进学校	神授艺人
次仁索南	1971	玉树治多	18岁	祝古国宗	玉树治多	未进学校	神授艺人
索南诺布	1977—2012	玉树治多	17岁	—	玉树治多	未进学校	神授艺人
拉布东周	1968	玉树治多	21岁	米努绸缎宗	玉树治多	上过学	神授艺人
查瓦	1980	玉树治多	13岁	天界篇	玉树治多	未进学校	神授艺人
松扎	1980	玉树杂多	13岁	天界、玛燮扎石窟	玉树杂多	未进学校	神授艺人
洛桑次仁	1976	玉树杂多	22岁	天界篇	玉树杂多	未进学校	神授艺人
土登晋美	1986—2010	玉树杂多	15岁	天界篇	玉树杂多	僧人	神授艺人
斯塔多吉	1990	昌都边坝	10岁	诞生篇	拉萨	大学	神授艺人
土登	1978	甘孜色达	12岁开始说唱	—	甘孜色达	未进学校	—
玛德	1980	那曲县	16岁	诞生篇	那曲镇	未进学校	神授艺人
阿旺巴登	1971	那曲班戈	13岁	玛燮扎石窟	那曲镇	未进学校	神授艺人
扎西多吉	1972	那曲县	13岁	天界、诞生	那曲镇	未进学校	神授艺人
多吉然巴	1969	那曲县	13岁	魔岭	那曲镇	未进学校	神授艺人
罗桑	1978	那曲县	15岁	诞生篇	那曲镇	未进学校	神授艺人
仁珠	1968	那曲比如	13岁	天界篇	那曲镇	未进学校	神授艺人
曲桑	1980	那曲县	13岁	—	那曲镇	未进学校	神授艺人
普布	1978	那曲县	13岁	赛马登位	那曲镇	未进学校	神授艺人
纳木色	1976	那曲安多	13岁	诞生篇	那曲镇	未进学校	神授艺人
次仁占堆	1969	那曲申扎	13岁	天界篇	那曲镇	未进学校	神授艺人
巴嘎	1970	那曲县	—		那曲镇	未进学校	神授艺人

二　受教育程度

在调查的艺人中，正规上过学的有2人：青海玉树治多的拉布东周、西藏昌都边坝的斯塔多吉。还有3人进过寺院当过僧人：青海果洛的格日坚参、久治的单增智华及玉树杂多的土登晋美。除以上5人外，其他21位艺人均未进过学校，没有受到正规的教育。

在懂文字的5人中，藏文水平也参差不齐，格日坚参和单增智华属于藏文水平较好的，为此，他们是属于以掘藏的形式首先在大脑中形成故事，然后再把它们写下来。

单增智华的情况与格日坚参相似，也是在得到灵感以后，思绪泉涌，写作不止。他小时曾向懂藏文的父亲学习藏文，父亲又是一个喜爱《格萨尔》的人，所以经常照本念诵《格萨尔》，后来大一点，他自己就开始看《格萨尔》的本子，像《霍岭之战》、《姜岭之战》都很熟悉。后来他到久治县的江木达寺院修行，其间做了一个梦，梦见在一座山上有一座宫殿，他走了进去，看到很多人在朝拜，这时震动了一下，有些经书在书架上晃动，他看到其中的一本书，一看就知道是《格萨尔》的书，拿过来一看原来是《格萨尔》的一个目录，共118部，上边还有一个吉祥图案，然后他就想起一些东西，想马上写下来。断断续续的他写了4部《格萨尔》，当时寺院的一位上师也是掘藏师扎潘喇嘛对他说：你还没达到一定程度，时候还不到，时候到了就可以写了。后来他就凭借灵感写作。一次，他准备画画，正在调颜色，突然想起一部《象雄鲁赤察宗》，于是马上放下画笔，开始写。看来懂藏文使他看了许多的本子，从而接受了《格萨尔》方面的知识和信息，所谓灵感的到来，是他达到了顿悟的境地，才有可能把头脑中的故事写出来。

玉树的拉布东周曾经看过《格萨尔》的书，而其他人如斯塔多吉是个特例，即使他2011年已经进入西藏大学学习，但他的藏文水平还很有限。2006年10月我们去采访他时，他正在边坝县中学读初中。我想检测一下他的实际水平，就叫他把自己的名字和格萨尔故事这几个字的藏汉文写下来，结果连格萨尔故事的藏文也没有拼写对，更不用说汉文的水平了。

青海果洛州的艺人达白，也没有进过正规学校，他是在家中学习的藏文拼写。在他孩提时，最早的说唱是由抚养他的舅爷记录的，后来，他在青海海南州编情歌时，逐渐学会用藏文记录。尽管他会写藏文，但是当他进行《格萨尔》等作品的创作时，还是让自己进入一种创作状态，他说，他是属于神授艺人，因为，当他想创作一个作品时，总是写得不顺畅，有时故意编的东西，往往前后对不上，故意写的东西反而不好。当自己进入状态时，脑子里的东西用笔写都来不及，只能先用录音机记录下来。有时他坐在车上，或入睡前，或早上起床时，突然心里想说，可是用笔写就跟不上了，于是，赶快用录音机录下来，不用想，从心里自然地说出来，有时一想，反倒锁住了。在说唱时虽然是睁着眼睛，但是自己眼前看不到东西，好像身体也不存在，这样放松的可以说下去，说完以后也不累。达白创作的作品范围非常广，包括《格萨尔》史诗故事、《格萨尔》相声（这是他的独创）、《格萨尔》赞词、民歌等等。其中《格萨尔》相声是他首先发掘创作的，在青海藏区广为流传。

青海果洛州的嘉央洛珠与达白的情况很相似，他的童年是在外婆家度过的，由于外婆懂藏文，所以他就跟着外婆学习了藏文拼写，当时家里有很多《格萨尔》的本子（印刷本），他通过读《格萨尔》的书，不但学习了藏文，而且对格萨尔的故事情节非常熟悉，后来又进入寺院——班玛的莲花金殿，这里有表演格萨尔藏戏的传统，为此，他经常在《赛马称王》及《霍岭之战》中扮演小觉如（童年格萨尔）。17 岁从寺院出来后，就开始创作，他的主要作品是相声、小品、赞词和谚语，由于口才好，经常在果洛的大型文艺晚会上担任主持人。2006 年果洛春节晚会就是由他主持的。他曾写了一个格萨尔掘藏故事《玛域德尔仲》及反映玛域草原故事的剧本《多玛风波》，并在里边扮演三个角色。至今他共出了 40 多盘专辑，在当地很有名气。嘉央洛珠认为，他是一个编创艺人，写时虽然要想，但是很快，头脑非常清醒，一个剧本在几个晚上就可以写出来。达白和嘉央洛珠虽然懂藏文，可以用藏文写作，但是他们的藏文也是在社会的大课堂中学习而得来。

在 21 位没有进过学校的艺人中，除达白、嘉央洛珠是在家中学过藏文外，其他的艺人至今仍然处于文盲或半文盲状态。他们中的个别人后来虽然学了藏文拼音，也可以拿着《格萨尔》的本子念，但其说唱的主要形式还是让自己进入状态而自然地说唱（不是照本说唱）。如青海玉树艺人登巴坚赞，他可以念《格萨尔》的本子，因为学会了藏文拼音，但是念得不太流利，让他不看本子进入状态后说唱，就十分顺畅。尤其是他还能看着白纸或普通的笔记本说唱，一开始我们以为那本子上抄有格萨尔的故事，但是拿过来一看，没写什么字。那本子只是一个道具，使他精神集中进入故事的情景而已。我们对他进行了测试，叫他写一下我家住在哪里，有几口人，他写了"我住在结古，有六口人"。拿过来一看，藏文几乎全拼写错了，而且句子也不通。可见他的藏文水平之低。他自己也说：我的藏文水平比较低，也就一、二年级的水平，跟达哇扎巴的水平差不多。叫他拿着小学藏文课本念：一个星期有几天，他念得磕磕巴巴，而叫他自然说唱或拿着一张白纸说唱，他就唱得很流利。他说，看白纸说唱，就好像看电视剧的结尾一样，文字一行一行地滚动上去，出现的是藏文。登巴坚赞认为自己是属于夏仲，即首先在心中自然显现格萨尔故事，然后再说唱出来。这使我想起 1986 年在西藏昌都地区江达县调查的艺人扎巴森格，他就是拿着一张纸说唱，什么纸都可以，纸就是他说唱的一个道具，而他的藏文水平也很低。这种情况在其他地区尚未发现。玉树与江达在地理位置上相隔不算太远，也可能两者之间有相互影响的因素存在？或者就是人们模仿丹仲（照本说唱的艺人）的方式在说唱史诗，尽管他们不识藏文。

三 同样的托梦神授说法

在上述艺人中，述说自己是在童年做过梦，然后会说唱格萨尔故事的共有 24 人，其中得到过喇嘛或上师开启智门的有 14 人。做梦的年龄从 8 岁到 22 岁，在 13 岁以下做梦的共有 13 人。绝大部分人是在做梦以后就开始说唱，个别人是做梦以后又隔了若干年才开始说唱的，如西藏那曲班戈县的阿旺巴登，他在 13 岁做梦，但真正说唱是在 22 岁，那年当他来到那曲镇见到艺人次仁占堆，由次仁占堆给他开启智门后，才开始说唱。

对于做梦的内容，不同的艺人有不同的说法，但仔细分析，不同地区对于梦的内容各有差别。而同一地区的艺人的梦又有着母题近似的特点。为此，我们认为，艺人做梦的内容，是在相同的地理、自然环境的规定之中，在传统的梦授说法的制约下，艺人相互影响的结果。如被骑白马的人带走，被命令吃《格萨尔》的书，等等。

其特点是，梦的内容简单，同一地区的艺人的梦的内容有相似性。如斯塔多吉的梦中被丹玛命令吃书的情节与同是出生在边坝县的著名艺人扎巴的梦有相似性，扎巴是由丹玛打开腹部，把《格萨尔》的书装了进去，由于肚子里装了《格萨尔》的书，所以会说唱故事，而斯塔多吉是吃进去《格萨尔》的书，其结果是一样的——肚子里装满了《格萨尔》的书，而后会说唱。而梦中见到的人都是同一个人——丹玛大将。

生活在三江源头的年轻艺人们的梦也具有相似性。

玉树达哇扎巴的梦最有代表性，他出生在玉树杂多县莫云乡。在他 13 岁时做了一个梦，梦中一位老僧人问他，在三样东西中他要什么，第一种是学会天上飞禽的语言，第二种是学会地上走兽的语言，第三种是会说唱格萨尔的故事，结果他选择了第三种，从此慢慢地会说唱格萨尔的故事；在他大约16岁的时候，他又做了一个梦，梦见一个骑白马穿白衣的人带他去见格萨尔大王，而这位白衣骑者叫鲁珠，是来自龙界的人，也是叔叔晁同的儿子那察阿登前世的化身，在梦中，他被带到一座大帐篷中，见到了崇敬的格萨尔王。他想向格萨尔王做供养，但是自己什么也没带来，于是用自己前世及今生所做的一切善事及善缘献给格萨尔。他还看见许多帐篷、鲜花盛开以及许多穿着铠甲的武士。达哇扎巴被总管王告知自己是那察阿登的化身。

来自玉树杂多县莫云乡与达哇扎巴只有两岁之差的他的表弟松扎，也是一个说唱艺人，在他13岁时做的梦中，两只花鹬问他，有两种东西你来选择，一种是格萨尔的故事，另一种是懂世界上其他的语言，当然，由于他选择了格萨尔的故事，所以后来开始说唱。尽管松扎的梦中叫他选择的人不是老僧人，而是两只花鹬，而且选择的种类不是三种而是两种，但是，他的梦与达哇扎巴的梦还是有着母题相同的特点，可以看出后者的梦是受到了前者的影响。

与达哇扎巴同是出生在莫云乡另外一个村的艺人洛桑次仁，在22岁时在前往拉萨朝佛返回家乡的途中，来到西藏那曲的索县，在那里做了梦，梦中见到许多穿铠甲的人，他被带到一座大帐篷中，看见一个宝座上，坐着一个全身披挂的武士，原来那就是格萨尔王。后来又有很多《格萨尔》的书，他想带走，拿不动这许多，留下又舍不得，在犹豫之时梦醒了。洛桑次仁的梦中在大帐篷中见到格萨尔王及众英雄将领的情节与达哇扎巴的梦境十分相似。

出生在玉树治多县的查瓦艺人，虽然他的家乡与达哇扎巴的家乡相距大约600公里之遥，但是在他的几次梦中，同样反复出现了穿白衣或骑白马的人，此外还出现了许多《格萨尔》的书，并在梦中将其全部读了一遍，但在现实生活中他并不识字。同样出生在治多县的艺人索南诺布的梦中，也是一位骑白马的人给他带来口信，让他去见一位老法师。治多县艺人拉布东周也是在梦中，受到一位骑白马的人的鞭打，催促他抓紧说唱《格萨尔》，而此人正是那位曾经让他选择书的骑棕色马的人。

这一白人骑白马，或者穿白衣骑白马的母题还出现在远离玉树一千多公里的那曲艺人的梦中，如那曲艺人玛德16岁在山上放牧时睡着了，在他的梦中，出现了许多全身披挂拿着各种兵器的大将、骑马的人，当一位白人骑白马的人走过来时，他突然惊醒了。

那曲艺人扎西多吉的梦中也涉及了两个最普遍流传的情节：一个是他梦见许多骑马的人，其中有一个骑白马的人；另一个就是叫他吃下约有一尺厚的《格萨尔》的书的情节。那曲艺人罗桑的梦中，同样出现了骑白马的人，手里拿着长枪和许多《格萨尔》的书，并叫他念这些书；在那曲比如县艺人仁珠的梦中，一个骑马的人变成五个骑马的人，他们的颜色分别为白色、黑色、绿色、褐色和绛红色，同样是叫他念一本很厚的《格萨尔》的书，他说："仁波切（一般称喇嘛、上师、活佛）我不识字，念不了。"但是对方还是坚持说："你一定要念。"

这一情节与老一辈艺人梦中的情节很相似，我们在老艺人的梦中，也看到了白衣少年的形象——如玉梅，她在梦中见到从白水湖中走出的仙女与黑水湖中出来的妖魔正在争夺她时，是从白水湖中走出来的白衣少年拯救了她；梦中出现格萨尔大王或其大将的形象的母题，在桑珠老艺人的梦中也曾出现，当时他在梦中，正与逼债人扭打，是格萨尔大王出来解救了他，赶走了逼债人。而梦中"看"书的情节在老一代艺人中曾反复出现，桑珠艺人在一次梦中，梦见自己像活佛一样在看《格萨尔》的书（尽管他不识字），一部接着一部，十分有趣，醒来时书中的内容竟然历历在目，满脑子都是格萨尔的故事。看书的情节在那曲地区巴青县艺人曲扎的梦中也出现过，他当时虽然只认识一些藏文字母，但在梦中，他却"读"了二十部《格萨尔》的书。从此会说唱《格萨尔》。

此外，在诸多艺人的梦境中，均出现了面临选择的情况：达哇扎巴面临三种事物，他必须从中选择一种，最后，他选择了说唱格萨尔的故事，这是他后来成为一位艺人的重要的"原因"之一。达哇扎巴的表弟松扎在梦境中，面临着两种选择，由于松扎选择了会说《格萨尔》，所以开始说唱。选择的母题也出现在治多县艺人索南诺布及拉布东周的梦境中。索南诺布是被要求在一条拴牦牛的绳子和经书之间做选择，由于他选择了经书，后来才会说唱《格萨尔》；拉布东周被要求在13本《格萨尔》的书和2本其他的书之间做选择，他没有按照常理选择其一，而是选择了两种，即全部15本书，为此，他也获得了说唱《格萨尔》的技能。尽管要求他们选择的主角不同，如老僧人（达哇扎巴）、老法师（索南诺布）、骑马人（拉布东周），甚至是两只花鹞鹰（松扎）；选择的内容以及选择的数量（三种、二种）不同，但是，其结果都是因为选择了正确的事物后，才成为一个《格萨尔》说唱艺人的。

由此看来，梦中见到骑白马的人或白衣白马，或白人骑白马，是在艺人梦中出现几率最多的母题之一，另一个出现比较多的母题是往肚子里装《格萨尔》的书，或者是梦中吃《格萨尔》的书、梦中读《格萨尔》的书。而艺人梦境中面临选择的母题以及格萨尔王或其大将在梦境中的出现，也是经常出现的主要的母题。因为这些母题在《格萨尔》史诗流传中，在藏族民间文学中，是百姓十分熟悉又比较传统的题材，为此很可能进入每一个酷爱格萨尔的人的梦中，也很容易被喜爱格萨尔的人在复述其梦境时采用，为此代代相传，这些母题由于反复出现在艺人们的梦中而被强化，以至程式化。

对于这些出生在文化比较单调的偏远牧区的孩子，他们能够接受到的信息极为有限，在这有限的信息中，他们祖祖辈辈喜爱的格萨尔故事又占据着很大的比重，无论是《格萨尔》艺人说唱还是其他方面的有关信息，一定会对他们产生很大的影响，而这些就会成为他们做梦的素材来源，日有所思，夜有所梦，在梦中见到格萨尔及其大将就不足为奇了。

为此，在《格萨尔》史诗流传地区，在人们的观念中，要成为《格萨尔》说唱艺人，就必然要先做梦，做梦后最好得到上师、活佛的指点，或开启智门，然后就能成为一名神授艺人。反之就不能成为一名说唱艺人，也得不到人们的认可。这已经逐渐成为一种固定的程式，深入人心，也对年轻一代艺人的形成产生了重要的影响。

四　说唱内容的丰富与发展

在说唱内容方面，几乎所有的年轻艺人都是从史诗开篇的几部开始说唱的，许多艺人梦授后说唱的第一部多是《天界篇》《诞生篇》等，而他们说唱的内容中几乎全部包括广泛流传的史诗中主要的章节，如《天界篇》《诞生篇》《赛马登位》《降伏北魔》《霍岭之战》《姜岭之战》《大食财宗》等。这些章节也是群众耳熟能详的内容。老艺人才让旺堆曾经说过，文化大革命之后，他在群众的要求下，又开始说唱《格萨尔》，他的家乡唐古拉地区牧民最喜欢听描述战争的章部，因为格萨尔每赢得一场战争，就可以从战败国那里取回财宝，而听一次取回财宝的说唱，则被认为是吉祥、会带来财运的征兆。在许许多多的战争中，牧民最爱听的是《大食财宗》。今天，当我采访那曲的年轻艺人时，他们最喜欢唱的仍然是《大食财宗》，说明群众对于格萨尔的偏爱仍然没有改变。在玉树的群众中，对于格萨尔的偏爱因为年龄的不同而至今仍然有一定的区分，老年人偏喜爱听财宝宗，尤其是《大食财宗》，而年轻人更喜爱激烈的战争故事，因为，那些故事更具有刺激性。

与老一辈说唱艺人不同的是，年轻艺人们说唱的部数不尽相同，也很难有一个固定的部数，这是因为，到现在为止，尚没有一个艺人说完自己会唱的全部史诗。他们有的完整地唱过几部或十几部，而大部分艺人只是完整地唱过一两部，其说唱的部分主要还是百姓熟悉的最精华的史诗部分篇章，如史诗开篇的几部：天界、诞生、赛马、降魔、霍岭等。达哇扎巴报了一个170部的目录，由于他在1996年被玉树州群艺馆录用，成为正式工作人员，他的说唱得到及时的录音。到目前为止，他已经说唱录音了19部，他的特色说唱部《亨牟尼神宗》在得到西藏文化保护与发展协会的资助后由嘎玛拉姆整理已经于2006年出版，该部共28.8万字。虽然会唱很多，但达哇扎巴说，他经常唱的是《赛马登位》《霍岭之战》《卡契玉宗》《北地降魔》等老百姓喜欢的章部。

掘藏艺人格日坚参和单增智华是个例外，格日坚参从1987年被发现以后，他报了一个120部的目录，至今已经写出了近30部，而他的部本有的已经出版，如《米敏银宗》《穆布东世系与地貌详述》《门嘎熏香宗》等。单增智华所写的资料种类很多，包括赞词、对歌、诵经词等，格萨尔故事是他写的部分中的一种，至今他共写出了370种长短不同文类的文章，其中《格萨尔》的目录有118部，已经写出来了18部。他有自己对史诗的独特理解，认为阿达拉姆没有下地狱，这一情节是信奉佛教的僧人编出来的，因为他们想用这样的故事告诉人们不能杀生，宣扬佛教的教义。

尽管他们都有自己独特的说唱部，但经常说唱的部相对集中，如那曲艺人除了说唱格萨尔的主要章部外，大多爱说财宝宗，如《大食财宗》《玛燮扎石窟》等。而大部分艺人开始说唱的第一部，均为在民众中广为流传的史诗的开篇部。如说唱首部为《天界篇》的有9位艺人，说唱首部为《诞生篇》的有4位艺人。其余的为《赛马登位》《北地降魔》等。

说唱部分在继承传统的同时又有创新。如玉树治多县长江源头一带，人们传说这里曾是格萨尔的妃子珠牡的娘家嘉洛家的所在地，当地有关的风物传说很多，如嘉洛家的城堡废墟——颇章达则、珠牡的出生地、牧场、马厩、圈牦牛的地方和珠牡沐浴的水塘等俯拾即是。当地有一座嘉洛家的神山，山头稍微向北方倾斜，百姓叫它阿尼嘎波，传说当年霍尔入侵（霍岭之战）时，这座山曾经偷偷地帮助霍尔抢走了珠牡，为此当地百姓有一则谚语说：阿尼嘎波心向霍尔，说不偏向其实心向（a-mye dkar-po hor phyogs, ma phyogs ser nas phyogs phyogs）。这些风物传说对当地《格萨尔》艺人产生了重要的影响。治多县的次仁索南会说唱 300 多部，其中一个十分有特色的段落就是珠牡的婚宴，他把这一部分安排在《赛马登位》之后，讲的是格萨尔王迎娶珠牡的盛大婚宴仪式。其中介绍了婚礼仪式上，岭国的重要人物陆续出场向格萨尔王和珠牡献赞词，包括总管王绒察查根、大将丹玛、格萨尔的母亲嘎姆以及珠牡的哥哥吉布珠嘉等等。该部汇集了丰富的地方婚俗，在他的说唱中是独立成章的。

次仁索南独特的说唱部有《嘉洛婚典》《米琼山歌宗》《米琼谚语宗》（上千条谚语）、《狩猎肉食宗》（其中体现了藏民族的环保思想）、还会说藏族的《创世纪》或叫《宇宙演绎》以及人类历史上诸多名人的故事。

他说唱时，幻想自己坐在一朵巨大无比的莲花上，把须弥山缩小到自己的眼前，甚至整个宇宙摆在自己的眼前，尔后意念集中到玛沁雪山；用优美的语言赞美岭部落地区的山川河流。讲述格萨尔宫殿，接着根据当时所要讲的内容，首先从方位上用意念寻找说唱国家的大体位置，并把意念进一步集中到岭国的驻地、国王、大臣、子民，这样由大到小，由粗到细，意念层层递进，直到把故事说完。

许多艺人不但会说唱《格萨尔》，还会说唱藏族民间文学中的赞词、民歌、讲藏族民间故事，如玉树州杂多县的洛桑次仁会说唱山、水、物的各种赞词；治多县的次仁索南除说唱格萨尔外，还会说唱一个篇幅很长的历史题材的《宇宙演绎》，其内容包括宇宙形成、日月出现、天堂各界神系的诞生、地球生命的出现以及人类先祖类人猿的进化过程，各大种族的形成和各个国家的出现、发展、灭亡的情况，等等。

个别艺人会说汉族小说《水浒》，如玉树治多县的查瓦和杂多县的土登晋美。查瓦从来没有进过学校，他的叔叔次多（时年 80 岁）在旧社会经常请一位盲艺人诺永来家中说唱，为此周围的人都说是他家的艺人。也许是这种家族爱好使他逐渐迷上了《格萨尔》，后来也是通过做梦得到灵感开始说唱。而由于他至今不识字，也没有读过《水浒》（这一汉族名著早已翻译为藏文），但是由于在他 19 岁时看过《水浒》的电视连续剧（自述只是一二集），所以会说《水浒》。据他说，他唱的抓林冲的情节和电视上演的不一样。看来，会说唱《水浒》，也是因为曾经接触过这一题材，然后根据故事情节自己又进行了发挥。

而土登晋美的情况完全不同，他 8 岁向舅舅学习藏文，12 岁进寺院，15 岁做梦开始降故事，他说，他所在的寺院属于止贡噶举派，信奉格萨尔，寺院里供奉着格萨尔的唐卡。而他自己没有接触过《格萨尔》说唱艺人或看过《水浒》的书或电视。现在可以说唱 165 部《格萨尔》，还会说《水浒》。土登晋美的家乡在远离玉树州府结古 200 多公里的地方，那里与西藏的那曲地区接壤，或许他受到了来自那曲《格萨尔》说唱传统的影响？①

五 有家族说唱传统

在年轻艺人中，有家族说唱传统的约有 8 人，他们或父辈是《格萨尔》说唱艺人，或在家族的历史上曾经有说唱艺人出现，如：那曲的艺人次仁占堆的父亲曲桑是申扎县有名的《格萨尔》说唱艺人；那曲艺人巴嘎与比如县的仁珠有亲属关系，巴嘎的母亲是仁珠的姑姑。仁珠的太爷（爷爷的父亲）叫江热仲木达，是比如县一带有名的《格萨尔》说唱艺人，为此老百姓都叫他江热仲堪。当时他是由热振活佛开启智门并认定的艺人。家中有许多土地，旧社会不用交税，不用支差。这是我们在调查中听到的唯一一位出身富裕家庭的艺人地位高的叙述。而另一位那曲艺人扎西多吉的舅舅是说唱艺人，到他这里共传了 13 代。

果洛州艺人格日坚参的表哥在他小时给他念诵过《格萨尔》，而果洛著名说唱艺人昂日是他的表舅，他们都曾在一座寺院——甘德县龙恩寺为僧；果洛州单增智华的父亲是个爱说唱《格萨尔》的人，他从小经常听父亲照本说唱《格萨尔》。

玉树杂多县达哇扎巴的伯父是个《格萨尔》说唱艺人，在他 14 岁时，伯父才去世，所以对他影响很大，使他后来成为一名《格萨尔》说唱艺人，而与达哇扎巴同出生在一个家族的松扎是他的姨表弟，达哇扎巴

---

① 十分遗憾的是土登晋美在 2010 年 4 月的玉树地震中罹难，年仅 24 岁。

的说唱对松扎又会产生很大的影响。为此，在这个家族中近两代人中就出现了三位说唱艺人。

有家族说唱传统的艺人较之一般艺人，更显现出他们说唱的优势。为此也得到了国家政府部门的重视，被作为重点抢救对象吸收到各地区大学、科研单位或群艺馆作为国家的正式干部，在生活得到完全保障的情况下，进行《格萨尔》史诗的抢救工作。如次仁占堆于 1987 年被吸收到那曲群艺馆专门说唱《格萨尔》史诗，此后，2004 年巴嘎也被吸收到那曲群艺馆做专职说唱艺人；果洛州的格日坚参于 1987 年被聘为正式干部到州群艺馆专门书写他大脑中的格萨尔；玉树州的达哇扎巴也于 1996 年被聘为州群艺馆的正式干部专门进行《格萨尔》的说唱录音工作。

目前已经被聘为国家正式干部进行抢救的说唱艺人共有 8 人，他们是西藏大学的艺人扎巴（1906—1986）；西藏社会科学院的艺人玉梅（于 1986 年先在西藏大学录音，后正式转入西藏社会科学院）；那曲群艺馆的艺人次仁占堆（1987 年聘）、巴嘎（2004 年聘）；青海文联格萨尔研究所的艺人才让旺堆（1987 年聘）；青海果洛群艺馆的艺人格日坚参（1987 年聘）；玉树群艺馆的艺人达哇扎巴。此外，还有一些艺人虽然没有被聘为正式干部，但仍以其他形式在进行录音，如西藏社会科学院的艺人桑珠（1922—2011），作为中国社会科学院与西藏社会科学院重点抢救的艺人，由上述两单位拨专款进行录音、整理及出版，并持续 20 年保证他及家人在拉萨的生活。目前已经完成了说唱的全部录音，他说唱的 45 部已经全部出版。此外青海玉树治多县的艺人次仁索南已于 2006 年被治多县宣传部下属的民族语言工作委员会聘用为临时工，每月 400 元的工资，专门抢救他的说唱。在得到各方面重视的上述 9 位艺人中，3 人去世，其余 6 人中年轻艺人有 5 人。

第 八 章

格萨尔口头传统的延续与发展

第一节 传统的继承与创新

在新一代艺人中，由于他们生活的地理、人文环境依然处于藏族传统文化的氛围之中，在老一辈艺人说唱传统的影响及《格萨尔》流传定式的制约之下，他们的说唱形式、说唱内容以及得到故事的方式等都继承了《格萨尔》口头传统，使传统的史诗说唱得到延续，人们仍然可以从年轻一代艺人的表演中看到老一辈艺人的缩影；另一方面，由于社会的进步与开放，藏族传统文化也面临着外来文化的冲击，年轻人是接受新生事物及外来文化的先锋，他们受传统文化的约束较少，而又能大胆地面对挑战，借鉴文艺的新形式以及百姓喜爱的外来文化的样式，创造出以《格萨尔》传统说唱内容、形式为依托的新的文艺形式，如舞台剧、相声、小品、对唱等，为《格萨尔》史诗的延续与发展及在民众中的传播开辟了新的天地。

继承传统形式说唱的艺人依然存在：年轻艺人斯塔多吉就是一个典型，由于他出生在著名说唱艺人扎巴的家乡边坝县，所以当人们发现他的时候，都叫他仲堪（艺人）扎巴，尽管他并没有见过扎巴老人。但是他的说唱形式与曲调却与传统的说唱，尤其是扎巴老人的说唱极其相似。所不同的是他可以自如地说唱，在开始说唱一部之前，脑子里首先浮现出那个地方的情景，然后就可以说唱，当需要停顿时，他也能够控制自己，即刻停下来。老一辈艺人如扎巴、桑珠等当他们进入说唱状态以后，很难打断他们的说唱，像桑珠在说唱时，如果有人中途打断他，有时他感觉不到依然说唱，即使让他停下来，他会非常不高兴，因为在他看来，说唱《格萨尔》是一件很神圣的事，当没有完成一个段落的说唱时，就停下来是对格萨尔的不恭。斯塔多吉的说唱吐字清晰，词汇丰富，带一点沙丁地方的方言，但大部分还是书面语。在继承传统的同时，他的说唱也有自己的特点，如他把每一部战争篇均分为上部和下部，他说：上部是征战部分，下部是取得胜利以后分财宝部分。他说唱的章部，分为上、下部的就多达 11 部：如《霍岭之战》《姜岭之战》《门岭之战》《大食财宗》《阿扎玛瑙宗》《察瓦箭宗》《汉地茶宗》《牡古骡宗》《卡契玉宗》《米努绸缎宗》《祝古兵器宗》。此外，他也有自己的独特说唱部，如《囊岭之战》和《斯布塔之王》。他介绍：在昌都一带有这样的说法，昌都人不喜欢说唱或听《霍岭之战》的上部，而那曲人不喜欢说唱或听《霍岭之战》的下部，那是因为，在上部，霍尔入侵岭国，杀了晁同的儿子和贾察，又抢走了珠牡，所以康巴人认为这是不祥之兆；而那曲一带是霍尔国的地方，在下部中岭国打败了霍尔国，为此那曲人不好意思说唱或聆听自己耻辱的事。斯塔多吉说，他没有听过《格萨尔》艺人的说唱，但是，在他的家乡热巴村，有一位老人会讲故事，他经常和小伙伴设法拿一些鼻烟送给老人，请他讲阿古登巴的故事以及岩鼠和老鼠等民间故事，至今他对这位老人还念念不忘。揭开斯塔多吉得到格萨尔故事之谜，还有待进一步调查研究，尽管他不承认自己曾接触《格萨尔》，但是，他的家乡边坝县确实有《格萨尔》流传，而他从小对藏族民间文学的爱好、兴趣，受到过民间文化的熏陶是他能够说唱《格萨尔》的一个重要因素之一。

在继承传统说唱形式方面，玉树的登巴坚赞及那曲的扎西多吉就是典型的例子。登巴坚赞 1973 年出生在离玉树结古镇不远的巴塘，自幼在家乡放牧，从小喜欢格萨尔，他说他从 12 岁时开始模仿着大人唱。他 12 岁做了一个有关格萨尔的梦，13 岁向当地的一位活佛学藏文字母，向哥哥学藏文拼读，后来试着读《格萨尔》的书，神授是 21 岁才开始的事。降的第一部故事是《梅岭之战》，当时，他发现村子里的人及周围的情况，自己可以从一张白纸上看到，上边呈现的是藏文，像屏幕一样一行一行地移动，当地噶举派寺院的当卡活佛对他说：你现在是《格萨尔》艺人了，不要玷污自己，好好保护自己，并且给予加持，从此他就开始在地方上为百姓说唱《格萨尔》。有时他看着一个本子唱《格萨尔》，别人以为是《格萨尔》的书，拿过去一看，上边什么也没有。我们在采访时也看到了同样的情况，他在"念"《格萨尔》时，非常认真，头从左至右地转动，眼睛似乎一行一行地看着说唱，有时说唱中还出现短暂的停顿，似乎他看不清上边的文字，在仔细地辨认后，接着说唱，有时还把本子拿近一些认真地看后接着说唱。本子或纸使他可以"看到"格萨尔故事的藏文形式，并依此说唱。拿纸说唱的形式笔者曾于1986年在西藏昌都江达县采访艺人扎巴森格时第一次发现，当时认为纸只是艺人说唱时的一个道具。然而不同的是，登巴坚赞并不只是把纸当成道具，他可以从纸上"看"到藏文，他说，他是属于"夏仲"（心中显现的故事）；此外，他还可以占卜，为百姓算命、预测一些事情。他说，他经常做梦，有时梦中出现的事情，第二天就发生了。

将说唱艺人与拉巴（巫师）融于一身的现象在那曲扎西多吉等艺人身上也同样存在，即说唱艺人又兼巫师的现象。已故那曲说唱艺人阿达尔就是这样一位兼艺人与巫师于一身的人，他在那曲有名望不仅因为他会说唱《格萨尔》，更因为他是一位拉巴（当地人叫他"巴窝钦波"即巫师），因可以用哈达给病人"吸病"而闻名。笔者1987年曾在离那曲镇不远的阿达尔的家中对他进行了采访，并亲眼看他用哈达为病人"治病"（见本书下编中《兼巫师与艺人于一身的阿达尔》）。年轻艺人扎西多吉出生在那曲县洛玛乡，从小放牧，自称是神授艺人的后代，他的舅舅扎拉是《格萨尔》说唱艺人，从8岁开始说唱。扎西多吉称12岁那年在山上放牧时做了一个梦，梦见千千万万骑马的人，其中一个骑白马的人向他走来问他：你认识不认识格萨尔？扎西多吉回答：认识，格萨尔是我的保护神。骑白马的人说：你是神的后代，并让他把很厚的一本书吞下去。据说他醒后的第7天，父母把他送到止贡喇嘛珠古其米多吉那里，请活佛开启智门，然后在寺院里开始说唱。扎西多吉在8岁时，听过舅舅的说唱，当时舅舅已经60岁了，所以他继承了家族的说唱传统。他是因为家乡受到严重的雪灾，家里的牲畜大部分死亡后，举家迁来那曲镇的，至今已经11年了，他一家老小的生活一方面靠他在那曲演唱厅说唱《格萨尔》，另一方面就靠他用哈达给百姓"治病"（吸病）得到的收入。可以看出他的经济状况较之其他艺人要优越许多。还有个别艺人可以给人算命、占卜等，如玉树州杂多县的洛桑次仁除说唱《格萨尔》以及各种赞词外，还会占卜算命；杂多县的另一位艺人土登晋美也可以看一个人的过去、未来，但是他们至今还没有真正给别人算过命。

随着我国现代化进程的推进，藏族地区社会逐渐的开放以及各民族文化的交流，年轻一代有了更多的机会接触新鲜事物及外来文化，有文化的一代新艺人达白、嘉央洛珠、单增智华等在成长，他们把相声、小品、戏剧、弹唱等新的形式引入到格萨尔的传播中，尤其体现在近几年果洛州州庆文艺会演以及春节晚会上，他们成为晚会编创及表演的主体，以《格萨尔》为主要内容的多种形式的演出节目深受群众喜爱，尤其是《格萨尔》相声这种新的形式，是他与嘉央洛珠合作首创，百姓非常喜爱，他们把这些节目包括《格萨尔》说唱、《格萨尔》赞词、《格萨尔》相声制作成光盘，在群众中传播。由他们创作的相声还获得了青海省藏语台相声比赛的一等奖。这些丰富多彩的演唱或演绎史诗的形式，及群众喜闻乐见的内容都为史诗《格萨尔》的传播注入了活力。

在以往的研究中，艺人的说唱形式是决定其归类的重要方面，而艺人类别的命名基本上是根据艺人的自称，如 20 世纪 80 年代笔者在对老一辈艺人调查的基础上，将民间艺人分为五类，即神授艺人；闻知艺人；掘藏艺人；吟诵艺人及圆光艺人。此次调查中发现，年轻艺人在继承老一代艺人说唱形式的同时，又有了新的发展。首先神授得到故事依然是艺人传承史诗的主要形式，除个别艺人外（如格日坚参属于掘藏艺人），其他几乎全部属于神授艺人，即幼年做梦，梦醒后得到上师、活佛开启智门后开始说唱。

果洛州的达白及嘉央洛珠称他们自己是属于则仲（rtsom-sgrung）一类，即编创故事的艺人。在他们编创过程中，其实依然有神授艺人的影子，因为在创作时仍然是靠灵感，他们创作的《格萨尔》相声、小品、歌舞剧等，其内容仍然是演绎格萨尔的故事，只是借用了新的形式。这是出现的新的艺人类别，在以往的调查中未曾发现。

此外，在这些神授艺人中，一些艺人对于自己得到故事的理解以及说唱方式还有新的说法。如夏仲的说法：玉树州的登巴坚赞、治多县的次仁索南均认为自己是属于夏仲（即从心中显现的故事）；登巴坚赞说："我是夏仲，是心中显现的仲（故事），心中显现以后再出现在纸上，我再从纸上看到文字，文字消失后再折射回心里。"次仁索南在说唱时是闭着眼睛说唱，他说："我一闭上眼睛，眼前就显现出格萨尔故事的情景，看着这些情景就说出来了，就像看电视一样，画面在动，根据画面来说唱。"他说自己属于巴仲（神授艺人），是属于 lta-ba-nyam-shar，即根据眼前显现的情景说唱。每个神授艺人都有这种功能，但是显现的方式不一样，有的显现在半空中，有的显现在水中，有的显现在手心中，有的虽然显现在眼前，但是唱不出来，需要写下来，等等。他认为仲堪（神授艺人）的秘密在于"意念"，无论用圆光、一张纸或一碗水等任何形式说唱，离开了人的意念，铜镜、白纸它本身不会说唱《格萨尔》。至于为什么采用不同的工具，他认为这是每个仲堪说唱时的一种习惯。

对于民间说唱艺人的分类，除笔者的分类外，目前学术界还有一些新的看法，如玉树的然江喇嘛认为：神授艺人都应归为掘藏类，因为他们都是从宇宙（空间）发掘格萨尔故事，其区别在于由宁玛派大师掘藏的经书或格萨尔故事，其《格萨尔》具有浓厚的宗教色彩；而普通掘藏艺人发掘的《格萨尔》，宗教色彩很少。玉树的文扎则认为：现在的艺人分类都是根据表面现象分类，只有神授艺人才算是真正的艺人，其余照本说唱的人就不能算艺人。对于艺人分类的研究，相信随着社会的发展、时间的推移，还会有新的情况出现，任何一种分类都只能是依据当时、当地调查资料总结、梳理的结果，不会是终极的或绝对正确的，在这方面笔者从来抱有开放的、海纳百川的心态。

依据传统，《格萨尔》存在着繁、简、略三种不同的说法。老艺人才让旺堆曾经说，说唱《格萨尔》有三种不同的说法，即对于每一个大宗都有详细说唱、一般说唱和略说之分。详说即是从头到尾把这一宗的故事内容全面详细的叙述；一般说唱是去掉一些情节和词汇的重复，讲故事的主要情节和脉络；而略说则是把开头、中间、结尾提出来做大概的叙述，他认为对于一个优秀艺人来说，每一大宗都能够自如地采取以上三种方式说唱，即繁、简、略三种方式，以长、中、短三种不同的篇幅说唱。在年轻艺人中，达哇扎巴也曾提到用繁、简、略三种不同的方式说唱。他在说到自己说唱的《霍岭之战》比伯父说唱的同一部简短时介绍：一般有三种说唱的方法：长的、短的和一般的，说唱前祈请神灵就决定说长的还是短的。如《祝古兵器宗》，如果要唱长的可以有200盘磁带。最长的部有《祝古兵器宗》《霍岭之战》《蒙古马宗》，《霍岭之战》最长可以达到250盘磁带，短的有3盘或4盘磁带，中等的约有50盘磁带。一般不说短的，说短的对自己生命有害（意为对格萨尔王的不恭敬）。

个别年轻艺人有两种说唱状态之分：玉树杂多的洛桑次仁说，我说唱时有两种状态：一种是寂静相（zhi ba），另一种是愤怒相（khro ba）。以寂静相说唱时，是睁着眼睛说唱，可以感觉到自己以及周围的人，边看外边的一切，心中可以显现，边说唱；以愤怒相说唱时，外界的一切都看不见了，甚至也感觉不到自己的存在，人家看我睁着眼睛，我自己感觉不到，这时说唱就不能自控。这种说唱时两种不同状态的分法，在过去的调查中并未发现。为此，年轻艺人中的这些特殊的说唱形式以及治多艺人次仁索南的关于说唱时靠意念的说法等，在老一辈艺人说唱形式的基础上有所发展、变化；而编创艺人的出现也丰富了原有的艺人分类，使我们对于《格萨尔》说唱传统有了更深的理解并又大大拓展了思路。

第二节　格萨尔传播转向城镇化

在旧社会，作为以《格萨尔》说唱为生活来源的艺人，没有社会地位，他们为了生存就必须以浪迹高原的形式，随着朝圣的人群、经商的驮队在途中、在神山圣地为人们演唱《格萨尔》，得到温饱。扎巴、桑珠、才让旺堆、玉珠、次旺俊美等就是典型的例子。他们的大半生都是在浪迹高原、以说唱《格萨尔》为生度过的。在旧社会，艺人社会地位低、生活没有保障，再加上牧区人烟稀少，居住分散，都是艺人流浪的重要原因。正是在这一乞讨流浪的生涯中，才历练出一批优秀的说唱艺人，他们边朝拜，边说唱，高原那气势雄浑的山山水水赋予了他们恢宏的气魄和坦荡的胸怀，在与各地艺人会面交流中，不断丰富和锤炼他们的说唱技艺，为此，大部分优秀说唱艺人都是以流浪说唱为生的。在这次调查中对于传统艺人的社会地位又有了新的发现，据那曲比如县艺人仁珠介绍说，他的太爷爷叫江热本姆达，老百姓叫他江热仲堪，他是由热振活佛认定并开启智门的。在比如县有名，当时他的家境很好，有很多土地，旧社会不用交税，不用支差。说明个别地区对格萨尔艺人的重视，使其具有较高的社会地位和优越的生活条件。但这仅仅是个案。

年轻艺人生活在新社会，他们本来有着稳定的生活来源（牧区已分产到户），但是由于种种原因，或由于天灾——雪灾使他们丧失了牧业生产的基本条件，而外出求生，色达县艺人土登由于自幼父母双亡，他又是个盲人，在困苦中，为了生存就以说唱《格萨尔》为生。这种事例很少，而更多的还是受到现代化城市生活的吸引，来到交通较便利的城镇，以说唱《格萨尔》或其他手段为生。西藏那曲地区是个特例，那曲文化局群艺馆率先在 20 世纪 80 年代中期办起了《格萨尔》演唱厅（sgrung khang），在固定的时间、地点，由固定的艺人说唱，观众花五角钱买一张票就可以听上大半天。在那曲群艺馆的提倡和示范下，这种《格萨尔》演唱厅的形式不断发展并商业化。现在，在那曲镇就有三个由私人创办并经营的《格萨尔》演唱厅，老板雇佣说唱艺人说唱，每天上、下午数小时，每月付给艺人300—800元不等的工资，观众来听《格萨尔》说唱，同时在演唱厅里消费，如喝茶、吃饭等。由于有了市场需求，年轻艺人陆续走向那曲镇，在演唱厅里找一份固定的工作，租一间房子，开始了在城镇的以说唱《格萨尔》为生的定居生活。

　　然而这微薄的工资渐渐不能满足艺人全家的生活开支，尤其是相对昂贵的房租是艺人们需要首先支付的费用，为此，说得相对更好一点的艺人，脱离演唱厅，又走向民间，在民众中说唱。近年录音机比较便宜，且受到百姓的欢迎，有的人就把艺人的说唱录下来，放在家里，可以反复听。艺人为群众录《格萨尔》说唱磁带，也可以得到相对优厚的报酬。有的艺人开始做一点生意，维持生活。如今在那曲镇定居的年轻艺人就有十多人，如班戈县的阿旺巴登、比如县的仁珠、安多县的纳木色以及那曲县的玛德、扎西多吉、多吉然巴、罗桑、曲桑、普布等，他们都是近十年左右迁徙来那曲的。这些艺人大部分在《格萨尔》演唱厅说唱，个别艺人在外说唱兼做一点生意，如扎西多吉由于有了一定的经济基础，他开始在那曲镇盖房子，准备长期定居。安多县的艺人纳木色搬到那曲镇有五六年了，一家4口，妻子和两个孩子的生活就靠他的说唱以及给别人看病（"吸病"）挣得的钱维持。最早来那曲的是次仁占堆，他是1987年就从申扎县来那曲定居的，他现在作为那曲群艺馆的正式工作人员，专门负责组织、管理说唱艺人工作；另一位那曲艺人巴嘎也在那曲定居，并在群艺馆工作。

　　那曲地区文化局、群艺馆历来对《格萨尔》史诗的抢救与传播极为重视，20世纪80年代，文化局下属的群艺馆就开始搜集有关《格萨尔》的资料，并发现了不少说唱艺人。1987年《格萨尔》演唱厅的建立，就是一个创举。当时在那曲群艺馆演唱厅里经常说唱《格萨尔》的只有次仁占堆一个艺人。现在群艺馆把《格萨尔》的工作推向了一个更持久、更细致的高度。他们重视《格萨尔》说唱艺人，每年夏天的赛马节上都要组织各地的艺人来那曲演唱，《格萨尔》演唱的大帐篷历来是吸引群众的地方。

　　为了更好地管理年轻人，2005年他们组织了对于艺人的考核和排名。当时报名参加考核的《格萨尔》说唱艺人大约有40人，由文化局、群艺馆领导及专家和说唱艺人（次仁占堆和巴嘎）组成了考核评审组，事先拟出若干考题，包括有关《格萨尔》史诗的历史、史诗的结构、各主要章部的内容、曲调等，由艺人们自己抽签选择答题，回答问题后，再演唱一段自己最独特的史诗片段，最后由评委打分，再排名次。最后选出的前十名作为那曲群艺馆认定的说唱艺人，参加每年举行的一些大型活动，并可以得到一些报酬，而这前十名艺人几乎都是已经在那曲镇定居的艺人，他们有在演唱厅里说唱的经验，再加上有更多的机会与其他艺人接触和交流，使他们成为更加成熟的艺人。可以说，那曲镇《格萨尔》演唱厅的建立吸引了《格萨尔》说唱艺人集中到这里，而越来越多的艺人的到来，使那曲镇成为了名副其实的格萨尔传播与交流中心。

目前，那曲镇，一个新的《格萨尔》传播中心已经形成，这里有为数不少的艺人居住，有他们说唱的场所——《格萨尔》演唱厅，更重要的是有一种氛围——《格萨尔》艺人得到尊重并有了施展才能的社会环境，相信《格萨尔》演唱厅这一新的形式会对《格萨尔》史诗的传播与发展产生不可低估的影响。

另外，以往传统的游牧生活，由于某些外在因素，如相关环境保护的政策的出台：三江源头自然环境保护区的建立，退牧还林等，使一些原处于游牧状态的牧民开始被安置到县城或主要的交通沿线附近，开始定居生活。这是一些年轻艺人开始来到城镇的原因；而另一个主要原因是在现代化进程中，年轻人被现代都市生活所吸引，他们虽然生活在传统文化之中，但却向往着现代化的生活，尤其是在牧区，以往人们的交通工具主要是马，而现在更多的年轻牧民接受了摩托车——现代化的交通工具，他们说，骑着它不需要喂它草料，只要带上一桶油就可以了，非常方便。我们在玉树州、那曲地区调查时，经常看到路上骑摩托车的年轻人，有时还有一些年纪大的人，更有一辆摩托车上前边带着儿子，后边驮着妻子，妻子手中还抱着婴儿的场景。摩托车在牧区的普遍被使用使人们的活动范围扩大，人们之间的联系更密切，信息传递更快捷。

玉树州杂多县的松扎就是一个例子。他是玉树州群艺馆的艺人达哇扎巴的表弟，比他小两岁，也是一个优秀的说唱艺人。他有着与达哇扎巴相似的童年和梦境，说唱的《格萨尔》部数甚至比表哥还多，曲调有30—40个，而且在说唱时的自控能力也很好，在家乡一带很有名气。他是二十一二岁时，从家乡搬到离杂多县约5里地的萨呼腾镇仲德萨钦村，他的家乡远离杂多县，在与那曲接壤的地方，从家乡到县城骑马要走三天。而现在的住地是通往结古的要道。松扎现在家里有电视机，他喜欢看各种节目，尤其是藏族音乐、弹唱等，除了说唱《格萨尔》外，他还会说藏族民间故事、各类赞词如酒赞、山水赞及鸟类故事等。问及他与他的表哥达哇扎巴两个人谁更好时？他不假思索地说：还是表哥好，他现在在结古镇。当了国家干部，拿工资，开着奥拓，而我还是牧民。看得出他十分羡慕他的表哥。

玉树治多县的艺人索南诺布得到县文化局的邀请，来到县城说唱《格萨尔》；次仁索南也是应县语委的邀请搬到县上常住；会说唱《水浒》的年轻艺人查瓦在近几年也逐渐在治多县城定居。杂多县艺人除松扎外，洛桑次仁八年前移居县城；果洛州艺人达白、嘉央洛珠等也是从玛多县和班玛县来到州府大武开始他们在城镇的定居生活。

从游牧到定居，从生活在闭塞的环境到逐渐开放的交通便利的城镇，艺人的生活环境以及生活方式都发生了巨大的变化，而他们的受众——百姓也在发生变化，他们在接触新鲜事物、承受外来文化冲击的同时，也在改变着自己的传统观念，这些变化都会给传统的史诗说唱形式以及传播带来影响，使其在逐渐适应新的环境之中找到自己的位置。这就是传统文化面临现代化时所必须做出的选择。这也是摆在我们学者面前的一个长期的课题，需要我们在不断的田野观察与追踪调研中，寻找其发展规律，在实践中不断总结并向有关部门提出研究对策，以便更有效地保护这一传统文化。

第三节　独特的时代及社会文化背景孕育了新一代艺人

一　格萨尔文化热是年轻艺人成长的特殊机缘

由于20世纪60年代中期，突如其来的一场政治风暴，对传统文化造成了前所未有的冲击。在青海省，史诗《格萨尔》被认为是宣扬封建的帝王将相的大毒草成为首先被打击的对象。与之相关的书籍遭到烧毁，说唱艺人被批斗，在相当长的一段时间里，《格萨尔》几乎销声匿迹。十年浩劫造成了一段文化空白。1978年开始拨乱反正，民族文化的抢救被提到议事日程上来，史诗《格萨尔》也是首先被提出来抢救的重要项目之一。首先，史诗《格萨尔》的价值以及在藏族传统文化中的地位，被越来越多的人所认识，随着说唱艺人社会地位的提高，使全社会对《格萨尔》有了一个共识，即《格萨尔》是藏族文化中的精品，需要我们保护与传承。这在历史上也是绝无仅有的，这是《格萨尔》得到传播与发展的决定性因素。

20 世纪 80 年代开展的对史诗《格萨尔》的大规模抢救与弘扬，造成了独特的文化现象——格萨尔热，在这一大背景、大气候之中成长的一代人，比他们的父辈有更多的机会来接触《格萨尔》，其中包括书籍、广播、电视、艺人说唱、报纸、各地《格萨尔》文化热的影响。

格萨尔藏戏的普遍传播、果洛格萨尔文化设施的建立、那曲格萨尔演唱厅的建立等，都在文化较为贫瘠的藏族牧区掀起了一股格萨尔的文化热。其中，首先是格萨尔藏戏的编创与传播。

"文化大革命"之后，为了弘扬《格萨尔》，满足人民群众对藏族传统文化的向往与热爱，四川甘孜州色达县的塔洛活佛（原色达县人大副主任）率先创办了格萨尔藏戏团。他创造了格萨尔藏戏这一新的形式，并作为导演，创编了格萨尔藏戏"赛马称王""霍岭之战"等剧目，为当地群众演出受到欢迎。色达格萨尔藏戏团异常活跃，他们不但在藏族牧区演出，还到一些汉族地区进行演出交流，尤其是近几年，他们应邀赴波兰参加民间艺术节，获得大奖；2007 年应邀到英国演出，为弘扬藏族文化，传播《格萨尔》作出了重要的贡献。

格萨尔藏戏表演是近年来出现的一种新的艺术形式。它在藏族传统藏戏的基础上，融合了民间说唱、歌舞等形式发展而成，受到藏族百姓特别是牧区人民的喜爱。在当今藏族社会中，格萨尔藏戏表演在丰富藏族人民精神文化生活方面发挥了重要作用。

由于果洛与色达地区接壤，且同属于安多方言区，历史上两地之间在宗教与文化上的密切联系，所以色达的格萨尔藏戏首先传到果洛。加之格萨尔被藏传佛教宁玛派认定是莲花生的化身而供奉，为此，在宁玛派流传广泛、寺院占据绝大多数的果洛地区，格萨尔藏戏得到了民众特别是宗教人士的推崇。最先由甘德县龙恩寺白玛丹波活佛派人去色达学习格萨尔藏戏，回来后在寺院内组织了藏戏团，排练格萨尔藏戏节目，在节庆假日为群众演出，深受群众喜爱。此后，格萨尔藏戏团犹如雨后春笋般在果洛州各地区相继建立；与此同时，格萨尔的文化设施在果洛各地建立，如甘德县白玛丹波建立的玛域格萨尔文化中心，以保存格萨尔的相关文物、演出格萨尔藏戏为主；达日县查朗寺丹碧尼玛活佛创建的颇具规模的格萨尔狮龙宫殿，以保存与格萨尔有关的历史宗教文学典籍为主；目前，在果洛地区由群众自发组织的格萨尔文化设施，达 7 处，其中除上述介绍的文化设施外，由州政府大力支持、土登达杰喇嘛筹建的格萨尔博物馆正在兴建，这一场馆将成为我国乃至世界弘扬格萨尔文化的中心。由果洛各地寺院僧人组建的格萨尔藏戏团共有 23 处之多，以格萨尔为主要内容的藏戏、艺术团体共 24 个。群众这种对于格萨尔的热情和钟爱是史无前例的，为此，在民众的社会生活及精神生活中，形成了以格萨尔文化为主要支撑的独特现象。在这种氛围中，培育了热爱格萨尔的一代年轻人，据当地的初步统计，目前，在果洛可以说唱 2 部以上格萨尔史诗的人达 38 人之多。

在四川甘孜州德格县的阿须乡，巴伽活佛在原有格萨尔拉康（神殿）的废墟上建起了格萨尔纪念堂，保存了大量在当地收集到的相关文物及书籍。此外，在藏区各地，格萨尔的巨大塑像被纷纷竖立起来，如果洛州大武镇的格萨尔文化广场及格萨尔雕像、甘肃甘南州玛曲县的格萨尔雕像、玉树州结古镇的格萨尔巨大雕像、甘孜州德格县阿须乡格萨尔雕像及甘孜州理塘县格萨尔的巨大雕像等。这些格萨尔的文化中心、文化设施、藏戏团在传播史诗格萨尔、丰富民众文化生活方面发挥了重要的作用，这是以往不可想象的繁荣景象。

那曲地区《格萨尔》演唱厅的建立至今已有近 20 年的历史。1987年，首先由那曲地区文化局群艺馆在人员来往频繁的那曲镇创办了《格萨尔》演唱厅，由刚被发现的小艺人次仁占堆（当时他 18 岁）说唱。后来其他艺人加入，尤其是在夏天的赛马节期间，集中那曲各县的说唱艺人在其中演唱。在其影响下，那曲镇已经发展成三个由私人经营的《格萨尔》演唱厅，一些年轻的说唱艺人受雇于私人老板，在固定的时间进行演唱，领取月薪。《格萨尔》演唱厅的建立为民间说唱艺人搭建了说唱《格萨尔》的新平台，使他们改变以往流浪说唱的生活方式，逐渐定居下来，成为拿工资的说唱艺人。群艺馆及演唱厅的存在、一年一度赛马节期间说唱艺人的集中演唱，在推进《格萨尔》史诗传播的同时，也极大地丰富了当地牧民的文化生活。《格萨尔》演唱厅的建立及领取固定工资的格萨尔说唱艺人的出现，是新近出现的新生事物，对于保护史诗《格萨尔》说唱传统是一个新的尝试。具有借鉴意义。

在 20 世纪 80 年代对《格萨尔》史诗的抢救与保护中，各地出版部门积极参与，出版了大量的《格萨尔》史诗出版物，尤其是西藏人民出版社、青海民族出版社、四川民族出版社、甘肃民族出版社以及北京民族出版社，出版了大量的藏文《格萨尔》，据统计，至今共出版藏文《格萨尔》125 部，印刷近 300 余万册，《格萨尔》汉译本 30 余部；同时，各地报纸、杂志刊登《格萨尔》史诗的片段，如青海日报社；广播电台安排出较长时段播放《格萨尔》艺人的说唱，如四川人民广播电台录制了《格萨尔》说唱艺人卓玛拉措、塔新和阿尼说唱的《霍岭之战》等史诗章部；甘肃甘南藏族自治州广播电台长期播放著名说唱艺人尕藏智华的说唱等；此外，《格萨尔》歌舞、电视剧、甚至《格萨尔》京剧（青海省京剧团演出）、小品、相声、弹唱等多种文艺形式的出台，在甘南州玛曲每年举办赛马节上千人弹唱《格萨尔》已成为当地人生活中的盛事，凡此种种，都成为格萨尔文化热的重要因素。

在《格萨尔》文化的热潮中，逐渐成长的年轻一代是最大的受益者。玉树治多艺人次仁索南就是一个典型的例子。他 1971 年出生在玉树治多县长江源头通天河南岸一个叫郭帝（rgo-vdul）沟的沟口治加村，这一带相传是格萨尔两岁时降伏黄羊魔的地方，郭是黄羊，帝是降伏的意思，其地名郭帝沟由此而得名。此后，格萨尔将黄羊皮做成帽子戴在头上，这是格萨尔童年的穿戴中最典型的象征——黄羊皮帽。在郭帝沟的沟口，有一个巨大的石头，叫乌鸦石，传说在格萨尔降伏黄羊时，是护法神变成一只乌鸦飞来帮助他，此后，乌鸦就降落此处。降伏了黄羊魔后，这里的黄羊非常多，成为黄羊的乐园。郭帝沟远离喧嚣的大城市，就是到青海省会西宁也要坐汽车走一千多公里的路程。然而 20 世纪 80 年代以后的格萨尔热也波及到这个牧业村。

在次仁索南六七岁时，村里有个叫秀才的牧户请来一位来自安多地区的《格萨尔》艺人——赤少闹永，在秀才家里说唱格萨尔，当时听的人很多，他跑来跑去没听进多少；到他七八岁时，村里有人开始诵读从《青海日报》藏文版上剪下来的格萨尔的片段，如《丹玛抢马》《乌鸦报讯》和《霍岭之战》的片段。那时他虽然只有七八岁，对于格萨尔的故事却能句句入耳，有似曾相识的感觉。从此，他对《格萨尔》产生了浓厚的感情，每当村里的大人们念诵《格萨尔》时，他总是全神贯注地听到最后，而且能够理解其中的意思，有时还产生了一种亲临其境的感觉。

在他 9 岁时，藏文版《霍岭之战》出版了，次仁索南的父亲得到了一本《霍岭之战》，于是，他经常在家里诵读。因为格萨尔故事是说唱出来的，所以在牧区，很少有人拿着本子在家里默默地看，而是念出来，遇到唱词部分要唱出来，牧区的文盲很多，能够识字的人很稀少，所以每当牧闲他父亲诵读《格萨尔》时，家里就会来很多人听，像听艺人说唱一样。只要诵读的人念得流利，嗓音好，且有感情，就会得到牧民的欢迎。次仁索南就是听父亲读完《霍岭之战》这一部的。每当听完一段以后，次仁索南总会学着大人的口气复述其中的片段。

后来，牧区开始流行录音机，因为人们可以通过录音来反复播放他们喜爱的拉伊（山歌）、折尕（民间艺人说的祝词）以及格萨尔故事。村里有一个叫亚桑才陪的牧民，他经常跟着安多来的艺人赤少闹永云游四方，也学会了说唱《格萨尔》，其中他说唱的《大食财宗》中的一段，其内容为岭部落将领出征前举行的阅兵仪式的部分，由村里人用录音机录了下来，反复播放，在村里十分流行，有不少人可以背下来，次仁索南就是其中的一个。

由此可见，在艺人稀少的牧区，人们通过报纸、书籍以及录音机等媒介，使格萨尔史诗广泛流传开来，由于《青海日报》、甘肃甘南州广播电台、四川人民广播电台等媒体的宣传推介，大量《格萨尔》书籍的出版以及录音机这个新鲜事物的出现，在较偏远的牧区都促成了《格萨尔》传播的热潮。

20世纪80年代，笔者在云南、甘肃夏河进行调查时，也看到了如此的现象。

当中国大地复苏之际，《格萨尔王传》又回到了人民中间，人们那喜悦之情是不可名状的。当甘肃省甘南州电台连续播出了尕藏智华说唱的史诗片段时，人们争相购买收音机，以便能够听到《格萨尔》说唱，为此，在短短的几天内，州、县各供销社中的收音机顿时脱销；四川人民广播电台把艺人卓玛拉措、阿尼和塔新请到成都，专门为他们的说唱录音，当他们的说唱在电台中连续播放时，云南迪庆州中甸大街上有线广播的大喇叭下站满了听众，许多人伫立街头，直到播完才离去。更有不少老人，在家中将收音机垄断起来，对准四川台的频率，不准子女再动，为的是届时收听免去寻找电台的麻烦。远离家乡流亡印度的藏胞，当听到四川台播放的《格萨尔》后，激起了无限的思乡之情。1982年两名在印藏胞写信给他们的老乡、四川省德格县副县长白马顿登说："我们在国外收听了四川人民广播电台播放的家乡风味很浓的《格萨尔》，并且我们还听出了是过去认识的德格更庆头人修良家的女子卓玛拉措在演唱，如今她这样的大头人女子都能上广播，说明共产党的政策确实好。"

二 20世纪80—90年代生产方式的改变与教育的缺失使年轻人有更多的机会接触《格萨尔》

20世纪90年代，藏族牧区取消人民公社，实行分产到户，牧民按家庭人口的数量分到了牲畜，牧区的牧业生产由原来的集体放牧形式，转变成牧民一家一户的个体放牧，且国家长期免征牧业税，牧民享受到了历史上最好的牧业政策。然而，一户牧民分到种类不同的牛、羊、马等牲畜后，又面临着新的问题，即牛、羊必须分群放牧，较之以前需要更多的人手，这一情况使得牧区许多适龄学生辍学在家放牧牛羊。在果洛牧区，牧民居住非常分散，其基本形式是以帐圈为单位，一个帐圈由几户牧民组成，居住相对接近，在冬天有比较固定的地点，然而到了春天和夏天，牧民要转场，即搬到春季草场或夏季草场去居住，夏季牧场一般都在较偏远的山上，为此，牧民的孩子上学极不方便。家长不愿意送孩子去学校除了以上原因外，还因为牧区的基层学校只学藏文，小学毕业后没有可以衔接的中学上。家长认为，上几年学，学到的东西与牧业没有什么关系，而长期学习，脱离了牧业劳动，回来又不会干活，不如就在家学点藏文拼音，可以看书、读报就行了。这样，一家老小还能团聚在一起过日子。为此，没有受到正规学校教育的牧民孩子越来越多。牧民孩子在现代化基础知识方面产生了空白。

但"格萨尔文化"的弘扬又给了他们很好的熏陶和教育，在果洛州格萨尔的书成为孩子们的扫盲课本。1992年，我到果洛州甘德县的一个牧业点（帐圈）去调查，发现在这个帐圈中的4户人家中，竟没有一个孩子上学。其中一户牧民家有7个孩子，都待在家中。大的孩子帮助大人放牧、做家务，小的孩子由大的孩子照看。然而，就在这样的牧民家中，却发现家家都存有《格萨尔》的书。有存2本的，有存四五本的。这些书显然是经常被人们翻看，书的封面、封底和书边已经变得发黑，有的书由于经常打开而合不上，像一朵花一样放在神龛上。原来老人们喜爱格萨尔，就买来《格萨尔》的书，他们是文盲看不懂，就叫小孩子念，孩子们开始学藏文拼音，或有一点藏文拼读基础，就开始念《格萨尔》的书，久而久之，他们就可以流利地诵读《格萨尔》的书了。每天放牧归来，一家老小围坐在灶坑旁，喝着茶，听着格萨尔的故事，就这样，《格萨尔》的书成了孩子们的扫盲课本。经调查，牧区的许多孩子都读过《格萨尔》的书。尤其是年轻一代说唱艺人中，受到格萨尔文化热影响的人不在少数。在藏区，年轻人因特殊原因没有受到正规化教育，和他们与生俱来的传统文化就更容易被接受，这也是文盲艺人较多的原因之一。

在调查的 26 位年轻艺人中，没有进过正规学校的占绝大多数，除目前正在读的边坝艺人斯塔多吉（西藏大学在读）以及玉树州治多县的拉布东周曾上了几年学外，其余艺人都没有进过学校，个别艺人曾在寺院学习藏文，而大部分艺人还处于文盲或半文盲状态。就是在这样特殊的环境中成长的一代人中，出现了为数不少的格萨尔说唱艺人。他们除了受到广播、报纸的影响外，格萨尔藏戏的广泛流传，格萨尔文化设施、中心的建立都为年轻人创造了一个浓郁的民族传统文化尤其是史诗《格萨尔》的氛围，使他们生活于其中，受到熏陶，从而成为延续民族传统文化的一代特殊人才。

三　社会的需求，传统文化的制约是年轻艺人产生的重要因素

作为以口耳相传为主要传播形式的《格萨尔》，其传播需要一个特定的文化空间和说唱环境，而独特的文化传统是制约文化发展走向的重要因素之一。

《格萨尔》的口头说唱形式决定了它必定具有的"表演"成分，首先指出这一点的是口头传统理论的奠基人洛德，他对于口头传统的重要贡献就在于"展示了口头文本的必然和独特的本质，即表演中的创作。他对史诗传统活力的分析，确立了史诗表演的一般模式"。①

这是洛德依据南斯拉夫口头传统总结出来的理论。他发现了口头传统中的两个根本的特性：一个是口头传统是在表演中进行的，另一个是口头版本是在表演中被不断创作的。这两个特性在史诗《格萨尔》的口头传统中也是存在的。因为史诗《格萨尔》不是被人们阅读的，而是由人们（尤其是众多的文盲艺人）以说说唱唱的形式代代相传。为此，艺人们说唱史诗时，需要有听众，需要有人聆听。桑珠艺人曾说：当听众很多而且都能很好地理解他的说唱时，他的情绪就异常高涨，在这种状态下说唱的史诗就很精彩，相反如果人比较少，或者听众不能很好地理解他的说唱

---

① ［美］阿尔伯特·贝茨·洛德：《故事的歌手》，尹虎彬译，中华书局 2004 年版，第18 页。

时，不能激发他的情绪，他的说唱就比较平淡。看来听众（观众）是史诗演唱环节中一个重要的因素，演唱《格萨尔》首先要有听众，其次听众的多少、理解说唱的程度也决定着艺人的每一次表演的质量。在一些地区艺人的说唱与听众的回应是互动的，在玉树就曾有艺人的说唱被听众打断的事例，当艺人江永群佩唱到幼小的格萨尔受到叔叔晁同的迫害，被驱除到玛域地区，经受苦难的不幸遭遇时，他自己悲痛不已，而听众则义愤填膺，一位听众拔刀奋起对他说："你告诉我晁同在哪里？我去捅他一刀！我会送你一大块砖茶做报答。"形成了一种群情激昂的氛围。此时，民间艺人的说唱就发挥得最好，最具风采。有的地区的听众在艺人说唱的中间会随声附和，如说到某一位神祇时，听众会附和艺人一起念诵六字真言。说唱艺人与听众间感情的互相交流和感染，往往帮助艺人在故事情节的铺排、人物的塑造乃至曲调等方面作出最佳的处理与选择。

由于有说唱者有听众，把史诗说唱看成是一种表演也是无可非议的。但是，这又与真正的表演存在内涵上的差别，表演是一种娱乐活动，主要是表演给别人看，其功能主要是娱人的，而《格萨尔》艺人的说唱与严格的表演还有区别，艺人认为说唱不是娱乐，而是一件神圣的事情，是在颂扬格萨尔王的丰功伟绩，是神赐予他们的一个神圣的使命，为此说唱的内容不能人为地进行改变。说唱时首先要毕恭毕敬地祈请神的护佑，然后才能开始说唱。《格萨尔》史诗的神圣性决定了它与表演的不同。当然，艺人的每一次说唱都有其即兴发挥的成分，也可以称之为再创作。即使是同一位艺人说唱同一个片段，由于时间、地点的不同，都会出现差别。就连艺人会说唱的各部目录，他们在不同的时间，也会给出不同的答案。桑珠老人就是典型的一位。他对于《格萨尔》有自己独特的安排，他将史诗分为18大宗、18中宗和18小宗，总共可以说唱83部之多。他的口述版本正在被陆续出版，尽管如此，每当笔者采访他，由于事隔几年，他报出的会说唱的目录也有出入（有时是顺序上的不同，有时是个别部的缺失或替换）。由于这一差别，艺人在表演中的创作被认为是即时性的、客观的，而不是主观意愿所至，是由于口头史诗在被无数次的演绎中，产生的差别，也是民间文学的变异性使然。

千百年来，《格萨尔》史诗在民间的广泛传播，使社会的百姓、史诗的受众形成了一种文化上的需求，即聆听《格萨尔》。以往有众多的艺人在说唱，这其中除神授艺人外还有为数不少的照本说唱的丹仲（吟诵艺人），他们作为社会的一个角色，为史诗的传播、传统文化的延续以及丰富群众的文化生活发挥着重要的作用。史诗格萨尔的说唱已经成为藏族牧区人们生活的一个重要的组成部分，是人们放牧归来，茶余饭后必不可少的一道精神食粮。正如洛德所说："史诗不仅是一种载体，也是一种生活方式。"① 因为，格萨尔在人们的心目中，不仅是一位民族英雄，更是与他们生活休戚相关的神，通过吟诵《格萨尔》，一方面人们在史诗故事的陪伴下度过漫漫长夜；另一方面也蕴含着人们对美好生活的向往，对祈福、招财、驱邪、护佑平安达成的种种期待。对于藏族牧民来说，史诗《格萨尔》是传统文化的载体，是他们祖祖辈辈延续的一种生活方式，更是他们民间信仰的真实体现。在采访中，当问到格萨尔在你们的心目中是英雄还是神时，得到的回答都是十分肯定的，如有的说"格萨尔是天神派来的大官，是英雄。听格萨尔的旨意，叫干什么就干什么，不会很差的。（指自己的未来）"（那曲艺人玛德）。应该说，史诗《格萨尔》的神化与宗教化，是生活在全民信仰佛教氛围中的年轻艺人不断涌现的重要因素之一。

为此，史诗《格萨尔》被认为是牧区文化的精髓是极其恰当的。在那些尚未受到外来文化冲击、传统文化仍在延续的边远牧区，群众对格萨尔的喜爱、文化生活的需求，是年轻艺人产生与成长的社会土壤。

第四节　格萨尔口头传统发展的新趋势

一方面，年轻一代艺人出生在藏族牧区，成长在藏族传统文化的摇篮，《格萨尔》的广泛流传及其文化氛围无疑会对他们产生重要影响，这包括从史诗故事内容的接受和《格萨尔》传承形式的借鉴或模仿；另一方面，他们成长在改革开放的新的历史时期，外来文化、新鲜事物又对他们具有极大的诱惑，使这些年轻人在背负着祖辈赋予的传统文化的同时又在期望走向新时期的多元文化，在他们身上体现了历史与现实的重叠，展现了传统文化与现代文明的契合。正因为如此，《格萨尔》口头传统也发生了新的变化。

---

① ［美］阿尔伯特·贝茨·洛德：《故事的歌手》，尹虎彬译，中华书局 2004 年版，第 35 页。

　　几乎所有的说唱艺人都出生在偏远的牧区，他们生活成长在史诗《格萨尔》广泛流传的地区，其中 1/3 的艺人出生在有说唱传统的家庭，他们的父辈或祖辈曾经是《格萨尔》说唱艺人，这一背景对他们成为说唱艺人至关重要；而其他艺人大都听过《格萨尔》说唱，其中有的是听艺人说唱，有的是听别人照本说唱，或是自己懂文字之后看《格萨尔》的本子；而《格萨尔》的其他文艺形式如藏戏、歌舞、电视剧、广播中的艺人说唱及报刊转载等多种形式，使格萨尔文化在牧区文化中成为一个热点并占据主要的位置，在这样一个"格萨尔文化"背景中，年轻艺人很好地继承了本民族、本地区的传统说唱形式，这是大部分艺人依然以"神授"的形式延续史诗说唱的主要原因。

　　在新的历史时期，《格萨尔》口头传统也发生了变化，新一代艺人在继承传统说唱形式的基础上，又有创新。他们的出现使我们看到，在原有调查（20 世纪 80 年代）基础上对于艺人的分类，是基于当时对艺人调查的资料，具有局限性。首先，新艺人的出现，丰富了我们对于艺人分类的思考与格局。果洛州的达白及嘉央洛珠就是以一种全新的形式在演绎史诗《格萨尔》。他们称自己是属于则仲（rtsom-sgrung）一类，即编创故事的艺人。虽然他们也认为自己属于神授的范畴，但他们调动大脑中的灵感，用笔写出的史诗与以往传统的文盲神授艺人的说唱从形式到内容仍然存在着差别。他们编撰的史诗格萨尔歌舞剧、相声、小品，在群众中倍受欢迎，不但丰富了群众的文化生活，还拓展了《格萨尔》的表现形式。两位玉树艺人查瓦和土登晋美除说唱《格萨尔》外，还能说唱汉族小说《水浒》。玉树的次仁索南也很典型，他除说唱史诗《格萨尔》外，还根据当地广泛流传的有关格萨尔妃子珠牡家族嘉洛的传说，演绎出一些新的章节，如《嘉洛婚典》，此外，在说唱内容上他有许多创新，如能够说唱一些体现藏民族环保意识的篇章、体现藏民族进化发展的口述历史《创世纪》以及一些历史名人的故事。新一代艺人的出现使口头传统正在从传统的说唱走向丰富多彩的多种现代表现形式，即从传统的说唱方式向更加形式多样化、文化多元化的方向发展，为《格萨尔》的口头传统注入了活力，使其更具有生命力。

　　文化的产生、生存、传播与发展，不是孤立的、与世隔绝的，它无时无刻不在与其他文化发生联系、相互影响，只是这种联系与影响的程度在不同的历史时期，不同的环境中有所不同而已。藏族牧区社会的开放、打破原有的闭塞，使人们有更多的机会接触外来文化，而历史上藏族文化又是一个开放的、既保持本土传统文化，又广泛吸收外来文化的融合体，有着接受他民族文化精华的传统。在 20 世纪 80—90 年代，在拨乱反正后，中国的经济、文化呈现了前所未有的蓬勃发展态势，为此，各民族文化的发展与交流及相互影响也是历史的必然。这是导致《格萨尔》说唱形式与内容多样化与多元化的时代背景。

以《格萨尔》为内容的多种艺术形式的出现，《格萨尔》演唱厅的建立、对于民间艺人新的管理体制的出现，各地"格萨尔文化"设施的建立，以及由全国《格萨（斯）尔》工作领导小组办公室及中国社会科学院民族文学所与青海果洛州、四川甘孜州德格县、甘肃甘南州玛曲县共同建立的果洛、德格、玛曲《格萨尔》口头传统保护与研究基地等，都为《格萨尔》的广泛传播创造了无限广阔的空间和良好氛围。

史诗作为人民群众的集体创作，起源于各民族形成的童年时代，反映着人类远古时期的生活，是人类"由野蛮时代带入文明时代的主要遗产"①。史诗作为一个历史范畴，产生在人类野蛮时代的高级阶段，它的产生和发展必然会受到一定的物质生产方式的制约，而随着时代的发展，它也必然走向衰亡，即民间口头传承的消失。

举世闻名的史诗《伊利亚特》《罗摩衍那》等著作，均有着自身产生、传播、发展以至成为定本的规律。它们都经过了漫长的在民间口头传播时期，后来逐渐被文人记录下来书面化，最后，其口头形式被书面形式所替代。

一种古老的文化传统是在特定的文化背景中形成，又在千百年的历史进程中不断被吐故纳新、繁衍发展，她既需要面对传统，又需要面向未来。在继承传统的同时，又要受到现实的制约与选择，所以任何一种传统都不是一成不变的，事实上许多传统文化随着时代前进的步伐相继退出历史舞台。正如著名史诗《伊利亚特》《罗摩衍那》的口头传统早已被书面传播所替代一样，史诗格萨尔的说唱传统也不例外，它正在经历着从口耳相传的传承方式逐渐向史诗书面化的过渡阶段。由于宗教人士主要是宁玛派僧人的推崇，使这一民间史诗《格萨尔》逐渐宗教化，格萨尔王在牧民的心目中既是英雄又是神灵，这对于全民信仰宗教（藏传佛教）的民

---

① ［德］恩格斯：《家庭：私有制和国家的起源》，载《马克思恩格斯选集》第 4 卷，人民出版社 1975 年版，第 22 页。

族来说，格萨尔更具有了至高无上的地位，得到人们的崇敬和喜爱，这也是《格萨尔》仍然在当代社会传播的一个重要的因素。

在中国，我们看到近20多年来，《格萨尔》的口头传播逐渐萎缩的事实，老一代艺人的数字呈锐减的状态，20世纪80年代采访的能够说唱十部以上的艺人约26人，而如今，大部分艺人已经辞世，仅存的几位艺人多为年老多病，已经不能说唱。代之而起的是大量的《格萨尔》印刷本的问世，随着人们受教育程度的提高，使史诗《格萨尔》的书面传播呈上升趋势。而以《格萨尔》为内容的其他艺术形式的出现，如格萨尔藏戏、歌舞、电视剧、相声、小品等，极大地丰富了格萨尔传播的途径和渠道。

新一代艺人的出现是特定时代产生的必然结果，其原因与20世纪80年代国家开展的对《格萨尔》的大规模抢救、当年对于史诗的弘扬，大批铅印本的出版，广播、电视的推动等有着直接的关系。艺人出现的特定地区与该地区的封闭和欠发达有关。今后，这种成批艺人的出现可能性不大。其原因是除了依据世界著名史诗的发展规律——史诗的口头形式终将被书面所替代外，从我国近20年来的史诗发展现状看，传统文化面临着严重的挑战。这些挑战来自以下几个方面：如生活环境的改变，即传统的游牧生活方式转为定居或半定居状态，史诗所依附的牧区文化特别是游牧文化在逐渐消失；外来文化的冲击、生活节奏的加快，对史诗传统的延续均产生影响；标准化教育在年轻人中逐渐普及，使他们对传统文化的兴趣逐渐淡漠；旅游业在高原的兴起，也将打破这一沉寂的高原；凡此种种均构成了对于史诗《格萨尔》说唱传统的威胁。

但是，史诗《格萨尔》的价值在于它承载了藏民族的民族精神，而民族精神是一个民族赖以生存和发展的精神支撑，是一个民族特有的精神风貌，它是民族文化、民族智慧、民族心理和民族情感的客观反映，是一个民族价值取向、共同理想、思维方式和文化规范的集中体现，从本质上说，民族精神集中了民族文化的精华，是该民族文明程度的标志。民族精神还是维系民族的纽带，是民族发展的动力，是一个民族自立于世界之林的支柱。人类社会发展的历史证明，没有强大的物质力量，一个民族不可能自尊、自立、自强，没有强大的精神力量，同样这个民族也不可能自尊、自立、自强。在《格萨尔》口头传统逐渐削弱的今天，虽然艺人说唱逐年减少，但以格萨尔为内容的其他样式的出现与替代，说明史诗作为藏民族精神的寄托与载体，仍会延续下去。

下　编

艺人传与寻访散记

雪域青松：记著名说唱家扎巴

藏历第十五绕迥火马年（me rta lo），公元 1906 年，扎巴出生在西藏昌都地区边坝宗的一个贫苦农奴家中。父辈的苦难同样地落在了这个农奴后代的身上。为了还清父母留下的债务，他整整当了三年佣人。

生活是清苦的，就像农奴吃的稀得可以照见人的吐巴（糌粑糊）。然而生活却也有其光彩的一面。人们在完成了一天的如牛似马的劳作之后，便将一切劳累和人间烦恼抛于脑后，开始倾听他们喜爱的《格萨尔》说唱。这时，英勇仗义的格萨尔大王便会给他们带来人世间所得不到的一切：格萨尔王降伏了四大妖魔；开始征战四方，并从各地取回牛、羊、青稞、茶、珠宝和绸缎等财物。格萨尔王使人们过上富足而安定的生活。

人们从《格萨尔》中得到鼓舞，坚信邪恶的势力迟早会被打败。光明的前途就在眼前。人们听了格萨尔的故事，好比吃上了一坨酥油糌粑团，香在嘴里，甜在心头。生活的天平总是在平衡与不平衡间徘徊，对于像扎巴这样的穷苦人来说，《格萨尔》正是保持这种平衡的至关重要的砝码。

扎巴的家乡位于昌都的西北方，其所在的边坝（古时又称达隆宗）曾是上至拉萨、下至打箭炉（康定）的一个重要通道。这里的人们把进藏之路分为北路、南路、中路，边坝就在最主要的中路。古时往返于此的商人居多，也有朝佛者，不少是从阿坝、甘孜等地前往拉萨的。边坝正好是中路的中点，也是商人、朝佛者歇息的地方。从这里西行，经嘉黎即可抵达拉萨。当然，那时的路只是牦牛和马走出来的，崎岖蜿蜒，极为难行。从昌都经边坝到拉萨要用 37 天的时间。好在这条路上每公里便有一块石头做路标，为人们指明方向。

《格萨尔》说唱艺人经常与商人、朝佛者结伴而行，去高原各地朝圣，途中便以说唱为生。为此，往来的艺人也常在这里歇脚，住上十天半月，为当地人说唱。所以，这里《格萨尔》的流传极为普遍，几乎家喻户晓，妇孺皆知。而著名的"丹达山路径奇险，上有雪城，山神屡著灵异，奏列祀典"（见《西藏图考》），构成了一种极为神秘的氛围。扎巴就在这样的环境中长大了。

在他 8 岁时，发生了一个决定他一生命运的大事。一天，小扎巴丢失了，一连七天过去了，父母仍不见他的踪影。已经绝望的父母决定请喇嘛念经，为他超度。然而，这时却意外地发现他在离家不远的一块大石头后面昏睡。找到他时，他浑身是土，不断地打着哈欠，并不知道家人为了找他已经七天不得安宁了。其实，扎巴感觉只是做了一场梦，他梦见格萨尔手下的大将丹玛把他的肚子打开，把五脏六腑掏出来，装进了史诗的书。扎巴被领回家后，嘴里开始不停地说着莫名其妙的话语。村子里的老人说，这孩子的魂被魔鬼带走了，所以他疯了。又有的人说，这孩子嘴里说的好像是格萨尔的故事。又过了三天仍不见好转，不知所措的父亲只好领着扎巴到附近的边坝寺去，请边坝仁波切明鉴。

据说，这位活佛当天已经预感到要有人上门，便事先吩咐徒弟们：今天寺庙大门要敞开，无论何人都要请进来。当活佛见到了痴呆的小扎巴，听了他父亲的叙述后，便不慌不忙地对他父亲说：你放心地回去吧，这孩子没事，让他留在这里住几天。

当地人传说，这位活佛是格萨尔王手下大将丹玛的转世，对于格萨尔当然是极为熟悉和无比敬仰的。所以当他听到扎巴嘴中断断续续说着的格萨尔故事，看到扎巴痴痴的样子。便决定给他开启智门。

活佛吩咐下人在一口大铜锅里装上水和牛奶，把扎巴放进去沐浴，过后，用氆氇把他裹起来，捆在屋里的柱子上。活佛不让任何人入内，自己在一边念经，而扎巴的嘴里仍在不停地说着呓语。三天后，活佛再次给扎巴沐浴，念经做法，开启智门。慢慢地，扎巴真的好起来了。他清醒了过来，能够控制自己的说唱了。

扎巴回到家中不久，一位从五台山朝佛归来的藏族喇嘛经过边坝，来到扎巴家中。扎巴的妈妈讲述了扎巴的经历。喇嘛听罢高兴地说这是个好孩子，你要好好地养育他，不要让他遭到脏东西和晦气的沾染，让他永远干干净净，你的儿子会比一座金房子还要宝贵呀！

从五台山归来的喇嘛的话没有说错。从寺院回到家中的扎巴和以前判若两人。他一张嘴，格萨尔的故事就从嘴中唱了出来，不用思考，不用准备。好像事先学过似的。他试着唱给家人听，唱给村子里的人听，得到了大家的承认。从此。扎巴开始了说唱《格萨尔》的生涯。此后无论是在家乡，还是他游吟乞讨、客居异地的岁月里，《格萨尔》一直陪伴着他，他再也离不开说唱《格萨尔》了。

扎巴终于成为一位远近驰名的艺人。他从边坝走向圣地拉萨，走在高原的神山、圣湖旁，边朝拜，边说唱。高原那气势雄浑的山山水水赋予了他恢宏的气魄和坦荡的胸怀，在集各地的说唱精华之后，他的说唱日臻完善。他的说唱不仅风格独特，而且篇幅很长，他可以完整地说唱 34 部。从格萨尔诞生直到他捣毁地狱完成人间使命重返天国，除了最后一部《地狱篇》他没有说唱过，其余各部都完整地说唱过。因为按规矩《地狱篇》是不能随便说唱的，说完这一部就意味着这位艺人即将离开人世，所以扎巴认为这一部应该留在人生的最后旅途中再说唱。

能够完整地说唱《格萨尔》的艺人在高原十分罕见。而扎巴是其中说唱最为完整，也是最有特色的艺人之一。一位年届八旬、目不识丁的老人，完全凭借记忆，竟能够说唱规模宏大、篇幅浩繁、人物众多、情节复杂的史诗，实在是一个奇迹。可惜的是这位"比一座金房子还要宝贵"的著名说唱家的价值，一直到近十年才逐渐被人们认识。

当西藏大学的几位热心的教师找到扎巴时，他已是年过古稀的老人了。然而，扎巴作为一个退休工人，凭着他热爱祖国、民族和人民的基本觉悟，凭着他对格萨尔执着的崇拜和敬仰，不顾自己在 20 世纪 60 年代所蒙受的责难，不顾自己当时被迫立下的"永生不再说唱《格萨尔》"的承诺，在中止了十余年的说唱之后，义无反顾地重新开始了他的说唱生涯。

为了使他能在晚年专心地说唱，让这份宝贵的人类文化遗产尽可能完整地传世，在西藏自治区有关部门批准后，西藏大学把老人接到拉萨，同时亦将其全家共八人一并安置在拉萨，或就业，或读书。使他得以在一个舒适的环境中，潜心于史诗的说唱录音工作。

一个旧时代的乞讨者，如今不仅安居拉萨，而且成为与昔日的贵族们平起平坐的西藏自治区政治协商会议的成员。老人从内心感谢国家给予他的荣誉和地位。1984 年，在为他 79 岁寿辰举行的祝寿会上，他激动地说："在旧社会我是个穷要饭的，今天当了国家的主人。过去没吃过的，现在吃上了；过去没穿过的，现在穿上了；过去没住过的，现在住上了。

我要更加努力地说唱，报答这份恩情。"此后，他曾不止一次地对女儿白玛说："我已经80岁了，照我的寿数，阳寿已尽，并且已经又过了4年，我要抓紧时间，多说唱一些。"扎巴老人这么说了，也这样做了。他不顾多病的身体，每日争分夺秒地说唱录音，甚至在生病住院期间也没有停止说唱。在短短的几年中共说唱了25部之多。这是老人呕心沥血的结晶。由于"文化大革命"前后十余年的耽搁，老人已被迫多年不操此业。如今要一部一部唱出来，对于这位上了年纪，且患有多种疾病的老人来说，实非易事。尽管老人一直说，他的说唱是做梦时神授给他的，但多年不唱毕竟生疏了。为了说好每一部、每个情节、每个人物，他茶思饭想，以至于在梦呓中也说的是《格萨尔》。白玛经常听到父亲在睡梦中时而说唱，时而在与人对话，有时一声"啦嗦"过后，又唱了起来。可见说唱史诗已成为老人生活中一个最重要的组成部分，史诗与他已融为一体，难解难分。扎巴老人认为自己是格萨尔大王的神狗拉达江桂的转世，又与格萨尔的坐骑曾经误伤的一只青蛙有着某种因缘关系，因为格萨尔曾祈祷，愿这只青蛙转世成为一个说唱艺人。为此，他将弘扬格萨尔的英雄业绩当做义不容辞的责任，这也是老人忘我工作的一个重要的心理因素。

1986年5月，北京召开了全国格萨尔工作表彰会。老人从北京领奖后，一回到拉萨，即投入了紧张的说唱。他身边的工作人员根据择优、择缺的原则，首先抢救老人独特的说唱部。在他报的目录中，《巴嘎拉国王》之部是其他艺人不会说唱的。而在搜集到的抄本与刻本中也没有，所以决定抢先录这一部。

扎巴老人似乎也预感到什么。有一次他对白玛说："我说唱了一辈子《格萨尔》，我死时，有可能是得病躺在垫子上离开人世，但格萨尔大王也许会给我一个好的姿势。我的头骨上有一个格萨尔大王的马蹄印，天葬时，你们就会看到，到那时不要忘记把它保存下来。我右手的无名指是我敬神用的指头（藏族传统用右手无名指蘸酒向天弹洒三次以敬神），也要保存下来。"

没想到，扎巴老人的预言不久便应验了。1986年11月3日，这天是星期一，女儿白玛照例陪着老人步行到西藏大学医务所去检查身体。老人双腿肿胀，感到有些不适，医生检查血压偏高，建议住院治疗，老人不肯。当工作人员要用车送他回家时，也被他谢绝了。

回到家后，稍事歇息，又开始了说唱。这独具特色的《巴嘎拉国王》

之部，已经录了 68 盘磁带，马上就要收尾了。可是老人太累了，不得不停了下来。工作人员见他盘腿坐在洒满阳光的卡垫上闭目养神，便悄悄地离开了他的房间。没想到，扎巴老人就坐在他每天说唱的地方静静地离开了人世。

杰出的民间艺术家扎巴虽然走了，但他那圆润洪亮的声音仍然在高原上回荡，高原处处都留下他的足迹。从他不堪忍受沉重的差役和赋税离开家乡，走向高原各地，最后在林芝定居，这期间，他曾到过山南、日喀则、阿里等地，圣地拉萨更是他常来的地方。他在大昭寺、哲蚌寺、昌珠寺、萨迦寺朝拜，在冈底斯山脚下，在玛旁雍错、那姆湖畔流连忘返。如果说是神佛给了他说唱的灵感，那么格萨尔王则赋予了他坚定的信念。勤劳智慧的百万藏族人民世代生息的高原雪域，是哺育他成为艺术家的摇篮。扎巴凭借着双脚，把史诗送到了高原上的一个个村庄和牧场。在他浪迹游吟的一生中，尝遍了人世间的酸甜苦辣。雄伟壮丽的圣山神湖赋予他说唱《格萨尔》豪迈而雄浑的气势，大自然和人为的磨难又使他无比坚强和富有同情心。他对格萨尔（觉如）幼年时的困苦寄予了无限的同情，低沉哀婉的曲调诉说的仿佛不是觉如，而是自己苦难的童年；对压迫人民、为富不仁、刁顽奸诈者的愤懑，则集中表现在说唱岭国的敌人、妖魔、晁同等反面形象时所采用的鄙夷的语气、尖刻的语言和富于讽刺意味的曲调；对于格萨尔征战中的挫折，表示由衷的惋惜，而对于大王一次次的胜利，则表现出无比的喜悦之情。每当这种时刻，他总是尽可能调动一切艺术手段，从神态、语言和曲调上予以充分的表现。这时的古稀老人简直变成了一个过节时的孩子。此时，备受感染的听众也会暂时忘却一切烦恼和疲劳，与扎巴一起分享格萨尔王——这位理想王国贤明君主的胜利的喜悦。就这样，扎巴把他从这片土地上汲取的、从人民那里得到的一切，经过自己的艺术创造后一次又一次地还给了高原上的人们。

扎巴的前半生有一个和谐的家庭。在昌都家乡时，一对贫苦农奴的姐妹跟了他，从此，他们便生活在一起。她们为他共生了七个孩子。然而在流浪中，三个孩子先后因冻饿而死。不久，女儿白玛的妈妈也在扎巴在拉萨那姆杰扎仓逗留说唱时去世了。在十年动乱中，白玛的姨和两个哥哥先后离他们而去。扎巴的晚年是在林芝道班退休后，与仅剩下的两个女儿共同度过的。女儿、女婿十分孝敬老人。1979 年扎巴被接到拉萨时，他的家人也一起来到了拉萨。

扎巴的晚年应该说是幸福的，在国家的关怀照顾下，在同志们与亲人的温暖中，他那奔波操劳了一生的身心得到了极大的抚慰。正如他所说，现在只有一个心思，就是尽快将自己肚子里的《格萨尔》全部说唱出来。

录音工作是紧张的，然而严重的关节炎和心脏病不断地缠绕着他，他忍受着，坚持着。为了将这一史诗准确、完整地保留下来，在录音的同时，他耐心地解答工作人员在整理、记录时提出的各种疑难问题，进行认真的校对和修改，直到他认为满意为止。这对于一位八十岁的老人来说需要付出多少心血啊！

扎巴是一位人们公认的最优秀的说唱艺人，但是他从不为此骄傲。西藏年轻的女艺人玉梅是一个藏北姑娘，当她来到拉萨以后，扎巴老人多次听过她的说唱。他把玉梅当做自己的晚辈，倍加关怀、爱护和鼓励。他总是诚恳地对待周围的同志，使身边的人感到来自一位慈祥长者的温暖。对于我这个《格萨尔》的研究者，他更是给予了太多的关心和帮助。我多次向他提问请教，他总是耐心地解释作答。这位藏族长者对我的厚爱使我终生难忘。

扎巴老人去世后，白玛把一个洛廓（铜制吉祥物，上面铸有 12 个属相）交给我，并对我说："阿爸从北京回到拉萨后一直提到你，他最喜欢的汉族同志就是你。为此，他买了两个洛廓，一个给了我，另一个是准备送给你的。当时，他把这个洛廓放在手中，两手抚摸着它说，这个送给杨啦（指笔者），让她带在身边，无论走到哪里都保佑她平安无事。"

我双手托着这个扎巴老人曾经抚摸过的洛廓，百感交集，与老人在北京相处的情景又一幕幕浮现在眼前。1986 年 5 月，老人到北京后，悄悄地向我诉说了他的三个心愿：一是去最好的医院看眼病，二是到雍和宫去朝佛，第三是去动物园看老虎。我欣然带老人一一前往。老人笃信神灵，去朝佛我能够理解，可去动物园，我却只当是陪老人玩玩而已。当我们来到动物园后，老人才对我讲出了他要看老虎的原委。他对我说："格萨尔王是属虎的，我唱了一辈子《格萨尔》，却没有见过一次真老虎。我们藏族还有一种传统说法，如果一个人能同时看到三只活老虎，那么什么坎坷都挡不住他。"我恍然大悟，可敬的老人情之所系，唯格萨尔莫属啊！他是希望自己能战胜病魔，把格萨尔大王的故事说完。当我们走到狮虎山旁，真是老天作美，三只斑斓的猛虎正在虎山下踱步。老人显得格外激动，他的心愿得到了满足，我们互相对视会心地笑了。下了虎山老人竟高兴地唱起了格萨尔的雄狮六变曲。看着老人开心的样子，我在心中默默地祈祷上苍，祝愿老人健康长寿。

白玛领我到扎巴老人的灵堂，这是我有生以来第一次进入藏族人的灵堂，也是一位汉族妇女得到的最高礼遇。灵堂位于扎巴老人居室的最里间。窗子高且小，原来可能是用来储物的地方。现在被布置得庄严肃穆。正北面的墙前一排藏式柜上佛龛林立，酥油灯成行，这是老人生前敬佛的地方，想必他每天早晚都会到这里来添油礼拜。西墙与北墙连接处的墙壁上搭出一个小台子，其上敬放着扎巴老人留在人世的唯一遗骨——头盖骨，里边盛满青稞酒，上边盖着一个花纹精细的银盖。这是白玛用 8 个银圆请银匠打制成的。头骨顶向外，扎巴老人生前曾经讲起过的格萨尔的马蹄印清晰可见：在头骨的顶部，有一个直径约为 5 厘米的、由凹进去的短小的深色骨缝组成的椭圆形的半圆。形状酷似马蹄印。而扎巴老人要求女儿保存的他那敬神的一个无名指，由于天葬时人们的疏忽，已经被苍鹰带上了蓝天。

西墙上挂着一个镜框，那上边保留着一张扎巴老人与我合影留念的照片，它将永远挂在那里陪伴着扎巴老人的英灵。我情不自禁地走上前去，用自己的前额与老人的头骨顶礼，以示告别。

扎巴老人走了，他没有给家人留下什么财产。却给这世界留下了 998 盘磁带——他一生用心血培育的硕果，一部优秀的民族文学遗产，留下了他的慈祥、宽厚与豁达。

扎巴说唱目录：

1. 天岭卜筮　　　　　　　　lha gling gab rtse dgu skor
2. 诞生史（上、下）　　　　srid gling vkhrungs gling
   其中包括以下七个小宗：
   丹玛青稞宗　　　　　　　vdan mavi nas rdzong
   打击土地神　　　　　　　sa bdag cham la phab pa
   野兽敌宗　　　　　　　　gcan gzan dgra rdzong
   东司门马宗　　　　　　　shar zi mavi rta rdzong
   西宁马宗　　　　　　　　zi ling rta rdzong
   木雅金子宗　　　　　　　mi nyag gser rdzong
   西宁弹药宗　　　　　　　zi ling mdav rdzong

3. 赛马称王	rta rgyug rgyal vjog
4. 降魔	bdud vdul
5. 霍岭之战（上、下）	hor gling gyul vgyed
6. 霍其巴山羊宗	hor phyi pa ra rdzong
7. 姜岭之战	vjang gling gyul vgyed
8. 门岭之战	mon gling gyul vgyed
9. 达岭之战	stag gling gyul vgyed
10. 上索波马宗	sog stod rta rdzong
11. 下索波机器宗	sog smad vphrul vkhor rdzong
12. 阿扎玛瑙宗	a grags gzi rdzong
13. 奇乳珊瑚宗	byu ru byur rdzong
14. 卡契松石宗	kha che gyu rdzong
15. 祝古兵器宗	gru gu go rdzong
16. 象雄珍珠宗	zhang zhung mu tig rdzong
17. 雪山水晶宗	gangs ri shel rdzong
18. 百热羊宗	sber rwa lug rdzong
19. 措米努绸缎宗	mtsho mi nub dar rdzong
20. 牡古骡宗	smug gu drel rdzong
21. 百波绵羊宗	bal po lug rdzong
22. 松巴犏牛宗	sum pa mdzo rdzong
23. 加岭	rgya gling
包括一个小宗　木雅药宗	mi nyag sman rdzong
24. 阿赛铠甲宗	a bze khrab rdzong
25. 乌斯茶宗	vu ze ja rdzong
26. 察瓦绒箭宗	tsha ba rong mdav rdzong
27. 材玛珠砂宗	mtshal ma mtshal rdzong
28. 亭格铁宗	mthing ge lcags rdzong
29. 北方盐宗	byang phyogs tshwa rdzong
30. 蒙古狗宗	sog po khyi rdzong
31. 罗刹肉宗	srin povi sha rdzong
32. 巴嘎拉国王	pa ka la rgyal po

　　其中包括以下四个小宗：

东魔长角鹿	shar bdud shwa ba rwa ring
南魔九头罗刹	lho bdud srin po mgo dgu
西魔独脚飞	nub bdud vphur barkang gcig
北魔独脚饿鬼	byang bdud thevu rang rkang gcig
33. 印度佛法宗	rgya gar chos rdzong
34. 地狱篇	dmyal gling rdzogs pa chen po

再版附记：

20 世纪 80 年代持续抢救《格萨尔》史诗的 8 年，在扎巴老人浪迹高原、行吟说唱的生涯中，是他生命的最后阶段，也是最幸福、最闪烁异彩的 8 年。他克服年老多病带来的困扰，竭尽全力，积极配合抢救工作小组，尽可能多地将自己记忆中保存的格萨尔故事留给后人，直到生命的最后一刻。扎巴老人不仅为后人留下了史诗记忆的珍贵篇章，同时也为人们留下了宝贵的精神财富。

在众多格萨尔说唱艺人中，扎巴德高望重，被视为格萨尔说唱艺人的杰出代表。他高大的身躯以及他那宽阔的胸怀给人留下了深刻的印象。在抢救格萨尔的工作中，他身兼多个第一：

第一位被发现的藏族优秀艺人，被称为国宝，后被学者称为中国的"荷马"；

第一位被请进西藏最高学府专门从事录音史诗的艺人；

第一次在国际学术舞台被世人认识：在 1985 年 2 月 28 日在芬兰召开的纪念芬兰史诗《卡勒瓦拉》出版 150 周年的大会上，我国学者播放了扎巴的史诗说唱录像，第一次向国际学术界介绍了扎巴，引起了与会学者的广泛关注；

第一位获得政治荣誉的艺人：1981 年被选为自治区政协委员，同年当选自治区文联委员；

第一位获得自治区领导为其祝寿的艺人：1984 年 8 月，在拉萨举办格萨尔艺人会演期间，正值扎巴 79 岁高龄，由自治区格萨尔领导小组及西藏文联为他举办祝寿大会，并颁发奖状与奖金；

第一位被追认为格萨尔杰出说唱家的藏族艺人：1991 年 11 月 20 日在北京人民大会堂，国家民委、文化部、中国社会科学院、中国文联民间文艺研究会即四部委追授扎巴为"格萨尔杰出说唱家"；

第一位在祖国首都北京为其召开纪念大会的艺人：1987 年 11 月 3 日，在北京召开了"著名格萨尔说唱艺人扎巴逝世一周年纪念会"；

上述 7 个第一，显示了扎巴在格萨尔抢救工作中作为说唱艺人所具有的重要性与代表性。

西藏大学为抢救《格萨尔》，录音、记录、整理民间口传资料，进行了最初始的尝试，开创了全国抢救格萨尔艺人的先河，并在工作中不断探索，积累了具有可操作性的宝贵经验，为后人提供了有益的借鉴。同时在实际工作中培养了一支默默无闻、无私奉献的队伍。抢救扎巴艺人获得的珍贵民族历史记忆与这一特殊时期的工作经历，为后人树立了榜样，成为今天西藏大学最可宝贵、无可替代的财富。他们的敬业精神、工作流程与方法垂范于全国的格萨尔抢救工作，为后人所尊崇。

经过西藏大学三十余年的努力，至今已出版了扎巴说唱本 17 部，编纂扎巴谚语集一部。2011 年西藏人民广播电台康巴语频道转录了扎巴老人的说唱录音，制成节目播放，在康区百姓中引起了强烈的反响。如今扎巴的格萨尔吟唱依然回响在高原沃土，老人为民族文化事业无私奉献的精神将永存人们心间。

他们出自同一片沃土

——记一个家族的三位艺人玉梅、洛达、曲扎

出藏北那曲镇东行 230 公里，在邻近索县的地方，可以看到一座巍峨的大山屹立于索水之滨，山巅上卧着一块巨大的马鞍形岩石，它被当地群众称为格萨尔的马鞍子。马鞍石旁另有一圆形大石、一块高耸的长石，传为格萨尔征战时用过的战鼓和鼓槌。在马鞍石山脚下的岩石上还有一个硕大的马蹄印，深深地陷入石板中，轮廓清晰逼真，人们说它是格萨尔坐骑的蹄印。绕过马鞍石山嘴，只见对面山上有两块岩石形似两尊石像并立，前者仿佛是一位武士在昂首远眺，后者似一位妇女紧紧相随，它们被作为格萨尔和珠牡的化身，传说是当年格萨尔远征魔国之前与珠牡依依惜别的地方。再往前在亚拉山脚下索水河畔，依山傍水矗立着一片巨大的石群，传说珠牡曾在这里起锅煮茶造饭，而"放锅的地方""珠牡的脚印"仍依稀可辨。

在这片土地上有热、嘎、索三条河流，它们跋山过岭最后汇入滔滔怒江。三水流域即是古代索宗的所在地。当地人自称他们是以水命名的藏族三部落。这三个部落又均有一座有名的大寺院，即索——赞丹寺、热都——热不单寺及军巴——曲廓寺。而格萨尔那善良、美丽、聪颖的爱妃珠牡就出生在索宗的亚拉乡。

传说她出生之时正值隆冬，然而天空中却春雷隆隆、杜鹃啾啾，因此取名珠牡。当地的一首民歌这样唱道："珠牡的美名四处传扬，是她诞生时天龙吼响；珠牡的嗓音动听悠扬，是她落地时杜鹃欢唱。"

三水流域地区关于格萨尔的风物和传说比比皆是。在自索县赴热都的

途中，路过乌钦地方，公路旁的山上有两个马耳朵状的山石耸立其巅，群众称它达那山（马耳朵山），传为格萨尔坐骑的耳朵幻化而成，此地也就以乌钦达那而远近闻名。此外，热都乡有格萨尔与七个魔女下棋的棋盘石、格萨尔施巧计转移魔女视线的两只石鸟。军巴乡的石崖上有格萨尔用过的弓和箭，等等，都依然存在。可以说，这里的山山水水都被人们格萨尔化了，足见这里的人们对雄狮大王格萨尔那种与众不同的敬仰和爱戴之情。他们以格萨尔曾经生活和征战在他们祖辈生息的这片土地上而自豪。

本篇要介绍的玉梅和曲扎，便是出生并活动在这一地区的两位艺人。他们均出生于索县热都乡，在他们的血管里流着同一祖先的鲜血，是这一片沃土养育了他们。下面让我们先从玉梅这位女艺人说起吧！

玉梅出生于1957年藏历火鸡年。她身材高大健壮，红红的脸庞，是一位典型的藏北姑娘。她腼腆寡语，未语先笑，待人宽厚、和善，继承了藏北牧民那种淳厚质朴的传统。1983年她初到拉萨时，谁也不相信这位来自藏北山沟、目不识丁的姑娘，胸中却装着几十部英雄格萨尔的故事。但是经过一番测试，人们不得不对她刮目相看，承认她是一个出色的史诗说唱艺人。她不仅能点到即诵，而且一周前和一周后说唱同一段落，经对比，内容、词句几乎完全一样。于是人们终于相信了，她是一个具有超凡记忆力的人。尽管她不懂藏文，脑子里却装着成千上万个诗行。这一现象人们尚无法解释，但是百闻不如一见。凡听过她说唱的人都心服口服。于是她被西藏自治区《格萨尔》抢救办公室录用了。作为一个专职艺人、国家的正式干部。

1984年，全国第一次格萨尔艺人演唱会在拉萨召开。这次会议云集了来自五个省区的藏族艺人近40人，以及来自新疆、内蒙古的蒙古族艺人。会议期间曾在拉萨罗布林卡安排了一次别开生面的说唱公演。会前人们心里不无怀疑，这位当时年仅28岁，刚刚离开家乡，而又如此腼腆的姑娘，是否敢于在大庭广众前说唱？然而，几次会议间的说唱和公演证明了人们的担心是多余的。似乎一位出色的格萨尔艺人演唱时并不需要什么胆量或经验，他需要的是故事神的降临。格萨尔故事神一旦降于头脑之中，他便会全神贯注，对于周围的一切无所感觉，完全进入了史诗的情节之中，韵脚整齐、吟诵流畅的英雄故事，便会如山泉般自口中流出。玉梅正是这样。只见她端坐在众人面前，在上百双陌生的眼睛的注视下面无惧色，神态自若地开始进入角色，渐渐地，她半睁半合着眼睛开始说唱，而说唱一旦开始，她便毫不费力地把故事说了下去。计划中的段落说完了，她没有停止，继续说下去，她毫无察觉。直到大会工作人员上前去提示她停住为止。按理说，在艺人说唱史诗的过程中，前去打断说唱是绝对不允许的，艺人也会因此而不高兴，因为在他们的心目中，他们是在履行神圣的职责——在弘扬格萨尔大王的丰功伟绩。

玉梅称自己的故事的得来是神授予的，而这神授始自一次梦中，她属于所谓"托梦神授"型艺人。

她自述说，在她16岁那年的春天，她和女伴次仁姬把牦牛赶到了她家山背后的草场。静谧的草原上，牛群安详地吃着草，四处静极了，只听到牦牛咀嚼的声音。玉梅沐浴着温暖的阳光，躺在草地上睡着了。这时她做了一个奇怪的梦，梦见她面前有两个大湖：一个黑水湖，一个白水湖。只见从黑水湖中跳出来一个红脸妖怪，要把她往湖里拖，正当她哭喊挣扎时，从白水湖中走出来一位美丽的仙女，头戴五佛冠，用白哈达缠住她的胳膊与红脸妖争夺。仙女对妖怪说："她是我们格萨尔大王的人。我要教她一句不漏地将格萨尔的英雄业绩传播给全藏的百姓。"黑水湖妖魔无奈，只得放开她钻入了湖中。这时从白水湖中又走来一位白衣少年，他们给她沐浴并赠给她宝石和九根白马的鬃毛，然后对她说："你以后就是我们的人了，可以回家了。"仙女和白衣少年在白水湖中隐去后，飞来了一只神鹰，神鹰把她拖到天葬台，神鹰啄下她肩上的一块肉供神，她在疼痛之中醒来。回家后玉梅便生了一场大病，这期间她满口胡说，两眼发直。在她生病的这一个多月中。眼前一直浮现着格萨尔及其大将四处征战的场面。面对生病的女儿，曾在热不单寺当过喇嘛的阿爸去热不单寺请求永贡活佛来给玉梅念经。活佛应允来到玉梅家，给她念了经，通了脉。四五天后，她的病好转了。病愈后，她便能说唱《格萨尔王传》。

这里且不说这梦的真假。生活在史诗风物传说及史诗演唱环境之中的人，"日有所思，夜有所梦"，则应该是顺理成章的事。就在玉梅家的山背后，真的有两个湖：一个叫错嘎（白水湖），一个叫错那（黑水湖）。湖畔草场也正是玉梅经常放牧的地方。

玉梅的家乡索县热都乡是一个以牧业为主半农半牧的地区。热曲河狭窄的河谷没有多少平坦的土地供人们耕种，人们只能利用难得的一点平地来种植青稞和圆根。大的圆根人吃，小的圆根则喂牛。

索县位于那曲和昌都交界的地带，距拉萨约有六七百公里，而距昌都也有四五百公里。地处偏远的老百姓生活历来不富裕。但玉梅家的生活还过得去，她家的牲畜多且好，有一百多头牛，六七十只羊，父亲、母亲、姐姐、妹妹和她。一家五口人过着平静的生活。

玉梅的父亲名洛达，原是热不单寺的僧人。洛达身材魁伟，力大过人，在热不单寺中是有名的大力士。寺院中每年一度的搬石头比赛他总是夺魁。且能歌善舞，在寺院跳"恰姆"（又称跳神，一种祭祀舞蹈）的活动中，他是不可缺少的人物，再加上他能够说唱《格萨尔》，遂得到众人的喜爱。

关于洛达详细的身世已很难讲清，因为他已去世多年。据说他原居荣布区巴盖乡，后来到热都乡上门与玉梅的母亲结婚。洛达是个巴仲，神授故事家，亦是在小时做梦以后，由比如县白嘎寺的活佛开启智门才开始说唱的。

洛达结婚以后，便开始了以说唱《格萨尔》为生的日子。那时，家中孩子小，缺少劳动力，家中的牲畜都是雇人放牧的。由于洛达与群众的关系好，大家乐于帮助他，家境一直很好。

他大多是在自己家中说唱，有时也走出去四处说唱。每当这种时候，群众就会互相转告，几乎村里所有的人，尤其是老人都会前来。他的嗓音洪亮、悦耳，故事又引人入胜，因此，说唱常常是通宵达旦。

有一次，荣布寺来了一位边坝县的艺人，洛达便被召回与其进行一场《格萨尔》说唱比赛，讲定胜者将得到粮食、茶叶和钱。

洛达和那位艺人便住在寺里，开始了各自的说唱，大约历时一个月。他们说唱相同的部，分别被记录成文字。当喇嘛们将两部记录本放在一起比较以后，人们发现洛达唱的《格萨尔》无论在故事情节方面抑或语言方面都优于边坝艺人。而那位从边坝来的艺人也惊叹洛达的说唱技艺，心服口服地认输了。于是洛达得到了一份丰厚的奖品。

这次比赛以后，当地的人们更加崇拜洛达。消息很快传到了索宗，索宗宗本便让洛达到他家中说唱。在那里一住就是近三个月，他受到了礼遇并得到了报酬。

民主改革后，尤其是在《格萨尔》被打入毒草之列的年代，由于当地干部也十分喜爱《格萨尔》，所以从不为难他。"文化大革命"刚开始时，一位县干部对他说："现在政策变了，各种人都有，你暂时不要说唱为好。"但是一到了晚上，在群众的要求下，他的说唱还在继续。在这远离拉萨的小山沟里，"噜阿拉塔啦"的声音从未中断过。尽管如此，洛达也没有因此而受到冲击，这应该归功于干部和群众的保护。

当笔者 1987 年到洛达家乡访问时。他去世已经十多年了。但人们提到他的说唱仍赞不绝口。热都乡一位五十多岁的妇女次单卓嘎说听过洛达的说唱，认为他是最好的艺人。年轻的艺人曲扎在热都乡长大，经常听洛达说唱，他说洛达的唱段比同部的手抄本篇幅要长，而且内容丰富得多。除了家乡人以外，从昌都去拉萨的商人途经这里，也愿意在他家中歇脚，听其说唱。洛达的名字在索县、巴青、比如县一带广为老人们所知。

玉梅 16 岁做过那场奇怪的梦以后，洛达已经预感到了什么。一方面他对女儿的说唱感到满意，另一方面他开始意识到自己在这个世界上的时间不多了。他曾对妻子说："我的'都协'（灵感）已传给了女儿，看来我该归天了。"

就在玉梅做梦的那一年夏天，乡长打了一只岩羊邀他到家中吃肉。从乡长家回来以后。洛达感到肚子极不舒服。第二天一早，他对妻子说："今天不要叫玉梅去放牧吧。我有话要对她说。"妻子并没有意识到什么，回答说："有话晚上再说吧！"还是像往常一样让玉梅放牧去了。不料就在当天，玉梅放牧归来时，父亲已经闭上了眼睛。

洛达去世的消息一经传开，热不单寺的喇嘛们都主动到他家中诵经，乡里群众也前来慰问。这是玉梅家最后一次门庭若市，时间为 1973 年。

这位闻名于那曲东三县的老艺人留给女儿玉梅唯一的东西，便是他生前与之从不分离的艺人帽子——仲夏。这顶帽子与拉萨会演时艺人戴的帽子不同，具有康区的特点。帽子不高，较宽，两边各有一只较大的耳朵，系用藏地氆氇缝制而成，据说原来帽子上缝有不少装饰物及珠宝，"文化大革命"中被摘掉丢失。至今这顶帽子仍珍藏在《格萨尔》的传人玉梅家中。此外，父亲的说唱给玉梅留下了极深的印象，这是她作为一个说唱艺人从长辈那里继承的一笔巨大的精神财富。

据热都乡的老人说，洛达的父亲曾是一位到处流浪的巫师，是个刀枪不入的神人。他死后，群众传说他变成了地方神，也就是坐落在索宗对面的亚拉山的亚拉神了。

父亲去世后，玉梅一直为乡亲们说唱《格萨尔》，渐渐地有了一点名气。人们便经常聚在一起，凑一些肉、酥油、茶等请她去说唱。今晚在这个居民点，明晚又在那个居民点。群众点什么章部，她就说唱什么章部。

为此，大家也很喜欢她。听众有时人多，有时人少，但每次说唱过后，大家都凑一点钱给她的阿妈。有时听的人多，每人凑上五毛钱，即可得到几十元的收入。

玉梅的说唱有自己的特点，她无须任何道具，说唱时总是微闭双眼，呈坐姿，手中不停地拨动念珠。她说："我说唱《格萨尔》时全凭眼前浮现的图像。说唱伊始，眼睛微闭，格萨尔及其将领征战的一幕幕情景便出现在眼前，我就是根据所看到的图像来说唱的。有时听众多，情绪热烈，心情好时，这种图像便会源源不断地出现，唱词很自然地从嘴里冒出来，说唱得很顺利；有时情绪不佳，眼前总不出图像或出得很慢，这时的说唱就会十分吃力，说唱的效果也不好。"她认为在拉萨说唱不如在家乡那么顺口，家乡的环境已经很熟悉了，而拉萨的一切还得慢慢适应。

玉梅说唱的《格萨尔》共有 70 余部，其中有 18 大宗、48 小宗，以及史诗的首篇数部及结尾部（详目见后）。她说唱的小宗很有特色，有些是她独有的篇章。

几年拉萨的都市生活，玉梅变得开朗大方多了。她结识了不少藏族、汉族的新朋友，开始逐渐听得懂一些汉语，同时又开始学习藏文。不过她在学习文字方面所显示的才能，比起说唱来真是差远了。学习的进度很慢，效果也不尽人意。

1986 年，由于她对抢救史诗《格萨尔》所作的突出贡献，她应邀到北京参加全国《格萨尔》表彰大会。使她大开眼界。那些日子除去开会，她一有空便与同来的同志们游览、上街逛商店。在她的眼前又展现了一个她所不熟悉的、与史诗环境根本不同的、但是又强烈吸引着她的新天地。古老文化与现代文化的撞击将会对她头脑中的史诗起到什么作用？这一切是否会影响她的说唱？仍是个未知数。

在说唱《格萨尔》的艺人中，玉梅是个幸运儿。她生在新中国，得到了政府的关怀和重视，成为第一个被国家录用的《格萨尔》艺人。

她住上了一套三间的楼房，享受着助理研究员的待遇。同时，她也在努力说唱，好让自己的作品早日问世。这一切弥补了她个人、家庭生活的不幸。

自从玉梅的父亲去世以后，母亲领着她们姐妹三人共同生活。她的妹妹结婚后不久就因病去世了，年仅 19 岁。腹中还怀着一个未出世的胎儿。后来做道班工人的妹夫阿塔与玉梅的姐姐共同生活，不久，姐姐的孩子也不幸夭折。母亲请荣布寺的昂斯格西占卜吉凶，昂斯格西断言她家这座房子不吉利，已先后死去了四口人，以搬家为宜，否则家境人丁会越来越败落。于是在 1985 年，母亲下定决心卖掉了坐落在公路边上的不很宽敞的房子，在河对岸盖起了新居。

母亲是个虔诚的佛教徒，为了给死去的人还愿，也为自己今生来世的幸福，她曾来拉萨玉梅家中小住，每天环绕大昭寺磕长头，中午由玉梅把饭送到八角街。这样一连磕了二十万个头后，她就回家乡去了。

玉梅曾有过一次失败的婚姻，那是她被录用之前，在家乡结识了一个当地的小伙子。她到拉萨后，他也来到了拉萨。她们在一起生活了几年，生了一个女儿，但是家庭生活并不幸福。爱人是个司机，经常不回家，也不承担抚养女儿的义务。不知是他对玉梅已经厌倦了，还是另有新欢，不久便提出离婚的要求。善良钟情的玉梅每每憋足了一肚子话要与他争辩，可一见到他就什么话也说不出来了。她珍惜这次婚姻，不仅因为他是家乡人、热恋之人，还因为他是女儿的爸爸。这位胸中装有格萨尔雄兵百万、导演着一幕幕人间活剧的才华横溢的女艺人，在处理个人感情纠葛时却显得那么温情脉脉。结果是爱人离她和小女儿而去，玉梅以牧民那宽广的胸怀承受了这一切……关于玉梅的情况还没有说完，她还年轻，从艺的路仍在延伸，我们留待以后再来续写。

热都乡不但养育了玉梅父女俩，还养育了另一位说唱艺人曲扎。曲扎家就在离玉梅家几里远的河对岸的山坡上，曲扎的外祖父与玉梅的父亲是一个母亲生下的亲兄弟，论辈分玉梅长曲扎一辈。

曲扎属马，1954 年出生在索县热都乡，是一位沉默寡言的小伙子。他中等身材，在一双不大但炯炯有神的眼睛下边，有一个线条分明的鼻子，这是高原男子汉所特有的。从外表看上去再没有什么与众不同的了，是个普通的极不惹人注意的藏北青年。

当笔者 1987 年到索县调查时，首先找的是曲扎，因为他已离开热都乡，在巴青县高口区恰不达乡做上门女婿，与扎西措共同生活。他们是1983 年在那曲相识，1984 年拉萨艺人演唱会前结婚的。

巴青县和索县毗邻，两县犬牙交错紧紧相连，而公路就在两县的接壤处蜿蜒，以致人们要到巴青县高口区首先要经过索县政府所在地才能到达；而从索县政府出发到荣布区时，又必须经过巴青县政府所在地。刚到这里的外乡人常常百思不解其地理坐标，但从这一点就可以看出两县的近邻关系。

这种紧密的关系还表现在有关格萨尔的传说方面。索县有关格萨尔的传说前面已经介绍，巴青县的传说也不少。而这两县主要的、也是根本的区别在于：人们认为索县的赞丹寺曾是嘉洛家的红房子，因此索县一带曾是岭国的国土，其百姓即是岭国的后代；而巴青县则是霍尔国的后代，巴青县的不少群众自称是"霍尔"（hor），而别人也称他们是霍尔人。在宗教信仰上也有区别，索县所属寺院大都是格鲁派，而巴青县则有较大的本波寺院——巴仓寺。

从索县往北，过了索水大桥前行，进入巴青县的高口区境内。便可看到巴青县最大的寺院——洛霍寺。该寺中供奉的主神便是霍尔的辛巴雕像。由于这里地处藏北高原深处，远离交通干线，文化大革命中未受到冲击。巴青的群众十分喜爱《格萨尔》。曲扎上门到高口区落户以后，群众经常请他说唱《格萨尔》，曲扎也乐于满足他们的要求。但是当地群众不喜欢听《霍岭之战》的下部，即《降伏霍尔之部》，因为在这一部里描述的是霍尔国战败的故事。

曲扎出生并成长在具有丰富的格萨尔风物传说的索县，婚后又生活在酷爱《格萨尔》的巴青县群众之中，这一氛围无疑构成了他成为说唱艺人的有利条件。

曲扎的父亲拉杰生在青海果洛玛多县阿日宗家族，是当地有名的富户。他笃信佛教，同时又是个出色的藏医。他离开家乡果洛经过索县热都乡到拉萨朝佛，后来又从拉萨赴印度各地朝拜，一生周游各地，见多识广，医术高明。当他由印度归来，经拉萨向北，在返乡途中再次经过索县的热都乡时，与曲扎的母亲相识。此时，一生的劳顿使他疲惫不堪，他无意也无力返回家乡了，于是便在热都乡住了下来。这时拉杰已将近50岁。不久，曲扎及弟妹们相继出世，家庭、妻子和儿女对于这个外乡人来说就更是一种羁绊。他从此再也没有离开过热都，直到他63岁离开人世，都没能回到家乡果洛。

拉杰是个医道高明的藏医，当地群众都乐于请他看病，他依靠治病所得的收入来养家。由于这一带地处偏僻，藏医很少，因此拉杰备受人们的欢迎。甚至有时附近江达区、军巴区、索宗宗本家的人病了，也捎口信来请他去治病。所以曲扎小时候的家境在当地来说是比较富裕的。

当曲扎还是个不懂事的孩子时，父亲和母亲曾带着他步行到拉萨去朝佛。翻山越岭，往往要用将近一个月的时间才能到达拉萨。热都乡的位置虽处偏远地带，但这里往来的商人和香客却络绎不绝。有从卫藏地方下昌都的香客，但更多的是从青海、昌都到拉萨去的商人和朝佛者，这里几乎成了一个朝佛、行商的往来通道。而居住在这里的人们看着上下往来的人也不甘寂寞，他们常常倾家而出地去拉萨朝佛，开开眼界，所以热都乡没有去过拉萨朝佛的人家寥寥。

曲扎稍稍长大懂事以后，又跟着父母去过拉萨两次，路线仍是翻山到比如县，再经嘉黎县、工布江达最后到拉萨。朝佛的路上有时遇上《格萨尔》说唱艺人同行，那一个月的路程就显得并不那么遥远。从小就听玉梅的父亲说唱，曲扎对《格萨尔》早已产生了强烈的兴趣。

曲扎十岁那年，父亲拉杰得了一场大病，全身水肿，后来竟一病不起。这位曾使无数病人起死回生的藏医，没能战胜自己身上的疾病，最后抛下了妻子和六个儿女客死他乡。

曲扎作为长子从此便帮助母亲挑起了家庭的重担。他只在小学读了一年书，因家中缺少劳力只好中途辍学。

十二岁那年，曲扎做了一个梦，梦见有许多部《格萨尔》的书摆在眼前。本来作为小学一年级文化水平的他只认得其中的一些字母，根本看不懂这些书，但是梦中出现的这二十部书他却能无师自通地读下来。他高兴极了，就从头到尾一部一部地看了起来，不大工夫便全部看完了。醒来后，只觉得满腹《格萨尔》故事。从此，他总想把故事一吐为快，于是便开始自言自语地说唱。他白天、黑夜嘴里说个不停，有时白天说上一天，到了晚上仍停不下来，发展到了不能抑制的状态。母亲见了心中十分焦急，想找热不单寺的活佛永贡喇嘛来念经，然而活佛此前不久去了拉萨。母亲只好带上曲扎和一个大弟弟又走上了通往拉萨的路。

母子三人在拉萨色拉寺找到了正在那里驻锡的永贡喇嘛。活佛因与曲扎父亲的交情，热情地接待了他们。母亲讲了来意后，活佛带上五佛冠，把手放在曲扎的头上诵经，诵经后又将那顶帽子摘下来戴在曲扎的头上。大约只用了十分钟，仪式便结束了，曲扎顿觉头脑清醒多了。

他们在拉萨停留了一段时间，住在八角街。这时的曲扎已经可以控制自己自如地说唱。首先在房东家说唱，房东听了很满意，又把左邻右舍请来一起听。几次以后，曲扎渐渐地越说越熟练了。在他们离开拉萨返回家乡时，途经那曲镇，住在一个叫如直的远亲家中，又为他们说唱了几天，最后才回到索县家乡。

不久，曲扎当了民办教师，1986年被送到比如县的那曲地区师范学校进修一年，回到生产队后当了考勤员。不论是在师校，还是在家乡，也不论是在平时，还是在"文化大革命"时期，他一直都在说唱。只要周围的人向他提出要求，他总是欣然从命。把自己知道的《格萨尔》故事说唱出来，对他来说是最痛快不过的了。

二十多年来，曲扎仍在不断地做梦，每一次梦都唤起他新的灵感，学会新的章部，扩大他说唱的范围。对此，他自己也很奇怪。由于几乎每年都能梦到一两部，他会说唱的部数越来越多。至今，他已经能够说唱41部（目录见后）。他把这一切归结为《格萨尔》的故事神不断地把故事降于他的头脑之中，否则他并没有专门学过，怎么就会说了呢？

故事神降下故事虽然不是一种科学的说法，但是，倘若我们把神的概念由神界扩展到人间呢？人间不是有无数有血有肉的故事神吗？曲扎不断地聆听了其他艺人的说唱，受益匪浅。玉梅父亲洛达的说唱对曲扎就产生了十分深远的影响。同时，玉梅的说唱也是如此。然而曲扎毕竟是曲扎，他的说唱有其特点。他口中唱出的格萨尔三十位大将，每个人出场都有一个与众不同的曲调，人们便能立即辨别出是哪一位英雄出场了。

此外，曲扎在说唱及记忆史诗方面也有诀窍，他说："我说唱《格萨尔》时，脑子中并不出现什么图像，我说唱的每一部前边，都用大约三十句话概括该部的主要精华。只要把这三十句记清了背下来，那么这一部的内容便自然而然地从嘴里说了出来。史诗是一句套一句的，说出了第一句，第二句自然就出来了，无须多费脑筋。"

由此看出，曲扎与玉梅虽生长在同一个村庄，但是他们在记忆史诗方面却有着一定的差异。

经过在师范学校一年的藏文学习后，曲扎如虎添翼，他的说唱水平提高很快。他开始把自己会说唱的部陆续地写出来。1980年他写了第一部《阿里黄金宗》，大约500页稿纸。去拉萨参加艺人会演后，他又写了《巴杰盔甲宗》（约1000页稿纸）、《亭迟墨宗》（约700页稿纸）、《卡容金子宗》上、下部（共700页稿纸）、《阿吉绵羊宗》（约500页稿纸）、《斯哇玉宗》（900页稿纸），等等，后来又在写《达由马宗》。此外，他还录了不少说唱磁带，如《夏斯马宗》（30盒磁带）、《北方江莫让骡子宗》（40盒磁带）、《达由马宗》（30盒磁带）等。

　　说和写对于曲扎来说并无区别，但相比之下，他更喜欢写。因为录音时，他的思想不容易集中，心里总要惦记着录音机是否在转？磁带是否用完了？而更换磁带和电池（他的家乡还没有通上电）都要打断思路，影响说唱。这样倒不如拿支笔在纸上写，思绪不受影响，可以一直写下去，直到一个部分结束时再停下来。一般较长的部两三个月就可以写完。由于他的字迹工整、清晰，省去了抄写的麻烦。当然写出来的本子易于保存，但它不能体现口头说唱的特色及曲调，也是一个缺憾。

　　无论是在索县还是婚后到了巴青县，曲扎的说唱从未间断过。喜爱《格萨尔》的群众不断找上门来。尤其是天长活少的春天说得更多。到了夏季，当人们从定居点搬到山上的夏季牧场后，则每晚必说。群众为了表达对他的感谢，常常拿出茶砖等物品赠送，但他从来不收别人的东西，只喝人们敬的茶。

　　曲扎自己花钱买了一台录音机，这样，他有时亲自说唱，有时把录好音的磁带放给人们听。人们抚摸着这个奇特的黑盒子，听着从里边放出来的曲扎的声音，真是又惊奇又高兴。

　　曲扎的妻子扎西措，比他小两岁，不识字，却是个《格萨尔》的爱好者。或许他们的红娘就是格萨尔大王呢！有时为了让妻子高兴，曲扎在家里也说唱几段。现在他们有了一个孩子，岳母与他们同住。虽然他们家牛羊不多，生活并不算富裕，但曲扎是一个温和体贴的丈夫，日子过得和和美美，《格萨尔》的曲调时常在这个幸福的小家庭中回荡。

　　我和曲扎接触不过一周，他似乎没有主动地问过我什么，都是我发问他回答。平日在待人处事上他显得憨厚朴实，并不十分机敏。按藏族的风俗在倒茶时，一般应该先给客人斟满，然后再倒满自己的杯子。可有时，他竟心不在焉地先给自己倒满，才忽然想起给客人倒茶。然而，有时他的心又很细。在调查访问时，我们在他的亲戚家借宿，我本想合衣盖一下主人那床被里和地皮一个颜色的被子凑合过夜，他却不知什么时候走了出去，一会儿便抱着一床稍稍干净一点的被子走了进来，把被子放在床上说："这个被子干净。"这是他主动和我说的唯一的一句话。

　　又有一次，在我们步行前往观看格萨尔的弓箭的路上，要涉过一条湍急的小河，河中以石代桥，前边的人过去了，我却仍在岸边踟蹰徘徊，看着那石头间迅速流过的河水，一阵眼晕，如果让我独自踩着石头过河，那肯定会掉进河里。我站在岸边犹豫着，不知如何是好。曲扎则站在我的身后一声不响，为了表示对我这位北京来的干部的尊重，步行时，他总是走在我的后边。我没有办法，只得向这位比我小的藏族艺人求援："你在前边拉着我的手过吧！"我想他一定会笑话我胆小，但当时已顾不了这许多了。然而曲扎脸上毫无表情，顺从地走到我的前边，稳稳地站在急流间的石头上，回身拉着我的手迈过河去。回来时，无须我开口，他就主动地拉着我过河了。几个小小的插曲，不难看出这位年轻的说唱艺人的性格之一斑。

曲扎虽然不爱说话，但心中是有数的。拉萨艺人会演后，他开了眼界，长了见识。通过比较，他认为阿达尔老艺人说唱的《格萨尔》最好，同时，他对自己的说唱也充满了自信。目前，这位年轻的艺人正默默地写他的说唱本，录着音，为抢救史诗做着贡献。在他看来生活本来就应该这样平静、这样安宁。他在这平静的生活中，正在咀嚼着民族古老文化中的一颗给他带来无限欢愉的甜果——《格萨尔王传》。

玉梅说唱的大宗目录

1. 天岭卜筮　　　　　　　　lha gling
2. 诞生篇　　　　　　　　　vkhrungs gling
3. 噶岭之战　　　　　　　　vgag gling gyul vgyed
4. 嘉岭之战　　　　　　　　vjar gling gyul vgyed
5. 绒岭之战　　　　　　　　rong gling gyul vgyed
6. 丹玛乃宗　　　　　　　　vdan mavi nas rdzong
7. 嘎提大鹏宗　　　　　　　sga bdevi khyung rdzong
　　（以下是十九大宗）
8. 降伏魔王鲁赞　　　　　　bdud klu btsan
9. 降伏霍尔白帐王　　　　　hor gur dkar
10. 降伏姜国萨当王　　　　　vjang sa dam
11. 降伏门国辛赤王　　　　　mon shing khri
12. 大食财宗　　　　　　　　stag gzig nor rdzong
13. 歇日珊瑚宗　　　　　　　bye rivi byur rdzong
14. 卡契松石宗　　　　　　　kha che gyu rdzong
15. 亭格铁宗　　　　　　　　mthing ge lcags rdzong
16. 松巴犏牛宗　　　　　　　sum pavi mdzo rdzong

17. 象雄珍珠宗	zhang zhung mu tig rdzong
18. 阿扎玛瑙宗	a grags gzi rdzong
19. 塔岭之战	mthavgling gyul vgyed
20. 其岭之战	phyi gling gyul vgyed
21. 梅岭金子宝藏之部	me gling gser gyang
22. 牡古骡宗	smug gu drel rdzong
23. 百拉绵羊宗	sbe ra lug rdzong
24. 米努绸缎宗	mi nub dar rdzong
25. 祝古兵器宗	gru gu go rdzong
26. 地狱篇	dmyal gling rdzogs pa chen po

曲扎说唱目录

1. 天岭卜筮	lha gling
2. 诞生篇	vkhrungs gling
3. 赛马篇	rta rgyug
4. 降伏魔鲁赞王	bdud klu btsan vdul pa
5. 降伏霍尔白帐王（上、下）	hor gur dkar
6. 降伏姜国萨当王	vjang sa dam
7. 降伏门国辛赤王	mon shing khri
8. 西方大食财宝宗	nub stag gzig nor rdzong
9. 歇日珊瑚宗	bye rivi byur rdzong
10. 蒙古马宗	sog po rta rdzong
11. 阿扎玛瑙宗	a grags gzi rdzong
12. 象雄珍珠宗	zhang zhung mu tig rdzong
13. 西方卡契松石宗	nub kha che gyu rdzong
14. 百拉绵羊宗	sbe ra lug rdzong
15. 雪山水晶宗	gangs ri shel rdzong
16. 亭格珍珠宗	mthing ge mu tig rdzong
17. 塔岭铁宗	mthav gling lcags rdzong
18. 其岭之乱	phyi gling vkhrul ba
19. 祝古兵器宗	gru gu go rdzong
20. 牡古骡宗	smug gu drel rdzong

21. 夏斯人马宗	shar zer mivi rta rdzong
22. 北方江莫让母牦牛宗	byang lcang mo rang gi vbri rdzong
23. 加岭	rgya gling
24. 嘉昂巴铠甲宗	rgya rngams pavi khrab rdzong
25. 斯哇松石宗	ser ba gyu rdzong
26. 亭赤盔甲宗	theng khrivi rmog rdzong
27. 松巴犏牛宗	sum pavi mdzo rdzong
28. 卡容金子宗	kha rong gser rdzong
29. 塔域马衰之宗	dag yug rta rgud rdzong
30. 百嘉铠甲宗	bha rgyavi khrab rdzong
31. 阿吉绵羊宗	a skyid lug rdzong
32. 察瓦箭宗	tsha ba mdav rdzong
33. 米努绸缎宗	mi nub dar rdzong
34. 北方明镜夏哇龙玛瑙宗	byang me long sha ba lung gi gzi rdzong
35. 嘉岭	vjar gling
36. 噶岭战乱	vgog gling vkhrul tshul
37. 让岭战乱	rang gling vkhrul tshul
38. 阿里金子宗	mngav ris gser rdzong
39. 百波绵羊宗	bal bovi lug rdzong
40. 霍其巴山羊宗	hor phyi pavi ra rdzong
41. 米娘列赤马宗	mi nyag li khrivi rta rdzong

再版附记:

玉梅多次参加国内外组织的有关《格萨尔》的学术活动,并应邀为大家说唱《格萨尔》,作为一名著名的《格萨尔》女艺人,又是具有家传背景的艺人,加之她的独特的演唱及悦耳的嗓音,都是藏族《格萨尔》的一道风景,至今保存在西藏社会科学院的她的演唱录音,具有重要的学术价值。

玉梅于 1986 年被国家民委、文化部、中国民间文艺研究会、中国社会科学院评选为先进个人;1991 年被四部委授予"格萨尔说唱家"的称号;1997 年再次被上述四部委评选为"有突出贡献的先进个人"。

2001 年,我和玉梅受美国加州西藏文化协会的邀请,访问美国,其间玉梅独特的格萨尔说唱，在当地引起极大反响，而她作为一位格萨尔说唱艺人，走出国门，也是首创。

玉梅悠扬的格萨尔说唱还被作为背景音乐，运用在 1996 年瑞士人制作的纪录片《西藏运盐人》（The saltmen of Tibet）中，该片在世界各地广泛流传。1999 年，由乌瑞克·科克（Ulrike Koch）制作了光盘《12 宝藏》（12 treasures – Gesar Songs and Prayers from "The Saltmen of Tibet"），该光盘由曾专门研究格萨尔音乐的著名法国学者玛丽·艾尔费（Dr. Mireille Helffer）监制，共有 13 首，为乌瑞克·科克从史诗格萨尔说唱中搜集，其中有 9 首为玉梅的格萨尔说唱录音，有两首被运用在记录片《西藏运盐人》中。2014 年 10 月，笔者参加在法国召开的格萨尔学术研讨会时，有幸与 87 岁高龄的玛丽·艾尔费博士相见（她撰写的专著《格萨尔音乐研究》早已被翻译成中文，为我国格萨尔学界所熟悉，但我们从未谋面），她赠送给我这一珍贵的主要由玉梅录音说唱的光盘。

玉梅于 2012 年退休，现住在拉萨西藏社会科学院的家中安度晚年。由于身体状况不佳，她也很少说唱了。她的说唱记录本《纽古辛宗》已于 2011 年出版。

曲扎一直住在巴青，1986 年他曾获得国家民委、文化部、中国民间文艺研究会、中国社会科学院的表扬。2002 年他应邀来到拉萨参加格萨尔千周年纪念活动，并演唱《格萨尔》。与 15 年前在巴青见到他一样，他仍然是那样淡定、沉默寡言。

曲扎于 2010 年去世，享年 56 岁。

兼巫师与艺人于一身的阿达尔

1984 年在西藏拉萨艺人会演时，我第一次见到阿达尔。当时，因为会务工作繁忙，没有抽出时间与他交谈。更由于在演唱会上阿达尔只做了短暂的片段表演，没有留下深刻的印象。只记得他是那曲地区的一位老艺人。

1987 年春天，那曲地区文工团的多吉次单团长到北京出差时，曾到我家做客，谈起了阿达尔。据他说，阿达尔现在的名气大了，倒还不只是因为说唱《格萨尔》，主要是他用哈达给人治病，已远近闻名。不但那曲的群众找他，连相隔几百公里以外的日喀则地区也有人慕名前来就医，一时间他成了那曲一带的名人、忙人。

这一番话引起了我极大的兴趣。在以往的调查中，曾听说藏区有过仲堪兼拉哇（巫师、降神者）的，像果洛昂日的父亲及那曲玉珠的父亲，等等。可惜的是，他们早已过世了，使我们无法了解到这些人的详细情况。在其他少数民族地区，艺人兼巫师者不胜枚举，然而在藏区的《格萨尔》说唱艺人中，目前尚属少见。阿达尔兼事拉哇的消息使我为之一振。决定到那曲亲自调查一次。

那曲位于藏北，距拉萨三百余公里。年轻时，我曾在那里劳动、工作和生活过。如今，海拔 4500 米的高原气候，及翻越五千多米的唐古拉山，对于我这个四十开外的人来说肯定是一次挑战。然而，事不宜迟，情况不允许我有丝毫犹豫。因为阿达尔已经是七旬有余望八旬的人了。而 1986 年因交通不畅未能从昌都前往拉萨与扎巴老人再见一面，已经给我留下了终生的遗憾。我别无选择，只有向那曲奔去。

我在牧羊人的指点下，终于来到阿姆聂阿达尔（当地群众尊称他为阿达尔爷爷）家的房前。

这是一座用土坯盖起来的小院。几间小屋，周围用土墙围着，一看就知道是近两年才盖起来的。进屋后与阿达尔拉手，行碰头礼，坐下来后，我才仔细地端详了这位我跋涉两千公里专程前来探询的老人。

我的第一个印象是老人较之三年前拉萨会演时明显地瘦了。那深陷的两颊、太阳穴及眼窝，使老人的长脸变得更长。显然，老人的身体状况不佳。经询问，果然他已染病多日。腿脚肿胀及常年的咳嗽使他说话有气无力。当阿达尔听说我是代表全国《格萨尔》办公室专程从北京来看望他时，他的脸上露出了感激的表情，挣扎着从卡垫上坐起来，嘴中不断地说着："谢谢！谢谢！"

我们的谈话是从他的病说起的。老人似孩子般述说着自己的病痛，"由于脚肿行动不便，本来那曲举行赛马会时想去看看，结果没有去成"。是啊，我见到他时，一年一度的那曲赛马会刚刚结束，而每到这种时候，也是阿达尔最光彩的时刻。想想每年赛马会上，阿达尔戴着特制的艺人帽——仲夏，被成百上千的人围着说唱《格萨尔》的盛况，真使人难以忘怀。说话间，他不断咳嗽，不时地往一个塑料盒中吐着痰。在这昏暗的屋中，我已预感到了什么，心中无限惆怅。这位曾为无数人"治"过病的拉哇，如今面对自己的疾病却束手无策。

"您看过的许多病人中，有多少人被治好了？多少人没能治好？"我转移了话题。"有数不清的人治好了病，也有数不清的人没能治好。"回答是真诚的。"那么，为什么没有治好病呢？"老人极为平和地说："医院里也有治不好的病人，这与每个人的前世因缘有关。"哦，也许正是因为想到了因缘，阿达尔对自己的病才抱着听天由命的态度。

据说 1986 年年底，当他听说扎巴老人去世的噩耗时，心情十分不好。他曾对人说："扎巴老人走了，我也该走了。"因为在年长的艺人中，除扎巴老人外，阿达尔几乎是年纪最大的一个了。看来这片精神上的阴云比病痛还有害，重重地压在他的心头。

阿达尔这一辈子有着极不平凡的经历，他有着苦难的童年时代，在四处说唱《格萨尔》的奔波中度过了他的青年和中年时代。而充当巴窝钦波（当地人对降神的称呼）的晚年算是他平生最"显赫"的时代。可以说，他这一生遍尝了酸甜苦辣。

阿达尔是藏北人，1911 年，藏历水阳猪年出生在那曲县巴尔达草原上。在阿达尔很小的时候，母亲就病故了。从此，阿达尔与父亲一起生活。家中虽然人口少，孤苦冷清，但是生活还算过得去。然而，在他 12 岁那年，父亲又结了婚。没过几年，继母连续不断地生了四个弟弟，从此可苦了阿达尔。每天天蒙蒙亮，他就得把羊赶到草场上去，经过一天的风吹日晒，晚上拖着疲惫的身体回到家里。仍然得不到温暖。继母经常挑剔，而阿达尔则每每受到父亲的痛打。当时，家中的生活条件不错，可是阿达尔却得不到应得的那一份。

唯一能给他以温暖的是在离家不远的荣布寺中当格西的叔叔。叔叔经常来看望阿达尔，在生活上给他以照顾，同时开始教他学习藏文，使这颗失去了母爱与父爱的幼小心灵得到一点慰藉。

除此以外，伴随着这颗孤独的心灵成长的，便是那使人神往的格萨尔故事了。那曲一带《格萨尔》流传极为普遍。藏北东西部各县以及安多的朝佛者欲到拉萨，大都经过这里。而赛马会、贸易交流会都是说唱《格萨尔》的好机会。阿达尔从小喜爱《格萨尔》，听过不少艺人说唱。当叔叔教他初识藏文以后，他便可以随心所欲地拿着《格萨尔》本子，在史诗的王国中遨游了。

心里装着《格萨尔》故事的阿达尔已经憋不住了。他想说，想唱，想把自己心中的喜怒哀乐随着格萨尔的故事一起倾泻出来。一起放牧的小伙伴成了他最初的忠实的听众。从此，在他的眼里，放牧再不是什么平淡枯燥的事。日子不知不觉一天天过得很快。

阿达尔会唱《格萨尔》的消息在村子里传开了，于是亲戚及邻里有时也把阿达尔叫到家中说唱。在这些熟悉的人中间，阿达尔的胆量和才干都得到了锻炼。当他看到那一双双信任与肯定的目光，他就更加自信，说唱的劲头更足了。

然而，父亲和继母对他更加不满："到处去说《格萨尔》，家里的活儿谁干？"父母责骂他是个不务正业的人。"要是你愿意出去唱《格萨尔》，那么就永远也不要回家！"就这样，17 岁的阿达尔被赶出了家门，成了一个无依无靠的流浪儿。

父亲和继母虽然对他不好，但那总是个落脚的窝。现在被赶出来，到哪里去求生呢？阿达尔想起了在荣布寺当格西的叔叔。到荣布寺去，这是唯一的路。

荣布寺是个格鲁派寺院，寺主坚参仁钦知识渊博，心胸宽阔，曾在嘎丹寺和哲蚌寺中当过格西。他了解了阿达尔的境况以后，同意他留下来。

阿达尔每天跟着喇嘛们一起念经、生活。格鲁派寺院戒律非常严谨，生活异常紧张。然而，这些在那曲长大的喇嘛们却酷爱《格萨尔》。当他们得知阿达尔会说唱时，就在空闲时间集中在扎仓里让阿达尔悄悄地唱上几段。只有等到节日来临，他们才可以放心大胆地聚在一起，听阿达尔说唱。有时候，喇嘛们凑一些食物，到远离寺院的草滩上搭起帐篷，叫阿达尔唱个痛快。他们在一起共度美好时光，使阿达尔忘记了世上的一切愁苦与悲哀。

寺主坚参仁钦得悉阿达尔会唱《格萨尔》，且年轻聪颖，决定为他开启智门。一天，寺主把阿达尔叫了去，叫他跪在护法神百多吉吉切钦模（dpal rdo rje vjig byed chen mo）的前边。只见护法神的前面摆上了供品，喇嘛不停地口诵经文。后来寺主解释说，他在把阿达拉姆的灵魂降于阿达尔的身上，这是在黑头人的长官格萨尔的授意下做的。据说仪式举行以后，阿达尔说唱《格萨尔》时，阿达拉姆的灵魂就降在他身上。他就能说唱自如了。

此后，阿达尔离开了荣布寺，开始了他的流浪生涯。他的说唱技艺还不很精深，在说唱之余，主要靠劳动来维持生活。他给别人当佣人、放牛、拾牛粪、鞣皮子、捻线，只要是能挣到一口饭，他什么活都干。在苦难中，他认识了生活，也认识了自己，并不断地注意提高自己的说唱技艺。

十八九岁的阿达尔开始在那曲县有了点小小的名气，经常有人请他到家里说唱。在那荒寂的牧区，在时空都显得无限博大的草原上，阿达尔用自己的聪明才智为别人带来了精神上的乐趣，而他自己也从中得到了陶冶、享受和温饱。

有一年，从比如县下曲区来了一位头发全白的六十多岁的老艺人嘎鲁。阿达尔在回忆起这位老人时，表现出了无限的怀念和敬佩。他说："嘎鲁是嘉黎县人，当然，他现在已经不在人世了。那才是一位真正的仲堪！现在的艺人，包括我在内，只能算是一般的艺人，都无法与他相比。"老艺人嘎鲁也是由格西坚参仁钦开启智门的，他的足迹遍及整个藏北地区。那一年，阿达尔有幸与嘎鲁在一起说唱《格萨尔》，从他那里学到了不少作为一个真正的艺人所应具备的东西。他们在一起说了《赛马称王》，又说了《大食财宗》和《霍岭之战》，这几部在《格萨尔王传》中是最主要也是最精彩的部分。阿达尔的说唱技艺在前辈艺人嘎鲁手把手的教授中得到了提高。当时阿达尔仅二十几岁。当然，在阿达尔一生漫长的岁月中，见过不少仲堪，但从他对嘎鲁的崇拜中，可以看出这位艺人的杰出才华及他留给阿达尔的深刻的影响。

像嘎鲁这样优秀的艺人，在过去肯定不少。然而，现在我们只能从老人们的口中略知一二了。

从此，仲堪阿达尔的名声在那曲大振。28 岁那年，他踏上了通往拉萨的路，这是他第一次去拉萨朝佛。途经热振寺时，应邀在寺中停留了七天，为寺中的僧人说唱《格萨尔》，同时得到了僧人们极好的招待与照顾。

朝佛回来之后，他开始出入于达官贵人之家。那曲地方的集巧（总管，一般由拉萨方面委派）拉乌拉达及贵族强秋帕巴的家里，经常可以听到阿达尔的声音。

那曲总管非常喜欢听《格萨尔》，而且对其内容了如指掌。每次叫阿达尔来家中，都是由总管亲自点部名，阿达尔说唱。每当总管沉浸在《格萨尔》的曲调之中，除了亲近的人以外，任何人不得打扰。而总管家中的其他人只能站在窗子外边偷听，一站就是一个通宵。

强秋帕巴人比较开通，是个热情好客的人。每当阿达尔到他家说唱，他总是把亲朋好友都叫来，大家一起分享乐趣。阿达尔在他家中白天讲，晚上点灯接着讲，四五天便可唱完一部。

位于那曲镇的孝登寺，也是阿达尔常去的地方。该寺活佛珠康（六世）是个《格萨尔》的爱好者。每当阿达尔为活佛说唱时，寺庙里的领诵师、铁棒喇嘛、堪布及年老的喇嘛们从不缺席，房间里经常坐得满满的。阿达尔见到这么多的崇拜者，说唱起来也带劲。听众的情绪常感染着他，使他的说唱更丰富、生动。

一年之中大约有半年时间阿达尔在外边说唱。他除了自己吃饱以外，作为说唱的报酬，还可以得到一些肉、奶酪、酥油或钱。他记得强秋帕巴曾送过他 100 元藏币。阿达尔的生活有了转机，他和一个比他小 15 岁的藏北姑娘结了婚，成了家。

有一年，拉萨四大林之一的达吉林派出两个秘书来到那曲，找到了阿达尔，叫他说唱《霍岭之战》，由两位秘书轮流速记。大约只用了 40 多天就全部用楷书抄好了。阿达尔回忆起当时的情景时说：那两个人写起藏文快得很，我这边唱，他们在那边写，我唱完了一段，他们也写完了一段，哪里像有的人写字像刻石头一样费劲。他们先用草书记下来，再用楷书抄好。完成时上部约有 740 页，下部有 770 页。

这以后，阿达尔曾带着妻子多次去拉萨朝佛。在朝佛途中、在拉萨都可以听到仲堪阿达尔说唱《格萨尔》的声音，他的足迹遍及那曲—拉萨一带。

"文化大革命"中他曾被迫中止说唱。当抢救史诗的工作再度开始时，阿达尔已是年逾古稀的人了。他尽自己的力量努力说唱，为地区《格萨尔》办公室录了《祝古兵器宗》《门岭之战》《歇日珊瑚宗》《噶岭》《蒙古马宗》《阿扎玛瑙宗》《梅岭》等 7 部。

1984 年，他出席了在拉萨召开的《格萨尔》艺人演唱会。由于当时他身体不好，没能在大会上演唱，因此，人们几乎忽视了他。但是所有听过阿达尔说唱的人以及一些艺人，说起阿达尔的说唱都非常佩服。他们说，阿达尔在藏北是首屈一指的。年轻艺人曲扎曾对我说：阿达尔的说唱与众不同，他的说唱内容精练，语言用词相当丰富。而酷爱《格萨尔》的那曲人常常把说唱得最好的两个艺人相提并论：第一个是阿达尔，第二个是纳达尔（巴青县的次旺俊美艺人）。

1986 年在全国《格萨尔》工作表彰大会上，阿达尔获得了先进个人的称号，受到表彰。近几年来，他因身体的原因很少说唱了。当我问他："几年不说《格萨尔》，恐怕您都忘了吧？"他不容置疑地说："怎么会忘！都在我的脑子里。每当我一唱起来，脑子里就会出现画面。唱到哪位英雄时，他的身影便会出现在我的眼前，就像是见到了真人一样。他的服饰、他的战马、他的武器，都历历在目。根据这些画面，我可以毫不费力地说唱。"阿达尔自豪地说："在仲堪中，我是属于通仲（mthung sgrung 看得到的故事）一类。"他认为艺人可分为三类：第一类是通仲，第二类是巴仲（vbab sgrung 降下的故事），第三类是洛仲（bslab sgrung 学到的故事）。阿达尔解释说，巴仲只是用嘴说，而通仲是根据画面说，这样说得就丰富的多。当然画面的出现与艺人所处的环境有关。有的人家中图像就出得好，那么讲得也好，而有的人家中图像出得慢且不清楚，这时眼睛很累，光流泪，唱得效果也自然不好。他说，对于每个艺人来说，故事神降的地方也有不同。有的降于头上，有的降于嘴上，有的降于耳朵上。阿达尔即是降于耳朵上。所以，当说唱《格萨尔》时，有的艺人摸头，有的摸嘴，而阿达尔是摸耳朵，这样一摸，故事就降下来了。

　　五十多年的说唱生涯，格萨尔的故事他不知唱了多少遍。那主要情节、那三十个英雄可以说已经刻骨铭心了。这是他一生所喜爱、赖以生存的看家本领，怎么能忘呢？

　　这是阿达尔作为仲堪的一面。而他充当巫师（拉哇）、巴窝钦摸的一面就不甚容易理解了。

　　阿达尔介绍说，自从开启智门以后，他便可以降神、给人们治病。当时喇嘛坚参仁钦曾嘱咐过他：要为百姓做好事，即使不降神，也可以给人治病，预测人生的吉凶。从此以后，他曾降过不少次神。有时给别人算命，有时给人治病。

　　"文化大革命"中，由于他曾是拉哇，被说成是牛鬼蛇神，搞迷信活动，在公社里监督劳动。从那以后，阿达尔就再也没有降过神了。"那么，为什么现在又看起病来了呢？"我问。他指着不断登门的病人说："我也没办法，看着他们从老远来，我也只有给他们治病了。"

　　是的，就在我这次没有事先通知的采访中，前前后后就来了三拨病人。我有幸目睹了阿达尔"吸"病的全过程。

　　正在我们谈话的时候，进来了一个脸上涂着黑炭、蓬头垢面、泪水汪汪、呼吸急促的病人，此人大约40岁，看来病得不轻。他对阿达尔说他肚子胀得厉害，疼痛难忍。听完病人的叙述，阿达尔二话不说，从身边拿起一条哈达，一头放在病人的肚子上，一头放在嘴边喷喷地吸了几下。这时，阿达尔的孙媳妇早已一手拿着盛了清水的铜勺，一手拿着一个装了一点水的瓷碗等候在旁边，只见阿达尔接过瓷碗向里边吐了一些絮状的黑黄相间的东西。他把吐出来的东西放在病人眼前展示一下说："就是这个！"然后又一口喝了进去，待到再吐到瓷碗中时，那絮状的东西全无了，只剩下了一点水。阿达尔顺手把碗中的水泼在了地上。这一系列动作只在十几秒钟之内就完成了，我还没来得及拍照，病已经"治"好了。真是神速！阿达尔说，他得的是肿瘤，应该开刀，并嘱咐病人不要吃羊肉，少喝茶，多喝开水，不要着凉，等等。

　　没过多久，坐在那里愁眉紧锁、气喘吁吁的病人开始和屋里的其他人聊天了，虽然只是几句简单的关于牲畜的对话。但可以看出，他的感觉已经明显好转。

　　不一会儿，我们的谈话又被打断了。阿达尔起身往屋外走，原来外边又来了病人。不知为什么，阿达尔要到院子里给病人看病。也许来的是远道的客人，他迎了出去。同行的次仁拉达提醒我快做好拍照的准备，我急忙拿了相机跟出去。

这次是一位父亲带着他的十六七岁的女儿来求医。我想起来了，我们乘车前来阿达尔家时，途中曾见到这父女俩在路边休息。原来他们特意从那曲镇步行17公里来这里求医。女孩得的大约是肝包虫之类的病，从身上的刀口看，已经做过手术。可病人说开刀以后六个月，刀口痛，里边鼓胀胀的。阿达尔用了同样的方法吸，但这次吸出的东西不多，碗中只有一点点絮状物，照样拿给病人看说："就是这个，没关系，不要发愁。"并嘱咐姑娘慢点起身，慢点系腰带。阿达尔从跪在面前的姑娘身边站起身补充道："若有好转再来，若没有好转，就不用来了。"姑娘眼里噙着泪水，用感激的目光看着阿达尔连连点头，父亲献上了用哈达缠裹着的两块砖茶。于是父女俩坐在院子里休息，从背来的热水瓶中倒出酥油茶来慢慢地喝着。我问姑娘："感觉好点了吗？"姑娘点了点头。

返回那曲时，我们的小车把这舍近求远（那曲镇就有地区医院）的父女俩带回了那曲镇。但我仍不能理解，这样一吸会给她带来什么神奇的效果？

给姑娘治过病后不久，又来了三个人。父亲带着儿子来看病，还有一个陪同的。据说这三个人是阿达尔的亲戚，至于什么样的亲戚我没问。在草原上，称得上"宾加"（亲戚）的人太多了，只要是一个骨头传下来的（即一个祖宗传下来的）都是亲戚。父亲向阿达尔讲述了十六岁的儿子发过烧后变得痴呆的经过。阿达尔以同样的方法吸了一下，没有吸出什么东西，便从小藏桌里拿出一个捆着哈达的多吉（法器，金刚手），在两手中摆弄，口中念念有词。随后，又从身后的被子下边拿出了一个新编的乌日多（羊毛编成的抛石器），和那法器一起拿在手中，在病者的头上摇来晃去。再看病人呢，他和他的父亲及同来的人早已虔诚地深深地低下了头。只见阿达尔仍不断地用法器、抛石器在他们的头上、肩上拍来拍去，大概是为了把病魔从他们这里驱除吧？一切都结束了。病人及家人满意地离开了，临行前留下了一坨新鲜的酥油和一条哈达。

就这样，在我的近四小时的访问中，阿达尔三次接待了来访的病人。他总是认真麻利地做着相同的动作，并同情地说着嘱咐的话语。"您给人看病累不累？"我问。"当然累了，看病多了眼睛痛，而给别人吸完以后，自己也恶心，好几天吃不下饭。"是的，连我在旁边观看，都有翻肠倒胃的感觉。

阿达尔自信地为病人"吸"病,而他的病人当然更是坚信不疑了。据说他的病人中还有一些国家干部呢!

这就是发生在 20 世纪 80 年代,大力提倡物质文明和精神文明的中国的事情!此时,祖国的首都及大城市的现代医学技术已经发展到了极高的水平,而在祖国的西陲,在拥有不少医院的西藏,在距青藏公路不远的地方,每天都在进行着用哈达"吸"病的事情,这中间存在着多大的时间反差呀!为此,每当想起这些,我就感慨不已。阿达尔是否有特异功能,我不能断定,但是这种"吸"病,起码起到了精神疗法的作用。人们常说:七分精神三分病,这也许是他治好不少患者的原因。然而,巫术毕竟不能代替现代医学,这是最简单的道理。

我准备告辞了。我代表全国《格萨尔》办公室向他献上了哈达和茶,并希望他好好养病,早日康复,为抢救《格萨尔》再做贡献。他很激动,连声说着感谢的话。当我问他有什么要求时,他向我吐露了埋藏在心底的积郁:"旧社会,我说唱《格萨尔》不用仲夏(帽子),但是 1984 年,地区文化局做了几顶,发给了我一顶,我曾戴着它在那曲赛马会上、拉萨艺人演唱会上说唱多次。后来上边把帽子要回去了。有的群众不了解情况说:不让阿达尔唱《格萨尔》了。"显然,老人并不是舍不得这顶帽子(他自己也可以仿制),他珍惜的是作为一个《格萨尔》仲堪的声誉。尽管他给人看病,生活条件很好,但在他的心目中,仲堪是神圣的,他不愿意丢掉这样一顶桂冠。虽然他不能说唱了,但他舍不得伴着他生活了一辈子的《格萨尔》。其实,格萨尔的故事在他的心中已经翻腾了六十个年头,要想丢弃掉也是绝对不可能的。

阿达尔虽然是集仲堪与拉哇于一身的人,然而仲堪在他心目中的地位是至高无上的,他要继续保存一顶仲夏,作为一名《格萨尔》仲堪,直到步扎巴老人的后尘而去。我想这一要求是不过分的。

这就是一个仲堪兼拉哇的心。

附记:

1990 年 12 月,当我到拉萨出差,再度询问起阿达尔的近况时,人们给我的回答是那样的无情:"阿达尔已于今年春天辞世。"我黯然泪下,心中默默地为他老人家的亡灵祈祷!

他从唐古拉山来

——会说唱百余部的艺人才让旺堆

一个人的大脑究竟能储存多少信息？据美国科学家研究：人脑可以记忆美国国家图书馆藏书的总和。然而这只是理论的计算，并没有真人实践的记录。但是，具有超常记忆能力的人确实存在。中国史诗《格萨尔》说唱艺人中，能够说唱几十部甚至逾百部作品的优秀艺人的存在，就是最好的证明。青海艺人才让旺堆就是其中的佼佼者之一。

发现艺人才让旺堆是在一个偶然的机会中。1987 年，青海省《格萨尔》研究所的同志到海西州都兰县调查，从县政协主席、藏族活佛洗培礼那里第一次听到了有关才让旺堆的消息。活佛回忆说，那是 20 年前的事了。"文化大革命"期间，他被送到大柴旦集中学习，遇到了因说唱《格萨尔》遭批判后送来学习的才让旺堆。他们在劳改中相识，他曾详细地听过才让旺堆的说唱，认为他是个出色的说唱艺人。《格萨尔》研究所的同志们顺着活佛所说的线索，费尽周折，终于在唐古拉山地区找到了才让旺堆。

1987 年 9 月，当才让旺堆接到通知，风尘仆仆地从唐古拉乡下来到西宁参加青海省《格萨尔》艺人演唱会时，大会已经开幕几天了。他来不及休息即开始了演唱。他以多变的曲调，把史诗的人物勾勒得活灵活现，深深打动了听众。为此，他荣获了演唱一等奖。

才让旺堆还不到 60 岁，却走过了一条曲折的人生之路。童年的往事在他的心灵深处留下了无法磨灭的痕迹。

他的老家在安多多堆地方，这里北面与哈萨克族牧区接壤，历史上两个民族间为了草场、牛羊，纠纷不断。才让旺堆8岁那年，双方纠纷又起，父亲和哥哥在械斗中死去，其他兄弟姐妹四处逃散，剩下母亲和他相依为命。接着不到一年，母亲也因丧夫失子，悲痛成疾，加上饥饿，撇下9岁的儿子离开了人世。小小的才让旺堆为了给父母、哥哥还愿，超度亡灵，便孤零零地离开了家乡，向南走去，开始了他颠沛流离的朝佛生活。

从安多出发，他一边讨饭，一边赶路，半个月后才到达那曲。他继续前行，途中在古露区遇到了三位从巴青来朝佛的大姐。这三个姑娘是背着父母跑出来朝佛的。当她们看到才让旺堆这个瘦弱可怜的小男孩时，产生了极大的同情。才让旺堆回想起独自一人行走的艰难，有几次讨不到饭，还险些被狗咬伤，便请求三位大姐带他一起走。善良的姑娘们答应了他的请求。从此，他们四个人结伴而行，要到一碗糌粑分四份，要到一碗热茶四个人喝，相处得像亲姐弟一样。四个人靠讨饭、帮工糊口，缓慢地向圣地拉萨走去。

不久来到拉萨，他们开始了朝拜活动，色拉寺、哲蚌寺、甘丹寺、大昭寺无一不留下了才让旺堆那双小小的脚印。一个月过去了，他们结束了在拉萨的朝佛后，三个姐姐要到后藏去朝佛。才让旺堆伸着两个小小的大拇指对大姐们说："咕坂！咕坂！带我一起走吧！"就这样，他们一起到了日喀则的扎什伦布寺，后又经江孜、普莫雍措、羊卓雍湖，来到桑鸢寺。再从那里北上，来到那曲的波桑姆雄拉地方。这里是一个三岔路口，西行即是通往冈底斯神山的路，北行可到那曲、安多。三个姐姐对才让旺堆说："我们准备去朝拜冈仁波切，你去不去？"才让旺堆无家可归。正巴不得姐姐们带他继续朝佛，就高兴地答应了。冈仁波切是个有名的神山，安多的牧民们说，转冈仁波切，最好是鼠年，因为它是十二生肖中最大的一个，其次是马年。当时正值马年，前往朝拜的人真不少。一些年轻的朝佛者和一个老人结伴而行，也到了波桑姆雄拉。由于大家都不认路，那些年轻人要与姐弟四人同行，大姐却不同意，她说，与这些人一起走，人多要不到饭，还不如我们四个人走。于是姐弟四人仍然自成一伙向西走去。

来到冈底斯山脚下，正值马年春天的三四月份。高原的春天虽然仍很寒冷，但是冬天的冰霜已经开始消融。大姐对才让旺堆说："你的父兄是被枪打死的，你的母亲是饿死的，你若有决心为他们超度亡灵，就磕长头绕神山转上13圈，老人说转13圈吉祥、圆满，可以满足你的心愿。你有决心吗?"

　　11 岁的才让旺堆看着那巍峨高大的冈仁波切,犹豫不决,三个姐姐是徒步转山,自己是磕长头转。这样就不能走在一起了,如果讨不到饭可怎么办?大姐看出了他的心思,便说:"我们三人就是你的亲姐姐,不会丢下你不管的。你若有决心磕长头转山,我们走在前边,每天在你能到达的地方烧好茶、讨好饭等着你,有我们吃的、喝的,就少不了你的一份。"小才让旺堆被姐姐们的关怀感动了,为了父母和哥哥,他下定决心,磕长头绕山 13 圈。

　　说起来容易,转起来难啊!冈底斯山脚下的路崎岖不平,山势陡峭,抬头只看到蓝色的天空和白云,却看不见山顶。别人磕长头,都有一副特制的手套,那是两块包着铁皮、与手掌大小相当的木板,上边有皮子做成的套,磕长头时,手套进去,每次匍匐在地时,让包铁皮的一面擦地,这样可以保护手掌免受擦伤。可小才让旺堆哪儿来的手套啊!在那戴着手套磕长头的人们嚓嚓作响的同时,才让旺堆是用那双稚嫩的小手擦地的。没过两天他的双手已经被石头划破了。尖利的石头刺破了他的手掌,鲜血滴滴落在冈底斯山脚下,他默默地咬紧牙关忍受着,心中只是想着屈死的父母和哥哥。

　　这样,无论是狂风蔽日的阴天,还是晴空万里的晴天,无论是骄阳似火的夏日,还是漫天大雪的冬季,他用双手、双脚和头,五体投地,日复一日、月复一月地绕着冈仁波切顶礼膜拜。似乎他只有全身心地做着这一机械的动作,心中的创伤才能平复。一年零两个月过去了,他终于转完了13 圈。那至今还留在手掌上的缕缕长疤,便是冈仁波切留给他的无声的纪念。

　　此后,姐弟四人踏上了归途。途中来到念青唐古拉山和山旁的纳姆湖。牧民们说转过冈底斯山,再转念青唐古拉山和纳姆湖,那样才算功德圆满。于是他们又徒步转了这神山和神湖13 圈。

　　两个月过去,他们完成了夙愿。一天,他们来到纳姆湖边的一处岩石边休息。这块巨大的岩石,被当地人称作纳姆措赤锅,是因为其形状像麒麟的头而得名。从那貌似麒麟的口中不断滴下清水,一年四季从不间断。也有人说,这是格萨尔大王的战马江古玉拉的头。姐弟四人就在这里洗头、洗澡,去除身上的污秽,也消除了转山绕湖的劳累,尔后开始烧火煮茶。

正近傍晚时分，才让旺堆朦胧中看见一个人骑着马从湖那边走来，围着纳姆措赤锅转了三圈，他清楚地看到此人头戴钢盔，身着铠甲。手持很长的长矛，骑着紫色的马，那盔甲在夕阳下闪闪发光。不知不觉中他就睡着了。

三个姐姐见他倒在地上，很害怕，以为他死了。大姐仔细观察了一下，见他脖子上的血管还在跳动，而且跳得很厉害，于是对两个妹妹说："我们一起去拉萨、后藏、冈底斯山朝佛，不能丢下他不管，他可能是太疲倦了。你们去要饭吧，我在这里陪着他。"不料，他一睡竟睡了七天，大姐就在他身边陪了七天。他不吃不喝，与死去的人没有区别，大姐看着干着急。醒着的人心如火燎，而睡着的人却若无其事。

才让旺堆在这七天中做了无数的梦。他梦见自己得到了许多财宝，金银、绿松石、玛瑙、珍珠，然后他又把它们分给了百姓，自己没有留下任何东西；后来他又得到了许多牲畜、马、牛、羊等，他又分给了百姓，自己没有留下什么；最后，他梦见了打仗，许多次战争和人们互相残杀的情景，以及他们之间的对话，听得清清楚楚。

到了第七天，他终于醒了过来。大姐惊喜地问他感觉怎么样？他把梦中所见一一说了出来。才让旺堆七天没吃饭了，身体很虚弱。大姐叫他少吃一点糌粑，因为饿了七天的人不能一下子吃得太多。可才让旺堆什么也不想吃。就这样，他们又上路了，朝着那曲走去。

平时朝佛，才让旺堆总是与三个姐姐一起走。但这次，他却一个人远远地掉在后边，嘴里不停地说着什么，连他自己也不知道。大姐急得回过头来催他快走："你疯了啦？嘴中总瞎说，还不快点跟我们一起走？"听到大姐的话，他尽量控制自己不乱说，可是过不了多久，就又不由自主地说了起来。后来，他们一起来到那曲卡，遇到了一位曾和他们一起转冈底斯山的老人。那老人问："你们怎么这么迟才回到那曲？"大姐回答说："波拉（老爷爷），他疯啦，嘴里总是唠叨个没完。"老人便对才让旺堆说："孩子，你把嘴里不停地说着的那些话对我说说吧！"才让堆旺爽快地答应了，大着胆子一说说了半天。波拉听后询问他的上辈人中是否有仲堪？他回答没有。波拉抚摸着他的头说："孩子，你说的是仲（指格萨尔故事），你说得很好，为了格萨尔大王，以后你要保护好自己的身体。"直到这时，才让旺堆才知道自己会说唱《格萨尔》故事了，而他说的这些全是他梦中所见。

在那曲住了些日子，三个姐姐要回巴青县了，她们希望无家可归的才让旺堆能与她们同去。大姐说："我家中有父母、兄弟，有牲畜，你去了不会挨饿的。有我们吃的，就有你吃的，这一辈子我们算是有缘分。"可是才让旺堆想，该转的山转完了，该朝的佛朝完了，想还的愿也还了。如今，也该回家乡去了。所以他婉言谢绝了大姐的邀请。那时他才13岁，分手时的情景至今还记忆犹新：他们是同一天上路的，但这一次却分道扬镳，姐姐们朝太阳升起的地方回巴青家乡去了，而才让旺堆向着北方——他的家乡安多走去。

回到家乡，他开始以说唱《格萨尔》为生；谁家叫去说"仲"（格萨尔的故事），就在谁家吃饭。他一户又一户、一村又一村地说着，渐渐地远近有了点小名气。乡亲们传说：才让旺堆转了冈仁波切回来，变成了一个仲堪！

上安多县有座波恩寺，寺院规模比较大，有150多个僧人。大喇嘛嘎玛乌坚占堆听到才让旺堆会说《格萨尔》，就派人牵着马把他接到了寺院。大喇嘛问他："你会说《格萨尔》吗？"他回答说："会说一点，但不全，都是梦中见到的。"于是喇嘛叫他说一部，他就开始说《卡契玉宗》。才让旺堆慢慢地说，旁边有两个写字如飞的喇嘛记录，每天唱上一段。一年过去了，当大约一寸厚的记录条本摆在大喇嘛面前时，他满意地说："我们雪域有不少《格萨尔》艺人，但是像你这样说的还没见过，你是一个最出色的艺人，是格萨尔的大将嘎尔德的转世，你要好好保重啊！"后来他用黄布包好条本，外边又用红色的织锦缎包裹，上下夹上木板，派人送到了拉卜楞寺保存。

大喇嘛对才让旺堆倍加器重，送给他说唱艺人帽、弓箭和短剑，同时写了一纸凭据签上名字送给他说："把这个条子带在身边，它可以帮助你。"他接过条子，看不懂藏文的意思，只见条子的四周画有马、狮子、大鹏鸟和龙，在寺庙的大印旁，有大喇嘛的亲笔签名。那顶帽子做工极为精细，是用白色的毡子做成，外边用金色的织锦缎装饰，在帽子前边嵌有弓、箭、剑、日、月和巴掌大的铜镜。据说别人看不到的东西，艺人一戴上有铜镜的帽子却可了如指掌。

有了活佛的认可，才让旺堆更自信了。戴着帽子、道具和活佛的手谕，走到哪里，唱到哪里。

帽子是一个优秀说唱艺人的标志，因为这种仲夏（sgrung zhwa 艺人帽）一般都是由寺院特制的，谁持有就说明他得到了寺院的认可。才让旺堆每到一个地方，只要手上托着仲夏出现在牧民面前，大家都会自动地围过来。他首先讲帽子赞、帽子的来历、上面装饰品的作用及象征意义。群众一看那顶仲夏和活佛赐给他一尺半长的剑，便立即认定他是个最好的说唱艺人。由于他年龄小，又常年穿着一件灰皮袄（白色的光板皮袄，年久遂变成灰色），当地牧民就给他起了一个绰号，叫"仲珠嘉日"（sgrung phrug skya ril），意思是穿着灰皮袄的《格萨尔》小艺人。

他的说唱有自己的特点，一般是坐着说，说唱到激烈战斗场面时，就站起身来拿着剑，边表演边说唱。每晚说唱前的煨桑是必不可少的，也从不间断。他在一个小盘子中烧起柏叶、糌粑、酥油、茶叶等物，这时，徐徐升起了白烟，前边再斟上酒，或以茶代酒，第一杯是撒到外边献给格萨尔大王，然后才开始说唱。

自从在纳姆湖畔岩石下大睡七天以后，他几乎每晚入睡后都在不停地做梦。梦中所见的内容全部是格萨尔的故事。有的时候连续做梦，有连续几个月的梦，甚至有连续一年多的梦。而在睡梦中，他就像听故事一样，一段接着一段地听下去，醒来以后，梦中的情节就展现在眼前，清晰可见。于是故事就从嘴里自然地流泻而出。他做过的梦永远不会忘记，牢牢地印在脑海里。

他不但黑夜做梦，有时白天躺在暖融融的草坝子上，也会蒙眬入睡，做起梦来。梦就这样伴随着他的说唱。白天他四处说唱《格萨尔》，也听别的艺人说唱；夜晚他又在梦中重温格萨尔的故事，《格萨尔》几乎占据了他的整个精神世界。在不断的思索、揣摸中，他的说唱技艺不断提高。

才让旺堆流浪说唱，主要在其家乡安多地区，有时也到拉萨，在朝佛闲暇时说唱。他经常住在牧民家中，这家住上两天，那家住上三天。他给牧民们说唱《格萨尔》，给他们带来了精神食粮，而牧民们则用尽可能丰盛的食物来款待他。当他离开一户人家上路时，主人还会送给他点路上吃的糌粑、干肉或些许钱币。

他在流浪中说唱，在说唱中长大。十年后当他26岁时，在下安多结识了一个比他大一岁的姑娘嘎日鲁，他们结为夫妻，共同生活。多年四处流浪，他没有家，没有赖以生活的任何生产资料。但是有了妻室总要有个落脚的地方，所以他决定带着妻子到青海省沱沱河畔的唐古拉乡去。当时这里兵站正在盖房子，他们当民工挣了一些钱，就住了下来。区委看到他一家没有任何财产、牛羊，就帮助他们盖了房，分给他们一些牛羊。从此，才让旺堆就在唐古拉乡定居下来。

他亲眼看到了人民解放军的官兵对群众是那样爱护，亲身感受到政府给予的关怀，心中充满无限的感激之情。这个到处流浪、四海为家的孤儿，终于有了了自己的家。他珍惜所得到的一切。

几个月后（1958 年），少数人挑起的叛乱开始了，唐古拉乡的五个生产队中没有一户参叛。才让旺堆对当地的山势地形太熟悉了，那是过去说唱《格萨尔》时，他用双脚走过了多少次的高原，于是他给解放军当了向导。部队中有不少来自果洛、玉树的藏族官兵，他们的藏语当地群众听不懂，而才让旺堆走南闯北，熟谙各地方言，于是又兼翻译。他努力地工作，得到部队同志的称赞，并被评为模范。这一年中，他不仅学到了不少新的知识，懂得了许多道理，而且大开了眼界，提高了文化素养。

俗话说："苦日子难熬，甜日子如流水。"一晃八年过去了，才让旺堆已经是五个孩子的父亲。为了支撑这个家，这期间他主要从事牧业劳动，闲暇时学做一些手工活，他只要看上一遍就可以学会。像打铁、做银器，他都是无师自通的。他不识字却能刻经板。他用自己的聪明才智和灵巧的手支撑着这个七口之家。晚上，他常被牧民们请去唱《格萨尔》，但那绝不是为了糊口度日，只是因为梦总是不断地涌现，格萨尔的故事积存在胸中不吐不快。可以说，他这一时期的说唱实际上完全处于一种自娱自乐的状态。

然而，好景不长。1966 年下半年后，这个海拔 5000 米的高原地区——唐古拉乡，也没有逃脱那场灾难。在青海省，"文化大革命"一开始，《格萨尔》即被打成封、资、修俱全的大毒草。而传唱这一"毒草"的民间艺人也就在劫难逃了。远近闻名的才让旺堆，自然是首当其冲地被推上了风口浪尖，成为被批斗的对象。

他有两条"罪行"：一是说唱《格萨尔》，特别是他的说唱活动得到了活佛的支持，赠送他帽子、剑和手谕，说明他与活佛有着密切的关系，故而罪加一等；二是他每天晚上煨桑，这是从事迷信活动。外加一条说他是骗子。本来才让旺堆没上过学，不识字，可人们不相信。他会说唱，又会打铁、打制银器，还能刻经板，说不识字纯属骗人。为此，他的仲夏、喇嘛给的"认可书"就在这场运动中被烧成了灰烬。

才让旺堆被迫跪着认罪。会上批斗、会下打骂成了家常饭。一次，他被推打，门牙碰在地上断掉了。打骂他忍受着，可他心里想不通，他一个穷人的孩子，说唱《格萨尔》究竟犯了什么罪？然而他有口难辩，他默默地承受着有生以来从未经历过的磨难。

更使他难堪的是妻子的反叛。妻子竟在众人面前指着他的鼻子说："我和他认识这么多年，不知道他是个坏人，也不知道他犯了这么多罪。今天我才知道一切，从今以后我要和他一刀两断。"这几句话真是雪上加霜。才让旺堆感到痛苦与无望，他万念俱灰，只好听任命运的摆布了。

1966年年底，他被送到大柴旦集中学习了一年零两个月。在此期间，他没有遭到非难，只是背着个沉重的政治包袱抬不起头来。

命运有时捉弄人，有时又给人提供机遇。在大柴旦学习班上，他结识了活佛冼培礼，从而彻底改变了他十几年后的人生道路。

1968年春天，他从大柴旦回到了唐古拉乡。妻子坚持要与他离婚，他同意了。大儿子当时只有十岁，他看到父亲将孤独地生活，便主动要求留下。五岁的小女儿是才让旺堆最疼爱的孩子，也留了下来。他是个豁达的人，家里的东西任妻子拿，牛羊按七个人平分，留下三份，余下的让妻子带走。这样，妻子带着另外的两个女儿一个儿子搬到了格尔木西大滩，一个家庭就这样解体了。

由于才让旺堆做事认真，肯出力气，后来大队指派他当了生产小队长。他乐意地接受了这一工作，把它看成是领导对他的信任。他是穷孩子出身，而且是一贫如洗地来到唐古拉乡定居的，他除了说唱《格萨尔》并没有做过什么坏事，于是他心安理得地当上了小队长。

那以后不久，他又在群众中悄悄地说唱了。当夜晚闲来无事的牧民们三五成群地来到他家，再三请求他说上几段时，他长时间憋闷在心中的格萨尔故事终于冲出了紧闭的嘴巴，像开了闸的洪水般倾泻而出。他有求必应，人们爱听什么，点什么，他就说唱什么。当地牧民最喜听描述战争的章部，因为格萨尔每赢得一次战争的胜利，就可以取回财宝，而听一次取回财宝的说唱，都被人们认为是吉祥、会带来财运的征兆。在那许许多多的征战章部中。他们最爱听的是《大食财宗》，此外，像《托岭之战》《阿达鹿宗》等亦是人们百听不厌的。

才让旺堆有说不完的故事，你若问他《格萨尔》究竟有多少部，多少宗？他回答说："那就像天上的星星、地上长出的青稞数不过来，比较大的部有四部降魔，而宗则有18大宗、46中宗，至于小宗就数不清了。

按照人们通常的说法，岭国有 35 个英雄。每人都可以说出一部来！"

目前，才让旺堆报了一个 148 部的目录，但据他说，他的说唱是根据经常不断做的梦，虽然"文化大革命"期间梦中断了。但一切稳定之后梦又开始了，至今不断。他最近做的梦是有关《乌鲁铠甲宗》的。他说，这是描写格萨尔与俄国人打仗的故事。梦大约持续了一年半，看来这一部规模十分可观。

关于说唱艺人的情况，他向我们介绍说，按照藏族的传统说法，人有五种功能，如听、看、说及口中的味觉和心中的感受等，在艺人中，技艺一般者是用一种功能说唱的，倘若能够在说唱时达到耳听得见、眼看得清、心中想得出这三种功能同时发挥作用的境界之时，他才算是最好的艺人，而他说唱的《格萨尔》才是最上乘的。这在藏语中称为"博学多闻同时显现的故事"（sgrung rab vbyams rgya chen po lta ba mnyam shar gyi sgrung）。才让旺堆自信地认为，自己就是属于这种艺人。事实也确是如此。

一般的艺人在每段唱词前都说某某唱了如下的歌，或说某某这样说……而才让旺堆的说唱却另辟蹊径，他在唱词前或某一情节描述前总是用"某某情景如图画一般浮现在眼前"，采用绘画般的手法，写景状物。

难怪才让旺堆在说唱时经常处于激动的状态。他说唱时，耳中仿佛听得到格萨尔当年在战场上的怒吼，眼前展开的是一幕幕动人的画面，心中则不断涌现出史诗活生生的情节，嘴里自然流淌出了史诗的旋律。每一次说唱，他都完全置身于史诗的活的场景之中，达到了忘我、无我、将我融化于史诗之中的境地。所以他说唱的史诗异常生动细腻，内容也极为丰富。如说到《匝日药宗》，他眼前就呈现出了高原奇特的药用植物的画面：每一种药材是什么样子、什么颜色，其性能等便会一一道来。

在说唱录音中，有时他眼前的画面出现得十分壮观，他会不由自主地被画面吸引，在故事的主线外添加许多枝蔓。比如当说到格萨尔下达战斗命令要进攻蒙古时，他就拐到蒙古之部，描述那里的人的世系、马的种类、帐篷的形状等。而说到战斗场景时，正当两军激战、勇士高举战刀要向敌人劈下之时，他又看到了别的情况，这一刀就可能被其他情节延误很长一段时间才劈得下来。当然这给整理他的说唱的布特尕父子带来了困难，但又确是他的一个特点。正如才让旺堆所说："我也没有办法，眼前的图画出来了，很激动，只得信马由缰地说了下去。"

才让旺堆认为，《格萨尔》的每一大宗都有三种说法，即详细说唱（详部），一般说唱和略说（略部）。详说即是从头到尾把这一宗详细全面地叙述；一般说唱是去掉一些情节和词汇的重复，讲故事的主要情节和脉络；而略说则是把开头、中间、结尾提出来做大概的叙述。对于一个优秀的艺人来说，每一个大宗都应该能够自如地采取以上三种形式说唱，即以繁、简、略三种方式，以长、中、短三种不同的篇幅说唱。

他说唱的另一个显著特点是融说、唱、跳于一身，在说唱中附以舞蹈。真可谓说之不足，唱之；唱之不足，蹈之。然而，唱的风格又不同于一般的史诗艺人。一般来说，每一位艺人都是说唱结合的，但绝大部分艺人采用因人而异的曲调。在这方面才让旺堆又有了进一步的发展。除一部分专人专曲，如北方鲁赞、霍尔白帐王、姜萨丹王、门辛赤王等分别采用"驱除黑暗见光明的六变调""食肉吮血调""布谷遥唱调""神音六俱调"之外，每一部、每一大宗和中宗又分别有其独具的主要调式。说唱十八大宗时，他分别采用了"宏扬正法之八调""颂珍珠串六调""珊瑚长城音调""雄狮神音六吟调""雄狮霹雳凯旋调""雪山丝绸长音调""名震四海六音调""聚千长兴调""神音经卷调""金刚铠甲不变调""雌虎对峙调""取水晶长音调""霹雳雌虎攻战调""歼敌三千调""颂神大调""雄狮对峙不变调""霹雳如风击魔调"和"经卷似金调"等。而 28 部中宗也各有音调名称。从上述例子不难看出，才让旺堆的说唱不仅在内容上别具一格，而且在音乐调式上亦是异彩纷呈。当他全身心地投入说唱，如醉如痴之时，又会情不自禁地手舞足蹈，以形体动作来补充说唱之不足。不同的人物，在不同的条件下又有着截然不同的舞蹈动作，令人叹为观止。

才让旺堆把说、唱、跳有机地结合起来，三者相辅相成，相得益彰，从而产生了强烈的艺术感染力。这也是他的说唱倍受人们欢迎和称道的主要原因。

他是个多才多艺的人，不仅在史诗说唱中具有独特的风采，而且心灵手巧。他能够绘画，画出他说唱的内容和人物，又能够动手缝纫出史诗中人物的帽子、衣物、盔甲之类。可以说，这是一位"全方位"表现史诗《格萨尔》的艺术家。同时，他又是个藏医，在他的住地经常可以看到上门求医讨药的人。他被人们誉为全才。

才让旺堆超群的艺术才华得到了国家和人民的赞誉，并给予了他应得的荣誉和地位。1989 年 3 月，青海省《格萨尔》研究所的同志带他专程来北京进行汇报，得到在京专家、学者的肯定和赞扬。不久，他被接到西宁，给予副教授待遇，专门进行录音和整理工作。

1989 年 11 月，他应邀参加了在四川成都举行的首届《格萨尔》国际学术讨论会，第一次在国内外从事《格萨尔》研究的专家学者面前一展风采，引起了广泛的关注。

1991 年 11 月，才让旺堆第二次来到北京，在中国社会科学院、国家民委、文化部、中国民间文艺研究会联合召开的说唱家命名大会上获得了"《格萨尔》说唱家"的称号。

年届六旬的才让旺堆，一生历尽风风雨雨，在他的晚年，终于迎来了艺术生命的金秋，愿他的说唱取得更大成就。

才让旺堆说唱目录

1. 天岭卜筮　　　　　lha gling gab rtse dgu skor
2. 英雄诞生　　　　　vkhrung gling me tog ra ba
3. 赛马称王　　　　　rta rgyug rgyal vjog
4. 玛燮扎石窟　　　　rma shel brag
5. 降魔　　　　　　　bdud vdul
6. 霍岭之战　　　　　hor gling gyul vgyed
7. 姜岭之战　　　　　vjang gling gyul vgyed
8. 辛丹内讧　　　　　shan vdan nang vkhrugs
9. 门岭之战　　　　　mon gling gyul vgyed
10. 大食财宗　　　　　stag gzig nor rdzong
11. 达玛财宝宗　　　　rta dmar nor rdzong
12. 阿里金宗　　　　　mngav ris gser rdzong
13. 上蒙古马宗　　　　sog stod rta rdzong
14. 外蒙古马宗　　　　phyi sog rta rdzong
15. 歇日珊瑚宗　　　　bye rivi byur rdzong
16. 汉地茶宗　　　　　rgya nag ja rdzong
17. 汉地法宗　　　　　rgya nag chos rdzong
18. 汉地犏牛宗　　　　rgya nag mdzo rdzong
19. 察瓦箭宗　　　　　tsha bavi mdav rdzong

20. 丹玛取箭宗	vdan ma mdav rdzong
21. 尕德取生铁宗	dgav bde khro rdzong
22. 嘉察取水晶宗	rgya tsha shel rdzong
23. 总管王取白螺宗	spyi dpon dung dkar rdzong
24. 总管王取水晶宗	spyi dpon shel rdzong
25. 郭岭之战	vgog gling gyul vgyed
26. 阿察热铠甲宗	a tsha ra khrab rdzong
27. 百波绵羊宗	bal po lug rdzong
28. 取大鹏羽毛宗	khyung chen sgro rdzong
29. 梅岭之战	me gling gyul vgyed
30. 浪日	glang ru
31. 吉古狗宗	gyi gu khyi rdzong
32. 阿塞山羊宗	a bse ra rdzong
33. 托日宝藏宗	thog ri gter rdzong
34. 俄斯宝藏宗	ao zi gter rdzong
35. 俄罗宝藏宗	ao lovi gter rdzong
36. 祝古兵器宗	gru gu go rdzong
37. 祝古珍珠宗	gru gu mu tig rdzong
38. 阿扎玛瑙宗	a grags gzi rdzong
39. 楠台宝藏宗	gnam thevu gter rdzong
40. 象雄珍珠宗	zhang zhung mu tig rdzong
41. 牡古骡宗	mu gu drel rdzong
42. 绒巴米宗	rong pavi vbras rdzong
43. 米努绸缎宗	mi nub dar rdzong
44. 托岭之战	thog gling gyul vgyed
45. 晁同取铜宗	khro thung zangs rdzong
46. 贡白玛瑙宗	gung pavi gzi rdzong
47. 歼灭黑帐王	gur nag cham la phab
48. 列赤马宗	li khri rta rdzong
49. 阿达鹿宗	a stag shwa rdzong
50. 罗刹肉宗	srin povi sha rdzong
51. 其岭之战	phyi gling gyul vgyed

52.	托日火宗	thog ri me rdzong
53.	印度法宗	rgya gar chos rdzong
54.	达玛琥珀宗	dar dmar spos shel rdzong
55.	索弱火药宗	so rovi vphur rdzas rdzong
56.	其岭套索宗	phyi gling zhags rdzong
57.	尼奔取金宗	nyi vbum gser rdzong
58.	森达取刀宗	seng stag gri rdzong
59.	罗刹人宗	srin povi mi rdzong
60.	达赤铠甲宗	rta khri khrab rdzong
61.	玉托宝藏宗	gyu thog gter rdzong
62.	琼赤母牦牛宗	khyung khrivi vbri rdzong
63.	格萨尔法宗	ge sar chos rdzong
64.	姜国王子霹雳宗	vjang phrug thog rdzong
65.	扎日药宗	tsa ri sman rdzong
66.	雪山佛法宗	gangs ri chos rdzong
67.	达潘取铠甲宗	dar vphen khrab rdzong
68.	嘉察武器宗	rgya tshavi go rdzong
69.	女罗刹焚尸	srin movi ro vdus rdzong
70.	梅央武器宗	me gyang drag chas rdzong
71.	印度阿如药宗	rgya gar a ru sman rdzong
72.	南将玛绒粮食宗	lho ljang mo rong gi vbru rdzong
73.	扎拉取铠甲宗	dgra lha krab rdzong
74.	丹玛青稞宗	vdan mavi nas rdzong
75.	姜国翡翠宗	vjang gi mthing rzdong
76.	汉地宝藏宗	rgya yi gter rdzong
77.	大鹏玛瑙宗	khyung chen gzi rdzong
78.	岭曲潘降伏四敌	gling chos vphen dgra chen vdul ba
79.	取森曲斯宝藏宗	srin chu sevi gter rdzong
80.	木雅兵器宗	mi nyag go rdzong
81.	木雅马宗	mi nyag rta rdzong
82.	哈赤金宗	ha khrivi gser rdzong
83.	西宁银宗	zi ling dngul rdzong

84. 西宁火宗	zi ling me rdzong
85. 察玛檀香宗	tsha dmar tsan dan rdzong
86. 雪山水宗	gang rivi chu rdzong
87. 岭国地貌千种	gling sa khra mthong ba stong vdus
88. 世界莲花地貌千种	vdzam gling sa khra pad ma stong vdus
89. 黑夏赤茶宗	shar khri nag povi ja rdzong
90. 晁同攻取铁宗	khro thung gis ljags rdzong
91. 森达攻取金子宗	seng stag gis gser rdzong phab pa
92. 绒察攻取兵器宗	rong tshas go rdzong
93. 攻克大食宗	stag gzig rdzong chen phab pa
94. 攻克玉则国王宝库	gyu rtse rgyal povi mdzod phab pa
95. 托日火宗	thog rivi me rdzong
96. 曲托王药宗	chu thog rgyal povi sman rdzong
97. 罗日王铠甲宗	lho ri rgyal povi khrab rdzong
98. 郭卡铠甲宗	go khavi khrab rdzong
99. 桑赤虎宗	seng khri stag rdzong
100. 尼罗珍珠宗	ne lo mu tig rdzong
101. 美巴尔虎宗	me vbar stag rdzong
102. 达赛麦宗	stag sar gro rdzong
103. 部初酒宗	vbum phrug chang rdzong
104. 巴玛珊瑚宗	vbar mavi byur rdzong
105. 其罗骡宗	phyi lovi drel rdzong
106. 阿赛粮食宗	a bse vbru rdzong
107. 嘉赤箭宗	rgya khrivi mdav rdzong
108. 拉达法宗	la tag chos rdzong
109. 印度珍珠宗	rgya gar mu tig rdzong
110. 尕德智慧宗	dgav bde shes rab rdzong
111. 森达智慧宗	seng stag shes rab rdzong
112. 贡保大鹏宗	gung povi khyung rdzong
113. 阿达肉宗	a stag sha rdzong
114. 日努	ri nub
115. 洛玛火宗	lo mavi me rdzong

116. 梅辛罗刹绳索宗　　　　me khri srin povi zhags rdzong
117. 西南罗刹王三宝宗　　　Lho nub srin povi gter gsum rdzong
118. 北罗刹松石宗　　　　　byang srin movi gyu rdzong
119. 分配世界八宝　　　　　vdzam gling gter brgyad bgo bshavi skor
120. 百波龙宗　　　　　　　bal bovi klu rdzong
121. 琼赤火宗　　　　　　　khyung khrivi me rdzong
122. 达日白螺宗　　　　　　stag rivi dung dkar rdzong
123. 其如水晶铠甲宗　　　　phyi ru drag po shel khrab go rdzong
124. 哈日金宗　　　　　　　ha rivi gser rdzong
125. 百哈拉绵羊宗　　　　　pe ha ravi lug rdzong
126. 大鹏金国　　　　　　　khyung chen gser rdzong
127. 嘉察银宗　　　　　　　rgya tsha dngul rdzong
128. 总管王茶宗　　　　　　spyi dpon ja rdzong
129. 尼奔金宗　　　　　　　nyi vbum gser rdzong
130. 文布檀香宗　　　　　　bong bu tsan dan rdzong
131. 尼罗铠甲宗　　　　　　ne lovi khrab rdzong
132. 木雅法宗　　　　　　　mi nyag chos rdzong
133. 印度金瓶宗　　　　　　rgya gar gser bum rdzong
134. 玉珠青稞宗　　　　　　gyu vbrug nas rdzong
135. 百波米宗　　　　　　　bal bovi vbras rdzong
136. 扎日竹宗　　　　　　　tsa rivi smyug rdzong
137. 赛卡斯山羊宗　　　　　bse kha ser ra rdzong
138. 索哈拉马宗　　　　　　sog ha ravi rta rdzong
139. 达玛水晶宗　　　　　　rta dmar shel rdzong
140. 尕多金宗　　　　　　　sga stod gser rdzong
141. 阿达拉毛　　　　　　　a stag lha mo
142. 保如玛瑙宗　　　　　　po ruvi gzi tdzong
143. 玛康珊瑚宗　　　　　　dmar khams byur rdzong
144. 德格法宗　　　　　　　sde dge chos rdzong
145. 嘉察剑宗　　　　　　　rgya tsha gri rdzong
146. 五种吉祥祝福　　　　　bkra shis pavi smon lam lnga
147. 俄洛铠甲宗　　　　　　ao lo khrab rdzong

148. 安定三界　　　　　　　　khams gsum bde bkod

再版附记：

才让旺堆于 2014 年 5 月 29 日在西宁病逝，享年 82 岁。

在青海省文联格萨尔研究所的努力与配合下，共抢救录制了才让旺堆说唱的《格萨尔》12 部：《阿达夏宗》（即〈阿达鹿宗〉，已出版）《吉祥五祝福》（已出版）《犀岭之战》《梅毛水晶宗》《狮虎海螺宗》《陀岭之战》（已出版）《嘎德智慧宗》（已出版）《扎拉盔甲宗》（已出版）《南铁宝藏宗》（已出版）《征服南魔王》《香日王》《森达海螺宗》（已出版），共计录音 979 盘磁带，约 58740 分钟（据青海省文联格萨尔研究所统计）。

由于积极参与《格萨尔》的抢救工作，1997 年，才让旺堆被国家民委、文化部、中国文联、中国社会科学院再次评为"有突出贡献的先进个人"，2003 年被聘任为青海省民间文艺家协会荣誉主席，2005 年被评为享受国务院特殊津贴的专家，2006 年被文化部命名为国家级非物质文化遗产传承人。

此外，他先后被青海省有关部门授予"青海从事文学艺术事业 40 年突出贡献奖""全省文化系统晚霞奖"青海省有突出贡献的文艺家、先进个人等称号。

关于才让旺堆的出生年月，学界尚有不同说法。青海省文联格萨尔研究所公布的是出生于 1936 年 6 月，应该是比较权威的信息，但在我对才让旺堆的采访中，他谈到当年他去转冈底斯山时，正值马年，而他当时 11 岁，按照藏族计算年龄的传统，他应该是 10 周岁，如此算来，他转山的那年（马年）应是 1942 年，而他应该是出生于 1932 年。

2012 年 7 月中旬，我应青海社会科学院院长赵宗福的盛情邀请，去西宁参加国际史诗学术研讨会。会议期间，趁与会代表赴青海湖参观之际，我再次看望了格萨尔艺人才让旺堆。自 1987 年我们认识以后，多次的学术会、艺人演唱会以及单独采访，我们成了无话不谈的朋友，近几年来他的身体状况日渐衰弱，又退休在家，所以，只要有机会到西宁，我一定要去看望他。

2012 年 7 月 18 日上午，青海省文联格萨尔研究所的娘吾才让和巷钦才让开车送我去才让旺堆宽敞的新家，又一次见到了才让旺堆。2011 年

11月，我去拉萨的途中在西宁停留时，曾专门看望了他。才让旺堆比去年瘦了许多，他的妻子卓玛措说他病得厉害，医生说他的肚子里长了三个瘤子，应该做手术切除，否则会越长越大。但才让旺堆拒绝治疗，现在，他吃不下饭，白天喝茶，晚上只能吃一小碗面汤。

见到我他又兴奋起来，本来我进入他住的小区院子时，看见他坐在自家阳台的小板凳上，呆呆地往外看，不知是否在等我，面部全然没有表情。我进门后，向他献了哈达，他又回赠给我。从他深陷下去的太阳穴及脸颊，灰暗的气色，可以看出如今80岁的他身体已经极度衰弱了。

他见到了我后，精神又来了，叫妻子给他端来茶，喝了一口，润润嘴唇，尽管满口无牙，却依然兴致勃勃地说了起来：我现在身体不好，但是格萨尔还在我的心里，格萨尔是历史，有根有缘，来龙去脉非常清楚，如四大魔王，北方的鲁赤王，霍尔白帐王、姜国的萨丹王，南方门国的辛赤王，他们都有各自的历史，每一个英雄，三十大将，都有自己的父母、家族历史，这个是不能改变的。还有霍尔国的三个王，是以帐篷的颜色命名的，白帐王兄弟三人，分别住黑、白、黄三座帐房，长兄住黑帐房，称黑帐王；弟弟住黄帐房，称黄帐王，黄帐王英勇善战，具有精彩的历史和故事……他滔滔不绝地说着，没有一点倦意。

他还高兴地告诉我，他最近得了奖，还有1万元奖金。他的获奖证书及奖杯都摆放在柜子上，与其他证书一起，占据了几乎一面墙。而最上面挂着毛主席的画像。他心里明白，没有政府的好政策，他一个旧社会的穷艺人怎么可能得到如此多的荣誉。

快到中午了，卓玛措要做饭给我吃，我拦住了，说一会儿还有会，就告辞了。临走，才让旺堆从柜子中拿出一条哈达，搭在我的肩上，依依不舍地与我道别，卓玛措送我出来，我的心情十分沉重：这样一位卓有才华的艺人，不知是否还能再次见到他？没想到这一次在西宁他家中的会面成为我们的永诀。一位著名的格萨尔说唱艺人离开了这个世界！

堪称语言大师的说唱家桑珠

　　1984 年我到拉萨参加"格萨尔艺人演唱会"时，第一次见到桑珠，他的说唱给我留下了深刻的印象；1985 年当他途经北京前往内蒙古赤峰参加"格萨尔学术讨论会"时，我曾陪他到北海公园、雍和宫等地参观游览；1986 年在北京召开的"全国《格萨尔》工作总结表彰大会"上，他被评为先进个人，并作为代表来京领奖；1989 年，他应邀在四川成都召开的第一届《格萨尔》国际学术讨论会上为与会的国内外专家学者说唱，得到专家的好评；1991 年 8 月在拉萨召开第二届《格萨尔》国际学术讨论会时，我们又再次见面。在此前，1990 年 12 月，我为了筹备这次会议在拉萨逗留期间，曾专门到他在墨竹工卡的家里看望他。在七八年的时间里，会上会下的无数次交谈，使桑珠和我成了无话不说的忘年交。我们是朋友，更似亲人，他关心、惦记着我的一切，而我也为他牵肠挂肚。

　　桑珠老人是个少言寡语、性格内向的人。他脾气倔强，有时近乎古怪，从不人云亦云。看来虽然他离开藏北家乡已经几十年了，然而藏北牧人的性格依旧没有改变。他不爱讲话，也并非绝对的，若遇到话语投机时，或者谈论起《格萨尔》，他就有说不完的话，俨然变成了另外一个人。他时而幽默风趣，随口诵出史诗中的诙谐诗句，令人捧腹；时而又格言、谚语联珠，充满人生哲理，让人肃然起敬。一个普普通通的藏族牧民出身的艺人，看起来与任何一位藏区的老人没有什么差别，何以有着那么丰富的内心世界？对社会、对人生有着那么透辟的认识？我想这大概应该归功于老人不平凡的人生阅历吧！

　　桑珠老人 1922 年出生于藏北丁青县（现属昌都地区）琼布地方的一个名叫"如"的村子里。这里是那曲与昌都交界处，恰处由青海、昌都往那曲和拉萨的交通要冲。由此西行可至索县、巴青、那曲而拉萨；东去是类乌齐、昌都，再向北则可进入青海玉树的囊谦、结古等地。为此，这个名不见经传的村落成了经商、朝佛的人们来来往往络绎不绝的地方。村里住户不多，主要从事半农半牧业，看起来它与藏北的村子没什么两样。然而，这里的人们却见多识广。桑珠的外祖父洛桑格列就充分地利用了这里有利的地理位置，做起了小本生意。虽然本小利微，却总有盈余，所以一家人的生活不错。较之单纯种地、放牧的人家好得多了。

不久，洛桑格列的女儿成了家，第三代人一个接一个地出生，给家里带来了欢乐，却也增加了生活的负担。洛桑格列家人丁兴旺了，小生意却越来越不景气。这里毕竟太偏僻了，到昌都或打箭炉办一次货，往返需半年。骑马或步行赶着驮货的牦牛缓慢地在土路上行进，费时费力，外祖父的艰辛是可想而知的。外祖父洛桑格列是个性格豪爽的人，在走南闯北中结交了不少朋友，虽然受益不少，却也种下了生意衰败的种子。他每每与朋友相聚必开怀痛饮，尔后便是在熏熏醉意中唱几段《格萨尔》，虽然他不能整部地说唱，倒也能把许多精彩的片断熟练地唱下来，开始只是几位朋友捧场，作为酒后的消遣，久而久之，有友必有酒，有酒必豪饮，而饮罢必唱，听众也越来越多，使他家的小屋常常坐满了乡亲们。时间流水般地逝去，他的小生意萧条了，而他却得到了一个"洛格诺布扎堆"（"洛格"是洛桑格列的简称，"诺布扎堆"是格萨尔王的名字）的美名。

就在洛桑格列得意于他的好人缘和说唱《格萨尔》得来的绰号时，家里的日子却已经陷入了窘境，一家人生活的重担都落在了桑珠父亲的身上，靠着仅有的两头犏牛和几十只羊过日子。就在这个时候，小桑珠作为家中的第五个孩子来到了世上。贫苦牧民家中多了一个孩子，还不如多一只羊让人高兴。父母亲终日忙碌，桑珠便在外祖父的膝盖上，伴着时断时续的格萨尔曲调度过了幼年的时光。

在父母亲的眼里，外祖父是个败家子，终日无所事事，喝上几碗青稞酒便唱起《格萨尔》，不仅干不了活，反而招来左邻右舍，弄得门庭若市。只有小桑珠最喜欢外祖父。每当外祖父说唱时，他总是乖乖地依偎在外祖父的怀里，听着那些他根本无法理解的诗句。他认识《格萨尔》是从音乐上开始的，或许他根本不知道什么音乐形象，可当外祖父说唱的调子变得雄壮激昂时，他便知道是英雄格萨尔王要出征了；听到欢庆悠扬的曲调，他知道是格萨尔大王得胜凯旋了。小桑珠就这样随着音乐的起伏、跌宕而兴奋、激动。史诗惟妙惟肖的旋律构成了他唯一的音乐世界，《格萨尔》于不知不觉中在他小小的心灵中扎下了根。

桑珠稍大一点，当他能听懂外祖父讲述的故事和唱词时，他仿佛实现了第一次顿悟：那高亢激越的曲调原来是在歌颂一个正义的英雄，他为民除害，安邦立国，为民造福。由此一种崇拜之情油然而生，由衷地崇拜格萨尔王，使他对说唱格萨尔英雄业绩的人，特别是像外祖父这样的人平增了一份崇敬之情。从此，祖孙二人形影不离，小桑珠终日像个影子一样跟着外祖父。久而久之，格萨尔王在他的心目中便不再只是虚无缥缈的英雄，而成了一位血肉丰满、可钦可佩的救世主。

外祖父洛桑格列虽然也算个生意人，却从不重钱财，一生洒脱，最后生意败落，带着一个"洛格诺布扎堆"的浑号离开了人世。小桑珠失去了最疼爱他、也是他最崇敬的人，悲痛至极。失去外祖父的日子就如同"没有盐巴的茶一样没有味道"。没有了爱，没有了《格萨尔》，一向"富有"的桑珠，顷刻间变得"一贫如洗"了。在外祖父去世后的一段时间里，桑珠变得沉默寡言，郁郁寡欢。他思念外祖父，想念那动人心弦的旋律和故事。

然而，更大的打击还在后面。外祖父死后不久的一个傍晚，几个讨债人登门要账，硬说外祖父生前借了他们的钱，逼父亲还债。父母哪里有钱偿还啊。无奈只好眼巴巴地看着他们牵走了家里仅有的两头犏牛和一些什物。家境从此一蹶不振，小桑珠只得去给别人放羊来糊口度日。连续的打击给桑珠造成了难以愈合的创伤。他想不通，为什么恶人总是得逞，而老老实实的好人却总是受人欺凌？这世道假如能颠倒过来该多好啊！百思不得其解，桑珠便学着大人的样子在心中祈祷：救苦救难、变化万千的格萨尔王快快降临人世吧！给我们带来温饱和幸福！

桑珠11岁时，有一天，他照例来到山上放羊。藏北的天气就像小孩的脸，一会儿一变，早上出来时还是晴空万里，到了中午却乌云蔽日，下起了阵阵细雨。桑珠把羊赶到了一个山洞旁的草地上，自己钻进洞中躲雨。不知不觉地靠在岩壁上睡着了。睡梦中他与逼债人扭打了起来，危急时分，格萨尔王出现在眼前，只见他不由分说，几下子便降服了那几个逼债的恶汉。当桑珠激动地想说上几句感谢的话时，却怎么也说不出声来，他便用尽了平生的力气呼喊，话未出口，人却醒了，环顾四周依然如故，方知是一场梦。

回到家里，桑珠总是觉得头发沉，腿发软，精神处于恍惚的状态。那梦中的一切在脑子里翻腾。父亲见他终日魂不守舍的样子，便忧心忡忡地带他到仲护寺请烈丹活佛明鉴。活佛留下了桑珠。在寺院里他得到了很好的照顾和治疗。几天后他痊愈了。可是每天晚上他仍是做着奇异的梦。一次，他梦见自己像活佛一样在看《格萨尔》的书，一部接着一部，十分有趣。醒来时书中的内容竟然历历在目，满脑子都是格萨尔的故事。

在寺院里住了一段时间以后，当他返回家中，便总是想说唱《格萨尔》，哪怕是一个人自言自语地说上几段，心里立刻觉得无比舒畅。史诗的《英雄诞生》部就是这样一遍遍讲述出来、逐步臻于完美的。后来他终于面对听众了。最初的听众自然是邻居们。当邻居们听罢他的说唱后，均赞不绝口地说桑珠唱得比他外祖父好。

从此桑珠打破了沉寂和孤独的生活，开始给村里的乡亲们说唱，他说唱的才华初露锋芒，乡亲们夸赞他有出息，因为人们认为村里有了个会说唱格萨尔王英雄故事的人，不仅是他个人的荣耀，也是全村的骄傲。但是，赞扬的话语终究无法果腹，家里的日子仍旧十分艰难。为了糊口，桑珠开始了流浪生涯。他跟着朝佛的人流，离开家乡漫无目的地向西走去。一路上，他给别人唱《格萨尔》，帮藏军赶马、干杂活。由于他年纪小，倒也随处得到人们的照顾。在流浪的途中，他见过不少艺人，每见到一位艺人，他都要驻足聆听。说来也怪，只要桑珠听过一遍，便可以完整地复述出来。

这期间在他见过的艺人中，给他留下印象最深的是索县的洛达，就是著名女说唱艺人玉梅的父亲。那是在荣布寺的一次说唱，洛达魁伟的身材和那洪钟般的声音给桑珠留下了难以忘怀的印象。这时的桑珠，除《英雄诞生》部之外，又能够说唱《天界篇》和《赛马称王》两部了。这些都是史诗《格萨尔王传》最重要、也是最精彩的章部。

经过索县、巴青县、比如县，不久，他到了那曲——藏北重镇。当时，这里住着9个百户，又是著名的孝登寺所在地。他在那曲逗留的一段时间里曾到孝登寺说唱。此后，他又北上安多县多玛区和扎玛旁寺说唱。最后，随朝佛的人群继续西行朝冈底斯山走去。冈底斯山被藏族百姓尊为神山。桑珠绕神山三周后，经申扎县东归，一路上靠说唱和乞讨回到了家乡。

几年的流浪、朝佛生涯，在高原的风霜雪雨中，在坎坷的人生道路上，桑珠被磨炼成一个硬汉子。当他亲身经历了世间的万种苦难之后，再也没有什么困难能够压倒他。而他的说唱技艺也在实践中得到了提高，说唱的部数又增加了许多。

家乡依旧，家里的生活仍然是那么贫困。俗话说："父债多，子孙苦"，外祖父的债务成了套在父母脖子上的枷锁，尽管父母终日劳顿，仍是令人透不过气来。桑珠无力改变这一切，特别是经过了几年的流浪，他已经不习惯待在家中过那种沉闷的生活。他要走，要唱，要为自己走出一条新的路。于是，他再次告别了父母亲人，离开了家乡向南走去。不想，这一去竟是 50 年未回头，与家中的亲人断绝了联系。

这时的桑珠已经成为一个典型的流浪艺人。他根据史诗中关于帽子的赞词，即"帽子赞"的描述，请人制作了一顶格萨尔仲夏（帽子）、一根木杖。木杖的一端有一个小铁环，可以套在手指上。这木杖的样子源于传说中的格萨尔大王的鞭子。格萨尔王的这只鞭子具有神奇的力量，它既是坐骑，又是格萨尔变幻各种东西时的法器，只要格萨尔挥动这只木杖，便可心想事成。桑珠带着这两件"财产"在高原上开始了他游吟的生涯。事实上帽子和木杖是他作为格萨尔说唱艺人的标志，也是他说唱时的道具。他带着它们经波密、白玛古、工布，来到山南地区。这里与藏北迥然不同，人烟稠密，村寨相连，不似藏北那般地广人稀，走上几天仍看不到人家。所以，他常常是在一个村子里还没有结束说唱，下一个村子已经派人等着接他了。说唱一结束，他便背着帽子拎起木杖奔往下一个说唱点。

山南地区传说是门辛赤嘉波的领地，后来在门岭之战中被岭国征服。桑珠认为正是由于这个原因，当地人不及藏北、昌都等地的人那么喜欢格萨尔。是啊，当着被征服者的后代，说唱征服者的业绩，在感情上是难以沟通的！但是，山南的那些宗本、贵族们却十分喜欢听他说唱，所以他经常被请到一些有钱的人家去。一天，当他和朝圣的人一起来到那似布达拉宫般金碧辉煌的拉加里府邸前时，桑珠意想不到的吉祥降临了。拉加里的嘉波把他请进了宫殿，请他在府上住上一段时间，专门请他说唱《格萨尔王传》。桑珠欣然从命，遂与同伴们告别，请他们先行去拉萨，自己在拉加里府住了下来。

加里赤钦是山南地区闻名的大贵族，传说是松赞干布王的后代，桑珠在他的家中得到了很好的款待。应赤钦的要求，桑珠说唱了一部《阿达拉姆》，赤钦听罢十分满意。几天后，赤钦请来了当地的贵族、名流一起听他的说唱，受到人们的普遍赞扬。这样一来，桑珠完全消除了拘谨，更好地发挥了他的说唱才能，又说唱了《卡契玉宗》部的片段。

藏族民间有句谚语："漫漫人生三苦三乐，长长春日三冷三暖。"桑珠在拉加里府住了约有一年的时间，有赤钦这样的贵族做施主，他的生活过得不错。后来他随赤钦到拉萨说唱，开始在赤钦的亲戚家，后到大贵族索康家。这么一来，桑珠在拉萨一带名气大振，成了远近闻名的《格萨尔》说唱艺人。

拉萨人喜欢桑珠说唱的一个主要原因是他的语言十分接近拉萨话。《格萨尔》说唱艺人以藏北人昌都人居多，一般的说唱艺人的说唱带有浓重的藏北方言和康巴方言色彩，而桑珠由于走南闯北，又在山南地区说唱了一段时间，他十分注意学习和运用各地的语言，每到一地都尽量地采用当地的方言，变换语汇、音调，令听众听起来倍感亲切。他练就了一套驾驭语言的本领，不仅摒弃了外地听众不懂的藏北方言和康方言的生僻词汇，而且不断学习各地的民间谚语、歌谣，丰富自己的说唱内容。为此，桑珠说唱的《格萨尔王传》在语言方面便具有了独到之处，备受各地听众的欢迎。他在拉萨说唱的成功正是得益于他在语言方面的积累和修养。

后来，桑珠在拉萨策默林附近的一间小屋里住了下来，一边流连于拉萨的各寺院朝佛，一边说唱史诗。不久，他与一位比他小14岁的农村姑娘江央卓玛相识并结婚。流浪了半辈子、遍尝人间冷暖的桑珠，终于在35岁有了自己的家。

20世纪50年代末，在西藏民主改革中，他和妻子带着在拉萨出生的大女儿搬到了离拉萨不远的墨竹工卡县。这是个半农半牧区。政府分给他们一头奶牛和一些土地，从此，桑珠就在这里定居下来。他白天劳动，夜晚便给乡亲们说唱《格萨尔》。日子虽然不算富裕，却也安居乐业。特别是他的说唱，备受人们的喜爱。

20世纪80年代初，国家对西藏地区实行了特殊的优惠政策，牲畜和土地分到了农牧民手中，并免交农牧业税。桑珠家有16亩地、4匹马、30只羊、15头牦牛和6头奶牛，这对于有7个孩子的家庭来说或许仍不够多，但桑珠已经十分满意了。1985年，桑珠被选为墨竹工卡县和拉萨市的政协委员。他由衷地感谢政府和人民的信任，对政府的关怀充满了感激之情。

时光荏苒，桑珠的孩子们一个个地长大了，有的已经成了家，并有了第三代。家中的劳动也不再靠桑珠来操持。他便全力以赴地投入到抢救史诗《格萨尔》的录音工作中。西藏社会科学院把录音机和磁带交给他，请他录音。他欣然地接了任务，并几年如一日，一丝不苟地认真说唱。桑珠常说："我这么个流浪艺人。今天过上了安定的生活，政府又给了我金子般的荣誉，我要用自己最好的说唱报答这一切。"桑珠就这样一部又一部，日复一日、年复一年地开始了录音工作。

　　为了不受外界干扰，保证录音的质量，他经常是提着录音机，带上一暖水瓶酥油茶，爬到屋后的山上，在阳坡上的山洞中说唱。这里的山洞很多，过去常有僧人住在洞中修行。老人也效法那些苦行僧，选择了一个干净的山洞，坐进去，一录便是一天。几年过去了，桑珠老人共录音41部，计1989盘磁带，雄踞全国说唱艺人录音数量的榜首。

　　桑珠对格萨尔王万分崇敬，说唱时精力也极为集中。所以，一天唱下来，尽管他口干舌燥，筋疲力尽，心情却是非常舒畅的。他做事认真，态度严谨，对己对人的要求均十分严格。加之他待人直率、坦诚，在与其他艺人交往、切磋说唱技艺的过程中，常常能够直言不讳。正如他的一句口头禅："话直容易懂，天亮好走路。"在1989年成都召开的《格萨尔》国际学术讨论会上，他和另外几个艺人被请来作说唱表演。他与青海唐古拉的艺人才让旺堆初次见面，二人同住一个房间，有一天听罢才让旺堆的说唱后，老人不太满意才让旺堆说唱刀赞时的表演，觉得他过分渲染了这一段落，而忽视了其他主要脉络的铺叙，大有"喧宾夺主"的意味。老人回到住地，劈头便问才让旺堆："四部降魔是史诗中最重要的章部，那么四大魔王又是怎么形成的？"显然是在考察才让旺堆是不是只会唱些无足轻重的段子，而对《格萨尔王传》的精髓却只知皮毛。才让旺堆心中有数，理解老人的苦心，所以当时没有正面回答他。过了几天，两个人熟悉了，才让旺堆才把自己的看法说了出来。他认为，当初桑耶寺佛本斗法时，本教失败，魔鬼四处逃散，在藏地形成了北方的鲁赞、霍尔，东方的姜萨丹和南方的门辛赤等四魔。由于这四魔作祟，使岭国不得安宁，格萨尔才下凡投胎人间后又经过一系列的战争，铲除妖魔，为民除害，岭国从此国泰民安。这便是史诗故事的渊源及主要脉络。才让旺堆的回答令桑珠十分满意。两位老艺人有了心灵上的沟通，谈话也就非常投机了。这时桑珠憋不住心里的话，便对才让旺堆说："我认为只有降故事神在头脑中才能说唱，这是件神圣的事。可是你那天在会上没有认真地唱《格萨尔》，《格萨尔》的说唱不是靠那样表演的。"老人显然是指那次才让旺堆在会上手舞足蹈地说唱"刀赞"一事。才让旺堆理解桑珠意思，便解释道："我也是要降故事神之后才能说唱的，只是那天的大会上，有人点唱'刀赞'，我才跳了起来。"桑珠没有说话，但心里仍不满意。他们两位在说唱《格萨尔王传》中存在着较大的差异，事实上他们所讨论的是艺术风格的问题。不同的生活阅历、环境、说唱不同的内容乃至不同的师承（藏族艺人少有师承，这里指学习和借鉴前人的经验）等等，加之个人对作品理解、艺术的感觉和追求等的差异，形成不同的说唱艺术风格。才让旺堆对于年长的桑珠老人的执着十分理解，所以，并没有和他争论，而老人自然对他的回答不满意。

　　从上述事例我们不难看出桑珠老人直率的性格和他所追求的那种朴实无华的艺术风格。不仅如此，桑珠的分部说唱亦有着自己独具的特色，或者说是按照他精心梳理的脉络进行，有着自己的一套理论。他提出史诗《格萨尔王传》有 18 个大宗、18 个中宗和 18 个小宗之说。认为大宗和中宗的区别在于：大宗描述大规模的战争，战争的结局是把战败国的土地和财富收归岭国所有，如《大食财宗》《阿里金子宗》等；而中宗则如《汉地茶宗》这一类，并无大的战事，也并无将土地划归岭国之举；小宗有许许多多。在 18 个大宗里，他认为四部降魔是 18 大宗的开始，是史诗中至关重要的战斗，没有这四次战役，格萨尔王也无法进行后来的征战，因为后来的许多战争是在降伏四国之后，借助于四国的人力和财力等进行的。所以，他认为这四部是奠定史诗基础的部，具有举足轻重的地位。又认为，18 大宗结束之后才有《安定三界》部。而桑珠的《安定三界》又非同寻常，其内容与甘肃流传之《安定三界》的本子大相径庭。甘肃本，据余希贤先生解释，安定三界系指安定了天界、地界、人界等三界。桑珠则认为是安定了印度、尼泊尔和汉地。也就是说格萨尔王是在征服了岭国的周边国家后，使岭国得以安宁，才完成了人间使命返回天界的。他说唱的这一部共录有 86 盘磁带，内容十分丰富。

　　桑珠与许多说唱艺人一样，认为自己是个"神授"艺人。他虽然听过其他艺人的说唱，却从不认为自己的说唱是从别人那儿学来的，而是故事神降于头脑之中的产物。所以在每次说唱前，他总是手拨念珠，双目微闭，静静地坐上一会儿，调整呼吸，排除杂念，然后在心中默默地祈祷，请格萨尔大王保佑自己一切顺利，尔后才全身心地进入说唱境界。这时，他旁若无人，周围的一切仿佛都与他无关。他的眼前只有一幕幕格萨尔故事中的场景，只需通过口来依次把这些场景描述出来。当他进入这种状态时，他的说唱极具感情色彩。当他唱到格萨尔王英勇歼敌时，他会感情激越、曲调高昂地唱出铿锵有力的诗句；唱到珠牡与格萨尔分别时，他会低声细语，表现二人的绵绵情丝和依依惜别的情愫；当唱到格萨尔的敌人时，他不仅着力勾勒其丑恶的嘴脸，淋漓尽致地揭露他们的种种罪行，同时，也不忘描述他们的凶狠和残暴。他曾说过，"每当进入角色之后，即使我唱的是格萨尔的对手，也会毫不留情地与格萨尔作对"。一个普通的艺人，也许他不懂得什么艺术原理和创作规律，然而，在他的日常说唱中却不时地闪烁出艺术的光华，自有其一套"艺术原理"。

桑珠有一个忌讳，由于他认为说唱格萨尔王的英雄业绩不是娱乐，是在完成一件神圣的使命，所以，他最不愿意别人打断他的说唱，那样，他会很不高兴。记得在 1991 年拉萨《格萨尔》国际学术讨论会上，由于时间的限制，每位艺人只能说唱 30 分钟。所以便请艺人们自选一段最为精彩的部分在会上表演。桑珠的习惯和忌讳大家都很清楚。所以，说唱前便嘱咐他要控制好时间。可是，老人一说开了头便像放开了闸门的水，一发不可收拾。或许是国内外学者的闪光灯、摄像机给他鼓足了劲，总之是超过了时间仍没有停下来的迹象。而在场的工作人员谁也不敢冒犯老人的忌讳去打断他，最后推到了我的头上，认为凭着我与老人的"交情"或许可以奏效。当我走上前去摸着老人的手，轻声在他耳边告诉他时间超过了，请他停下来时，没想到老人真的停了下来，怕老人误会，会后我向老人解释，老人却毫不介意地表示没什么。看来友谊有时是可以通神的，打断了老人神圣不可侵犯的说唱也是有可能的。但是，为了尊重艺人的劳动和意愿，非不得已时，却不可滥用。

在众多的说唱艺人中，桑珠无疑是佼佼者之一。他已先后录制了 41 部，却一直未能出版。他心中十分焦急。他曾对我说："杨啦！我已是快 70 岁的人了，没有几年的光景了。我多希望在我活着的时候，看到我说唱的本子出版啊！我在世就可以亲自鉴定稿子是否与我的说唱一致，不一致的地方可以帮助修改。如果我死了也就无人鉴别了。"桑珠的心愿代表着所有艺人的心愿，他们唱了一辈子《格萨尔》，希望史诗以印刷品的形式传世，而且与自己的口头说唱完全吻合。这实际也是我们从事科学研究工作的人们所期望的。

值得欣慰的是，桑珠老人和其他一些优秀艺人的夙愿变为现实了。

1992 年 3 月。经我提议并论证的格萨尔"八五"重点项目已上报有关方面，一俟批准，包括桑珠在内的 12 位优秀艺人的说唱本，将作为"八五"期间国家重点项目予以执行，老人说唱的最佳章部便会以科学版本的形式存世。我想这可能比得到一纸证书更令他高兴了。

桑珠说唱的目录

十八大宗

1. 降服北方鲁赞王　　　　　byang gi klu btsan rgyal po
2. 降服霍尔白帐王　　　　　hor gi gur dkar rgyal po
3. 降服萨丹王　　　　　　　sa dam rgyal po
4. 降服辛赤王　　　　　　　shing khri rgyal po
5. 降服大食王　　　　　　　stag gzig rgyal po
6. 降服象雄王　　　　　　　zhang zhung rgyal po
7. 降服阿扎王　　　　　　　a grags rgyal po
8. 降服歇日王　　　　　　　bye ri rgyal po
9. 降服卡契王　　　　　　　kha che rgyal po
10. 牡古骡宗　　　　　　　　smu gu drel rdzong
11. 阿里金子宗　　　　　　　mngav ris gser rdzong
12. 雪出水晶宗　　　　　　　gangs ri shel rdzong
13. 印度药宗　　　　　　　　rgya gar sman rdzong
14. 祝古兵器宗　　　　　　　gru gu go rdzong
15. 蒙古马宗　　　　　　　　sog po rta rdzong
16. 梅岭朱砂宗　　　　　　　me gling mtshal rdzong
17. 其岭铁宗　　　　　　　　phyi gling lcags rdzong
18. 日努绸缎宗　　　　　　　ri nub dar rdzong

十八中宗

1. 北方百热绵羊宗　　　　　byang sbe ra lug rdzong
2. 百波绵羊宗　　　　　　　bal bo lug rdzong
3. 亭朗粮食宗　　　　　　　mthing rang vbru rdzong
4. 松巴犏牛宗　　　　　　　sum pa mdzo rdzong
5. 斯色牛宗　　　　　　　　bse sevi ba rdzong
6. 安定战乱宗　　　　　　　rgyal gyi vkhrug rdzong

7. 米敏药宗	mi min gyi sman rdzong
8. 底巴肉宗	stib pavi sha rdzong
9. 茶朗粮食宗	ja rang vbru rdzong
10. 木雅朱砂宗	mi nyag mtshal rdzong
11. 北山绸缎宗	byang rivi dar rdzong
12. 岗阿曲马宗	rkang a chu rta rdzong
13. 南方其色牛宗	lho chis se ba rdzong
14. 木宗	dmu rdzong
15. 西宁马宗	zi ling rta rdzong
16. 汉地茶央	rgya nag ja gyang
17. 南方百热马宗	lho sbe revi rta rdzong
18. 嘎提琼宗	sga bdevi khyung rdzong

觉如（格萨尔幼年的名字）出生前的宗

1. 察瓦绒箭宗	tsha ba rong mdav rdzong
2. 丹玛青稞宗	vdan ma yul gyi nas rdzong
3. 阿吉绵羊宗	a skyid yul gyi lug rdzong
4. 鲁珠梅地征兆宗	klu khru me yul gyi ltas rdzong
5. 北方梅雄母牦牛宗	byang me gzhung gi vbri rdzong
6. 鲁赤马宗	klu khri rta rdzong
7. 果洛金子宗	mgo log gser rdzong
8. 古古石头宗	gu gus rdo rdzong
9. 扎日药宗	tsa ris yul gyi sman rdzong
10. 阿色生铁宗	a bse khro rdzong
11. 达绒铜宗	stag rong zangs gi rdzong
12. 嘉扎虎皮箭袋宗	rgya brag stag ral rdzong
13. 卡达拉肉宗	kha dam ra yul gyi sha rdzong
14. 印度曲梅列赤珍珠宗	rgya gar chu me li khri mu tig rdzong
15. 底嘎法宗	rtis dkar chos rdzong
16. 鲁格日湖文字宗	klu ge ra mtsho yi ge rdzong
17. 达朗马宗	rtag rang yul gyi rta rdzong
18. 五爪猛兽宗	gcan gzan sdar lngavi rdzong

再版附记：

桑珠老人于 2011 年 2 月 16 日，在他的墨竹工卡家中辞世，享年 90 岁。

2011 年 11 月 24 日，我因调查格萨尔说唱艺人出差西藏，再次有机会来到著名格萨尔说唱艺人桑珠在墨竹工卡的家。虽然他已于当年 2 月 16 日辞世，但我还是怀着一颗痛惜之心，希望去作最后一次凭吊，也顺便慰问一下他的子女。二十年前我曾来到这里造访桑珠老人，并开始筹划为这位一生浪迹高原、以说唱史诗《格萨尔》为生的老艺人出版一套忠实记录他的说唱的版本。

早上，从拉萨出发经过近两个小时的颠簸，终于看到了那个坐落在山坡上的小村庄，桑珠的家依然在半山腰上，只是房子经过了翻新。这座房子坐北朝南，依山而建，正面向阳的屋子曾是桑珠老人居住的地方，东厢房是敬神、会客的地方，西厢房则是灶房以及家人居住的地方。坐在正房外边宽阔的凉台上，村前的河谷以及对面高耸的马头山尽收眼底。如今房间依然整洁，阳光依然灿烂，但人去楼空。桑珠老人曾经休息的床上空空的，只剩下一张墨绿的藏毯，这间正房目前无人居住。桑珠生前说唱《格萨尔》时戴的艺人帽以及总是随身携带的嘎乌（护身佛盒）与已经出版的几十本桑珠说唱本，被恭恭敬敬地供奉在东厢房的佛龛上。睹物思情，桑珠老人的往日一幕幕地展现在我的眼前。

自从 1984 年拉萨艺人演唱会上与老人相识，直到他去世，在这 26 年间，或在北京、成都他来接受格萨尔说唱家命名、四部委的表彰或是参加学术会，而更多的是在拉萨，我去他家专门采访、看望，在这长时间、多次交往中，桑珠这位著名的藏族说唱艺人与我，一个从事史诗抢救与研究的汉族学者之间，结下了深厚的情谊，成为无话不谈、惺惺相惜的忘年交。最感动我的一件事是：2003 年，当他从电视中看到北京发生严重的非典疫情时，这位从不打电话的老人叫他的儿子拨通了我北京家中的电话，他对我说："北京不安全，就到拉萨来吧！"老人的关切溢于言表，深深地打动了我。作为从事藏文化研究的汉族学者，还有什么比得到藏族人民的信任与厚爱更珍贵的呢？

2001 年，桑珠老人出版说唱本的迫切愿望最终得以实现：由中国社会科学院民族文学所与西藏社会科学院合作立项，由次旺俊美（时任西藏社会科学院）作为主编、我和次平作为课题组组长，规划出版一套由艺人桑珠说唱的《格萨尔》口头记录本计 45 部。经过十余年的努力，在桑珠老人的积极配合下，这套艺人说唱本至今已经出版了 45 本（个别部分上下两本），即将全部出齐。桑珠说唱本（科学版）《贡堆阿穷穆扎》也于 2001 年由中国藏学出版社出版。

桑珠老人的敬业精神，体现在日常的坚持不懈地说唱录音，直到他离开这个世界时，已完成史诗《格萨尔》45 部的说唱录音，共计 2114 小时磁带。由于有的部是在 20 年间陆续录音，出版之前有些声音已经开始模糊，为了忠实于艺人原始的说唱，课题组又不得不让他重录其中的一些部分，桑珠克服了年老、疾病缠身等困难，毫无怨言地配合录音。近十年间，由于身体反复发病，他往返于医院、西藏社会科学院与墨竹工卡家之间，为了抓紧录音，即使在家中养病，也抽空录音。为了避免孙儿、孙女干扰，他经常一手拿着录音机，一手提着一壶酥油茶，到山上僻静的地方说唱，一唱就是大半天。

最为难能可贵的是，为了出版一套完整的艺人说唱本，桑珠老人在他80 岁高龄的时候，为我们录制了史诗的最后一部——《地狱篇》。这是迄今为止由在世艺人说唱记录的唯一的口头记录版《地狱篇》。而此前，世间只存宗教人士整理刊刻的木刻本或手抄本。其原因是，艺人们都有一个忌讳，即一般不愿意说唱《地狱篇》，他们认为，一旦说唱完《地狱篇》，他们的生命也走到了尽头。这也是至今没有一部由在世艺人说唱记录的《地狱篇》的原因。为此桑珠的包括《地狱篇》在内的说唱录音资料及文本，成为老一代说唱艺人为后人留下的史诗绝唱。

作为一位《格萨尔》说唱家，史诗《格萨尔》国家级传承人，桑珠留给我们的不仅是这些宝贵的音像磁带和一套完整的艺人说唱版本，更重要的是他作为一位文盲艺人为后人留下了老一辈民间艺人那种可贵的精神与品格，即为保护民族文化而忘我献身的精神，这将是后人取之不尽的重要财富。

浪迹高原的艺人玉珠[①]

　　1984 年的雪顿节即将来临了，这个藏族人民的传统节日原是宗教节日。按照藏传佛教格鲁派的规定，每年藏历六月十五—七月三十日为禁期，不准寺院僧人外出，以免踏死昆虫。7 月 30 日一过，解除禁令，僧人们纷纷走出寺院，尽情玩耍。群众要施舍酸奶给他们吃，这就是"雪"（酸奶）"顿"（宴）节的来历。后来雪顿节开始演出藏戏，由各地的藏剧演出队在达赖喇嘛的夏宫罗布林卡演出，供噶厦政府的僧俗官员娱乐。民主改革以后，雪顿才真正成为藏族人民自己的节日。节日期间。拉萨的居民身着艳丽的服装，背上彩色帐篷、卡垫，带上青稞酒、酥油茶、点心等丰富的食品，倾家而出，在罗布林卡美美地玩上一天，听听藏戏，会会亲朋，纵情欢乐。

　　然而今年的雪顿节却与往年不同。在罗布林卡公园的宽阔的丛林中搭起了一顶色彩斑斓的大帐篷。据说人们喜爱的格萨尔仲堪要在这里举行公演。人们奔走相告，竞相一睹为快，一时间大帐篷前围了不少人。

　　是啊！过去乞讨为生的仲堪，被人们视为社会最底层的人，今天竟能在达赖喇嘛的庭园里登台公演，真是千载难逢呀！聚集的人群在帐篷前"阿啧""阿卡"地议论着，翘首等待着。

　　这时，只见一个身穿藏装、脚登藏靴的人登台了。他脖颈上挂着一串发亮的紫檀念珠，头上戴着特制的高帽子。帽子是用银白色的锦缎缝制而成，呈四角形，左右两侧各有一只兽形耳朵，正面饰有图案并缀有海螺及金属做成的弓箭，帽檐用白色小贝壳镶边，帽顶插着几支孔雀翎毛，并向四周垂下彩色的缎带。帽子的制作相当精细，看来其主人定是一个心灵手

---

　　① 此篇为与热嘎同志合作采访。

巧的人。

"鲁阿拉拉毛阿拉，鲁塔拉拉毛塔拉……"宽厚的男中音如流水般倾泻而出。只见他一会儿打着手势侃侃地讲述，一会儿瞪起眼睛滔滔地演唱。显然，这位年届花甲的艺人正在尽力抑制着自己的激动心情，平稳地像江面宽阔的流水一样唱着"帽子赞"。他就是那曲班戈县青龙区 60 岁的牧民、格萨尔说唱艺人玉珠。

八十多年前，玉珠的祖母怀着玉珠的父亲从康区艰难地踏上羌塘的土地，他们落脚在安多县巴尔达新村的一个叫扎西安郭的富户家里当佣人。玉珠的父亲还没有出世，羌塘的风沙雨雪以及苦难的生活已经注定要伴着他了。

在玉珠的父亲班觉出生七天以后，祖母便把他放在帐篷里，自己外出给主人干活。孩子在帐篷里哭喊一天也无人过问。晚上，当疲惫的母亲回来喂奶时，孩子已经又累又饿无力吸吮了。奴隶家的孩子就是在这种环境中长大的。

班觉稍大一些，祖母怕他到处爬动，便在外出做工时用绳子把他拴在粮食袋上。一次，家里人都外出干活去了，班觉挣脱了绳套，爬到火塘边，打翻了茶壶，把脚烫坏。后来右脚只剩下一个圆形的前脚掌。从此人们叫他班觉普日（即圆形脚）。

卑贱的社会地位以及残废的右脚，决定了班觉的命运比一般人更苦。如果他需要什么就要付出比别人更多的艰辛。

一次，他拾到一块指甲大的绿松石，便珍贵地用藏毡包好，挂在脖子上。有人曾出一匹马或几只羊来换取这块松石，班觉都没有舍得拿出来。这事被一个叫阿究贡布的富户知道了，便跑来问班觉："听说你捡到了一块宝石，让我见识见识！"善良的班觉双手捧出。阿究贡布佯装惊奇地说："啊呀！这是我在运盐时丢掉的，现在你捡到了，谢谢你！"说着便把松耳石拿走了，后来只给了班觉一只羊作为代价。班觉有苦难言，只好把眼泪往肚子里咽。

班觉普日在苦水中挣扎着。人越是处于逆境，往往越是刻苦、勤奋。为了生活，他学会了跳神、在天葬台为死者刻经文，而且还是个挺不错的《格萨尔》说唱艺人。

后来班觉同另一个富户家的佣人次单拉姆结婚了。孩子们一个一个相继出世，而富户又辞退了他们，迫使他们赶着仅有的几只羊，带着孩子开始了流浪生活。

偌大的羌塘，地广无边，然而却找不到穷人可以落脚的地方。班觉打各种短工，还不时地应人们的要求唱《格萨尔》，挣得微薄的收入养家糊口。

在风餐露宿的漂泊生活中，玉珠长大了。10岁那年，父亲把他送到一个叫桑木丹的富户家里当牧童。离开了父母，玉珠开始了繁重的劳动。他在放牧中结识了几个同龄的伙伴。每当他们把牛羊赶上草坝，头顶湛蓝的天空，脚踩绿茸茸的草地，几个小伙伴便聚集在一起，开心地嬉戏、玩耍，时间消磨得很快。

在小孩子中间，玉珠是既聪明又厉害的孩子。这要感谢那漂泊生活的磨砺。过去，他只是看着父亲为别人跳神、做法事，或唱《格萨尔》，而自己是一个旁观者，从未尝试过。现在，在小伙伴中间，玉珠如鱼得水，得到了展示才能的机会。他一会儿装扮成"拉巴"（降神的人），一会儿装扮成仲堪，为同伴们表演。他的模仿才能经常受到伙伴们的称赞。

渐渐地，玉珠对《格萨尔》的兴趣越来越浓了。他仰慕那为民除害的英雄豪杰，他被《格萨尔王传》中离奇曲折的故事深深地感动着。他的充满激情的幼稚演唱也感染了伙伴们。有时，他晚上梦见格萨尔打仗，白天醒来就能原原本本地讲述出来。由于玉珠口才好。善表演，他像磁石一样，把小伙伴们紧紧地吸引在身边。

当家境稍有好转时，父母把当了两年佣人的玉珠接回家来，一家人又团聚了。虽然生活仍是缺衣少食，但一家人在一起过得很快活。

晚上，玉珠经常听父亲为牧民们演唱《格萨尔》。那曲折回环的调式，动人心魄的情节，激荡着玉珠的心，常常使他为之彻夜不眠。这时他经常做梦，梦见格萨尔打仗的故事。不久，他得了一场重病，肩背部疼痛难忍。父亲请来达隆寺（当雄附近）的喇嘛玛居仁波切，为玉珠祈祷念经，开启说唱《格萨尔》的智门。这位喇嘛还送玉珠一顶说唱《格萨尔》时戴的帽子（仲夏）。

这一神圣又庄严的宗教仪式，在玉珠幼小的心灵上留下了难以磨灭的印象。正像大人们常说的，一个仲堪有可能把自己说唱《格萨尔》的灵感传给儿子。但是如果不请喇嘛为他们念经祈祷，降神附体，开启智门，他就会像疯子一样，在说唱《格萨尔》时控制不住自己。只有得到神的旨意，才能像父辈艺人那样自由地说唱。

经过"开启智门"的玉珠，与以前大不一样了。据他自己讲，晚上做的梦，白天可以讲一整天。他会演唱的部数和内容与日俱增。

一次在流浪的路上，发现了一只被狼咬死的羊。饥肠辘辘的玉珠不听老人的劝告，吃了羊肉，害了一场大病。虽然他又从死亡线上挣扎过来了，但是他感到这场大病对自己的智力是有影响的。

不久，家里无法维持生活，玉珠不得不再次离开父母，到一个叫米玛朗才的人家当佣人。这是一个大户人家，全家笃信佛教，为了给来世积善积德，对佣人比较宽厚，因此，玉珠虽然担负着繁重的劳动，然而吃得饱，穿得暖，生活过得还可以。

玉珠仍然每天清晨把牛羊赶到辽阔的草原上，然后无忧无虑地给一同放牧的伙伴唱《格萨尔》。他的演唱技艺因不断得到锻炼而开始娴熟，前来听他演唱的人也从几个牧童扩展到一些成年人。有时，傍晚牛羊归圈，做完一天的活计，人们前来听他演唱，他也乐意满足别人的要求。

玉珠在米玛朗才家里过着自食其力的生活。一天，突然得到父亲病重的消息，他匆忙收拾东西赶回家中。父亲为了一家人的生计积劳成疾，卧床不起，没过多久便丢下一家人离开了人世。那时玉珠才17岁。他虽是全家最大的和唯一的男孩，仍是无力挑起全家重担的孩子。母亲在风风雨雨的贫困生活中苦熬了半辈子，现在又受到了这样的打击，失去了靠山，她的精神彻底崩溃了。她对尘世产生厌倦，向往着神佛的世界，希望在后半生中得到解脱。于是，她决定带着最小的尚未成年的女儿离开这苦难的土地到卫藏地区去朝佛。玉珠和大妹妹继续留下来当佣人。就这样，一个小小的家庭被命运拆散了。

玉珠回到米玛郎才家，仍然是每天上山放牧。伙伴们虽然也时常和他在一起，然而这里的一切再也不能引起他的兴趣了。他的心被世上唯一的亲人母亲带走了。他无法克制思念母亲的心情。瘦弱的母亲以及年幼的小妹踽踽行走在崎岖的朝佛路上的情景经常浮现在眼前，他的一颗平静的心被搅乱。几年过去了，玉珠再也忍受不了别离的痛苦，决定离开米玛朗才家，告别多年相聚在一起的伙伴，踏上通往卫藏的征途，去寻觅他那朝夕思念的母亲和小妹妹。

玉珠怀揣木碗，身背汉洋（煮茶的锅），告别茫茫的羌塘向南走去。这是他广泛接触社会、浪迹高原的开始。流浪生活对这个曾在羌塘地区觅生的人并不陌生，但是这次是一人独行，困难可想而知。然而母亲在召唤着他，这一精神支柱是他执着前行的强大动力。在艰难的漂泊生活中，玉珠成熟了，他的倔强的性格更加显露锋芒，而他演唱《格萨尔》的才华也得到了施展。

从那曲到拉萨，在漫长的驿道上，风沙雨雪以及各种野兽时时都会向这个涉世未深的 22 岁的青年袭来。玉珠只得与沿途朝佛者结伴而行。一路上，他开始给人们说唱《格萨尔》，用以换取食物填饱肚子。从这时开始，玉珠才真正靠说唱来谋生。

牧区的人们没有哪个不知道《格萨尔》的，雄狮大王格萨尔在他们在心目中占有与神佛同等神圣的地位。说唱《格萨尔》的玉珠于是便受到贫苦牧民们发自内心的爱戴。虽然贫困的牧人往往拿不出什么来报答他，然而他从听众的眼睛里看到了自己存在的价值。他胸中的《格萨尔》故事也总在汹涌澎湃地翻腾，不把它痛痛快快、淋漓尽致地讲出来，就好像要憋出一场大病一样。

和沿途的乞讨者相比，玉珠的生活要好一些。有时大户人家专门请他住下来演唱，供给他饭食。玉珠也乐于留下来为他们演唱。当结束几天或十几天的演唱后再度启程时，有的主人家还送他一点衣物和上路吃的东西。

像玉珠这样的游吟艺人在西藏的旧社会是属于最底层的，他们一无房屋，二无土地、牲畜，全部财产就背在肩上。但是在这个全民信教的社会里，善良的老百姓对他们并无厌恶之感，往往同情并乐于接济他们。即使最穷的人家也不愿意让乞丐已经伸出的手空着收回去。更何况这时的玉珠已经是一个小有名气的《格萨尔》说唱艺人了，因此，他基本上可以得到温饱。

达隆寺的玛居仁波切是为玉珠开启说唱智门的喇嘛，被玉珠尊为"自己的喇嘛"，在心中无限崇拜。这次离开家乡，玉珠专程前往达隆寺拜见"自己的喇嘛"，并请他为自己祈祷保佑。

玉珠的到来，给寺院增添了活跃的气氛。玛居仁波切留他在寺院里住一段时间，给僧人们演唱《格萨尔》。玉珠欣然照办。因为，在他看来给喇嘛们说唱《格萨尔》是无上光荣的事。他在达隆寺受到了很好的接待。当他结束演唱又要启程时，玛居仁波切送给他一路上的吃食和到寺院朝佛所需要的钱。喇嘛赐的这些东西比玉珠的全部家当还要多，这使他和经常跟着他的两三个"阿尔敲"（靠乞讨到卫藏朝佛的康巴或藏北人）们几乎拿不动。

途中空闲时，玉珠开始学着父亲的样子刻石头。没想到他刻的石头出人意料的好。而玉珠缝制的衣服也与众不同。他的一双灵巧的手为他增添了谋生的本领。为此，玉珠常感到自豪。后来在《格萨尔》得到了真正平反的时候，那曲的干部还曾委托他为其他艺人缝制过"仲夏"（艺人帽）。

在人烟稀少、空气稀薄的高原流浪会遇到许多内地人意想不到的困难，但对于世代繁衍生息在这里的藏族人，尤其是对于玉珠，已经习以为常了。玉珠脚上的鞋磨破了，补一补再穿，到底走破了几双鞋他已经记不清了。就在离开家乡经过了五年的流浪生活之后，在一个严冬到来之际，玉珠终于来到了他心目中的圣地——拉萨。

当时正好赶上一年一度的"正月十五"传昭、祈祷法会，各地喇嘛云集拉萨，在大昭寺前诵经祈祷。这种宗教盛会使在藏北长大的玉珠开阔了眼界，耳目为之一新。于是他对于神佛更生崇敬仰慕之情。这时拉萨热闹非凡，趁此机会，玉珠坐在八角街唱《格萨尔》，吸引了不少僧人和百姓，有时每天可以得到十几个多嚓（rdo tshad 藏币）。传昭大会结束后。玉珠便前往楚布寺寻找母亲和妹妹。

玉珠的母亲带着小女儿一路朝佛来到拉萨后，就在拉萨西郊堆龙德庆的楚布寺附近定居下来。流浪生活对于玉珠这样一个有技艺的男子汉都是不易的，更何况这一双寡母孤女！她们经历的困苦是完全可以想见的。母亲在这里靠上山打柴卖给寺院而换取微薄的生活费用。她何尝不思念家乡、挂牵远在那曲的儿女？然而路途的遥远以及生活的艰辛使体弱的母亲已经无能为力了。

经过十年的漫长的别离，在楚布寺附近，当玉珠与雪染双鬓的母亲和已经长成大姑娘的小妹相聚时，眼泪夺眶而出。他们抱在一起，任辛酸而又欢愉的泪水尽情流淌。

一种强烈的责任感在胸中翻滚，玉珠决定把母亲和妹妹接走，用自己的肩膀来承担生活的重压，使母亲和妹妹得到温饱。他们启程回到那曲，把当佣人的大妹妹接上，便一同去阿里朝拜冈底斯山。任凭道路遥远，气候恶劣，母子四人在漫长的朝佛路上相依为命，心情很愉快。此时，玉珠仍以唱《格萨尔》谋生，虽然不能丰衣足食，但一家四口人还勉强可以维持生活。

朝拜完圣山，他们又去朝拜圣湖——纳木错湖。人们常说到过圣湖、喝过圣水、用圣水沐浴过的人，可以洗清今世的罪孽，涤荡心灵的污垢，求得今生与来世的幸福。母亲终于实现了自己多年的夙愿，此生她再无所求，她想过安稳的日子，便提出回到楚布寺。当她们行至穷廓部落（今当雄县与桑雄县交界处），玉珠告别了母亲和妹妹，只身向萨甲（今班戈）方向走去。

对于一个真正的仲堪来说，说唱《格萨尔》是一种谋生的手段，但这绝不是唯一的和至关重要的。近十年的流浪生活，使他离不开喜爱《格萨尔》的听众，而胸中的《格萨尔》就像一座火山，不把它的岩浆迸发倾泻出来就心烦意乱，这使他不得不再次离开母亲和妹妹踏上旅途。

到达萨甲后，当地的十几户人家当施主，请玉珠降"仲拉"之神（故事神），为他们消灾祈福。降神对于玉珠已不是陌生的事了。他竭尽全力、专心致志地做着法事，结果那几户人家的病人居然好起来。为此玉珠获得施主们的崇敬与赏识，给了他一些食物及几只羊作为报酬。

他在萨甲住了下来，为人们演唱《格萨尔》，有时为死者刻经文。快到秋季剪羊毛的时节，玉珠决定去江龙宗（今班戈县所在地）。

江龙宗下属 13 个部落。每到秋季牧人们都集中到这里交税，卖掉畜产品，买回生活必需品，所以这时是草原上最热闹的日子。

玉珠赶到江龙宗，那里已经搭起了数不清的帐篷。人们忙碌地交换商品，并尽情享受着一年辛勤劳动之所得。玉珠选择了一块平坦的坝子坐下来，开始了演唱："鲁阿拉拉毛阿拉，鲁塔拉拉毛塔拉……"这声音一出口，周围的人们便向这里聚拢过来。他看见数不清的人头在攒动，那些陌生又熟悉的面庞被深深地激动着。他的兴致更浓了，一口气说了一天。丝毫不感到疲劳。

玉珠认为仲堪演唱时，周围环境和听众的反应是很重要的。如果环境清洁，气候适宜，或烧一点香，心情就好。遇到群众听得懂而且十分感兴趣，演唱者就能情绪昂扬地进行构思和创作。由于这次演唱听众多，效果比较好，他得到的收入也很不错。

在江龙宗停留了四个月以后，不甘寂寞的玉珠又踏上了新的征途。他向西行，来到了班戈湖的硼砂矿。这个矿过去是由那曲的斯林昂布和萨堆巴桑两家贵族经营。1954 年从内地来了一个矿工队，玉珠这一年也到达了这里。

　　奔波的无固定收入的生活开始使他感到厌倦。他决定在这里停留下来，积攒一点钱。他向贵族贷款450元，开始挖矿，以卖硼砂的钱来还债及维持生活。然而一年过去了，自己所得无几，债务也还不上。后来他决定到内地来的矿工队当工人。矿工队以白银、糌粑和酥油做为工资。不到半年的时间，他用自己的劳动所得还了两百多元的债。又过了不久，玉珠将所借债务全部还清了。这时，他的劳动所得不但能够养活自己，还用剩余的钱买了13只羊。

　　生活有了保障，不用再为糊口而奔波了，他又想念起流落在异乡的母亲。他想，若能把母亲接回家乡，一起生活该多好呀！玉珠向单位的管理人员请了假，把13只羊托付给朋友照管，自己又向拉萨方向走去。

　　巧得很，玉珠到达拉萨时正好又赶上"正月十五"祈祷法会。

　　在八角街的转经路上，玉珠与母亲、妹妹相逢了。此时，小妹正与当地的一个小伙子处于热恋之中，难舍难分。玉珠只好带着年迈的母亲上路了。

　　不料他们刚走出拉萨不远，母亲就病倒了。多年的困苦流浪生活，使老人家再也撑不住。然而她想念家乡，希望到那里与儿子度过晚年。玉珠竭尽全力地侍候母亲，为了给老人买药，他说唱《格萨尔》、讨饭，什么都做。他只有一个心愿：让母亲早日痊愈。当母亲的病有了好转，玉珠就背着母亲向北走去。

　　到了当雄，这里正在修建飞机场，集中了不少藏族民工。玉珠因唱《格萨尔》得到了不少食物。这时母亲的病已基本痊愈，他们就继续前行，回到了班戈硼砂矿。

　　回到单位不久，就听到传闻：拉萨的藏族人和汉族人打起仗来。这一消息对于生活在遥远的藏北的牧民来说无关紧要，他们关心的倒是随之传来的另一个消息：要进行民主改革了！受苦受难的穷人将要得到解放，他们将要分到贵族的财产和牛羊。这消息对玉珠一家是一个极大的喜讯。他们多年来求佛拜神而未得到的好日子，在共产党的领导下将要变为现实！这时，玉珠这个流浪了半辈子、年已34岁的人，与一位穷人家的姑娘结了婚，组成了幸福的家庭。玉珠的妻子是萨甲人，他们在班戈湖挖硼砂时相识。现在听说她的家乡要民主改革了，她执意让玉珠辞退矿上的工作，跟她一起回家去过牧民的生活。玉珠无奈，只好于1960年带着老母亲和妻子，还有自己几年辛苦积攒的唯一的财产——二十多只羊，迁到了萨甲。

真不凑巧，当他们来到萨甲时，民改工作队才走了不久，贵族的财产已经全部分完。玉珠和母亲在这里成了多余的移民。为此，玉珠后悔不已。至今还经常惋惜地说："若不是当年辞去硼砂矿的工作，如今我早已成为国家的正式工人了。"玉珠的妻子家分得了八十多只羊和二十几头牛，从此，他们便定居在班戈县萨甲地方，即今青龙区。

由于家庭的羁绊，玉珠不能再云游四方，而定居的生活对演唱《格萨尔》是不利的。一则听《格萨尔》说唱的人不如以前多了。收入比前大为减少；二则玉珠说唱《格萨尔》的才能没能更好的发挥。生活困难又一次摆在玉珠的面前。这时他已是一个经历磨炼的中年人，性格倔强，从不在困难面前示弱。为了维持生活，他开始给别人鞣皮子、缝制衣服。他的一双灵巧的手给他的一家带来了生活的转机。每年从3—9月，他不停地鞣，可以鞣完二三十套羊皮袄。每鞣完一套羊皮袄，可以得到一只不算瘦弱的羊做为报酬。这不但够自己一家人吃，还有一些积蓄。

好景不长。安稳的生活没过几年，史无前例的"文化大革命"开始了。这一风暴从内地席卷来，势头并不因路途遥远而有丝毫的减弱。玉珠首当其冲被作为横扫对象。他保存了多年的艺人帽、艺人鼓等说唱《格萨尔》的用具被统统付之一炬，并勒令今后永远不许演唱，否则将随时受到批斗。玉珠被这突如其来的浪头打蒙了。他想不到说唱群众喜爱的《格萨尔》会有这么大罪恶，他不理解这究竟是怎么一回事，但是，有一点他是确信无疑的，那就是这场运动是给自己带来新生活的毛主席发动的。后来，常常有人私下找到玉珠，请求他讲几段《格萨尔》，并发誓为他保密，然而他都一一拒绝。

动荡的年代总算熬过去了。经过十年浩劫的国家要安定，生产要恢复，真是百废待兴啊！这一切绝不是一朝一夕的事。玉珠何尝不想过安宁生活？然而他不得不拿出精力来对付那即将到来的厄运。

1976年，西藏开展了人民公社化运动。在这次运动中首先要对牧民划分阶级成分。个别人在工作队面前告玉珠的状，说他不给他的母亲吃饭，致使他母亲在当年挨饿而死。这胡言乱语刺伤了玉珠的心。他们企图给玉珠扣上一顶"从13岁开始说唱《格萨尔》、传播宗教迷信的反革命"帽子。玉珠从来没有像这次这样感到愤怒，他据理力争，抗议诬陷。最后，他的材料被上报到县里进行审批，才免去了一场灾难。

人民公社化期间，玉珠依然靠鞣皮子维持一家生活。母亲去世了，家里只剩下他和妻子及一个十岁的女儿。在长达十年多的时间里，玉珠那说唱《格萨尔》的优美动人的歌喉暗哑了，眼睛里失去了往日的光彩。

1981年，随着国家形势的好转、党的各项政策的落实，《格萨尔》得到了平反。人们欢呼《格萨尔》的春天来到了。但在当时，对于民间说唱艺人还没有给以足够的重视，主要的精力放在整理、出版、翻译等工作上。感谢那曲的索朗书记，是他首先发现了说唱艺人玉珠，并把他接到班戈县进行采访。而后，又把玉珠接到那曲专区所在地，由专人负责录音。

由于玉珠和工作人员的共同努力，到目前为止，已经录完4部，这在他会说唱的18大宗、13小宗之中，只占一小部分。他不无惋惜地说："已经有好多年没有讲了，有的部生疏了，有的部忘掉了。要是国家需要，我一定好好回忆，争取多说几部。"

岁月蹉跎。玉珠过去曾三次参加拉萨的"正月十五"祈祷法会，为无数僧俗群众演唱，也到过数不清的寺院和贵族人家演唱，而只有今天，当他在罗布林卡登台演唱时，他才感到，他是一个人，一个真正的当家做主的人，一个与听众平等的人。这一切使这位年过花甲的老人激动不已。他要尽情地唱，直到生命最后一息。

再版附记：

玉珠（又名勇珠）积极参与抢救工作，共录音《格萨尔》说唱16部，1986年他获得了国家民委、文化部、中国民间文艺研究会、中国社会科学院四部委的表彰。由于他独具特色的演唱，在1991年全国《格萨尔》艺人命名大会上，被命名为"《格萨尔》说唱家"的荣誉称号。此后，笔者再没有见到他。我被告知玉珠于2012年在班戈去世。享年87岁。

昔日的民间艺人，今日的教授

——西北民族学院教授贡却才旦

位于中国西北部重镇兰州的西北民族学院少数民族语文系，有一位年逾古稀的藏族副教授贡却才旦。这位和善的老人，以其严谨勤奋、学识渊博和诲人不倦的精神，得到了学院师生们的普遍好评。每天在他的家里，学生络绎不绝。特别是晚上，到贡却才旦老师家中登门求教的学生更多。这样，自然耽误了他的许多宝贵时间。常常是当他拿起笔来想写点东西时，便被求教的学生打断。可他从无怨言。他说："我是当老师的，传授知识是我义不容辞的责任。"每当这时，他便放下手中的工作，热情地接待学生们，不论是他直接授课的学生，还是其他班的学生，只要他们提出问题，贡却才旦总是耐心地予以解答。因此学生们都十分尊敬他、喜欢他。

算起来，他到西北民族学院执教三十余年了，教过的学生近千人，这些学生遍布中国西北部诸省区，可谓桃李满天下了。在他这里学习藏语的汉族学生，很多成为教学和科研战线上的骨干力量，而他教过的藏族学生则在各行各业发挥着巨大的作用，不少人已经走上领导岗位，担任地方各级领导。每每谈及这些，贡却才旦老师的脸上总是流露出一种自豪与欣慰。他还教过十余位研究生，他给他们讲授藏族古典文论，讲述印度史诗，旁征博引，说古论今。如果不是他亲口对我讲述了自己的经历，我是怎么也不会相信，这位在国家高等学府中施教的副教授，在旧社会竟是一位以说唱史诗《格萨尔》为生的民间艺人。

贡却才旦与众多的民间艺人一样，也有着自己苦难的经历。1913年，藏历水牛年，贡却才旦出生在青海省同仁县兰才乡一个贫穷的藏族家庭。这里是半农半牧地区。因连年的灾荒及兵匪横行，藏族百姓一直挣扎在饥饿线上。贡却才旦的父亲是一个信奉宁玛教派的僧人，因宁玛派允许僧人留住家中娶妻生子，所以，贡却才旦得以自10岁起，在父亲的教导下学习藏文。他自幼聪颖、伶俐，字写得很好，藏文也念得十分流利，经常得到父亲的称赞。

贡却才旦的家乡同仁县一带，是史诗《格萨尔》普遍流传的地区之一。遇到年节或家里有了喜庆之事，人们往往要请来《格萨尔》艺人说上几段。村里人人喜爱《格萨尔》，许多人还能信口唱上几段。有人自己家中备有史诗抄本，经常在家中自说自唱，以打发单调乏味的时日。

从小生活在这一环境中的贡却才旦，常常是听上两遍就可以仿照着艺人的样子说唱了，而且他越说越好。贡却才旦回忆说："在家乡时，见过不少艺人，听过他们说唱《霍岭之战》《大食财宗》《祝古兵器宗》《地狱救母》等章部。留下了很深的印象。后来我说的那几部，都是年轻时从艺人那里听来的。"

脱颖而出的贡却才旦，在家乡说唱《格萨尔》竟然渐渐地有了点小名气。不过那时他并未以说唱为生。他18岁时，由父母包办成了家。平时劳动，只有年节时才说唱。日子过得虽然不算富裕，但总算安稳。

贡却才旦28岁那年，军阀马步芳来到了他的家乡，打乱了这偏僻乡村的平静，破坏了人们正常的生活和秩序。兵匪所到之处，烧、杀、抢、掠无恶不作。贡却才旦的家也未能幸免：房子被烧了，财物被抢了，他只得两手空空地逃往他乡。

来到了夏河县，他摆脱了父母包办的那桩婚事，离了婚，在夏河定居下来，靠出卖劳力维持生活。不久他又成了家。一个一无所有的外乡人，仅靠打工维持一个家庭是不可能的，为生活所迫，他开始以说唱《格萨尔》为生。夏河地方的百姓和他家乡的人一样喜欢听格萨尔的故事。而经过了在家乡的十余年的说唱，生活阅历逐渐丰富，他的文化修养又非一般艺人所能企及，说唱的《格萨尔》倍受当地群众的喜爱。

那时，常常是几户人家凑在一起，轮流备好吃喝，把他请去说唱。主人点哪一部，他就说唱哪一部。各得其所，乐不可支。到了夏天，夏河人都聚到水草丰美的坝子里"浪山"（秋游）。这时，集中的人很多，贡却才旦也常为"浪山"的人们说唱。寺院更是他经常出入的地方。只是白天不行，因为僧人们学经作法事十分繁忙，活佛也禁止他们听说唱。于是僧人们就在晚间，等活佛休息就寝以后，悄悄地把贡却才旦请到扎仓（僧人们的住处）说唱。这时夜深人静，说唱往往通宵达旦。由于活佛的禁令，僧人们只得牺牲晚间休息的时间来听《格萨尔》。只有到了一年一度的"浪山"节，他们才可以毫无顾忌地安心听上几天。

久而久之，贡却才旦又在夏河一带出了名。当时他可以完整地说唱15 部。年轻时，他的嗓子特别好，会用各种曲调说唱，如珠牡的"古桑六变调"（dgu sang drug vgyur），乃琼的"百灵鸟六变调"（co ka drug vgyur），以及格萨尔的"英雄猛虎怒吼调"（dpav skad stag movi ngar sgra）等曲调，至今他还记忆犹新。由于他掌握的曲调丰富，嗓子好，需要刚劲的地方，他就唱得高亢激越；需要柔顺处，便唱得委婉缠绵。感情的真实投入，曲调的刚柔相济，使他的说唱具有鲜明的个性，受到夏河一带人们的欢迎。

按照当地的习惯，他在群众家中或寺院中说唱时，人们除了供给他茶、酒、饭之外，不时还另付一笔报酬，通常是几块银圆。他就靠着说唱所得勉强维持一家人的生活。

1948 年，贡却才旦和众多的藏族人民一起迎来了家乡的解放。1956年，他被请到西北民族学院担任藏文教师。对于这位从未进过学校、没经过正规学习的藏族中年人来说，困难是很多的。来到了大城市兰州，他首先要学习汉语、汉文，以应付日常生活的需要。其次，他过去虽然曾经自学过藏文，看过一些历史书籍，但是站在讲台上面对求知的学生，与面对听众的说唱完全是两回事。说唱可以即兴创作，夸张虚构，教书却需要一板一眼，科学地阐述。他的良心告诫他不能误人子弟。他决心继续学习，只有这样才不辜负领导和学生们对他的信任。于是，他又开始了人生的新拼搏。

为了尽快地多学到一些专业知识，迅速提高自己的水平，以适应教学的需要，他把全部精力都投入到工作和学习之中。他说，像他这样一个民间艺人，一个贫苦家庭出身的普通人，如果不是在新社会，他怎么可能踏上高等学府的讲台？他感激祖国和人民的信任，也更加倍地珍惜这得来不易的机会。

经过几年坚持不懈的努力，他的藏汉文水平都有了长足的进步。而他为此也付出了极大的代价。因劳累过度，他的健康每况愈下，曾几次晕倒在讲台上、厕所里。然而，他总是在稍事休息后，便重新投入学习和工作中。

在贡却才旦忘我的学习过程中，他得到了周围的老师和同志们的热情关心和帮助。著名的藏族学者才旦夏茸是他的指导老师，他永远忘不了恩师所给予的帮助和指点。学校里的各民族老师——藏族的贡嘎老师、蒙古族的阿古却德老师、汉族的成国英老师，都给予他热情的帮助，使他在远离家乡的兰州体会到民族大家庭的温暖。更重要的是，他在较短的时间里，完成了从一个说唱艺人到大学教师的飞跃。

1963年，贡却才旦被评为讲师，他激动的心情难于言表。抚今追昔，他满怀激情地写了一首赞诗。当这首诗在电台里广播后，贡却才旦其人其事曾轰动一时。

工作和学习是紧张的，但他仍忘不了他所喜爱的、伴随着他前半生的史诗《格萨尔》。工作之余，他和余希贤老师一起整理了史诗《英雄诞生》《赛马称王》《降伏妖魔》《大食财宗》《姜王子玉拉托居》《地狱救母》等六部书稿，送到了出版社。可惜的是，交稿不久，"文化大革命"开始了，他们的辛勤劳动全部被付之一炬。

"文化大革命"的风暴席卷全国，最早受到冲击的是知识界人士。即使像贡却才旦这样一个出身贫苦、备受磨难的人也未能幸免。他的历史清得如一弯水，白得像一张纸，然而却被扣上了"现行反革命"的帽子。其罪状有两条：其一是不宣传毛泽东思想，而歌颂"帝王将相"格萨尔王；其二是电台播出的那首诗，说他是"打着红旗反红旗"，意在歌颂达赖和班禅。欲加之罪何患无辞，他有口难辩，遭到了无情的批斗。

不久，他作为年老体弱者被送回夏河老家，直至1978年才又回到西北民族学院。这一段历史对贡却才旦来说犹如一场噩梦，他不愿意回忆，笔者也不便再提那些触动伤疤的往事。

重新回到了西北民族学院，贡却才旦心潮起伏，不知是悲是喜。然而，新的工作在等待着他，于是，他不计个人得失，又全身心地投入了紧张的教学工作。1981年他被评为副教授，这意味着教学工作需要他付出更多的辛劳。他一如既往，为培养研究生又作出了新的贡献。

近年来，除了给研究生授课外，他还埋头写作，成果累累，为《格萨尔》的抢救工作做出了显著的成绩。他先后整理了史诗《世界公桑》（甘肃人民出版社1980年版）、《赛马称王》（甘肃人民出版社1981年版)、《英雄诞生》(甘肃人民出版社 1981 年版)、《天岭九卜》(甘肃人民出版社 1982 年版) 等藏文本,并对《大食财宗》《降伏妖魔》(为甘肃人民出版社 1979 年、1980 年版) 两部进行了校对。其中《世界公桑》于 1983 年 12 月被中国民间文艺研究会 (现为中国民间文艺家协会) 评为全国民间文学作品荣誉奖,该书 1986 年获甘肃省优秀图书奖。

此外,当他发现在出版的《格萨尔》汉译本中一些专用词汇翻译得不统一、不确切时,决定着手编撰一本《格萨尔词释》。经过几年的努力,该书已于 1987 年由甘肃人民出版社出版。这部汇集了 4000 个词目的专业词典,对于人们理解《格萨尔》原文、翻译《格萨尔》具有重要的价值,也是国内第一本关于史诗《格萨尔》的辞书。

与此同时,贡却才旦还撰写了一些论文,如《白岭国世系与格萨尔降生史》《格萨尔王传简评》(载《格萨尔研究》第 3 集,中国民间文艺出版社 1988 年出版) 等。这些文章论述了他对《格萨尔》中某些故事情节、渊源的理解和考据。他是从一个长期说唱《格萨尔》的艺人的角度,以一个具有丰富教学和科研经验的副教授的学识撰写而成的。其学术价值得到了史诗界学者的肯定。他于 1987 年被晋升为教授。

鉴于他多年来为史诗《格萨尔》抢救工作作出的贡献,在 1986 年 5 月的全国《格萨尔》表彰大会上,他被评为先进个人,受到了表彰。

这位既是艺人又是学者教授的老人,如今已经年近八旬。虽然他已退休,却仍在辛勤地耕耘着。让我们衷心地祝愿贡却才旦老师在教学和科研中取得更大的成绩。

再版附记:

上述文字是笔者于 1992 年在兰州西北民族学院 (现为西北民族大学) 采访的记录。此后,贡却才旦教授回到夏河老家安度晚年,笔者再也没有机会见到他。这位唯一的一位出身于民间说唱艺人的大学教授于 2004 年在夏河去世,享年 91 岁。

年轻的掘藏艺人格日坚参

　　20 世纪 60 年代中期，一场前所未有的"革命"席卷中国大地。远离北京的青藏高原虽然也无法幸免于它的冲击波，然而在草原的深处，在藏族人聚居的牧场，人们仍在循规蹈矩地生活。对于生活在青海果洛州的一个角落里、几乎与世隔绝的人们来说，除了终日放牧、劳作之外，生儿育女、传宗接代就是又一件大事了。而办这件大事却又显得十分简单。一些男人和女人间，无须什么婚姻手续和法律的保证。他们并非无视这一切，只是对此一无所知。格日坚参就是他父亲和母亲这种无法律约束的关系的果实，时值 1967 年的 8 月。然而，这种自由的爱情的苦果只有女人独尝，她把一切奉献给了男人外，还要为非婚生的孩子奉献终生。而那男人既不负法律责任，也不尽道义上的义务，另求他欢去了。格日坚参从懂事起，就跟着妈妈拉宗一起生活，虽然他的父亲就住在离他家不远的地方，与另一个女人共同生活。

　　从他懂事起，好心的邻居就告诉他：那就是他的父亲。尽管他们之间有着最直接的血缘关系，但"父亲"这个词对于他来说却唤不起丝毫的亲切之感。有时，那位父亲见到他，看着他那褴褛的衣衫、瘦弱的身体，也表示过怜悯，给些吃的东西，但父子间却无法沟通。

　　母亲拉宗是个心地善良且笃信宗教的人。她不分宁玛派、格鲁派，只要是穿袈裟的人，她都信奉，虽然不识字，却经常念经做敬神佛的事。她为人诚恳，虽然自己生活很艰难，还是经常帮助比她更困难的人。公社成立时，她除了分得几头自留畜以外，别无所有。公社把放牧的任务交给她，她每天早出晚归。经常把小小的格日坚参一个人留在家中。牧人的孩子生命力是极强的，他们总能在艰苦、单调的生活中找到乐趣。

　　小格日坚参已经习惯了一个人在家中度过漫长的一天。他学会了自己找东西玩。最经常的是用水和泥，做一些小玩具。一次，他偶然得到一本小学一年级的藏文课本，这是他见到的第一本书。翻开第一页是一张毛主席画像，下边写着藏文"毛主席万岁"，后边都是图文并茂的藏文字母和拼音。从此，这本书成了他最好的伙伴。他先找来一块破木板，涂上酥油，然后把牛粪灰撒在上边，用小细木棍照着书本上的字往木板上写，从字母 ka、kha 开始，写满了木板之后；再撒上牛粪灰盖上，然后再写。慢慢地他学会了拼音。

稍大一点，格日坚参可以帮助妈妈做事了。有时拾牛粪，有时帮助妈妈放牧，有时到别人家里替人家放牧，可以在别人家中得到一顿午饭。就这样，他和母亲相依为命，度过了孤独困苦的童年。

格日坚参的舅舅家有一个表哥，表兄弟自幼交好。表哥懂一点藏文。一次表哥不知从哪里借到了一本《格萨尔》手抄本《阿达拉姆》，他便兴高采烈地来到姑姑拉宗的帐篷，告诉表弟这一好消息。于是，每天晚上放牧归来，格日坚参便坐在帐篷里听表哥唱抄本上的故事，母亲尤其爱听。格日坚参第一次听到格萨尔的故事。就被史诗强烈地吸引住，进入了一个崭新的多彩的世界。

史诗《格萨尔》被禁止，又被解禁，牧区深处的人们并不清楚。不久，省里开始了对《格萨尔》的平反工作。格日坚参偶尔在一张藏文报上看到了上面刊登的《霍岭之战》片断，他如获至宝地读了起来。这张报纸他反复读着、体味着，一直不离身地保存了很长一段时间。凭着这张报纸，他的藏文阅读能力有了很大的提高。

15 岁那年，公社办起了民办小学，一时找不到老师，无法开课。公社干部听说格日坚参会念藏文，就把他叫去，让他当了小学一年级的藏文教员。虽然他自己也近乎文盲，但他自学过拼音，会读，就这样他边教学生，边看书学习，自己的藏文水平也得到了提高。

有一点点固定的收入，又可以看书学习，格日坚参已经十分满足了。然而母亲却不愿意他从此这样下去。在苦水中挣扎了一生的母亲，希望她唯一的儿子不要像她一样继续受苦，她盼望着儿子成为一个僧人，念经修习，以求得一个好的来世。格日坚参教书不满一年，母亲再一次郑重地对他说："去做个僧人吧！这是我心目中最崇高的职业，也是做母亲的对儿子的唯一希望！"

格日坚参是个心疼母亲的孝顺孩子，他顺从了母亲的意愿，辞了民办小学教师的工作，16 岁那年穿上了袈裟，做了一名宁玛派的僧人。宁玛教派允许僧人住在家中，有讲经等佛事活动时，僧人们会聚于寺院，平时仍可在家中劳动生活。格日坚参就成了甘德县龙恩寺的不住寺的小扎巴。

那年冬天，他在寺院经过了一个阶段的学习与修炼，主要是修炼经、气、神（rtsa rlung thig le），后来通过讲经、灌顶以后，与同时进寺的年轻人一起，被叫到一个屋子里，脱去袈裟，穿上特制的修炼衣服——一个裤衩和一条短裙，上身和两腿裸露，修炼、静坐了 100 天。

这一阶段的修炼对格日坚参的身心健康都起了极好的作用。他自幼聪颖，有过目不忘的本领。然而在他还是个孩子时，因为一点小事挨过一个亲戚的老婆打骂，摔倒在地时，还被这个女人从身上跨了过去。这是藏族人最忌讳的事了。从此，他的记忆就大不如前，说话也结结巴巴连不成句。母亲说，这是受了那女人的晦气的缘故。自从格日坚参进寺庙修炼了 100 天以后，他感觉自己又恢复了从前的记忆和灵敏。此后，他很快就学会了念经，并能背诵许多主要部分，其中的平安经、长寿经，他几乎达到倒背如流的地步。

按照藏族传统的观念，人的身体中有六个经轮，像六把大伞一样遍布全身，不了解这些便不知如何发挥它们的作用。修炼经、气、神便是修炼依次把气从一个部位传送到另一个部位的功夫。如此长久修炼便可以改变身体状况，把身体各部分的经络联系起来，做常人做不到的事。格日坚参就是遵循了这样的教训去修炼的。遗憾的是他只练习了一个开头，便因家中的一个亲戚生了病，请他去念经，而终止了修炼。

不久，一个亲戚要去西宁治病，无人陪同，格日坚参便告别了母亲，第一次远离故乡，陪着病人前往西宁。谁也没有料到，这次离家竟是他与母亲的永诀。行前母亲并无疾病，身体健康，可是当他返回果洛，还未踏上故乡的土地时，噩耗传来：他母亲已经于七、八天前离开了人世。犹如晴天霹雳的消息把他打蒙了。

母亲离开人世时，她唯一的亲人却远在千里之外。或许作为虔诚的佛教徒的母亲，因为儿子在助人行善，虽辞世时儿子不在身边，也并不遗憾。可是对于孝顺的儿子却成为一件终生无法弥补的憾事。

面对着这一切，他痛不欲生。坎坷的人生，骨肉的生离死别，使"人生无常"的佛教训戒深深地刻在了他的脑海中。格日坚参迈着沉重的脚步向自己的家走去。然而家已经不复存在，帐篷已经拆下送到龙恩寺，家中除了留给他几头牛外，其余牲畜全部被亲戚们以各种借口分光，母亲的尸体也早已被送上了下贡麻的天葬场。

表哥来看他，从手中的布包中拿出一块骨头，捧到了他的面前说："这是你母亲的遗骨，我为你保存了一块。"格日坚参手捧母亲的遗骨失声痛哭。从表哥那里得知，母亲因患感冒，嗓子肿痛，没有得到及时的医治，最后发展为全身疼痛而死。临终时，她把唯一放心不下的儿子托付给了格日坚参的表哥，留下了"你们互相照顾"的话语后离开了人世。这时，格日坚参只有18岁。

格日坚参从小和母亲一起生活，孤儿寡母已经十分不易，现在母亲离他而去，他一下子成了孤儿。他思念母亲，感到了人生的无望和孤独，这在他后来模仿六世达赖喇嘛的风格写下的几首诗歌中得到了充分的体现：

> 美丽蓝颈杜鹃，
> 发出阵阵鸣啭，
> 声声传入耳畔，
> 似母亲细语绵绵。

> 至高轮回桑杰，
> 未曾永驻心间，
> 美丽母亲容颜，
> 却日日光彩照人。

龙恩寺的寺主白玛单波和在那里当活佛的表舅昂日叫他到寺院去住。这样，1985年冬天，格日坚参在母亲去世七七四十九天之后，把仅有的几头牲畜和残存的东西全部给了亲戚，只身一人来到龙恩寺。

表舅昂日活佛是甘德县有名的《格萨尔》说唱艺人。他的父亲德尔文·德尔顿巴窝那姆卡多吉是甘德县德尔文部落人，也是一位近远闻名的《格萨尔》艺人兼咒师。他曾写过《格萨尔》的很多章部及有关格萨尔的祈祷词（寺院跳神时击鼓祈祷祭祀的文字）。出自他手的千余页的《姜岭之战》曾在果洛民间广为流传。

此外，寺院里还有他的表兄与他同住。龙恩寺不仅使他有了安身之处，在那里听听讲经，修炼经、气、神，也使他那颗受伤的心得到了一些平复。

　　严寒的冬天结束了。春天又一次降临到甘德草原。格日坚参在寺院里虽然备受照顾，生活也过得很好。但是他的心总是无法安定。他静不下来，总想离开寺院到处流浪。1986年春天，他终于谢绝了寺主和亲戚的再三挽留，毅然地踏上了前往青海湖的路。

　　他首先乘车来到青海湖边，开始绕湖步行。虽然身无分文。却因身着袈裟，每到一个村落都被人们请到家中念经。除了得到饭食以外，还可以得到5—10元的报酬。绕青海湖走了一周后，他又到塔尔寺、同仁的直贡智喜寺、化隆的夏琼寺朝佛，把一路念经所得的钱全部献给了寺院，为母亲的亡灵祈祷。途中格日坚参有时在藏民家中住，与他们一起生活几天。他们除了请他念经外，还拿来新出版的《格萨尔王传》，请他念上几段。海南州一户藏民家中保存有一本《大食财宗》木刻本，他们拿出来请他念了一遍。格日坚参小时候就曾听过、看过《格萨尔》。如今读起来倍感亲切。所以，只要人们请他念，他总是欣然从命。

　　几个月过去了，为了母亲，转湖、朝佛，要做的事都完成了，心中总算得到一些慰藉。于是，他开始踏上归途。当他来到玛沁雪山朝圣时，恰好遇到从四川来的晋美平措活佛，他们在一起喝茶攀谈起来。这位活佛说："看来你是昂日父亲的转世。"并在一张长5寸、宽2.5寸的小纸条上写下了"阿旺西热嘉措吉祥自在"（阿旺西热嘉措为昂日父亲的名字ngag dbang shes rab rgya mtsho dpal bzang po）的字样，盖上手印，向他赠送了一条蓝色的哈达后才分手。

　　活佛的话使他充满了自信，他相信此生是会有所做为的。于是朝着家乡继续走去。当他来到玛沁与甘德交界的当项公社一队时，偶尔听到人们谈话时提到一个姑娘的名字"达日杰"，这个名字在他心中激起一片涟漪。住在龙恩寺时，寺主和昂日舅舅对他未来的预言又响在耳边："你要想有成就，必须在某地遇到一个神佛指派的女人。你们结合在一起，一个是方法，一个是智慧，两者合一便如一个插上双翅可以遨游天空的大鹏鸟，那时你就可以成为一个掘藏者。"格日坚参不由自主地意识到达日杰就是神佛给他安排好的女人。于是来到姑娘居住的村子，却没有见到她。正当他心灰意冷之时，邻近村子的人请他去念经。正巧达日杰的父亲嘎白来到他念经的这家，见到格日坚参，就问他是否愿意教他的孩子学习藏文？他应允后，便随嘎白回到了家中。

　　他与达日杰一见面，就觉得她出落得与众不同，因为姑娘生着一双特别的眼睛，当她闭眼时，不是上眼皮下合，而是下眼皮上合。格日坚参认定她就是自己心目中想象的伴侣。然而，由于一种穷僧人的自卑，加之初次见面，更何况又是在她的父母、兄弟姊妹面前，他只能在心中叹息而无法言表。

　　第二天，他独自一人走出帐房，漫步在山坡上。想起失去母亲后在异乡流浪，一种孤独感袭来，不免伤感万分，随口吟诵了几首谐体民歌，抒发自己的情怀。没想到被悄悄跟在后面的达日杰姑娘听到了。她一见钟情地爱上了他，对他的遭遇十分同情。就在当天晚上，他们相互交换了念珠。那天夜里，达日杰家中的鼓响了三次，全家人都认为这是个吉祥的征兆。

　　几天以后，格日坚参被请到小生意人热不嘎的家中念经。休息时，他一边喝着奶茶，一边凝视着酥油灯的灯花。突然他心中有一种要写点什么的强烈欲望，于是向主人要来了纸笔奋笔疾书。记得那天他写下的是些模仿六世达赖仓央嘉措诗歌的形式和风格的作品。内容则是自己这十八年来所用心去体验到的人间的苦辣酸甜。他写得那么顺畅，一晚上的工夫竟写出了三十首。见他停笔之后，主人热不嘎拿来一台录音机，请他亲自吟唱录音。格日坚参没有推辞，借着诗兴，用民间流行的曲调，饱含着心中的愁情，尽情地唱了起来：

　　　　在那东方山顶，
　　　　十六月亮高照，
　　　　看了实在心酸，
　　　　想起恩深母亲。

　　　　孩童时代格日，
　　　　不曾亲身体味，
　　　　慈悲父母恩情，
　　　　死后知道何用？

　　热不嘎家中老小听罢他的歌，同情之余，皆饮泣不止。

　　自此，格日坚参书写诗歌的欲望不止。他在达日杰姑娘的要求下，开始写史诗《格萨尔》。过去他曾看过《卡契玉宗》《霍岭之战》《大食财宗》等章部，然而，这次他首先想写的却是一部过去没有看过的章部，不久他完成了《列赤马宗》。

这是他写的第一部英雄格萨尔的故事，究竟能否得到人们的承认，他心中也不清楚。于是格日坚参怀揣着本子到龙恩寺去询问舅舅昂日，昂日未给予答复。他想寄到西宁，又怕路上丢失，就试探着先将写好的诗歌寄给了果洛州《白唇鹿》编辑部，可是等来的是退稿信。正在他不知如何是好时，达日杰的亲戚病了，由他陪同一起来到州上藏医院治病。

果洛州《格萨尔》办公室的诺尔德听说过关于格日坚参的传闻，却从未见过此人。当诺尔德听说格日坚参到州上来了的消息时，便立即前去与他见面。这是 1987 年 4 月的一天。这次见面改变了格日坚参的人生道路，使这位孤独的浪子、年轻的才子得到了真正的归宿，受到了国家的重视。

诺尔德是个很有才气的青年诗人，又是个责任心极强的人。

他十分重视《格萨尔》艺人的发掘和抢救工作。他见到格日坚参便抓住不放，似乎生怕他再从眼皮底下溜走。为了辨明真伪，一见面他就开门见山地问格日坚参："你能写《格萨尔》吗？"得到了肯定的回答后，诺尔德接着说："那么就写一段《格萨尔》中的颂词给我看看。"上午答应的，中午格日坚参就送来了写好的五页纸颂词。诺尔德看罢，觉得文字功夫还可以，于是迅速向州委领导做了汇报。

得到了州领导同志的支持以后，诺尔德把格日坚参请到办公室来，让他写一个《格萨尔》目录，格日坚参一口气写出 120 部的目录。这是迄今为止国内说唱艺人中少见的。为了进一步考察，又让他当场写了史诗中八十英雄及三十美女的名字，格日坚参不加踌躇地一一写了出来。最后诺尔德从他报的 120 部目录中，找出一部目前其他艺人没有提及、抄本刻本中没有发现的《米敏银宗》，请他写好后送来。

达日杰的亲戚病好了，格日坚参也随之返回。这时，有人对诺尔德说："他不会给你写的，这么年轻怎么能写出《格萨尔》来？再说，他是个有名的'浪打浪'（喻游手好闲、四处游荡者）。"

十多天过去了，毫无音讯。诺尔德仍抱着极大的希望等待着。一天，一位不相识的僧人来找诺尔德，带来了格日坚参的一封信、一条哈达和一包本子。信中说：《米敏银宗》已写好一半，由于乡下条件差，晚上没电，白天又经常被请去念经，所以耽误了时间。又过了十天左右，格日坚参出现在果洛州《格萨尔》办公室，他送来了一大包本子，那就是他已经写好的《米敏银宗》，用藏文草体写在 16 开的备课本上，共 11 本约 500 页。这是一部珍贵的本子，按内容应排在《牡古骡宗》的后面，目前尚未流传。

诺尔德大喜过望，当即在州民族师范学校为他借了一间房子，安排了食宿。请他用楷书把写好的这一部抄写下来。

诺尔德拨通了北京全国《格萨尔》抢救办公室的电话。汇报了这一情况，立即得到了"格办"的肯定与支持，并请诺尔德转达他们对年轻艺人格日坚参的问候。格日坚参得知这一消息以后，非常激动，他第一次受到了国家的重视，看到了自己的价值。这对于一个备受磨难的人无疑是巨大的鼓舞和动力。从此，他加紧抄写，没过多久，抄写顺利完成了。接着他又开始了另外一部《俄卡神变绳索宗》的书写。经过州上专家的审阅，他写的确实是格萨尔的故事。

1987 年 8 月 4 日，果洛州召开了《格萨尔》艺人演唱会，格日坚参作为正式代表参加了会议，并在会上说唱了自己书写的《格萨尔》，引起了人们的注意。这位身材不高的年轻人仍然穿着一身红色的袈裟，头发以宁玛派特有的方式，编成一条小辫子缠在头上，两眼充满着自信。

下面是当时他与笔者在果洛的一段对话：

杨：你认为格萨尔是神、还是人？

格：格萨尔是莲花生的化身，并不是转世，这是我信仰中最主要的东西，因为他是神，所以可以永生永在。史诗《格萨尔王传》是有人创造出来，藏于宇宙或灵魂世界之中的，很有可能是莲花生或他的徒弟藏下的。现在由我们后人去取出来。我就是属于北方掘藏派的掘藏艺人之中的一个人。

杨：你怎么知道你书写的就是真正的《格萨尔》呢？

格：因为我是《格萨尔王传》中嘎尔德儿子智直那姆卡多吉的化身，他在大食之战中被赞拉多吉杀死了。虽然他被大食所杀，但并不说明他们的强大，其主要原因是岭国与大食的武器长矛的长短不一造成的。我相信我是一个真正的《格萨尔》艺人，因为只有真正的艺人才能写出真正的《格萨尔》，我写的与其他艺人说唱的就应该有其相通之处。

杨：你书写《格萨尔》时，都需要什么条件？是否需要思考好了再写？

格：这决定于叫我写作的人的情况、当时的情景以及我的心情，这些是很重要的。如果我心情很舒畅，与叫我写的人关系融洽，那么写起来也就顺利，写得快而且好。我写作过程中不需要想，拿起笔来就可以写下去，有时写到关键的地方，欲罢不能。

杨：你今后的打算是什么？

格：如果国家承认我是《格萨尔》艺人，我就努力地写下去。但同时，也希望解决我生活上的问题。现在我住在岳父家，家中人口多，条件差，不便于写作。如果今后有了空闲时间，我还想写一个关于《格萨尔》的剧本，因为三十大将等人物形象及服饰都在我的心中，我可以把他们画出来；我还想写一个我的前一世德威喇嘛的传记，要用米拉日巴道歌的形式来写，写好以后人们可以再去对照，是否符合实际。

一席话不难看出，格日坚参属于当代的《格萨尔》艺人。在他身上既带有浓重的传统的、宗教的烙印，同时又体现了当代青年勇于进取不甘寂寞的精神。

目前，格日坚参的工作和生活已经得到了妥善的安排，在州群众艺术馆书写《格萨尔》并协助其他工作。短短的五年中，他已写出《穆布东世系与地貌详述》《姜岭之战》《俄卡神变绳索宗》《列赤马宗》《米敏银宗》《罗刹剑宗》《门嘎薰香宗》等 7 部。

1991 年 11 月在北京召开《格萨尔》艺人命名会上，格日坚参荣获"《格萨尔》说唱家"的光荣称号。

人们期望着他那 120 部全部完成。年轻的格日坚参前程无量。

格日坚参书写目录

△1. 穆布东世系与地貌详述

smug po ldong gi rgyal rabs dang sa bshad sogs rgyas par brjod pa

2. 天岭卜筮　　　　　　　　　lha gling gab rtse dgu skor

3. 噶岭之战　　　　　　　　　vgag gling gyul vgyed

4. 绒岭之战   rong gling gyul vgyed

5. 英雄诞生   vkhrungs gling me tog ra ba

6. 占领玛域   rmas bzung dar dkar mdud pa

7. 尕德大鹏宗   dgav ldan khyung rdzong

8. 里益朱砂宗   li yi mtshal rdzong

9. 木雅竹子宗   mi nyag smug mavi rdzong

10. 阿赛铠甲宗   a bse khrab rdzong

11. 多布钦盔甲宗   stobs chen rmog rdzong

12. 赛马七宝   rta rgyug nor bu cha bdun

13. 教法聚合   chos khrims bsdom pa gser gyi vkhri shing

14. 世界烟祭   vdzam gling spyi bsang

15. 魔岭之战   bdud gling gyul vgyed

16. 霍岭之战   hor gling gyul vgyed

△17. 姜岭之战   vjang gling gyul vgyed

18. 门岭之战   mon gling gyul vgyed

19. 赛马珍宝花环   rta rgyug rin chen phreng ba

20. 塔赞绒青稞宗   mthav btsan rong gi nas rdzong

21. 玉赛坛城宗，   gyu bsevi mndal rdzong

22. 阿里金子宗   mngav ris gser rdzong

△23. 俄卡神变绳索宗   vol khavi vphrul zhags rdzong

24. 大食财宗   stag gzig nor rdzong

25. 米德盾牌宗   mu stegs phub rdzong

26. 超曲铁宗   khro chuvi lcags rdzong

27. 百波绵羊宗   bal bovi lug rdzong

28. 嘉模母牦牛宗   lcags movi vbri rdzong

△29. 列赤马宗   li khrivi rta rdzong

30. 象雄珍珠宗   zhang zhung mu tig rdzong

31. 蒙古狗宗   sog po khyi rdzong

32. 丹玛青稞宗   vdan mavi nas rdzong

33. 松巴犏牛宗   sum pavi mdzo rdzong

34. 百热绵羊宗   bhe ravi lug rdzong

35. 霹雳神变宗   gnam lcags vphrul rdzong

36. 俄莱山羊宗	ao ral ra rdzong
37. 歇日珊瑚宗	bye rivi byur rdzong
38. 阿扎玛瑙宗	a grags gzi rdzong
39. 雪山水晶宗	gangs dkar shel rdzong
40. 牡古骡宗	rmug guvi drel rdzong
△41. 米敏银宗	mi min dngul rdzong
42. 梅岭金宗	me gling gser rdzong
43. 卡塔红玛瑙宗	khwa thavi mchong rdzong
44. 扎嘎哇长矛宗	brag dkar ba dan mdung rdzong
45. 卡契松石宗	kha chevi gyu rdzong
△46. 罗刹剑宗	srin povi gri rdzong
47. 嘉卡切山羊宗	rgya kha chevi ra rdzong
48. 香香药宗	shang shang sman rdzong
49. 敏岭玛瑙宗	mun gling gzi rdzong
50. 门嘎薰香宗	mon dkar spos rdzong
51. 琼窝米宗	khyung bovi vbras rdzong
52. 提朗缎子宗	thevu rang gos rdzong
53. 赤萨音乐宗	dri zavi glu rdzong
54. 汉地茶宗	rgya nag ja rdzong
55. 食肉神变宗	sha zavi vphrul rdzong
56. 日努哗叽宗	ri nub ther mavi rdzong
57. 耶察海螺宗	ye khravi dung rdzong
58. 绒堆杜鹃宗	rong stod khu byug rdzong
59. 绒格纸宗	rong rked bum pavi shog rdzong
60. 西日达玛麦宗	shi ri dar mavi gro rdzong
61. 格吉大象宗	gyad kyi glang rdzong
62. 奔都日绵羊宗	be dur lug rdzong
63. 阿夏绸缎宗	va zhavi dar rdzong
64. 祝古兵器宗	gru guvi go rdzong
65. 阎罗神变宗	gshin rjevi vphrul rdzong
66. 宝贝神宗	rin chen nor buvi lha rdzong
67. 米奔咒宗	mi bon mthu rdzong

68. 祖初宝藏宗　　　　　　rdzu vphrul gter rdzong
69. 俄扎宝藏宗　　　　　　ao tivi gter rdzong
70. 米努绸缎宗　　　　　　mi nub dar rdzong
71. 汉地神变历算宗　　　　rgya nag vphrul gi rtsis rdzong
72. 朗嘎药宗　　　　　　　lang kavi sman rdzong
73. 印度法宗　　　　　　　rgya gar chos rdzong
74. 孔雀歌舞宗　　　　　　rma byavi mgur rdzong
75. 大海白螺宝贝宗　　　　rgya mtshovi dung dkar rin chen rdzong
76. 阿嘎葡萄宗　　　　　　a dkar dgun vbrum rdzong
77. 宝贝水晶宗　　　　　　rin chen shel rdzong
78. 洛达模酒宗　　　　　　lho stag movi chang rdzong
79. 德窝水獭宗　　　　　　te bovi sram rdzong
80. 珍巴琵琶宗　　　　　　mgrin pavi pi wa rdzong
81. 阿雅庆典宗　　　　　　rnga yab rten vbrel rdzong
82. 白丹良驹宗　　　　　　dpal ldan rta mchog rdzong
83. 斯姆水牛宗　　　　　　gzi movi ma he rdzong
84. 托嘎岩石宝藏宗　　　　tho gar gter bum rdzong
85. 米昂吉歌舞宗　　　　　mivm civi zlos gar rdzong
86. 夹岭之战　　　　　　　vjav gling gyul vgyed
87. 夹俄神变眼宗　　　　　vjav aevi mig vphrul rdzong
88. 达那昙花宗　　　　　　rta navi au dam rdzong
89. 麻如鼗鼓宗　　　　　　ma ruvi da dril rdzong
90. 不丹松石宗　　　　　　vbrug yul gyu rdzong
91. 禅定金鼓宗　　　　　　bsam gtan gser rnga rdzong
92. 代扎瓶宗司　　　　　　gter brag bum rdzong
93. 普贤钹宗　　　　　　　kun bsang cha lang rdzong
94. 提吾鹦鹉宗　　　　　　thevu ne tsevi rdzong
95. 胜乐金刚六骨饰宗　　　he ru kavi rgyan drug rdzong
96. 香香蓝宝石宗　　　　　shang shang te bovi mu min rdzong
97. 降伏霍尔黑帐魔鬼宗　　stod hor gur nag vdre vdul rdzong
98. 南魔香花宗　　　　　　lho bdud dri bzang rdzong
99. 空性戒指宗　　　　　　mnyam nyid mdzub dkri rdzong

100. 东堆铜宗	stong bdud zangs kyi rdzong
101. 珍珠水晶轮宗	vkhor lo mu tig shel rdzong
102. 雪山雄狮宗	gangs dkar seng gevi rdzong
103. 吾底琉璃宗	au tivi be dur rdzong
104. 桑岭千类宗	zangs gling sna tshogs rdzong
105. 萨霍尔吉祥宝贝宗	za hor phun tshogs nor gyi rdzong
106. 森珠知识宗	sems gru shes bya rdzong
107. 恶鬼铠甲宗	bdud srin go khrab mtshon rdzong
108. 女魔绫罗宗	vdre movi dar zab rdzong
109. 罗刹女弹丸宗	srin movi tho lum rdzong
110. 吾哇誓咒宗	vur bavi ltas ngan vjoms rdzong
111. 降伏二十外道者宗	mu stegs nyi shuvi dpav rdzong
112. 世界无双胜战宗	vdzam gling vdra min gyul rgyal rdzong
113. 心性法宗	sems nyid chos rdzong
114. 东尼歌舞宗	stong nyid mgur rdzong
115. 美女扬名宗	mdzes mavi snyan vgyur rdzong
116. 秘密赛马	gsang bavi rta rgyug
117. 智慧双运	thabs shes zung vjug
118. 色身悲痛宗	gzugs skuvi mya ngan rdzong
119. 丹玛帐篷宗	vdan mavi gur rdzong
120. 神奇名声宗	ngo mtshar snyan grags rdzong

再版附记：

　　格日坚参至今仍然在果洛州群艺馆工作，他工作认真、踏实，为人忠厚，目前已经完成了多部《格萨尔》的写作，并出版了三十余部。1991年，他被国家民委、文化部、中国文联、中国社会科学院四部委命名为"《格萨尔》说唱家"，1997年，被上述四部委评为"有突出贡献的先进个人"。2013年，他被评为副高职称，并享受副高待遇，一家生活安定、幸福。可喜的是他的小女儿央金2014年在兰州的西北民族大学本科毕业，2015年考上了西北民族大学格萨尔研究院的硕士研究生，相信这位掘藏艺人的后代，将在格萨尔的学术研究中作出贡献。

说唱艺人世家格桑多吉父子传

在连绵亘古的藏北高原，到处传颂着格萨尔王的故事。人们喜爱格萨尔王，崇拜他，敬奉他，把与他们朝夕相伴的山山水水也融入了格萨尔的故事中，由此而附会出千姿百态的格萨尔风物传说。他们将心中的格萨尔传奇故事与风物中的奇山、异水、怪石相联系，形成了一种特定的史诗环境。民间艺人就产生在这样的环境之中，而广大的牧民——史诗的听众亦生活在史诗所描绘的氛围之中。

在羌塘草原（藏北草原）的东部纳雪（今比如县境内），有一座远近闻名的神山，名叫那拉赞巴拉。究竟是人们把它视为神山之后，才为它编织出格萨尔的传说，还是因为它是关于格萨尔传说中的山，才被后人们视为神山而加以崇拜？目前无从考证。世世代代居住在这里的藏族牧民只因传说那山里埋藏着格萨尔大王的一顶帽子，便对它产生了无限的崇敬之情。

那曲的名艺人赞古巴乌就出生在这里。据说他是祖传的《格萨尔》说唱艺人，延续到他已是第 13 代了。这一使命促使他把格萨尔的故事传遍了那曲的山山水水。与赞古巴乌同一部落的多吉班单，幼年便受其影响颇深，后来成为一个职业的拉巴（lha pa 巫师、降神者）及《格萨尔》说唱艺人。

多吉班单的幼年就生活在这一独特的史诗环境之中。名艺人的说唱成了他唯一的启蒙教育，并在他幼小的心灵中留下了难以忘怀的印象。稍大一些，他从师于当地的一位小有名气的拉巴。后来在师父的带领下，与师兄贡觉热不赛一起云游四方。一路上，他们或为人们念经祈祷，禳灾除病，或为死者除煞，超度亡灵，从而得到人们赏赐的财物。师徒三人还以说唱《格萨尔》的优美赞词及故事而备受欢迎。

当他们来到安多的江措如哇部落时，两个徒弟分别与当地的女子结合成了家，师父完成了师业便返回家乡。

多吉班单与当地一个大户人家铁匠曲弟的女儿朗巴结成夫妻，生活从此得到了安定。他经常被请到牧民家中念经祈祷。或者去给他们说唱《格萨尔》的故事，在群众中很受欢迎。而他也得到了精神上的寄托和经济上的些许补贴。

安多草原上的邦锦花开了谢，谢了又开；错那湖边的大雁从南方飞来又飞去。转眼间，他们已经有了两个孩子。多吉班单依然以降神和说唱《格萨尔》为生。他不仅给牧民们说唱，还到寺院为僧人说唱。那曲的四大寺——白日寺、聂木寺、多玛寺、孝登寺都留下了他的足迹。那些过着清苦生活的僧人们也需要《格萨尔》来调剂生活，他们也为史诗的英雄精神和悠扬旋律所感动、陶醉，并向这位艺人回报食物。所以多吉班单的日子过得还算安定。可是后来朗巴与一个叫郭夏的浪子厮混在一起，多吉班单回到家中发现以后，与之讲理，被蛮横的郭夏捅了一刀。而朗巴的哥哥是部落中有权势的人，他不但没有主持公道，据理调和，反而助纣为虐，站在妹妹一方把多吉班单赶出了家门。

从此，多吉班单又开始了漂泊的生活。他去过热振寺，热振活佛为他开启了说唱《格萨尔》的智门；聂木寺也是他常去暂住说唱的地方，因为图梅活佛酷爱《格萨尔王传》。渐渐地他在这一带小有名气了。生活的煎熬、人为的争斗刺伤了他的心，然而羌塘草原上善良的牧民们却用宽厚的胸膛接纳了他，温暖着他。附近色如部落的根保（部落中仅次于头人"奔"的人）察达，听说多吉班单既是拉巴又是《格萨尔》仲堪，便把他接到自己家中长住。不久，多吉班单与察达的女儿嘎嘎结了婚。

察达家是个大户人家，终年酥油和肉不断。家中上有察达的父母，下有嘎嘎的兄弟姐妹。一家人经常聚在一起听多吉班单说唱《格萨尔》，日子过得像酥油奶酪一样香甜。1955 年，格桑多吉——多吉班单和嘎嘎的儿子就出生在这样一个温暖的家庭。他的出生给全家人带来了欢乐。做父亲的更是视其为掌上明珠。然而好景不长，一个突然的事件，使格桑多吉与父亲分离了。

多吉班单的前妻朗巴与郭夏厮混了一段时间之后，那浪子终归过不惯平淡的生活，厌倦了朗巴，便揣上木碗扬长而去。朗巴带着两个孩子度日如年，她后悔当初对多吉班单的举动，却又没脸前去叫他回来。最后她请求聂木寺的图梅活佛从中说情，才把多吉班单叫了回去。

生活刚刚得到了稳定，又要离开这温暖的家，多吉班单极不情愿。然而图梅喇嘛亲自登门又不好回绝，更何况那边的两个孩子也是自己的亲骨肉，抚养他们也是自己做父亲的责任。对朗巴，他虽然伤心之至，却并不记恨，她毕竟是曾和自己在一个锅里吃喝的伴侣，唯一割舍不下的是要离开只有两岁的小格桑多吉。最后，他不得不做出选择，给儿子留下两头牛作为抚养费，便回到了朗巴家中。

高原的气候恶劣，然而羌塘的人们却在这种环境中锻炼得能抗得住任何艰难。为了养活妻子和两个儿子，多吉班单带上念珠，揣上木碗，再次开始了他游吟说唱的生活。那曲的几座寺庙是他常去的地方，而沿途的百姓也是他的热情听众。他说着、唱着，用自己的激情，自己的歌喉，用自己那不知疲倦的双脚，把格萨尔的故事送到了羌塘人的牧场、帐篷。说唱所挣得的食物和钱，再加上降神的收入，总算可以养家糊口。

格桑多吉四岁的时候，母亲嘎嘎与江措如哇部落珠嘎的儿子次仁朗杰结了婚。次仁朗杰没有什么财产，他来到色如部落落户，与嘎嘎另立门户，单独生活。格桑多吉被留在了外祖父察达的身边。

两年之内，小格桑多吉虽然连续遭遇了亲生父母相继离去的痛苦，却有更深厚的爱来填补这一切，那就是外祖父母和太祖父母两代老人对他的爱。察达家里只有他这么一个孩子，大人们包括姨、舅舅都十分喜欢他。因此，他的幼年得到了很好的照顾，仍是幸福的。

格桑多吉最爱看巫师降神。当看着巫师念经、摆弄那些多玛（用糌粑捏成各种形状的祭祀物，降神念经时抛出去，喻其把晦气带走）、敲打鼓铙时极为羡慕，于是他也开始学着做起降神的游戏来。他用拌好的糌粑捏成各种神鬼的形状，念经后再把它们烧掉。没有乐器，他从从外边拾来别人扔掉的铁皮、破瓷碗来敲打，弄出各种声响。后来他又叫外祖父把邻居家中的一个小鼓买来给他玩，一个人在家玩得很快活。

一次，他的姨生了病，小格多（格桑多吉的简称）一本正经地玩起了他的降神游戏。他捏了很多多玛，一边敲鼓一边口中念念有词，还不断地叨唠着："把我姨的病除掉！"看着他那认真的样子，家里人都笑了。

多吉班单有时说唱《格萨尔》路过色如部落，也来看看小格多。但格多那时太小了，不懂事，印象也不深。

1959 年事件发生时，不少人逃走。多吉班单心里很害怕，是去，是留？他拿不定主意，便写了一封信给多玛寺的喇嘛，想得到上师的指点。
然而喇嘛没有给他回信。因此，他就留在了家乡。

没想到就是因为这封信，在后来的运动中他被投入监狱。经过调查，
他没有做错什么事，一年后又被放了出来。多吉班单回到朗巴家中，一年
后便去世了。

格多小时曾听过父亲说唱《格萨尔》，但由于太小，脑海中只留下了
淡淡的记忆。然而同部落的老人们回忆起多吉班单的说唱却津津乐道，说
他是一个真正的仲堪。格多只能在心中用各种传说编织着父亲——一个仲
堪的形象。

11 岁那年，区里办起了小学，村长到家里通知格多去上学，而外祖
父不舍得孩子离开自己，更主要的是在他的观念中，牧人一辈子不识字也
无妨，只要会放牧就可以过活。因此，他找了个借口，把格多的户口迁到
了他母亲住的央恰湖边，然后以格多不是本村人为由，把他继续留在了
家中。

格多因此而未能像一般的孩子那样进入学校的大门。此后，他的大部
分时间是在放牧中度过的。每当他把羊群赶到草坝子上以后，闲极无聊
时，便躺在草甸子上仰望蓝天，开始漫无边际的遐想。这时，什么奇异的
念头都会出现，而仲堪们曾讲过的格萨尔故事是头脑中经常出现的景象。
他回味着、联想着，觉得十分快活。这样，时间在不知不觉中溜了过去。
一天，他突然觉得悟出了宇宙的秘密，即天地形成的奥秘。他认为，天和
地是两个大小相等的镲。正好扣在一起。人们便在其中生活。这个新奇的
想法经常在脑海里翻腾。真想找几个小伙伴来，把这一切告诉他们。

就在那年春季的一天，格桑多吉到山上放牧。他把羊群赶到那若央第
天葬台旁。在经师们念经护送亡灵归天的地方，格多想起了死去的父亲。
心中凄凉、敬畏与恐惧交织在一起，他不由得又开始做起了降神的游戏。
他把羊赶回家时天色已晚，当天晚上就病倒了。外祖父去他母亲那里，把
与他们同住的一位名叫那修拉巴的亲戚请来，为他降神治病。

拉巴仔细查看以后对外祖父说："尊贵的大人，这不是鬼神在作祟，
而是格萨尔仲堪的血缘在差使，他要和他的父亲一样成为一个仲堪了！"
母亲听说格多要和父辈一样成为格萨尔艺人，十分不安："仲堪是没有出
息的流浪人，一辈子不会有安定的生活，格多要成了仲堪，也不会幸福
的。"所以哀求拉巴赶快降神，制止他成为一个仲堪。

拉巴却说："格多身上附有第 13 代仲堪赞古巴乌的灵魂，我怎么敢得罪？赞古巴乌在羌塘大名鼎鼎，听说因为在建立达布寺时，他的家族曾献过一根柱子，所以家族兴旺并出现了 13 代格萨尔说唱艺人。这是因果在轮回。现在又转到了格多的身上。如果让我用法力制止这一切，那就可能危及格多的生命。我不敢与赞古巴乌作对，再说，恐怕我的法力也压不过他。现在唯一的办法是顺其自然，给他降神，使他今后可以控制自己的说唱，想说时说，想停时停。"

如此说过之后，大人们无法，只得请拉巴大兴法事。此后，在外祖母、母亲及亲人们的尽心护理下，没有几天工夫，格多果真痊愈了。

病好后，他总觉得心里有话要说，想一吐为快。于是在山坡上，给一起放牧的小伙伴讲。谁知话一出口，全是格萨尔故事的片段。他虽然讲不全，会唱的曲调却十分丰富，孩子们都很喜欢他。这时，他还不敢在大人们面前讲，他知道母亲不喜欢这一切，只能偷偷地和小伙伴在一起唱着玩。

13 岁那年，外祖父从邻居们那里得知格多经常在放牧时讲格萨尔的故事，便想探明虚实。一天，他把格多叫到身边说："孩子，你若是会唱《格萨尔》，不用怕，就唱出来吧！"格多怯生生地唱了几段后，得到了外祖父的赞扬，他便放心大胆地唱起来了。此后，不知不觉他会唱的内容越来越多，连自己也觉得奇怪。14 岁时，他已经能够把格萨尔的事迹从诞生前一直讲到 159 岁。

他会讲世界的形成，讲格萨尔和珠牡的来源。他认为格萨尔的前世是诺桑王子、《囊萨雯波》剧中的扎钦巴王的儿子扎巴桑牡以及《卓娃桑姆》剧中诺尔钦的化身（《诺桑王子》《囊萨雯波》《卓娃桑姆》均为著名藏戏剧目），而珠牡则是囊萨、益卓拉姆（《诺桑王子》中的仙女）、卓娃桑姆的转世。对于格萨尔王为雪域百姓造福这一点他笃信不移，他可以把藏地除了纸以外的一切日常生活用品的来源讲出来，因为那都是格萨尔征战后的战利品。格多说的《格萨尔》与他人的不同之处在于，他的说唱是不分宗的，他从来不把故事分割开，划为大、小宗，而是把故事分为 60 回（lan）。他的理由是，既然是叙述格萨尔一生的，就应该完整地讲。所以，他说唱时总是一环套一环地讲下去，今天接着昨天的讲，明天又接着今天的讲，直到讲完。附近的牧民们都喜欢听这个年仅 14 岁的"孩子仲堪"的说唱。

正当格多即将步入青年，进入他说唱的黄金时代，1969 年，史诗《格萨尔王传》被说成是封、资、修的毒草而遭到批判。禁止说唱《格萨尔》，对于 15 岁的格多无疑是当头一棒。从此，他不能在大庭广众中说唱，也无法像前辈艺人那样游吟说唱。但是。格萨尔的故事憋在心里不吐不快。当牧业点上的乡亲们悄悄地来到他家，或在草滩上遇见："格呀！格呀！"地竖起大拇指，求他说上一两段时，他从不让人扫兴，总是满足乡亲们的要求。

越是被压制、禁止，他越是想唱。此时的格多，对于《格萨尔》几乎到了痴迷的地步。有时他一个人放牧，在草坝子上坐下来休息时，觉得周围像是坐满了听众，他们在急切地盼望着听他说唱格萨尔的故事，他就不由自主地唱了起来，对于周围的环境毫无察觉，自我陶醉在激烈、悲壮的故事情景之中。只有过路人发现他，问他："刚才你和谁说话呢？"他才如梦初醒般地回到现实中来。

也就在 15 岁那年，离他家不远的拉日兵站修房子，需要请民工。格多跟上邻居大叔去了。一天，他和民工们到山上挖石头，休息时，一位从那曲来的土登旺杰大哥吹起了笛子，那熟悉的曲调撞击着格多的心扉，他一下子凑过去说："大哥，你吹的是格萨尔帽子赞的曲调吧？"土登旺杰欣喜地问："对！你怎么知道？你一定会唱《格萨尔》吧？"格多再也抑制不住内心的激动，便顺口哼了起来。在场的藏族民工立刻围拢过来，让他大声说唱。当天晚上回到住地他唱了一个通宵。劳动了一天的同伴们，不知哪儿来的一股精神，竟一直听到天亮。

16 岁的格多，虽然个头不高，身体又单薄，但他已经挑起了家庭的重担。这一年，他随着舅舅阿旺洛桑、公社书记格桑等人去青海驮盐。在一个月往返的路上，时有暴风雪的袭击或野兽出没，人畜的安全是没有保证的。而他们风餐露宿，每天晚上要把盐驮子卸下来，让牦牛休息，把盐驮子垒成风墙，人们蜷缩在里边睡觉，第二天一大早再搬起驮子放在牦牛背上继续赶路。这对于一个 16 岁的孩子来说，实在是够辛苦的了。但是，另一方面，生活在这些无忧无虑的不断地开着玩笑的粗犷男子汉中间，他又觉得很开心。

羌塘曾经流传着这样的传说：过去不少人去北方驮盐，总是不顺利，后来有三兄弟却顺利而归，一打探，原来北方盐湖女神是个非常寂寞而又浪漫的的女神，她专门喜欢身强力壮的小伙子，三兄弟正是为了讨得盐湖女神的欢心，一路上不断开着玩笑，说着露骨的描述男女性爱方面的话语，不时运用驮盐人的行话——察盖（tshwa skad）插科打诨，才博得了女神的欢心和护佑的。从此，驮盐的人们都效法这三兄弟，同时又形成了一个规矩：仅限于嘴上功夫，倘若谁与途中邂逅的女人真的发生了关系，则被认为是冒犯了女神，将会给大家带来灾难，便会遭到同伴的惩罚。

格多喜欢和这些开朗粗犷的男人们生活在一起。他感到自己已经长成了一个真正的男子汉。而最使他感到舒畅的是，在茫茫的荒野上，他可以无拘无束地说唱《格萨尔》。劳累了一天的驮盐人也需要听听故事来驱散疲劳，进入梦乡。在这渺无人迹的地方，公社书记也不禁止说唱了，其实他心里也喜欢《格萨尔》呀！从此，格多的胆子大了起来。

17岁那年，他与同村的8个人再次到北方驮盐。同去的人都请求他唱《格萨尔》，并发誓绝不外传，于是格多又无拘无束地讲了起来，从拉岭（天界篇）讲到冲岭（诞生篇），44天过去了。他们顺利地回到了色如部落。可是没过两天，不知是谁说走了嘴，被村干部得知，认真地召开了一场批斗会。

这天晚上，帐篷中坐满了人，格多站在中间低着头，听乡长的批判。这种批斗形式在牧区还是第一次，人们感到新奇，便都跑来看热闹。一时间，帐篷内外都是人。大家被这场突如其来的运动弄得糊里糊涂，没有任何人发言。乡长说一通感到口干舌燥，就宣布散会了。格多心中真有点害怕，从此，他再也不敢说唱了。

在那个年代里，人们的生活都不富裕，虽然没有饿肚子，但总是缺这少那。母亲连续生了十个弟妹。格多和继父成了家中的主要劳力，他拼命地干活，除了放牧，每年春季都要去驮盐，到了夏季再去卫藏地区换回粮食和日用品。由于生活贫困，再加上多病得不到医治，弟妹们一个接着一个被送上了天葬台，最后只剩下了三个弟妹。沉重的生活负担压得未成年的格多喘不过气来。

格多19岁那年，藏北牧区开展了人民公社化运动。格多成了公社放牧员，他放了五年羊，两年牛。这期间，他不能说唱《格萨尔》，心里总像压了一块大石头。只有在放牧或一个人骑着马在山上漫无边际地游荡时，眼望蓝天、草原、雪山、小溪，才感到心里舒畅一些。因为他知道，这不会说话的山山水水，都与格萨尔大王有着密不可分的联系。也只有这时，他才随口哼出几句拉伊（山歌）或大声唱上几段《格萨尔》。

公社办起了夜校，格多报名参加了。白天放牧，晚上学习，这对于一个精力旺盛的二十几岁的青年人来说并不困难。后来老师调走了，他便开始自学。渐渐地，他可以认一些字，能读懂报纸了。

1980 年的一天，收音机里突然传来了《格萨尔》的说唱，那是青海电台播出的艺人唱段。开始人们惊讶，不知是怎么回事，被禁了多年的《格萨尔》怎么在电台里播出了呢？牧民们奔走相告，并在心中默默地祈祷，希望这是世道安宁的开始。

一天，公社书记找到了格多，叫他唱一段《格萨尔》，格多说什么也不肯："我好多年没唱了，恐怕全忘了！"其实他是害怕再一次被批斗。书记看出了他的心事，便耐心地对他说："现在政策变了，雪山为证，我书记担保，你还怕什么？"

隔了那么长时间不说唱，他确实生疏了。一开始他说得不顺口，讲完一段，又想起了另一段，他在不断地说唱中回忆起了以前会说唱的部分。以前他从未见过《格萨尔》手抄本，即使见了也看不懂。现在他会读书了，就找来一本新出版的《霍岭之战》读起来。通过回忆和读本子，格多的说唱又重新起步了。而乡亲们听到久违了的《格萨尔》又回到了他们中间，个个喜笑颜开，期望和鼓励更激发了格多的说唱热情。

然而，挨过批斗的格多总是心有余悸，因为他已经有了妻子，并且搬到岳父巴洛家里落户，怕连累了岳父一家人。

几个月过去了，政策没有发生变化，格多一颗悬着的心才慢慢地放了下来。一年一度的扎萨区赛马及物资交流大会开始了，格多鼓起勇气走上台，第一次在一百多双眼睛的注视下说唱了《赛马称王》。从此，他的名字在安多县的干部、牧民中不胫而走。找他录音的人接踵而来，他为县武装部长录过《姜岭之战》，共 6 盒磁带。后来县文教局的干部、司机和区里的干部不断地请他说唱录音，每次都是两三盘磁带，格多成了大忙人。

1984 年夏天，格多接到了去拉萨参加《格萨尔》艺人演唱会的通知，他激动极了。只有在这时，他才真正相信政策不会变了。他所钟爱的《格萨尔》是民族的优秀文化遗产，是无价之宝。在拉萨的艺人发奖大会上，年轻的艺人格多，从西藏自治区领导手中接过了大红奖状和纪念品。这是他今生所经历的最有意义和难以忘怀的时刻，他做为一个《格萨尔》仲堪得到了国家的肯定和表彰。

一个罕见的铜镜圆光者

——记艺人卡察·阿旺嘉措

他是一个颇具神秘色彩的人。当地群众流传着许多关于他的传说，把他说成了近乎神差的传奇人物。当地人有这样一句话："卡鬼、肯鬼、波鬼，这是类乌齐地方的三个鬼（kha vdre mkhan vdre po vdre vdi gsum ri bo chevi vdre gsum red）。"这里指的卡、肯、波三人都是当地会降神的鬼神式的人物，而这其中的第一个"卡鬼"，就是指卡察·阿旺嘉措。

人们为什么把他说成是神鬼式的人物呢？因为这个姓卡察的人具有神奇的能力。他可以从方寸大小的铜镜中预示人的前途和命运，看到常人看不到的东西。哪个人生了病，谁家丢了牲畜和什物，谁要预知未来，都要毕恭毕敬地来找阿旺嘉措，向他献上哈达，送上酥油和肉，经济条件好的还要送些钱，请他占卜吉凶、治病或寻找失物。而他则透过铜镜一一作答。怪就怪在他竟然十说九中，令人折服。这样一来，在当地一传十，十传百，名声大振，后来连昌都旧地方政府的官员们也十分器重他，他便以铜镜占卜而出了名。铜镜占卜在藏语中叫"圆光"（pra pa）。久而久之，人们把他的真实名字阿旺嘉措忘记了，而卡察扎巴（卡察圆光者）的名字却传遍了多康地区。

十年动乱后，他的功力不仅未减，反而更加精深。当他不但可以通过铜镜给别人算命，还可以通过铜镜抄写史诗《格萨尔》的消息一传开，立即在西藏境内引起了反响。随着全国性的抢救《格萨尔》史诗工作的全面铺开，他被列为重点抢救对象，一时间成了一个引人注目的新闻人物。

　　由于他居住在远离西藏中心——拉萨的昌都地区类乌齐县乡下，交通十分不便，所以亲自拜访过他的人并不多。传说中不免有想象的成分，总令人有不识庐山真面目之感。为此，笔者于1986年秋，取道青海的玉树，经昌都的江达、昌都镇到达类乌齐，专门采访了这位年逾古稀（时年74岁）的奇人，与他一起度过了一周的时光。虽然难说完全了解了他的内心世界。但是，毕竟在与他诚挚的长谈中，亲耳听到了他的过去和现在。

　　藏历第十五饶迥水牛年（公元1913年），阿旺嘉措出生在类乌齐县甲桑卡区达赤乡阿坝村的一个姓卡察的富裕人家。祖父和父亲都是信奉宁玛派的僧人。阿旺嘉措从刚懂事起，便在祖父卡察拉年·扎巴班觉的严格管教下开始学习藏文。祖父手把手地教他写字，一句句地教他念书，这样过了4年。但在阿旺嘉措8岁时，家中发生了一个突变事件，结束了他优裕舒适的生活。妈妈与家中的一个佣人发生了恋情，从家里搬了出去。小阿旺嘉措也跟着妈妈一起离开了富裕的家庭。12岁时他就进了类乌齐寺当小扎巴，开始了僧人的生活。

　　一天，寺院里来了三个喇嘛：一位是嘉木央活佛，他是德格人、著名的米旁大师的徒弟；一位叫那木堆，加桑卡区桑卡乡人，是类乌齐寺桑巴扎仓的喇嘛，据说此人修炼的功底颇佳；另一位是恰梅，昌都县萨贡区人，系藏传佛教莲花生教派第六世恰梅喇嘛。他们把寺中的三十多个小扎巴召集在一起，桌子上摆着一个巴掌大小的铜镜，然后教了一些看铜镜的程序和方法，便让小扎巴们轮流观看。看不见什么东西的孩子都一个一个地出去。最后剩下两个人，其中一个叫拉玛嘉，他说从铜镜中看到了一些模模糊糊的影子。轮到阿旺嘉措时，开始，他觉得这个铜镜在闪闪发光，慢慢地在铜镜中间出现了一个洞，这个洞渐渐地变成红色，这时出现了弯弯曲曲的文字，类似梵文，阿旺嘉措看不懂。后来，他看见了三十多个身着盔甲的骑士在奔跑，最后只剩下了三个人。这时旁边出现了河流，有一匹马，马上坐着一位骁勇的战将。耳朵里又仿佛听到了异常悦耳的声音，好像是那位战将在歌唱。这时一位喇嘛问他："是否看见了？"他回答说："看见了，还听到了歌声。"旁边一位观看的僧人用手捅了阿旺嘉措一下说："你不要吹牛，看清楚再说！"顿时，他眼前的一切都消失了，铜镜依然变成了初时只是发出一片光亮的镜子。三位上师不禁动怒了，斥责那个僧人说："你不要这样！"同时，又再次耐心地给阿旺嘉措讲解了看铜镜的要领，并叫他再仔细观察。不久，铜镜中的景物再次出现了，然而那悦耳的声音却再没有出现过，直到现在。

当时，阿旺嘉措心里很害怕，不知是怎么回事。然而寺院里的大喇嘛们却对他倍加器重和关怀，给他穿上整齐的衣服，供给他好的饭食。第二天，又让他重新观看铜镜，与前一天一样，铜镜中首先出现了梵文，接着出现了象雄文，最后出现的是藏文乌坚体。景物也同时再现了，其中有大大小小的人，好像在很远很远的地方。第三天继续看，上师们不停地向他提出问题，他都一一作了回答，旁边的人便不停地记录下来。

观看铜镜的第三天以后，阿旺嘉措的眼前总是出现各种各样的神，白天坐在那里，眼前的神佛也会像走马灯一样不断地出现。晚上即使蒙上被子也睡不着觉，那些神也总是浮现在眼前。别人都以为他疯了，小小的阿旺嘉措也有点害怕了。上师们却安慰他说："没有关系，你慢慢就会好起来的。"就这样，人们发现他具有特殊才能，可以看出铜镜里的东西。

其实，这样的幻觉在他很小的时候就曾出现过。6岁时，他在野外玩耍，困迷路而走失了三天。家里人都以为他死了。而阿旺嘉措是因疲倦在草滩上睡着了。在梦幻中他走进了一座神山，山中有一座大的经堂，他悄悄地走进去，只见里面坐着许多人，有的人在念经，有的人在念《格萨尔》的书，有的人正在忙忙碌碌地写着什么。这时一个人朝他走了过来，给了他一个曼荼罗（man da la 安置众佛的祭坛）。曼荼罗的顶端是一尊金光闪闪的佛像，好似莲花生大师。大师下面是戴着仲夏（说唱艺人帽）的格萨尔王。只见他身上穿着铠甲，披着喇嘛平时穿的斗篷，铠甲的每个片上都刻有一个小佛像，看上去十分庄严威武。正当他聚精会神地看着、听着的时候。一个人把手伸了过来，他只觉得一阵天旋地转，朦胧地听到那人说："你可以回去了！"便昏了过去。当阿旺嘉措醒来时，发现自己躺在野地里，梦中的一切都没有了，只有一片寂静的原野。于是，他拖着疲惫的身体蹒跚着走回家去。回到家里，他眼前的幻觉总是连绵不断地出现。一次，阿妈在挤奶，他仿佛看见在她身后有一个人总在跟着她，便问："阿妈，你身后的人是谁？"阿妈吃惊地回头看去，却没有任何人。从此，家里人都以为阿旺嘉措生了病，而且是生了一种怪病。

通过这次看铜镜的考察，人们发现了他与众不同的特异功能。但也有人将信将疑，认为这么小的孩子，怎么能看铜镜而知道一切？一次，阿旺嘉措的叔叔为了探个究竟，便跑来故意问他："你说说，我家里都摆着什么东西？"阿旺嘉措便拿铜镜来看了看，然后有板有眼地把他看到的东西说了出来：床上有个水盆，盆里放着曼荼罗、宝瓶和串珠等物品，竟然一丝不差。叔叔终于相信了。

不久阿旺嘉措看铜镜能知过去、未来的事传遍了昌都地区。当时的昌都地方政府派宗本嘎察巴把阿旺嘉措叫去，检验一下他是否真有看铜镜占卜的本领。宗本问他："我的家乡在哪里？我寺院里的师傅是什么样子？"阿旺嘉措便照着铜镜上出现的文字和形象作了回答。嘎察巴听罢十分满意。从此，阿旺嘉措名声大噪。

阿旺嘉措的家乡加桑卡的宗本叫达哇拉，是一个康巴人，老家在巴秀县的丹巴地方，他受昌都地方政府的派遣到这里来当宗本。由于他在当地欺压百姓，百姓不服向上告了他一状。达哇拉特地邀请阿旺嘉措到家中见面。当时，只有13岁的阿旺嘉措还有些胆怯，白天不敢去，等到晚上才到了他家。达哇拉请他占卜吉凶。打卦的结果，铜镜中出现了一个佛塔，很多人在推，但却推不动，最后出现了波密地方的人穿着白衣服。由此，阿旺嘉措告诉达哇拉："看来问题不大，但是你可能要去其他地方一段时间。"

不久，达哇拉真的被免去了本地宗本的职务，派至波密地方。在那里因为他工作出色，两年后便又回到了昌都，在藏政府吉恰总督手下当堪钦（相当于三品官）。由于阿旺嘉措的卦应验了，所以达哇拉十分喜欢他，器重他，一有什么事，便把他叫到昌都来，请他出主意。因为感激他，后来达哇拉还成了他的施主。此后，他们的关系一直很密切。

类乌齐寺是上康区的四大寺院之一，属于噶举派。在类乌齐县境内共有75座寺院，除3座格鲁派寺院外，其余全是宁玛派和噶举派寺院。寺院的生活比较松散，僧人们可以在寺院里念经、修习，同时也可以离开寺院，四处游走或娶妻生子。阿旺嘉措从十五六岁便开始了占卜生涯，经常被别人请去看铜镜算卦，这样他不得不经常离开寺院。这期间，他曾在家乡附近及丁青、囊谦、巴秀、昌都等地游走占卜，在满足了人们的要求之后，自己的生活也有了来源。虽然他的宗教学业从此荒疏了，修炼也停顿了，但他却成了一位远近闻名的圆光者。卡察扎巴便是因此而得到的名号。

圆光本来是一种占卜吉凶的宗教活动，一般是通过镜子里所显现的各种幻影加以附会后，预测未知的事或未来的事。从事圆光活动的人被称做圆光者，他们自称具有与众不同的眼睛，可以从镜子中看到别人看不到的各种景象。藏族地区一般通过铜镜占卜，也有人在拇指的指甲上涂上反光的东西，令指甲发亮，观指甲而圆光占卜。卡察扎巴认为圆光者的眼睛从外观上看与众不同，是"三眼皮"，所以从眼睛就可以大致判断出谁具有圆光的能力和本领。

在运用铜镜圆光的过程中，卡察扎巴逐渐形成了自己的一套程序。首先在圆光前，心理准备是十分重要的。他说，当坐在铜镜前，自己心里要具有慈悲感，要有洁净的心，同时，使自己进入好似白牦牛（藏族视白牦牛为神牛，具有吉祥的征兆）的自我感觉状态，而把铜镜看作大海。心理准备完毕后，便可布置道场。

卡察扎巴为我表演了全部程序。他面前桌子的正中放置一个堆满青稞的大圆托盘，其中插立一个直径约为 10 公分的凸面圆形铜镜。镜面被擦拭得闪闪发光，凸面向前方，面对圆光者。铜镜前插立一块长方棱形水晶石，青稞圆盘四周围以哈达。青稞盘前正中置一盏酥油灯，左右再各摆一个盛满茶水的高脚铜杯。在灯和茶之前，再均匀地放好一排七只盛满净水的小铜碗。最后，将一根燃香插在青稞盘中。这样，圆光的道场便算准备完毕。卡察扎巴在有条不紊地做这一切时，口中念念有词。道场就绪后，又念了二十分钟的经文。这时，他声称铜镜上开始显现图像和文字了。

有趣的是，卡察扎巴在观察了我的眼睛之后，曾约我一同看铜镜。但我在铜镜中除去看到我自己被凸镜夸张了的脸之外，什么也没看见。卡察扎巴不无遗憾地说："你原本也是可以看到的，只是年轻时碰到了污秽之物，才看不到了。"对此，我将信将疑。接着，卡察扎巴又给我讲了他在铜镜中的所见。他说，一般情况下是佣珠玛首先出现在铜镜中进行教诲。文字的出现是有顺序的，首先出现的是梵文，其次是象雄文，最后才是藏文。文字的出现与隐去是和圆光者的阅读速度相一致的。当你看完抄完一段后，那段文字自然会消失，而新的文字立即显现。据他说文字存留时间充裕得使你有时间校对抄下的文字。在圆光时，圆光者要请被占卜者手中握十几粒青稞，放在嘴边吹气，同时心中要专一思念自己要卜算的事，然后把青稞粒放在圆光者的手中，由圆光者将青稞撒向铜镜，然后便开始等待镜中显现文字与图像了。

卡察扎巴告诉我，他这只铜镜是类乌齐寺具有较高造诣的那木堆活佛相赠的，铜镜质量很好，做工细致，平整光亮，不像是手工产品，被他视为珍宝。

　　卡察扎巴介绍说，一个功夫好的圆光者，不借助铜镜也可以看到图像，一碗水或者是什么反光的东西都可以，同时也并非什么时候都可以看到。按照藏族传统的说法，当扫帚星出现的时候，是绝对不能看铜镜的。其余时间，一般在上午看铜镜为佳，显像比较清楚。并认为，当一个人受到了晦气污染后，便使其眼睛受到了损伤，影响看铜镜的效果，甚至从此再也看不到什么图像。这晦气包括见到麻风病及被杀死的人的尸体，遇到刚结婚的新娘、杀人者及女人的经血等。因为这些人和物中携有孽障，所以影响看铜镜，少则一天，多则五、六天，甚至从此再也看不见铜镜中的东西了。

　　从 25 岁到 30 岁这段时间，是卡察扎巴一生中最好的阶段。那时，他精力充沛，身体强壮，不但可以看铜镜算命，还可以借助铜镜抄写史诗《格萨尔王传》。虽然他已记不清他抄过多少本子，但是他从来没有停止过抄写。

　　在他不满 30 岁时，他的施主达哇拉捎信把他叫到昌都，对他说："明天有一个像你一样的人要见你，你一定要去，问你什么你如实地说，不然人家会把人肉塞到你嘴里。"说罢送了一条哈达给他。

　　第二天，卡察扎巴被带到一个很讲究的房子里，只见一个身材魁伟、头上结着发结、耳朵上戴着海螺耳环的人端坐上方。后来他才知道，这就是显赫的帕巴拉活佛。活佛请他喝酒，一开始他不敢喝，因为他从未见过具有如此大福大贵形象的活佛，后来，他们渐渐熟悉了，卡察扎巴才喝起来。过了一会儿，帕巴拉拿出一本藏文条本，放在卡察扎巴的头顶上。卡察扎巴眼睛一扫，虽未看见封面的书名，便知那是一本《格萨尔》的书。当他说出这一部书的名字时，活佛大喜。然后，他们谈了很多，活佛问了许多问题，并叫卡察扎巴看铜镜，解答各种问题。

　　当晚卡察扎巴被留宿在帕巴拉家中。晚上他看见一位喇嘛出现了，可是后来又不见了。帕巴拉询问了关于那个喇嘛的详细情况后，便叫人按照卡察扎巴描述的情况画下来，在昌都寺东河边的卓玛拉康里塑了像。尔后，帕巴拉摸过卡察扎巴的头说："很早以前，昌都有一个叫雅朗嘉布的人，他能够编写格萨尔的传记，后来因为喝酒太多不能再写了。另外有一个叫觉吐旺布的人也没有写完《格萨尔》。你有条件，你很年轻，你要继续抄写《格萨尔》，把它写完。"

　　卡察扎巴从昌都回到类乌齐后不久，囊谦格甲寺的活佛拉玛尼玛来加桑卡区他的分寺尼姑寺巡视，此人是一位宁玛派的活佛，不需铜镜便可预知后世，占卜吉凶。当卡察扎巴把见到帕巴拉的情况告诉拉玛尼玛以后，拉玛尼玛说："活佛说得对。你要继续写《格萨尔王传》，你是可以写好的，因为你是格萨尔王的叔叔晁同的一个弟兄的转世，与格萨尔有因缘关系。你一定要写完，积功蓄德，否则你便不能长寿。"这些话在群众中传开后，卡察扎巴简直成了奇人。不久，类乌齐寺的分寺昂多寺便封卡察扎巴为该寺的寺主。

这以后，人们除了找他占卜之外，又不断有人请他抄写《格萨尔王传》，他便依照铜镜一一抄出。其中有的还传到了境外。有一部曾被当地有名的藏医，为不丹国王治过眼病的央嘎（著名女藏医）转抄后带到不丹去了。此外，他还抄写了别具一格的《格萨尔王诞生记》等，可惜都不知下落了。卡察扎巴自谦地说："我的藏文水平不高，所抄的书都是通过铜镜得来的。"

当然，卡察扎巴之所以抄写《格萨尔》，也是他的兴趣所至。他的家乡位于多康地区，是青海、昌都、那曲的交界地，是从昌都、青海去那曲、拉萨的一个交通要道。来往的商人、朝佛者、游吟艺人络绎不绝。因此《格萨尔》的流传也十分广泛。卡察扎巴小时候就曾见到过一个叫索南班觉的艺人，他说唱的《大食财宗》给卡察扎巴留下了很深的印象。小时候他零星看过《格萨尔》的抄本，数量不多。后来因为他经常卜卦算命，便顾不上再看书了。当他自己会抄写后，便很少再看别人抄的《格萨尔》。

与此同时，请他算命的人总是不断地登门，这也影响了他的抄写。算命可以得到经济收益，成为生活费用的重要来源。后来他与比他大5岁的扎西卓玛结了婚，有了家小，渐渐地就很少抄写《格萨尔》了。

前面讲过的达哇拉从波密回到昌都以后，与卡察扎巴的关系很密切，并做了他的施主，对他很信任，并不断给他一些经济上的帮助。他有什么难解的事，也必请卡察扎巴解决。

一次，昌都地方一个叫嘉日斯巴的人丢了半斗藏币，施主达哇拉特意派了一个姑娘带着酒到类乌齐来请卡察扎巴占卜。卡察扎巴通过铜镜认定是失主嘉日斯巴的管家和手下的一个人合伙偷的，但他没有对姑娘直说，只请姑娘转达说："慢慢再看看。"后来当卡察扎巴与达哇拉见面以后，才讲了实情。达哇拉告知了失主，嘉日斯巴终于追回了丢失的藏币。

此后，不少人为了破案来找卡察扎巴，但是他一般不愿参与，仍以算命卜卦为主。即使推测出来也不愿直说。随着卡察扎巴的名声越来越大，他的胆子也逐渐地大了起来，致使后来发生的事情使他险些遭了大难。由于他经常和地方政府的官员来往，在别人的怂恿下，趁机抄了一个地方政府的文件，并偷印了一个公章。回到家乡让人仿照私刻了一枚印章后，他便模仿着地方政府的文件形式伪造了 14 份文件，都是别人请他伪造的，其中有关于财产继承问题，有地方管辖问题等，得到文件的人便送给卡察扎巴两个多斯（一个多斯约合五十个藏币），尔后便拿着伪件为非作歹。卡察扎巴对我说：在干这些事之前，他曾看了铜镜。铜镜中出现的图像是羊毛缠在牛角口上，他错认为这是没有关系的象征，其实是不应做的意思。在这件事上，铜镜反倒害了他。伪造文件一事不久便被昌都地方政府查出，有人到类乌齐悄悄对卡察扎巴说："你的事已经被告发了，你要赶快藏起来，否则将被抓入监狱。"然而，他又给自己打了一卦，结果是：虽然有些孽障，但是旧政府中有官员在内斡旋，问题不会太大，不必逃走。于是他打消了逃往青海的念头。

结果，藏军来到他家，宣布了罪行，没收了他的 60 多头牦牛、3 匹马，给他戴上木枷，把他押到边坝去充军。达哇拉为此四处活动，一方面在政府中说情；另一方面又写信到边坝去，请当地执行官不要欺负卡察扎巴，说他不是一个普通的人。不到一年，形势发生了突变，解放军进军西藏在即，昌都换了总管，加之达哇拉的活动，卡察扎巴得以回到昌都。昌都寺的人对他很好，供他吃、穿，而他在那里仍重操旧业，一边给人算卦，一边抄写《格萨尔》。这段时间里，旧政府的人曾叫他去看铜镜、卜算形势的发展，他一连看了几次铜镜，不敢说出结果。后来在对方的一再追问下，才说了一句话："现在已经不行了！"

当时旧政府、昌都寺的人通过达哇拉转告卡察扎巴，挽留他住在昌都寺，并保证他一生的吃穿用度。卡察扎巴打了卦，铜镜中出现了类乌齐寺护法神玛波，玛波说："算了！你还是回来抄写《格萨尔王传》吧！"于是卡察扎巴在昌都住了大约两年之后，力辞人们的挽留，回到了家乡类乌齐。

昌都解放后，卡察扎巴依然靠看铜镜四处游说过活。"形势怎么样？""年成如何？""是否能长寿？"等是老百姓常问的问题。要想让每一个人满意是不可能的，然而倒是有几次，卡察扎巴算得很准，得到了人们的再一次承认。

民主改革之前一段时期形势不是很稳定，人心惶惶。尽管在十分闭塞的类乌齐，也盛传着许多谣言，百姓人心浮动，有人倾家逃往印度。当加桑卡乡的老百姓找到卡察扎巴，请他卜算去留时，他从铜镜中看到了这样一幅图画：几只丰满的绵羊向树丛中跑去，不久又跑了出来，跑回来的羊身上的羊毛没有了。他经过分析告诉老乡：这羊毛代表财产，去了以后再回来就会变得一贫如洗。这样一来，村里的人真信服了，没有人出走。

还有一段近乎天方夜谭式的经历。1959 年，察贡地方巴秀乡有一个庄园主叫格日本，他突然疯了。类乌齐寺的结仲活佛带信来叫卡察扎巴去，他查看后认为是有人在诅咒格日本，而密咒藏在附近的湖心中，几次派人去找，均无法找到。几天过去了，他心中也很着急。到了藏历 5 月15 日的晚上，皓月当空，卡察扎巴的心情格外舒畅。他信步来到湖边，突然听到湖心有人叫他，便迈步向湖心走去，奇怪的是，走在水面上，并没有入水的感觉，似乎是走在草坝子上一样。到了湖心，见到一个大经堂，就像类乌齐寺的经堂一样。他走进去，一个喇嘛给了他一包东西，他拿了东西便往回走。当快到湖边时，只听见岸上有人大喊一声："你快点过来呀！"卡察扎巴这才意识到自己是走在水上，心里一紧张，半个身子便沉入了水中，幸好他已离岸不远了。待上岸后他查看手里的东西，原来那是两个对合着的头盖骨，中间放着咒语，写着格日本的名字。几天过去了，格日本恢复了健康，而卡察扎巴的双手竟脱了一层皮。

他告诉我，"文化大革命"中他不敢再看铜镜了。有时他背地里偷偷看，但出现的图像不多也不清楚。一次，他从一碗白酒中又隐约地看到了幻影，心中暗自高兴。因为，一个圆光者只有达到了极高造诣的时候，才能离开铜镜，凭借其他物质看到图像，预测未来。卡察扎巴是相信因缘的。他认为，他之所以能看铜镜不是靠血统，因为他的父亲、祖父都是宁玛派的一般僧人，既在寺院念经，又建立家庭过俗人生活。他们一生一世都没有占卜的本领，更没有编写过格萨尔的故事。他的一切靠的是前世之缘。他的祖先曾是格萨尔在世时供奉的三十个喇嘛中的一个叫桑杰耶巴的后裔，而卡察扎巴自己的前世，却是修建西藏桑耶寺时一个叫西热坚参的工头，此人后来又转世为格萨尔的三十员大将之一，名叫阿吉朗加桑加。阿吉朗加桑加又经过多次转世至卡察扎巴。卡察扎巴有其自成系统的世谱观念，而且对此深信不疑，把自己的所能所为归结为这一转世系统。

　　1983 年，卡察扎巴到拉萨参加西藏自治区召开的艺人演唱会。这期间他见到了著名说唱家扎巴，两人谈得很投机。他们的家乡相距不远，卡察扎巴曾去过扎巴的家乡边坝县，而当扎巴流浪到昌都时，酷爱《格萨尔》的达哇拉也曾做过扎巴的施主。扎巴老人说："我很早就做了梦，你要来，我们在一起聊天，并有很多人聚会的情景。在《格萨尔》编写方面，我不如你，这是由于前世因缘的不同，你比我略胜一筹。我是格萨尔王神狗的转世，所以只能说故事。但是由于我们都与格萨尔有因缘关系，所以说的故事大体上相同。"卡察扎巴曾看到过扎巴说唱的《门岭之战》（西藏人民出版社 1980 年版），问他："你说的《门岭之战》一部中有关教义方面的东西太少了，这是怎么回事？"扎巴回答："当时我心有余悸，不敢说这些，所以就略去了。"

　　当卡察扎巴见到女艺人玉梅时，他们两人都有一种似曾相识的感觉。卡察扎巴觉得好像在哪一个湖边见过她，而玉梅对他也倍感亲切。通过看铜镜，看到了仙女，她右手拿着彩旗，左手拿着天灵盖，里边盛着白色的液体，这与平时在铜镜中经常给他以指点的主神次仁玛一样。由此，他判断玉梅是女神次仁玛的化身。玉梅则说："我的名字叫玉梅，是斯玛玉梅嘉波的化身。"

　　卡察扎巴经常说："我的藏文水平不高，但是我相信铜镜，只要认真地照铜镜中出现的文字抄写，就不会出错。"这的确是个谜。不少当地人说：他的藏文水平并不高，他写的一般文字中时有错误出现，可是抄写出的《格萨尔》或算命时抄录下来的韵文却相当精彩。就连玉树州的仲却活佛也曾对笔者谈到了这一点。"文化大革命"期间，仲却活佛在西宁结束劳改后，省里准备留他在西宁做一些文字工作，而他本人却很想尽快回到家乡玉树去。正在举棋不定之时，他的哥哥托人给卡察扎巴带去一封信，请他为之卜算一下，在哪里比较好？能否回玉树来？以及一些诸如修复寺院、病人康复等问题。为此，卡察扎巴曾亲笔回过一封信，详述了占卜的结果，他们认为他的文字功底不薄。

　　卡察扎巴从铜镜上抄录下来的卜文拿到昌都，原丁青县沙贡区拉托寺的活佛、现地区文教局副局长白玛多吉看了以后十分惊讶，他说："能写出这种文字的人是很不简单的，即使是文字水平很高的人，编写、创作也需要思考，不可能顺口就念出来，拿笔就能写出如此精美的文字来。"白玛多吉还回忆了这样一件事：前两年，他收集到一本《格萨尔》手抄本，但中间遗失了几页，便拿去找卡察扎巴，请他设法补齐。没想到他立即通过铜镜将短缺的部分补上了。从卡察扎巴一般书写的文字来看，藏文水平并不高，但凡是他声称是从铜镜中抄录的部分，却具有较高的遣词造句的功夫，这的确是个令人费解的谜。

近些年来。他努力抄写《格萨尔》，因为他说："铜镜中次仁玛、佣珠玛都对我说，本来你的寿命只有 62 岁，现在由于你写格萨尔的故事，做了件好事，只要你继续努力写下去，你的寿命是可以延长的。"他笃信这一切。所以当 1981 年西藏《格萨尔》抢救办公室的同志来见他，请他抄写《格萨尔》时，他便欣然答应了。此后，1984、1986 年从拉萨、北京来的同志看望他，并了解各种情况时，他都表现了积极合作的精神，热情地支持他们的工作。至今他已抄完了 11 部《格萨尔》。

卡察扎巴有一个和睦的家庭。他和妻子扎西卓玛，两个儿子乌坚、嘎玛与他们共同的妻子索南次吉及 4 个孩子，一家三代人生活在一起。家里有 12 亩田地种植青稞和元根，此外还养有牦牛 50 头，绵羊 50 只，山羊10 只，另有 2 匹乘马。由于西藏地区政府执行了免税政策，风调雨顺的年景自不必说，即使赶上年成不好，粮食歉收，只需买一些口粮补充不足。如果算上他县政协委员的津贴以及圆光的收入，在藏区，他一家人的生活还是很好的。所以当 1986 年地区领导征求他的意见，或住在昌都，或住在类乌齐县抄写，都将解决他的一切生活问题时，他说离不开家，最后还是决定在家中抄写。

卡察扎巴爱喝酒，是自年轻时养成的习惯。随着年龄的增长，酒喝多了，不仅伤身体，而且影响看铜镜。为此他已经下决心，并发过誓不再喝白酒，但青稞酒喝多了也不行。他的大儿子乌坚总是跟在他身边，实行"酒管制"。说来十分有趣，卡察扎巴老人有时竟像一个孩子似地向儿子讨酒吃，真是旧习难改呀！

卡察扎巴看铜镜遵循的原则是：人要正直、诚实，不要偷盗、贪婪，相信因果报应，即从善者必得正果，从恶者必有恶报，这也是铜镜中佣珠玛经常教诲他的。因此，当人们问他"佛教是否永存"时，他的回答虽然是肯定的，但是他看到一些穿袈裟的人作生意、骗人时，他明确地说：这是不会有好结果的。当有的群众问他"现在的形势是有生以来最好最稳定的形势，是否能长久？"，他总是说，铜镜上显示出：只要大家行善、公正、勤劳、友爱、相信因果报应，世道就会好下去。

　　从外表看，他是一位慈祥的老人，五官端正，虽看不出有什么三眼皮，但却长着双眼皮大眼睛，有时一本正经地正襟危坐，有时却近乎孩子气。你如果看到他拿着彩色糖纸放在眼睛上看天空时的神态，怎么也无法想象他就是那被人们传神了的圆光者。

　　应该说，卡察扎巴是一个多面的人。在旧社会，他为了生活骗过旧政府，自己得到了财产；与此同时，他又在劝人们行善、做善事、遵从因果报应规律。关于抄写《格萨尔》，他并不隐讳，是出于既延年益寿，又为抢救民族文化遗产做贡献。或许因为他生活在偏僻的地方，不像扎巴老人那样当过道班工人，又长住拉萨眼界开阔又大量接受了新鲜事物；或许因为他是一个地地道道的宁玛派僧人，所以他有自己的对周围事物的固定看法和理解。反正卡察扎巴就是卡察扎巴，而不是扎巴，两位艺人有着相似的非凡的才能，却又是两种完全不同的人。

　　对于卡察扎巴述说的圆光的内容、程序等，在这里我仅就所见所闻作了客观描述，其中可信程度如何另当别论。但必须说明的是，卡察扎巴作为国内百余位史诗艺人中唯一的圆光艺人，以及这一形式所具有的深远的文化内涵，均具有重要的价值。他在抄写英雄史诗《格萨尔王传》中所作出的贡献是实实在在的，是可信的，再就是他抄写的已经交到西藏《格萨尔》办公室的 11 部《格萨尔》手稿。其中一部《底嘎尔》分上、中、下三本，已于 1987 年由西藏人民出版社正式出版。这总计大约百余万字的本子，证明了他是一位独特的出色的《格萨尔》艺人，他从一个独具的角度为抢救史诗的工作作出了自己的贡献。

　　卡察扎巴为《格萨尔》工作做出了贡献，国家和人民也给予了他应得的荣誉和地位。1984 年 7 月，他当上了类乌齐县政协委员；1986 在北京召开的全国《格萨尔》工作表彰大会上，他被评为先进个人，获得了表彰；1986 年 1 月起，他开始享受每月 110 元固定津贴；1991 年 11 月，在中国社会科学院、国家民委、文化部和中国民间文艺家协会联合召开的《格萨尔》说唱家命名大会上，他被命名为国家级的说唱家。

再版附言：
1986 年 8 月在类乌齐采访卡察扎巴时，除了得到县委书记李光文的大力支持和多方关照外，县办公室主任向巴为我安排住宿，还经常邀请我到他家吃饭，解决了最主要的困难；而县翻译科长嘎玛巴更是自始至终陪同我采访，成为老人与我沟通的最好桥梁；还有在类乌齐区招待所等待卡察扎巴到来的那一天，得到了类乌齐寺院僧人的关照，他们为我提供饮食，当晚一位老僧人护送我回招待所，现在想起来仍然十分感激他们的热情帮助。当采访工作结束后，我就全国抢救《格萨尔》工作及卡察扎巴的情况向李光文书记、昌都地委加曲书记都做了详细的汇报，他们均表示，《格萨尔》抢救工作是保护藏族传统文化的重要组成部分，一定给予大力支持。地方领导如此热情关照、支持，至今仍感念在心。

此次采访结束后，就再没有见到卡察扎巴老人。几年后，我接到了嘎玛巴从类乌齐打来的长途电话，说卡察扎巴老人的眼睛患上了白内障，需要治疗，但由于经济困难，一直拖着，他们希望我能为此向西藏自治区领导反映一下。我立即拨通了时任西藏自治区副主席拉巴平措同志的电话，反映了情况，请他帮助解决。拉巴平措原任西藏社会科学院院长多年，在此期间，西藏的《格萨尔》抢救工作取得了巨大的成就，这除了有自治区领导的关怀和支持外，与他的努力和工作是分不开的。后来，在拉巴副主席的努力下，老人顺利地做了手术。

1994 年卡察扎巴辞世，当时我没有收到任何消息，是后来我到西藏调查时才知道的。遗憾的是，他没有看到我写的《民间诗神》这本书——一本献给艺人朋友的书。

经全国《格萨尔》办公室的努力，卡察扎巴的圆光本《塔堆》（索南格列整理），由中国藏学出版社于 2012 年出版。

果洛州活佛艺人昂日

　　1983 年秋天，在史诗《格萨尔王传》被打成大毒草长达十五年后刚刚得以平反的时候，一个北京的《格萨尔》工作调查组来到了果洛草原。调查组的到来，就像给煮开了的吐巴（藏式稀饭）又加上了一块牛粪火，令人们振奋，使草原为之沸腾。消息传到了甘德县，果洛州政协副主席俄合保同志恰在那里下乡工作。他得到了州上的通知：调查组的同志想见一下龙恩寺的活佛艺人昂日。于是他把这一消息告诉了昂日。这位个子瘦高、方脸大眼，因为口中没有门牙嘴巴凹进去的艺人有些惊呆了，让他去说唱《格萨尔》？他心有余悸，他怕，他不情愿！在俄合保同志的开导动员下，他才准备启程前往大武（果洛州所在地）。反倒是周围的喇嘛们开通得多，他们用羡慕的目光看着昂日，围着俄合保问长问短，并请他向北京来的客人问好。几位喇嘛表现出了极大的虔诚。

　　昂日是果洛州有名的艺人，所以北京来的同志才点着名请他。此时的昂日心潮起伏，现在虽说是为《格萨尔》平反了，可是谁又能保证以后再不会翻过来呢？"文化大革命"中的一幕幕，他记忆犹新。他的几颗门牙就是在那时被打掉的，就是为了说唱《格萨尔》……想到这些，昂日的思绪乱极了。

　　和调查组的同志见过面，寒暄过后，便交谈起来，开始，昂日闭口不语，但是他一直在认真地听着北京来的同志们的话语：《格萨尔》是藏族文化的高峰，是珍贵的民族文化遗产。我们现在要抢救这部史诗，要给这部史诗和众多的说唱艺人平反，正名。一句句掷地有声的话语，令昂日听着亲切、振奋，他逐渐打消了顾虑。直到这时，他才承认自己是个艺人，会说唱《格萨尔》。他同意唱一段，让调查组的同志们听听。

　　昂日唱的是独具特色的一部《格萨尔单枪匹马》（ge sar mi gcig rta

gcig），它描述的是格萨尔王单枪匹马深入魔地与妖魔搏斗的故事。当那熟悉的旋律一从口中流出，昂日又仿佛回到了童年以说唱为生四处流浪的岁月。

昂日是属兔的，1939 年出生在甘德县哇西梅哇地区的嘎阿芒斯堪不朵。他的父亲是柯曲草原德尔文部落人，名叫德尔文·德尔顿巴窝那姆卡多吉，母亲叫朗仓萨·央金卓玛。德尔文部落是《格萨尔王传》盛传的地方，在那里有这样的传说：德尔文原有 80 个兄弟，是岭国 80 位英雄的转世。

昂日的父亲那姆卡多吉是个宁玛派的僧人，是一位掘藏师。同时又是咒师，在当地有一定的名望。他写得一手好字，曾书写过一千多页纸的《姜岭之战》及其他章部，同时擅长写有关格萨尔的祈祷词，祝愿人畜两旺、世道太平的祝愿词，寺院跳神时的祭祀词，等等。昂日从小便生活在这样的文化氛围中。童年时家庭的熏陶，对于他的一生起着至关重要的作用。

昂日出生时。据说恰好山里的石头堆中长出了一棵小树。这在海拔4000 米的地方是少有的，所以父亲给他取名叫孜日干巴，意为稀有之物。5 岁时。父母曾带他到大武，那里的阿旁活佛（阿旁·巴窝秋央多吉）曾认定他为仁增郭递姆的转世活佛，取名巴单桑吉。后来又有几位活佛认定他为阿乌·索尔根的转世。这大概是由于他小时候透着一股聪明伶俐劲儿，长得四方大脸、一副福相的缘故吧！然而，生活却没有因为他有福相而真的赐福给他。

11 岁那年，昂日的父亲去世了，家中生活一下子垮了下来。他不愿在家里苦熬，便牵着一只山羊，穿着拖到膝下的一件父亲的藏式衬衣开始四处流浪。他睡觉时用的小白帐篷及零用物品等一只山羊就能驮走，小昂日的境况可想而知了。幸好他从小在父亲身边学习念经，又会唱一些格萨尔的故事和米拉日巴道歌，他便以此为生，到处为人念经唱歌。在牧民们的要求下，有时他唱几段《格萨尔》或道歌，有时为人们念卓玛经，用得到的布施糊口。时间久了，唱得多了，他开始自己编一些道歌来唱。他有一副非常清脆悦耳的嗓子。牧民们看着这个十几岁的孩子以说唱乞讨为生，都尽力多给一些布施。

附近的人们都知道他。每年一到挖蕨麻的季节，人们带上帐篷住到山上，他也到他们当中去，给他们唱《格萨尔》，人们便把自己挖到的蕨麻分点给昂日吃。

13 岁那年，昂日长得稍大一点，他来到久治县的白玉寺，请求德尔顿·多吉占堆活佛收留他。可是活佛喇嘛们看到他留着一条辫子，便不愿意收留他。后来，寺院堪布东依喇嘛听说昂日会唱《格萨尔》，便要求唱一段给他听。昂日放开喉咙为众僧唱了起来，他那悦耳的声音和讲述的生动故事，深深地打动了在座的喇嘛和活佛。于是被收留下来。从此，他在寺院里跟着喇嘛们一起学习宁玛派的经典。

一年以后，白玉寺来了一位贵客，他就是阿坝扎姆塘寺院的活佛，名叫多则·阿旺仁增。他是在拉萨朝佛逗留了十五年后，准备途经果洛返回阿坝。在白玉寺，他一见到昂日就非常喜欢，认定他为赞木活佛的转世，并把他从白玉寺带走，回到了阿坝的扎姆塘寺院。

多则·阿旺仁增活佛为昂日举行了认定仪式，并给他起了一个法号叫阿旺仁增多吉（他的名字昂日就是由这个法号简化而来的），于是他在那里住了下来。这个寺院是宁玛派的觉囊分支。白天，他学习经典如时轮经等，得到了很好的照顾。寺院里是不准唱《格萨尔》的，然而多则活佛本人非常喜爱《格萨尔》，所以，他经常在夜深人静时，把昂日叫到自己的房间里，关门闭户让他说唱。在酥油灯下，把昂日的说唱一字一句地抄录下来。昂日至今还记得当时说唱的一些精彩片段，如《霍岭之战》中大将们饮酒、赌博、无人站岗放哨的情节。最后只有丹玛出去放哨的一段，《大食财宗》的片段以及降伏蒙古的三个章部等。每次活佛记录完后，就自己珍藏起来。

人们喜欢听昂日的说唱，不仅因为他嗓音动听，还由于他说唱的《格萨尔》独具特色。比如他说唱的《霍岭之战》就与众不同，其他艺人把这一部分为两部说唱，即上部"霍尔入侵岭国"及下部"岭国反击霍尔并降伏之"，昂日则把这一部分为三个部分：第一部分霍尔国大兵入侵岭国；第二部分格萨尔乔装打扮智斗霍尔王；第三部分格萨尔派坐骑回到岭国调兵遣将与霍尔大战，最后战胜霍尔。此外，昂日还能唱老查根（总管王）诞生之部，等等。算起来共有 18 大宗、26 个小宗之多。

昂日在扎姆塘寺住了不到两年，这时家乡果洛已经解放了，他就回到家乡与群众一起参加劳动。

从 11 岁起，昂日就与《格萨尔》形影不离。他总是压抑不住自己心中的激情，独自一人时，"噜阿拉塔拉"的旋律便自然从口中诵出。他说，可以借此来寻求慰藉，否则憋在心中实在难受。就是"文化大革命"中为说唱《格萨尔》挨打挨斗，他依然按捺不住自己，常悄悄地独自一人说唱。

这次，北京来了《格萨尔》调查组，昂日心里虽然很高兴，却总是担心再遭不测，思前想后，终于忍不住向北京的同志们提出了自己的要求："希望你们能为我开一个证明，说明是你们叫我来唱《格萨尔》的，将来若是遇到麻烦，我也有个凭证。"

昂日的心情是完全可以理解的。他身上的伤痕、心灵上的创伤难以一下子抚平。当时的州委书记格桑多杰同志亲自出面，向他讲了党的政策，北京来的同志也欣然给他书写了藏汉两种文字的证明。那证明上写道："《格萨尔王传》是藏族人民珍贵的文化遗产，我们请果洛艺人昂日说唱并录了音，特此证明。——全国《格萨尔》工作办公室。"当他接过这张证明，小心翼翼地叠好揣在怀里时，一颗悬着的心终于落了下来，脸上露出了满意的微笑。

现在，昂日成了果洛的活跃人物。他经常住在龙恩寺，平时在那里念经，寺庙举行跳神仪式时，他也总是积极参加。寺主白玛单波组织了《格萨尔》藏剧团后，强烈地吸引了他。他的嗓子好，个子高，五官端庄，一脸福相，在剧中饰演白梵天王。

1987年7月，昂日参加了果洛州《格萨尔》艺人演唱会，荣获"优秀说唱艺人"的光荣称号。1987年9月，在青海省《格萨尔》艺人演唱会上，昂日的演唱获得一等奖。

1991年11月，他第一次长途跋涉来到北京，参加《格萨尔》说唱家命名大会。他与其他二十余位藏族、蒙古族同道被命名为"《格萨尔》说唱家"。北京之行令他惊叹祖国之大，北京之美，更为自己在晚年得到了这样的荣誉而激动。他对笔者说："只要国家重视，我们有做不完的工作，只要国家需要，我可以写一个保证，一年录音一部，五年录五部，六年录六部……"

八年前，昂日曾经让我们为他写个证明，而今他要给我们写个保证，保证他年年为抢救史诗作出成绩。这是多么深刻的变化呀！

再版附记：

在后来的日子里，昂日的身体不好，经常生病，但他总是竭尽全力支持、参与果洛州的《格萨尔》抢救工作，从 1983 年在果洛大武第一次见到昂日，后来我又多次上果洛调研，每次都要看望这位活佛艺人，即使不能前往果洛，只要有人前去，我都会捎去我的问候与祝福。我们之间形成了一种默契、信任，那是因为《格萨尔》把我们的心连在了一起。

近几年，全国《格萨尔》办公室的李连荣博士专门录音、记录昂日的说唱《霍岭之战》等 5 部，目前他的说唱记录本《北岭之战》、《拓岭之战》作为由次平主编的"格萨尔艺人独家说唱本"已于 2012 年 6 月由西藏古籍出版社出版。

遗憾的是，2012 年 11 月，昂日因病在家乡果洛甘德去世。

藏北巴青说唱艺人次旺俊美

1987年盛夏，羌塘草原上的赛马会已进入高潮。色彩斑斓的帐房星罗棋布点缀着绿色的草原，群众从四面八方会聚到这里。几天工夫便形成了一个热闹非凡的草原城市。在这里我见到了71岁的巴青艺人次旺俊美，一位早已加入中国共产党的说唱艺人。

次旺俊美看上去比实际年龄显得年轻。高大的身躯、挺直的腰板，一双富有生气的眼睛，都令人难以相信他已是位年逾古稀的老人。作为《格萨尔》说唱艺人，他有着非凡的口才。而作为共产党员村干部，他又具有开朗豁达的性格。我们的谈话不费什么周折便切入了正题。

1915年，藏历木兔年，羌塘巴青草原上流行了一场罕见的瘟疫。染病者，轻的腹泻不止，重的发烧、说胡话、脱发、乃至昏迷。人们请神、拜佛，全都无济于事，只好听天由命。巴青县本索区本塔乡更是处于劫难的中心。次旺俊美的爷爷、爸爸和一个哥哥在不长的时间里相继病故，留下了母亲、哥哥、姐姐和一个贫穷的家。母亲把家中仅有的二十几只羊和五六头牛换成酥油，给死去的亲人做了法事。等到后事处理停当后，家里便一贫如洗了。

次旺俊美这个遗腹子还没有来到人世之前，厄运就已经等待着他了。他出生以后，母亲根本无暇顾及这幼小的生命，她要为填饱四张嘴而起早贪黑地苦挣苦熬。尽管竭尽全力，依然无法使全家人得到温饱，最后几乎到了乞讨的地步。

母亲不得已托人捎信儿给她在那曲镇的大哥请求帮助。大哥的日子过得还可以，有不少牲畜，吃穿不愁。接到妹妹的口信后，便把妹妹和外甥、外甥女四人接到了那曲共同生活。那一年次旺俊美只有三岁。他从此便离开了祖祖辈辈生活的故里。

来到那曲后，母亲和哥哥姐姐帮助舅舅干活，母亲挤奶，哥哥姐姐去放牧。次旺俊美稍大之后，也跟着哥哥姐姐一起放牧。生活虽然不富裕，但总算能够填饱肚子了。

由于从小过着寄人篱下的生活，次旺俊美显得特别懂事，又聪明伶俐。大人干活时，他在一边仔细地看，往往看一遍就会；别人唱民歌、说格萨尔故事时，他常常是听过一遍，就可以模仿着唱下来。到山上放牧时，他可以唱给哥哥、姐姐听。偶尔遇到会讲故事的人，或是听到哪里有格萨尔艺人说唱，次旺俊美总是前去聆听。热衷于此的原因，一是兴趣所至，他喜欢听这些民间艺人的讲述和说唱，特别是那些才思敏捷、嗓音洪亮、说唱技艺高超的艺人，他几乎百听不厌；二是可以得到一种彻底的解脱。听故事令其忘我，艺人的说唱往往使他忘记现实生活中的愁苦，仿佛周围的一切都不复存在了，似乎他就生活在故事叙述的情节和人物之中。在刀光剑影的征战中，在缠绵的柔情里，为主人公的喜而喜，为主人公的忧而忧，似乎他就是故事中的一员。别人听故事是听罢算数，打发时光，而他却是全身心地投入，不仅认真地听，而且仔细地揣摩、比较和思索，从而为他后来成为一个说唱艺人奠定了基础。

次旺俊美听过不少那曲艺人的说唱。其中那曲的名艺人斯塔老人说唱的《降伏妖魔》之部最有特色，另一位比如县的艺人央卡央资则擅长说唱《姜岭之战》，安多县多玛的扎巴窝说唱的《大食财宗》，等等，都给次旺俊美留下了深刻的印象。六十年后，他不仅仍然记着他们的名字，而且能够回忆起他们当年说唱时的风采，连说唱时的服装道具都记忆犹新。

次旺俊美回忆说，这三位艺人都是"巴仲"（vbab sgrung 神授艺人）。斯塔和扎巴窝说唱时要戴艺人帽子，并穿着一种特制的服装，它是用红色的绸缎制成的，左右两个袖子上绣着狮子图案，前胸和后背则绣的是龙和大鹏鸟。说唱时，只要把这种衣服从头上往下一套，穿上袖子就行了，十分方便。这种衣服是优秀艺人的标志，狮、龙、大鹏的图案令人肃然起敬。远远近近草原上的牧民们团团围坐，听他们说唱，常常通宵达旦。

次旺俊美11岁那年，舅舅去世了，支撑帐篷的柱子倒了，帐篷便塌了，家境变得十分窘迫。次旺俊美一家人只得离开舅舅家，靠着仅有的几头牛，另立了门户。

另立门户的第二年，藏历的火兔年，藏北草原经历了一场空前的灾难。那曲当雄一带下了一场历史上罕见的大雪。这对于靠放牧牲畜而生的牧人们来说，无疑是场灭顶之灾。几乎所有的牲口都死光了。次旺俊美家失去了所有的牲畜，母亲、哥哥、姐姐靠四处给人家打零工、打土坯维持生活，而次旺俊美来到大表姐居住的地方当佣人。

那曲有个叫廓尔德的小寺庙，有十来个人，离那曲镇不远。表姐嫁给了一个寺庙的施主。庙里有二十几头奶牛和几匹无人放牧和看管的马，表姐便把次旺俊美叫去帮工。

13 岁的次旺俊美第一次离开母亲独自外出干活，由于营养不良，他长得十分瘦弱，然而施主和寺庙里的僧人们对他却并不怜悯，不仅终日破衣烂衫，食不果腹，而且稍不满意便拳打脚踢。

寺庙里还有一个比次旺俊美稍大的孩子，也是佣人，两人相伴。空闲时，次旺俊美便悄悄地唱上几段《格萨尔》，为苦难的生活增加些许乐趣。

一天夜里，次旺俊美做了一个奇特的梦，梦中出现了故事中格萨尔及其大将征战的场面。第二天当他醒来时，便觉得头昏沉沉的，发烧、说胡话，嘴里不停地唠叨着格萨尔自天而降的故事。廓尔德喇嘛得知后，给他做了法事，先往他头上撒青稞，念经，尔后又用泥土做了几颗附有咒语的药丸，让他吞下。这样过了几天便痊愈了。清醒以后，他便按捺不住地总想说唱格萨尔的故事。越说越多，越说越好。

寺庙里的生活极为清苦，次旺俊美和小伙伴由于不堪忍受僧人们的虐待和沉重的劳动，终于逃了出来。可是在山上足足转了两天，不知往哪里去才好，万般无奈，只得在一天深夜回到了母亲家中。母亲害怕寺庙里的人追来，便让哥哥带着次旺俊美投奔在聂荣县阿扎部落的二舅。

二舅家也很穷，没有什么财产，生活十分艰难。但是草原上的牧人们从来都是认娘舅亲，所以二舅收留了他们。从此，次旺俊美帮舅舅干活，哥哥则做佣人，两次随商队去青海结古，吃饭有了着落，还能挣些零用钱。这期间，次旺俊美自学了一点藏文，但总是长进不大，至今他也不能熟练地读《格萨尔》的本子。

次旺俊美 18 岁那年，兄弟俩才一起回到了那曲与母亲团聚，开始了一家人四处朝佛的生活。

此后将近 5 年的流浪朝佛生活，对于次旺俊美来说，大大地开阔了眼界。扎什伦布寺威严的强巴佛脚下，他虔诚地顶礼膜拜；神圣的冈底斯雪山，使他流连忘返；莲花生大师曾挖掘伏藏的布然百眼泉，他不止一次地光顾、朝拜。这些经历不仅使他心胸开阔，大长见识，高原的山山水水也给了他无穷的力量。他觉得生活哪怕再艰难，总有五光十色多彩多姿的一面。

再次回到那曲以后，次旺俊美和哥哥三次往返于通往结古的路上。那真是漫长的旅行啊！为了生活，他们兄弟俩为商队当佣人，赶着驮满氆氇等西藏特产的牦牛上路，翻过聂荣县的查乌山，就到了青海地界，然后再辗转到结古。从那里换回茶叶和生活必需品。来去一次大约需要半年的时间。次旺俊美每次都负责商队途中的饭食。即使骑马，一天走下来也已经很累了。到了歇脚的地方，别人都休息了，可他的劳动才开始。他忙着拾牛粪、搭锅灶、烧茶、做饭，直到灶火熄灭、收拾停当才能休息。商队的生活虽然很艰苦，但是除了吃饱肚子以外，他还可以挣到一点钱。

每年夏季草绿了，他们便出发，直到隆冬藏历年前才能返回那曲。然后，休息一个春天。如此夏去冬来地走了三年。在通往青海的途中以及在结古，他也曾遇到过艺人，他们大都说唱《霍岭之战》《姜岭之战》及《大食财宗》等部中的片段，内容基本一致，给他留下的印象不深。

后来，次旺俊美给卫藏来的商队当佣人，往返于安多和卫藏之间。从那曲的安多收来羊毛，运到卫藏出售，然后再从那里运回青稞。一路上，商人骑马，次旺俊美只有凭着双脚步行。苦熬了几年，他决心自己做一点小生意，不再为别人当佣人。于是，在他30岁那年，从几个熟识的商人那里借来了两百多个多嚓（藏币），做起了小生意。他从商人手中买来布和茶，运到附近草场的居民点卖。前两年还算过得去，赚了一点钱。可是第三年，厄运袭来。有一次，他照例把东西交给一个中间人，由他把货转给牧民，再把从牧民那里换来的羊毛、皮子、酥油等东西交回。但东西交到中间人手中以后，便如石沉大海，那人逃之夭夭了。次旺俊美连本带利被人席卷而去，他顿时急得两眼发黑。可是欠债要还，走投无路的次旺俊美只得逃回了巴青老家。

34岁的次旺俊美回到了离别三十年的家乡，苦日子依然如故。他没有家，没有固定职业，靠四处帮人做工、给别人缝制衣服勉强糊口。实在没有活干时，他便唱《格萨尔》，以此得到点滴补助。说也奇怪，过去小时候他只唱过一些片段，从没有完整地一部部唱过，而这时，他却唱完一部，又想起了另一部。那些格萨尔的故事就像演戏一样，一幕幕在脑子里翻腾。小时候听的故事，长大后四处奔波时听到的艺人说唱，这时都在脑海中串联了起来，似滔滔江水般从口中倾泻而出。他觉得心中有说不完的故事。当时他可以说唱 18 大宗、10 小宗，加上开篇部共 23 部之多。

由于他会说唱《格萨尔》，受到了家乡牧民的欢迎，从此，在家乡立住了脚。两年后他结了婚，结束了漂泊流浪的生涯。他有了一个温暖的家和两个可爱的女儿。

45 岁那年家乡实行了民主改革，他被选为代表，参加了牧民代表大会。由于他口才好，又被选为宣传委员。1970 年成立人民公社时，他被选为生产队长和乡里的草场委员，负责调解草场纠纷。

民主改革以后，次旺俊美的才能得到了充分的施展，群众熟悉他、信任他，所以工作开展十分顺利。这段时间里，他也经常给牧民们说唱《格萨尔》，那完全是为了娱乐，为牧民们服务，而不是为了糊口。他活了大半辈子，现在才真正像个人一样，挺直了腰板生活。

1972 年夏季的一天，是次旺俊美永远不能忘怀的日子。他光荣地加入中国共产党，并当了党支部的委员。从此他觉得似乎变成了另外一个人，无论做什么工作，只要是党的号召，他都努力去做，浑身上下有着使不完的劲。

1984 年，他被推荐参加了在拉萨召开的艺人演唱会。他不善于宣传自己，特别是作为一个共产党员、乡干部，他从来不说自己是"巴仲"，并且实事求是地说明，自己从小就听过许多艺人的说唱，久而久之便学会了。因此他并没有引起人们的重视。

回到那曲以后，他被地区文化局留下来录音。1986 年夏天，自治区《格萨尔》抢救办公室的同志来看他，给他留了一部录音机和 60 盘磁带，让他先录其他艺人目录中没有的三部。他努力地说唱。到我调查时，他已经录完了 12 部半，由于磁带没有了，《亭岭之战》只录了上部。他年纪逐渐大了，只靠录音来维持夫妻俩的生活，每录一个磁带可以得到 9 元钱的报酬。他要租房、买粮食、买牛粪（燃料）、买电池，所以，常常入不敷出。

1987 年赛马会上我见到他时，他的日子正处于十分窘迫的境地。上边发不下磁带来。录音只好停止。他不知是回巴青家乡，还是继续住在这里，正在进退维谷。看到由于我们工作的不细致造成了艺人的困难，我心中十分内疚。而次旺俊美在此困境中想的还是抢救史诗的工作，他说："我希望上级尽快把磁带发下来，我要抓紧时间说唱！否则我一死，会把一肚子的'仲'（故事）带走的。"

1991 年 11 月，次旺俊美获得了"《格萨尔》说唱家"的光荣称号。虽然他因年老不能亲自到北京来参加颁奖大会，但当他在遥远的巴青草原上得到这一喜讯时，一定会感到欣慰的。

次旺俊美录完的部

1. 其岭铁宗	phyi gling lcags rdzong
2. 模如大鹏宗	me ru khyung rdzong
3. 梅日盔甲宗	me ri rmog rdzong
4. 琼岭之战	khyung gling gyul vgyed
5. 猛兽岩洞宗	gcan gzan brag rdzong
6. 古如狗宗	gu ru khyi rdzong
7. 汉地茶宗	rgya nag ja rdzong
8. 察瓦箭宗	tsha ba rong mdav rdzong
9. 噶岭之战	vgag gling gyul vgyed
10. 太玉马宗	the gyul rta rdzong
11. 土地神斯拉国王	sa bdag se lha rgyal po
12. 开天辟地	srid gling
13. 亭岭之战（上部）	mthing gling gyul vgyed

附言：

1987 年以后，再也没有见到次旺俊美，据说他于 1991 年去世。他说唱的《其岭铁宗》作为中国社会科学院民族文学所、全国《格萨尔》办公室主编的科学版本，由仁增整理于 2007 年由中国藏学出版社出版。

最年轻的神授艺人次仁占堆

1987年8月，西藏那曲赛马会期间的一天，一个着装入时的藏族小伙子风风火火地来到了我的面前。他中等身材，黑红的脸膛上嵌着一双又大又黑的眼睛。倘若在那曲镇上，即使擦肩而过，我也绝不会想到，他就是我等了几天的申扎县小艺人次仁占堆。

次仁占堆是被群艺馆从申扎县请到那曲来，给群众说唱《格萨尔王传》的。赛马会中间休息的几天，他和同乡搭车跑到比如县玩了几天。小伙子大概是在草原上过惯了潇洒的日子，去比如县之前没有和群艺馆的同志打招呼，害得我多等了几天，现在他终于回来了。小伙子倒也痛快，寒暄了几句后，便进入了正题。

次仁占堆是属鸡的，1969年生。当时也就18岁。申扎县巴扎区扎巧乡人，母亲在他7岁时就去世了，他跟着父亲及两个姐姐一个哥哥长大。

父亲曲桑是当地一位颇有名望的巴仲（神授艺人），他曾四处为群众说唱《格萨尔》而备受人们欢迎。但是，次仁占堆却很少提到父亲的说唱。他说："因为那时（即文化大革命期间）是不让唱《格萨尔》的，所以我很少听父亲唱。"其实在远离城镇、远离交通要道——青藏公路的申扎县牧区，群众还是欢迎艺人说唱的。而艺人们也绝不会甘于寂寞，总是悄悄地说唱。据说曲桑就是在乡长家里说唱了大半夜《格萨尔》之后，留宿在乡长家。第二天早上没有醒来，就这样离开了人世。那年他68岁。关于这位巴仲的情况，我们知道的很少，但有一点可以肯定，他热爱《格萨尔》，即使是在禁止说唱的年代，他的生命仍终止在他说唱的尽头。至于他对次仁占堆的影响，也是可以想象的。

就在曲桑去世的那天晚上，次仁占堆做了许多梦，梦见雄狮格萨尔率军胜利归来，百姓隆重欢迎，他激动地跑上前去，向自己心中崇拜的格萨尔王敬献了一条洁白的哈达。梦后的第三天他便开始会说唱《格萨尔》了。第一部是《天岭卜筮》，那时次仁占堆13岁。

此前曾经发生过这样一件事：由于母亲早逝，父亲及哥哥、姐姐都宠着他，使他从小十分任性，常常和别的孩子打架争高低。9岁多时，他和同村的一个孩子打架下手太重，把那个孩子打了个半死。家里人知道后狠狠地训了他一顿，他一气之下跑出家门，钻到一个叫塔加杰的山洞中藏了起来。这个山洞离家大约有半小时的路，山洞只有一间普通房子大小。过了一段时间，他在漆黑的山洞中昏昏欲睡，朦胧中出现了幻觉，只见一位喇嘛走来问他："你长大以后是以说唱《格萨尔》为生，还是当一个活佛管理寺院？"次仁占堆不假思索地回答说："我要唱《格萨尔》。"一会儿他便睡着了。次仁占堆不知不觉在山洞中睡了两天。当他醒来回到家时，父亲十分惊奇，问他这两天跑到哪里去了，他却什么也没有说。

这以后，虽然他嘴上讲不出《格萨尔》的故事，心里却总像有什么东西在翻腾。

父亲去世后不久，他开始说唱《格萨尔》了。但是他觉得在家乡百无聊赖，便想出去闯荡一下。他曾听父亲说过，拉萨有一位热振活佛，很喜欢《格萨尔》，若是能得到他的加持，便可以一辈子顺利地说唱。于是他便独自离家朝着东南方——拉萨的方向走去。

在拉萨，他边朝佛边乞讨。他乞讨时遇到了一位好心的嫫拉（老太婆），她在拉萨歌舞团工作。当她听说会说唱《格萨尔》的次仁占堆想拜见热振活佛时，便把他领到了措姆岭热振活佛那里。

热振活佛详细地询问了他的情况后，先让他吃一顿饱饭，然后叫他唱《格萨尔》。次仁占堆慢慢地唱了几段，唱毕，热振活佛满意地点点头，手中攥了一把米，放在嘴边吹了一口气后，撒在次仁占堆的身上。当天他便留住在活佛那里。第二天他自觉头脑中的故事多了起来，不仅可以说许多故事，而且也流畅了。他在活佛家中又住了三四天，天天讲《格萨尔》，受到了很好的招待。临走时，活佛还给了他80元钱。

回到申扎县以后，次仁占堆便开始了说唱。虽然他不必像前辈们那样云游四方，而且也不以说唱为生，但是由于他说唱得好，群众中一传十、十传百，都说"次仁占堆会降格萨尔故事，还会降神治病"。这样，附近的塔尔玛乡、辛古乡及交界的班戈县的郭玛等地，便成了他说唱的主要地区，那一带的牧民群众都很喜欢他。

据次仁占堆说，他的父亲也会降神。那时他降神需要有铜镜、摇鼓，要借助一些法器，但是次仁占堆却不需要，他只要一面铜镜即可。他在十四五岁时，曾经有两次看铜镜取得了成功：一次是附近的祖鲁寺里丢失了7盏酥油灯，寺庙中的人请次仁占堆看铜镜，结果铜镜中明显地揭示了埋藏的位置，是曾在寺院里住过的嘉措埋藏的。人们根据次仁占堆指点的方向去挖，找到了失去的金灯。另一次是次仁占堆家在玛尔恰山一带丢了牛，他通过看铜镜，发现牛在班戈县都律山那边，于是一下子就找到了。

13岁时，次仁占堆读过一段时间的藏文，但是时间不长，到目前为止只能勉强读懂。对《格萨尔》的唱词他可以较为顺畅地读出来，而对于其他书报，他阅读起来就十分吃力。也许人们很自然地想到，这或许与他会说唱史诗有关，因为会唱，所以容易读懂。然而他却说，这与他的说唱是无关的。他说："我说唱时主要靠故事神降下来，如果故事神降下来了，那么脑中的图像就出现了。这时自己渐渐地不理会四周人的存在，而只想到头脑中出现的形象，这是说唱的最佳状态。而一停下来，头脑中的图像就消失了，再讲，图像又会出现，我就是靠眼前的图像来说唱《格萨尔》的。"

有时，头脑中故事神降不下来，图像就不出现，这时讲的《格萨尔》是很平淡的。不出现画面，就需要自己努力地去想，对人物场景的描述也不够丰富详尽，唱起《格萨尔》来感到很费力。听众越多，故事神就降得快一点，听众少，自己也没有情绪唱好。

次仁占堆说唱时，没有什么仪式或特殊的形式，他坐在那里，合上眼皮即可以开始说唱，说唱时从不抬眼皮看听众，全神贯注于说唱之中。

1987年，那曲地区群艺馆请他来说唱，在地区文化局里给他安排了舒适的住房，每个月发给工资。他每周一、三、五晚上说唱两小时，说唱的内容有时是事先安排好的，有时是群众点唱的，一般每次来听故事的人约在三五十人左右，每张票收费五角。其实那曲镇上喜爱《格萨尔》的人不少，但是来听故事的人却不多，问其原因，有人说晚上要走出家门不太方便，不方便确是存在的，然而恐怕并不是主要原因。在牧区夜晚外出听说唱并非罕见，主要大概是人们尚无法一下子适应这种完全表演式的、带有商业性质的说唱，人们依旧对古朴自然的说唱及其说唱环境感兴趣。不久，便听说次仁占堆停止说唱，回到家乡去了。

次仁占堆共会说唱《格萨尔》63部。他能够唱一种首尾完整的故事梗概式的《格萨尔》目录（姑且如此称之）。这种梗概是全韵文体，前边有数句颂词，然后便直接进入正文。每一部都有 4—8 句韵文，对该部的主要情节内容予以介绍。次仁占堆为笔者从头至尾按顺序唱了 37 部的目录后，他说："其余的就是十几个小宗以及宗与宗之间的战争，属于过渡段落，不能单独成为大部，如《霍姜之战》只能唱一盘半磁带，这种就不能算是独立的部。"

37 部的目录只用不到半小时便唱完了，而且唱得十分流畅。我想这是故事的纲，通过纲，可以对故事的起因、主要人物、事件的脉络以及战争的结果起到提示作用，也便于记忆。由此可以看出，次仁占堆虽声称自己说唱《格萨尔》全靠降故事神，而实际上，他也有自己记忆的诀窍。

1986 年西藏自治区《格萨尔》抢救办公室的同志到申扎县发现了他，曾给他留下了录音机和 80 盘磁带，请他录 3 部，很快他就录完了全部磁带，其中《噶岭之战》14 盘磁带，《魔岭之战》15 盘磁带，《祝古兵器宗》20 多盘磁带（未完）。

次仁占堆的哥哥前两年从部队复员回来。哥哥在部队是汽车驾驶员，由于受到哥哥的影响，次仁占堆对汽车零件以及录音机之类的电器很感兴趣，经常摆弄。他会排除一般的故障，会开汽车，对汽车的零件均能道出名称和作用。

1985 年，他和哥哥与塔尔玛乡的一个姑娘在一起共同生活了一年多，后来姑娘回家乡去了，次仁占堆依然是个无拘无束的单身汉。直到 1991年，他和一位当地的姑娘建立了美满的小家庭。

次仁占堆对于自己由于降故事神而会说唱《格萨尔》笃信不疑，并自称可以给人降神治病、算卦。他说，只要自己不吃什么脏的肉，不让自己的身体受到什么晦气，以及不要针灸、疗烤及被火触及，经络就是通畅的，那么故事神便可以随时降于头脑之中。看来，藏族的传统观念在这个年轻人身上依旧是那么的鲜明。

1991 年 11 月，次仁占堆来到北京，接受"《格萨尔》说唱家"的命名，他把这看成是自己的最高荣誉。虽然正如童年时在山洞中梦见的喇嘛所预言的那样，当活佛的命运也降临到了他的头上，他于 1988 年被认定为班戈县桑莫寺（宁玛派）的活佛。然而，他依然看重这说唱家的称号，因为这是在祖国首都得到的最高荣誉。笔者曾问他："如果有人再一次问你，你是愿意当一辈子《格萨尔》说唱家，还是当活佛？"他仍旧毫不犹豫地回答要选择前者。是遗传，还是偏爱？他自己也说不清楚。

次仁占堆说唱的故事梗概目录

颂词

1. 格萨尔世系　　　　　　　ge sar rgyal rabs
2. 天岭卜筮　　　　　　　　lha gling
3. 门岭之战　　　　　　　　mon gling gyul vgyed

（此部系门国国王辛赤嘉波的上一世与岭国的战争，此时，格萨尔未出世）

4. 噶岭之战　　　　　　　　vgag gling gyul vgyed
5. 诞生　　　　　　　　　　vkhrungs gling
6. 玛燮扎石窟　　　　　　　rma shel brag
7. 赛马称王　　　　　　　　rta rgyug rgyal vjog
8. 察瓦绒箭宗　　　　　　　tsha ba rong mdav rdzong
9. 魔岭之战　　　　　　　　bdud gling gyul vgyed
10. 霍岭之战　　　　　　　　hor gling gyul vgyed
11. 姜岭之战　　　　　　　　vjang gling gyul vgyed
12. 门岭之战　　　　　　　　mon gling gyul vgyed
13. 大食财宗　　　　　　　　stag gzig nor rdzong
14. 琼岭之战　　　　　　　　khyung gling gyul vgyed

（琼国国王叫琼波扎巴嘉波）

15. 索岭之战　　　　　　　　sog gling gyul vgyed

上部　　　　　　　　　　sog stod dar drag rgyal po

下部　　　　　　　　　　sog smad rdo rje rgyal po

16. 日努　　　　　　　　　　ri nub
17. 曲日岭　　　　　　　　　sbyar gling

（该国在琼岭的东面，正当琼波与格萨尔激战之时，琼波国王捎信给曲日国王桂达东嘉波，通报战事，并请其准备迎击格萨尔。该部源于此）

18. 阿里金宗　　　　　　　　mngav ris gser rdzong
19. 歇日珊瑚宗　　　　　　　bye rivi byur rdzong

20. 多岭之战   stod gling gyul vgyed

21. 吐日岭之战   thur gling gyul vgyed

（晁同偷走了吐日国的财物，该国国王吐奇嘉波与岭国发生战争，格萨尔最后战胜并从吐日国取走了马笼头的财运）

22. 卡契玉宗   kha che gyu rdzong

23. 乌日岭   aur gling

（其国王名乌日嘎托杰嘉波）

24. 妞岭   nus gling

25. 百波绵羊宗   bal po lug rdzong

26. 梅岭   me gling

27. 浪日   glang ru

28. 米努绸缎宗   mi nub dar rdzong

29. 维岭   wer gling

（该国位于今那曲文布县境内的百那，国王名玉赤赞波）

30. 印度雪山宗   rgya gar gangs ri rdzong

31. 宗通嘉波   rdzong thung rgyal po

（一个小国，被格萨尔征服之后，曾发生了叛变，格萨尔再度征服之）

32. 雪山水晶宗   gangs ri shel rdzong

33. 祝古兵器宗（上、下） gru gu go rdzong

34. 玉赤佛塔宗   gyu khri chos rten rdzong

35. 牡古骡宗   rmug gu drel rdzong

36. 米娘   mi nyag

37. 奇岭   phyi gling

次仁占堆 18 大宗[①]

1. 降魔   bdud gling

2. 霍岭   hor gling

3. 姜岭   vjang gling

4. 门岭   mon gling

5. 大食财宗   stag gzig nor rdzong

---

① 注：艺人只说出了 17 大宗的名称。

6. 汉地茶宗　　　　　　　rgya nag ja rdzong

7. 蒙古马宗　　　　　　　sog po rta rdzong

8. 歇日珊瑚宗　　　　　　bye ri byur rdzong

9. 阿扎玛瑙宗　　　　　　a grags gzi rdzong

10. 卡契玉宗　　　　　　　kha chevi gyu rdzong

11. 祝古兵器宗　　　　　　gru gu go rdzong

12. 百波绵羊宗　　　　　　bal po lug rdzong

13. 梅岭金宗　　　　　　　me gling gser rdzong

14. 阿里金宗　　　　　　　mngav ris gser rdzong

15. 日努绸缎宗　　　　　　ri nub dar rdzong

16. 夹岭之战　　　　　　　vjar gling gyul vgyed

17. 蒙古箭宗　　　　　　　sog po mdav rdzong

再版附记：

次仁占堆一直在那曲群艺馆工作，1997 年，他再次获得国家民委、文化部、中国文联、中国社会科学院的表彰，并当选为那曲地区政协委员、国家级非物质文化遗产传承人。2013 年，他曾在拉萨的格萨尔仲康（格萨尔演唱厅）中说唱，并参加了西藏图书馆馆长努木主持的"格萨尔音乐曲调"项目，成为录音格萨尔曲调的主要艺人。该项目第一次全面搜集、录音了格萨尔艺人的演唱曲调，为立体地保存史诗作出了重要贡献。

辛巴的后代

——果洛艺人次登多吉

　　他是一个神经敏锐的人，这是次登多吉给人的第一印象。他中等身材，高高的颧骨，一双大眼睛炯炯有神。平时他与一般的《格萨尔》说唱艺人没什么两样，甚至就如同一个普通的果洛牧民，然而当他说唱起《格萨尔》时，却判若两人。只有这时，你才能够体味到他的与众不同、他的全部风采。

　　1983年夏天，我到果洛草原调查，第一次听到人们谈起次登多吉——一个能绘声绘色地说唱《格萨尔》的艺人。得知他是果洛乳品厂的一位牧工时，我便直奔牧场去拜访他。不巧，他两天前到一个最远的放牧点去了，而要想找到马骑马前去与他会面，并非易事。我们只好辗转通知他，然后返回住地。

　　几天之后，他得到通知赶到州上，我们才初次见面。站在我面前的是一位拘谨的牧民，当我把斟满白酒的杯子捧到他面前向他表示敬意时，他接过酒杯，用右手无名指蘸了三次，向天、地、宇宙弹酒，然后喝了一大口。放下酒杯，他从怀里掏出一个笔记本，那本子上抄着藏文《格萨尔王传》，显然由于主人经常翻弄，它已经又黑又旧了。打开笔记本，他便开始照本宣科地唱了起来。他说唱的样子与其他艺人没有什么两样，他一边喝酒一边说唱，好像那浓烈的白酒是润喉的饮料一样。

　　过了不久，他突然精神大振，放下了手中的本子，背着说唱起来。或许这时他才真正地进入了角色。当唱到格萨尔大王出场时，仿佛他自己就是一个英雄统帅，神采飞扬，威武雄壮；唱到王妃珠牡时，他又变得异常温文尔雅，柔情似水，连嗓音都变细了；情绪激昂时，手舞足蹈，时而拉弓射箭，时而跃马奔驰，忽儿似铮铮铁汉，忽儿如温柔女郎。强烈的艺术效果把人们带到了格萨尔征战的疆场，精湛的说唱和表演令人叹服，他真可以说是个出色的独角戏演员。

突然，他的情绪极度激动起来，这是因为他唱到了霍尔王的大将辛巴梅乳孜。在《霍岭之战》的上部，当霍尔入侵时，霍尔大将辛巴在混乱中误杀了岭国大将贾察，不！按照次多（次登多吉的简称）的说法不是误杀，而是贾察撞在了辛巴的刀尖上。虽然后来辛巴臣服于格萨尔大王，但在史诗中辛巴却留下了冤枉的罪名（指误杀贾察）。次多为辛巴抱不平，他觉得辛巴太冤枉了。

也许是由于当地群众传说他就是辛巴的后代，而他也自认是辛巴的后人吧，反正他对辛巴有着一种特殊的感情。说着说着，他竟大哭起来。他任感情如野马驰骋而不加控制，以致使录音工作无法进行下去。当我们劝他暂时告一段落，让他回招待所休息时，他的精神仍处于霍尔部落与岭国的征战厮杀之中，久久无法回到现实中来。

说到辛巴，他的话就多了。他不平地说："书上（指出版的《霍岭之战》）把辛巴写得太坏了，那是歪曲。真正的辛巴是天神特意派来辅佐格萨尔王成就事业的英雄……"他为什么对辛巴的事如此敏感呢？他有什么依据认为自己是辛巴的化身呢？果然当他酒醒后，又不承认是辛巴的后代了。据当地人说，有一次，他和果洛的活佛艺人昂日见面后便一起喝酒，酒至半酣两人抱头大哭，嘴里说着一些格萨尔王在世时的事情，仿佛他们也曾是那个时代的人。

事隔四年以后，当我第二次踏上果洛的土地，再次见到这位奇特的艺人时，他才向我吐露了真情。

原来因为他是果洛州乳品厂的牧工，平时经常为人宰杀牲畜，又好打猎，当地藏族人称他为屠夫（shan pa），其发音正好与霍尔国大将辛巴梅乳孜（shan pa rme ru rtse）的前两个音相同，再加上他又喜爱唱《格萨尔王传》，于是人们开玩笑说："次多肯定是辛巴的后代！"对此，次多明智地说："因为我杀生太多了，这是老百姓在和我开玩笑，其实辛巴并不是我这个样子。"然而即使在他清醒时，也毫不掩饰他对辛巴大将的偏爱："我认为，格萨尔王手下的大将中，最厉害的就是辛巴！"有一次，他给群众说唱时又喝醉了，群众戏谑地问他："你是谁的化身？"他一本正经地答道："我是辛巴坐骑的化身。"后代也好，化身也罢，自然是没有什么依据的。但从中我们可以看出次多是多么偏爱辛巴这个人物啊！

次多告诉我，他年轻时，在一次说唱后做了梦，梦见了格萨尔征战的许多场面。醒后大病一场，几乎死去。后来请活佛明示，活佛曾说："你唱《格萨尔》时将会与众不同，因为有神附体，有神降临，因此会比别人更胜一筹。"

姑且不论这神灵附体是客观存在还是主观感觉，次多与众不同的说唱却是实实在在的。这与他的父亲有着直接的关系。

次多1930年出生在果洛州玛沁县当项地方的尼古日村，他的父亲是一个拉巴（巫师），同时又是一位当地有名的《格萨尔》说唱艺人。他11岁时，父母离异，这之前他都与父亲生活在一起。11岁以后，他虽然跟着母亲，可不久又回到父亲身边。两年后，50多岁的父亲离开了人世，次多只好到母亲那里。后来母亲再嫁他人，他便成了一个孤儿，四处流浪。在他的记忆中，父亲给他留下了深刻的印象。

父亲名叫拉瓦果那姆，从小当阿卡（小喇嘛），识藏文，后来学会降神给人治病，有时甚至到寺院里降神。这一切次多都记忆犹新，他回忆说："父亲降神时，备有特殊的服装和道具。记得他头上戴一顶圆形瓜皮帽，上边有一个小布头，帽的四周有五个佛像。身上披着一个大的披风，那是一块很大的布，中间剪一个洞，穿时，头只要套进去就行了。然后再围上一个大围裙。胸前挂着一个白色的金属镜子。右手持带槌小鼓，左手拿铃。降神时。先把茶洒向四方，这之后便进入角色。当神附体后，他就变成了另外一个人，名叫当姆钦·多吉智华，这时他嘴中说的全是当姆钦的祝词以及卜辞等。"

次多的父亲在世时，经常说唱《格萨尔》，次多就是在这种熏陶中长大的。当时，家境虽然一般，但有父亲在身边，日子过得比较安定。

父亲去世后，次多便开始了流浪生活。他先后到四川的德格、阿坝、甘肃的拉卜楞等地，靠打零工、狩猎等维持生活。在阿坝等地，他又听过一些《格萨尔》艺人的说唱，从而唤起了自己在父亲身边的美好回忆。他深深地爱着《格萨尔》，从此，便学着说唱。没想到，《格萨尔》的旋律一出口，就得到了人们的称赞，说他唱得最好。那时他年轻力壮，又孤身一人，可谓"一人吃饱了全家不饿"，没有负担和顾虑。无事时经常大量地喝酒，最多的时候可以喝到七八斤之多。而酒又好像引子，每当他喝了酒，就想说唱《格萨尔》。酒为诗助兴，诗又使酒味更浓，于是边唱边喝，越喝越多，越喝唱得越起劲。喝了酒胆子也壮了，什么人面前都敢唱。

在阿坝流浪的日子里，每到夜晚，他就唱《格萨尔》。有时不少人来听，有时没有听众，他也饶有兴致地自唱自娱。经常是别人都在帐篷中睡下，他的兴头来了，便坐起来小声地唱。就这样，慢慢地，次多会唱的部越来越多，像《霍岭之战》（上、下部）《降伏妖魔》《赛马称王》《取阿里金窟》《哇鲁羊宗》《大食财宗》《百拉茶宗》及《帐篷颂》等一些片段，他都能流畅地说唱了。

唱起《格萨尔》，次多就感到心情格外舒畅，唱完后睡觉时经常做梦，梦中仍可再重温格萨尔王征战的壮烈场面。这样，他觉得活得十分充实。

在次多流浪的 10 年中，见过不少艺人，使他懂得了不少关于《格萨尔》史诗的知识。他介绍说，阿坝的艺人称《格萨尔》有 18 大宗、28 小宗；同德的艺人就不叫"宗"，那是因为"宗"是城堡的意思，格萨尔攻打一个宗只是形式，其目的还是为了取得这个宗的"央"——财运，比如攻打青稞宗，便把青稞的财运取回来，攻打羊宗、珍珠宗，也同样是取回它们的财运，为的是使岭国永享富足安康。他认为这种说法更好一些。

1952 年，人民解放军进军果洛，次多的家乡得到了解放，流浪了 10 年的次多回到了家乡。那以后，他曾为商队干了 4 年搬运工，后来到乳品厂的牧场当了放牧工，直至现在。

新中国成立后，有了固定的收入，生活有了保障，他不用再为吃穿发愁，过上了舒心的日子。一闲下来，他便唱《格萨尔》。他爱唱，周围的群众也爱听。他经常给牧工们唱，给附近的牧民们唱，有时，人们把他请到家中去唱。然而无论在哪里说唱，从来不收报酬，只是喝茶喝酒而已。这一时期，次多用自己的工资四处购买《格萨尔》的手抄本。他开始学习藏文，为的是可以照着本子说唱更多的故事。"文化大革命"时，他家中已经保存了近 10 本抄本和一些《格萨尔》唐卡，可惜的是，"文化大革命"的风暴把它们都化为了灰烬。

那时，甘德夏鲁寺的一个活佛曾对次多的一个朋友说，次多的父亲是个拉巴，又是说唱艺人，现在次多只能说唱《格萨尔》，如果他到寺院中请活佛念经，便可以降神。次多听说后没有去。他认为现在自己是一个牧工，这样做政策是不允许的，再说，就这样悠闲自得地唱唱《格萨尔》，不是已经很开心了嘛！

次多早已成了家，是两个大儿子的父亲，生活过得虽不太富裕但比较安定。由于年轻时大量饮酒，62 岁的次多心脏和胃都发生了病变，他已不能再经受较强的刺激，不能激动，因此，如今他说唱得少多了。

1987 年果洛州《格萨尔》艺人演唱会上，次多又放开了歌喉，尽情地唱了《霍岭之战》上部的一段。因为上部是霍尔入侵岭国，辛巴还在霍尔国当大将，而下部则是霍尔国失败，也正如他所说是"辛巴倒霉的时刻"，所以他一般不唱下部，从中不难看出次多浓重的感情色彩和偏爱。虽说他不承认自己是辛巴的化身，但心目中却对辛巴有着无限的崇拜之情。

在抢救《格萨尔》的工作中，次多除去说唱之外，还经常协助果洛州《格萨尔》办公室四处寻找抄本。为购买保管珍贵的抄本不辞辛苦，付出了努力。

1991 年 11 月，次多来到了首都北京，接受"《格萨尔》说唱家"的命名，这是他过去连做梦也不敢想的事。他激动地说："旧社会我是个流浪汉，一贫如洗的乞丐艺人，如今政府给了我这么高的荣誉，我一定不辜负这一称号，为抢救《格萨尔》作出更多的工作和贡献。"

这里应该提到的是，次多的两个儿子由于受到父亲的影响，也会唱《格萨尔》。新一代人由于懂藏文，具备了得天独厚的条件，他们可以照本说唱，还能把父亲的说唱记录下来，然后学习切磋。从次多的家中不时地传出两代人说唱《格萨尔》的优美旋律，引起附近牧工们的羡慕。我们祝愿这新一代艺人青出于蓝而胜于蓝，开出更加绚丽的艺术之花。

再版附言：
由于次多住在离果洛大武镇较远的牧场，后来几次去果洛都没有机会见到他。听说他退休以后，身体不好，又由于儿子生病，生活十分困难。2006 年夏，机会终于来了，我为社会科学基金课题再次赴果洛调查，专程前往次多家看望他，并带去了全国《格萨尔》办公室给他的慰问金。再次见到我他十分激动，说起了有关抢救工作的往事，我也很庆幸能在他有生之年与他再次见面。次多于 2014 年 7 月辞世。

从乞丐艺人到县人大主任

——果洛艺人才旦加

　　1985 年金秋 9 月，在内蒙古赤峰市召开了全国首届《格萨尔》学术讨论会。到会的蒙古、藏、汉族同志济济一堂，共同交流抢救工作中的经验、探讨学术研究中的课题，异常热烈。代表中有一位个子不高、额头开阔、黑红的脸上嵌一双炯炯大眼的人，总是静静地坐在一旁兴奋地听着其他人发言，他就是青海果洛州甘德县人大常委会主任才旦加同志。别看这位人大主任只有五十岁出头，却和《格萨尔》有着"生死之交"呢！

　　才旦加属狗，1934 年春天出生在果洛州达日县黄河边上一个叫方宁克宁的地方。春天本是挖蕨麻（人参果，可食用）的季节，然而他出生的这一年年景不好，连蕨麻也很难挖到。这对于处在青黄不接季节的穷苦牧民来说是难上加难。才旦加正是出生在一个祖孙三代讨饭的家庭，这年景预示着他未来的不幸生活。

　　才旦加的父亲旺秋与母亲索措一直过着流浪乞讨的生活。他们夏天打哈拉（旱獭），冬天打地老鼠充饥。在果洛草原上，这种打哈拉的穷人不算少，却被视为最下等的人而遭歧视。

　　才旦加刚满两周岁时，父母再也维持不了这个家庭的生活了，因为三个人一起乞讨是非常困难的事。最后父母决定分离，母亲跟着上世班禅经过果洛的队伍，沿途乞讨去了西藏，从此杳无音信。才旦加跟着父亲继续流浪。过了两年，父亲遇到了后母。从此三个人一起生活。

　　流浪人的生活非常简单，讨着什么便吃什么，讨不到饭就只有喝点水早早地蜷缩在一个避风的地方睡觉。他们从达日县走到甘德县，后来又到了久治县、玛沁县，几乎跑遍了全果洛。

8 岁时，才旦加在流浪的人群中遇到了一位《格萨尔》说唱艺人，他说唱的故事引起了才旦加极大的兴趣。他经常不去讨饭而空着肚子听说唱。后来，他发现艺人每次唱完以后，都可以得到一点食物和东西，这是一个谋生的好办法，于是他就更加专心地听说唱。几天后，才旦加试着给别人说唱了一段，没想到他的记忆力如此的好，几乎能把听到的所有的故事全讲出来。他高兴极了，开始把自己听到的故事再讲给别人听。这个办法很奏效，每次唱完，他都可以得到一两小碗糌粑或一小块肉等食物。从此，他的生活有了转机。虽然仍然继续乞讨，但他已不再仅仅是大拇指朝上地请别人行行善，而是用自己的歌喉去挣得自己的饭食了。没想到《格萨尔》救了他的命，从此，他与《格萨尔》结下了不解之缘。

他在路上碰到一位说唱艺人，这位艺人随身带着几幅唐卡，只见他把唐卡挂在帐房外边的柱子上，许多人便围了过来，他就开始说唱。这幅唐卡上画的是很多威武的将士骑着马在竞相奔驰，有的跑在前边，有的跑在后边，人、马千姿百态，非常引人注目。这位艺人唱了《赛马称王》中赛马的经过，给才旦加留下了深刻的印象，艺人边指着唐卡边说唱，他记得特别清楚。后来在讨饭时，《赛马称王》就成了他经常唱起的一段。

15 岁时，才旦加与父母讨饭来到玛沁县日鲁部落的龙嘎地方。当时正值仲秋，在那里集中了很多僧人一同念经，才旦加去讨饭时，遇到了一位活佛。活佛看见他小小的个子，唱着《格萨尔》讨饭，很是怜悯，便对他说："小孩，你晚上到我的帐篷里来唱《格萨尔》。"才旦加高兴地答应了。被一个活佛叫去说唱，是他从来没有想到的。晚上，当他弯着腰走进活佛的帐篷时，里面已经坐了十几个人。才旦加第一次在这许多显贵的人面前说唱，不免心里有些紧张，但当他看到活佛脸上浮现出期待着倾听的神态时，紧张一下子烟消云散了。他不知从哪里来的那么大的劲头，也不知什么时候会唱如此连贯的故事。以往讨饭时，他只是唱片段，而那天他竟唱了整整一夜。当他发现帐篷已被早上的太阳映红时，才停止说唱。活佛很满意，叫下人给了他一满盘炸果子和肉，上面摆着一条哈达和三个银圆。才旦加从未得到过这么多好东西，这下子父母和他可以好好地吃一顿饱饭了，他高兴地捧着那些食物走出了活佛的帐篷。

一次，才旦加在路上遇到一位说唱艺人，这位艺人有一顶说唱时戴的帽子。帽子呈四方形，上边有三个尖，顶部插着鹰的羽毛，帽子两边各有一个非驴非马的耳朵，从帽子顶部垂下了哈达和各色布条，帽边还有红色的穗子衬托，很是漂亮。这位艺人说唱《帽子赞》时，总是一手托着帽子，一手指着帽子——进行介绍。才旦加羡慕极了，便请求他把帽子送给自己。那位艺人见他小小年纪出来讨饭实在不易，于是慷慨地答应了他的请求。从此，才旦加的说唱片段中又增加了一段精彩的唱段——帽子赞。

黄河水九曲十八弯，再多的弯也有个源头。果洛玛域（黄河源地区）草原上的穷苦牧民们的苦日子终于熬到了头。1952年，共产党派工作团进驻果洛，果洛牧民从此得到了解放。才旦加也彻底地得到了解放，结束了他近20年流浪乞讨的生活。

1953年，才旦加报名参加了革命工作，1954年6月，党把20岁的才旦加送到兰州西北民族学院干训班进修。在那里两年的生活不仅使他大开眼界，看到了果洛的天外天，同时，他认真地学习文化知识，从一个流浪汉成为一个粗懂藏文的国家干部。

两年后毕业回到果洛，分配到州中心银行支行工作，由于他工作认真负责，第二年他被派往甘德县任人民银行支行副行长。

新中国成立后，他很久没有再唱《格萨尔》了。1962年，当他看到上海人民出版社出版的藏文《霍岭之战》时，过去多年说唱的情景以及自己对《格萨尔》的喜爱又涌上心头。这时他已识藏文，可以看懂全部的故事，拿着书从头唱到尾。于是他又开始了说唱。下乡工作之闲，他便掏出书来唱几段。有无听众、多少听众都无所谓，只要一唱起《格萨尔》，心里就像喝了酸奶酪那样舒畅。

1964年藏历年前，乡里检查工作进行评比，全乡干部集中开会。会后，有一个人请他唱《阿达拉姆》，并带来了手抄本。帐篷里已经挤满了人，才旦加就拿着本子边读边唱。从阿达拉姆下地狱，一直唱到格萨尔闯入地狱最终解救了她，整整唱了一夜。听众竟无人中途退席。第二天，一位支部书记说："同过去多次的政治学习比起来，对我印象最深的就是昨晚上讲的《格萨尔》。"

由于才旦加下乡时经常为大家说唱《格萨尔》，与群众的关系十分融洽，工作也开展得极为顺利。但是好景不长，当"文化大革命"风暴席卷而来的时候，这又成了他的罪状，说他是帝王将相格萨尔的义务宣传员，被批斗达三年之久。

党的十一届三中全会的春风吹到了果洛草原，《格萨尔》得到了平反。如今才旦加可以理直气壮地拿着书唱了，由于十多年不唱，有些生疏了。他边看书边回忆曲调，有时一个人拿着《格萨尔》的书出神，家里人叫他吃饭他都听而不闻。

1981年，才旦加被调回甘德县任人大副主任，1984年任人大常委会主任。目前，他已退休在家，有了更多的时间来看他喜爱的《格萨尔》。《格萨尔》在他最穷苦的时候陪伴他，使他度过了艰难困苦的岁月。如今，在他幸福的晚年，又是《格萨尔》在陪伴着他，他感到满足和充实。

再版附言：

后来，我又有几次机会去甘德县他的家中看望他，应该说才旦加退休后的晚年生活是非常幸福的。才旦加于2013年9月22日在甘德家中去世。

一位书写艺人的今昔

——果洛州政协副主席昂亲多杰

　　1985 年夏天，果洛久治草原正是水草丰美、牛羊肥壮的时候，一位新中国成立前的头人、现在的州政协副主席昂亲多杰回到家乡探亲。曾为头人缝制过衣服的 60 多岁的班单老人，怀揣着一本已经磨损得四角变成了圆形的 64 开的笔记本，来到当年他的头人的面前。他掏出用绸布包裹的本子说："听说州上成立了《格萨尔》抢救办公室，这是我珍藏了多年的本子，就送给你们吧！"头人接过本子打开一看，啊！如此流畅而又熟悉的诗句，他惊呆了，再仔细一看，噢！题目是"卡提琼宗"，这不是自己 15 岁时撰写的本子吗？然而，当时他写好后是抄成的藏式条本，如今怎么被抄在了小笔记本上？班单老人述说了事情的经过……

　　班单老人新中国成立前曾在久治县哇赛部落头人家中做工缝衣服，头人最小的儿子昂亲多杰 15 岁时到另一个头人家当上门女婿，在那里他写下了《卡提琼宗》。后来请人按照藏族传统的抄写形式抄成藏式条本，一式三份。不久这位头人离婚后又回到了自己的部落，并把本子带了回来。其中一个抄本便送给了这位酷爱《格萨尔》史诗的缝衣人。班单一直将本子保存着，视若神明。然而，"文化大革命"时《格萨尔》一下子被打成了大毒草，造反派四处搜寻，视一切藏式长条本为"封、资、修"的东西，一律予以销毁。班单实在舍不得这本保存了多年的本子，便连夜将它抄在了一个不显眼的 64 开的小笔记本上。抄时为安全起见，把本子中最后一段的两行话"藏历铁兔年由昂亲多杰写成"删掉了。这样，这本《卡提琼宗》便幸运地被保存下来。

　　昂亲多杰看到自己 40 年前写的本子，百感交集。为感谢班单老人，除州《格萨尔》办公室付给了报酬外，昂亲多杰还以私人名义赠送他 100元表示感谢。一部珍贵的《格萨尔》写本就这样被群众保存下来并搜集到手了。

　　在三果洛草原上，新中国成立前，这种《格萨尔》的抄本多如牛毛，哪个头人家里不请人抄上十几本藏于家中供奉？当年昂亲多杰家中就存有《格萨尔》抄本几十部之多，一头牦牛也驮不动。

　　新中国成立前的果洛仍处于封建部落社会。当时果洛草原上有三个古老而又实力雄厚的部落，它们是班玛本、昂欠本、阿什羌本。"本"即是万户的意思。这三个大的万户组成了远近闻名的"三果洛"。这里的牧民以勇敢、剽悍而著称于藏区。他们认为果洛即是天下，所以自古以来有"撒果洛、那果洛"的说法，意为天是果洛的天、地是果洛的地。

　　在这三个万户中阿什羌本主要居住在久治一带。这个大部落又分成康干（老房子）、康萨（新房子）和贡玛（上方的房子）三个支系，贡玛下边又分为然洛仓和哇赛（新帐房）两小系，昂亲多杰便于 1938 年降生在哇赛部落的头人家中。他的父亲仁钦贡布是班玛本达多部落头人的孩子，到哇赛部落给没有儿子的次仁昂秀头人当了上门女婿，后来掌管了哇赛部落。昂亲多杰的母亲益西旺姆是仁钦贡布头人的第五个妻子，她生育了两儿两女。大儿子俄合保（已去世）是原果洛州政协副主席，小儿子便是昂亲多杰。

　　果洛地区藏传佛教流传极为普遍，主要是宁玛巴教派。新中国成立前共有宁玛派帐房寺院及土房寺院 52 处。格鲁派较少，只有 5 处。果洛寺院共有僧众 7633 人，约占果洛总人口的 10%。这些寺院实际上是封建部落实行思想统治的工具，活佛转世往往受头人支配，形成了部落头人与寺院相结合的政教合一的统治。因此，既是部落头人又是寺院活佛的现象较为常见。[①]

　　昂亲多杰 1 岁时，便被附近寺院认定为活佛。但是父亲不同意他进寺院，因为那时他同父异母的几个哥哥和同父母的哥哥俄合保均被认定为活佛进了寺院。父亲说，我的孩子不能都是活佛，因此昂亲多杰得以在家中度过了无忧无虑的童年。

――――――――――

　　① 《果洛藏族自治州概况》

据说果洛属于三大藏区的人区、四水六岗的玛杂色摩岗、朵甘思青康18大绕的玛绕、多绕、达根。《果洛族谱》中说，果洛与上岭有联系，而上岭位于六岗之中称为色摩岗的地方，此地最初有岭的上、中、下30000户。每个果洛人都认为他们是岭国人的后代，他们就生活在岭国英雄当年曾生活战斗过的地方。有关格萨尔王的风物传说遍于果洛上、中、下三部。这里的人们可以如数家珍地介绍这些风物传说的来龙去脉，如扎陵湖与鄂陵湖之间有嘉洛、鄂洛及珠牡曾经扎帐的遗迹；折措湖有珠牡的赛卡城（祭坛），附近山上有森珠达泽宫；而晁同的城堡、阿达拉姆扎帐的遗迹及手推石磨、当年格萨尔赛马称王的赛场、珠牡沐浴的温泉、岭国祭祀神山、战神的遗址和岭部众将领坐静潜修的洞穴，至今仍历历在目。据说有时还能找到当年战争遗留的甲胄叶片，等等。由此可以想见，生活在这一环境之中的果洛人对于岭国、雄狮格萨尔王以及格萨尔说唱史诗有着怎样执着的热爱和特殊的感情。

昂亲多杰的父亲仁钦贡布是一个非常崇信格萨尔的人，他搜集珍藏了二三十部不同抄本、刻本，一有空闲便拿出来唱上几段，自我欣赏，自我陶醉。有时家中来了贵客，如活佛或者是熟悉要好的朋友，他也要给他们唱。每当此时，昂亲多杰总是最忠实的听众，他的几个当头人的哥哥也很喜爱《格萨尔》。同父异母的两个哥哥，一位是西钦寺的寺主热不嘉，另一位是然塘寺的寺主东科，还有同父母的哥哥俄合保，他们逢年过节也常聚在一起说唱《格萨尔》。有时，他们在寺庙中得到了好的抄本，便请人抄好送回家中。在他们的部落中，头人家对《格萨尔》的酷爱是出了名的，于是民间就有这样的传说：仁钦贡布一家与格萨尔是有缘分的，热不嘉是格萨尔大王的转世，仁钦贡布是贾察的转世，东科是贾察的儿子扎拉的转世，而昂亲多杰则是大将丹玛的转世，等等。

昂亲多杰就生活在这样一个环境和家庭之中。他3岁那年父亲去世，由哥哥俄合保回家来掌管了部落的大权，到了读书的年龄，昂亲多杰由专门请到家中的喇嘛授课，学习藏文及五明知识。随着年龄的增长，他可以独立地阅读不少书了，家里珍藏的《格萨尔》本子是他最喜欢看的，有时，他还模仿着父兄的样子唱上几段。

15岁那年，昂亲多杰被送到康干部落头人康克明家当上门女婿。不久，他便做了一个梦，梦见自己来到花石峡附近的一个魔湖旁，只见从湖边走来一个骑着枣红马的英武的将领，待那人走近后仍看不清其面孔，昂亲多杰便问："你是谁?"答："我是格萨尔。"问："为什么我看不清你的脸?"答："我们前世虽然都在一起,只因你是母亲生出的孩子,出生以后前世的事你就记不清了。"说话间,格萨尔便唱起了他熟悉又喜爱的史诗。昂亲多杰入神地听着,不知过了多久,当他醒来时,方知自己做了个奇特的梦。然而,梦中格萨尔说唱的悦耳动听的声音总在耳边回响,他感到坐卧不安,心中不由地产生一种冲动,很想把梦中听到的写下来。于是他拿起了笔,没过几天,这部名叫《卡提琼宗》的本子就写好了。

这以后,他经常处于清醒与迷惘之间。有时,他突然感到头脑清晰极了,《格萨尔》的全部故事都历历在目,对以往的事全都能回忆起来;有时,他又处于混沌之中,执意去回想某一部的故事情节时,头脑中反而一空如洗。这种情况一直伴随着他。"文化大革命"中他被送到农场劳动。有一天,他望着远处夕阳西下,渐渐隐于山后,突然心头涌起了似曾见过的感觉,仿佛他与格萨尔大王曾在这座山前会面,可当他再一次仔细观察这座山时,山却在眼前消失了。有时见到一位生疏的人,又产生一种似曾相识之感,但仔细回忆,却想不起来在哪里会过面。

昂亲多杰 18 岁那年离婚回到了自己的家哇赛部落。按照果洛人的习俗,一般由小儿子留在家中掌管家业,哥哥俄合保将大权交给了他。就在他 19 岁掌权的那一年,家乡解放了。昂亲多杰积极拥护果洛的解放和人民的新生,不久便参加了革命工作。

在这期间,他利用业余时间跟在久治县东宗寺当活佛的达拉叔叔学习藏医和历算,为后来成为一名藏医打下了基础。他 21 岁那年,还撰写了《格萨尔王传》的重要降魔篇章——《门岭之战》上、下部。

"文化大革命"中,他写的本子及家中保存的全部抄本都没有逃脱厄运——被造反派搜走全部烧光了。他不得不放弃对《格萨尔》的偏爱和追求,埋头于治病救人的工作。

20 世纪 80 年代初,为《格萨尔》平反的消息传到果洛,在昂亲多杰的心中又激荡起了波澜。他已无法按捺心中积蓄已久的对《格萨尔》的酷爱,找到了在州上当政协副主席的哥哥俄合保说,现在国家已经给《格萨尔》平反了,这可是我们藏族宝贵的文化遗产,我们应该对保护它做点什么!年已六十的俄合保听了也很振奋,于是他们决定共同写一篇文章,介绍《格萨尔》在果洛州的流传情况及风物传说。不久,文章写好了,这篇文章名为"关于《格萨尔王传》的考证问题"。1981 年 8 月,昂亲多杰在西宁召开的首届五省区藏族文学创作座谈会上做了大会发言——"关于《格萨尔王传》的考证问题",引起了与会者的关注。因为在《格萨尔》刚刚得到平反的时候,研究文章还很少见,而这又是出自藏族同志之手,就更加难能可贵了。不久,这篇文章被刊登在1982年果洛州文联办的杂志《白唇鹿》第1期上。这是一篇通过广泛流传在民间的有关格萨尔的风物传说来印证格萨尔史实的文章。文中充满了果洛人民对史诗《格萨尔》的真挚的爱,体现了格萨尔已渗透于他们精神生活与物质生活的每个角落之中。

1983年夏天,中国少数民族文学学会在西宁召开了少数民族史诗学术讨论会。昂亲多杰与哥哥俄合保一同前来,作为旧社会的藏族头人、活佛,新中国的国家干部、藏族学者参加了这次史诗学术盛会,并在会上宣读了他们共同合作撰写的另一篇论文《岭·瞻部岭格萨尔王是安木多果洛人》,他们在上篇文章的基础上,又进一步地翻阅了大量的《格萨尔》抄本,以及《果洛族谱》《降生岭地百花园地》《占据玛域白绫结》等史料,对其中记述的格萨尔出生、成长以及征战的地名、山名、河流名与果洛州当地的风物传说及现今的地名进行了比较,从中得出了格萨尔是安多果洛人的结论。

十年动乱之后,昂亲多杰到果洛州藏医院工作。年轻时学习的藏历、藏医药知识为在那里的工作打下了扎实的基础,他既有渊博的藏医知识,在实践中又积累了丰富的临床经验,成为果洛州较有名气的藏医。他这方面的才华,为他后来撰写《格萨尔》新的篇章奠定了基础。

昂亲多杰被调到果洛州政协任副秘书长以后,他胸中总有一种抑制不住的冲动,想拿起笔来写点什么,在大好形势的鼓舞下,他感到年轻时的创作欲望又萌生了,他开始写《扎日药宗——格萨尔传奇》。说起看过的《格萨尔》本子,他数也数不清,对史诗的来龙去脉也早已了如指掌,可是这一部《扎日药宗》,却是他从未看到过的。使他自己也感到奇怪的是,他拿起笔后,脑子不用构思,便写出了相当流畅的诗句。

他先用草书书写,然后再用正楷字工整地抄在长条纸上。在抄的同时,改正一些错别字或难懂的生僻字,就这样写一段,抄一段。然而办公室里干扰太多,电话铃不断地响,各种杂事都要他过问。他身为政协副秘书长,不能推卸责任,该办的事还要办,只好把写作推到晚上。就这样断断续续地写写、抄抄,三年过去了。1987年藏历新年,当他终于把一部藏式条本《扎日药宗》用精致的封面夹好，用绸布包裹起来时，心上的一块石头落了地，他深深地舒了一口气。

《扎日药宗》叙述了这样一个故事：格萨尔三十几岁的时候，大魔王黑达日扎统治下的莫巴国人民灾难深重。虽然那里盛产藏药，但于人民无益。魔王有一个聪明漂亮的女儿叫佣珠拉则，十分惹人喜爱。为了降伏黑达日扎王，解救百姓，并取回藏药造福于岭国人民，格萨尔派晁同前去攻打，如若成功，魔王的女儿就做晁同的妻子。然而从岭国到莫巴国的道路十分艰险，途中晁同身患重病，格萨尔王为其治愈。后来晁同与魔王展开了激烈的战斗，几乎失败，在格萨尔的增援下，最后征服了莫巴国。佣珠拉则归格萨尔王所有，做了他的第四个妻子，并将珍贵的藏药运送回岭国。这一部包容了很多藏医药、地理、牲畜、坐骑的知识。昂亲多杰感到十分满意，因为他的丰富的藏医药知识在这一部的创作中得到了充分的体现。

自从 1984 年果洛州成立了《格萨尔》抢救工作办公室，他被聘请兼任办公室主任以后，他觉得自己有使不完的劲，因为他可以名正言顺地从事自己酷爱并向往了多年的工作了。为了做好抢救工作，他自己身体力行，多次下乡，尤其是到他的家乡久治去搜集民间幸存的各种抄本、刻本，收获很大。在当地群众的眼中，他曾是一位头人，一位与《格萨尔》有缘分的人，又是当地有名望的藏医，更重要的是，他现在是果洛州政协副主席，因此群众对他要办的事情都乐于帮助。

由于昂亲多杰的领导和自己以身作则的工作，果洛州的《格萨尔》抢救工作取得了突出的成果。近几年来，他们共搜集到各种手抄本 21 部，其中 14 部是国内尚未出版的新传本。此外，他们深入牧区进行广泛的调查研究，共发现说唱艺人 20 名。对于可以书写 120 部的年轻艺人格日坚参给予了妥善的安排，让他安心从事书写史诗的工作。1986 年，在全国《格萨尔》抢救工作表彰大会上，昂亲多杰被评为先进个人，而他领导的抢救办公室也获得了先进集体的光荣称号。

1987 年，全国《格萨尔》办公室在成都召开了藏文本专家审稿会，对各省区搜集的各类抄本、刻本进行了审阅、比较和鉴定，从中择优选出了 38 部抄本，列入国家"七五"期间藏文出版计划之中。这其中就有 13 本是果洛州搜集的，昂亲多杰写的《扎日药宗》便是其中的一部。1987 年 8 月，果洛州召开了艺人演唱会。一个自治州召开《格萨尔》艺人演唱会，在我国还是首次。

1987年9月，由昂亲多杰做领队，果洛州代表队一行11人参加了在西宁召开的青海省首届《格萨尔》史诗民间艺人演唱会，获得了集体荣誉奖，昂亲多杰及另外两名艺人获一等奖。

1989年11月，他在与病魔进行了顽强的斗争、尚未完全恢复健康的情况下，以其丰硕的研究成果《论岭格萨尔其人及其历史功绩》一文参加了在成都召开的首届《格萨尔》国际学术讨论会。他终于走上了国际学术讲坛，向世界各国学者讲述着足以使他——格萨尔的故乡人引以为自豪的史诗研究成果，他的论文得到了与会中外专家的重视和好评。

经过多方努力，1990年，他多年心血的结晶——《扎日药宗》终于出版了。当他拿着这部长达408页的铅印本时，他想到的是下一步的计划。

昂亲多杰并没有停止脚步。他说："我老了，能力有限，但我可以做发动工作。为了完成《格萨尔》史诗的全部发掘工作，我愿尽我的一切力量。"

再版附言：

此后，昂亲多杰参加了在拉萨举办的第二届格萨尔国际学术研讨会，并宣读论文。果洛州的《格萨尔》工作始终走在全国的前列，成为全国抢救《格萨尔》工作的楷模，这与昂亲多杰的热心与持之以恒的努力是分不开的。多年来，在抢救与保护《格萨尔》的工作中，我们相互支持，共同奋斗，建立了深厚的友谊。他曾对我说："对于我来说，最亲近的是母亲，因为她给了我生命。而你为了我们藏民族文化遗产的保护所作的努力和贡献，使我觉得你就是我们的亲人。"

这位热心于《格萨尔》的艺人、可敬的果洛《格萨尔》抢救工作领导者、组织者于1997年因病辞世。这些年，我看着许多艺人、我的同仁一个个从我身边走过，离开了这个世界，而我唯一能做的就是以只争朝夕的精神更加努力地工作。

1997年，昂亲多杰被国家民委、文化部、中国文联、中国社会科学院授予荣誉奖，以表彰他在抢救《格萨尔》工作中作出的突出贡献。

《格萨尔》抄本世家

——记布特尕祖孙三代的贡献

20 世纪 80 年代，人类印刷术已发展到先进的激光照排阶段，对于当代人来说，似乎印刷术发明之前人们惯用的手抄方式已是遥远的神话。然而，以手抄书的传统至今仍流传于民间。其缘由多种多样，但无外乎两种：一是条件所限，虽有现代印刷术，但边远地区仍可望而不可即；二是文化传统制约，尽管现代印刷技术先进，字型美、装帧精、印数大、出书迅速，然而，人们却仍然酷爱那在糙纸上，以抄书人特有的手写体抄就的孤本，并以此为真而倍加珍惜。

中国这片土地上各民族均有以手抄书的传统，汉民族停止较早，但许多少数民族至今仍在传承着。藏族是较早掌握刻版印书技术的民族，并出现了德格印经院等举世闻名的刻版印书之所，然而以手抄书的传统却仍在民间保存至今。藏族手抄本大多为佛教经卷，其中亦不乏文学历史典籍，英雄史诗《格萨尔王传》即是它们中间的典型代表。手抄是该史诗传承至今的主要手段之一。至当代操此业者虽已寥若晨星，但是，他们的历史功绩却不容抹杀。特别是那些富于创造性的抄写者，他们不仅以世代伏案的辛劳令人钦佩，同时，更以其为世界文化宝库增添了稀世的珍本而为人称道。青海玉树州布特尕三代便是他们之中的佼佼者。

1986 年 7 月，在青海省玉树州结古群众艺术馆，我见到了玉树《格萨尔》抄本世家的传人——布特尕。

布特尕是一位有文化的退休干部，他比较内向，平时不爱与人攀谈，但是，只要是说到了《格萨尔》，他的思绪、言谈就像长江源头汹涌奔腾的通天河一样，一泻千里，滔滔不绝，"格萨尔是事出有因的"，他向我讲起了民间传说的来历："还在赤松德赞时期，建立了桑耶寺的大经堂，当时请来了经师乌金白玛念经、撒青稞并祈祷吉祥。没想到四个妖魔也赶了来，他们把国王赤松德赞祝愿吉祥的颂词改成了咒语，希望自己来主宰人类，并毁灭所有的神殿。念完咒以后，这四个妖魔回到了各自的地方成为四大魔王。经过三个朝代，到了朗达玛时，也未能统一西藏。人间四分五裂，而四大魔王却猖獗一时。白梵天王发现了这一切，便派神子推巴嘎瓦下凡降服四大魔王。受命于人间危难之时的推巴嘎瓦提出了几个条件，一要父亲从神界这边分离出来，母亲从龙域分离出来，而自己从人界分离出来，还需要一个通人语的马，一个专事挑拨离间的叔叔……这一切都得到满足以后，推巴嘎瓦下了凡……"

"《格萨尔》各章部的顺序是固定的，不能随便改变，如四部降魔，先降北魔，才出现了霍尔国入侵；珠牡被抢，才有了霍岭之战；降服了霍尔，大将辛巴归顺后，在姜岭之战中，辛巴发挥了作用，才有辛巴抓住姜王子玉拉多吉。18大宗也是同样，这其中还夹杂着一些小宗不能随便移动，否则前边人死了，后边又出现了，那就闹笑话了。"

对于《格萨尔》中的一切，他如数家珍，并且执着地相信这都是真实的，是不能更改的。因此，当他看了青海省上演的《格萨尔》剧中珠牡把晁同杀死以后，很气愤，他和一个省文化部门的领导干部发生了一场辩论，"晁同不能死，死了以后，后边的戏就无法演下去了，因为很多战争和事端都是由于晁同的原因才引起的"。

"晁同是叛徒，就该杀、该死，那是大快人心的事。"

"按照藏族人的习惯，一个侄媳怎么可能去杀叔叔？这是不能允许的事。"

"是叛徒谁都能杀！"

辩论毫无结果。

在他看来，《格萨尔》是藏族人民心中神圣的东西，不能人为地加以篡改。小时候，外祖父曾对他说过："格萨尔是神，在抄写中将主要内容改动是会得罪神灵的。"多少年来，他在整理抄本时就是遵从这一信条，只修改一些群众听不大懂的方言土语。

"格萨尔的名字是有来历的。觉如赛马称王以后，坐在正座上，晁同走进帐篷时不服气，不情愿摘帽子，但是没想到帐篷的拉绳把帽子给刮掉

了。当他一眼看到昔日丑陋的觉如如今精神焕发地坐在宝座上，顺口说出
'我的侄子精神焕发，就叫他格萨尔吧！'后因他为人类造福被群众称为
宝贝（洛布），能征服四方妖魔被群众称为制敌（占堆），又因其为神与
龙女结合降于人间、与众不同被称为玛桑，这就是格萨尔的全名：玛桑格
萨尔洛布占堆的来历。"

　　由晁同的帽子，又谈到说唱艺人的帽子。他回忆着小时候曾看到艺人
说唱帽子赞的情景，"说唱艺人戴的帽子，那是格萨尔在赛马取胜后戴过
一次的帽子传下来的，其形如藏区地形地貌四水六岗，用白毡制成，镶黑
边，上方插有雕、鹞鹰、雄鹰的羽毛，旁边有布谷鸟、鹦鹉、孔雀的羽
毛，后有白色哈达结成的辫子垂下，两边有动物耳朵，上边捆有红、黄、
蓝、白、绿五色绸条，前方镶有铜镜、铁弓箭、小白海螺及白黑羊毛线
等。霍岭下部中，格萨尔去降服霍尔王时，变成了三个人，每个人都戴着
这种帽子，然后唱起了帽子赞，这种赞的唱法与折嘎艺人唱的差
不多……"

　　当话题转入他家世代从事的抄本生涯时，他说："《格萨尔》的抄本，
我家里原来几乎是全的，这些本子抄写的字体不同。有的是用无头字一写
到底的。而我们家祖传抄写的本子与众不同，用草书抄写散文部分，用乌
末体抄写韵文部分，唱词前边的某某唱及六字真言用红色抄写，其纸张用
玉树本地唐达乡藏人自己做的纸，此纸是用当地生长的一种叫阿交日交的
植物的根制成的。人们管这种纸叫唐达纸。后来由于汉纸被商人带到这
里，也有用几层宣纸贴在一起，用牛角擀平后用做抄写纸的……"

　　"本地有关格萨尔的风物传说很多，这里叫'嘎'，一说是长江在这
里弯曲成一个马鞍形，藏语称马鞍为嘎，所以这里的藏民自称'嘎瓦'。
也有的说这是对珠牡家的称呼，称其为嘎·嘉洛家，因此，玉树一带人们
传说他们是嘎·嘉洛家的后裔，这里关于珠牡的传说很多……"

　　"还有当地远近闻名的艺人嘎·拉乌仲堪，是我外祖父那一辈人。他
是一个神授艺人，讲起故事来全身发抖，头上帽子上的羽毛像雪花一样飘
下来，而他却光着上身沉浸于说唱之中……"

　　"还有这里的曲调很多……"布特尕滔滔不绝地讲着，他是那样的激
动，尽管他那只在"文化大革命"中被打伤的眼睛不时地流着泪。布特
尕真是一部《格萨尔》的活字典。

　　布特尕出生在增达家族，外祖父名叫增达·嘎鲁，是西康人，住在巴

帮寺附近斯布克地方，是一个靠借种土地生活的贫穷人家。嘎鲁六七岁时便到巴帮寺当小阿卡，他被指派到活佛嘉姆央钦则旺波的身边干活，倒茶、扫地。活佛看到嘎鲁小小年纪心灵手巧，人又勤快，十分喜爱。不出一年，便开始亲自教他藏文。嘎鲁的字体就是向这位活佛学来的。活佛是德格一带享有盛誉的大学者，又喜欢《格萨尔》。小小的嘎鲁在活佛的身边受到了熏陶，加上聪颖的天资和刻苦努力，他写得一手好字。《格萨尔》的各种手抄本是他最爱读的书。

嘎鲁在巴帮寺一住 10 年，当他 17 岁时，家中发生了变故。父母及哥哥、姐姐租种了土地，但是，那名目繁多的地差、牛差等压得他们喘不过气来，而且按规定，今年交不上差，拖至次年加倍偿还，如此年复一年，欠帐越来越多。日子实在无法维持，父母便决定带上全家逃跑，一走了之。

于是，一家人渡过了金沙江，翻过达玛拉山来到昌都，转而来到朋巴克地方。姐弟俩拾牛粪、打草到街上卖，而父亲和哥哥便上山用捕兽角弓狩猎。稍稍存了一些钱时，父亲便买了一只藏枪。一次，当他正沉浸在捕获到鹿的喜悦时，却不知触犯了当地的规矩。当地百姓说这是神山，不准打猎，否则触怒了神灵，会带来灾难。主管打猎的德瓦雄要捉拿违禁者，于是他们只好再次倾家而逃。经那曲卡、安多，最后来到玉树仲达地方的电达乡落脚，靠给有钱人家打短工磨炒面生活。有时空闲下来，嘎鲁帮别人抄一点经文或《格萨尔》补助生活。至此，布特尕的外祖父正式开始了抄写《格萨尔王传》的生涯。

不久，嘎鲁便和一个牧主的女儿结了婚。然而牧主嫌嘎鲁是穷光蛋，不愿认这门亲戚，他们双双被赶出了家门。

从此，嘎鲁带着妻子独立生活。嘎鲁手很巧，他在一个水流湍急的河边修了一座水磨，给人们磨青稞。闲暇时便抄写《格萨尔》的书来卖，有时帮人抄经文。因嘎鲁用竹笔书写的字体非常漂亮，不久便远近闻名。当地群众都愿意买他抄的本子，有时一本抄本可以换一头牦牛。虽然水磨房的收入还算可观，但是由于他们生养了 18 个孩子，他们的生活难以富裕起来。

嘎鲁的父母、哥哥、姐姐不久离开玉树到巴瓦投奔亲戚去了，留下了嘎鲁一家。当布特尕 8 岁时，他的母亲同一个商人相好，但外祖父嘎鲁始终不同意女儿的婚事，他认为经商的人奸猾，不可交。最后，布特尕的母亲便丢下他，和商人到拉萨去了。从此，布特尕便和外祖父母一起生活。

　　嘎鲁是个勤奋的人，他一有空闲便坐在小油灯下抄写《格萨尔》，渐渐地，本子越抄越多，除了卖书维持生活外，家中还存了一套比较完整的本子。当年他从巴帮寺活佛那里抄有《格萨尔》目录约130部。抄写的形式为一边抄写目录的名称，一边写此部的简要说明。布特尕记得那本书很厚，"一只手掐不过来"。对此，嘎鲁视若珍宝，一般不抄给别人。可是这个珍贵的本子在布特尕下放劳动时遗失了。

　　玉树是史诗流传的主要地区之一，群众中没有不知道《格萨尔》的，而懂藏文的人没有不会照本说唱的，所以家中若有懂藏文的人，存上一本《格萨尔》，便可随时拿出说唱，而不懂藏文的人家，也愿意存上一本作供奉之用，以禳灾除病。因此，抄本子在当地颇受欢迎。

　　嘎鲁不但抄本子，还时常注意来往的民间流浪艺人的说唱。一次，嘎·拉乌仲堪来到他的村庄，嘎鲁便把这个穷艺人请到家里，供给饭食，请他住下来说唱《格萨尔》。嘎鲁将他的唱词记录下来，使原有的抄本得到充实和丰富。

　　嘎·拉乌的奇事在昌都、玉树一带广为流传。人们说他是一个神授艺人，他的后背上有格萨尔的马蹄印，他就是一只当年格萨尔救起的青蛙的转世。据说一次，格萨尔骑马来到河边，坐骑不慎踩伤一只青蛙，格萨尔发觉后心生慈悲，用马鞭把青蛙挑起，念了祈祷词："让他变成一个能吃饱饭但又不富裕的仲堪四处说唱我的事迹吧！"人们还传说，这位著名的艺人在说唱了《地狱救母》之部以后两年便去世了。这与民间的另一种说法，即艺人一旦唱完《地狱篇》即得死去的说法又形成了巧合。

　　嘎鲁不但记录史诗内容，而且对于各种说唱曲调了如指掌。空闲下来，他坐在院子里晒太阳，便把布特尕叫过来，他唱一段，布特尕回答一段，并告诉他什么人应该用什么曲调。有时外祖父唱一段，布特尕学一段，有时便照着手抄本对唱。布特尕就是在这样的家庭熏陶中长大成人的。

　　一次，从甘孜来了一个叫空桑白姆的女艺人，布特尕跑去听她说唱。当他听到她唱了一个从没听过的曲调时，便马上跑回家给外祖父学着唱，外祖父听了以后很高兴地说："这确实是个好听的调子，我们就叫它空桑白姆调吧！"

　　嘎鲁多才多艺，有时他的兴致来了，还在抄本上画上几幅插图，使这种本子更增加了特色。流传至今的《霍岭之战》抄本的前两页正中，就有彩色的格萨尔策马扬鞭出征图。

长期的抄写工作使嘎鲁的手和眼睛过度疲劳，到了晚年，他的右手指由于常年握笔而弯曲，不能伸直，他的眼睛也渐渐地失明了。他抄了一辈子《格萨尔》，晚年却看不到自己抄写的本子。他经常一个人呆坐着，抚摸那些浸透着他的血汗的本子，或是叫布特尕念上几段，得到一点精神上的满足。

布特尕就是在外祖父教导下长大成人的。十五六岁时，外祖父曾特意为他编写了一个藏文拼写教材，亲自教他藏文。经过一段时间，他稍谙藏文后，外祖父便开始以《格萨尔》抄本为识字课本。这时，奇迹出现了，写拼音时，他是那么笨拙，而写《格萨尔》，却俨然变成了另外一个人。他的记性是那么好，几乎可以过目不忘，只要看上一遍，便可以大致背诵出来，为此，他经常受到外祖父的称赞。

布特尕再大一点后，便开始练习书法，同时与外祖父一起抄写本子。在这位良师的指导下，他抄写的本子不久竟能与外祖父所抄的字迹不分上下。直到1952年布特尕参加工作，他和外祖父都是以抄本为生。

新中国成立后的1952年，年仅20岁的布特尕参加了工作。他被分配到玉树印刷厂当藏文排字工人。可是不久因交通不便等原因工厂停办了，他又被分配到州群艺馆从事群众文化工作。布特尕全身心地投入到这项他所喜爱的工作之中。每天上午他在图书馆里整理图书、报纸，下午到附近的村子里当业余教师，教年轻人学习藏文。此间还办起了读报小组，每周三次给群众读报，备受欢迎。因其工作积极，成绩显著，1953年6月，他光荣地加入了共青团。从此，他工作的热情更高了。玉树是著名的歌舞之乡，人才济济。布特尕充分发挥地区优势，他亲自写剧本，并组织群众排练出了歌舞剧《傍晚的草原》，于当年8月带队参加青海省业余会演，获得一等奖。他对民间文艺的热爱和才能得到了施展，并从中得到了鼓励。

1953年布特尕还光荣地出席了青海省各民族民间文艺工作者代表大会，在会上见到了贵德著名艺人华甲，两人一见如故，并建立了深厚的情谊。会上，任宣传部长的程秀山同志对《格萨尔》给予了很高的评价，使与会者受到了教育和启发，布特尕也十分激动。会后，当省里的同志到州上来搜集材料时，布特尕把家中珍藏的本子，其中大部分是外祖父抄写的本子贡献了出来。

20世纪50年代末，布特尕为了照顾年迈的外祖父及家人，请求调到江南县当乡干部。1960年，外祖父终因年老体衰离开了人世，终年87岁。

1963年，江南县合并到玉树县，决定成立县完全小学。在师资缺乏的情况下，文教科长找到了布特尕，从此他又高高兴兴地当上了老师。他热爱这一工作，为了让孩子们学到更多的知识，除了课本以外，他还给孩子们念《格萨尔王传》，讲《尸语故事》，收到很好的效果。

布特尕热爱民间文学，他在从事群众文化工作中不断从民间汲取营养，采集了大量的民歌、谚语，并视为珍宝，保存在身边。然而他多年辛勤劳动的结晶毁于一场突如其来的运动。

"文化大革命"中，布特尕因为曾给学生们讲过《格萨尔》和《尸语故事》而被视为宣传"封、资、修"，受到批判和斗争。由于他性格刚直倔强，不肯"低头认错"，受到残酷的斗争。他留下了头痛和腰痛的病根，至今无法治愈。

布特尕的性格主要来自于外祖父的影响。外祖父是一个既有主见而又性格耿直的人，他平时很少上街，也不去各种教派的寺院，不爱到活佛面前磕头。他常说，现在活佛多得很，不要都相信，一旦相信就要永远信任不改变。谚语说得好："好人坏人看其做法，上方下方人士看其语言。"

尽管受到了批斗，但布特尕心中所喜爱的东西没有变，他相信《格萨尔》史诗是藏族人民喜爱的，群众喜爱的东西就是有价值的东西。他偷偷地将没有被搜去的几个抄本《祝古兵器宗》《汉岭之部》和《格萨尔与三十大将煨桑篇》，以及一幅外祖父画的格萨尔王出征图一起埋在山上的一个石洞里。

十年过去了，当布特尕1979年平反后去石洞挖出那些藏本时，由于雪水浸透，书的四周已经腐蚀，幸好中间的字体仍依稀可辨，它们便是布特尕保存下来的辛劳一生的外祖父嘎鲁留下的珍贵遗产了。

布特尕下放强制劳动期间，曾在青海、四川、西藏三省区交界处伐木。一天，他与乡里人一起背着木头经过四川奔达区商店，别人都放下木头进去买东西，只有他仍靠在门口站着。商店里一个叫白玛旺堆的售货员硬把他拉进自己的屋中，给他馒头和粥吃。当他得知布特尕戴帽子的原因后，高兴地说："我这里还藏有《格萨尔》的两个本子。"原来这是《天岭卜筮》和《赛马》的木刻本，布特尕拿着这久违了的本子心潮起伏，热泪盈眶，禁不住念了起来。这位售货员也是个酷爱《格萨尔》的人，他十分同情布特尕，便欣然同意了布特尕提出借回本子抄写的要求。需知在那样的年代，答应这种请求是需要胆量和勇气的。布特尕没有辜负这位萍水相逢的朋友，晚上，他点上油灯通宵达旦地抄写，没有几天便全部抄在了一个日记本上，珍藏起来。

布特尕就是这样，在自己受批斗的情况下仍保存了《格萨尔》的部分抄本。他为《格萨尔》而受难，而他对《格萨尔》的感情却始终不渝。

布特尕并不为自己戴了帽子而羞愧，因为他心里明白，自己没有做过对不起党、对不起人民的事。他多次向县上访办公室申述自己的理由，要求平反落实政策。这一天终于盼来了！1979 年夏天，他的反革命帽子摘掉了。不久，县里为他落实了政策，补发了 11 年的工资，并为他办理了退休手续。他从未像现在这样心情舒畅，他希望继续工作。不久，他回到了玉树州。他白天盖房子，晚上便把从石洞中取回来的《格萨尔》抄本全部抄下来。后来他又从称多县拉布扎活佛斯玛则摸处借了《米努绸缎宗》抄下来。几年以后，他手中又存下了一些本子。

1980 年，省民研会正式请他到省里参加整理史诗的工作，每月发给生活补贴 93 元。在西宁工作了几个月，因生活不习惯，他要求调回州上继续整理本子，一直到 1983 年。在这期间他共整理了《格萨尔》25 部，1983 年全部交给了省民研会的同志。

不久，为筹备全国《格萨尔》工作成果展览，省上的同志又一次来到玉树，请布特尕贡献抄本。因过去贡献的不少外祖父的本子都是家中的珍藏，拿走以后如石沉大海，从此杳无音信，如今又要拿本子，他心里是不情愿的。但这次是全国的展览，他拿出了几个本子，但从重要的部中抽出了几个章节。谈到这件事，他坦率而内疚地说："我心里虽然有看法，但这样做是我的过错。"

《格萨尔》在布特尕心中深深地扎了根，他想为研究《格萨尔》提供一些资料。首先他计划写一本书，介绍格萨尔人物世系以及玉树地区风物传说。于是他用国家补发给他的工资买了照相机开始长途跋涉，把传说中格萨尔的十三座神山及练箭的靶子等处一一拍了照。不想胶卷却因别人不慎曝了光，几个月的辛苦全部扔进了通天河。可惜之余，布特尕并不灰心，还想再做一次调查。他说："我现在身体可以，生活不困难，我一定要搞下去。"所庆幸的是在这次调查中，布特尕寻访的两位说唱艺人都留下了记录和资料，那就是杂多县的索扎和曲艺。1986 年玉树州庆时，这两位艺人一位得了食道癌，已不能说唱；另一位分到了牲畜之后，移居唐古拉山一带断了音信。因此，布特尕所得到的关于这两位艺人的情况就成了极为珍贵的资料。

布特尕在寻访艺人时，从不把自己置于一个干部的位置而高高在上，总是以一个普通的艺人、普通的爱好者的身份出现。当艺人们心有余悸出现顾虑时，他便现身说法向他们讲解党的政策。在艺人说唱中因遗忘中断时，他便率先唱起了《格萨尔》的曲调，以引起艺人们的回忆。为此，他深得艺人们的欢迎和信赖。

布特尕不但长于抄写本子，也能编写剧本。他和儿子秋君扎西共同编写了剧本《汉岭通好》，经州上拉巴编舞，扎西达杰配曲，排成了歌舞剧在州庆时演出，深为当地群众欢迎，获得了一等奖。

1986 年布特尕被聘请为玉树州群艺馆《格萨尔》抢救办公室的顾问，为《格萨尔》的抢救工作做出了新的贡献，在 1986 年全国《格萨尔》表彰大会上受到了表彰。1987 年他作为专家被邀请参加了在成都召开的全国藏文本《格萨尔》审稿会。这些荣誉并没有使他止步，而是更加激发了他的工作热情。他决心在自己的有生之年，为《格萨尔》的抢救工作多作贡献。

布特尕的儿子秋君扎西是个很聪明的小伙子，他深受家庭的影响，继承了曾祖父和父亲的事业，协助父亲整理抄本，现在在州群艺馆《格萨尔》抢救办公室工作。

布特尕家三代人在前后将近一个世纪里，为着一个事业，历尽艰辛，呕心沥血。这个普通的藏族《格萨尔》抄本世家三代人的经历，及其献身一种事业的锲而不舍的精神，反映了一个民族的性格、一个民族文化的精粹之所在。

附：抄本世家补记

从 1986 年秋君扎西到北京领奖，五年过去了。1991 年 11 月，布特尕父子俩双双来到金秋的北京，这是布特尕平生第一次来到祖国的首都，他被授予"《格萨尔》说唱家"的光荣称号。儿子秋君扎西也得到了有关部门的再一次表彰。近几年来，人们很少听到这父子俩的消息，其实，他们在默默地工作着。

　　他们做的第一件工作是整理祖传的手抄本。经过多少个日日夜夜的辛劳，他们终于完成了六部手抄本的整理工作，近 200 万字。

　　这六部是：

1. 梅日霹雳宗	me ri thog rdzong
	1991 年 4 月青海人民出版社出版
2. 蒙古马宗（上、中、下）	sog po rta rdzong　约 70 万字
3. 吉荣绵羊宗	ce rong lug rdzong
4. 斯荣铁宗	se rong lcags rdzong
5. 尼琼预言	nevu chung ma vong mngon mthong
6. 三十美女	dwangs sman sum cu

　　这六部之中，《梅日霹雳宗》是外祖父传下来的珍本。由于时间久远，再加上几经埋藏、转移，本子上不少地方已经模糊不清了。为了完整地保存这一部，父子俩倾注了大量的心血。这一代表抄本世家的真正水平的本子，凝聚着祖孙三代人的智慧和艰辛劳动。

　　除了整理抄本工作外，父子俩还承担了著名的唐古拉说唱艺人才让旺堆说唱录音磁带的记录、整理工作。通过探索和努力，他们已经完成了两部：《托岭之战》和《阿达鹿宗》（其中《托岭之战》已由青海人民出版社于 1991 年出版）。

　　记录艺人的说唱，对于抄本世家来说并不陌生。但那是面对着艺人记录，有不清楚的地方可以当面询问。他们曾因记录艺人的说唱而增加了家中藏本的数量。而今随着科学的进步，有了先进的录音设备，他们面对的则是才让旺堆录制的一大堆盒式磁带，只有通过再三的摸索，才能较快、较好地记录下来。

　　记录工作较为顺利的另一个原因是语言问题。才让旺堆的家乡位于西藏与青海交界的安多县，而他后来又长期定居在唐古拉山一带，他说的藏语与玉树地区的康方言比较接近，父子俩很容易听懂，所以记录起来有如轻车熟路，进展较快。

　　记录结束以后，便开始了整理工作。在整体上，他们遵循着忠实于艺人说唱本来面貌的原则，对主要情节不做修改，在语言上仍保留其原有的方言和具有地方特色的语言。在此基础上再做一些加工删节和串联工作。

他们的工作得到了才让旺堆本人及专家的认可和赞赏。

他们主要从以下几个方面进行了修改及整理：

首先是前后贯通与修改的工作。与其他艺人不同，才让旺堆是根据眼前出现的图像来说唱的。每当他开始说唱，图画浮现在眼前时，他就抑制不住自己的激动，不由自主地把眼前看到的一切全部描述出来。这种艺人的说唱是非常生动的，但是有时的描述由于不能自已而显得过于冗长，而且远离了正在说唱的主要情节。遇到这种情况，父子俩就把与主要情节无关的过于烦琐的描述简略、浓缩，以使其不至于过于偏离主要情节。

比如，在每一次战争之前，艺人都要先叙述统帅是如何颁布命令，调动格萨尔所统辖的各个归顺国去参加战斗的。当他讲到命令下达到蒙古国时，自己仿佛来到了蒙古，眼前出现了有关蒙古的各种图像，于是他就依照图像说了下去，甚至把蒙古的历史、渊源等都讲下来，结果插入了《蒙古马宗》的大量内容，使故事拐了弯。因此，布特尕父子简略了这一部分，并把说唱拉回到主要情节上来。

又如，在唱到激烈战斗场面时，贾察拔出长刀举到头上正欲砍下，在这千钧一发的紧张时刻，才让旺堆又转到说唱其他的战争侧面或与此关系不大的情节，致使这一刀很长时间未能砍下来。为此，布特尕父子也做了适当的修改。他们认为，整理者就如同拍电影的摄像师一样，面对着壮阔的战争场面，不可能把每个角落都拍下来，而是要抓住激战场面，选择最精彩的部分进行拍摄，才能达到好的效果。

又如，在出征敌国时，先由天母给格萨尔预言，对去征服的某一国的地形及情况做简单的介绍。但才让旺堆说唱时，后边打仗遇到的情景与前边天母的预言对不上。布特尕便谨慎地修改使之前后呼应。有时，大王出征前，珠牡本应唱祝大王取胜的祈祷词，可才让旺堆唱的好像是胜利归来的庆功词，凭着父子俩对《格萨尔》的熟悉，他们能够即刻发现并加以改正。

由于才让旺堆是被请到西宁的办公室里说唱录音的，有时说唱被打断，再接着说唱时，又与前边衔接不上。对于这种情况，只有对史诗极为了解的父子俩才能进行串联与修改。

其次，在史诗说唱中，保留了大量的反复出现的衬词、套词，作为民间口头文学作品在群众中流传，这些都是极为自然的，也是必不可少的。但是一落到文字上，这些部分太多，就会影响作品的可读性，显得过于繁杂。对此，他们均谨慎地进行了删节。

史诗说唱的一个特点就是，每位人物出场时，都要有一整套唱词，先要介绍一番地方、本人的来历，如，"你要不认识这地方，这是……，你要不认识我是谁，我是……"这种介绍在人物第一次出场时是必要的，后边再出现时，也要依此模式介绍。为此，他们保留了第一次介绍，删去了后边的重复部分。

在一般的本子中，在某一时刻，经常用"这时"、"此时"（devi skabs su）这样的口头语连接故事情节。才让旺堆却经常使用"在这个关键的时刻"或"在这个紧要的时刻"（devi skabs chen povi gdan steng de na）这一特殊的句式，为的是强调在某一特定时间发生的事情，这是他说唱的一个特点，而且反复出现。记录成文字以后，反复出现次数过多，就显得啰唆，所以他们也进行了适当的删节。

具体情况不再一一列举。

总之，布特尕父子在修改整理工作中，遵循了这样的原则，那就是民间文学有其自身的特点，尤其是藏族的史诗说唱，更有其独特的风格，这是与作家文学迥然不同的。因此，在整理中应尽量保留其民间文学的风格、特有的地方方言及本来所具有的藏族牧区风采。

布特尕曾搜集、整理、抄写过的抄本目录

1. 天岭卜筮　　　　lha gling gab rtse dgu skor
2. 开天辟地　　　　srid gling dar dkar mdud pa
3. 诞生篇　　　　　vkhrungs gling me tog ra ba
4. 赛马称王　　　　rta rgyug rgyal vjog
5. 龙岭之部　　　　klu gling
6. 郭岭之战　　　　vgog gling gyul vgyed
7. 尼琼预言　　　　nevu chung ma vongs mngon mthong
8. 降魔　　　　　　bdud vdul
9. 霍岭之战　　　　hor gling gyul vgyed
10. 姜岭之战　　　　vjang gling gyul vgyed
11. 辛丹内讧　　　　shan vdan nang vkhrugs
12. 门岭之战　　　　mon gling gyul vgyed
13. 丹玛青稞宗　　　vdan mavi nas rdzong

14. 汉地茶宗　　　　　　　rgya nag ja rdzong

15. 大食财宗　　　　　　　stag gzig nor rdzong

16. 分大食财宝　　　　　　stag gzig nor vgyed

17. 卡契松石宗　　　　　　kha chavi gyu rdzong

18. 雪山水晶宗　　　　　　gangs ri shel rdzong

19. 斯荣铁宗　　　　　　　se rong lcags rdzong

20. 梅日霹雳宗　　　　　　me ri thog rdzong

21. 蒙古马宗（上、中、下）　sog po rta rdzong

22. 阿扎玛瑙宗　　　　　　a grags gzi rdzong

23. 百热绵羊宗　　　　　　bher lug rdzong

24. 贡台让山羊宗　　　　　kong thevu rang ra rdzong

25. 米努绸缎宗　　　　　　mi nub dar rdzong

26. 祝古兵器宗　　　　　　gru gu go rdzong

27. 日努湖　　　　　　　　mtsho ri nub

28. 香香药宗　　　　　　　shang shang sman rdzong

29. 歇日珊瑚宗　　　　　　bye revi byur rdzong

30. 吉荣绵羊宗　　　　　　ce rung lug rdzong

31. 三十美女　　　　　　　dwangs sman sum cu

32. 地狱大圆满之部　　　　dmyal gling rdzogs pa chen po
（地狱救母）

布特尕提供的《格萨尔》主要目录

1. 天岭卜筮　　　　　　　lha gling gab rtse dgu skor

2. 开天辟地　　　　　　　srid gling dar dkar mdud pa

　　其中包括《帐篷赞》（1）　sbra bshad（sbra sgrung）

3. 诞生篇①　　　　　　　vkhrungs gling me tog ra ba

4. 赛马称王　　　　　　　rta rgyug nor bu cha bdun
（赛马七宝）

　　其中包括：《玛燮扎石窟》（2）

---

① 其中叙述三十英雄的诞生，以及格萨尔的诞生，布特尕认为格萨尔约于 1038 年藏历土虎年诞生。

rma shel brag

《阿吉绵羊宗》（3）

a skyid lug rdzong

以上是白岭国形成部分　　gling dkar povi srid pa chags tshul

rdzogs song

5. 魔岭之战　　　　　　bdud gling gyul vgyed

大约在格萨尔 15 岁时进行

6. 霍岭之战（上、下）　　hor gling gyul vgyed

上册为霍尔入侵，下册为降伏霍尔，霍尔入侵时格萨尔约 24 岁

下册中包括《帽子赞》（4）　zhwa bshad

7. 姜岭之战　　　　　　vjang gling gyul vgyed

大约在格萨尔 34 岁时进行，其中包括《辛丹内讧》（5）

shan vdan nang vkhrugs

8. 门岭之战　　　　　　mon gling gyul vgyed

大约在格萨尔 45 岁时进行

以上四部是降伏四大妖魔

9. 安置三界　　　　　　khams gsum bde bkod

以下是 18 大宗：

10. 大食财宗　　　　　　stag gzig nor rdzong

11. 汉地茶宗　　　　　　rgya nag ja rdzong

其中包括小宗《阿斯松石宗》（6）

a sevi gyu rdzong

《米雅玉宗》（7）　　mi nyag gyu rdzong

12. 丹玛青稞宗　　　　　vdan mavi nas rdzong

13. 蒙古马宗（上册）　　sog povi rta rdzong

下蒙古狗宗（8）（下册）　sog smad khyi rdzong

14. 歇日珊瑚宗　　　　　bye revi byur rdzong

其中包括小宗《察瓦绒箭宗》（9）

tsha ba rong gi mdav rdzong

15. 阿扎玛瑙宗　　　　　a grags gzi rdzong

其中包括小宗《尕德大鹏宗》（10）

dgav　bdevi khyung rdzong

16. 卡契松石宗   kha chevi　gyu rdzong

17. 雪山水晶宗   gangs ri shel rdzong

18. 祝古兵器宗   gru gu go rdzong

19. 百热绵羊宗   bhe ra lug rdzong

其中包括小宗《日努湖绸缎宗》（11）

                              mtsho ri nub dar gyang

这两部交织在一起，在攻打日努湖的路上，遇到了百热国的阻挡，于是先攻打百热国，然后再去日努湖取绸缎

20. 米努绸缎宗   mi nub dar rdzong

其中包括小宗《松巴犏牛宗》（12）

                              sum pa mdzo rdzong

21. 香香药宗   shang shang sman rdzong

其中包括小宗《阿里金宗》（13）

                              mngav ris gser rdzong

22. 土地神金宗   sa bdag gser rdzong

23. 象雄珍珠宗   zhang zhung mu tig rdzong

24. 列赤朱砂宗   li khi mtshal rdzong

25. 贡台让山羊宗   kong thevu rang ra rdzong

26. 斯荣铁宗   so rong lcags rdzong

27. 南门米宗   lho mon vbras rdzong

28. 印度法宗   rgya gar chos rdzong

29. 地狱大圆满之部   dmyal gling rdzogs pa chen po

以上共 29 大宗、13 小宗或片段，共计 42 部。

再版附言：

    1997 年，布特尕再次受到表彰，被国家民委、文化部、中国文联、中国社会科学院评选为"有突出贡献的先进个人"。2006 年夏，笔者再次来到玉树调研。一到结古首先就是去拜访布特尕老人，此时，这位年逾古稀的前辈身体已经衰老，由于常年抄写版本，与他的外祖父嘎鲁一样，眼睛的视力急剧下降。但他对《格萨尔》的热情却依然如故。对我的到来他非常高兴，算起来，自 1986 年我第一次到玉树调研时我们认识以来，20 年弹指一挥间，《格萨尔》把我们连在一起，成为心心相印的朋友。他

热情地给我介绍近年来玉树《格萨尔》工作的情况，并安排巴塘乡的年轻艺人登巴坚参到他家中，为我们演唱。此时，他的儿子秋君扎西仍然在州群艺馆工作，为抢救《格萨尔》继续工作，延续着他们家族与史诗的世纪之缘。

2011 年 12 月，这位抄本世家的传人、为《格萨尔》作出了杰出贡献的老人离开了这个世界。

得知他离世的消息已是第二年的夏天。在心痛的同时得知他的孙女，也就是秋君扎西的女儿央吉卓玛，继承了祖父的事业，从事《格萨尔》研究，于 2013 年开始在中央民族大学读博。目前已获得博士学位，她的研究成果《〈格萨尔王传〉史诗歌手研究——基于青海玉树地区史诗歌手的田野调查》① 已经出版。我想，这也是对布特尕在天之灵的最好慰藉。

---

① 中国社会科学出版社，2015 年出版。

名门贵族之女卓玛拉措

1984 年夏天，在日光城拉萨召开的《格萨尔》艺人演唱会上，一位来自德格的女艺人登台说唱。她没有什么传奇般的经历，也没有关于梦中得来格萨尔的传说，然而她却有一副高原妇女所特有的清脆的好嗓子。她说唱时手中拿着一本《格萨尔王传》的本子，尽管故事情节大家都已十分熟悉，但那动听的嗓音，却把人们从当代的日光城，带回到古代藏族先民生息的雪山草原：那里时而阳光灿烂，湛蓝的天空中飘着朵朵白云，晶莹的雪山映衬着如茵的草原，草原上漫步着肥壮的牛羊；时而硝烟滚滚，战马嘶鸣，刀光剑影……与会的人们陶醉在她那或甜美圆润、或铿锵有力的说唱中。她就是四川省甘孜藏族自治州德格的女艺人卓玛拉措。

卓玛拉措身材不高，然而却具有东部藏区妇女特有的风韵，黑油油的长辫子盘在头上，上边缀着红珊瑚、玛瑙和银饰，颇有生气的脸上长着双眼皮大眼睛和挺直的鼻子，透着一股灵气。看她的模样谁也想不到她已是年过半百的人了。

然而这位女艺人的一生却并不顺畅，在她五十余年的人生道路上，竟有 20 年是戴着地主分子的帽子度过的。但是在卓玛拉措的言谈话语中，竟丝毫看不出这一切。她没有怨气，至少没有表现出来，更没有耿耿于怀，而是坦然地面向现实和未来。藏族人民的忍耐大度和承受能力，在这位女艺人身上得到了最好的体现。

1981 年，当她的地主帽子刚摘掉不足两年，四川人民广播电台请她前去录制《格萨尔王传》说唱，她便欣然接受了。在成都她一住就是五个月，为电台录制了《赛马称王》和《霍岭之战》上、下部。

录音工作是紧张的。紧张与劳顿倒还能够应付，可是对于一个藏族牧民来说，严格的录音时间以及面对复杂的录音设备说唱，却令人感到陌生。她克服了种种困难，尽力配合电台工作人员，每天从早上八点一直忙到下午五点。录音工作有时顺利，有时却不尽人意，所以一些唱段往往要重复几次。她总是耐心地合作，直到录制的说唱完全符合要求为止。

当四川人民广播电台连续播出了《格萨尔王传》的说唱节目以后，整个康藏地区都轰动了。就连远离成都的云南迪庆州的藏区也收听到了四川台播出的《格萨尔》说唱。不少藏族牧民为了收听这个节目特意去买了收音机。老人们每天按时守在收音机旁，听着《格萨尔》说唱，回忆着被"文化大革命"隔断了十多年的往事。有的老人把收音机对准了四川台的频率以后，便向全家宣布，谁也不准再碰那收音机，生怕再也找不到台，听不到这个节目。在播放《格萨尔》的日子里，在藏区城镇，你能看到许多人在街头的扩音器前驻足聆听。一时间，卓玛拉措的名字随着她的声音响彻川藏和云南藏区。

没有想到的是，金色的电波更是飞越了世界屋脊，传到了喜马拉雅南麓，在身居异邦的藏族同胞之中更是引起了层层波澜。他们听到祖国的电台中播放藏族艺人说唱的《格萨尔王传》后，心中又是一番感受：他们认为这是一个标志，它意味着中国开始走向安定，走向正常化。卓玛拉措的一个亲戚在印度，一下子便听出了是她的声音，隔断了二十余年的亲情顿时涌上心头，立即向德格发了一封充满喜悦和思念之情的信。

卓玛拉措 1934 年出生在四川的德格，这里是东部藏区著名的宗教和文化中心，藏族最大的历史悠久的德格印经院便坐落在这里。德格王在这片土地上统治了几个世纪。这里寺院林立，其中不少寺院中都收藏有《格萨尔王传》的各种抄本、刻本。察察寺"文革"前就曾藏有 70 多部抄本、刻本，而竹庆寺更是每年必跳一次《格萨尔》恰姆。届时事先焚香、煨桑，极为庄严肃穆。待鼓乐齐鸣，众僧入场之际，又是那么隆重而热烈。老百姓心中对格萨尔王的崇敬之情达到了与神佛同等的程度。由于抄本、刻本在民间和寺院广为流传，加之当地的文化人较多，在新中国成立前就形成了"仲丹"的形式，即人们茶余饭后，或逢年过节之时聚在一起，由一个懂藏文的人拿着《格萨尔王传》的本子唱上几段。人们已经把它作为一种娱乐活动，很少有人以此为生。由于德格人的文化水准普遍较高，他们均熟谙《格萨尔王传》的故事情节，虽反复听唱，却仍乐此不疲。

卓玛拉措出身于德格地区一个贵族家庭。父亲曾出任德格王的伦波

（大臣），虽不是最有权势者，却也享有一定的权力和威望。卓玛拉措自幼生活在优越的环境中。她从 8 岁起，便跟着由父亲专门请来的先生识藏文，直到 13 岁，从而打下了较好的藏文功底。

她的父亲是一位《格萨尔王传》的爱好者，曾收藏了三十余部不同抄本、刻本。其中包括全套的 18 大宗，另有许多小宗。平时几位伦波常常聚在她的家里，拿出抄本来说唱。父亲是个能说会唱的人，经常自己边看边唱。每到这时，卓玛拉措就悄悄地坐在一旁听，渐渐地也成了个《格萨尔王传》迷。听过几遍后，她便能熟记各种调式，可以照本再唱出来。13 岁以后，她就可以用多种曲调诵读《格萨尔王传》了。当时不少人到家里来听她说唱。由于她的嗓音悦耳动听，说唱十分生动，吸引了许多上层人士。

父亲晚年由于眼睛看不清本子上的字，便常常要人来唱给他听。卓玛拉措成为最佳人选，一有空闲便为父亲说唱，从而使她的说唱技巧得到了锤炼与提高。

由于她是家中的长女，下边还有两个弟弟和一个妹妹，两个弟弟又都被早早地送进了寺院，她便在家中操持家务。1950 年家乡解放了，17 岁的卓玛拉措积极帮助进藏的解放军驮运东西。由于她的表现突出，19 岁时当了德格县的青年干事，还被送到康定去学习跳舞。一年后回到德格在县妇联工作，其任务是组织青年、妇女学习文化，开展文体活动。20 岁时，她和邓柯人赞智多吉结了婚。

丈夫赞智多吉也是一个喜爱《格萨尔王传》的人，也会照本说唱。他们一起生活了 10 年。卓玛拉措因家务事多辞了县妇联的工作回到家中，这期间她仍经常应邀到别人家去说唱。后来因丈夫又与妹妹同住，卓玛拉措便与他分手了。

1959 年平叛后划分阶级时，她家被划为地主。德格解放时卓玛拉措虽然未满 18 岁，却因为她是家中的长女（她父亲已去世）被划定为地主分子。

党的十一届三中全会以后，她头上那顶戴了 20 年的沉重的帽子终于摘了下来，她如同获得了第二次生命。

经人介绍，四十出头的卓玛拉措于 1980 年和一位区长结了婚，建立了新的家庭。丈夫是个憨厚朴实的人，手又巧，退休后常常给人缝制皮衣，加上退休金，他们生活得不错。丈夫带来的孩子已长大成人，一家三口人安居乐业。

现在卓玛拉措家中存有四川出版社出版的 8 部《格萨尔王传》。有了书就可以说唱，她又唱了起来。开朗豁达的卓玛拉措没有那么多的讲究和禁忌，别人请她唱哪一部，她就唱那一部，地狱篇她也唱过。有时邻居们到她家中听她说唱，有时几家人凑一些茶、酥油聚集在一起，请她去唱，她总是有求必应。

唱起了《格萨尔王传》，便驱散了心头的创伤和愁云。卓玛拉措直面人生，面向未来。她因为说唱《格萨尔》而得到了人民的承认，得到了应有的荣誉和地位。

再版附言：

1991 年，在国家民委、文化部、中国文联、中国社会科学院四部委联合召开的《格萨尔》艺人的命名大会上，卓玛拉措获得了表彰。遗憾的是，此后，笔者再也没有机会见到这位卓有才华的女艺人。她于 1997 年在德格去世。

蒙古族说唱家琶杰①

　　1991 年 11 月 27 日，在北京人民大会堂召开了为藏族、蒙古族《格萨（斯）尔》说唱家命名大会，有两位已故艺人被命名为"荣誉说唱家"的称号，其中之一就是蒙古族著名说唱艺人琶杰。在琶杰逝世近三十年后的今天为他命名，充分说明了国家对这位具有精湛说唱技艺的说唱家给予的高度评价，表现了人民对他的缅怀之情。

　　90 年前（1902 年）的春天，一个贫苦牧民的儿子降生在东部蒙古地区（今内蒙古哲里木盟）扎鲁特旗额尔德尼山东麓的草原上。家里第三代中唯一的男孩的出世，令祖父官其格吉格木德、父亲吉格木德荣布欣喜之至。祖父是个酷爱说书的人，他经常抱着小琶杰到好友、当地著名的说书艺人却旺家中串门。每当他们畅饮之后，便在一起说唱民间故事。却旺是位多才多艺的说书人，他识蒙古文，不但能够说唱蒙古族民间故事、史诗《格斯尔可汗传》以及好来宝等蒙古族民间说唱的各种体裁的作品，而且还能讲述《三国演义》、春秋战国、《水浒》等汉族历史题材的故事。小琶杰自幼就是在这位师傅的影响下，成为一位说书艺人的。

　　琶杰从小聪明伶俐，记忆力极强。那些民间故事和好来宝，只要他听过一遍，就可以大致复述出来。为此，经常得到却旺爷爷的夸奖。一次，却旺拍着琶杰的头对官其格吉格木德说："你的孙子将来准能成为一个好的说书人。"这句话在无限崇拜说书艺人的琶杰心中生了根，它激励着琶杰，成为他后来为之奋斗的目标。

　　8 岁那年，琶杰一家作为扎鲁特旗王府的百户奴隶之一搬进王府服

---

　　①　本文撰写过程中曾参阅了斯钦孟和的《琶杰传》（载《格萨尔研究》第 1 集）以及《中国少数民族现代作家传略》之《琶杰传略》（青海人民出版社 1980 年 12 月版），特此说明并致谢！

役。小芭杰和姐姐为王府养鸡放鹅，终日劳作。

王爷的儿子得了重病，王府请来喇嘛念经驱魔。9 岁的芭杰被当作"灵童"之一作为"献给佛爷镇邪的礼物"进入寺庙。他第一次离开了亲人，被迫进了王爷家的诺音庙当了小喇嘛。

由于芭杰天资聪颖，背诵经文他背得最多最好，学习绘画木刻又以优异的成绩获得了"嘎尔哈"的称号。但是他厌烦这种禁锢的生活及寺庙里的一切，向往自由自在的生活，惦念着亲人。

想成为一名说书艺人的凤愿在他心中翻腾，使他无法平静下来。他经常偷偷溜出寺庙，到离寺庙不远的却旺爷爷家中听说书。只有在却旺爷爷家，他才觉得无比的舒畅，在艺术氛围之中，他的身心得到了解脱。后来稍大一点，他就到附近的村庄给牧民们说书。牧民们听了他的说唱，都称赞他是一个说书艺人的好苗子。

15 岁那年，他实在不堪忍受寺庙的生活，决心彻底摆脱禁锢着他的"圣地"。第一次逃跑，被抓回来；再次逃回家中，被抓回来遭到毒打；第三次，他逃到附近的阿鲁喀尔沁旗，又被抓了回来。这次的惩罚令他终生难忘。他被打得死去活来，并要他发誓永不再逃，他却拒不发誓，因为他矢志不移的就是要离开寺庙，当个说书艺人。寺庙大喇嘛没有办法，只好把他送到王爷府请王爷处置。王爷听说芭杰擅长说书，便想让他为福晋（王爷的老婆）说书解闷儿。让他说了几段，福晋果然十分欢喜。随后由王爷作主，允许他离开寺庙。但是对他约法三章，定下了如下的规矩：每年要在寺庙举行的集会上无偿说唱，终生不准还俗娶妻。倔强的芭杰经过了长时间的斗争，终于赢得了自由。哪怕有再多的附加条件，只要让他说书，他就得到了满足。

这样，18 岁的芭杰开始了他作为说书人的生涯。此后的 17 年间，他走遍了内蒙古昭乌达、哲里木、锡林郭勒和察哈尔地区二十多个旗县，为草原上的牧民说书、说唱格斯尔的故事，并创作说唱了大量的民间歌谣、好来宝以及即兴的赞辞等作品。同时，他会见了各地的优秀艺人，广交朋友，从这些艺人那里汲取了营养，取长补短，从而使自己的说唱技艺在实践中日臻成熟，其名望亦与日俱增。

贫苦的出身及人生路上遭受的磨难，使芭杰对水深火热中的蒙古族牧民百姓极为同情，他爱民族、爱祖国，对旧中国的反动统治者及日本侵略者无比憎恨。他经常在自编自演的说书中揭露他们的罪恶，鞭挞他们的丑行。他以自己的说唱艺术为传播和发展蒙古族民间文化遗产作出贡献。

33 岁那年，芭杰回到了家乡。他一边说唱，一边拜人为师学习蒙古文。经过一番努力，他初步掌握了蒙古文拼读，之后开始阅读各类民间说唱的本子。他的说唱更加丰富了，说书技艺得到了进一步的升华。

1947 年，内蒙古解放了，芭杰与草原上受苦受难的牧民一起翻身做了主人。他积极投身于家乡的土改运动，并为建设新的牧区而努力工作。他当过农会会长、村长、乡长。在努力工作的同时，他不忘用自己的"武器"——胡琴自编自演歌颂新生活的说唱，表达翻身奴隶对党对新生活的热爱。像《胡琴颂》《欣赏故乡的好风光》《歌唱共产党》《献给国庆节》等好来宝就是他这一时期的作品，并在草原牧区广泛传颂。

他说唱的几部史诗给牧民们留下了深刻的印象，如长篇史诗《格斯尔可汗传》共有 60000 多诗行（已于 1989 年由北京民族出版社出版）。还有一些蒙古族短篇史诗，如《大力士朝伦巴特尔》（1500 诗行）、《孤胆英雄》（3000 余行）等。

1949 年，芭杰参加了内蒙古民间艺人训练班。1950 年 11 月，他参加了在张家口召开的内蒙古民间艺人第一次代表大会，1951 年，他加入了内蒙古东部区文工团，成为一名专业的文艺工作者。1952 年，在他 50 岁时结婚，建立了美满的家庭。1955 年，他成为一名光荣的共产党员。1958 年，他来到祖国首都北京，见到了毛主席。

芭杰以其高超的说唱技艺为祖国、为民族、为人民作出了贡献，祖国和人民也给了他应得的荣誉。他荣任中国曲艺家协会理事、内蒙古文联委员、中国民间文艺研究会内蒙古分会副主席等职。新旧社会的对比，使他从内心深处迸发出对党和新中国的无限感激与热爱。他拉着陪伴了他大半辈子的胡琴，唱出了发自肺腑的心声：

> 在那黑暗的旧社会，
> 我的可爱的胡琴，
> 你是那样多灾多难，
> 在人民的新时代，
> 我的亲爱的胡琴，
> 你的声音多么甜蜜。
> ……

　　　我的可爱的胡琴，
　　　你的兄长我虽已年迈，
　　　但永远不会忘记你，
　　　只要活着，
　　　你都将表达我的心声。

　　蒙古族著名艺术家琶杰由于患胰腺癌治疗无效，于 1962 年 4 月 7 日在北京与世长辞，终年 60 岁。他留给人间的是他用心血写成的 17 篇好来宝作品及 3 部史诗，《英雄格斯尔可汗传》是其中的精品。它倾注了琶杰全部的艺术功力，被誉为蒙古族著名的琶杰本《格斯尔》。

蒙古族说唱家参布拉·敖日布

　　提起说书艺人参布拉·敖日布，内蒙古昭乌达盟巴林右旗的牧民们几乎是无人不晓。许多亲自听过他说唱的人一提起他的说唱，无不竖起拇指连声称道。他说唱的内容十分广泛，连"唐宋演义"、"三国"他都能说上几天，而他最拿手的是说唱英雄格斯尔可汗的故事，既精彩曲折而又生动感人，给人们留下了难以忘怀的印象。参布拉的成功说唱，首先得益于他的师傅陶克涛的传授，几十年的说唱实践，更使其说唱技艺得到了锤炼与升华。他是蒙古族《格斯尔》说唱艺人中的佼佼者。

　　随着史诗《格斯尔》抢救工作日益得到国家及各级政府的重视，参布拉的社会地位得到进一步提高。1986年，在全国《格萨尔》工作表彰大会上，他被评为先进个人；1989年，在成都召开的第一届《格萨尔》国际学术讨论会上，他作为特邀代表出席了会议，并为百余位国内外学者现场表演说唱，使人们一睹这位蒙古族说唱艺人的风采。不少国际上知名的蒙古学学者更是大开了眼界。他们大都精通蒙古语。过去他们对这部史诗的研究都是建立在各种蒙古文抄本与刻本的基础上，因为说唱艺人在国外已经很难寻觅，当他们第一次听到蒙古族艺人的说唱时，无不为这部史诗如此完整地活在民间而感到震惊，同时也为参布拉的艺术才华而赞叹不已。

　　1991年11月，由于参布拉与众多的蒙古族、藏族说唱艺人为保存民族文化遗产所作出的贡献，得到了国家级的最高荣誉，他与其他二十几位说唱艺人一道被命名为"《格萨（斯）尔》说唱家"。在北京人民大会堂内蒙古厅举行的命名大会上，他作为说唱家的代表激动地说："旧社会我是一个穷说书的，做梦也没有想到我会得到这样的荣誉，我要衷心感谢党、感谢政府和人民，我要用更好的说唱来回报这一切！"说罢，他又以蒙古民族特有的形式即兴吟诵赞词一首，表达其由衷的感激之情。

1925年参布拉出生在巴林草原一个普通牧民家里。牧民的生活十分单调，日出而牧，日落而归，日复一日，年复一年。草原上的牧民们就这样世世代代打发着他们的人生。值得庆幸的是，巴林草原不知从何时起形成了说书的传统。在这里说书艺人们可以充分施展其才能，因为牧民们酷爱听说书，尤其爱听《格斯尔可汗传》。不但说书艺人活跃于民间，就是普通的牧民有时也能随口说上几段。不仅如此，人们还把这里的山山水水与格斯尔可汗的英雄业绩联系在一起，如格斯尔的马鞍石，格斯尔曾经赛马、征战的草原，等等。几乎每一座山，每一处水，每一块石头，人们都可以娓娓动听地附会出一个与格斯尔可汗有关的故事，参布拉就是在这样的氛围中长大的。

然而，参布拉能够成为一位杰出的说书艺人，却另有其得天独厚的条件。他出生的村子里有一位当地有名的说书艺人陶克涛。他常年瘫痪在家，然而上门听其说唱的牧民却络绎不绝。陶克涛是位造诣很高的说书艺人。他会说"三国"、"水浒"，又擅长于说唱《格斯尔》。在他的家中收藏了不少手抄的说书的本子，闲暇时，他经常拿出来自得其乐地边看边说。

春天是牧民们接羔的季节，而夏天又是牲畜抓膘、打草的季节，家中的活计总是忙不完，参布拉也要帮助大人们忙活。然而到了冬天，人们便放松下来，劳累了大半年的牧民们开始围着火炉、喝着奶茶享受一年中难得的休闲。参布拉的父亲是个爱听说书的人，他经常带着参布拉到陶克涛老人家中去听书。久而久之，那些精彩的故事便在参布拉的脑海里留下了深深的印象。他着了魔似地喜爱上了《格斯尔可汗传》，希望能够拜师学艺。在他的请求下，父亲带上羊腿和茶叶到陶克涛家中，请求老艺人收下这个徒弟。陶克涛素知小参布拉聪颖、机灵、懂事、懂礼，便欣然同意了。从此，9岁的参布拉就经常到师傅家中学习说唱。

学习说唱并不是件容易的事情，蒙古族学艺的规矩十分严格。一方面要学习曲调、记忆故事的情节并背诵诗行；另一方面还要学拉四胡，练习边拉边唱的本领。参布拉照师傅的要求去做，学得很上心，师傅也很喜爱这个做事认真的孩子。就这样，师傅每天教几段，参布拉就跟着边拉边唱。有时，家中没有外人，师傅就把一大摞《格斯尔》的手抄本拿出来边看边唱。那书是用毛笔工整地抄在发黄的草纸上，摞在炕上比盘腿坐着的师傅还要高。依据师傅珍藏的本子，在老人的带领下，参布拉一字一句地学会了全部的说唱。

陶克涛师傅的这部《格斯尔》抄本，把史诗分为120章，全韵文体。每章一般为27—36首诗。最长的一章约有300首诗。每首4行，每行5、6、7个音节不等。这在目前见到的手抄本、木刻本中也是少见的。在内容上也有许多独到之处。参布拉认为，师傅传给他的这部史诗有这样几个特点：第一，对史诗《格斯尔》的来源有详细的交代：首先要说三界的故事，天界、地界、中界，各用3—4章的篇幅来解释，然后才开始说到人间。别的艺人说的格斯尔下凡是先在天界死去，然后才投胎人间。而师傅说的却是在天上不死，在人间找到一个灵童，这个灵童出生于一个英雄世家，然后天上格斯尔与人间的灵魂进行交换，格斯尔就是通过这种方式来到人间的。第二在内容上还有很多细节的不同，如格斯尔的坐骑不是枣红马，而是由天上的水星下凡，变成了白骡马，所以此坐骑在伴随格斯尔可汗南征北战时，所向披靡，既不怕水也不怕火。

旧时逢年过节，或在婚礼的酒宴上，陶克涛常常应邀为人们说唱《格斯尔》，参布拉总是陪伴左右。后来他学会说唱，一开始还不敢在大人面前说，只是在放牧时给小伙伴们说。天长日久，他终于可以比较完整、流畅地说唱了。师傅听着他的说唱心中十分满意。就在参布拉16岁那年，他全部掌握了说唱的本领，可是师傅却离开了人世。

从此，村子里遇到什么大事需要说唱《格斯尔》时，这一使命就落在了参布拉的身上。他的说唱得到了乡亲们的称赞，有时还被邻村的人请去说唱。参布拉说唱从来不收钱，人们只供给酒和茶，因为他并不以说唱为生。

1947年，家乡解放了，他参加了解放军，随着部队四处奔走。他为战士们说唱，在部队中是一个文艺积极分子，受到欢迎。复员以后，他在县里工作了一段时间，常常利用星期天给干部和附近的牧民说唱。他那时而高亢激越，时而低沉委婉的嗓音，那声情并茂的说唱，配合四胡的优美的旋律，达到完美和谐统一，令人神往。

1984年，内蒙古《格斯尔》办公室的领导拉布坦同志，根据群众提供的线索，在参布拉的家乡巴林右旗索博力嘎苏木找到了他。此时他已是年近花甲之人，且已有多年不唱了。当他听说国家十分重视并组织抢救这部伟大的史诗时，心情万分激动，当即向拉布坦同志表示，一定要把自己说唱的《格斯尔》完整地贡献出来。

此后，他开始实践自己的诺言。他凭着回忆，用自己那粗通的蒙古文，唱一段、记一段，再唱、再记，用了整整四年的时间，终于把这本陶克涛传授的史诗记录下来。1989 年 3 月 28 日，他专程来到北京，把自己精心誊写过的 120 章本《格斯尔可汗传》献给了全国《格萨尔》办公室。

说起他的恩师陶克涛老人那部珍贵的抄本，参布拉十分遗憾地说："当我得知国家要抢救这部史诗时，马上赶到陶克涛师傅家中，询问师傅的后人。谁知那个本子已在"文化大革命"期间被师傅的孙子索德宝装入一个麻袋中，丢入了一口废井里，从此散失了。"现在参布拉老人凭记忆记录的这个 120 章的本子，就成了陶克涛唯一的传本。

能如此完整地说唱《格斯尔》的蒙古族艺人已经寥寥无几，参布拉·敖日布正是一位难得的、卓有才华的说唱艺人，是一位名副其实的民间说唱家。

再版附记：

参布拉于 1994 年去世。1997 年，在国家民委、文化部、中国文联、中国社会科学院四部委联合举办的《格萨尔》表彰大会上，已故的蒙古族艺人参布拉·敖日布被追授"荣誉奖"，以表彰他终身为抢救蒙古史诗《格斯尔》所作出的杰出贡献。

在这里，我还要十分遗憾地记述关于参布拉·敖日布奉献给全国《格萨尔》办公室的本子丢失情况。这个本子是我在任全国《格萨尔》办公室副主任期间，负责收藏的唯一一本蒙古《格斯尔》本子，当时得到领导的批准给了参布拉 1400 元劳务费。后来，本所研究人员巴雅尔图借走了这个本子，就再也没有归还。我曾多次询问、索要归还，但巴雅尔图告知：本子已经丢失。至今，虽然我已退休多年，但每想起此事，都感到十分惋惜和内疚，成为我的一个永久的心病。

枪手喇嘛土族艺人寻访记

当我踏上青海省互助土族自治县这一片古朴的土地时，一种神奇感油然而生。在这之前，虽然我对土族人民的历史、文化及其习俗有所了解，但那毕竟是书本上的，或是听人述说的。当她真的展现在我面前时，就显得格外生动，富有魅力。近年来，由于西德多米尼克·施罗德1984年的《格萨尔王传》记录稿的发表，以及关于这一地区《格萨尔王传》的种种传说，更增加了它的神秘色彩。如今事隔38年，这里的史诗流传情况如何？还有多少艺人健在？史诗是否还活在人们的口头上？等等，这一切都是未知数。要解答这一个个问题，只有迈开自己的双脚，到土族群众中去。

经初步调查，各方面人士提供的情况是这样的："当年给德国人（指多米尼克·施罗德）唱《格萨尔》的艺人贡布已于1974年去世。""1985年冬天，我们去采访一位叫玛尼日的艺人，可一打听，不久前他已因醉酒冻死了。""我的爷爷1、2、3、4都不识，却可以背着唱《格萨尔》，人家唱两遍他就记住了，但他早已不在人世了。"这些显然是令人遗憾的，但与此同时，却也得到了使人振奋的消息，不少人向我提供了艺人的材料，而且随着调查的进行，艺人的线索不断增加，三个、五个，直到十七个。这说明史诗《格萨尔王传》曾在这里广泛流传。但遗憾的是这十七位艺人大多已不在人世，而活着的艺人有的因年老耳聋口哑，不仅无法说唱，就连一般对话都十分艰难。难道这样一宗文化遗产竟要在我们这一代悄然逝去？我甚至为自己没能早些到这里来调查而追悔莫及。正在这时，土族民间文学专家李友楼为我提供了一个至今仍健在的艺人枪手喇嘛的线索。虽说连老李也没有听过他说唱，他们只是在山上打猎时偶尔相识，但毕竟找到了一位仍健在的艺人。事不宜迟，我立即登门拜访！

"枪手喇嘛"这个名字本身就是个奇妙的结合体。枪手意为猎人。土族人不习惯称名道姓，相互间或叫叔、伯、爷，或直呼其职业名，如木匠、裁缝等。可是这位把猎人、喇嘛和史诗说唱者三者合为一体的是怎样的一个人呢？在前往枪手喇嘛居住的白崖村时，我一路思索着，急切地想见到他，不觉得加快了脚步。

好在白崖村离威远镇不远，半个小时后来到他家，却不见人。一打听，他到亲戚家修房去了。我急于要见到他，便不管他的亲戚家有多远，又急步朝他帮工的亲戚家走去。大约两个小时后，终于找到了。

枪手喇嘛礼貌地站在门口，把我们让进屋里。按土族人的习惯，我们脱掉鞋子，坐到土炕上，待他倒茶、端馍，一阵忙乎过后，在炕沿坐下来时，我才得以细细地打量。这是一位五十开外的深沉的男子汉，寡言少语，在他那棱角分明的严肃的脸上，嵌着一双大而有神的眼睛。那严肃的神情是寺庙里经常看到的，那双犀利的眼睛真不愧是名副其实的猎人的双眼，而这歌手、艺人的素质又表现在哪里呢？我思忖着。经过说明来意和简单的交谈，定好等这里的活干完，到他家里听他说唱。枪手喇嘛答应得很爽快，虽然我们是初次见面，但他丝毫没有推托之意。

三天后，我们再次来到枪手喇嘛家。坐到燃着火盆，烧得暖烘烘的炕上时，枪手喇嘛的脸上露出了温和的笑容，他特意叫妻子拿出了糖果、饼干和热茶来招待我这远方来的客人。从屋里的摆设上看，他家生活不算富裕，但从他有准备的招待中，看出了他为人的豪爽和热情。

院子里已经熏起了祭祀的青烟，主人端起放着四个小酒盅的盘子向客人一一敬酒，我们道过谢后，他拿起一托盘酒，叫女儿拿到院子里祭天（向天泼洒）。当他再次斟满酒后，自己把四个小盅一一饮干，深深地吸了一口气道："呀！我开始讲！"

枪手喇嘛的嗓音并不洪亮，同村的一个热心的年轻人跑来充当伴唱，这是土族人演唱《格萨尔》独特的习惯。只见他唱一段藏语唱词，再用土语解释一段。藏语唱词是固定的，而土语解释却是灵活的，有些甚至是即兴的。他边喝酒边唱，几遭四小盅酒下肚之后，看得出来，他开始激动了，人也完全进入了角色。在唱到格萨尔出生后几次遭到叔叔晁同的迫害，以及最后与阿妈迁居蕨麻滩的情节时，他饱含着激情，眼含着热泪。

每一个艺人都是一个指挥家，一个引路人，他调动自己的感情，运用艺人的语言打动听众的心，在强烈的自我感染中，也感染别人，把人们带到一个喜、怒、哀、乐的感情激荡的天地中去。枪手喇嘛无疑也是这样一个指挥家、引路人，一个出色的民间艺人！我为能见到这样一位土族艺人而感到由衷的高兴。

休息时，他向我介绍了自己的身世。

枪手喇嘛原名李生全，生在一个土族农户人家。1948 年他 21 岁时到夏河县的拉卜楞寺落发为僧，取法号单增嘉措，在那里他学习了藏语、藏文。七年后又到互助松树湾寺（土族称祥隆寺）修习，直到 1958 年还俗回到了父母身边。

不久，哥哥去世，家庭的重担压在了他的肩上。可是一个从寺院回来的人哪里会做农活？于是，他决定出外打猎。他背着猎枪整天在山上转，没过多久，他的枪法已远近闻名了，并获得"枪手喇嘛"的绰号。"打过的猎物小的已数不清，光狐狸就打了七八十只，还在雪线上打过一只石羊。"他不无自豪地对我说。当时他打猎成瘾："山上放着一百元钱，叫我拿，我不一定去，假如听到哪里有猎物，再远的路我也愿意！"他一谈起自己的拿手技艺来，话就多了。

后来，他成了家，有了老婆孩子，就不能老在山上转，于是开始干农活。生活过得就像一碗清茶一样，并不富裕。为了补助这个家，让一个儿子和两个女儿吃饱饭，他只好靠着藏文卦书，给当地老百姓卜个卦什么的，得到一点微薄的收入。

近几年来，他们的生活有了好转，新的土坯房盖起来了，家里养了一头奶牛和几口猪，小日子过得就像院中盛开的牡丹一样。说到这里，他舒心地笑了，脸上那深深的皱纹也舒展了许多。

交谈中他主要说土语，遇到宗教词汇就说藏语，或把藏文正字说出来。这样，我们虽然所操藏语有方言的差别（我说的是拉萨藏语，而他说的是华热地区藏语），但还是可以交流的。时不时的，他还说上几句汉语。也许是因为遇到了知音，他激动地说："有缘千里来相会，你们是千里路上难遇的贵客。一定要好好地唱给（即好好地唱给我听的意思）！"他的诚挚之情深深地感动了我。我逐渐认识了枪手喇嘛和他的民族，一个外表深沉而内心炽热的民族。

谈到《格萨尔王传》，枪手喇嘛有说不完的话。他说："我这个人好像一只皮球。你不打就闷闷地坐着，说起《格萨尔》，我就像充满了气的皮球一样，越打越高。"他真的和刚刚见面时判若两人。《格萨尔王传》

就像一团火、一壶酒，点燃了他心头的干柴，冲开了他关闭的心扉。他边唱边讲，滔滔不绝。

枪手喇嘛对《格萨尔王传》有着特殊的爱好。他在拉卜楞寺当喇嘛时，就曾偷偷地溜出寺院，去听一位藏族盲艺人说唱《格萨尔》，这位盲艺人的精彩演唱给他留下了极深的印象。由于黄教寺院戒规森严，他每次偷跑出来，只能站在人群边上听一小段，就急忙跑回去，而且还不能让师傅知道。那时，他多么想安下心来坐着从头到尾听上一遍《格萨尔》呀！

还俗回到家乡，枪手喇嘛像鱼儿回到了大海，在浩瀚的民间文学的海洋中遨游。除了他喜爱的《格萨尔王传》以外，对于土族的民间文学他也产生了极大的兴趣。当时他的岳父还健在，而岳父就是一位民间歌手。于是他就向岳父学习，不论什么歌，只要听两遍就记住了。他向岳父学到了不少土族婚礼赞词、问答歌等，文成公主与松赞干布的叙事歌也是在那时学会的。

每逢年节外出，遇到民间艺人说唱，他就停下来听，像东沟大庄背后的土族艺人东莫廓和丹麻乡拉卜楞沟的名艺人伊吉拉才让，都是他曾经拜访过的民间艺人。至今，对他们的说唱还记忆犹新。在听过几遍以后，他便开始自己说唱。他的记忆力惊人，又当过喇嘛，学过藏语，益于他记忆藏语唱词。就这样，慢慢地，他可以说唱《格萨尔王传》的首部。现在，虽然很长时间不唱了，但他还能回忆得起来。

枪手喇嘛虽然信仰佛教，但他说唱的《格萨尔王传》的首篇与藏族史诗同部相比，宗教色彩比较淡薄，而宗教教义的宣说也几乎未见。他的说唱更重于故事情节，其神话色彩显得比较浓重。在他的说唱中，格萨尔是一个可以变幻无穷的神话人物，孙悟空有七十二变，而格萨尔有七十三变。他可以变成鸡蛋大小，钻到赤赞王的妖狗的心尖上伸肢展腿，逼得凶恶的妖狗求饶；而未成年的格萨尔打出的炮石可以像甩出去的一条狗、倒下去的一堵墙，使晁同的追兵的尸体像山一样堆积，血水像河一样流淌。

他说唱的故事脉络清晰简练，唱词重叠部分较少，土语解释部分的语言比喻十分丰富，具有浓郁的生活气息和土族特色。

在枪手喇嘛的配合下，我们的录音工作进行得很顺利。几天以后，《英雄诞生》录完了，我决定离开互助前往新的调查地点。离开互助的那天早晨，天下着蒙蒙细雨，我抱着两块砖茶前去向枪手喇嘛告别。枪手喇嘛恋恋不舍地把我送出大门，他惋惜地说："你这次来的时间太短了，希望以后再来。"我走出很远。还看见他伫立在家门前。我再次招手，心里默默地下着决心：我一定要再来，来拜访你和你的民族！

再版附言：

枪手喇嘛——李生全在 1991 年和 1997 年，两次获得国家民委、文化部、中国文联、中国社会科学院四部委的联合表彰，现已离世。遗憾的是，我后来再没有机会去拜访这位土族艺人。

土族艺人贡布

贡布（又名王文宝），1900年生于青海互助县东山乡，兄弟姊妹六个，他排行老大。父亲在生活贫困的情况下，以打猎接济生活。

一年，一个收购皮子的人来到东山，不巧他的癫痫病犯了，昏了过去。当地的乡亲们以为他死了，看着他孤身一人，便把他背到山上为他送葬。谁知，到了山顶以后，此人又逐渐醒了过来。

乡亲们以为是死人复活，闹鬼了，便动手把"鬼"打死了。贡布的父亲正在打猎，撵狐狸来到山头，看到此事，便去报了案。死人的家属得知后赶了来，以为是贡布的父亲打死了人，便不问青红皂白把他活活打死了。随后抢走了他家里的东西。

好端端的一家顿时被洗劫一空。父亲死后，全家人无法生活，几个妹妹只好被匆匆地嫁了出去。三弟兄，老大贡布背井离乡四处流浪，学手艺；老二在家种地，老三也到处流浪，从此，一家人被拆散了。

贡布后来落脚到大泉乡小羊圈，成了家。他流浪时学会了画柜子，尽管他的手艺并不太好，但还能勉强维持一家人的生活。

一年四季，他经常外出为别人画箱子、柜子。渐渐地，他不但会画一些土族传统的图案，还学会了画孙悟空等汉族图案，因此，在当地小有名气，得了个"画匠"的称号。他在岔儿沟的林家台干活时，认识了当地一个叫林黑龙江的人。此人说唱的《格萨尔那姆塔》很动听，吸引了贡布，他和同村的旦嘎经常去听说唱，慢慢地学会伴唱（土族艺人说唱时，都有人在旁边伴唱）。后来，他们终于在师傅林黑龙江那里学会了说唱《英雄诞生》这一部。

这以后，每逢农闲或过年，贡布和比他小五岁的旦嘎就在小羊圈为乡亲们说唱《格萨尔》，渐渐地有了点名气。

其实，贡布是一个非常腼腆的人。正像他侄子说的："我的大伯是一个羞脸蛋的人，每当别人与他说话，他都不好意思地转过脸去。"旦嘎（笔者 1986 年采访时老人尚健在，只是耳聋眼花已不能说唱了）说，贡布每次说唱《格萨尔》时也总是低着头，慢慢地唱。

平时，贡布经常外出给别人干活、画柜子。每到一地，劳动之余，他便被当地人邀请到家中唱《格萨尔》。据当地老人说，和他一起学唱的旦嘎唱的并不比贡布差，但是名气却不如贡布大。

1947 年，沙塘川天主教堂的德国传教士多米尼克·施罗德，从教他土语的朵家学生那里得知贡布会唱长篇史诗《格萨尔》，便把贡布从小羊圈请去，在甘家堡天主教堂里说唱。

当时没有录音机，只能由贡布唱一段，朵家学生翻译一段，施罗德（当地人管他叫山尚德）用打字机把音记录下来，然后再记录翻译的文字。由于贡布是用藏语唱其韵文部分，然后又用土语解释，所以记录比较缓慢。施罗德在后来发表的文章中说："贡布是一位特别具有模仿天才的艺人，他像一位史诗演员那样，可以表现各种人物或深入角色。"他的说唱运用了 23 种不同的曲调。当时为了记录准确，先由贡布唱一段，然后施罗德吹笛子把曲调重复一遍，确定无误之后再记录下来。

施罗德不断地给贡布一些白洋和东西作为报酬。这样记录了大约近一年的时间。1948 年西宁解放前，施罗德没有记录完就回国了。后来经过整理的 12000 行土族史诗（据他称只是诞生之部的二分之一）在德国发表。

新中国成立以后，生活安定了，贡布再不用四处找活干，所以唱《格萨尔》的机会也少了，只是偶尔在县上的集会上唱唱片段。1958 年他唱过，1969 年互助县成立 15 周年大庆时他也唱过。长时间不唱，他的名字逐渐被人们遗忘了，只是画匠这个名字还留在当地人的脑子里。

贡布终生笃信藏传佛教，对格萨尔也十分敬重，这是他不间断地说唱《格萨尔》的动力。

1974 年贡布病故，终年 74 岁。

土族《格萨尔》说唱艺人王永福[①]

　　王永福，男，土族，又名更登什嘉，1931 年出生于青海省互助县一个贫苦农民家庭，现年 85 岁。他是著名土族《格萨尔》说唱艺人恰黑龙江（1875—1946）的外孙，王永福老人的父亲杨增（1890—1957）很早就从岳父那里学会了说唱《格萨尔》。

　　王永福老人在他一岁时，父亲为了逃荒避乱，带着一家人翻山越岭渡过大通河，来到今甘肃省天祝县朱岔乡多让沟，挖了一口窑洞住了下来，以租种荒山草坡、做长工、打短工勉强维持生活。到了 1941 年前后，他父亲杨增得了严重的眼病因无钱治疗而双目失明。这时为打发贫疾交加的日子，他便整日整夜地说唱《格萨尔》，自唱自听，时而发笑，时而痛哭，时而欢乐，时而悲伤。

　　1945 年之后，随着家中劳力的增多和有了自家的土地之后，生活较以往有所好转。这时，他说唱《格萨尔》的劲头更足了，同时也发现几个儿子当中数王永福的记性最好，最聪明，最喜欢听《格萨尔》的说唱，也勤奋好学。于是，他就把王永福作为传授《格萨尔》说唱技艺的重点对象。在父亲耐心传授和他的苦学之下，王永福老人在十多岁时就逐渐地能单独说唱《格萨尔》了。即使这样，父亲仍不放心，怕他唱不好。即使在病魔缠身的晚年，依然每天要坚持唱几段给他听。只要听出有一点"味道"不对，盲眼的父亲都要挣扎着给儿子示范唱几句，闭一会儿眼，喘几口气地说几句应该怎样怎样唱的话。每当这时，王永福和另外几个儿子都会出来劝说父亲。可对于酷爱《格萨尔》追求"纯正"说唱的老人来说，任何劝说都无济于事。老艺人杨增为了使这部口耳相传的史诗后继

有人，代代相传下去，熬尽了最后的心血，于1957年病逝。

王永福老人虽然从父亲那里得到了土族《格萨尔》的真传，但他并不因此而满足。父亲病逝后，他又四方求教，从别的土族艺人那里学习新的东西，如酒曲、赞词、祝词、吉祥语等，来充实自己的说唱。

到了1947年之后，他已成为闻名四方的"酒曲匠"了。每当逢年过节、迎亲嫁娶之时，唯有他最忙。就连青海互助的土族群众也远道而来请他去说唱《格萨尔》，或是请他去当主持婚礼的司仪。有时在一些场合，遇到《格萨尔》的"唱家"对手时，就唱个三天三夜（一般是以一问一答的形式进行），直到唱败对方、割下对方一小块衣襟或衣袖以示胜利为止。

王永福老人说唱的土族《格萨尔》录音部分已被整理翻译后，编入了《格萨尔文库》第三卷土族《格萨尔》上、中册出版了，约253万字，为《格萨尔》的研究拓展了新的领域，且完整系统地填补了这一空白。

由于王永福老人在土族《格萨尔》的抢救与搜集过程中做出了突出贡献，于1991年受到国家四部委（文化部、国家民委、中国文联和中国社会科学院）的联合表彰；于1997年又获得了国家四部委联合授予了"先进个人"称号；于2007年6月由文化部命名为"国家级非物质文化遗产项目格萨尔的代表性传承人"。

土族《格萨尔》艺人王永福的传承谱系如下（表中所列第一代传承人是否准确，正在调查当中）：

代别	姓名	性别	出生年月	文化程度	传承方式	说唱时间	居住地址
第一代	霍尔·嘉玛雅	男	不详	不识字	家族传承	不详	青海省互助县
第二代	散沟·阿才让	男	不详	不识字	家族传承	不详	青海省互助县
第三代	岭·恰黑龙江	男	1875—1946	不识字	家族传承	不详	青海省互助县
第四代	杨增	男	1890	不识字	翁婿传承	1927年以后	天祝县天堂乡
第五代	王永福	男	1931	不识字	父子传承	1942年以后	天祝县天堂乡

土族《格萨尔》独特的说唱形式和内容，给我们的搜集、整理和翻译带来了更大的难度，对我们的研究工作也提出了更高的要求。而且，这也是一项把流传在民间的口头文学变成书面文学的过程。要想完成这部土族《格萨尔》并非一件易事。从1994年至今，我们已经完成了《格萨尔

文库》第三卷《土族〈格萨尔〉》上册《格萨尔投胎人间部》和《土族〈格萨尔〉》中册《格萨尔为民解贫济苦部》。其中，上册的《格萨尔投胎人间部》是 25 盘录音带，达到 4872 行，约 103 万字：中册的《格萨尔为民解贫济苦部》是 48 盘录音带，达到 9292 行，约 150 万字，这两册共计 73 盘录音带，达到了 14164 行，约 253 万字。《土族〈格萨尔〉》下册《天神创世部》又是 48 盘录音带（现正在整理当中），约能达到 9700 行左右，字数也在 150 万字左右。2005 年已经录音完成的《格萨尔大战魔王部》已达 102 盘（尚未整理），2006 年已经录音完成的《格萨尔招兵买马部》已达 120 盘，2007 年已经录音完成的《格萨尔大战里域部》达 65 盘（正在录音）总计 408 盘磁带。据王永福老艺人讲，这仅仅是完成了土族《格萨尔》全部内容的三分之一，还有大量的、更精彩的内容没有录音。如，《格萨尔大战里域部》（约 100 盘）、《格萨尔大战卫藏部》（约 120 盘）、《格萨尔大战桑域部》（约 120 盘）、《格萨尔归天部》（约 80 盘）等，以上总计（包括已经出版的）：录音带 828 盘，可达 101213 行，约 2637 万字。

后 记

当我拿到散发着油墨芳香的《格萨尔艺人研究》一书的校样时，无限的感慨油然而生，且喜且悲难以言表。

从我决定写这部格萨尔说唱艺人研究的书开始，直到梦想成真，是书即将出版为止，已经过去了整整 12 个年头。人生有几个 12 年？何况它又正是我精力充沛、风华正茂的 12 年？我付出了，义无反顾、执着地付出了。如今看到自己辛勤培育的果实，当是十分欣慰的。然而我那些可敬可亲的艺人朋友们，有些已经等不到这本书的正式出版而离开了人世，这也正是我悲哀之所在，也是抱憾终生无法挽回的一件事。

1983 年，当我步入史诗格萨尔抢救行列之时，面对着这一珍贵的文化遗产，就像一个无知的孩子站在一座文化的金字塔前。我仰慕它的博大与辉煌，希图有朝一日能够登上它的峰巅，却不知从哪里起步。是抢救藏民族文化遗产的责任感促使我投身于这一工作之中，"六五""七五""八五"，随着它作为国家重点项目的延续，一干就是 12 年。

应该说格萨尔说唱艺人（仲堪）是我走上这一研究之路的启蒙老师，是他们字字句句地给我讲述着这个古老的故事，使我犹如大海探宝一样，逐渐体味到这部史诗的精华与价值之所在。更是他们向我倾诉的肺腑之言，他们为说唱史诗而游吟乞讨、为说唱史诗而遭受磨难，乃至为保存、抢救史诗而历尽风险的献身精神，感动了我，融化了我，使我逐渐地能够用自己的心与他们共同感受这人世间的喜怒哀乐。他（她）们是人，有血有肉；又是神，具有超人的记忆和创作天赋，每个人都有一个神奇的故事，是一些特殊的人、民间诗神。为此萌生了"就研究他们"的念头，并决心在这一片处女地上耕耘。

史诗《格萨尔王传》是世代藏族人民创造的一个伟大的奇迹。他们不但创造了这世界上最长的史诗，还将这一史诗从远古保留到科技现代化的今天，使我们现代人仍然能够领略到英雄时代的颂歌。在这一过程中，说唱艺人功不可没。正是他们世世代代以口耳相传的方式，把这部鸿篇巨制的史诗保存至今，他们参与创作、主司传承，因此是研究史诗的一把钥匙，是国之瑰宝。然而他们的付出与所得是那样的不相称。在旧社会他们是乞丐，在新社会仍未得到普遍的认可。于是我下决心为他们写传，为他们正名，为他们在藏族文化史、中国文化史乃至人类文化史上争得一席应有的位置。

在这些说唱艺人之中，举凡才华出众者，多系年迈的老人，不少人已经病魔缠身、行动不便。为了与他们会上一面，十年来，我曾先后九次踏上青藏高原，在不同地方寻访艺人。在与他们倾心交谈之后，结为莫逆之交、忘年之交。作为一个从事藏学研究的汉族女学者，没有什么比得到藏族人民的理解与信任更值得欣慰的了。

多次赴高原藏区考察，有苦也有甜。那里的高寒缺氧气候，对于逐渐步入中老年的人来说无疑是一次次的考验，我需要用勇气与毅力去战胜它。而交通的不便利、道路条件的恶劣甚至车祸，对于一个内地的汉族人来说都是无法想象的，然而我都经历过。我深深地体会到，一个人如果把生死置之度外，那么困难真算不了什么。苦的后面总是跟着甜，我所获得的不仅仅是大量的第一手研究资料，在与正直、淳朴的藏族人民相处之后，我得到的远比我付出的多得多。那是理解、信任与友谊，是一次次的灵魂的净化。这是任何东西都换不来的。在远离大城市喧嚣的这片高天厚土之上，我的心情是那样的舒畅，真可谓一个精神上的贵族。这也是无论我经历怎样的艰难困苦，从高原回到北京之后，总是计划着再次去高原的重要原因。须知，那里虽然没有我的家，却有着待我至诚至亲的异族父老兄弟姐妹，有我的亲人。

我应该感谢格萨尔说唱艺人，感谢藏族、土族、蒙古族人民，没有他们的帮助，就不可能有这部书的问世。如果要把所有施我以恩惠的人都写出来，那将是一个长长的名单。我准备写一部调查实录，以志铭谢。

在这里，我要向各地区的领导致谢，没有他们的支持、他们对抢救《格萨尔》的重视，我的调查将困难重重；同时，我要向各地从事《格萨尔》抢救工作的同仁们表示感谢，他们是我亲密的朋友。在调查中，我得到了他们的诸多帮助，如介绍情况、提供资料、充当向导及协助翻译藏语方言（我学的是拉萨藏语），等等。还要感谢那些相识的、不相识的司机师傅，在高原上旅行，没有他们的帮助是不可想象的。

　　我要特别感谢中国社会科学院为这部书提供出版补贴；感谢中国藏学出版社的领导与同志为出版此书所做的努力和劳动；感谢贾芝先生对我写作此书的支持并拨冗作序；感谢少数民族文学所学术委员会主任仁钦研究员、降边嘉措研究员等同志在申请出版补贴的过程中对此书所给予的大力支持和充分肯定。

　　我要由衷地感谢我的丈夫丁守璞，他是我生活与学术研究的良师益友，还有我的所有的亲人，无论是在顺利的日子还是遇到坎坷之时，他们都永远是我最坚强的后盾。我为生活在这样一个幸福的大家庭和小家庭之中感到踏实与欣慰，它们使我毫无后顾之忧地去面对我所从事的事业。

　　这部书是20世纪80年代格萨尔史诗与说唱艺人的一个忠实记录。对艺人的研究仅仅是开始，我诚恳地欢迎来自各方面的批评以及后人在此基础之上的深化研究。

　　最后，谨将这部凝聚着我数年心血的书，作为一束洁白鲜花，敬献在扎巴、卡察扎巴·阿旺嘉措、阿达尔、参布拉·敖日布等艺人的陵前，以告慰英灵；并以此书献给全体格萨尔艺人朋友！

作者
1995 年 4 月

再版后记

　　《民间诗神——格萨尔艺人研究》一书自 1995 年出版以来，已经过去了 20 年。至今，20 世纪 80 年代采访的老一辈艺人相继辞世，他们是：扎巴（1906—1986）、阿达尔（1911—1990）、次旺俊美（1920—1991）、卡察扎巴·阿旺嘉措（1913—1992）、参布拉·敖日布（1925—1994）昂亲多杰（1931—1997）、卓玛拉措（1934—1997）、贡却才旦（1913—2004）、曲扎（1954—2010）、桑珠（1922—2011）、布特尕（1932—2011）、玉珠（1925—2012）、昂日（1939—2012）、嘎日洛（1947—2012）、才旦加（1934—2013）、才让旺堆（1932—2014）、次登多吉（1930—2014），这些卓有成就的艺人的离世，标志着 20 世纪老一辈艺人传承史诗时代的终结。

　　与此同时，得益于国家大力抢救、保护与弘扬格萨尔的多种举措，年轻一代艺人犹如雨后春笋般涌现，格萨尔进入了一个由年轻艺人既继承传统又有所发展与创新的传播史诗的新阶段。

　　在这三十余年的演变中，笔者一直关注、跟踪说唱艺人的状况，通过多次田野调查，基本把握了史诗格萨尔从 20 世纪 80 年代至今传播、发展、变化的脉动。当《民间诗神——格萨尔艺人研究》的再版被提到议事日程之时，我希望对此书作一些补充，把之后 20 年间格萨尔口头传统的发展、演变以及新的趋势呈现在读者面前，使其成为我们这一代人的忠实记录与见证。

　　为了保留当年学术研究及认识上的原貌，在上编"史诗说唱艺术论"中，第 1 章至第 6 章未作大的改动，增加了第 7 章和第 8 章，对于年轻一代艺人的调研及格萨尔史诗传统的发展、演变进行了论述。

　　同时在继续对在世老一辈艺人的跟踪调查中，又积累了新的资料，为此，在下编"艺人传与寻访散记"中，在每位艺人传的文后，添加了再版附言，对于他们后来的人生轨迹及取得的成就予以介绍，算是为他们的人生画上了圆满的句号。下编中，增加了一篇土族艺人王永福的传记，是由他的儿子西北民族大学格萨尔研究院王国明教授提供的。今年已85岁高龄的王永福老人，是目前仍健在的唯一的土族艺人，国家级非物质文化遗产传承人，他的说唱正在陆续被记录、整理、出版。①

在再版中的另一个变动是，文中的藏文及艺人说唱目录，改成藏文拉丁转写，便于更多的读者阅读。需要说明的是，书中展示的艺人照片，除署名外，其余均为作者拍照提供。

开展对史诗的研究，特别是对活形态史诗口头传统的研究没有捷径，田野调查是最重要的、可靠的手段。回顾自己三十年来走过的对史诗格萨尔的调研之路，感慨良多，可以说我的研究是建立在田野调查的基础之上，得益于其间所获得的大量鲜活的第一手材料，它们支撑着我的学术见解与出发点。

从20世纪80年代初起至今，我对青海的果洛、玉树，西藏的那曲、昌都，四川的甘孜、阿坝，甘肃的夏河、玛曲以及云南的迪庆等藏区的格萨尔流传情况及艺人进行了多次调查，特别是对果洛地区长期的、不间断的调研（1983—2013年，30年间共10次），收获颇丰，使我从一个对格萨尔陌生的汉族学者，不断走进它，感受着它的存在、发展与变化，史诗格萨尔艺人研究已经成为我终生为之努力的事业。

最后，在结束本书再版的修改之际，我想再一次由衷地感谢格萨尔说唱艺人，是他们成就了我的事业，有他们的陪伴，使我的人生绽放了不一样的精彩，他们是我心中永远的"诗神"！

作者
2016年7月

---

① 就在本书即将问世之即，传来了噩耗：王永福老人于2016年12月20日辞世。